长篇小说

Guest
of
the Land

后土寺

陈仓　作品

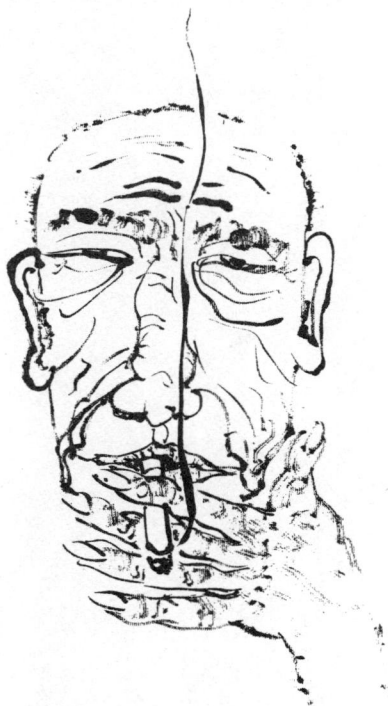

作家出版社

陈仓

陈西丹凤县人，目前定居于上海。

七〇后诗人、小说家，代表作有《流浪无罪》《诗上海》《艾的门》等诗集，八卷本"陈仓进城"系列小说集，及陈仓长篇四部曲《后土寺》《地下三尺》《预言家》《醒神》。作品被《小说选刊》《小说月报》《中篇小说选刊》广泛转载，多次进入中国小说学会等机构评定的年度排行榜和各类年度选本，其"致我们回不去的故乡"被誉为一个时代的文化符号。

二〇一三年以来，先后获得第三届中国红高粱诗歌奖，上海市作协二〇一三年度、二〇一四年度优秀作品奖，《广州文艺》第二届都市小说双年奖，中国作协《小说选刊》双年奖，《人民文学》第四届美丽中国游记征文奖，第八届冰心散文奖，首届陕西青年文学奖，中国作家出版集团二〇一六年度优秀作家贡献奖。

现为陕西籍实力派作家、成都文学院特邀作家、中国作家协会会员、上海市普陀区作协副主席、陕西省青年文学协会副会长，西安培华学院客座教授。曾参加诗刊社第二十八届青春诗会及鲁迅文学院第二十七届高级研讨班。

土可生白玉，
地内出黄金。

目 录

族谱

清朝末年~二〇一〇年,塔尔坪,陈氏。

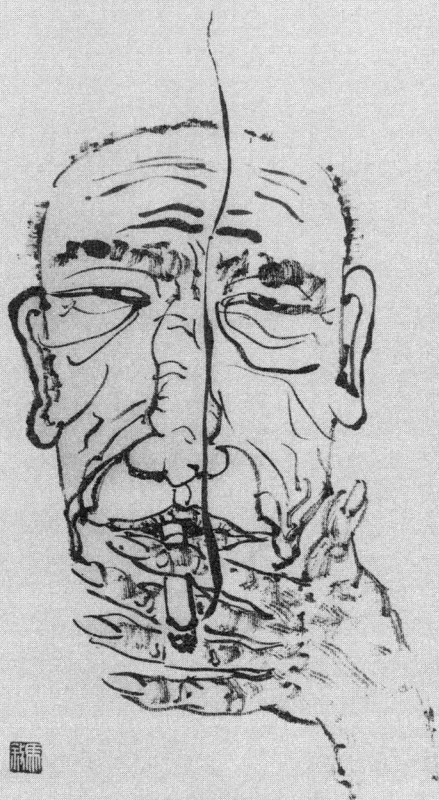

　　每天清早，父亲陈先土的第一件事儿是穿戴好衣服坐在门枕上，点燃一根烟一边抽一边眯着眼睛朝远处看。他花十几分钟的工夫把一根烟抽完。每一口烟在他肚子里转一圈，再从鼻子甚至是眼睛里冒出来，便不再是烟了，而成了淡淡的雾气。透过雾气，他似乎把整个村子都看空了，把几亩庄稼地都看透了，把一座座大山都看穿了，最后看到儿子陈元坐在一千多公里之外的半空中。屋顶上，树梢上，院子里，原来有喜鹊喳喳地叫，似乎假传喜讯的事儿干多了，所以喜鹊莫名其妙地消失了，被一群黑压压的老鸹给代替了。抽完一根烟之后，父亲陈先土总会顺手拾起一样东西，朝着老鸹扔过去，嘟哝一句，你呱呱个球呀。吓得老鸹四散而逃。

　　陈元他们那个村子叫塔尔坪，位于秦岭南麓的陕西省丹凤县石门镇。说起塔尔坪，外边的人总以为是了不起的塔尔寺，其实别说塔尔坪，石门镇也太小了太偏了太无意义了，既不属于盐道官道，更不是什么佛门福地，以至于在地图上不仅查不到，在任何书中也翻不出来。陈元读马尔克斯的《百年孤独》的时候，恍惚间以为那个叫马孔多的小镇就是他们那里的塔尔坪，甚至比塔尔坪还要逊色不少，因为马孔多事实是看不见摸不着的，许多事儿说起来有些玄乎，感觉根本是不存在的。塔尔坪起码在这个世上是存在的，而且它的悲凉它的荒凉也是存在的。不过，离塔尔坪六七十里，有一个地方叫武关，名气十分大，塔尔坪甘甜的河水是要流经武关的。武关与函谷关、萧关、大散关并称秦之四塞，西有牧虎关，东有富水关，南有白阳关、竹林关、荆紫关、漫川关，北有铁锁关、鸡头关，可以说是关关相望。刘邦、黄巢、李自成、白莲教义军，以及贺龙率领红军，均出入过武关。大唐诗人李涉无论是隐是贬，南下必经之地便是武关了。他夜宿武关之时留下一首七言绝句，题为《再宿武关》：

　　　　远别秦城万里游，
　　　　乱山高下出商州。
　　　　关门不锁寒溪水，

一夜潺湲送客愁。

　　毛主席当年手书那首诗的时候，把出商州反写成了入商州。陈元觉得"入"比"出"更有意思，不过把地理概念给弄混了，其实武关自古至今都不属于商州，起码解放之后是归入丹凤县的。陈元青春年少的时候，为了搞清楚塔尔坪的方位，曾顺着门前的小河而下，跑了两天两夜的时间，便来到了少习山下的武关。陈元发现武关是秦楚分界之地，又是兵家必争之地，有许多文人墨客在那里睡过觉，打过呼噜，他多么希望塔尔坪是归属于武关的，就像穷人总希望自己是富翁们的私生子一样。有那么一阵子，有人问他家在陕西哪里，他不说是石门镇，而说是武关。同时，他会朗诵一遍李涉的诗，告诉别人武关不仅有狭关隘口，还有一条潺湲的武关河，娃娃鱼稠巴巴的一片。因为娃娃鱼的叫声像婴儿的哭声，所以每到夜深人静的时候，娃娃鱼一齐叫唤，像有一百个婴儿同时出生。让陈元想不通的是，塔尔坪的水都流入了武关河，可是偏偏被划入了毫无关系的石门镇。更让陈元生气的，不管从武关"出"南阳也好，还是从武关"入"商州也罢，都是不经过塔尔坪的。由于塔尔坪的山太高了，被硬生生地给绕过去了。

　　塔尔坪的风水极为少见，简单地说，由四座山三条小河一眼泉水组成。背靠着的山坐北朝南，是最高的，像一把徐徐打开的扇子，山顶上长着一棵参天古树，因为大家不把它当树，而是当成了神仙，从来不敢靠近半步，所以是橡树还是栎树，没有人说得清楚。东边的山是横着的，山上怪石嶙峋，像几条蜿蜒游动的长龙，所以大家叫它九龙山。西边的山是侧着的，山上长着密密麻麻的松树，中间穿插着种上麦子，尤其麦子黄了的时候，像一只伏在地上的老虎。南边的山是放着的，在几座山里是最小的，也是最平缓的，像摆着一个熟透了的仙桃。东西南北四座山，正好是左青龙右白虎前朱雀后玄武。无论坐在哪座山上向下看，塔尔坪酷似金銮殿之中摆着一个宝座。宝座左边竖着一条小河，右边竖着一条小河，前边横着一条小河。三条小河依次汇在一起，自西向东流着流着，就被九龙山给挡住了，河水一下子不见了，形成一眼泉水从九龙山的背后冒了出来。那种环环抱抱的地形，历来属于风水宝地。相传在清朝末年，官府接到山民汇报，说是秦岭南麓出现狂龙夺珠之象。龙是金龙，珠是银珠，龙或游或斗，珠或蹦或跳，而且紫气袅袅，连续数日不散。官府派出三名风水师，自西安出发，翻秦岭，过商州，经商山，至丹凤，在龙驹寨朝着北山一拐，当他们到达塔尔坪的时候，发现四座山金光熠熠，三条小河波光粼粼，一眼泉水紫气腾腾，一下子被震住了。官府上报朝廷的时候说，塔尔坪虽然偏僻而又狭小，却是生龙诞凤之地，搞不好是要出反王的。为镇住帝王之气，朝廷下拨了一批银子，在塔尔坪大兴土木，建起了一座七层方塔和一座简单的寺庙。

　　方塔建起的时候，塔尔坪还不叫塔尔坪，也没有一户人家，仅仅留下一个挑夫和一个风水师在寺庙里当了和尚。寺庙里供奉的，菩萨不像菩萨，天帝不像天帝，土地爷不像土地爷，但是不明白什么原因，没有叫天帝庙，也没有叫土地祠，而是取名后土寺。两个和尚在塔尔坪待了几年，先后云游四方去了，空留下一个方塔和一个小小的后土寺。

　　许多年之后，有一个年轻书生，左手捻着一串珠子，右手拄着一根拐杖，腰间挎着一个包袱，自武关而入，糊里糊涂地跑到了塔尔坪。第一个说法是，风水师离开塔尔坪不久就还俗了，他的子孙回来追根溯源来了，证据是代代相传的那串珠子；第二个说法是，年轻书生效仿秦朝末年的东园公唐秉、夏黄公崔广、绮里季吴实、甪里先生周术，为了逃荒避乱在塔尔坪隐居来了，证据是好几辈人都会唱《采芝操》。大家为那事儿吵来吵去，近几年争论尤其激烈，有人听说南方有个陈家祠，甚至专门前往广州寻根问祖，希望在塔尔坪与大城市之间找到一些根根蔓蔓。

　　不管传说如何，方塔是真的，寺庙是真的，年轻书生也是千真万确的——那个年轻书生留在塔尔坪成了陈氏的老先人。陈元他们不叫老先人，而叫老老太嗲。老老太嗲看塔尔坪风生水起，有一座方塔旁边还有一座寺庙，说明也曾是有根基的，便在此安定了下来。又过了三五年，有一个要饭的年轻姑娘，也糊里糊涂地来到了塔尔坪。不明白为要饭才到塔尔坪的，还是为到塔尔坪才要饭的，反正她到塔尔坪之后就不走了，自然成了陈元他们的老老太奶。老老太嗲和老老太奶在塔尔坪开枝散叶，先后育有四子五女，慢慢地依山建起了四个院子，每个院子里住着一子，便成了一枝，也叫一房。

每个院子都是坐北朝南，为两进两出。前院十分狭小，东边架着石磨子，西边堆放着杂物。后院十分宽大，总共有五间正房，依着东山墙搭着茅司，也就是厕所，依着西山墙搭着牛棚。后院东边，坐东朝西还有三间厢房；后院西边用石头垒着一个猪圈。所有房子都是土木结构，墙是泥巴垒起来的墙，柱子是合抱粗的柱子。窗子是格子窗，中间简单地雕着花纹，从来没有安装玻璃，原来都是用纸糊的，上边贴一些剪纸，剪的无非花鸟鱼虫，最多的还是喜鹊。后来用塑料布蒙着，也不再贴剪纸了，所以显得有一些简陋。无论大门小门都是木板的。第一道门叫大门，上边安着门环，不是铜的，是铁的，有些被磨得光亮，有些就生锈了。偏门、后门和房门多数是不安门的，而是挂着帘子。帘子也不是布的，而是用包谷衣子或者麻绳子自己编的。

四个院子的大门，有的安在院墙的东南角上，有的安在院墙的西南角上，有的安在院墙的正中间，也不完全是正着的。大门到底安在什么位置，需要朝着什么方向，要看前后的山形与水势。最基本的是关上大门，从门缝里边朝外看，正好看到南边的山尖子。也就是必须对着山，开门要见山。如果开门看不到山，看到的是山沟或者豁口，那就非常不吉利。院子外边没有石狮子，里边也没有照壁，门槛和门枕都是石头的。后来每个院子分分合合，有些被隔成了几个小院子，也许为了进出方便，有的门槛就被卸掉了。但是门楼子是青砖灰瓦，翘翘的非常漂亮，像一只老鹰在飞。门脸儿上有些雕着祥云，有些雕着龙凤，中间挂着牌匾，分别写着"高山流水""清风明月""福寿满门""祖德流芳"，对应的也就是大房、二房、三房和四房了。据说，那些牌匾都是老先人亲手写的，那些字经过后辈们的几次描摹，如今仍然是清晰可见的。

塔尔坪的陈氏每隔几年编修一次族谱，记下子子孙孙属于哪一房，辈分是什么，长幼次序是什么，什么时候出生，叫什么名字，娶了什么媳妇，以及上了什么学，取得了什么功名，什么时候去世的。根据族谱记载，老老太嗲是"恒"字辈的，以下辈分顺序是宜、治、先、元、正。陈元把老太爷不叫老太爷，而叫老太哆，为"宜"字辈的。陈元把爷爷不叫爷爷，而叫哆，为"治"字辈的。陈元把父亲不叫父亲，而叫爹，为"先"字辈的。

陈元他哆，也就是他爷爷，叫陈治坤，住在清风明月那个院子里。清风明月那一枝属于二房。二房只有陈元他哆一根独苗，但是一口气生了五个儿子四个女儿，在几房当中算是人丁兴旺的。大儿子没有人晓得叫什么名字，老二老三老四老五依次取名为陈先木、陈先土、陈先有、陈先火。有人按照金、木、土、水、火来判断，老大应该叫陈先金，但是拿不出什么证明；老四应该叫陈先水，但是陈先水被四房的人抢走了，只好改叫陈先有。陈元的父亲在兄弟中为老三，也就是说，陈元有一个大伯一个二伯，下边还有两个叔叔。陈元他们把叔叔不叫叔叔，而是根据长幼叫大佬小佬。

大伯在年轻的时候被拉了壮丁，从此再无任何音信，因为还没有结婚，所以就断了香火。大佬陈先有是一个光棍，活到四十多岁得病死掉了，过继的一个儿子也死掉了，同样断了香火。最后，只剩下了父亲陈先土兄弟三个，把清风明月分成了三份。二伯陈先木实质上已经变成了大伯，带着陈元他哆他奶，分到了东边三间正房，其中包括一间香堂。陈元他们家分到了西边两间正房，随后自己在西边又接了一间正房。小佬陈先火分到了东边的三间厢房，把朝着院子的那道门封掉了，从背后重新开了一道门，朝东重新建起一个院子，彻底和清风明月划清了界限。

塔尔坪人说话用的，既不是关中腔调，也不是河南腔调，与方圆任何村子都不一样。在塔尔坪没有一个字是人家不认识的，但是很多话别人是听不懂的，包含着说不清的味道在里边。比如，家 [gà]、住 [chù]、区 [chù]、说 [shùe]、吃 [qī]、坐 [cùo]、下 [hà]、绿 [lōu]、白 [pè]、活 [hùe]、病 [pìn]、你 [èn]、我 [ě]、他 [kè]、大伯 [dàbē]、眼睛 [ànjīn]、鼻子 [pìzì]、土地 [tòutì]、庄稼 [zhuànggà]。连他们辈分之中的"宜"也要念 [nì]，"治"也要念 [chì]，"元"也要念 [ruǎn]。

在塔尔坪话里边，同一字是可以根据感情选择声调的，大部分念成四声，情绪化一点就念成三声，加上说话时候的轻重缓急，再配上吗呀吧啊嗯呵哎，从人和人说话的口气中就可以听出之间的关系和当时的氛围，如果再看看说话人的表情，比如在隐瞒的时候眨眨眼睛，在委屈的时候耷拉着眼皮，在诚实的时候歪着脑袋，在尴尬的时候拍拍袖子，在生气的时候背着双手，在热情的时候向前迎上几步，在看不起的时候朝地上吐一口口水，在吵架的时候跳起来拍拍大腿。由于四声比较多，所以不管怎么样，塔尔坪话听上去尤其温柔乖巧，甚至有些低眉顺眼的样子。陈元在外边，虽然用的是普通话，但是说话时候的语气和动作还是塔尔坪的，所以大家对陈元的印象是谦卑的。

塔尔坪的山山水水，包括一些花草树木和飞鸟鱼虫，要么没有名字，要么名字是自己取的，在这个世上是自成体系的。比如，有一种树叫臭虫树，远远地闻着有一股臭味；有一种野菜叫蛤蟆衣，像癞蛤蟆穿着的外套；有一种野果子叫牛奶泡，形状像母牛的奶头。还有一种野果子叫八月炸，其实长得像香蕉，多数挂在悬崖上，成熟期在农历八月，经过秋天的太阳一晒，外边的皮就会炸开，露出里边的瓤子。塔尔坪原来没有见过香蕉，所以只能叫八月炸了。八月炸的瓤子是红的软的，吃起来比香蕉要甜几十倍。还有许多生活上的词，在塔尔坪也是自己造的。"么子"是指什么；"伶人"是指丢人，把人伶死了，就是把人丢死了；"方子"不全指药方子，也指寿木或者棺材；"肉"不仅指吃的，也指做事儿缓慢，还有一种说法叫"暮囊"，也指做事儿缓慢。说这个人肉得很，还没有把水挑回来，或者这个人暮囊得很，地里的麦子还没有收完，其实都是一个意思。

父亲陈先土经常挂在嘴边的一句话是"瞎得着"，千万不要以为与眼睛有关系，其实是指完蛋了和不行了，有点自己埋怨自己。他的嘴边上还有许许多多奇怪的词，比如，把无聊叫急人，把运气不好叫背时，把危险或者把握不大叫悬乎，把身体有病或者不舒服叫不美适，把女人收拾得干净或者做事儿干脆利落叫俐连。

除了陆陆续续迁来几户外姓，有姓马的，有姓牛的，慢慢成了一衣带水的亲戚，塔尔坪方圆十几里居住着的近百户人家绝大部分姓陈，取名字都是按着辈分来的。一听名字，长幼尊卑一清二楚。其他村子取名字靠的是托梦，梦见什么叫什么，塔尔坪是看见什么叫什么，比如看到树就叫树，看到水就叫水。看到一条狗一头猪，大名不能叫猪叫狗，便以猪狗作为小名字。

父亲陈先土没有以猪狗命名，因为在兄弟姐妹中排行第六，所以他的小名字叫六娃。陈元为了那个小名字，被父亲打过屁股。原因是，小孩子之间吵架的时候，别人都骂"六娃鸟，娟子逼"，陈元不明白是什么意思，以为"六娃"与"娟子"就跟"狗日的"一样，也是用来骂人的。于是人家骂他的时候，他也大声地回敬人家几句"六娃鸟，娟子逼"。人家听了就哈哈大笑，父亲听了就十分生气，拿着棍子抽他。陈元多年之后才明白过来，六娃与娟子不过是父亲与他妈的小名字而已。

塔尔坪的方塔不明白什么时候倒掉了，从此才把名字改成了塔尔坪，但是旁边的后土寺还存在好长时间，所以塔尔坪的小名字叫大庙。后辈们把后土寺进行了几次翻修，既当成了消灾避害的寺庙，又当成了陈氏的祠堂。解放之前，后土寺除了一块牌匾，已经没有寺庙的样子，完完全全变成了陈氏祠堂，上边供奉着老先人的牌位。在解放之后自然被拆掉了，原地建起了塔尔坪小学。自从后土寺消失之后，塔尔坪去灾避难的时候，开始在祠堂向老先人祈求，后来祠堂也消失了，塔尔坪只有去坟上向死去的亲人们祈求，也不管那些亲人是怎么死的，有没有保佑他们的能力。

陈元的父亲叫陈先土。据说是在后土寺里出生的，陈元他奶奶当时正跪在祠堂里烧香。在给父亲取名字的时候，陈元他哆问他奶奶，到底看到了什么。陈元他奶奶说，看到了后土寺的那块牌匾。当时后土寺三个字隐隐约约还可以看到一点点，陈元他哆思来想去，叫陈先匾不好，叫陈先后不好，叫陈先寺不好，叫陈后土更不好。"匾"字他不会写，"后"字有些不吉利，寺是供奉菩萨的地方，后土是土地爷的名字，而且辈分都没有了，最后决定还是叫陈先土。

陈元是"元"字辈的，"元"既是辈分又是名字。父亲陈先土告诉陈元，他妈生他的时候，在乌漆抹黑的晚上，家里穷得点不起灯，又没有一颗星星和月亮，更没有听到鸡鸣狗叫，大家什么也没有看见，什么动静也没有，所以省省心，直接叫了陈元。至于陈元小名字为何叫喜娃子，是因为陈元一落地就把父亲的衣服尿湿了。小孩子把尿撒在大人身上，按照塔尔坪的说法，表示有喜事儿了。

陈元上边有一个哥哥一个姐姐，哥哥叫陈元西，姐姐叫陈元英。陈元他妈是四十岁左右去世的，去世的时候嘴里吐了整整一天一夜的血水。父亲独自一个人既当爹又当妈，把陈元他们三个孩子拉扯大之后，从旁边的村子娶了一个后妈回来。陈元他哥刚刚订婚媳妇还没有过门呢，在去河南灵宝淘金的路上出意外死掉了。陈元他姐嫁到了陕西与河南交界的卢氏县，说是嫁其实是被人拐卖的，虽然与塔尔坪还有联系，却从来没有回过塔尔坪。

陈元糊里糊涂地考上了陕西下边一所职业学校，学的竟然是工程监理，当时整个丹凤县没有一家建筑公司，也不明白监理到底是干什么的，所以根本没有他的用武之地，毕业之后干脆离开了丹凤县，跑到广州上海各大城市打工去了。陈元在塔尔坪娶了一个媳妇，媳妇原来在石门镇一所学校教书，不是民办的也不是公办的，而是一个代教。因为两口子一年半载见不到一面，某些地方就生疏了就生锈了，好不容易见上一面又热火不起来，两个人便赌气离婚了。陈元有一个女儿叫麦子，在塔尔坪上了几年小学，离婚之后没有人照看，只好跟随着她姑姑在河南卢氏那边继续念书。

在大伯消失之后，陈元的二伯陈先木，就成了实质上的大伯，在一个下着大雪的晚上掉进茅司，被屎尿活活淹死了。大婶是糊里糊涂病死的，死前没有任何症状只是吐了一口白沫。大堂兄叫陈元东，养了一个儿子一个女儿，儿子不明不白地跑到西安咸阳的乾陵边上招了上门女婿，女儿东不嫁西不嫁偏偏嫁到陕西最偏远的榆林地区，据说因为那里产煤，不仅可以烧火，而且可以卖钱。陈元东不晓得出于什么原因，有人说是看破了红尘，有人说是承袭了老先人的遗风，竟然带着大嫂一起跑到了武关少习山那边，长年住在少习山上的一座寺庙里，一边种庄稼一边讲经念佛，不是出家胜似出家。他有一天千方百计地联系到陈元，让陈元在上海给他买一套经书。陈元满口应承下来，说不就一套经书吗？我买好了送给你。陈元哪里晓得，他跑遍了玉佛寺、静安寺、龙华寺、福州路旧书店，统统都没有那套书。陈元在上海图书馆一查询，那套书是在民国时代出版的，当年定价就是三十个大洋，几乎成了镇馆之宝。陈元给陈元东回话，可以让人去印度或者日本捎一套，估计需要好几千块，如果在图书馆复印的话，恐怕也要几千块。陈元东十分虔诚，说不管什么价钱，你帮我弄一套回来吧。

　　陈元的小佬陈先火，有一个儿子叫陈元北，其实不是小佬的亲儿子，所以比陈元还年长一点，属于陈元的二堂兄。陈元北高中毕业去石家庄当了兵，退伍之后在石家庄开出租车。小佬与小婶两个一直不和，经常闹得上吊呀喝药呀，甚至都动过刀子。小婶后来一气之下，跟着儿子陈元北去了石家庄，在一家食堂里给人洗碗，顺便帮忙照看孙子。孙子属"正"字辈的，叫陈正方。陈正方初中毕业的那年暑假，陈元北开出租车出了车祸，不仅丢了工作，差点还进了监狱，便从石家庄跑到北京，在一家公司当了保安。因为户口关系，陈正方不能在北京念高中。陈正方对父亲陈元北说，那书有什么好念的？陈元北说，你一个屁屁蛋子，不念书干什么？陈正方说，我和你一起当保安呀。陈元北说，保安也是技术活，你想当就当？你得回陕西丹凤县念高中，等你考上大学了，别说当保安了，当保安他爹都行。陈正方离开石家庄的时候，哭着想去天安门广场看看。陈元北说，我在北京等你，不就三年吗？你好好学习，一旦考到北京去了，那时候不是看看天安门广场，恐怕都有机会登上天安门城楼。陈正方说，你哄我的，天安门城楼只有毛主席才能上去。陈元北说，我怎么会哄你呢？如今天安门城楼谁都可以上去，不仅可以上去，还可以在上边挥挥手。小婶便带着孙子陈正方，从石家庄回到了丹凤县，为了照顾陈正方念高中，在丹凤县中学附近租了一间房子。小佬恐怕是人老了，或者想开了，关键是一个人在家里，懒得做饭洗衣服，更懒得种庄稼，所以死皮赖脸地撵到县城去了。

　　清风明月自此之后大多数时间，里边就剩下陈元的父亲和后妈两个人了。其实整个塔尔坪差不多也被掏空了。有一次，陈元北从北京回了一次塔尔坪，打电话告诉陈元说，老人真的老了，活着的时候你的我的，一根草一棵树争来争去，再过五十年塔尔坪不晓得是谁的。陈元想，还用等五十年吗？顶多十来年吧。如果后妈不在了，父亲不在了，塔尔坪也就从他们的生命中消失了。

塔尔坪的方塔在倒掉之后留下一个说法，龙脉自然是镇不住了，将要出现一个大人物。塔尔坪人没有见过世面，不明白什么样子才算大人物，所以胆子大，什么都敢想，开始说，要出第二个李闯王或者是皇帝，听说皇帝被废除了，起先叫大总统，后来叫委员长，再后来叫主席，大家就一路改了过来。凡是每个孩子出生的时候，大家便聚集在村口的大核桃树下，听着一声声哇哇大哭，眼巴巴地瞅着灰色的屋顶，希望那个大人物就是那个孩子。可是等着等着，孩子一个个出生，又一个个长大，都没有几个太有出息。直到年轻人纷纷进城打工去了，没有孩子在这里出生了，大家才彻底地失望了。

陈元每次回去，父亲都会指着清风明月说，我们二房当年多热闹呀！最多的时候有几十号人，吃饭的时候大家在院子外边蹲着，黑压压一片。不光他们二房，其他陈氏三房，这些年走的走，迁的迁，死的死，塔尔坪已经慢慢地空了，族谱编修也基本荒废掉了。因为年轻人流入到了天南海北，根本没有办法聚齐大家，所以哪家有了功名，哪家娶了媳妇，哪家添了新人，都是不明不白的。塔尔坪的族谱只有一项内容，一直是没有停止编修的——那就是死。塔尔坪大部分老人都是死在塔尔坪的，因为他们根本不愿意出门，自然就死在这片土地上，埋在这片土地上。有那么几个人，勉强随着儿女待在城市里，但是死前都是留有话的，得把他们拉回塔尔坪去。

塔尔坪的陈氏有一个族长是大房的，住在高山流水里边，叫陈先甫。陈先甫的甫，在塔尔坪不读[fǔ]，而读[pù]，恐怕是大家都不认识导致的，也是所有名字里最深奥的大家不懂意思的一个字。陈元见到过两个“甫”，第一个是杜甫，第二个是李林甫，尤其李林甫在唐朝当宰相，相当于如今的总理，是见过杨贵妃杨玉环的。这无形中增加了族长在陈元心目中的威信。

族长有个儿子叫陈元春，在西安经营木耳香菇生意。族长生病的时候被儿子接去了西安，日子过得像当年的地主一样，吃完饭专门有人打一盆热水，先给他洗脚再给他捶背。但是族长一方面生活不习惯，一方面经受不住病痛的折磨，就从楼上跳下去摔死了。族长去世之前，陈元春希望在乾陵边上买一块坟地，雕刻一个汉白玉的墓碑，要配小汽车大房子，还要送一对金童玉女，专门侍候族长在另一边的生活。但是族长早早地留下一句话，无论如何一定得叶落归根，而且万万不能火化。族长去世之后，可难坏了儿子陈元春。陈元春为难的，不是乾陵那边让不让埋人，而是族长被送进了医院。在城市里，人一旦死在医院就不自由了，陈元春最后花了不少钱，在族长身上挂着吊瓶，伪装成活着的样子，把尸体偷偷地运了出来，自己开着车子拉回了塔尔坪。

陈元回塔尔坪的时候，在九龙山下边看到过族长气派的墓，像一只花蝴蝶一样伏在路边，只是走近了细看，墓前已经生了荒草，似乎好久没有人祭拜过了，显得无比的苍凉而孤单。

族谱编修的事儿原来是由族长负责的，自从族长死了之后，只剩下死亡的那项内容，就由开小卖部的陈先水暂时接替了下来。陈先水是四房的，住在祖德流芳里边。原来族谱编修是要开大会的，要焚香祭祖的，如今那些礼节全部省掉了。每次有人死了的时候，陈先水一个人坐在灵堂里，有时候干脆坐在小卖部里，像平时进了什么货，谁谁赊了一瓶酒，谁谁欠了两块钱，记账一样摊开族谱，把死者的信息记在了族谱里。

陈元翻过一遍他们的族谱，轻轻薄薄的几十页，前半部分是一棵大树，枝繁叶茂，次序清晰，脉络分明，传到"正"字辈的时候，好多人不管男女已经不按辈分取名字了，而且"正"字辈下边是什么辈分已经没有记载。甚至有些枝脉已经不再姓陈了。尤其在陈先水接手之后，因为没有什么生，只有一个个死，而且死人也越来越稀少了，所以那棵树上的叶子就落光了，枝丫就枯干了，身子慢慢就瘦下来了。最后不再像一棵树了，而像颠倒过来的一根小草。

陈元恍然大悟，预言中的那个大人物也许就是塔尔坪的最后一根小草。

壹回

时光

二〇一〇年，冬天，塔尔坪，父亲。

I 杀猪

把陈元他妈埋好之后，父亲陈先土在家里翻了半天，把老太太生前吃剩的药片子，还有几双布鞋，几双袜子，几件衣服，包括一条断齿的桃木梳子，统统地搜腾出来堆在院子中间，打火机啪啪地弄了半天，才把火点着了。衣服、梳子都很好烧，燃起蓝蓝的火苗，很快就烧成了灰。而鞋底子是塑料的，衣服扣子应该也是塑料的，治疗心脏病的药片子不晓得是什么的，加在一起尤其难烧，沤出来就十分难闻。在那个初冬的黄昏，他们整个塔尔坪就弥漫着一种中药熬煳了的气味。

说是陈元他妈，其实他妈在几十年前就去世了，这次埋掉的是陈元的后妈。后妈与父亲在一起，没有办一桌酒席，也没有扯结婚证，稀里糊涂地生活了几十年，几天前因为心脏病突然发作，双脚朝着西天一蹬，把父亲这个七十多岁的老头子独自一个人扔在了世上。

帮着安葬后妈的人陆续离开了，空落落的院子安静了下来。父亲坐在门枕上，陈元坐在猪圈边上，感觉两个人不是坐在院子里，而是坐在一头死猪的肚子里。太阳掉下去了，山头还是红的。父亲点燃一根烟猛烈地抽着，似乎在朝远处看，或者什么都没有看，只是迷茫地仰着头。陈元说，爹呀，你看看塔尔坪像什么？父亲没有吱声。陈元说，像不像马铁匠烧红的一块铁？

马铁匠住在村子西边，因为他是一个铁匠，所以小名字叫马锤子。塔尔坪把猪马牛羊身上的蛋子，包括人身上的蛋子，不叫蛋子，统统都叫锤子。其实马铁匠这个锤子并非那个锤子，但是恰恰他姓马，叫起来就尤其好笑。马铁匠原来是一个铁匠，后来又变成一个木匠。他是铁匠的时候就帮人打各种各样的工具，是木匠的时候就帮人打家具也打棺材。谁也不清楚他的木匠活好还是铁匠活好，反正大家都习惯叫他马铁匠，而不叫马木匠，也极少叫他马锤子。后来没有人打铁了，他只是一个木匠了，大家还是喜欢叫他马铁匠。马铁匠与父亲年纪不相上下，是塔尔坪为数不多的几户外姓人家，是什么时候迁至塔尔坪的，与陈氏有什么关系，陈元都是说不清楚的。

马铁匠不晓得什么时候蹲在陈元家院子里，闷头闷脑地在嗑着瓜子。

马铁匠说，你们到底有文化，确实像一把刚刚落火的大斧子，可惜我的铁匠铺子八辈子以前就关门了。

几十年前整个塔尔坪的老老少少都是依靠着几亩地生活。菜刀、锅铲、锥子、剪刀、门环、门插、锄头、镰刀、弯刀、锤子、锨子、斧子、钯钉、锛子、刨子、推子、挖药用的黄鹂啄、犁地用的犁铧，都是在马铁匠家打的。马铁匠把自己家的堂屋专门腾出来给大家打铁，那时候他家真是热火朝天，半夜三更都能听到叮叮当当的声音。陈元最喜欢的，是帮忙拉风箱，因为拉风箱可以清楚地看到打铁。一块铁放入炉子，十几分钟就被烧红了。铁被烧红了，骨头就软了。马铁匠左手握着一把钳子，夹着软溜溜的铁块，放在一个铁墩子上，右手握住一把小铁锤，上上下下地敲打，不停地翻来翻去，一把镰刀或者一把斧子，两三个回合就成形了。最后一关是淬火，把打好的铁器放在炉子上烧到一定火候，迅速浸入水中，放在水里时间太长，铁器容易卷口，放在水里时间太短，又容易出现豁口。陈元经常偷偷地跑过去帮忙拉风箱，有时候马铁匠高兴，还让他抡几下小铁锤。陈元当时的感觉是，平时那些铁家伙凶巴巴的，被烧红了之后，用小铁锤打上去，像不小心碰到了那些小媳妇的屁股。

马铁匠一边嗑瓜子一边说，你们一窝蜂地跑到外边打工去了，除我们几个老头子老太太闲得慌，种种麦子挖挖洋芋来打发日子，如今还有几个人种庄稼呀？而且种庄稼用的锄子呀锨子呀，在小卖部里样样都可以买得到了，用不着自己去打铁了。父亲说，你想打铁也没有木炭了，塔尔坪早就不烧木炭了。

初冬的风冷丝丝的。随着风一吹，后妈那堆没有烧完的东西又死灰复燃，冒出一股股黑红色的火苗。马铁匠凑过去，把手伸到火苗上烤着。

按说天一黑就应该在火塘里生火，但是父亲还没有从后妈的去世中反应过来。父亲突然回过头，对着屋子里说，晚饭就做洋芋糊汤吧，喜娃子平时就喜欢吃洋芋糊汤，在上海那边是吃不到的。如果是三天前，后妈会咳嗽一声，然后会问一句，煮稀一点还是稠一点？

但是父亲说完话，发现背后没有一点动静，他愣了一下，意识到那个可以被使唤的老太太，刚刚被抬到山上埋掉了。

陈元说，爹呀，后妈死了，就丢下你一个人了，别说做饭洗衣服了，说句话的人也没有了，你还是和我一起去上海吧。父亲说，上海多好呀，但是我走不开呀。陈元说，哪里走不开了？父亲说，我要种地呀，多好的地呀，不能荒掉吧？陈元说，我们家就两亩地，还有一些边角料，种不种也无所谓的，再好的年成满打满算，收一千多斤麦子、一千多斤包谷，再加上两千斤洋芋，放在一起能值多少钱？放在上海，别说是房子了，人家一辆车子抵得上你种两三辈子的庄稼。

父亲说，账能这么算吗？如果都那样算的话，世上还要我们农民干什么？没有一个农民种地，世上的人吃什么？总不能直接啃钢筋水泥和喝玻璃碴子吧？陈元说，麦子已经种下了，开春之后薅草呀点包谷点洋芋呀，你再回来也不迟吧？父亲说，我跟你走了，你老太嗲老太奶，还有你嗲你奶，怎么办？陈元说，他们不是死了吗？父亲说，死了就可以不管了？你妈你哥，他们也死了，难道不用上坟了？还有你后妈，脚板心还没有凉，不上坟的话她在阴间那边花什么？父亲的嗓子有些沙哑。父亲说，上坟，烧纸，磕头，按说都是你们这些晚辈应该做的，如今你们一个个跑到外边去了，我们大半截子埋到土里的人了，还要给自己的老太太磕头，给儿子烧纸送灯，你们说说，这世道到底怎么了？陈元心软了，商量着说，那我服完后妈的头七再走吧？

如果不是回家奔丧，陈元是请不掉假的。陈元好多年前跑到了上海，如今在上海一家报社当记者，按照大家的说法，下管油盐酱醋，上管老天爷。老天爷一会儿阴一会儿晴，是从来不休息的，陈元几乎也是不休息的。只有死了后妈，他才下决心回塔尔坪一趟。如果死了大伯呀姑姑呀舅舅呀，即使是亲的，不是疏的，也没有办法脱身。陈元的亲戚朋友一个个去世，但是他很多年没有奔过丧，从塔尔坪传来谁谁谁死了的音信之后，他顶多站在上海的某条十字路口，对着西边鞠个躬。如果碰到半夜下班的时候，也会朝着某一棵大树磕个头下个跪，念念死人的名字，希望一阵风能够把他的祈祷，吹向一千三百公里外的塔尔坪。

这次奔丧的假期马上结束，陈元必须立即出发才行。从塔尔坪步行十里走到石门镇，在石门镇搭车子赶到丹凤县城，先换乘去西安的大巴，最后再坐火车，不误点不绕路的话，需要整整两天才能返回上海。如果坐飞机，可以节省一天时间，但是陈元一般情况下是舍不得坐飞机的。几天前，接到后妈去世的消息，陈元去向主编贾怀章请假。贾怀章留着一头长头发，总是梳得井井有条，并涂得油光发亮，尤其从背后看，经常被误会成一个女的。贾怀章有点不高兴，半开玩笑地说，谁家没死过人呀，何况还是一个后妈，后妈不就是小三吗？这阵子报社多忙啊，你还要回家给小三披麻戴孝？陈元说，什么小三不小三的，主编你这么信口乱说，不怕我后妈缠上你？贾怀章甩了甩自己的长头发说，我就给你两天吧。陈元说，两天能干什么？贾怀章说，难道你想守陵三年吗？陈元说，两天时间连家都回不了。贾怀章说，你家在哪里？你家不在西安吗？

自从到了上海，当陈元发现人家尤其在乎出身的时候，一般人问陈元是哪里人，他多数是不回答的。如果被逼急了，或者要填个简历什么的，陈元只说是陕西的。至于具体在陕西什么地方，包括同事在内都是不明白的。所以多数人都以为他是西安的，起码是咸阳或者长安的。陈元说，春节、清明、八月十五，什么时候我不在上班？后妈也是妈，这一次你最少给我六天。贾怀章想了想说，那就六天，六天之后不回来就算旷工，旷工十五天你就不用回来了。

塔尔坪还没有手机信号，也一直没有座机。陈元想，后妈尸骨未寒，应该去石门镇给那个长头发主编打个电话，再续几天假期。

父亲看出陈元的犹豫，有点内疚地说，要回去上班了吗？大肥猪也许饿了，也许要归窝了，在猪圈里一边拱着猪槽一边同情地朝着陈元嚎叫着。父亲回到屋子里，提出半桶猪食喂了喂，然后坐到陈元的身边说，想把这头猪喂到过年再杀掉的，如果我跟你去上海了那它怎么办？陈元想，父亲还是愿意跟他去上海的，目前放心不下的是这头猪。陈元问，这头猪大概多重了？父亲说，毛重有两百多斤，喂到年前的话应该可以长到三百多斤。

天黑透了，除了头顶的星星，已经没有一丝光亮。整个塔尔坪这只大茶壶被倒空了，或者说这口棺材被盖上了，让人喘不过气来。父亲说，你也饿了吧？然后起身回到屋子里，准备陈元爱吃的洋芋糊汤去了。厨房里很快就发出了锅碗瓢盆笨拙的撞击声，一会儿是刮洋芋皮的时候刨子掉在了地上；一会儿是切洋芋的时候菜刀切到了手指头；一会儿是在搅糊汤的时候掀翻了锅盖。陈元深深地感觉到了父亲的慌乱，便趁机向村子东边走去。

　　村子东边的院子叫福寿满门，里边住着三房的人叫陈先株。陈先株是塔尔坪的杀猪佬。在塔尔坪传出最多的，不是陈先株喜欢杀猪，而是喜欢一个女人。陈先株喜欢的那个女人，按照辈分他应该叫小婶，陈元应该叫小奶。小奶长得的确漂亮，不仅苗条高挑，留着长头发，皮肤也十分白，在塔尔坪只有两个人长成这个样子。除了这两个人，塔尔坪女人都不留长头发，因为干活不方便，而且皮肤与泥巴一样，都是黄蜡蜡的。小奶的娘家是外边的，也许由于成分不好，就嫁到了塔尔坪。嫁到塔尔坪也就算了，关键她嫁的那个男人不傻不呆，就是有些软弱，不管遇到人欺负他，或者欺负他的家人，他都是嘿嘿一笑。比如，有个药贩子经常去他家，无论什么时候去，他都会把门给人家打开，还在床上添一床被子，三个人相安无事地睡在一起。陈先株讨小奶欢心的办法，一个是猪大腿，一个是银元。有一次陈元三更半夜地从镇上回来，刚走到那个小奶的门口，碰到了陈先株蹲在窗子下边学猫叫。陈元心想，哪有那么大的猫呀，肯定是鬼。等鬼开口了，才晓得是陈先株。陈先株一边学猫叫一边从窗口塞进去一样东西。窗子里边问，这是什么？窗子外边说，今天没有猪大腿，今天是银元。窗子里边问，你别拿一块石头哄我啊？窗子外边说，你用两个指头夹着，吹一口气放在耳边听听就明白了。陈元就是在那天学会如何识别银元真假的。过了一会儿，窗子被吱吱地推开了，把那只猫放了进去。陈元回家之后问父亲，陈先株怎么会有银元？父亲说，恐怕是上边留下来的，当年世道很乱，不但有强盗，还要打土豪分田地，大家就把银元埋起来了，有的埋在院子中间，有的埋在床下边，等风声过去了，就又挖出来了。

　　当杀猪佬不仅仅自己有肉吃，还可以拿走一条猪大腿当工钱。陈先株开始也不是杀猪佬，因为他喜欢的那个小奶喜欢吃猪大腿，所以他才喜欢上了杀猪。逢年过节的时候，杀猪佬陈先株很吃香，每天要杀几头猪。杀猪有一道手续，为了容易拔毛与剥皮，在放血之后要向猪身上吹气。吹气的时候，要在猪腿上割一条口子，嘴巴直接对着油乎乎的口子，把猪圆滚滚地吹起来。陈先株吹得多了，整个脸就红通通的油腻腻的，像在油锅里涮过了似的，尤其是腮帮子鼓得像癞蛤蟆，鼻子亮堂堂地朝前伸着像一只小马灯。

陈先株听到陈元的意图之后，说离过年还早呢，杀猪的家伙都生锈了。陈先株翻出两把杀猪刀，四只大挂钩，几只刮猪毛的铁刨子，又搬出磨刀石，蘸上水一个个地磨着。陈元离开的时候，听到霍霍的磨刀声在整个村子里回荡着。

第二天清早，父亲不在家，去后妈的坟上了。陈元到河里挑满一大锅水，开始架着柴火烧了起来。陈先株也提着家伙来了，卸下一块门板放在一只大木桶上。陈元本想着再喊几个人，但是陈先株说，那么小的猪娃娃子，我一个人就可以把它放翻。陈先株说着，跳下猪圈，把猪尾巴朝手心一挽，倒退着就把猪给拖到了外边。陈元帮忙搭了一把手，就把猪给按在门板上了。陈先株提起一把刀，朝着猪喉咙捅进去。杀猪在塔尔坪是非常有讲究的，必须一刀子结束。如果一刀子进去，猪还没有断气，就预示着不祥，杀猪佬不但白忙活，得不到一只猪大腿，而且还要被人骂的。其实，也有一点科学道理在里边，如果一刀子杀不死，身体里的血淌不干净，猪肉里就会留有淤血，吃起来不痛快。

陈先株事先告诉陈元，当刀子从喉咙插进去之后，不要急着抽出来，在里边使劲地搅一搅，只有直接刺破心脏才会保证万无一失。陈先株的刀子一插进去，鲜红的血就汩汩地朝外流。他握着杀猪刀，回头看着陈元，说我要搅了啊？正当他暗使手腕，准备显摆给陈元看的时候，父亲却突然回来了。

父亲手中拿着一只洋瓷碗，大概是从后妈的坟上捡到的。父亲啪的一声，把碗摔在地上，十分生气地说，谁让你们杀猪的？陈先株听到父亲的话，脸色与刀子一起僵住了。陈先株斜着脸问陈元，你没有跟你爹商量吗？陈元说，他昨天答应好的呀。父亲说，我什么时候答应了？我之所以放不下这头猪，你们晓得这头猪是谁养的？是你后妈养的。陈元说，后妈不是死了吗？所以没有人养它了，我们正好杀掉它呀，你就没有牵挂了呀。父亲说，正因为你后妈死了，这头猪更要继续养着，起码让我养到过年吧？

陈先株把杀猪刀从猪脖子上拔了下来。猪刚刚还奄奄一息，刀子被拔出来之后，嘴里开始冒着血泡，发出几声嚎叫，从门板上爬起来，在院子里疯狂地跑着。跑着跑着，一头撞在院墙上，四条腿抽搐了一阵子，才真正地死了。

陈先株很生气地说，我杀了半辈子猪，被撞死的还是第一次。

陈先株收起家伙，刀子也不擦了，气呼呼地走了。父亲蹲到旁边，不用开水烫，不用刨子刮，不用火烧，不用石头砸，不紧不慢地拔着猪毛。他先拔猪鬃，再拔猪腿，然后拔猪头。感觉他在拔着一块庄稼地里的杂草，又像在为后妈拔掉一根根白头发。陈元凑过去帮忙，发现比拔草难多了。陈元说，用开水烫烫吧？不然收拾不干净的。父亲的气好像消了不少，说这是畜生，养着就是杀的，只是后妈刚刚去世，整个家里也就它可以说话，你们偏偏把它给杀了。

陈元想起多年前他妈去世之后，后妈还没有进门之前，他们家养着一头老黄牛，老得已经啃不动树枝子，一犁地就口吐白沫。陈元的舅舅当过牛贩子，三番五次地找到父亲，要把老黄牛拉出去杀掉卖牛肉，但是父亲死活不答应。那时候吃了上顿没有下顿，陈元天天盼着老黄牛滚坡。它什么时候摔死了，他就可以吃肉了，起码可以喝几碗骨头汤。但是老黄牛尤其长寿，挣扎着活了几十年，相当于人活了八十岁，中间不晓得和谁好过一次，突然怀上了小牛娃子。父亲高兴坏了，十分得意地说，我没有卖它是对的吧？有人说，是不是你弄出来的？父亲说，我有那本事的话，自己再生一个儿子。老黄牛之所以长寿，是陈元和父亲一起养得好，春天采桃花杏花喂它，夏天割最嫩的草喂它，秋天摘野果子和草籽喂它，冬天用麦麸子喂它。而且总是用泥巴和树叶子把牛圈填得软绵绵的，比陈元他们家的床还要舒服。父亲几乎每天晚上都去牛圈，待到半夜三更，说是给牛添草。陈元觉得是哄人的，有几次偷偷地去看，发现父亲一边抽烟一边摸着老黄牛的脊背说话。无非那么几句，今年天旱，庄稼歉收了；孩子长大了，要不要继续念书？我想找个人暖暖脚，你看这事儿怎么样？

陈元明白父亲的意思，他要留着槽上的那头猪，不仅仅因为离过年还有一段时间，还可以多长上百斤肉。在塔尔坪，基本在过年之前杀猪，制成腊猪肉挂在阁楼上熏着，一直吃到第二年冬天。夏天的时候，腊猪肉腌得再咸都会生蛆，大家觉得生蛆可惜，便在肉吊子下边放一个筛子，筛子上铺一层面粉。蛆一旦掉下去，在面粉里滚一滚，就形成了肉米。大家把肉米放在油锅里一炸，吃起来比腊肉还要香。

陈元常年不在身边，偶尔回来一趟坐在一起，父亲想说的是天气、庄稼和畜生，恰恰陈元的生活离这三样东西最远，所以之间已经没有什么可说的了。塔尔坪有几个老头子，都是一起长大一起变老的，心里都是透亮透亮的，见面除了抽一根烟，借一下斧子呀镰刀呀，就什么也不用说了。父亲想留着那头猪，最重要的是他还有依靠，在一个人的时候，可以把心里的话，把那块土地上发生的鸡零狗碎的事儿，说给它听听。它听得懂听不懂不重要，重要的是他能说出来就满足了。

陈元说，爹呀，我重新给你抓个小猪娃子吧？父亲说，暂时不要了，出门也不方便。陈元说，干脆给你养一条狗，养一条狗你走到哪里，它可以屁颠屁颠地跟到哪里。父亲说，狗要吃要喝的，除了哇哇几声，摇摇尾巴，顶什么用？陈元说，那你跟我去上海，我在上海也很孤单，也没有一个说话的人，如果我们一起住在上海，你有什么可以跟我说，我有什么可以跟你说，我们就可以好好聊天了。父亲说，你跟我聊什么？聊电脑吗？我跟你聊什么？说种庄稼吗？陈元说，聊聊你们经历的事儿，你过去最爱听老戏，还会唱几句老戏，到时候你唱老戏给我听。

陈元说到老戏，父亲抬起头，眼睛一亮。父亲说，有一个会唱老戏的表叔你还记得吗？陈元说，怎么不记得，因为学习唱戏，平时走路的时候两条腿扭来扭去，像是搓麻花子，所以你们叫人家麻花子。父亲说，你赶紧帮我联系联系，他不但老戏唱得好，二胡呀锣鼓呀戏服呀，什么都是现成的。我们好多年没有联系了，他如果愿意的话，你把他给我接过来，冬天不种庄稼的时候，我们凑在一起唱几天老戏，也可以打发打发日子了。

父亲的牙齿一颗不剩，耳朵基本聋了，而且大字不识，看书写字那是天方夜谭。后妈去世之后，陈元一直担心的，就是这样一个农民他靠什么打发时光呢？靠什么安度晚年、享受活着的乐趣呢？尤其是冬天，没有麦子收割，没有杂草清除，让他怎么过呢？发现父亲惦记着老戏的时候，陈元悬着的心稍稍地落地了。陈元感到庆幸的是，父亲还有一双正常的眼睛和一张能说话的嘴巴。

第二天早上，陈元去小卖部买了两条子猴王烟、两瓶子陕西人都喜欢的西凤酒和几斤红糖，顺便借了一辆摩托车就上路了。他要找到会唱老戏的麻花子表叔。只要把表叔接到塔尔坪，他就可以放心地回上海了。

II 老戏

陈元起身的时候，父亲装了一袋烟叶子要捎给麻花子。父亲说，好多年没打过照面了，他会不会已经不在了？陈元说，不可能的，人家比你小七八岁。

陈元顺便绕到了石门镇，在有手机信号的地方，给主编贾怀章打了一个电话。贾怀章迷迷糊糊地说，几点了？陈元说，早上七点不到呀。贾怀章说，你他妈的，这时候打电话，是不是不想让我活了？陈元说，你听听吧，小麻雀都醒了。贾怀章说，你不晓得我凌晨三点下班吗？我们干新闻的不是小麻雀而是鸡，其实还不如一只鸡！贾怀章说完，把电话给挂断了。

麻花子表叔家是去河南的方向，不属于石门镇，具体属于武关镇还是什么镇，陈元是说不清的，只记得那个地方叫庙沟。庙沟与塔尔坪仅仅隔着几座山，口音就不一样了。塔尔坪把"吃"说成"气"，庙沟说成"恰"，倒有点上海腔调了。到了麻花子家就等于到了河南，他家处在两省的交界处，跨过他家就属于河南官坡。陈元没有查过地图，因为塔尔坪在地图上是查不到的，只晓得离河南官坡不到一百里。村里人赶个大集，抓个猪娃子呀，买头小牛娃子呀，给牲口配种呀，卖床板和木料呀，不去丹凤县城更别说去西安，基本是去河南的官坡。在清朝的时候，塔尔坪确实归河南管辖，所以除了黄梅戏，父亲爱听的，麻花子会唱的，不是商洛花鼓，也不是陕西秦腔，而是河南豫剧《包青天》《秦香莲》和《卷席筒》，喜欢的也是旦角常香玉、陈素真和崔兰田，还有丑角牛得草。

塔尔坪每年会有几场电影，放映员背着放映机一个个村子转，转到塔尔坪的时候一般是春秋两季。大家看完自己村子的，再跑十几里路，翻过几座山，看其他村子的。电影一样，地方不一样，人也不一样，心情更不一样。看电影的那几天真像过年，大家都穿上新衣服，带着小板凳，装着瓜子，天不黑就出门了。给陈元印象最深的是豫剧《朝阳沟》，银环那丫头的长辫子，到如今还撩拨得他心里痒痒的。每次看完电影，就会传出谁家媳妇与谁家男人好了。好了，就是那个了。那个了，就是在庄稼地里睡觉了。没有电影看的时候，还组织办黑板报，或者在墙上画画。塔尔坪有一个光棍，是陈元的大佬陈先有，在给生产队放牛的时候，屁股被牛顶了一个大窟窿。大佬的英雄事迹像连环画似的，被小学老师画到了塔尔坪小学的墙上。

塔尔坪一年半载地还要请杂技团表演，其中有几个小丫头，一会儿钻火圈，一会儿空滚翻。当时还没有看到武侠小说，也没有读过《西游记》，陈元把几个小丫头当成了仙女。有一天中午，正好轮到陈元他们家管饭，陈元家勉强准备了一锅酸菜煮杂面。杂面是在麦子里边掺进黄豆磨成的，在饥荒年月算是十分丰盛的。但是几个小丫头吃了几口，就愁眉苦脸地跑掉了。陈元跟着一个大丫头，磨磨叽叽地转到门前的麦地里。麦子已经壮浆，布谷鸟快黄快割地叫着，再过半个月恐怕应该收麦子了。大丫头摘下几个麦穗子，放在手心中间一揉一搓，轻轻地吹了一口仙气，就露出一把亮晶晶的麦颗子，然后扔进嘴巴里有滋有味地嚼着。陈元想，大丫头应该饿坏了，便心疼地跑回家，把老母鸡刚下的两个热乎乎的鸡蛋——两个鸡蛋可以换回半罐子盐了，偷偷地拿出来塞给了大丫头。陈元之所以那么殷勤，是想跟着杂技团学几招，回来哄塔尔坪人开心，最满意的是把大丫头娶回来，在自己干活累了的时候，让她在地里，在山上，在河边，表演节目给自己看。可惜杂技团不收他，没有走出塔尔坪就让人家拿着石头给赶走了。

父亲发现两个鸡蛋没有了，问陈元有没有看见。陈元说，是不是还没有生下来？父亲说，你听听，鸡还在咯咯哒咯咯哒地叫呢。陈元说，会不会被小佬拿走了？他刚刚从鸡窝边上走过去的。父亲跑到隔壁问小佬，我家的鸡蛋是不是被你偷走了？小佬说，你们家鸡蛋是什么样子的？父亲说，刚刚下的当然是热的。小佬说，你们家鸡蛋不会是方的吧？我刚刚吃了一个鸡蛋是方的。父亲说，我们家鸡蛋原来是圆的，不过今天确实变成方的了，你赶紧把鸡蛋还给我们。小佬说，你这是胡搅蛮缠，我见过你们家的鸡屁股，什么时候见过你们家的鸡蛋了？父亲说，你自己刚刚承认的，你说你自己吃下去了。小佬说，既然是我吃下去了，吐是吐不出来了，你干脆把我的肚子破开算了。兄弟两个人吵着吵着，就扭在一起狠狠地打了一架。

塔尔坪最热闹的是自己演戏。大多数长辈们像父亲一样不识字，但是都有一副泉水一样清亮的好嗓子。有一阵子不敢唱别的，大家偶尔唱唱豫剧《智取威虎山》和《沙家浜》。陈元没有到上海之前，不理解沙家浜是什么意思。陈元到上海之后，把"浜"念成"兵"，被人笑话了好长一段时间。还有不少戏词是自编的，基本来源于塔尔坪的生活，如今陈元还记得两句，第一句是父亲唱的"我拿墨斗你拉线"，第二句是小婶唱的"把线拉在板中央"。父亲与小婶在扮演恩爱夫妻，也许在给儿女打家具，也许在给老人打棺材，过着快乐的小日子。小婶是小佬陈先火的媳妇，人长得细眉嫩眼的，声音脆脆甜甜的，唱出来真是好听极了。不过每次唱完戏回到家，小婶都会被小佬陈先火莫名其妙地揍一顿。有几次揍得小婶拿着绳子，要到山上找棵大树寻死上吊。

让父亲最称心的应该是唱老戏。当年塔尔坪专门搭过一个戏台子，不晓得为什么后来被拆掉了。戏台子上用的青砖绿瓦和塔尔坪不一样，都是从外边运回来的，台柱子也请木匠雕了雕。过年过节，结婚生子，周年祭日，尤其过三十六或者六十大寿，会把戏班子请过来唱上几出。陈元记得有一位表姑爷，五十多岁的时候添了个儿子，竟然唱了整整三天三夜。有人开玩笑说，你是孩子的亲爹吗？表姑爷咧嘴一笑说，我是不是亲爹有什么关系？只要我媳妇是儿子的亲妈就行了。有一对夫妻，结婚十年不孕不育，便悄悄地问表姑爷，你到底吃什么了？表姑爷说，既没有吃锦鸡，也没有吃牛锤子，只是在武关河抓了几条娃娃鱼。那对夫妻依法而行，去武关河抓了几条娃娃鱼，吃下去不到半年就开怀了。

戏班子反复唱的，无非是《辕门斩子》《卷席筒》和《包青天》。在《卷席筒》里，嫂子给小叔子收尸体，每次都唱得人跟着哭成一片。不过，大家都不在乎，无论喜事丧事都爱看，因为在戏里有一个善良的年轻人叫苍娃。陈元的麻花子表叔，在戏里扮演的就是苍娃。似乎大家喜欢戏里的苍娃，顺便喜欢上了麻花子。麻花子每次来唱戏，顺便挑着几件盆盆罐罐给大家，那些东西都是他自己烧的。他大多数时候不是唱戏的，而是一个窑匠。他一个人练泥，一个人拉坯，一个人晒坯，一个人上釉，一个人装进窑里烧。等烧好了，再大大小小地挑着，卖给方圆的人。说他卖，其实就是用几升麦子、半斗包谷换。塔尔坪人用大缸沤酸菜，用盆子和面，用罐子熬腊猪肉，也熬汤药。

陈元他妈熬了十几年汤药的罐子，如今还在家里放着，透出一股甘草气息。陈元总是喜欢帮忙倒药渣子，因为可以拣里边的甘草吃。陈元家也用麻花子的大缸来装粮食，用大缸装粮食最保稳，老鼠啃不动，又可以防潮，不易生虫子。陈元家还用麻花子烧出来的黑碗盛饭，用那种碗吃饭好处很多，不容易摔烂——那时候一个人能有一只属于自己的碗是很了不起的，摔烂了是要挨打的。尤其到了冬天，厚实的黑碗端在手里，像暖炉子一样舒服。

方圆几百里后来没有人烧窑了。陈元与父亲议论过，按照父亲的说法，捏一个泥巴碗，烧一个泥巴碗，要花费多大的工夫？起码得过三十六道手。如果卖便宜了不划算，卖贵了没有人要。如今人们喜欢塑料的，水桶是塑料的，舀水的瓢是塑料的，和面的盆子是塑料的，吃饭的碗也换成塑料的了。不但不怕打，关键是便宜，两三块钱一个，而且花花绿绿的，看着十分漂亮。父亲说，我还是喜欢原来的黑碗，塑料碗端在手上轻飘飘的，觉得日子过得有些不踏实。陈元想，再这样下去，恐怕就没有文物了，因为把塑料当成陪葬埋到墓里，哪经受得住几百年几千年的折腾呢？

陈元骑着摩托车赶到庙沟的时候，已经过了吃早饭的时间，房顶上的烟囱已经断气。陈元敲门问路，并没有人应声，门上基本挂着大锁。偶尔有一两个老人，在门外边晒太阳，要么是聋子，要么眼神不好，感觉陈元来路不明，有可能是要账的，都躲躲闪闪地说，孩子出门打工去了，要找他们你过年来吧。陈元终于找到村口，在一棵柿子树下遇到一个老人，他长着一只鹰钩鼻子，鼻尖像特意安上去的，上边挂着一串鼻涕，所以鼻子显得十分长。长鼻子埋着头在编箩筐，身边摆着十几个大大小小的箩筐。陈元说，你编这么多是卖钱吗？长鼻子说，哪有人买呀。陈元说，是装东西吗？长鼻子说，哪用得了这么多呀。陈元说，那你编它干什么？长鼻子说，为了拆呀，拆掉了再编呀，不这样日子打发不完呀。长鼻子刚刚编好一个箩筐，随手又开始拆起来了。

不远处坐着另一个老人，他眯着眼睛在晒太阳，手中揉着一团泥巴，身边摆着一长串的泥坯子，全是大大小小的泥巴碗，大点的像盆子，小点的像茶杯子。陈元准备上前问话的时候，从他下巴上的一颗黑痣认出这个一头白发、满脸皱纹、留着络腮胡子的老人就是表叔麻花子。陈元说，表叔你还好吧？麻花子抬起头，张了张嘴巴，似醒非醒地打量着陈元。

长鼻子说，你是谁呀？我们不认识你呀。陈元说，我是塔尔坪的喜娃子。长鼻子说，你是陈先土家的喜娃子？跑到大上海的喜娃子？陈元说，是的，我表叔他不是已经不烧窑了吗？怎么还在折腾泥巴呢？长鼻子说，他和我一样闲得心慌，把那些泥巴碗放在太阳底下晒干，然后毁掉，毁掉了再揉成泥巴——他手中的那些泥巴呀，已经被他揉过几十遍了。

麻花子挣扎着，并没有说出话来。他放下捏了一半的泥巴碗，去盆子里洗了一把手，赶紧给陈元搬来一条凳子。长鼻子说，你是顺路的，还是专门来看你表叔的？陈元说，是专门来的，我爹让我专门来看看表叔。麻花子抬起手在半空中挥舞着，嘴巴嚅动了半天仍然没有发出一丝声音。长鼻子说，两年前，你表叔不晓得什么原因，突然变成哑巴了。

陈元感觉一阵悲凉，拿出父亲送给表叔的烟丝。麻花子看到黄亮亮的烟丝，捏了两撮按在烟锅子里吸着。吸完了一袋烟，比画着让陈元在树下等等，然后就回家去了。

长鼻子叹了口气说，唱戏，烧窑，看麻衣相，他年轻的时候多有本事呀，如今老了老了一下子变成哑巴了。陈元说，我表哥表姐他们不在家吗？长鼻子说，你表哥在山西煤矿招了上门女婿，你表姐嫁去了河南洛阳，七八年都没有回家了，你表叔一个人在家里整天不吱声，和我们见面也不打招呼，坐在一起也不插话，有人请他看相，他总是摆摆手。前几年，外边来了一帮子人，请他烧一批罐子，冒充什么什么的，他不愿意也就算了，还想和人家吵架，但是张开嘴巴骂人的时候，发现自己不会说话了。陈元说，没有去医院看看吗？长鼻子说，要我说呀，他不是病出来的，是孤单出来的。

陈元还想说点什么，麻花子扭着麻花步子返回来了。麻花子挎着一个包袱，里边装着唱戏的道具，还换了一身戏服，透出一股子酒气，恐怕为了防止发霉，用太阳晒过之后洒上了白酒。陈元说，表叔你这是干什么呀？麻花子一边比画着，一边拉着陈元就上路了。

陈元问，你晓得我爹想看老戏了？

麻花子点点头。陈元说，你不是哑巴吗？

麻花子苦笑了笑，做出一个老气横秋的武生劈腿的姿势。

太阳还没有落山的时候，陈元用摩托车把麻花子带回了塔尔坪。马铁匠按照父亲的吩咐，已经接到半路上，替麻花子背着包袱。陈元远远地听到村子里乱哄哄的，问马铁匠为什么突然那么热闹？马铁匠笑了笑，并不回答。陈元回到家，发现院子里挂上了两个大红灯笼，门前的走廊经过一番布置，左边用几块绸缎被面子拉成了幕帐，右边用包谷秆子隔了隔，算是登台亮相的屏风。这是父亲搭的戏台。杀猪佬陈先株，开小卖部的陈先水，十几个人端端正正地坐在台阶下。还有几个老太太老奶奶，几个回塔尔坪取衣服的学生，站在院子里一副等着看戏的样子。

父亲对大家解释说，老太太刚刚下葬的时候没有唱戏，如今为什么要唱戏了呢？因为老太太给我托梦，说她走了，如果我孤单了，就请苍娃来陪陪我。我醒来一琢磨，苍娃不就是《卷席筒》里的他表叔吗？老太太的意思其实是想让他表叔过来唱几出，塔尔坪好多年没有唱戏了，所以也不忌讳什么，就请他表叔上台吧。

马铁匠对麻花子说,你给大家唱一段《辕门斩子》吧?陈元想去阻拦,但是麻花子已经跨上了戏台。陈元不晓得在老戏里怎么说,麻花子取出一根鞭子,在戏台上挥舞着。几个老人的手中,有的拿锣,有的拿鼓,敲敲打打的。台上顿时马儿嘶鸣,蹄声嘚嘚,自然都是虚拟的。麻花子风尘仆仆地转了一圈又一圈,但是一直并不开口,急得台下的人叫着说,赶紧唱吧,就唱那段:

> 在帐下领了父帅令,
> 我巡营瞭哨到边庭。
> 遇见了胡儿兵不胜,
> 穆柯寨招了穆桂英。

麻花子想鲤鱼打挺的时候,但是躺在地上没有弹起来,像半条在地上挣扎的蚯蚓。陈先水说,龙套已经跑得差不多了,怎么还不开口唱呢?马铁匠说,跑了一路,口渴了吧?喝口水润润嗓子。陈先株说,好多年不唱了,是不是把调子忘记了?陈先株摇晃着油乎乎的大鼻子,自己先哼了起来。

父亲上去扶起麻花子。麻花子张了张嘴巴,双手比画了半天,整个脸扭成了一团。父亲心想,把麻花子接到塔尔坪,唱什么不唱什么也不重要,关键是几个老人可以借此熬过这个冬天。到开春了,有草拔了,有虫子可以捉了,有树苗子可以栽了,少了后妈也不会心慌了。

陈元对着父亲的耳朵小声地说,表叔他生病了。父亲没有听清,竖起耳朵反问,你说什么?陈元大声地说,表叔他生病了。父亲说,感冒发烧了吗?陈元说,他不会说话了。父亲说,他这叫什么病呀?陈元说,他长时间不说话变成哑巴了。

大家都不吱声了,纷纷放下手中的锣鼓,唉声叹气地散掉了。整个院子再次陷入一片寂静之中,连树上的老鸹也不见了,只有一股股寒风在院子里旋转着。父亲没有再说什么,把麻花子扶到床上,坐在床边对着麻花子字不正腔不圆地唱:

你日后见了我哥哥的面，

把我的心思对他谈。

我死后你买条芦席把我卷，

挖个坑埋了就算完。

兄弟待嫂嫂有恩典，

轻重如山难报完。

万一兄弟有凶险，

命儿女给你戴孝把坟添。

前半夜，父亲自己每唱一段，就对着麻花子说一句"唱吧"。后半夜，父亲对着麻花子嘟嘟哝哝地说了许多，有关于看相的，有关于烧窑的，还有一些唱戏的。父亲说，你说你有一本麻衣相书，我看屁都没有，不然为什么看错了？你说我大富大贵，如今我一个孤老头子，富在哪里？贵在哪里？你说我能活到九十九岁，如今身体一天不如一天，能活到八十岁就烧高香了。半夜的时候，院子外边突然传来一阵老鸹声。父亲说，你说你听得懂老鸹说话？那两只老鸹半夜三更不睡觉哇哇什么？我看呀，它们在骂你，骂你一辈子受了多少苦，如今不就是没有人陪吗，竟然突然装起哑巴来了，你这哑巴肯定是装出来的！

按照父亲的意思，既然长期没有人说话就变成了哑巴，那么有人一直在耳朵边说话，他的病也许就好了。父亲不晓得唱了多少遍，嘟哝了多少话，开始麻花子还努力地张大嘴巴，喉管里发出咕嘟咕嘟的响声。最后说着说着，麻花子就哭了，父亲也跟着哭了。

父亲想留麻花子在塔尔坪住几天，顺便请赤脚医生过来看看，反正回去也是孤单一个人。但是麻花子坚持让陈元拿摩托车送他回去，意思是还要回去捏他的泥巴碗。陈元说，又不急着用它吃饭，少捏一个多捏一个有什么关系？而且你毁了捏、捏了毁，这不是在做无用功吗？

父亲说，有一天我也会和你表叔一样。陈元说，怎么可能呢？父亲说，怎么不可能？你表叔的一张嘴巴过去什么不会说，还不照样变成哑巴了吗？陈元说，他唱戏，看相，说多了，说够了，懒得再说了。

父亲很生气似的，说塔尔坪的几个老头子以后都会变成哑巴，到时候塔尔坪不用再叫塔尔坪，干脆改成哑巴村算了。父亲说，旁边有一个百家庄，因为村子里出了五六个瞎子，所以把名字改成了瞎子庄。陈元说，人家大名字还是叫百家庄，那只是小名字，而且人家叫瞎子庄，是因为几个瞎子吗？是因为村子清一色全部姓黑。父亲说，姓黑不假，黑和瞎子有什么关系？陈元说，关系大了，瞎子两眼漆黑，反过来在天黑的时候，大家什么都看不见，也都是瞎子。

父亲说，你还记得瞎子庄的那个瞎子吗？陈元说，你说的是说书先生吧？爹你是不是想听他说书？父亲说，这辈子是听不到了，他十几年前就不在了，尸首都烂成灰了。陈元说，他没有收徒弟吗？父亲说，收了，徒弟已经改行了。陈元说，改行干什么去了？父亲说，听说带着小三弦在丹凤县汽车站前边要饭。

瞎子庄的那个瞎子险些成了陈元的师父。陈元还小的时候，瞎子来塔尔坪说书，每次说到紧要处总是啪地一拍醒木，来一句"说到此处算一段，让俺喝口凉茶润润声"。吊得人十分着急，而瞎子笑眯眯地摸着胡子，慢悠悠地喝着水。有一次，陈元站起来，拿起醒木啪地一拍，从案上操起小三弦一拨拉，就颤悠悠地唱了起来：

> 罗成回马再交战，
> 大胆苏烈又兴兵。
> 苏烈大刀如流水，
> 罗成长枪似腾云，
> 好似海中龙吊宝，
> 犹如深山虎争林。

陈元唱的那些，当然都是过去听书的时候记下来的。说书的瞎子并不生气，让陈元唱了几分钟。那天晚上散场之后，瞎子就敲开了陈元家的门，对父亲说，这孩子是说书的料子，他可以收陈元为徒。能当一个说书先生，在那个极度封闭也极度饥荒的年代，相当于如今的歌星笑星影视明星，真是吃香的喝辣的，还可以走村串户四处跑，是许多人家求之不得的。但是父亲一口回绝，大意是喜娃子太小。陈元和父亲闹了好长时间，说话的时候不仅不喊爹，还把报仇两个字偷偷地写在手板心。父亲解释说，你看看说书先生，几个能有好下场？基本都是瞎子，为什么明白吧？因为他们晓得的比老天爷还多，老天爷嫉妒他们，挖掉了他们的眼珠子，你想当瞎子那就去好了。陈元当然不想当瞎子，天下最可怜的就是瞎子，金灿灿的包谷与绿油油的麦子在他们眼中都是一个颜色，再漂亮的女人与一头大肥猪长得都是一个样子。

如今看到麻花子之后，陈元觉得最可怜的还不是瞎子，而是哑巴。瞎子看不到，在心里想得到，喜欢哪个女人，她的头发、奶子和屁股都是可以想出来的。哪怕瞎子是天生的，从来没有见过女人是什么样子，他肯定也会用世上最美妙的感觉把她想象出来，关键是可以把那种感觉表达出来。

但是哑巴呢？你想得再天花乱坠，怎么也表达不出来，不是活活把人给憋死了吗？

Ⅲ 收音机

转眼又过去了几天，还没有安顿好父亲，让陈元心里十分不安又茫然不知所措。那天早上，在父亲的催促下，陈元收拾行李准备返回上海。父亲把陈元送出村口，又送到石门镇，直到陈元从镇上搭上前往县城的班车。父亲站在初冬的寒风中，像一棵大树上仅剩下的几片叶子。陈元说，爹呀，你回去吧。

陈元说了好多遍，也许父亲没有听见，也许父亲想把陈元目送到极点。父亲仍然站着，站在陈元的起点上，站在自己的终点上，面对着延绵起伏的大山。当班车爬上半山腰，陈元看到父亲仍然站在桥头，像一只小小的蚂蚁被迅速地卷入茫茫的雾气寒烟之中。

陈元的眼泪流出来了。并排坐着的一位大嫂似乎认识陈元，所以关心地说，是不是放不下你爹？陈元说，他一个人怎么过呀？大嫂说，我婆家是塔尔坪的，按辈分你应该叫我嫂子，我磕头结婚的时候，你正好放暑假，帮我抬过嫁妆。陈元说，我抬的是轿子吗？大嫂说，塔尔坪什么时候有轿子？你帮我抬的是箱子，箱子上边放着一床被子，过河的时候你摔了一跤，我觉得不吉利，还骂了你几句，怕不认识我了吧？陈元说，我出门时间长，又回来得少，都不认识了，请问我哥叫什么？大嫂说，叫陈元春，陈元春认识吧？我们是大房的，住在高山流水里，陈先甫是我老公公。陈元说，你老公公是我们族长，你这么一说我全明白了，你们在西安生意做得那么好，族长他真是不晓得享福，好好的日子干什么要跳楼呀？大嫂说，人老了，可能想法不一样吧。

陈元说，我看大嫂是不是怀孕了？大嫂摸着大肚子说，大女儿已经不小了，肚子里怀着的是第二胎，为了在西安生孩子，这次是专门回来开证明的，不然还回不来呢。陈元说，为什么不放在塔尔坪生？大嫂说，能在塔尔坪生就好了，用不着花那么多钱，但是在塔尔坪谁来接生？万一难产了怎么办？孩子生出来谁来照顾？如今没有孩子在这里生，没有孩子在这里养，还是因为我们这里太落后了。

大嫂说，你爹不愿意去上海吧？如今剩他一个人了，到底怎么安排的？陈元说，我把表叔接过来，想请他陪着唱唱戏，谁会想到表叔成了哑巴，想请说书先生说说书，说书先生已经不在了，收了个徒弟人家改行了。大嫂说，唱戏说书都不是长久之计，你给他买台电视机吧，如今电视剧很吸引人，几个女人吵吵闹闹的，穿的衣服和老戏一样，打发日子还是可以的。陈元说，我爹恐怕不喜欢那些，他倒是喜欢看戏曲，秦腔呀黄梅戏呀都可以，尤其喜欢河南豫剧。大嫂说，那更应该买台电视机，电视里有戏曲频道，秦腔、豫剧、越剧、京剧，《铡美案》《天仙配》《包青天》《屠夫状元》，想看什么没有呀？

两个人说着话，便到了丹凤县城，陈元没有换乘前往西安的大巴，而是先给上海那边发了一个短信，大概意思是还没有把父亲安顿好，所以要继续请假几天，具体天数难定，要杀要剐，请主编批准。半天，长头发贾怀章只回了一个问号，一个感叹号。陈元想到父亲站在风中目送自己的样子，已经顾不得多少了。

陈元直接找到一家电器商场，买了一台二十五英寸的彩电。当陈元扛着彩电再次回到塔尔坪的时候，在村口听到了唱戏的声音。声音十分大，是一曲《天仙配》：

> 随手摘下花一朵，
> 我与娘子带发间。
> 从今不受奴役苦，
> 夫妻双双把家还。
> 你耕田来我织布，
> 我挑水来你浇园。

阳光十分明媚，把塔尔坪照射得更加安静了，当那声音回旋在塔尔坪的时候，陈元产生了一丝幻觉，不由自主地放轻了脚步，似乎真有天仙从身边下凡一样。

陈元明白，那不是戏班子唱的，而是收音机的声音。在陈元小时候，塔尔坪没有通电，电视机是个废物，收音机是用电池的，所以一直是可以的。在陈元他妈去世后不久，父亲就买了一台红星牌双波段的收音机，上边有一根天线，可以伸长也可以缩短。他用过的废电池舍不得扔，在家里的柜子上摆成一长串，成了豪华的装饰品。大家总是啧啧地说，哎呀，陈先土都可以开发电站了。收音机起初信号也不好，收不到什么台，白天嗞嗞啦啦的，黄昏时分会清晰一点，再后来白天与晚上都能收到几个台。

父亲无论在地里干活，还是到山上放牛割草挖药，都把那台收音机带在身边。有时候挂在脖子上，有时候挂在树枝上。父亲收听的节目，基本只有两个，晚上收短波，白天收中波，清一色播放着老戏。有人用收音机收听天气预报，但是父亲用不着。他抬头看看门前的山头，根据云彩的快慢、雾气的浓淡、天色的黑白、霞光的颜色，再低头看看地上，根据蚂蚁爬行得轻重缓急，影子拉得左右长短，就晓得第二天会不会下雨，起不起风。后来，无论陈元在哪个城市，父亲也开始收听天气预报。父亲收听的不是陕西天气，不是河南天气，而是陈元所在城市的天气。

因为陈元的存在，一个城市才存在，一个世界才存在，风风雨雨才存在。有一年，预报将有十几级台风的时候，他告诉村子里的人说，你们晓得十级台风有多大吗？可以把我们村口的核桃树一下子连根拔起来。他急急地跑到镇上打电话提醒陈元，不要让风给吹跑了。

再后来，父亲的耳朵聋了，听不见收音机了，也听不见鸡鸣狗叫了。听不到公鸡打鸣就不晓得时间，所以陈元给他买了一个电子表。这下子把公鸡害惨了，小鸡刚孵出来，根据头冠的大小，鸡毛的长短与颜色，父亲就能辨别出公母来。公鸡来到世上，还没有叫一声，还没有和母鸡亲热一下，就被他早早地处理掉了。陈元给父亲买过助听器，也带他掏过耳朵屎，但是作用不是十分明显。没有办法，平时说话的时候，尽量贴近他的耳朵，或者大声一点。收音机就没有那么方便，父亲只好不停地加大音量，音量最后大得像高音喇叭。由于声音太大，开始大家都很开心，无论在床上睡觉，还是在茅司拉屎，不用费一节电池，就能听到老戏了。但是闹得村子里的猪呀鸡呀，整天五心烦躁的，像发疯了似的到处乱撞乱窜。猪啃着自己的脚，鸡不晓得归窝。大家就骂，你个聋子，听什么收音机呀？父亲笑着说，我是聋子，收音机又不是聋子。

反正父亲醒着，收音机就醒着；父亲睡了，收音机不见得睡得着。早上起床，如果发现收音机还开着，他就十分心疼地把电池取下来，呵一口热气，放在怀里擦一擦，像心疼给孩子唱了一夜的女人。有一天，由于劳累过度，那台收音机闪着火花，冒出一股黑烟就坏掉了。父亲请人把它修好了，花了好大的价钱，据说送给人家两棵大树，算下来差不多可以抵一台收音机了。但是父亲说，账不能那么算，买一台新的收音机哪有这么顺手？而且我和它呀，已经有感情了。

父亲修好收音机之后就不再开了，也许舍不得了，也许真觉得自己是聋子，开不开已经没有什么差别了。但是，他依然把收音机天天搬出来放在身边，有空还把它擦一遍又一遍。小婶告诉陈元，有个贩子看上了那台红星牌收音机，觉得是个古董，想花两百块钱收走，但是父亲像傻子，多少钱都不卖。父亲事后给陈元打了一个比方，如果那不是一台收音机，而是自己的一个媳妇，她无论唱歌还是骂人，你什么都是听不见的，你是让她坐在身边唠叨呢，还是把她赶走或者卖掉？陈元说，当然是陪在身边了。

父亲送走陈元回到塔尔坪，没有后妈的日子太安静，安静得让他实在有些伤心。他坐在门枕上点燃一根烟，几口下去就把烟抽完了。也许抽得太快，不像原来从肚子里转一圈，通过鼻子眼睛冒出来就化成了雾气，而这一次是从嘴里直接吐出来的，吐出来的时候还是烟，透过浓浓的烟，他什么也看不空了，反而看空了自己。在慌慌张张之中，父亲猛一回头，突然发现摆在香案上的收音机。他找来两节新电池，把收音机打开了。

父亲看陈元返回来了，一半责怪一半高兴地说，你看看，它还有声音。父亲调了调收音机上的一根红线，先把《天仙配》拨走，然后又拨了回来。父亲对那根红线太熟悉了，闭着眼睛都可以把那个波段调出来。父亲把耳朵贴在上边说，看着它一闪一闪的，像不像有一张嘴巴在和我说话？父亲还是那个意思，听见听不见不重要，重要的是它还在身边唠叨着。陈元说，我给你买了一台电视机，电视机的嘴巴更大，而且像真人和你说话一样，你哪怕听不见，起码可以看得见。

塔尔坪想收到不带雪花点子的电视节目，必须配一口卫星大锅安装在房顶上。第二天中午，陈元又去镇上买了一口大锅，立即就收到了几套电视节目。父亲笑着说，有电视就热闹了。可惜的是，无论陈元怎么调，河南台、陕西台和中央台，大白天都在播放韩剧。陈元说，这是韩国电视剧，城里人不看韩国电视剧就会睡不着。父亲问，韩国在什么地方？陈元说，韩国也是外国。父亲说，我们放外国的电视，要不要收费？陈元说，放心吧，全部是免费的。但是一直等到天黑，也没有找到戏曲频道。陈元想，如今的戏曲收视率不高，恐怕已经调到了后半夜。陈元守到了天亮，在十几个频道里照样没有收到一个戏曲节目。父亲安慰陈元说，比收音机好多了，起码能看到人影子了。

马铁匠跑过来说，你这么小气，怎么舍得看电视呀？父亲说，人家全部是免费的，外国的电视都是免费的。马铁匠说，你家电视机不用电吗？父亲说，当然用电了，你以为它是畜生吗？马铁匠说，所以呀，一台电视机一个月上百度电，那不是钱吗？父亲平时每个月仅仅只用两度电。他用电十分节省，天不黑透不开灯，而且还备用了两个灯泡子，一个三十瓦，一个十五瓦。在陈元回家的时候，他会换上三十瓦的，陈元前脚一走，他后脚就换成十五瓦的。父亲听了马铁匠的话，赶紧爬到电表上一看，发现数字在呼呼地向上跳，父亲吃惊地说，我的妈呀，比兔子跑得还快呀。

陈元说，上百度电能花多少钱？从现在起电费由我来付。父亲还是那句话，你的钱就不是钱吗？他赶紧拔掉了电视机的插头，还是拿出收音机，不时地看看收音机，看着那一闪一闪的亮点。此时收音机播放的，已经不是老戏了，但是父亲依然对陈元说，还是《天仙配》好听。陈元说，是的，还和当年一样。

按说有了收音机，意义还是挺大的，但是有一个细节让陈元十分揪心。父亲出门挑水的时候，会冲着收音机说，你看看，水缸又空了；父亲生火做饭的时候，会冲着收音机说，你看看，中午煮面条还是烙锅盔？父亲每次从外边回来，总是冲到收音机前，拧一拧，调一调，像在调台，更像在和后妈打着招呼。后妈在世的时候，父亲和后妈说话的语气就是那个样子。

那天吃过午饭之后，父亲说家里面粉不多了，扛着一袋子麦子要去陈先水家磨面粉。陈先水家是四房的，住在村子中间的祖德流芳里，不但开了一个小卖部，还安了一台磨面机捎带着磨面粉。父亲在出门之前，又冲着收音机说，你看看，是磨白一点还是磨黑一点？父亲说完，发现那个红灯不闪了，就跑过去把音量拧到最大。只听到啪的一声，随着一道火光，收音机冒出一股黑烟。父亲抱着收音机，又是拍又是打的，像面对使性子的女人。但是无论他怎么样，红灯再没有闪烁，连一丝嗞嗞啦啦的声音也没有。陈元用螺丝刀把后盖打开，象征性地修了修。陈元想说，再买个新的吧，但是想到父亲过去的话，还是把这句话咽了回去。

那台收音机仍然被父亲摆在香案上，摆在他能看得见的地方，仍然不时地拿下来擦一擦。恐怕只有父亲一个人能从那台变成哑巴的收音机中听出声音，也许只有那台收音机能与父亲进行某些别人听不懂的交流。

IV 打麻将

父亲的收音机也变成了哑巴，这让陈元更加苦恼。

陈元没有再去镇上打电话，也没有想办法发短信，请求主编贾怀章再宽限几日。反正不安顿好父亲，他无论如何也不能离开。陈元有时候想，如果被上海开除了，横下一条心待在塔尔坪，没有电脑，没有网络，不能用手机，没有车水马龙，没有海阔天空，但是有活着的父亲站在那片土地上，有几个死去的亲人埋在那片土地上，自己起码不会像在上海那样想家。不想家的时候肯定又会想远方的上海，但是那两种想是有差别的，想念故乡是一种寂寞，想念远方是一种空虚。寂寞是有，空虚是无，寂寞是可以忍受的，空虚是无论如何忍受不了的。

父亲把刚杀的那头猪，全部用盐腌制成了腊肉。当他爬到阁楼上，朝着房梁上悬挂腊肉的时候，竟然糊里糊涂地从梯子上摔下来了。那个光线暗淡的阁楼是专门用来堆放粮食的，比如包谷棒子和洋芋。所以里边经常会有成群结队的老鼠，还有顺着窗户钻进去的老鸹和麻雀，偶尔也会有蛇盘在上边蜕皮。蛇皮挂在房梁上，像一条白生生的飘带，显得十分阴森恐怖。

父亲从阁楼上摔下来之后，脸色惨白得像一张白纸，神情一下子有些恍恍惚惚。陈元问，是不是碰到蛇了？父亲说，大冬天的，蛇早就钻到地下睡觉去了。陈元爬上梯子，把头伸进阁楼一看，被吓得头发直竖，差点也从上边摔了下来。

陈元说，上边好像不是腊肉吧？父亲说，腊肉还没有挂好，你看到的是一套老衣，我给自己做的老衣。

老衣就是寿衣，是死人入殓的时候穿的。陈元看到的确实是一套老衣，包括一件上衣、一条裤子、一双鞋，全是黑色底子上印着圆形的金色图案，挂在房梁上猛然一看，像有人上吊一样那么晃荡着。陈元说，爹呀，好好的准备老衣干什么？父亲说，你们儿女都不在身边，我自己该预备的都预备好了，如果一口气上不来了，就不用让别人操心了。陈元生气地说，这多晦气呀！你预备得再齐全，自己能把自己埋掉吗？父亲说，怎么埋不掉？到时候我自己往棺材里一躺，你们把我抬出去就行了。

父亲告诉陈元，自己不是被老衣吓着了，而是这几天经常听到后妈在耳边喊叫他，刚才爬上阁楼的时候，好像看到后妈穿着老衣，一边喊叫一边走了过来。父亲看着陈元说，这是你后妈催命来了。陈元安慰他说，楼上黑乎乎的，你可能看花眼了，而且你一个聋子，能听到什么呀？父亲说，那我怎么糊里糊涂地摔下来了？我再老眼昏花也没有摔下来过呀。

陈元说，你感觉后妈在喊叫你，肯定是你想后妈了。

父亲不敢再上阁楼了，在房檐下边的墙上钉了十几颗钉子，把一块块腌好的腊肉挂上去。父亲担心地说，这样会被人偷走的，如今城里人什么都偷，连地里的包谷棒子和树上的青壳核桃，都偷回城里摆摊子卖钱。

陈元想，如果自己这时候离开塔尔坪，无异于置父亲于死地。没有父亲，他陈元要上海干什么呢？他陈元要远方有什么用呢？通过回家奔丧的这几天，陈元意识到人的一生，天伦之乐应该比其他任何快乐都重要。

塔尔坪民风十分纯朴，与外面的世界一比，尤其与尔虞我诈的上海一比，简直就是雪花和污水的关系。其实上海的许多流水就是塔尔坪的雪花化来的。塔尔坪具体纯朴到什么程度呢？可以这么说，原来塔尔坪只有一个人会打牌，包括扑克和麻将，而且那个人已经死了。

塔尔坪原来会打麻将的那个人，就是陈元的二伯真正的大伯陈先木。大伯陈先木也在民国出生的，在那个混乱的时代，小小年纪会打麻将并不奇怪。在解放之前，大伯常常怀里揣着银元，跑到塔尔坪外边，吆喝着要打麻将。有一次出门三天，输掉了十二块银元，还欠了一屁股债，等他回来拿银元的时候，发现床底下藏银元的罐子不见了。大伯提起一把斧子，顶着陈元他哆的鼻梁，逼问银元藏哪里去了。陈元他哆说，被你这个败家子输光了。大伯说，你再不把银元拿出来，我就砍掉自己的手，砍掉手我就不打麻将了。陈元他哆伸出自己的手，说你还是砍我吧。大伯挥着斧子砍下去，没有砍到陈元他哆，却把陈元他哆屁股底下的板凳砍成了两半。没有银元，并不影响大伯打麻将，他随后就把家里的十几亩地也给输掉了。不久，塔尔坪恰恰被解放了，土地被全部没收了。因为家里银元花光了，土地也少了十几亩，在划分阶级成分的时候，大伯一个人被划成了地主，其他兄弟几个统统都是中农。中农比起地主来说，日子好过多了。大伯常常说，是他救了兄弟几个。等到真正解放之后，打麻将是绝对不允许的，大伯自然而然就戒掉了。直到地主帽子被摘掉了，打麻将之风又兴起了，尤其在大伯晚年的时候，不需要再躲躲藏藏的了，可惜几十年过去了，原来的麻将腿子已经死了，年轻的麻将腿子都在外边打工，最多每年回来一次。大伯手痒了好长时间，拉着村子里的几个老头子要教人家打麻将，被骂得狗血喷头，有的嫌费工夫，有的舍不得钱，大部分认为那是败家子。大伯不甘心，便背着一副麻将云游四方去了。大伯顺着塔尔坪的小河而下，跑到了四十多里之外的余家村。余家村位于石门镇与武关镇之间，那里与塔尔坪恰恰相反，无论男女老少，别说打麻将了，什么花样都会。小孩子与小孩子凑一桌，赌注有核桃，有作业本，也有压岁钱；女人与女人凑一桌，赌注小到发卡，中到油盐酱醋，大到出嫁时候的手镯子；老头子与老头子凑一桌，赌注有烟叶子，有烟斗，还有拐杖。那些年轻人更不用说，打拐三，扎金花，推牌九，人多的时候十几个人围在一起，人少的时候两个人也可以单挑。

　　大伯在余家村打了一段时间麻将，于是当起了媒人，把陈元舅舅家的女儿，也就是陈元的表姐，介绍到了余家村。表姐算是十分漂亮的，长着一张鸡蛋式的椭圆脸，大眼睛像两个乌黑的杏子。人又特别勤快，挖药，种庄稼，针线活，里里外外都是一把好手。而且还能绣花，在枕头上绣出的两只喜鹊，据说能听到喳喳的叫声。所以好多人出嫁的时候，都希望得到表姐的绣花枕头，或者孩子出生的时候，都希望得到表姐绣出的肚兜。陈元枕过表姐的绣花枕头，头一挨着两只喜鹊，就能安静地入睡了，连梦里都是带着蓝天白云的。余家村算是方圆比较好的地方，把表姐介绍到余家村没有什么，关键是介绍给了余家村的一个小驼背。大家传言比较多：第一，大伯有天晚上输红了眼睛，欠了小驼背不少钱，便把表姐给押上了，答应当媒人提亲。因为大伯与舅舅关系好，几乎成了拜把子兄弟，两个人几杯酒下去，什么话都不用说，就把表姐嫁给小驼背的婚事给定下来了。第二，大伯把表姐介绍过去，是为了方便打麻将。不然余家村人生地不熟，散摊子之后没有地方睡觉，另外，打麻将难免会争争吵吵，没有人给自己撑腰，常常受到人家欺负。表姐嫁过去之后，大伯在表姐家支了一张麻将桌子，睡醒了随时可以上场子，饿了就一边吃一边打，果然玩得十分开心。

陈元的中学是在余家村念的。当时住在表姐家，还没有通电，晚上要点煤油灯。而陈元家连煤油灯都供不起，或者根本不想供，因为父亲开始不支持他念书，想让他早点娶媳妇。有一阵子陈元太用功了，父亲说，少看点书，省点煤油吧。用煤油灯最大的坏处，是油烟熏得人鼻孔乌黑，洗也洗不干净。陈元皮肤黑，他至今还在怀疑，是不是那时候熏出来的。所以陈元一看到光，就想着怎么利用它。在陈元的印象里，白天最亮的肯定是太阳，但是太阳一落山所有的光线都断了。陈元不晓得怎么把太阳延续到晚上。晚上最亮的是月亮和星星，但是陈元不晓得怎么接近它们，或者把它们摘下来。夏天的时候，看到成群结队的萤火虫，陈元终于想到了一个办法，那就是逮住它们，装在小玻璃瓶子里。五个萤火虫放在一起的光亮就可以看书，像瓦数小点的荧光灯。没有噪音，没有黑烟，可惜萤火虫慢慢少了，而且越飞越高了，不容易逮住它们了。

陈元后来有了免费的煤油灯，因为陈元住的那间房子，有一扇巴掌大的小窗户，无论白天晚上都非常清静，像一个专业的地下赌场。尤其晚上，大家吃完饭就来抢位子，其中就包括陈元的大伯。基本上天天打通宵，一旦有人自摸了，就从中抽出几毛钱去买煤油。他们打通宵，陈元就趁机把书看一个通宵，所以在表姐家上中学那几年，陈元年年考第一，数学次次一百分，把同学们都考疯掉了。塔尔坪的孩子们让陈元说说学习经验，陈元就告诉人家要打麻将，把麻将弄熟悉了，语文数学简直小菜一碟。人家说，你哄人的，打麻将就是赌博，赌博和学习有什么关系？而且我们塔尔坪哪里有麻将呀？

陈元工作之后和大伯打过一次麻将，是在春节回家探亲的时候。那天大年初一，早上吃过饺子，大伯就对陈元招招手说，我有个好玩的地方，你想不想去？陈元说，塔尔坪没有歌舞厅，也没有洗头房，有什么好玩的？大伯说，我不晓得什么是歌舞厅和洗头房，但是我有一个地方保证让你开心。陈元骑着自行车把大伯带到石门镇，两个人坐下来整整打了两天两夜的麻将，如果不是陈元把身上的钱输光了，大伯可能还不允许离开。

正月初三的时候，在回塔尔坪的路上，大伯问，你输了多少？陈元说，不到一千。大伯从身上掏出三百块说，这是我赢的，就补给你吧。陈元感觉，大伯喜欢打麻将，不像大家传说的，想赢人家的钱，或者是赌博上瘾了，也许仅仅是打发时光的一种方式。

陈元后来听说，大伯死了，不是病死的，也不是老死的，而是拄着拐杖跑到余家村为了打麻将死的。大伯在余家村玩了几天，有一天半夜下了一场雪，雪下在薄冰上边特别滑。他玩到中间起身去上茅司，没有想到脚下一滑，掉进茅司被活活地淹死了。入殓之前，有人帮大伯擦洗身子，掰开大伯的右手一看，手中死死地捏着一个三万。表姐夫小驼背那天晚上也在一起，他说我正好要和最后一个边三万，没有想到被他带到阴曹地府去了。大堂兄陈元东从寺庙赶回来，发现大伯被浸泡得不像样子，而且鼻子眼睛里尽是大粪，也不想再问青红皂白了，匆匆忙忙地把大伯给埋掉了。下葬之前，陈元东跪在大伯面前，念了九九八十一遍《大光明经》：

心有多大宇多大，心是宇来宇是心，心空无我不着相，即是宇宙重修正。都是空性来化出，不断生灭不停息，生命若真依自性，回归本源大光明。

大伯一死，活在塔尔坪的人中间再没有一个会打牌的了。

父亲从阁楼上摔下来之后，就带着火纸给后妈上坟去了。每天他都会去上坟，在坟头上坐一会儿，顺便去河里挑水，把大水缸装满又倒掉，倒掉再装满，然后在院子里劈柴，把一些歪脖子树截断，劈成一瓣一瓣的，方方正正地码在房檐下边。陈元坐在门前不安地看着：父亲确实老了，斧子砍下去软绵绵的；脸上的皱纹连成一片，深得可以夹住树叶子；虽然剃了光头，照样可以看到白头发，头顶上像起了一层白霜；眼睛里无论什么时候总是潮潮的，含着一丝丝泪光和雾气。

有人吱呀一声推开了院子，正好是嫁到余家村的表姐。表姐镶着两颗金牙，加上大眼睛骨碌碌地转，所以说话的时候就十分爽朗。表姐说，哎呀，大上海的人回来了，也不去余家村玩玩？如今出息了嫌表姐家门槛低了。陈元说，戴孝期间不走亲戚，其实刚刚还想着表姐。表姐说，想我？想我这个老太太干什么？陈元说，在表姐家上中学的日子，不是表姐家天天打麻将，恐怕还考不上学呢。表姐笑了笑说，这句话还有良心，不是偷偷地设个麻将场子，煤油钱恐怕也是供不起的，你怎么可能次次都考一百分？你是大忙人，过去回来最多两三天，这次怎么在家待这么久？陈元说，放不下我爹呀，你看看后妈一去世，几天时间他一下子老了十年，没着没落地像丢了魂似的。

表姐说，老人嘛，要想得开才行，你看看我公公婆婆，人家天天在干什么？早上起来就去打牌，中午饭一吃还是去打牌，几圈子打下来一天就过去了，干脆把你爹送到我家打牌去吧。

陈元说，原来想让他跟我去上海，但是他除了塔尔坪哪里也不去，再说我爹种庄稼样样精通，打牌肯定是不会的，连牌有几张恐怕都不晓得。父亲耳朵聋，但是别人说坏话的时候，离多远他都不聋了。父亲听到陈元的话，马上转过头，嘟哝着说，谁不晓得呀，扑克牌是五十四张，麻将牌是一百张。表姐说，扑克牌是五十四张，但麻将牌是一百三十六张，这是我们陕西麻将，人家南方人有文化，还有春、夏、秋、冬、梅、兰、菊、竹，把花牌加在一起就更多了。父亲说，还是小时候看人家打的，过去六十多年了，哪里还记得清呀？

陈元见父亲对打牌似乎有些兴趣，心想如果父亲学会打牌了，最好是上瘾了，生活就有寄托了。陈元高兴地跑到父亲的耳朵边说，爹呀，我教你打牌吧？你喜欢麻将呢，还是喜欢扑克？父亲摇摇头说，什么都不喜欢，打牌有赢有输，赢了别人的别人不高兴，输了自己的自己又心疼，而且一上牌桌子，大小辈分都没有了，娘老子都不认了。陈元说，你放心，你们可以不下注呀。父亲说，不下注，我想玩，人家玩吗？陈元说，你们每次一根烟，如果舍不得烟，就烟丝，每次一口烟丝，反正是打发时光，图个高兴。父亲说，我一个人也不能打呀？

父亲口气松了。什么东西都是分家的，就是烟草不分家，每年种个几分地，收几捆烟叶子，然后刷上香油，用刨子一推，就成了上好的烟丝。

大家在一起不说话可以，但是烟肯定是要抽的，抽烟的时候就不分你我了。所以用烟丝下注，就跟不下注一样。陈元说，小卖部的陈先水，杀猪佬陈先株，还有马铁匠，加上你，正好四个人一桌子，明天开始我就一起教你们吧？父亲没有吱声，算是答应了。

陈元把父亲劈的柴火，帮着一块块码起来。每码一根就对父亲说，柴火与麻将是一样的，码着码着就熟练了，最后闭着眼睛也能摸出来。

陈元像找到了生活的支点，连中午饭也不吃了，立即爬上表姐的摩托车，赶往余家村拿麻将去了。晚上回来的时候，陈元把一副麻将带到父亲面前，哗哗啦啦地摊在床上。陈元说，一百三十六张牌，每个人面前码两层，十七摞，共三十四张。摸牌的时候每个人摸十三张，掷骰子是有口诀的：三六九，家家有；七四十一，三把抓齐；八五十三，两把抓干；九六十五，两头受苦；二八十六，两头来凑。父亲说，像小学生乘法口诀。陈元说，比小学生乘法口诀都简单。父亲摸了摸说，这不像麻将，像一根根骨头。陈元说，好的麻将就是用牛骨头磨出来的。父亲说，不是牛，是人，当年要修地，移你奶奶的坟，揭开棺材一看，肉呀皮呀都化成灰了，只有一堆散架的骨头，尤其是手指头脚指头，黄黄亮亮的，太像麻将了。陈元说，你打牌的时候，想着自己摸起来的，都是奶奶的骨头的话，恐怕手气不会差的。后来，在父亲短暂的打麻将生活中，确实一次也没有输过。按照小卖部陈先水的说法，每次父亲摸起一张牌，像是摸到了老先人的脚后跟。

有了麻将，父亲却反悔了。父亲说，打麻将会上瘾的，你大伯开始学麻将，也是不赌钱的，后来越打越大，不赌钱就不上场子，除了银元和家里的土地，他还输掉了家里的三杆猎枪。父亲说，打牌的人最后都没有好下场，余家村有几个人胳膊都被打断了，有两个人欠了一屁股债，跑到外边一辈子不敢回来，塔尔坪惟一会打麻将的就是你大伯，他被屎尿活活地淹死了，把他从茅司捞出来的时候，肚子鼓得像个猪尿泡，棺材里放都放不下。陈元说，你们不一样，你们操了一辈子心，现在应该好好歇歇了，再怎么玩还有几年光景？父亲说，有句古话，七十三，八十四，阎王不叫自己去，也不晓得能不能过年？

父子两个人说着说着，低着头一阵酸楚起来。

第二天一起床，陈元跑到陈先水家的小卖部买了几包猴王烟，又去了东边的陈先株家，还有村西边的马铁匠家，分别塞给他们每人一包烟。陈元说，吃完早饭到我家坐坐去？我那里有酒。早饭之后，太阳升到了山顶上，几个老人陆续来了。陈元在院子中间支了一张桌子，摆了五个凳子，拿出一瓶西凤酒和五个杯子。陈元给每个人倒了一杯，装作漫不经心地说，你们会打麻将吗？陈先水几个人连连摆手说，金条呀银碗呀，倒是见过几次，麻将还真少见。陈元回屋子里提出一个包袱，把麻将哗哗啦啦地倒在桌子上。几个老人十分稀罕地说，哎呀，真像骨头呀。陈元说，你们怎么和我爹一样呢？他觉得这是我奶奶的脚指头，其实这副麻将玉不是玉，石头不是石头，恐怕是塑料的，我教你们打麻将吧？

几个人嘻嘻哈哈起来，上前摸一张，说这是三条，说那是六饼，说这是九万，说那是南风。其中几张，他们还不认识，比如一条，上边不是一横，而是刻着一只鸡。陈元说，这是一条，也叫幺鸡。他们就嘿嘿地笑了，说还真像刚孵出来的小鸡娃子。认着认着，大家各坐一方，摆开了架式。陈元给大家讲了几遍，又示范了几把，陈先水说，原来这么容易呀，你就陪我们试着玩几圈子吧？

父亲一直坐在旁边，听到其他人大呼小叫，便开始为陈元指指点点的了。陈元顺势说，爹你来吧？于是父亲就坐到了麻将桌前。

第一天，赢了的倒酒，输了的就喝一杯。一边喝酒一边玩，一直玩到了天黑。陈元说，开灯继续打吧。父亲斜了陈元一眼说，算了，还有明天呢。第二天早饭刚过，不用陈元喊叫，几个人匆匆忙忙地赶来，二话不说，直接坐到了桌子前。陈先水提议说，我们来点什么吧，不然不痛不痒的，不晓得谁打得好谁打得坏。几个人纷纷掏出陈元塞给他们的猴王烟，说是每盘一根烟。整个上午，因为是边学边打，所以打了不到十圈就到了生火做饭的时间，村子里升起了袅袅的炊烟。陈先水家的老太太，三番五次地喊他回家吃饭。他恋恋不舍地对陈元说，这日子真好混啊，你和你爹到我们家吃顿现成的，浆水面，吃完了大家接着打。

看到几个老人在一起玩得十分尽兴，父亲的脸上也舒展多了，陈元跟父亲商量说，我要回上海了。父亲说，赶紧回去吧，不然要被开除了。陈元说，你只管跟他们玩，他们要赢钱，你就拿钱，他们要赌房子，你就押房子，赢了自己买点烟酒，输了全算在儿子身上。父亲说，输了钱还好办，输了房子怎么算在你的头上？房子是老先人的，又不是你的。陈元说，房子是老先人的，最后总归要传给我的。父亲说，传给你有用吗？还指望你回来住不成？父子两个说着说着，不免又提到那座即将荒废的院子上来了。

离开塔尔坪之前，陈元带着火纸，去了趟塔尔坪的坟地。除了婴儿被随便埋到地里之外，其余的人就都埋在了坟地。陈元给他妈、后妈和他哥，他嗲他奶大伯大婶，以及老太嗲老太奶，分别烧了几张纸，跪在他们的坟头上哭了。陈元在心里说，请求你们在天之灵，好好保佑我爹吧。

陈元不在的时候，上坟的事儿都是由父亲代劳的。父亲在下跪磕头之后，是不是祈求他们保佑陈元这个远在天边的儿子呢？

陈元回到上海，从塔尔坪不时传来关于父亲与几个老人打麻将的消息。大家说，谁也想不到，塔尔坪也有麻将了，哗哗啦啦的像一堆骨头在一起磨磨蹭蹭的声音，为塔尔坪那个冬天带来了许多生气。父亲场场必赢，哪怕开始输得一塌糊涂，在收场之前最后一庄，肯定是反败为胜的。有一次，父亲去石门镇办事儿，在镇上顺便给陈元打了一个电话。父亲在电话里嘿嘿地笑着说，那些牌呀，还真像你奶奶的脚指头，灵得很。

马铁匠输得最多，大概有四盒子猴王。如果最后一把输了，他会立即站起来说，不打了，不打了。他拍着屁股要赖账，其他几个人开始不计较，后来死活不同意了，说是愿赌服输。马铁匠说，那好，下一次就赢洋芋吧。因为他家的洋芋收成好，当年挖了三千多斤。而且收成一好就卖不出去，儿女都不在家，老两口子一天三顿换着花样，焖着吃，煮着吃，炸着吃，扎糍粑吃，到第二年春天恐怕也吃不完。春天吃不完的洋芋会长芽子烂掉的。所以几个老人再到陈元家院子打麻将，每个人就从家里提着一个篮子，篮子里装着洋芋放在身边，输了就摸一个出来，赢了就拿一个回去。拿来拿去，洋芋皮都被磨掉了。输了的无所谓，赢了的只好提回家，刮了皮当天吃掉。大家觉得，这比赌烟有意思。烟不管怎么说，还是要掏钱买的，洋芋全是自己在地里种出来的。

大家把麻将桌子当成了几亩地。赢了的像挖洋芋一样开心，输了的就当当年天旱，洋芋歉收了。几个人其乐融融地打着打着，日子果然过得十分快，晃一晃太阳就落山了。

慢慢地，矛盾又来了，陈先水嫌父亲提来的洋芋有些是青的，吃了麻嘴；马铁匠嫌陈先株提来的洋芋都是小蛋蛋子，两个加起来比不得他家的一个大。陈先株说，我家的地都是边角地，我已经是挑大的了。马铁匠说，你只晓得抱着猪大腿和你小婶睡觉，再厚实的好地，你不上肥，不拔草，不松土，长个鸡巴。陈先株因为凭着给人杀猪，不仅可以拿猪大腿哄那个远房的小婶开心，还可以自己吃得满嘴流油，所以变成了塔尔坪的懒人之一，几亩地只管春天种秋天收，天旱不灌溉，天涝不排水。

两个人一争一吵，陈先株被人揭了短，一气之下就把桌子给掀翻了。

几个老人不但麻将场子散了，在村子里遇到了，也跟仇人似的翻着白眼。原来彼此从门前过，还问一句，吃了吗？抽根烟吧。如今村西边的马铁匠要去村东边的河里挑水，故意不从陈先株家的门前经过，而是绕一个大圈子。陈先株要去村西边背柴，路过马铁匠家门口的时候，就朝院子里吐几口唾沫。有一点，让陈元听了心里十分高兴，他们三个人吃完饭，不管怎么样都从清风明月前边晃一圈，有时候直接跑到陈元家院子，不咸不淡地一根根地抽烟。看样子，他们上瘾了，除种地他们似乎还没有对其他事儿上过瘾。陈元就希望他们上瘾，上了瘾他们才会沉溺其中，才会把泥巴埋到脖子上的身子拔出来，才会忘记日子的寂寞孤单和茫然无措。

塔尔坪有什么事儿要给外边打电话，基本是靠着陈先水传话的。因为陈先水隔三差五地要去石门镇的供销社进货。供销社里设有一部公用电话，陈先水传个话是免费的，但是供销社的电话是要收费的。陈先水替人接个电话要交五毛钱，替人打个电话要交一块钱。有时候有些话，比如儿子一下子汇了几千块钱，把家里人吓了一大跳，想问问那钱是不是亏心钱，所以不方便让人传来传去，便自己亲自跑一趟供销社，反正就十里路的样子。

有一天，陈元在早上、中午与下午，分别朝供销社打了三个电话，分头让陈先水、马铁匠和陈先株跑到镇上接听，分头问他们，如今洋芋多少钱一斤？他们说，八毛钱一斤。陈元问，一斤有几个？他们说，一斤三四个左右吧。陈元问，那一个洋芋值多少钱？他们说，小的一两毛，大的两三毛。陈元说，照这个账算下来，你们再打麻将的话，每次直接就打两毛钱，人家打麻将有的赢房子有的赢汽车，他们总不能直接把房子和汽车押在桌子上吧？

三个老人出奇的一致，那样不就是赌博吗？陈元说，你们赌洋芋就不是赌博吗？也一样是赌博。老先人说了，大赌伤身，小赌怡情，而且两毛钱还算钱吗？上海找一根狗毛容易，要找两毛钱太难了，恐怕只有塔尔坪才有两毛钱吧？三个老人还是不松口，说钱与洋芋还是不一样的，洋芋煮熟了可以吞下去，钱吞不下去。陈元无奈地说，不管是钱还是洋芋，你们算是替我打吧，我给每个人发一百块钱，不够输我再补，赢的我也不要了，都算是孝敬你们的。

三个老人听了，说哪里有这样的好事儿呀？儿女也没有这么孝顺的。陈元对陈先水一个人悄悄地说，你相信我吗？陈先水说，当然相信了，你是上海的大款嘛，听说每个月赚我们半辈子的钱，能把我的小卖部倒腾一空。陈元说，那你就先给我垫付三百块，给每个人发一百块，我下次回来还给你，记着千万不要告诉我爹。陈先水问，你爹呢？他的钱从哪里来？陈元说，我离开的时候给他留过一千块，专门让他打牌用的，能不能赢他就看你们的本事了。陈先株与马铁匠各领了一百块钱，都吞吞吐吐地说，想打呀，没有腿子呀。他们的意思是大家闹僵了，人家还会坐到一起玩吗？陈元说，明天还在我家院子里碰头，我爹把西凤酒都准备好了。

陈元安排妥当之后，心里稍微舒了口气。

第二天早上，陈元想，塔尔坪正是炊烟散淡的时候，几个老人应该回到麻将桌子上了，正在这时，手机响了，是镇上供销社的号码，打电话的是陈先水，他有点暗淡地说，三缺一，打不成了。陈元说，是两个老头子又在闹别扭，还是有谁出门了？陈先水说，病了，一个病了。陈元着急地说，是我爹病了吗？他一直在不停地咳嗽。陈先水说，不是你爹，是陈先株，昨天给他一百块钱还好好的，今天早上起床的时候，一下子口吐白沫，赤脚医生上门一看，说是中风了，半边身子麻木了，说话舌头都伸不直了，别说出门打麻将了，上茅司连自己的裤带都解不开了。

陈元沉默了半天，觉得人生真是无常。两个月前，陈先株一个人放倒了陈元家的大肥猪，他一辈子至少杀过上千头大肥猪，眼看着老了老了，突然中风了，生活不能自理了。按说塔尔坪还有几个老人，但是要么卧床不起，要么患了痴呆，要么就是老太太。陈元说，不就三缺一吗？还有一帮老太太吧？陈先水说，让老太太穿针引线容易，让她们坐到桌子上去打麻将，还不如让她们直接去守寡算了，而且和她们坐在一个桌子上，我心慌，恐怕你爹心更慌，还打个屁呀。

陈元又问陈先水，我二姨娘她怎么样了？我爹有没有把她接到塔尔坪来？陈先水说，还是老样子，把她接来做什么？让她打麻将？让她照顾你爹？让她陪你爹睡觉？整天病歪歪的，一碗水都端不稳，不让你爹照顾她就不错了。

陈元说，她是我二姨娘，再怎么样也算大半个妈吧？

V 长枪

陈元奔完后妈的丧，真正离开塔尔坪回上海的那天，他不停地回过头看看父亲，又看看那个剩下父亲一个人的院子，越来越像一只饿死的腹中空空的畜生，透着一丝丝的开始腐烂的气息。父亲把陈元送到石门镇的桥头，有些恋恋不舍地又替陈元把行李提上了班车。陈元问，爹你还有什么要叮咛的吗？父亲说，你二姨娘病了，你顺路去看看她行吗？

二姨娘不是古时候的偏房，而是陈元他妈的亲妹妹。陈元他妈有两个妹妹。小姨娘嫁到了河南灵宝，准确的说法是她自己送上门的。小姨娘本来已经嫁给了陈元的大佬陈先有，但是那时候闹饥荒，家家户户吃了上顿没有下顿，所以女人找婆家，惟一的标准就是有口饭吃。小姨娘与大佬入洞房的那天晚上，家里没有待一个客人，没有准备一滴酒水，没有摆一桌子酒席。小姨娘想，家里再穷，新娘新郎上床之前，应该能饱吃一顿吧？但是那天晚上，半根蜡烛都烧完了，都准备睡觉了，还没有见到一粒米。原来大佬揭不开锅了。小姨娘说，揭不开锅还结什么婚呀？大佬说，揭锅干什么？有一张床就行了。小姨娘说，我都饿死了，连脱衣服的力气都没有了。大佬说，那我帮你脱吧。大佬说着，就把小姨娘往床上按。小姨娘一生气，当天晚上就逃掉了。多年以后打听到小姨娘的下落，她跑到三百多里之外的河南灵宝，嫁给了下边一个荒凉的小村子。

二姨娘一直没有出过丹凤县，生活相对安稳一些，第一次嫁给了二姨夫，但是二姨夫早早地死了，第二次嫁给了二姨夫的亲弟弟，几年前这个亲弟弟也死了，有个儿子已经长大成人了。二姨娘住在一个叫油房的地方，顾名思义，原来是一个打油的地方，去丹凤县城稍微绕一下就可以顺路了。陈元他妈去世之后，在这个世上二姨娘算是最亲的，所以陈元过年过节都去二姨娘家玩。二姨娘家的炸馃子鱼馒头也是先让陈元吃。但是自从陈元离开丹凤县之后，再没有见过二姨娘了。

父亲告诉陈元，二姨娘得的是肺结核，整天咳嗽不止，而且喘不过气来。儿子长年在外边打工，儿媳妇本来挺孝顺的，把药和饭一勺勺地喂到嘴巴里，有时候大小便也帮着清理清理，再用清水把身子擦洗一遍。但是日子一长就烦了，除了一天三顿饭之外，其他生活都放手不管了。陈元说，我早就想去看看她了。父亲说，我也好久不见她了，怕有三年时光了吧？父亲也从镇上上了班车，他们第一次并肩坐着，手不停地碰一下又碰一下。

窗外的树叶子好看极了，不时有锦鸡拦在路上，还有瓦蓝瓦蓝的天空。他们说到了沿途的村庄，谁家孩子在外边发了财回家盖了新房子，谁家女人在外边和人家好上了，谁家男人在外边被人打死了。父亲说，按说入冬了，应该下雪了。陈元说，也许太暖和了吧？上海基本是不下雪的。两个人说了一会儿话，父亲感觉有些头晕，迷迷糊糊地睡着了，发出了均匀的呼吸声。等父亲醒来的时候，发现自己靠在陈元的肩膀上，便装作继续入睡的样子闭上了眼睛。父亲多么希望这辈子剩下的时光都在儿子的肩膀上度过呀。

当车子翻过第二道山梁，地域一下子开阔了。陈元说，我们到了。

父亲说，好快呀，一眨眼就到了。二姨娘家离公路还有两里多路，陈元与父亲一前一后地走着。等远远地看到一个村子的时候，父亲吞吞吐吐地说，我把你二姨娘接到塔尔坪行吗？陈元猜到了父亲的意思，笑着问，把二姨娘接到塔尔坪干什么？父亲说，来住呀。陈元说，住几天？父亲说，她想住几天就住几天，半月，一年，十年，随她吧。陈元说，你不嫌她？拉屎撒尿都得有人端着，而且她的病还会传染。父亲说，我这把年纪了，如果传染上了那就更省事了。陈元说，她住哪间房子？你住哪间房子？父亲嘟哝着说，当然要住在一起了，你别再故意糊弄你爹了。

陈元刚刚进村子，远远地就传来了咳嗽声，像一只破烂的风箱塞进了棉花套子，吐不出来也吞不下去。陈元循着咳嗽声钻进一间暗淡的房子，终于看见一个人面目全非地躺在床上，随着一阵阵的咳嗽声像一只蠕动的虫子一样疼痛地挣扎着。陈元再仔细看下去，发现她的头发脱落了一半，剩下后边的一半全白了，面目干瘦得像一根树桩埋在凌乱的杂草之中。

父亲上前叫了一声"兰子"。二姨娘的小名字叫兰子。陈元站在刺眼的光线里，轻轻地喊了一声二姨娘，就忍不住地哭了。二姨娘稍微平缓了一些，笑了笑说，这不是喜娃子吗？最后看见的时候还是毛头小伙子，胡子都没长，现在也老了，头发也白了，牙齿怎么也掉了？看样子，在大上海也不好混吧？陈元说，二姨娘更老了，我都认不出来了，在梦里二姨娘还是几十年前的样子。陈元记得二姨娘当年，洗完脸涂上雪花膏，脸光滑得像一面镜子，而且一说话就笑，露出两个酒窝子，有点像大明星巩俐。放电影《红高粱》那阵子，有人对着二姨娘喊，巩俐呀，我们去高粱地吧。二姨娘会说，冬天哪有高粱？等你的高粱长起来再说吧。

在陈元的眼里，他妈应该像巩俐和二姨娘一样漂亮。因为陈元早不记得他妈的相貌了，能记得的只有二姨娘的样子，既然二姨娘是他妈的亲妹妹，二姨娘的样子就应该是他妈的样子。

父亲盯了陈元一眼，说要出去抽抽烟。陈元坐在二姨娘的床边，说我来接你来了。二姨娘说，接到哪里去？去上海吗？陈元说，去塔尔坪呀。二姨娘说，塔尔坪在哪里？陈元说，二姨娘你在打马虎眼，这世上还有第二个塔尔坪吗？二姨娘说，是你的意思还是你爹的意思？陈元说，我们两个都有这个意思，你们两个一把年纪了，可以彼此照应照应了。二姨娘没有再说什么，更加厉害地喘着气，然后躺了下去。

陈元问，表哥打工去了，那表嫂呢？正问着，听到表嫂与父亲在外边说话。表嫂对着门里喊，里边臭死了，表弟你快点出来透透气吧。二姨娘说，你听听，人家嫌我臭，几个月都没有进来过了，如果是茅司呢？因为臭她就不上茅司了吗？陈元说，你吃饭怎么办？二姨娘眼泪巴巴地说，原来送进来等我吃完了，她再把碗收回去，如今为了少进来一趟，干脆准备了一个盆子，每次把饭扣在盆子就走了。陈元看到床头上摆着一个绿色塑料盆子，上边爬满了苍蝇，好久没有清洗已经结痂。

陈元说，你去塔尔坪吧，我爹会给你端饭倒水的。二姨娘说，我的病会传染他晓得吧？陈元说，我爹刚才说，他不怕传染病。二姨娘说，都是假的，儿女都靠不住，还指望他？陈元说，我爹肯定会对你好的。二姨娘说，为什么？陈元说，因为他喜欢二姨娘。二姨娘有点责怪地说，你这孩子，你妈是我姐姐，他是我姐夫！陈元说，我们这里是不是有句古话，小姨子是姐夫的半个屁股？我爹年轻的时候就喜欢你，那时候我妈已经不在了，每次你到我们家来，他老是给我一个盆子，让我去河里打水。拿盆子打水，那不是想把我支开吗？有一次，我换成水桶，很快就回来了，从门缝里都看到了，你们是不是早就好上了？

二姨娘脸上泛起一丝红云，不过很快被剧烈的疼痛淹没了。二姨娘说，要是早几年就好了，如今我这个样子，不遭人笑话吗？陈元说，早几年不是有后妈吗？二姨娘说，所以不想连累他。陈元与父亲离开的时候，二姨娘说，你舅舅死了，舅娘也搬到油房了，她做饭呀喂猪呀都利索得很，那张嘴巴也油滑得很，你去替你爹问问吧？

舅舅家原来住在塔尔坪背后，因为到处长着荆棘，所以就叫刺沟。刺沟比塔尔坪的山更大，太阳升起的时候出门，刚刚割好一捆草太阳就落山了。因为日照时间短，刺沟不长麦子也不长包谷，麦子和包谷还没有熟透就到秋天了，所以全靠着洋芋和采药过日子。刺沟总共四户人家，第一户人家没有一个儿子，只养了四个女儿，媳妇与长大成人的女儿全被人拐卖到了山西。人贩子说，山西那地方一眼望不到山，望不到边的地里全种着稻子，四季都有吃不完的大米饭，而在刺沟只有大年三十晚上才能吃到大米饭，所以母女五个人都心甘情愿地被拐卖了。剩下一个男人孤零零地过了几年，干脆拉着一根葛条上吊了。第二户人家有一个儿子得了麻风病，胡子眉毛都掉光了，身上一块块地生疮，没有人敢去他家喝水。儿子去湖北一家麻风病院治病，就把全家几口人接走了，在麻风病院里娶了一个麻风病人安了家。第三户人家生了一个儿子聪明伶俐，与陈元一起在塔尔坪小学上过学。由于刺沟地方不好，二十好几了还娶不到媳妇，就跑到河南当了上门女婿。他妈一气之下跟着一个补锅的跑掉了，他爹守到前几年被他也接走了。刺沟最后只剩下舅舅一家，表哥在石门镇租了几间房子长年住下来，一边贩卖药材一边供孩子上学。舅舅不晓得什么时候去世了，表姐想把舅娘接到余家村去，但是舅娘打死打活非要回娘家。

舅娘一走，整个阴森森的刺沟就一个人不剩了。

舅舅在世的时候十分喜欢陈元，不仅带着陈元贩过牛，还教陈元用鸟枪打过猎。陈元考上学的那一年，舅舅托人送给陈元一样东西。舅舅说，自己没有什么值钱的，就送一杆长枪给他吧。陈元对那杆长枪十分满意。人生中能有一杆枪对这儿瞄瞄，对那儿指指，是多么了不起的事儿。陈元把那杆长枪背到了学校里，装着火药到野外打过几只兔子。陈元毕业之后带着进城不方便，就让朋友帮忙保管一下。朋友叫罗林，在一家水泥厂上班，陈元找过罗林几次，开始罗林自己说，枪栓生锈了，拿去修理去了。后来人家说，水泥厂倒闭了，罗林到广东打工去了。陈元去广东的时候还给罗林打过电话，但是手机已经成了空号，自此罗林就失踪了。舅舅送给陈元的那杆长枪再也没有下落了。

陈元对父亲说，既然舅娘在油房，应该顺便去看看。但是父亲说，你一个人去吧。陈元见到舅娘的时候，舅娘正在生火做饭。她在一帮老人里，看上去几乎没有什么变化，头发仍然是黑的，牙齿一颗不少，耳朵一点也不聋。陈元说，舅娘呀，你还好吧？舅娘说，是喜娃子呀，你什么时候从上海回来的？你不是专门来看舅娘的，而是看你二姨娘顺便看看我对吧？陈元说，两个人一起看，都好多年不见了。舅娘说，你爹也来了？陈元点了点头，不好再说什么了。

父亲庄稼种得好，人又十分勤快，还有一副热漉漉的心肠，常常帮着没有依靠的女人干点粗活重活，比如砍柴呀挑粪呀扶犁呀，因此方圆的女人对父亲特别殷勤，远远地看见父亲就会招招手，甚至是挤眉弄眼的。父亲被撩拨得晕乎乎的，有时候把正事儿都忘记了。比如上山放牛，半路上被女人一招惹，把自己家的牛忘记在一边，糊里糊涂地钻进人家的包谷地里，不仅帮着掰完半亩地的包谷，还帮着拔掉了包谷秆子。

父亲忙完了，免不了要撒尿，等他提着裤子与女人一起从包谷地里走出来，什么都解释不清楚了。陈元的二姨娘、舅娘和小婶都是亲戚，父亲帮忙的事儿尤其多，传出来的风言风语更多，这让二姨夫、舅舅与小佬陈先火三个人十分恼火，又不方便直接表示出来，便找出各种各样的借口，时不时地与父亲打一架。比如陈元家的鸡飞到了小婶家的房顶上，比如陈元家的牛跑出去啃了舅娘家的庄稼，比如从陈元家回去的时候天上下雨把二姨娘淋湿了。后妈死了，舅舅死了，二姨夫两个都死了，小佬也半死不活的了，按说父亲自由了，想和谁好就可以和谁好了，不用瞻前顾后偷偷摸摸的了。但是父亲的某些欲望似乎被岁月禁锢住了，只剩下一个愿望了——找一个可以说话的老伴，或者暖暖脚挠挠痒的老伴。

陈元对舅娘说，你看上去还年轻，再找个人暖暖脚吧？舅娘说，找谁呀？找你爹吗？你晓得他怎么说的？说哪个女人去塔尔坪管吃管住可以，但是你们家的一根草一粒米都是你这个宝贝儿子的，想图他的家当趁早死心。陈元说，我爹能有什么家当呀？舅娘说，应该有五六万的存款，你送他的烟呀酒呀，都拿到小卖部换成钱，存在信用社吃了好多年的利息，其实这点钱算什么呢？在上海恐怕就是一盘子菜吧？ 舅娘停了一下又问，而且呀，你二姨娘呢？

陈元赶紧把话岔开了。陈元说，舅舅他生的是什么病？舅娘说，他哪里有什么病，我看是出鬼了。陈元说，到底是怎么死的？舅娘说，是他把自己打死的。陈元说，他是用长枪把自己打死的吗？舅娘说，是呀，枪比人还长一截子，不晓得是怎么放的。

有一次，陈元去舅舅家玩，舅舅正在摆弄一杆长枪，他也许是自言自语，也许是给陈元出了一个题目，意思是用比自己还长的长枪一个人怎么才能打死自己。那个题目困扰了陈元很多年，开始他觉得根本不是什么题目，直到跑到了上海，有一阵子莫名其妙地失眠，他又反复地琢磨了起来。他拿出一根棍子，充当那杆长枪端在手中，一会儿指指自己的头，一会儿指指自己的脚，在他几乎快要绝望的时候，突然灵光一闪就找到了答案。他一直想抽时间去看看舅舅，告诉舅舅他已经有了答案——再孤独的人，除了两只手之外，不要忘记自己还有两只脚。

把一杆长枪颠倒过来，用枪口顶住自己致命的地方，然后用脚朝着扳机轻轻一踩……陈元不明白，舅舅说出那个题目的时候，是已经掌握了那个方法呢，还是在孤苦无助之中突然摸索出来的？陈元说，舅舅埋在哪里呢？舅娘说，他到死也不愿意离开刺沟，最后照着他的意思，我们把三间房子一扒，就地埋在我们住过的地方。

舅舅家的三间房子是刺沟最好的，墙是用泥砖砌的，格子窗用火纸齐齐地糊着，上边贴了好多剪纸，鸡呀牛呀猪呀，红红的显得十分喜气。还有台阶，也是舅舅自己用石板砌成的。房前有一眼清亮亮的泉水，房后有一棵巨大的核桃树。树上有一个巨大的鸟窝，可惜的是喜鹊爱晒太阳，所以一直住着一群老鸹，不时地盘旋在狭小的屋顶上。

陈元吃惊地问，我小时候睡过的房子，你们住了六七十年的家，如今成了舅舅的坟？他的坟就是你们过去的家？陈元再也控制不住了，立即起身向刺沟扑去。走了几步，陈元又回过头，从身上掏出五百块钱塞给舅娘。舅娘接过钱的时候，连连地说，这么多呀！这么多呀！

舅娘的泪水一下子涌了出来。

VI 大火

返回上海之后，陈元总是忐忑不安，既盼着塔尔坪的电话，又害怕接到塔尔坪的电话。盼的，是想有人给父亲报个平安；怕的，是担心会给自己带来什么噩耗。陈元不敢想象，当天黑了，寒风呼啸的时候，黑灯瞎火的时候，父亲独自一个人处在一个大院子里，置身一间房子当中，躺在一张小小的床上，他到底在干着什么呢？像一粒小小的麦子放在一只巨大无比的柜子里，他到底用什么方法打发掉一个个绵绵无尽的夜晚呢？关键是，他在这个死气沉沉的世界会笑吗？会乐吗？如果没有什么能让他笑一下乐一下，这个世界对他来说和那个世界有什么差别呢？

又一个中午，陈元正在开会的时候忽然接到了一个电话，是余家村的表姐打来的。表姐说，我们瞒你几天了，想来想去还得跟你说，你爹出事儿了。陈元说，接我二姨娘的时候摔伤了吧？表姐说，二姨娘怕连累你爹，人家根本不去塔尔坪。陈元说，不会是在你们余家村打麻将，把清风明月给输掉了吧？表姐说，清风明月算什么？余家村千千万万的，玩得那么大他哪里敢靠边呀。

父亲已经在余家村，他把电话接了过去，还没有开口就在那边嘤嘤地哭了。无论什么时候，比如手指甲被砍掉了，膝盖骨被摔碎了，流流眼泪那是正常的，很少听到他哭出声过。那哭声十分凄惨，不停地哆嗦着，像一个害怕的孩子。陈元说，爹呀，你别怕，我马上回来。电话又传到了表姐手中。表姐说，前天下午，他险些被烧死了。陈元说，房子起火了吗？表姐说，是山林起火了，整整烧了半天，烧过了几架山。

表姐告诉陈元，父亲前几天拿着锄头和斧子跑到山上开荒，想趁着冬天弄几块地，开春再点上洋芋。一是打发日子，二是可以增加一点收成。父亲经常去修地，小河边，半山腰，到处都有他修成的一块块边角地。陈元家真正承包到户的地不多，而父亲这些年耕种的庄稼不少，每年的粮食一个人吃不完，装在家里又生虫子。夏天的时候，一席席地拿出来放在太阳底下整整要晒半个月。父亲说，这些粮食如果遇到天灾，可以救下几百口人的小命，你小姨娘就不会跑到河南灵宝去了，你姐就不会嫁到河南卢氏去了，你妈也不会早早地就去世了——你妈虽然不是饿死的，恐怕是草根树皮吃多了患胃病死的。

陈元他妈死的那天下着雪，他跟着父亲正在外边修地，听到有人冲着父亲说，你还修什么地呀，你家娟子都不行了。那时候以吃为大，父亲跑回家问了一句送终的话，你想吃什么吗？没有想到，从不提要求的陈元他妈，竟然说想吃油条。但是家里没有一滴油也没有一把面粉，陈元他姐挨家挨户地借面粉，父亲则跑到石门镇打油。花了几个小时，父亲从供销社赊回两斤菜油，他姐借到了两斤面粉，因为来不及发酵，就放入一些酸菜汤，急急忙忙把油条炸出来了。等硬邦邦的油条出锅的时候，陈元他妈已经断气了，最后的愿望就这样落空了。

山林起火的那天，父亲爬上一座山，选择了一块荒坡，在四周开出一条三尺宽的防火带。等一切准备好了，父亲掏出打火机，把中间的茅草点着了。刚刚还风和日丽，不明白是火扇动了风，还是风扇动了火，火一点着突然起风了，是冬天的旋风。枯萎的茅草原来就十分易燃，再借着风势，跟疯子一样跌跌撞撞的，一会儿蹿上树梢，一会儿爬上悬崖。父亲脱下衣服使劲地扑打，不但没有控制住火势，反而被一股又一股火苗冲过来，舔掉了眉毛和胡子。大火很快翻过了一道山梁，朝着远方烧了过去，方圆几个村子都看到了噼里啪啦的火苗。

石门镇的防火员小名字叫黑子，经常在头发上打着摩丝，竖着梳成一个职业的发型，远远看上去像黑色的火把。大家不叫他黑色的火把，而叫他黑子。黑子立即拿着喇叭，喊叫各家各户上山打火。喊了半天，只有几个人慢腾腾地出门。防火员黑子在紧急时刻，宣布了一条悬赏告示，凡上山打火的，无论哪个村的，无论男女老少，每人发放三十块钱。听到有钱，大家才拿着铁锨上山了。方圆几个村子几乎全部出动，加起来六十多人，基本是老头子老太太。要么没有牙齿，要么眼神不好。比起疯疯癫癫的大火，他们简直像一根根陷入火海的小草。好在大火在下坡的时候烧得比较慢，黑子带领大家远远地开了一条五米宽的防火带，终于把这场多年不见的大火给扑灭了。

陈先水也参加了打火队伍。他打火的目的，一是为三十块钱，二是为了保住他家的树林子。后来，他很生气地对陈元说，我家自留山上长了好多年的树，给你爹一把火烧掉了，其中两棵已经合抱粗了，是留着给自己打棺材用的，这下我死了到哪里去找棺材板呀？有人悄悄地告诉陈元，陈先水也太夸张了，放在几十年前还行，如今塔尔坪哪有合抱粗的树？明显是在敲诈嘛。

在打火的时候，马铁匠是第一个冲上山的。当他冲到火海中，没有急着去打火，而是拿棍子一边在草灰里扒拉着，一边喊叫着父亲的名字。

他一会儿喊叫父亲的小名字六娃，一会儿喊叫父亲的大名字陈先土。当马铁匠发现父亲的时候，父亲已经晕倒了，躺在一棵烧焦的大树下。马铁匠把父亲背下山，掐了掐人中，灌了灌糖水，把父亲给救活了。马铁匠对陈元说，我去河里挑水碰到你爹上山，就晓得那把火是他放的，我在大火里边找到他的时候，他哪里像一个人呀，简直像埋在火灰里的洋芋，烧洋芋你是吃过的，黑不溜秋的，身上还冒着烟。

父亲确实被烧得不轻，喉咙被烧伤了，说话十分吃力，喝水吃饭难以下咽，脸上起了一层水泡，别说胡子眉毛了，按照父亲自己的说法，眼珠子也被烤熟了。表姐说，让他去医院看看，他死活不肯，竟然用白酒洗眼睛珠子！父亲平时哪里受伤了，抓一把锅灰抹抹；如果伤口化脓了，采一把艾叶、杜鹃花或者连翘花捣成泥浆糊一糊。这些与土地打交道的人，总结下来的土办法，有时候十分有效。

但是用白酒给眼睛珠子消毒，让陈元感到十分震惊。陈元真怕父亲再弄瞎了一双眼睛。如果耳朵、牙齿和眼睛，几扇通向世界的窗口全部关起来了，生命还有什么用呢？

表姐还说，他不停地哭，大白天也疑神疑鬼的，一会儿说你妈在喊叫他，一会儿说你后妈在喊叫他，其实呀，什么声音也没有，看样子被吓坏了。表姐最后说，加上这几天，镇上的县上的，天天跑到你家找你爹，有的是来催交罚款的，有的说是来调查取证的，你爹会不会被抓起来呀？尤其小卖部的那个陈先水，口口声声要让你爹赔钱，还有那些上山打火的人，见到你爹就两手一伸，要三十块的打火费。碰到谁，你爹也不争不吵，只是一个劲地流眼泪。

陈元听完前前后后，对着开会的主编贾怀章说，我父亲放火了，弄不好是要坐牢的，我必须请几天假回去一趟。不等贾怀章回过神，陈元已经冲出了会议室，直接奔向了火车站。

陈元再次回到塔尔坪的时候，父亲迎接到了村口的半路上。他开始木木地站着，然后神情恍惚地看了看四周，哇的一声哭了起来。陈元帮父亲抹去了眼泪，拍了拍他的肩膀说，别怕，有我呢。

防火员黑子陪着县上的人再上门调查的时候，父亲对于烧荒的事儿予以了否认。父亲说，我砍了几捆柴火，然后坐下来抽了一根烟，抽完烟我记得把烟掐灭了，谁晓得一股风刮过来，像妖怪一样把山点着了。

父亲说，着火的时候，我那两个老太太不停地喊叫我，她们跟着风一起跑前跑后的，把火给扇起来了，所以那山不是我烧的，是风烧的，是风点的火。黑子说，风里哪有火？父亲说，风里没有火，但是那天风里有妖怪，真的有妖怪，蓝色的妖怪，妖怪就是火。

父亲说着说着，惊疑不定地盯着我说，你那两个妈又在喊叫我了，一个叫我六娃，一个叫我陈先土。

陈元对黑子说，我爹说有妖怪，他肯定看到妖怪了，你们说没有妖怪，谁看到了呢？陈元笑着，取出几包中华烟，每个人发了两包，又取出两瓶西凤酒，拿出几个杯子倒满了。陈元说，这次没有出人命算是万幸，塔尔坪上次发生火灾，烧死一个人，最后怎么样？撤职了两个干部，还赔了好多钱！这一次闹出去的话，我爹他是要坐牢的，一个七十多岁的老人，让他去坐牢等于让他去享福，不用做饭了，还有人说话了，我看比在家里，起码比在这空荡荡的塔尔坪强多了。但是你们呢？是不是也要受处分？防火员还能当下去吗？干部还能当下去吗？

马铁匠推门进了院子，蹲在旁边一声不响地嗑着瓜子。陈元端着一杯酒走过去，给他敬了一下。陈元说，谢谢你，是你救了我爹一命，不然我们在这里不是喝酒，恐怕又在办丧事了。说着，陈元的眼泪大颗大颗地落了下来。

黑子几个人看了，私下嘀咕了一阵子，然后对陈元说，不就是一把茅草和几棵小树苗子吗？在我们这里又不稀奇，明年春天风一吹雨一下，还会长出来的。你是记者，也是讲理的人，你们一分钱不出，好像也不好交代，你看看，交一千五百块钱的打火费怎么样？

陈元说，我听你们的。于是从包里掏出一千八百块，塞到了黑子手中。

没有人再提大火的事儿，只有划拳喝酒的声音。陈元给父亲也倒了几杯，前三杯父亲没有喝，而是念叨着两位老太太的名字，端过去一杯杯酒在地上，最后自己也喝了三杯。父亲三杯酒下去就醉了，倒在床上睡着了。那天晚上，父亲也许喝酒的原因，再没有从睡梦中惊醒了。

第二天，陈元去陈先水的小卖部买了几条子猴王，顺手给陈先水扔了一条子。陈元说，你一看就是长寿的人。陈先水说，你又不会看相，怎么晓得的？陈元说，我不会看相，但是这些年在外边什么样的人没有见过？陈先水说，你说说，我大概能活多大岁数？陈元说，起码九十九岁。

陈先水笑着说，你这喜娃子，有什么就直接说，我们之间是什么关系，别绕那么大个弯子。陈元说，其实烧山就像施肥似的，树长得更欢实了，几年下来又是一片树林子。陈先水说，我就是心疼那两棵棺材树，如今山上能打棺材的大树太难找了。陈元说，所以我保证你活到九十九岁，你万一哪一天不小心提前走了，而这些树还没有长大的话，我就从上海给你送一副水晶棺材回来。陈先水接过烟笑了笑说，毛主席睡的就是水晶棺材，太硬了一般人消受不起，我们这些农民还是睡在木头棺材里边比较踏实，我就托你的福多活几年吧。

陈元分别去另外几家送了烟，说了一堆子好话。陈元还想带父亲去县城医院看看，但是父亲死活不愿意，只好去了一趟余家村，开了一点烧伤药和几支黄霉素软膏，回家给父亲涂了涂，总算把这件事儿平息掉了。

第三天早上，在陈元收拾东西准备返回上海的时候，父亲也收拾了一下，换上了一套新衣服。原以为父亲像以前一样，要把陈元送到镇上，或者顺便去二姨娘家转转，但是走出清风明月的时候，父亲对陈元说，你带上我吧。

陈元说，带你去哪里？

父亲说，带我去大上海呀。

陈元说，你哄我的吧？终于舍得这个家了？舍得我妈、我后妈与我哥了？舍得几亩庄稼和几座山了？父亲说，原来不愿意去上海，一来确实舍不得这些，二来害怕生活不习惯，听说腊肉在上海也要放糖，甜不拉滋的有什么吃头？关键是怕自己一去上海，突然死在上海怎么办？陈元说，你虽然牙齿掉了，耳朵聋了，也没有什么大毛病，起码再活十年八年不是问题。再说了，你在塔尔坪，有个三长两短的，连个医院和救护车都没有，在上海起码还有医院和救护车。

父亲说，总归要死的吧？我们这里人死了，可以埋到土里，能变成不少肥料，种麦子，点包谷与洋芋，死了也不冤枉了，但上海不让用土埋人是不是？陈元说，不埋在土里能埋在哪里？而且上海埋人的地方可漂亮了，有假山，有草坪，有大树，还有好多菊花，只不过不直接埋死人罢了，死人必须拉到火葬场去烧掉，然后放在一个盒子里。

父亲说，原来我一直不去上海，就怕自己死在上海，被推到火里烧掉了，连做肥料都不行了，而且活着的时候一百多斤，埋在土里起码也有几十斤，光骨头也有白花花的一堆，还能看清楚哪些是头哪些是脚，被火烧掉的话就剩一把灰了。陈元说，时间长了埋在哪里都是一样的。父亲说，想想也是的，老先人如今不就是一把灰吗？所以经过这次大火，我已经不怕火了，如果我死在上海，被烧成一把灰，你把我装在一个盒子里，是不是可以走到哪里带到哪里？

陈元说，当然可以，我会一直把你带在身边的。

父亲说，其实去上海也挺好的，死活都可以与儿子在一起了。

父亲锁好了门窗，关上空无一人的院子。陈先水送到祖德流芳外边，说我们陈家几房里边，算你这个老头子最有福气，终于可以到大上海享福去了，如果坐飞机的话是不是要从塔尔坪上边过呀？中风的陈先株动弹不了，只好顺着福寿满门的门缝朝外看着。马铁匠也赶过来了，他塞给父亲一袋子核桃，抹着眼泪对父亲说，想我们了就回来看看我们吧。

刚刚出门，父亲又转了回去，说是把东西落下了，原以为是药膏什么的，等父亲匆匆忙忙地返回来，才发现怀里抱着一个大石头。那是他从小河里捞出来的，当了几十年的枕头，被磨得光溜溜的，像刷上了一层黑色的油漆。当他们走出村口的时候，发现干旱好久的塔尔坪，早就阴沉了下来，下起大片大片的雪花。这是塔尔坪那年冬天的第一场雪，也是多年不遇的一场大雪，很快把四个院子的房顶给覆盖住了。

父亲说，好兆头呀，老天多下一片雪花，来年就能多长一棵好庄稼。

贰回

家书－浮云

二〇一一年，冬天，丹凤县，塔尔坪，女儿。

Ⅰ 一封信

在这个世上，陈元真正的亲人，除了住在塔尔坪的父亲之外，还有一个住在河南卢氏县乡下的来往不多的姐姐，和一个寄养在姐姐家的女儿。陈元与这个女儿也联系不多，时间长了自己都怀疑这是不是自己的血脉。但是他在心里还是十分牵挂着这个女儿，这个女儿也十分牵挂着他。有一年，由于各种各样的苦衷，陈元突然之间就失踪了，女儿在绝望的时候给陈元写下了一封信。在没有收信人地址的情况下，女儿还是把这封信寄出去了，在多年之后，陈元在上海还是幸运地收到了这封信。

Ⅱ 在哪里

按理应该叫你爹，但是思来想去还是叫你爸爸吧。

我身边的人如今都是叫爸爸的。爸爸，你现在在哪里呢？你几个月没有消息了。难道真像叽叽喳喳的小麻雀们说的，你从楼顶上掉下去了，或者忽然把什么都忘记了？那我提醒一下你，我们这个地方叫陕西省丹凤县，我们家属于石门镇塔尔坪村。我们姓陈，我嗲，也就是我爷爷，是"先"字辈的，所以叫陈先土，爸爸你是"元"字辈的，所以你叫陈元。我的名字叫陈麦子——人家经常问，为什么不叫陈芝麻烂谷子呢？而且我姓陈，是"正"字辈的，为什么不叫陈正麦呢？嫌弃我是个大丫头吗？

你家的陈麦子十三岁了。我已经从河南卢氏县的姑姑家转回丹凤县了，自九月一日起在丹凤中学上初一。

爸爸，你的后妈我叫什么呢？应该叫二奶奶对吧？开学之前，我回过一次塔尔坪。自从跟随着姑姑到河南卢氏上学，我是第一次回塔尔坪，发现二奶奶去年冬天就走了。爸爸没有告诉我，是不是怕打扰我？难道学习比给二奶奶送终还重要吗？

我们最后一次联系的时候，你说你也许当不成记者了。我问你是不是犯错误被开除了？你说，就写错了一个字，把"成立"写成了"独立"。我不明白这之间到底有什么差别，还安慰你说，如果我们考试的话，顶多扣两分而已。你批评我说，不要小看两分，如果在饥荒年代，两分钱可以买一个馒头救活两条人命；如果考大学，少两分就落榜了。

你说就因为这两分，你可能要去建筑公司，不过，去建筑公司要盖的大楼应该有一百多层，这么高的地方，云在窗口飘着，一伸手就摸到了。你装作很高兴的样子问，那一百层楼盖好之后，麦子你晓得我最想干什么吗？我说，爸爸是不是想在上边住一晚上？你说，那么高，恐怕睡不着，我就站在楼顶上，摘一颗星星给你。

之后，你为什么失踪了呢？因为那两个字被抓起来了，还是因为忙着在盖那一百层的大楼呢？你站在楼顶上能摘到星星了吗？秋天过了，天已经冷了，你家大丫头可以不要星星，但是爸爸，如果你在搬砖的时候，安玻璃的时候，一定要站稳啊。

爸爸，麦子担心你。

Ⅲ 在操场

爸爸，先说说有关跑步的事儿吧。

回丹凤县城上初一的第二个清早，天空没有一片云，也没有一点白。我还没有来得及打开窗子，风已经带着一股清香吹进了宿舍，这是包谷正在壮浆的气息。我听到楼下有一串脚步声，与种庄稼的声音不一样，种庄稼的摩擦声是沉闷的，不会如此清脆而空旷。我拉开窗帘一看，有一个人正在绕着操场跑步。

他似乎就是陈正方。你连陈正方都不记得了吗？他嗲是你亲亲的小佬叫陈先火，他爸爸和你一样是"元"字辈的叫陈元北，他在石家庄当过兵，从部队复员之后，先在石家庄开出租车，前几年去了北京，在天安门不远处的一家公司当保安。听说大伯手握一个遥控器，把着一扇黑漆漆的大铁门，他不点头的话连一只虫子也别想从这里溜进去。

我刚来学校的时候，到处都在叽叽喳喳地议论陈正方，说他在我们学校每次考试都是第一，他睡觉的时候，嘴巴里像煮糊汤一样，仍然咕咕嘟嘟地念着什么，有人说在记英语单词，也有人说在背诵课文。老师出过一道题目，是关于浮力的——有一盆子水，底下放了一块冰，盆子与冰冻在了一起，请问浮力是多少？当老师利用阿基米德原理还在黑板上演算的时候，陈正方一边打着呼噜一边嘟哝着说：零，浮力是零。老师生气地问，怎么会是零呢？放在水中的东西浮力怎么可能是零呢？你以为它是神仙会飞吗？下课之后，陈正方醒了，说浮力如果不是零的话，那盆子不就把自己给浮起来了？它不就像飞碟一样可以飞了？因为冰与盆子冻在一起，它就是盆子的一部分。

陈正方这学期上高三，大家说他一定会考进北大清华的。考上北大或者清华的话，他就可以与他爸爸在一起了。

我对着正在跑步的人叫了一声——陈正方。他抬头朝楼上看了看，确实是那个瘦不拉叽的陈正方。我问他，你在干什么呢？他说，你不是麦子吗？我在跑步呀。我说，我怎么觉得你在绕圈子呀？陈正方说，操场是个圈子，绕圈子不就是跑步吗？你想跑步就下来吧。我说，跑步有什么意义呀？陈正方说，我这是跑步去北京你明白吗？我说，你在操场上绕圈子，一百年也跑不到北京。陈正方说，你的爸爸我的小佬陈元在上海对吗？你如果一起来，我保证你也能跑到上海。

我们学校位于县城中间，北边靠着一座怪石嶙峋的山，看上去像一只正在尖叫的公鸡，所以称为鸡冠山。我们的宿舍在最后一排，前边正对着学校的操场，操场外边都是庄稼地，那时候正种着一片哗哗啦啦的包谷。

自那天起，我就跟着陈正方开始跑步。天麻麻亮，在整个操场上，只有我这个大丫头跟在陈正方的后边，小麻雀们叽叽喳喳地说，我在追求陈正方。那些大笨蛋，我和陈正方是有血缘关系的，按照辈分我应该叫他哥哥对吧？

陈正方问我，操场每圈是四百米，每天围着操场绕十圈，那么一天可以跑多少米？我说，可以跑四千米。他说，如果有一千三百公里，那么需要多少天可以跑完？我说，我是初中一年级，又不是小学一年级，你自己算吧。他说，总共需要三百二十五天！一年是多少天？是三百六十五天！麦子你明白了吗？也就是说，照着这样的速度跑下去，不到一年时间就可以去一次北京，北京离我们丹凤县整整一千三百公里。

陈正方两眼放光地问我，你晓得北京吧？他似乎问的不是首都北京，而是一个非常秘密的地方。他说，北京有一条长安街，有一个天安门，天安门上挂着毛主席像，毛主席下巴上有一颗无比伟大的痣，我爸爸就在毛主席旁边的一家公司当保安！

陈正方告诉我，他已经去过一次北京了。他说，去年这个时候经常下大雨，我光着脚片子跑啊跑，就跑到北京了，你晓得在大雨中跑步像什么样子吗？我说，肯定像落汤鸡。他说，错了！像青蛙，像青蛙在水塘里游水。我说，你再怎么游，还在我们的操场上，还在我们的丹凤县城。

那天早上刚刚跑了几圈，陈正方就激动地问，你晓得我现在跑到什么地方了吗？我说，你跑到一棵大树旁边了。他说，错了！我正在穿过北京城门。我说，北京有城门吗？他说，你开什么玩笑，怎么会没有城门？没有城门还叫首都吗？麦子你再猜猜，我又跑到哪里了？我说，你跑到单杠旁边了。他说，错了！我正在穿过长安街。他继续跑了几圈，又问，你晓得我现在跑到什么地方了吗？我说，你现在跑到篮球杆旁边了。他说，错了！我现在已经进入天安门广场，看到了左手边的人民英雄纪念碑，看到了右手边的天安门城楼，还隐隐约约地看到了故宫，故宫的大门和墙都是红色的。天安门广场上边的五星红旗升起来了，红旗好红，比我们流出来的血还要红；红旗好大，有十张席子那么大；红旗挂得好高，都和蓝天白云一样高了，风一吹就发出噼噼啪啪的响声，我现在已经听到噼噼啪啪的响声了。

那天早上他比原计划多跑了四圈。他告诉我，他爸爸离天安门广场只有三里，他离他爸爸只有三里了，是应该留到明天继续跑的，但是他已经等不及了。陈正方说，而且呀，天安门广场上是不能过夜的！

陈正方说，从明天起，我又可以从头开始了。我说，你晓得中途要经过哪些地方吗？陈正方说，好像要经过洛阳和石家庄吧？具体我也不清楚。我说，你应该买一张地图，不然会迷路的。陈正方说，反正一直跑下去肯定就是北京，这样的话明年八月十五中秋节的时候，正好可以看到北京的月亮了。我说，哪里没有月亮，为什么要去北京看月亮。陈正方说，月亮是一样，和爸爸一起就不一样了。

我说，你刚刚还在北京，难道你不用返回丹凤吗？他嘿嘿一笑说，你傻呀，去的时候需要三百二十五天，回来的时候我眼睛一闭，只需要一秒钟就回来了。

跑完最后一圈，陈正方抬起头，张开双臂旋转着，像夺取金牌的运动员，又像落下来的鸽子。他直直地倒在草坪上，眯着眼睛幸福地躺了一会儿。

从此之后，我跟在陈正方的后边开始跑步。我顿时感觉自己在一点点地离开，在一步步地靠近爸爸你了。

你已经明白原因了吧？我也要一圈圈地跑下去，跑过操场边的树，跑过单杠，跑过篮球杆，一直跑到上海。我们的教室里贴着一张中国地图，我用尺子量了量，丹凤县城至上海接近十八厘米，直线距离是一千公里，曲线距离差不多一千三百公里。我多么想与陈正方一样，每天围着操场绕十圈，这样每年就能见你一次了。但是一个丫头，一个十三岁的丫头，我无论怎么努力只能坚持八圈。八圈就八圈吧，每天八圈，三千二百米，这样算下去的话，我需要四百零六天，才能跑完一千三百公里。

爸爸，开始给你写信的时候，我好像已经过了武关，出了陕西省商南县，进入河南省西峡县。陈正方说，西峡有恐龙，你到西峡之后，去看看恐龙吧。我说，这都什么年代了，怎么会有恐龙呢？如果有恐龙的话，不把人给吃光了？陈正方说，我们这里的牛是吃草的，恐龙也是吃草的。我说，你说的不是恐龙，是恐龙化石吧？恐龙化石不就是石头吗？我们丹凤哪里都是石头，看不看无所谓的，但是从西峡再向东，应该就到南阳了，如果不去卧龙岗看看诸葛亮真是太可惜了。

陈正方还告诉我，明年他就高中毕业了，就可以真正去北京了。陈正方说，我爸爸答应带我要上天安门城楼，而且要像毛主席一样挥挥手，喊一声中国人民从此站起来了。你晓得我最想和爸爸一起干什么吗？最想去天安门广场升国旗！你晓得什么时候升国旗吗？是太阳升起来的时候！这个季节应该是六点多，现在天安门广场上的国旗已经升起来了。陈正方说话的时候，抬头看着我们丹凤县被染红的天边。

我问他，你去北京后，还会继续跑步吗？

他笑眯眯地说，也许不会了吧？

他又想了想说，也许还会的，想爸爸的时候我会朝着北京跑，如果想家的时候我就会从北京开始，一圈圈地回到我们丹凤。陈正方说，回来的时候，我想从河南西峡走，顺便去看看恐龙，看看恐龙到底是什么样子，看看它们变成的石头与我们这里的石头有什么不同。

我们都是认真的，爸爸你不会以为这仅仅是两个小孩子的游戏吧？

Ⅳ 在上游

开学一个月左右的时候，应该是这里最美的吧？学校外边包谷林哗哗啦啦地摇晃着，我坐在教室里已经可以闻到山坡上野菊花开放的香味。

爸爸你最后一次告诉我，你可能要去的建筑公司，正在一条江边盖房子，那房子有一百多层，所以比当记者牛多了。我查过地图，你说的那条江应该是黄浦江。丹凤县城刚刚有了十二层的房子，我从旁边经过的时候即使仰起头也看不到楼顶。我无法想象一百层到底有多高，难道比我们学校背后的鸡冠山还高吗？想到你整天站在一百层大楼上边，我不再因为你不当记者而伤心了。

你在上海的手机为什么打不通了？难道你把"一〇一一"这个号码换掉了吗？记得你说过，当初看到这串数字的时候，你毫不犹豫地花费两百块钱买了下来。我明白这串数字的意义，不就是代表着你对我的牵挂吗？你如果去建筑公司，因为你会写毛笔字，所以还要给人家写标语吧？其实写标语是顺带的，你的主要工作还是搬砖，刷油漆，安装玻璃——你上过的是建筑学校，难道你在学校里学的就是这些吗？

无论当记者还是当建筑工人，无论在上海还是在外地，过去你都会想办法联系我。你曾经告诉我，广州某某大厦是你安装的玻璃，杭州某某大楼是你刷的油漆，南京那边喜欢吃米饭还是面条，厦门那边一百年都不下雪，东北那边冬天零下四十多度，雪花片子有巴掌那么大，玻璃全部都是双层的，长安街上八辆车子可以并排通过，上海人炒洋芋丝也会放糖。我在河南卢氏上学的时候，姑姑家即使没有电话，你把电话都打到了学校隔壁。

在过去，不是万不得已你是不会销声匿迹的，即使失去联系也不过三四个月，这次到底什么原因呢？第一，你跑到外国去了吗？比如去了美洲非洲大洋洲，作为一名建筑工人是有机会去任何需要房子的地方对吗？第二，难道你生病了吗？或者像叽叽喳喳的小麻雀说的，你真的从楼上摔下去了？第三，有人告诉我，你是陈世美，已经不认你家的陈麦子了。

如果你把手机号码换掉了，那会不会再找另一个"一〇一一"呢？"一〇一一"所代表的那个晚上，我想你是不会忘记的。你忘记过清明，也忘记过国庆，从来没有忘记过我的生日——你也不会忘记我奶奶我二奶奶的忌日。既使当天你不方便，也会提前或者延后几天联系我。记得我刚到河南卢氏的时候，有一天晚上十一点左右，学校看门的老人突然跑到我们的宿舍，问我们谁是麦子？我说我是麦子。老人说，你为什么不叫包谷？我说，麦子好吃呀。老人说，有你爸爸的电话，快点去外边接电话吧。

有位卷头发的阿姨后来告诉我，你当时把电话打到了学校隔壁，卷头发问，你找谁呀？你说，是不是卢氏小学？卷头发说，你打错了，卢氏小学在隔壁呢。你说，我找的就是卢氏小学的隔壁。卷头发说，你认识我吗？你说，怎么不认识，你是我大妈呀。卷头发说，我是你什么大妈？你耳朵长虫子了吗？你干脆喊我奶奶算了。卷头发阿姨把电话挂了三次，你不依不饶地拨了三次。卷头发说，求求你别打了，我都脱衣服睡觉了。你缠着人家说，我家大丫头在隔壁上学，恐怕还没有吃饭吧？卷头发说，少吃一顿饭有什么关系？你说，打个谜语你猜猜，什么饭一辈子只能吃一次？卷头发说，当然是年夜饭了。你说，年夜饭每年吃一次，你再猜猜吧。卷头发说，有什么好猜的。你说，九岁有九岁的生日，十岁有十岁的生日，我女儿今天过生日。卷头发说，你女儿过生日和我有什么关系？难道要让我给她办几桌子酒席？我又不是她妈。你说，你不仅是她妈，还是她大妈，你是我们全家人的大妈，求求你到隔壁把她叫来，叫来接一下电话就行了。

爸爸，人家没有瞎编吧？

电话接通之后，你说晚上十二点还没过吧？没过就依然属于你的生日，爸爸祝你生日快乐。那年的阳历十月十一日是农历的九月二十三，等到半边月亮都慢慢地升起来了，我还是不相信你会忘记那一天。果然，在最后几分钟，爸爸竟然把电话打到隔壁，问我有没有吃一顿好的？问我有没有点蜡烛许愿？你还唱了一遍生日歌。你说你一直在加班安装窗户。我说，你不是记者吗？记者不是写文章的吗？你告诉我，每个记者都有自己联系的行业，因为你是学建筑的，你联系的就是建筑行业，那几天在工地体验生活，所以和工人们一起，帮忙安装安装窗户，那些蓝色的玻璃窗户，像安装在天空上边，被太阳一照会有刺眼的反光。你说你一放下手中的活就打电话给我了，你是坐在漆黑的楼顶上给我打电话的。我问你，坐在漆黑的工地上会不会害怕呀？你说你还要和工人一起在工地上睡觉呢，再漆黑的工地比我们塔尔坪也要亮堂很多。

当我接完电话，那位卷头发的阿姨说，麦子你吃饭了吗？我说，吃了，在姑姑家吃的。那位卷头发的阿姨说，过生日是要吃面条的，你等着阿姨给你下一碗面条吧。

今年是在丹凤县城迎来的第一个生日，虽然没有爸爸的消息也没有听到你的祝福，还是汇报一下吧。过完这一天，我就十三岁了，如果是一百年前的话，是不是都可以出嫁了？那天中午，我跑到学校外边打电话给你——丹凤县城自然是通电话的，社会上大部分人都有手机，我身边的一部分小麻雀也有手机，但是我不想求任何人，也不想让任何人偷听我们的电话，所以我在外边用的是公用电话。你原来的电话过去是无法接通，现在已经变成了空号。我又任意拨打了几个号码，后四位都是"一〇一一"，有一个接通了天津，人家说是卖衣服的；有一个拨到了湖南，人家骂我是神经病，有一个竟然打回了陕西——我不晓得在我的身边，有谁如此幸运地遇到了这串数字。盲目地打过几个电话之后，那些陌生人虽然没有一句问候，但是我感觉每一个接通或接不通的那边，似乎都是爸爸，起码我愿意把他们看成我的爸爸。

整整一天，我坐在教室的感觉非同一般，阳光像重新染过一样。整整一天，我希望有人跑过来告诉我，十月十一日是什么日子。整整一天，我期待着某一只麻雀落在窗台上，突然冒出几句"生日快乐"。但是在这个世上，除了爸爸你之外，还有谁明白我就是在这一天出生的呢？

今年的生日正好是农历九月十五，太阳刚刚落下的时候，月亮就圆圆地升起来了，月光洒在地上像银子一样，更准确的说法是像霜一样。在这个世上，除了月亮之外，没有什么东西挂得那么高，是我与爸爸都能看得到的，所以无论我处在什么地方，都要偷偷地盯着月亮，尽量站在迷人的月光之下。上完最后一节自习，我没有回到宿舍，除了带着十三张白纸之外，几乎是空着手走出学校的。我要独自一人去庆祝一个大丫头的十三岁生日。我绕过学校的围墙，穿过一块块包谷地，来到了丹江河边。这个生日真是丰富极了——咧着嘴巴的包谷棒子都是我的生日晚餐；慢慢移动的月亮是我的生日蜡烛；那些夹带着野菊花香味的风就是我最好的礼物。我没有朋友吗？其实不是的，每一只叫个不停的蛐蛐和虫子都是我的朋友。如果它们不想做我的朋友，那我自己就做自己的朋友。给我一点饥饿，给我一些冰凉，给我一个月亮，让我慢慢地吹灭吧。最后，我要唱生日歌，我要把这首歌里的"你"统统改成"我"。

你是熟悉丹江河的，它是丹凤县的一条大河，从城南由西向东缓缓地流过，无论春夏秋冬都是清澈见底，白天的时候可以看到河底细碎的沙子，晚上的时候如果有月光的话能看到水中游动的鱼儿。爸爸流下的汗水，我们流下的泪水，我哆上山砍柴采药的时候，割破了手流下来的血水，经过武关河与丹江河汇在一起；丹江河一直朝下，先并入汉江，再进入长江，最后注入了东海。老师当着全班的小麻雀曾经问，麦子呀，你晓得丹江河都流到哪里去了吗？我说，自然是流到海里去了呀。老师说，错，其实是流到上海去了，和你爸爸一样流到上海去了。

你明白我带着十三张白纸有什么用吗？还不明白啊？真是一个笨老头。生日那天最重要的不就是许愿吗？我要用十三张白纸来许愿。我一个人坐在丹江河边，拿出十三张白纸开始折叠小船儿。当年是爸爸教我折叠小船儿的。你教我折叠小船儿的时候是不是预计到会有今天呢？我折叠了十三只小船儿，每一只上边都写着我的名字陈麦子，然后放入了丹江河中。我对着空中的月亮吹了吹，像吹灭人间最悠远的蜡烛，然后闭上了眼睛。

你猜不出来我许的是什么心愿对吗？我是不会告诉你的，我如果告诉你的话，就会被风听到的，风是一个大嘴巴，会把我的心愿哗哗啦啦地传给每一棵树的每一片叶子，那么我许下的心愿就不灵验了。

十三只小船儿带着我，慢慢地远了，慢慢地模糊了。丹江河在后半夜开始起雾了，而且也起风了，我看到几只小船儿被卷入了朦胧而潺潺的流水中。

爸爸，在我的下游，在大海的边上，在水的末尾，你还能看到我放来的这些小船儿吗？

V 在河边

我不明白是不是长大的原因，生日过后的第五天我就病了。

我生的病十分简单，没有任何其他症状，仅仅是不停地流血。你还记得吗？有一位远房的小婶也生过流血不止的病，每天天黑之后，从她的耳朵和鼻子里就开始流血。赤脚医生给她开了一服草药，里边有槐花、艾叶和白茅根，槐花是在丹凤县城找到的，艾叶和白茅根在塔尔坪都有。艾叶喜欢长在坟头上，平时会采摘一些用来洗澡；白茅根喜欢长在荒坡上，我们经常会挖一些放在嘴巴里，嚼它甜丝丝的汁水。那位小婶吃过四年的槐花、艾叶和白茅根，也许把血流完了，最后还是死掉了。

我会不会死掉呢？在看到爸爸之前就会死掉吗？

十三岁的人也有资格交代后事吧？

第一是遗物。我没有什么东西，无非一堆课本、几摞作业本、一支钢笔、几件衣服和两条旧裙子，还有一把桃木梳子。在塔尔坪，有用桃树枝子给孩子辟邪的习惯。据我哆说，在我出生的时候，你没有折几根桃树枝子别在我的身上，而是跑遍了好几架山，砍回来一棵碗口粗的野桃树，用树心做成几把桃木梳子，在其中一把梳子上边，刻下了陈麦子三个字，还画了几根麦穗子。这把桃木梳子像长命锁一样，小时候挂在我的胸前，如今一直放在我的身边。我如果死了，课本作业本全部当成纸钱烧掉。对于这把桃木梳子，爸爸肯定想把它和我一起埋掉对吧？这样太可惜了，所以我求爸爸一定要留着它，把它挂在自己的胸前，或者揣在自己的怀里，不仅可以让它代替我陪着你，而且可以用它给你辟邪。

第二是道歉。前几天，我在操场上跑步的时候，发现了一群黑蚂蚁，在匆匆地爬着——它们也许和我们一样在跑步。陈正方的目标是北京，我的目标是上海，几只黑蚂蚁跑步的目的又是什么呢？它们会不会也有一个不在身边的爸爸呢？当然，我没有踩死它们，而是绕开了它们。在跑完八圈三千二百米之后，我把落在后边的几只蚂蚁逮起来，用纸包起来带回了教室。从操场到教室估计有五百米吧？其实我开始的想法是帮它们跑得更远一点。但是它们也许好奇，也许误解了我的好意，从书包里偷偷地钻出来，在桌子上爬来爬去。我想，如果被人发现了，只要轻轻一巴掌或者随意一脚，它们的小命就没有了。所以，我就把它们从窗口扔下去了。它们那么轻，那么小，我相信是摔不死的。

对于人而言，五百米算不了什么，不过几分钟的距离，但是对于几只蚂蚁而言，花费一辈子也回不去了。在下课之后，我赶紧下楼，希望把它们找回来，送回操场那边去。在墙上，在树上，在草丛中，在水塘边，我几乎都找了一遍，但是它们全部不见了。那天的风好大，会不会在落下的过程中被风吹走了？那四周有很多老鼠，会不会一落地就被老鼠给吃掉了？

如果我死了，爸爸能不能代替我给几只蚂蚁道个歉？如果有机会遇到它们，你能不能捎它们一程？也许和你一样，它们的亲人还在等着它们回家呢。

第三是烧纸。最后提醒一句，每逢我过生日的时候，爸爸就烧几张纸给我。无论你在上海还是在别的城市，是当记者还是在盖什么房子，像给我奶奶我二奶奶上坟一样，你随便在哪里烧几张纸给我吧。在那些纸上，什么话都不用说，只要写上你所在的地址就行了。烧纸的时候顺便告诉我，你那里的天是阴的还是晴的，气温冷不冷，风大不大，是朝什么方向吹的。收到这些消息，我就明白爸爸在哪里了，我就不用那么担心了。

关于生病，原因是这样的，那天晚自习之后，老师教我们唱了一首歌，那是用英语翻译出来的《童年》。自古以来，我们丹凤县有外国人吗？起码我没有见过他们的一根毫毛，所以我不晓得唱这些东西有什么意义。

我实在忍受不住，有时候嘻嘻哈哈，有时候大声尖叫。老师也许在嘲笑我，也许在惩罚我，说陈麦子唱得不错，我们让陈麦子领着大家唱吧。当大家跟着我唱到第三遍的时候，像一条蛇突然窜进了我的肚子，开始剧烈地蠕动了起来。

我说我肚子痛。老师说你会不会太用力了，把肠子给唱断了？于是小麻雀们叽叽喳喳地说，陈麦子唱歌把肠子给唱断了。随后几天，大家像疯子一样，遇到一起就神神秘秘地说，有一个初一的学生叫陈麦子，唱歌的时候竟然把肠子唱断了。几天时间，我的名字像传染病一样，就传遍了整个学校。

晚自习结束之后，我一个人黑漆漆地坐在教室里，回想自己到底做错了什么。是吃了不干净的东西吗？是喝凉水了吗？还是天凉了呢？窗外刮过一阵秋风，把一排杨树刮得使劲地摇晃，枯树叶子纷纷飘落了下来。我忽然想起马致远的一首元曲：

枯藤老树昏鸦，小桥流水人家，古道西风瘦马。
夕阳西下，断肠人在天涯。

断肠原来是愁肠寸断的意思，现在我可以这样解释"断肠"吗？天涯漂泊的游子在唱歌的时候竟然把肠子给挣断了。

那天晚上，我是在疼痛的状态中入睡的。我梦见自己变成了一团稀泥，软软地摊在地上，爸爸从身上掏出一把种子撒在我的身上。一会儿撒的是麦子，一会儿撒的是包谷，有时候撒的又是瓜子，因为麦子是黄色的，包谷是金色的，瓜子是白色的，三种颜色一直在变化着。那些种子很快就发芽了，从我的牙齿缝里、耳朵里、鼻子里、指甲里，长出来了。它们的芽子不是绿色的，一会儿是红彤彤的，一会儿是黑乎乎的，像上蹿下跳的火苗。火苗很长很长，最后变成了一只只手。我发现几只蚂蚁爬了过来，张开嘴巴要咬那些手。爸爸，蚂蚁有灵魂吗？也许那几只蚂蚁死了，它们不管是怎么死的，反正是由我引起的，应该是找我报仇来的。我伸出那些手，想去逮住那几只蚂蚁，但是那些手长在我的身上，却一点也不听我指挥。我一着急，那些手一下子就化成了血水。

虽然在梦中，好多东西都是假的，当我醒过来的时候，血水却是真的，冰凉也是真的，疼痛也是真的。血水从什么地方流出来，红红地洒在我的床单上。我用牙刷子刷了刷牙齿，用耳扒子掏了掏耳朵，还转了转眼睛，擤了擤鼻子。我发现自己的头发还在，马尾巴还在，手指甲还在，手与脚全部都在。除了鼻子耳朵眼睛嘴巴是自然的，其他什么地方都没有伤口。

没有伤口，那些血水如果不是从梦中流出来的，又是从什么地方流出来的呢？ 如果有伤口的话，我还可以包扎一下，或者抹一点泥巴，血就可以止住了。如果血是从梦中流出来的，我不明白怎么才能回到梦中，梦中的伤口又是什么样子的呢？

第二天星期六，宿舍里住着的其他五个人，有的上补习班去了，有的回家去了，只剩下我一个人待着。我好想回塔尔坪看望一下我哆，顺便再看看有没有爸爸的消息。也许血流得太多了，我像泄气的气球一样，想飘飘不起来，想沉又沉不下去，就那么空空地悬浮着。

爸爸，我好害怕呀，即使不是肠子断了，血一直这样流下去，把我的血流完了怎么办？没有肠子没有骨头，也许还可以活下去。在我们学校外边，有一个要饭的，他没有一只手，只有一条腿，照样活下去了。我们如果没有血的话，恐怕一天也活不成了。

窗外下起了毛毛细雨，秋天原来是金黄色的，被雨水一淋，小草、树叶子和包谷秆子，一下子就暗淡了。世界应该和我一样，阳光已经快流完了，只剩下最后一口气了。

中午的时候，我勉强地爬了起来，想去学校外边的医院看看。人死了是没有感觉的，但是我哆和爸爸还活着，你们是会伤心的。从小学到中学，自然、常识、生理，无关紧要的课都不上了，所以我们什么都不懂，我们只是一群傻瓜，叽叽喳喳的小麻雀都是傻瓜。没有人告诉我，我为什么会保持在三十七度左右，我为什么不可以像树一样燃烧，我为什么不可以像水一样结冰？

在去医院的路上，我遇到了一个小麻雀，她妈妈爸爸都是医院的，她应该懂得很多吧？我真想问她，我为什么会肚子痛？我身上哪里都没有受伤为什么无缘无故地流血？但是她和其他人一样，笑嘻嘻地对我说，看你这脸色，还用去医院吗？肯定是肠子断了呀。

在学校外边，我找到一家小医院，有一位穿白大褂的男医生，脖子上挂着一个听诊器，一副眼镜没有戴在眼睛上，而是挂在头顶上。他问你多大了？我说我十三岁了。他说你哪里不舒服？我说我肚子痛。他说，这几天有禽流感，你有没有接触什么鸡呀鸭呀鸽子呀？我说，我接触过蚂蚁。他说，什么蚂蚁？我说，黑色的，很大很大的蚂蚁。他说，你把蚂蚁吃下去了吗？我说，我只是把蚂蚁从楼上扔下去了。他说，如果没有让蚂蚁钻进肚子里，那么蚂蚁是不会传染的。我说，蚂蚁为什么不会传染？他想了想说，因为蚂蚁太小了。我说，为什么太小了就不会传染？他说，反正蚂蚁不会传染的，如果被蚂蚁传染了，你应该会上树了。

直到最后，我也不明白蚂蚁为什么不会传染，只是觉得蚂蚁也会生病——活着的东西应该都会生病。

我说我会不会唱歌的时候太用力把肠子给挣断了？他把这些话写在一张白纸上，像一只青蛙似的扶了扶头顶上的眼镜，哈哈大笑了起来，说这怎么可能？你还有其他症状吗？比如咳嗽呀流鼻涕呀。我说我忘记告诉你了，除肚子痛之外，我还在流血。他说，你哪里在流血？你让我看看吧。我突然意识到，那些血水不是从鼻子眼睛耳朵嘴巴里流下来的，也不是从伤口流出来的，而是从某个秘密的部位流出来的，我怎么可以让他看呢？于是我撒谎说，我咳嗽我流鼻涕我头痛而且头晕。我说，我可能感冒了，你给我开点药吧。

最后医生说，可能是伤风感冒了，我给你开一盒小柴胡冲剂吧。

拿到小柴胡冲剂的时候，你晓得我多么高兴吗？不是喝完药我就不会死了，而是小柴胡冲剂的盒子上边写着"上海涵春堂制药有限公司"，公司地址就在浦东——那座一百层的高楼就在浦东对吧？而且那盒药的主要成分是柴胡——我们在山上挖过的柴胡，在上海竟然变成了一包包粉末状的药。看到那盒小柴胡冲剂，我觉得十分亲切。

按照说明书，我每天三次、每次两包地喝着喝着，感觉自己喝下去的不是药，而是拌在一起的上海和塔尔坪。当天，我的病就好了一半，三天之后肚子就不痛了，血水也慢慢地止住了。你家大丫头也许是真正地痊愈了，也许福大命大一时半会儿还不会死吧？

但是我之前留下的话是算数的，我会把那把桃木梳子夹在这封信里，寄给你的。

爸爸是一个光头，虽然不需要梳头，但是需要用它辟邪。

有一个人，我不晓得要不要告诉你。其实我自己是不想提起那个人的，因为在我的脑海中她像一只洋叶，也就是外边所说的蝴蝶，不明白从哪里来又要去哪里，和我们之间到底有什么关系，我们想接近它逮住它又有些害怕它。

那天天气非常好，阳光稠稠的，风几乎都躲了起来，学校像调好的装在玻璃杯子里的一杯糖水。天气好的时候，蝴蝶就冒出来了。吃完午饭之后，有一个小麻雀长着一脸青春美丽痘，她缠着我一起去外边晒晒太阳，似乎外边的太阳有什么不一样的。美丽豆说，我们整天待在阴暗的角落里是会发霉的，我脸上的那些小痘痘就是这么霉出来的。美丽豆还说，看你这么瘦小，再不晒晒太阳补补钙，还会成为软骨头的。我说，太阳中有钙吗？晒太阳和补钙有什么关系？美丽豆说，你不会什么都不懂吧？虽然太阳中没有钙，但是晒太阳可以增加人体对钙的吸收。我说，你懂得真多，都谁告诉你的？美丽豆说，当然是我妈告诉我的。

我在班里的年龄不算最小，竟然是最矮最瘦的那一个，开始自然坐在了第一排。开学那天，老师对我说，你是不是跑错学校了？我看你差不多可以去上幼儿园了。爸爸，你晓得我喜欢穿黑色衣服，我哆三番五次地批评我，说你一个丫头，怎么不穿一点鲜亮的呢？其实我也羡慕那些打扮得花红柳绿的小麻雀叽叽喳喳地飞来飞去，那才是春天的颜色春天的样子。但是赤橙黄绿青蓝紫都不属于我，或者不配我，穿上它们我就不会走路了。我感觉黑色比较适合我，无论是花草树木，还是风霜雨雪，之所以没有黑色的，因为它们要么来自地下，要么出自天上，而我——和那个人一样像一只蝴蝶，都没有一个明明白白的来处和去处。

所以蝴蝶就有黑色的。

死人穿着的一律都是黑色的吧？有死人穿着红色的吗？

当我坐在第一排的时候，粉笔末不仅把我的头发染白了，而且把我身上的黑衣服也染白了，小麻雀们总喜欢一边念着"少小离家老大回，乡音无改鬓毛衰"一边盯着我笑。我每天吃进去的粉笔末，恐怕比一包柴胡冲剂还要多，幸运的是，第五排有个近视眼，看不清黑板上的字，所以就和我调换了位子。

包谷已经快收完了，大家正在往地里播种麦子。我们走出学校的那种感觉不是小麻雀的感觉，而是两只正在飞翔的小蝴蝶的感觉。我们伸开双手，一会儿对着天空深呼吸，一会儿在刚刚平整的松软的浮土上打滚。这都是阳光的功劳。阳光洒在我的身上，像一把小刷子伸进了我的身体慢慢地扫着，把头发里皮肤里肉里骨头里，还有心里，齐齐地扫了一遍，阴暗就没有了。我躺在地上装成死人，开始玩一个埋人的游戏，让美丽豆用泥巴把我埋起来，当成一粒麦子埋起来。

美丽豆说，你开什么玩笑，这样会把你憋死的。我说，你傻呀？你不会把鼻子眼睛给我留出来吗？但是无论如何，美丽豆还是不敢把泥巴撒在我的身上。

头发和指甲是没有生命的。没有生命似乎就没有疼痛，所以人们会毫无顾忌地把指甲与发头剪掉。我拽下一根头发放在身边，让美丽豆埋掉它，她就不再害怕了，用泥巴很快就堆起了一个小土包。

我说，这就是我的坟。美丽豆说，你有一万根头发，难道你会有一万个坟吗？我说，每个人都有一万个坟，有的埋着衣服，有的埋着头发，有的埋着骨头。美丽豆提醒我说，地上有好多的小土包，和坟没有什么两样，你应该再立一个碑，有碑人家才晓得是不是坟。我觉得她的提醒是对的。我放眼望去，整个田野上确实有好多隆起的小土包并不是坟，或者没有人分得清它是坟。我着急地找着，用什么做我的碑呢？有什么可以做一个十三岁大丫头的碑呢？石头吧？太重了；木头吧？太容易腐烂了。很快，我发现了一根青草，绿油油地长在路边。我不认识它叫什么？它长得像兰草又不是兰草，在我们这样的地方不会有兰草存在的。它长得也像麦子，更像肥胖的麦子。我说，它，就是它，它的神情和我一样，那么就用它做我的碑吧。我连根拔起那根青草，把它移栽在我的小土包前，然后朝着那根青草跪下去了。

我是在给自己磕头。你家这个迷迷糊糊的大丫头，只配用一根青草做她的碑，虽然不能刻上名字，只要有根，有风，起码在来年还会长出来的，在早上还会有露水爬上来的。你以后看到一根小草，在冬天仍然保持着绿色的小草，就当成我的碑吧。

正是那个时候，我与那个人撞在了一起。虽然那个人的样子是一团雾，在我的脑海中充满着不确定性，但是当我抬起头的那一刻还是认出来了。她同样喜欢穿着一身黑色，梳着一条又黑又粗的马尾巴，只是已经不再年轻了，脸上布满清晰的皱纹，双眼皮之间形成一条坎，瘦削的下巴更像一粒瓜子。她的身后跟着一个有点发胖的男人。说实话吧，他比起爸爸你丑多了，那鼓起来的肚子像一只木桶——我哆用来喂猪的装满潲水的木桶。木桶推着一辆婴儿车，里边躺着一个正在吃着手指头的婴儿。

我多少次想象着与那个人相遇的时候，会出现什么情景，会在哪一条街上，我们是不是还认识。如果彼此认识的话，她会叫我什么名字？我会不会叫她一声？但是现在，当她的眼睛碰到我的眼睛，像碰到一团火被烫了一下，迅速地躲开了。她张了张嘴巴，什么话也没有说出来，只是尴尬地回过头，看了看她后边的木桶，似乎不小心撞上的不是我，而是木桶，对不起的也是木桶。她尽量保持着陌生的毫不相干的样子，从婴儿车里抱起了那个哭起来的婴儿，慌张地解开了自己的衣服。

太阳被飘过来的乌云遮挡住了。我的情绪有点低落，踢着沿路的石子开始返回学校。美丽豆跑过来问，你被撞晕了吗？我说，因为天阴了。美丽豆问，你认识她吗？我说，你没有发现天阴了吗？美丽豆问，你不认识她吗？我说，天阴了应该回去了。美丽豆问，她不会是你的仇人吧？美丽豆堵在我的前边盯着我问，别哄人了，她一身黑色，你也一身黑色，她是马尾巴，你也是马尾巴，她是双眼皮，你也是双眼皮，她是瓜子脸，你也是瓜子脸，她是不是你妈呀？

当年你与那个人之间的事儿，如今仍在石门镇流传着——因为那个人的外婆在塔尔坪，她有一个远房的舅舅就是塔尔坪的马铁匠。小时候，每年寒假暑假，她便会来到塔尔坪，你们在包谷地里过家家，在房前屋后采药，在山上放牛放羊……你们什么都不分，吃的不分，喝的不分，有时候衣服不分，那张床也不分。你们从小就认为你们是一家人，无论到什么时候你们都是一家人，所以无论别人怎么取笑你们，你们都异口同声地说，我们本来就是天生的。但是仅仅几年时间，一千多公里的距离，为什么都变了呢？如今你的就是你的，她的就是她的，甚至把我这个丫头，也分出了你我，到底是为什么呢？小时候看电影《梁山伯与祝英台》，大家都说爸爸就是梁山伯，那个人就是祝英台。我一直都不明白，从坟里飞出来的那两只蝴蝶，它们是怎么化出来的，又一起飞到哪里去了。我是不是一只被抛弃的小蝴蝶呢？

爸爸，没有让你伤心吧？

其实，我说这些不是因为那个人。在偶尔遇到那个人之后的某一天，当我一个人坐在教室里的时候，那个坐在我前边的家伙，像小偷一样神秘地扭过头对我说，能借一下你的字典吗？

那本字典是爸爸你买给我的，是我上小学一年级的纪念。那时候我还不会写自己的名字，"陈麦子"是爸爸帮忙写上去的，照样在旁边画了几根麦穗子，如今已经褪色了，有点模糊不清了。那本字典十分小，只有拳头那么大，我所有不会认不会写的字都是从那本字典里查出来的。它和我说的话应该比爸爸还要多吧？我突然发现，那本字典竟然是上海辞海出版社出版的，地址是上海市陕西北路。上海市，陕西北路，让人多么心动的两个地址啊！

你在上海去过陕西北路吗？反正在陕西的我，迟早都会跑到上海的。

他借完我的字典，慌慌张张地翻了一会儿就还给了我，然后吞吞吐吐地说，那个字在一二〇九页，你也认识一下吧。我翻到那一页，发现有个我不认识的字，是形容发鬓美好的，就在"我"的上边。我说，你夹着一片树叶子是书签吗？他没有回头，用后背对我说，送你的。第二天，他又借我的字典查了一下，告诉我那个字在一二三三页。我翻到那一页，发现照样夹着一片树叶子，除有个"喜"字之外，我不认识的字有很多，比如"霤"形容下雨，比如"隰"是低湿的意思。接下来的几天他又借了两次字典，第三次是四八八页，第四次是八二八页，都会夹一片树叶子。

每一次还完字典，他都头也不回地问我，你发现什么了吗？我都会告诉他，那些树叶子挺好看的，都是从哪里摘来的呢？他说，是从我身上摘来的。我说，你以为你是鸡冠山吗？

我把他送我的树叶子拿出来摆在桌子上，有的像一根火苗，有的像一只手掌，有的像一颗心脏。

我说，谢谢你呀。

他回过头，似乎有点委屈地对我说，我的意思其实不在树叶子上。我说，那在什么地方呢？他说，在字典里，你用我送你的那四个字连连看吧。我说，是谜语吗？他说，不是谜语，但是差不多吧。我说，都是生僻字，有什么意义吗？老实说，那个家伙还挺帅的，他浓密的眉毛与深陷的眼睛和爸爸还真有几分相似，如果剃成光头的话也许更像了。他是学校篮球队的主要队员，只要他出现在篮球场上，啪啪地拍打着篮球，在四周教室里学习的小麻雀就会把书翻得哗哗啦啦地响，感觉他拍打的不是一个篮球，而是她们的那颗心脏。开学后不久，当我从第一排换到他后边的第五排，他坐在我前边的第四排的时候，小麻雀们真是羡慕极了。

他犹豫地提醒我说，第一个字是"我"，第二个字是"喜"，你继续连下去，连下去你就懂了。

在我看来，用"我"和"喜"造句那真是太容易了。我的爸爸小名字叫喜娃子……我的爸爸喜娃子他在哪里……我的爸爸叫陈元，耳东陈，元旦的元，平时喜欢吃糊汤……仅仅围绕着爸爸，我可以说出一百句话。那几天，他情绪十分低落，总是无缘无故地回过头瞪着我。他在教室外边练球的时候，拍球的力气更大了，想把篮球打爆似的。而且常常停下来看着我们班的窗户，把篮球高高地举起来再狠命地朝地上摔去。

有一天晚上，我翻开字典看了看那几片树叶子，它们并没有褪去红彤彤的颜色，还静静地躺在四个页码当中。我试着用四个不同的字组合起来，最后让我十分吃惊的是，最通俗的答案竟然是"我喜欢你"。

你说说，是我错了呢？还是他疯了呀？

听到教室外边仍有人在昏暗的灯光下嘭嘭地拍打着什么，这一次被他运在手心的不是篮球也不是别人的心脏，而是我自己的心脏。我还在上初一，刚过十三岁，他怎么能对我说出这样的话呢？第二天，我真想把那句愚蠢的话写在我们的黑板上。但是我没有那样，而是悄悄地与另外一个小麻雀对换了一下座位，从第五排直接调到了第八排。从此，他再没有回过一次头，只看到他黝黑的后背反着光，因为读书与写字而变得明明灭灭。那四片树叶子实在太漂亮了，是这个秋天我看到的最美的东西。所以我没有还给他，也没有把它们扔掉，只是换到字典的另外四个地方夹了起来。

多年之后，如果我顺着四片树叶子翻开四个字，像玩游戏一样任意地连一连的话，不晓得将会出现什么样的句子。

VI 在楼顶

陈正方出意外了。

每天绕着我们的操场跑十圈的陈正方，在幻想之中两次经过天安门跑到北京与他爸爸见面的陈正方，大家一致认为能考上北大清华的陈正方，他出意外了。

记得爸爸最喜欢雪花了。你说在这个世上只有雪花是纯洁的，纯洁的东西是最容易融化的。你曾经问我，把雪花放在什么地方永远不会融化呢？我说放在地下埋起来，像埋人一样——对不起，不晓得什么原因，碰到任何好或者不好的东西，我最先想到的就是把它埋起来，或者像冰棍一样焐在被窝里。你说埋在地下也有解冻的时候，即使埋在塔尔坪最高的山上；把冰棍焐在被窝里最多只能保存几十天，因为没有什么办法能够隔绝外面的空气，无法隔绝空气的东西都是危险的。你说有一个地方是安全的，那就是在梦里，无论夏天什么时候，在梦里照样是可以下雪的。你曾经告诉过我，沈阳十月就下雪，雪花片子大得把天空都给撕破了；广州从不下雪，看到的雪花与冰块都是人工制造的；上海偶尔下一次雪，像上海人请你吃饭一样，精细而小心得出奇，把人都憋出病来了。你说你想家了，不仅仅想那一棵棵树，想那一群群小麻雀，而且想我们那里不大不小的雪花。

我不晓得上海今年冬天会不会下雪，如果不会，你就按照自己的说法在自己的梦里下一场雪吧。想什么时候下就什么时候下，想下多大就下多大。

十一月中旬，刚刚立冬之后的第六天，丹凤县城下了第一场大雪。与往年相比是下得比较晚的，冬天迟迟不下雪还真不痛快，像故意忍着把雪花积攒到了现在，所以雪花大得像梨花瓣子，把还没有亮的天空给照亮了。小麻雀们以为天亮了，慌慌张张地爬起床往教室跑。但是走出宿舍，才发现天空是黑的，只有积雪覆盖的大地是明亮的。

在过去，教室里总是死气沉沉的，安静得一本书落在地上都十分尖锐，像一枚投下来的原子弹；操场上没有一声尖叫，偶尔传出拍打篮球的声音，感觉像是来自另一个世界，那晃动的身影是热爱运动的不散的阴魂；从学校穿过的每个人，像丢了魂儿似的，哪怕有人迎面而过，也不打招呼，将一切视为空气，麻木地生活在自己的内心里；从学校外边经过的时候，感觉像一个敬老院或者一座烈士陵园——鸡冠山下的烈士陵园就是那么安静的，里边的几千条生命已经安息或者根本就不存在。

而那天清早，我们看到处处都是雪花，把所有的痕迹都抹掉了，把所有的路都抹掉了，原来所担忧的一切都是空白的。有人用手接住雪花，有人使劲地踩着雪花，似乎一片片雪花都是上天派来的要接我们离开这个世界的小天使。我们既不回宿舍继续睡觉，也不去教室学习，干脆聚集在操场上，忘乎所以地玩起了雪。老师们的情绪也一样，纷纷爬起来涌到了操场上。我们打雪仗，滚雪球，堆雪人。还有人用树枝子在雪地上抄写英语单词或者进行公式演算。

我喜欢堆雪人。谁最值得我用雪花来堆呢？不用说，自然是一直想着雪花的爸爸。我哆是不适合用雪花的，他在泥巴中泡着，所以最适合用泥巴。那天早上，在跑完八圈之后，我开始收集最白的雪花，照着爸爸的样子堆雪人。你的身体全部是用雪花做的，你的眉毛是用两片树叶子做的，你的牙齿是用几颗石子做的。你还是一个光头对吗？这样就省事多了，如果有头发的话，真不明白用什么来做你的头发，因为我不晓得爸爸的头发是白的还是黑的。

当我刚刚堆完一个雪人，突然传来一声刺耳的尖叫，把大家全部拉回到冰冷的世界。尖叫声是从一座教学楼的楼顶上发出来的。那座教学楼位于操场边上，也许五层，也许六层，天井里搭着梯子，可以直接通往楼顶。楼顶的边上没有设置栏杆，偶尔有人爬上去清洗一下水箱。也有胆大的小麻雀经常爬上去，黄昏望望山头，深夜看看流星。当大家全部拥到操场上的时候，发现操场其实是十分狭小的。雪地很快就被踏遍了，没有一块地方是干净的，尤其被重复踩踏之后已经开始融化了，变成了污水。这让小麻雀们有些失望，他们没有想到这些雪花那么容易融化，于是有人想到了楼顶——那样的地方和梦里相同，雪花总在一定时间内保持完美。

　　首先顺着天井爬到楼顶上的，是我们班一个胆大的小麻雀。她团起一个个雪疙瘩，像傻瓜一样呵呵地笑着，瞄准楼下扔过去。她不把自己的同学当靶子，专门把老师当靶子。每一个雪疙瘩都会打中，当雪花从脖子滑入衣服里，那种冷是可以想象的。每个老师被打中之后都一激灵，以为天上掉下一个冰雹。当他们发现是小麻雀扔过来的，意识到自己是不适合玩雪的，便尴尬地离开了。

　　很快，其他两个人也陆续爬上了楼顶。他们一个胖一个瘦，对上边的情形十分熟悉，因为他们经常爬上去，多数时间坐在中间看书，少数时间躺在上边聊聊天。他们聊天的时候，肯定是在黑咕隆咚的晚上，天上布满了星星。他们反复讨论的，并不是关于学习的。胖子说，天好蓝呀。瘦子说，因为离天近对吧？胖子说，还有更近的地方吗？瘦子说，鸡冠山比这座楼高，应该更近吧？胖子说，还有比山更高的，你信不？瘦子说，不可能，除非是云，云很高，但是我们能上去吗？上不去再高有什么用呢？胖子说，怎么不可能，你看看那是什么？瘦子说，是不是飞机？坐在飞机上应该离天最近。胖子说，你想坐飞机吗？瘦子说，当然想了，谁不想啊。胖子说，如果让你坐飞机的话，你想去哪里？瘦子说，我也不晓得想去哪里，我觉得坐飞机应该离天最近。胖子说，离天最近又能怎么样？瘦子想了想说，离天最近，就是离神仙最近，你觉得有神仙吗？胖子说，应该有吧？大家都说天上是住着神仙的，没有神仙的话要天空干什么呀？

　　下雨下雪的时候他们是没有上过楼顶的。当他们踏着积雪站在楼顶上的时候，突然发现有一些异样，除了中间的那个大水箱之外，在临近边沿的地方多出一个雪人，或者一个雕塑上边落满了雪花。这个雪人坐在地上，眼睛看着前边，两只脚伸出楼顶，悬在空中。

胖子看到雪人之后，十分吃惊地说，太像了，真是太像了，给我合个影吧。当他小心翼翼地站到那个雪人的身边摆好姿势，让瘦子用手机给他拍照片的时候，突然发现他扶着的那个雪人，眼睛珠子转了一下。胖子被吓了一跳，然后发出了一声尖叫。

其他人也发现了异样——那个雪人在轻轻地晃动，像快要崩裂似的，先露出头发与脖子，然后又露出胳膊与大腿。原来那个逼真的雪人，他不是雪花的，也不是雕塑的，其实就是一个人。从那个人干净的屁股底下可以看出，他是在下雪之前就坐在那里的。他们全都认出来了，面前的那个雪人就是大名鼎鼎的陈正方。

几个人一齐叫了起来：不得了啦，陈正方要跳楼了！

由于楼顶比较高，声音被风一吹，传到楼下的时候就十分缥缈。学校的广播响了，请大家不要喧哗，尽快回教室上课。小麻雀们像中了魔咒似的，立即放下了手中的雪，收起了笑脸，悄悄地离开了操场。一会儿，整个学校就恢复了敬老院的安静，或者恢复了烈士陵园的严肃。

我以为陈正方创造了什么奇迹，而且是与下雪有关的。因为开学第一天，看到他在环形的操场上向北京跑步的时候，我就晓得在他的心中应该充满着更多神奇的想象，我坚信他是可以乘着雪花飞起来的人。但是几辆消防车闪烁着开进了学校，几名消防队员在楼下迅速地搭起了一个垫子，就像有些人家又软又大的席梦思，还有几名消防队员与几个老师赶到了楼顶，与陈正方进行着小心翼翼的交谈。

天空已经亮了，有一丝阳光照在雪地上，反射的光更加刺眼，让人睁不开眼睛。毕竟是第一场雪，下得再大，积得再厚，还是经不起一点阳光——越是纯洁的东西越是经不起阳光。雪花先从被踩踏过与掺入杂物的地方继续融化。不到两个小时，校园里的雪花基本融化了，只有十分阴暗与清静的地方还会留下一点点白。

自习铃声响了，上课铃声也响了。没有一个人留在操场上，只有一只狗在不停地嗅着，把那残败的雪地当成了屠宰场，希望能够找到它的食物。但是回到教室里的小麻雀们，他们的心全是乱的，是分裂的，眼睛在书上，耳朵在窗子外边。有几个人，站在窗口紧张地看着楼下，眼泪竟然莫名其妙地流了下来。

我是半个小时之后被老师从教室里叫出去的。他们说，你是陈正方的妹妹吧？我说，只是堂妹而已。他们说，堂妹也是亲人，你可以和他谈谈，让他冷静一点，不注意就掉下去了。我说，我能行吗？他们说，他的父母都在北京，有个奶奶在这边，正好回塔尔坪去了，听说你和陈正方天天在一起跑步，所以你就是他最亲近的人了。我说，你们到底想让我说什么？说小麻雀还是说第一场雪？他们说，你就说说你们塔尔坪吧。

我跟随着老师爬上楼顶，才晓得人在低处的时候，离天远了有那么一些压抑，但是站在高处的时候，离天近了又有一些恐惧。我站在楼顶的中央，头晕得厉害，总觉得脚下的世界踩重了就会塌掉，一步走不稳就会落入深渊，被摔得粉身碎骨。

我是试探着走到陈正方十米远的地方坐下来与他说话的。按照老师的意思，我说，陈正方呀，你晓得我为什么要叫你哥吗？因为我们都是塔尔坪的人，我嗲叫陈先土，你嗲叫陈先火，他们是一奶同胞的兄弟两个。你晓得塔尔坪为什么有那么多姓陈的人吗？因为大多数都是一个人的儿子的儿子的儿子。你晓得我们塔尔坪为什么不叫大雁塔不叫小雁塔吗？因为我们那里从来没有见过大雁也没有见过小雁，关键是唐僧在孙悟空猪八戒沙和尚的陪同下，没有把他从西天取回来的经书藏在我们那里。你晓得为什么他不把经书藏在我们那里吗？不是他嫌那里远，嫌那里小，嫌那里穷，而是他根本不晓得塔尔坪后来会建一座塔，而且是世上最漂亮的塔。

陈正方昂着头冷冷地看着远处的天空，像看不起飘来飘去的形状各异的那些白云。他突然嘿嘿地笑了几下，那笑声没心没肝，当我说到最后一句的时候，他又嘿嘿地笑着问我，骗子！我们塔尔坪的塔在什么地方？

陪在旁边的几位老师与几位消防队员，听到陈正方开口说话而且还笑了那么几声，立即给我递眼色，意思是让我继续。我继续说，塔尔坪的塔在塔尔坪呀，你是塔尔坪的人，你不会不晓得吧？陈正方终于回过头问，我怎么没有看到过？我说，没有塔，叫什么塔尔坪？他说，那塔很久很久以前就倒掉了。

我说，是倒掉了呀！塔尔坪塔尔坪嘛，谁都晓得倒掉了，但是倒掉了就不是塔了吗？

他又回头朝前，冷冷地看着天空说，倒掉了，就平了，塔在哪里？我说，原来在我们家旁边的那块麦地里，现在只不过移了一个地方。他说，移到哪里去了？我说，移到我们心里去了。你会不会经常想到那座塔？你是不是觉得有点可惜？如果那座塔还在的话，我们就可以爬上去了，而且也有炫耀的资本了，塔尔坪如今除了一块坟地，还有什么值得炫耀的吗？不像我们班的那几个小麻雀，要么家在县城里，要么住在丹江河边，还有人就住在四皓隐居的商山上，所以他们会背《采芝操》：

皓天嗟嗟，深谷逶迤。
树木莫莫，高山崔嵬。
岩居穴处，以为幄茵。
晔晔紫芝，可以疗饥。
唐虞往矣，吾当安归？

我说，其实我也会背《采芝操》，原来塔尔坪好几个人都会背几句《采芝操》，但是我们没有住在商山上，而是住在塔尔坪，塔尔坪有什么？只有那座塔！我们的塔即使倒掉了，照样是很威风的，你想想呀，当年建那座塔干什么用的？听说我们那里要出皇上！皇上就不高兴了，派人建起那座塔要镇住那块风水宝地。陈正方说，这跟我有什么关系？我说，当然和你有关系，和我们塔尔坪的人都有关系，塔倒了说明什么？说明镇不住了，魔咒解除了，塔尔坪要出大人物了，甚至要出皇上了。

陈正方又嘿嘿一笑，再次回过头盯着我问，皇上？现在有皇上吗？我说，我们塔尔坪这几年出了多少人？那些外出打工的，你爸爸都到北京了，我爸爸都到上海了，都算有本事的人吧？有本事的人就是皇上。但是最厉害的不是别人，是我的堂哥，堂哥也是哥，他的名字叫陈正方。陈正方是谁？他是我们学校的第一名，再过半年呀他就要考到北京去了，北京是什么地方？不就是皇上待的地方吗？我们塔尔坪，我们丹凤县，有人考到北京去的吗？现在没有，但是马上就会有。你马上就是第一个，第一个那就是皇上。

我正得意的时候，陈正方的眼睛像一只电量不足的手电筒，慢慢地暗淡起来，慢慢地恍惚起来，慢慢地虚无起来。

他突然大吼了一声，别说了！

他的身子轻轻一斜，就滑下去了。

他平展着双手，感觉不是要跳楼，而是要飞。

老师恶狠狠地对我说，你什么不好说呀？消防队员失望地瞟了我一眼说，哪壶不开提哪壶。他们说时迟那时快，一个箭步跨上去，抓住了陈正方——可惜的是只抓住了陈正方的一只袖子，那半截被撕掉的袖子像一片披麻戴孝的孝布。

陈正方之所以跳楼就是因为考试。下雪的前一天晚上，期中模拟考试的成绩公布了，陈正方没有如预想地拿到第一名，而是排在他们火箭班六十个小麻雀的中间。老师在宣布分数的时候对陈正方说，我看你天天都在跑步，跑步能跑进北大清华吗？就凭着这个分数，想上首都北京的大学那等于上天！听到老师的话，陈正方默默地离开座位，走出教室，在操场上跑步，继续朝着北京跑步。那天晚上，他没有计算自己跑了多少圈子，也没有计较跑到了什么地方，反正在精疲力尽的时候，感觉自己空得只剩一张皮的时候，他一个人默默地爬上了楼顶。

陈正方落下去的那一刻，所有的小麻雀都坐在位子上，中断正在念着的单词，放下正在解析的方程，放弃正在写着的作文，屏住呼吸，静静地听着窗外。那一刻，世界安静得好像一下子停止了运转。当他落地之后，随着一声沉闷的"嘭"，好多小麻雀的眼泪都哗哗地流了下来。

其实不幸中的万幸，是陈正方落下的过程像一根羽毛，又像一片贪玩的雪花，轻轻地轻轻地落在了那个巨大的席梦思上。他被高高地弹起，再次落下，再次弹起，再次落下。每一次他都离土地近那么一点，直到他实实在在地躺在地上。

当老师与消防队员围到他身边的时候，发现这个叫陈正方的高三学生，四脚八叉地仰躺在充气垫子上，几分钟之后像刚刚睡醒一样，揉着自己朦胧而空洞的大眼睛。他没有急着爬起来，而是嘿嘿地笑了半天。爸爸，你放心吧，他还活着，经过医院的检查，仅仅留下了轻微的脑震荡。

在住院前三天，我每天都去看他，他都是闭着眼睛。他在睡觉，而不是昏迷，只是与以往不同，嘴巴里不再有咕咕嘟嘟的声音，安静得像一眼突然干涸的喷泉。其实，好多小麻雀都渴望过生病，生一场大病，脑膜炎、心脏病、禽流感，什么都行。或者发生一起意外的车祸，起码被撞断一只胳膊或者几根肋骨，才可以心安理得地不用上课了，关键是他们的爸爸妈妈无论在什么地方，肯定都会回到他们的身边。

陈正方整整睡了三天三夜。有一天半夜，他醒来之后不是哭，竟然乐呵呵地笑了，不像是刚刚跳过楼了，而是在游乐园里尽兴地玩了一次跳床。

从医院里出来，他像一个从中途退下的长跑运动员，对一切变得毫不在乎起来，走路的时候不再捧着课本，而是把双手斜插在裤兜里，碰到树梢上叽叽喳喳的小麻雀，竟然朝着它们喷出一口唾沫。看到一群麻雀被吓得四散逃跑，他又会发出呵呵的笑。惟一没有改变的是半个月之后，在早晨的阳光之中，当我在操场上继续向上海靠近的时候，我看到了陈正方同样在向北京迈进的身影。

他主动跟我说，上学嘛，无所谓的，仔细想想塔尔坪其实挺美的，如果不是想爸爸妈妈了，我们一辈子待在塔尔坪也不错吧？

VII 在废墟

现在得说说塔尔坪了。

我们塔尔坪的那所小学刚刚被拆掉了。

我和爸爸，陈正方和他爸，小学前几年都是从这里开始的。牛根生牛校长说，那所小学是一个鸡窝，我们是被孵出来的小鸡。说到鸡，让我迷惑不解的是：同样都长着羽毛，同样都长着翅膀，为什么老鸹就可以飞呢？就连不起眼的小麻雀也能飞到空中，但是为什么鸡，无论大小，无论公母，都不能飞呢？

自从回到丹凤县中学，我感觉不光爸爸你们想家啦，我们这些孩子也会想家的。你们在外边所想的家只有一个，陕西，丹凤，塔尔坪。而我们呢？亲人在哪里，哪里就是我们的家。在这个世上，我有两个亲人，一个在上海，一个在塔尔坪。我有两个家需要去想。上海太远了，有一千三百公里，我对那个家的想就有一千三百公里，我只能以跑步的方式在心里一步步地靠近它；丹凤县城离塔尔坪八十里左右，像一条蛇一样在山谷之间游移着，有时候看似断了，其实仅仅转过了一个弯子，有时候看似爬上了云霄，其实只是绕过了一个小山包，我对那个家的想就是九曲回肠的八十里。听我哆说，这八十里有一部分是爸爸你们自己修的，说你们那一代人本来没有路，是一边修路一边走出去的。

下完今年的第一场雪，也就是陈正方跳楼之后，我抽空回了一次塔尔坪，发现我们塔尔坪小学——爸爸曾经告诉我，塔尔坪小学原来是我们陈氏的祠堂，祠堂原来是一座寺庙，如今小学也不存在了。

九月一日是开学的第一天，大家要穿上新衣服，戴上红领巾，热热闹闹地把国旗升到空中，所以牛校长和往年一样，天刚麻麻亮就拿起一条大扫帚，把整个院子扫得干干净净，打开学校那扇木门，撑起每个教室的窗户，用彩色的粉笔在黑板报上写了一行字：好好学习，天天向上。

第一个走进塔尔坪小学的，是哑巴家的来上二年级的丫头。她梳着两条黑黑的大辫子，除了背着书包，还有一个矿泉水瓶子，里面灌满了白开水。第二个来上学的，是流着口水的小傻瓜，他一会儿盯着大门，一会儿盯着黑板报，一会儿盯着院子外边的一棵核桃树，像发现了什么似的呵呵地笑着。牛校长问，你来上几年级呀？他说，十年级。牛校长说，我们这里只有一年级到三年级。他说，一年级就是十年级。第三个来报名的，是摇晃着一个大脑袋的大头，他爸爸天天躺在床上睡觉，人家问你哪有这么多瞌睡呀？他说我本身就是瞌睡虫，人家说是懒虫吧？他说我也想早早地爬起来，但是骨头都是软的。后来也许是睡多了，也许是生病了，他就死掉了。大头背着一个花书包，见人就兴奋地说，我要上三年级啦。大头他妈提着一篮子包谷棒子往牛校长面前一放，对牛校长说，要么陪你睡一觉，要么一篮子包谷棒子，要么书本费就先欠着，欠到猴年马月我也不清楚，反正我们孤儿寡母的，你答应我们就上，不答应我们就回家放牛。

直到中午太阳都升到头顶了，再没有看到其他孩子。牛校长就对两个老师说，他们是不是忘记今天是什么日子了？于是，两个老师一个人吹哨子，一个人喊"开学啦"，开始吆喝起来。她们吹一声，喊一声，挨家挨户地敲门。整个村子响起了"咚咚"的敲门声。太阳偏西的时候她们返回学校，坐在牛校长面前的地上哭了起来。牛校长说，哭什么呢？老师说，一个个都走了。牛校长说，去哪里了？老师说，有的去镇上了，有的去县城了，有的去西安了。牛校长说，干什么去了？应该是逛逛去了。老师说，到外边上学去了，肯定不回来了。

牛校长不再吱声了。他发现已经清扫过的学校有一些凌乱和荒凉，便独自蹲在地上拔着暑假期间长上来的杂草。他一根一根地拔着，像在拔自己腿上的杂毛，每拔一下心就疼痛一下，脸就抽搐一下。也许他整个晚上都在拔草吧，第二天早上三个孩子来上学的时候，发现学校的小操场、台阶的石缝中间、院子外边的墙根，一根杂草都没有了。牛校长说，麻雀虽小，五脏俱全，学生再少，也是教书育人的地方啊，我们不能耽误了三个孩子。于是塔尔坪小学在七点钟的时候照常开学了。

三个孩子，两个老师，一个校长，齐刷刷地站在院子中间。由一个老师拉着一根绳子，把一面五星红旗升到了院子中间的一根柱子上，由另一个老师打拍子，大家一起唱起了国歌。

起来！不愿做奴隶的人们！把我们的血肉，筑成我们新的长城！中华民族到了最危险的时候，每个人被迫着发出最后的吼声……

两个老师的声音十分雄壮，牛校长的声音十分婉转，唱到"起来！起来！"的时候，他仰望着天空流下了眼泪。其实三个孩子都不会唱，哑巴家的丫头没有出声，大头随着哼哼了几声，小傻瓜呵呵地笑着，脸上的肌肉随着节拍抽搐着。最后，三个教室里，各坐着一个学生，各站着一个老师。第一个教室在讲abcd，第二个教室在讲九九八十一，第三个教室在讲鲁迅先生的《三味书屋》。三个声音在塔尔坪的山谷中回响着，变成了三十个声音，或者是三百个声音。

爸爸，结果是令人失望的，只剩下三个学生的小学，在第三天的时候就关门了，原因自然是学生太少了，被并入了石门镇中心小学。让人欣慰的是，三个孩子都顺利转学了。尤其是哑巴家的丫头，她的名字叫陈娇娇。陈娇娇十分出奇，几次考试都是第一名，但是大家从来没有听见她开口说话，直到几个月之后才发现她是一个哑巴。

塔尔坪小学是正式关门的前一天被彻底毁掉的。牛校长不是塔尔坪本地人，他家具体在哪里没有人清楚，只晓得一直在学校里教书，教完书就睡在学校里。他在学校围墙外边有一块菜园子，平时会种一些包谷，套种一点茄子、萝卜和小白菜。他似乎一生下来就在那个学校，学校就是他真正的家，小麻雀就是他生养的孩子。

第二天就要并入中心小学去了，前一天放学之后牛校长把三个学生分别送到了家，对几个家长说，孩子总会越走越远的，千万别嫌远啊。他还帮两个老师把粉笔、课本和黑板擦一样样地包好，然后送到村口说，中心小学条件好，你们可以好好教书了。两个老师问，你呢？你不走吗？牛校长说，走，我明天就走。

牛校长并没有急着收拾东西，他爬到学校背后的山顶上，在天黑之前把塔尔坪俯视了一圈。那扇窗户，像往常一样，天一黑就亮起来了，映照出他批改作业的影子。后半夜，塔尔坪打雷了，那雷声像一声声闷锤，砸在塔尔坪的那块土地上，有一棵老树被劈断了枝丫，上边的老鸹窝也被掀翻了，几只无家可归的老鸹落在旁边的核桃树上尖叫着。

第二天早上，小卖部的陈先水在空气中闻到一股焦煳味，以为又是哪片树林子起火了，但是很快发现起火的，是就要关门的小学，幸好当天晚上下了一场暴雨，整个学校被烧掉之后，自己就熄灭了。大家想，烧掉就烧掉吧，反正已经不用了。直到第二天中午，中心小学派人跑过来问，牛校长为什么还不去中心小学，大家才急急地赶到学校院子里，在废墟下边翻出了牛校长。爸爸，你晓得牛校长是在什么地方找到的吗？他被埋在一间教室中间，像一根木头被烧焦了，手中仍然紧紧地捏着半根粉笔，旁边的黑板上则写着李白的《静夜思》。

我哆说，我陪你去废墟上看看吧，毕竟你们在那里念过几年书。我去了，小学的院墙已经被推倒了，院子被简单地进行了清理，地上堆着一些砖头和瓦片，几根没有被烧掉的椽子上边长上了白木耳，几扇窗户腐烂地扔在地上，角落里存着一点未化的积雪，台阶上竟然还有一簇野菊花，黄色的，正在凋谢。我想从废墟上拣点什么。但是找不到一个钉子，也没有一把生锈的门锁。最后找到了一块墙皮，上边能够模糊地看到牛校长的笔迹：床前明月光，疑似地上霜……恐怕是被雨水淋过了，或者牛校长还没有写完，因此只剩下了前边两句。

对于那场大火，有人说是天意，更多的人说是牛校长故意放火烧的，他要用那所小学把他埋掉。

牛校长并没有如愿地埋在小学的废墟上。在大火的第二天，他就被大家挖出来，埋在了塔尔坪的坟地里。因为那个废墟是塔尔坪的风水宝地，怎么可能容得下他呢？在牛校长下葬的当天，牛校长的堂弟牛登辉——老师曾经告诉我们，有一个台湾人叫李登辉，似乎叫这个名字的人都是忘恩负义的。我哆说，在我们塔尔坪出现的那个牛登辉是爸爸小学时候的同学，当时爸爸门门一百分，牛登辉每次考试都吃几个鸡蛋。牛登辉拖着一尺长的鼻涕上完小学三年级，就到河南灵宝金矿淘金去了。和他一起去淘金的还有另一个人，有一次他们遇到了强盗，当他们顶着门板进行反抗的时候，强盗们隔着门板朝里边放了一枪，穿过门板把另一个人打死了，而牛登辉幸运地躲过了子弹，从此成了塔尔坪的百万富翁。

那天埋完牛校长，牛登辉当场花费十万块钱买下了学校的那块地皮。我怀疑他那天不是来给牛校长送葬的，是专门要给我们小学送终的。有人问牛登辉，你是不是准备给塔尔坪重新盖一所学校呀？他说，学校有个屁用？我没有上几天学，也不认识几个字，还不照样活得好好的？一切都是运气，都仗着菩萨保佑，听说这个地方原来有一座寺庙，我要把原来拆掉的寺庙重新建起来，把菩萨再请回来，让大家有灾有难的时候，也好有个地方烧香。

有人就问，那你不淘金了，要回来当和尚了吗？

牛登辉说，我有媳妇，而且不止一个，如果这座寺庙建好了，以后大家谁有空就来撞撞钟吧。

Ⅷ 在门外

太阳像一个柿子软软地挂着，阳光像挤出来的汁水，把土地染成了红色。我照样来到操场上跑步，不管怎么说，跑步是最美好的事儿。正是由于跑步，我感觉自己不仅仅去过西峡，将会经过南阳、信阳和六安，穿过合肥、南京和无锡，总有一天是可以抵达上海的。正是由于跑步，沿途我看到了火车，闻到了牡丹花的芳香，未来还会看到长江和南京长江大桥。想到自己将在南京长江大桥上边跑步，我的心就咚咚地跳。南京长江大桥有四千五百米，也就是四点五公里，我需要用一天时间从这头跑到那头。万一跑不到头，我就在上边睡觉，还没有人在南京长江大桥上边睡过觉吧？

我现在一天不跑步心里就不舒服，感觉离上海就远了，与爸爸就陌生了。我每一步好像都踏在爸爸的脸上，每跑一步爸爸的脸就清晰一点，每停顿一步爸爸的脸就模糊一点。回塔尔坪的时候，我就没有跑步了，爸爸的脸就模糊了。如果有一天爸爸的脸变成一团雾，我恐怕就认不得爸爸了。

当我跑过一圈半的时候，后边跟来了陈正方。我快他就快，我慢他就慢，像我的影子。他跟随了一会儿，犹犹豫豫地对我说，麦子，我们有一个计划，你想不想参加？我说，什么计划？是参加奥数小组还是补习班？他说，与学习毫不相干。我说，你在高三，有什么和高考无关的？难道你要成立一个跑步小组？让大家一起跑步去北京上海天津西安看望爸爸妈妈们吗？ 陈正方一阵加速，冲到我的前边，然后反过身，倒退着对我说，我们想买一台拖拉机。

我没有反应过来，一边跑一边问，是订书机吗？才几块钱呀。陈正方说，是拖拉机，是四个轮子的拖拉机，是你爸爸当年开过的十二马力的拖拉机。爸爸你是开过拖拉机的，我们塔尔坪曾经有一台拖拉机就是你帮忙从外边接回来的。你是塔尔坪第一个会开拖拉机的人，还在拖拉机上边的水箱里煮过鸡蛋对不对？当你把拖拉机摇开的时候，听到那突突的声音，整个塔尔坪都随之兴奋起来了，心都跟着突突地跳起来了。但是当陈正方告诉我，他们要买一台拖拉机的时候，我还是被吓了一跳。我盯着陈正方问，你们都有谁？陈正方呵呵地一笑，说都是我们班的。我问，为什么叫我呢？陈正方说，你是我的妹妹，下雪的那天你好坏救过我，所以呀我就想到你了。

我说，你们买拖拉机干什么？要拉货挣钱呢还是开着到处玩呀？陈正方摸了摸头茫然地说，到底要拖拉机干什么，我也没有好好想过。我说，你们会开吗？陈正方更加茫然地说，不会呀，不会可以学，而且拖拉机一定要开吗？大家觉得有一台拖拉机，哪怕停在某个角落里也很有意思吧？

那天早上，我和陈正方反复讨论，如果有一台拖拉机的话，我们将用它来干什么？陈正方说，以后我们开着它回塔尔坪。我说，回塔尔坪可以帮忙拉水，我们塔尔坪以前吃水都是挑的。陈正方说，河里哪有路呀？我说，可以从塔尔坪向外边拉核桃香菇木耳。陈正方说，有小贩子上门收购，哪用得着我们拉呀？我说，我们帮忙拉到石门镇，甚至拉到丹凤县城，可以多卖不少钱。陈正方说，可以给陈先水家的小卖部进货。我说，杀猪佬陈先株中风了，我们可以把他拉到医院去看病。陈正方说，你哆还没有来过县城吧？可以把你哆拉到县城来逛逛。我说，放假的时候我们可以开着拖拉机去上海。陈正方说，去上海太远了，而且我为什么要去上海？我爸爸又不在上海。

陈正方最后笑了笑说，到你出嫁的时候，我们可以给你拉嫁妆。

那天下午，我和陈正方一起去看了看那台拖拉机。它被停放在县城外边的一片田野中间，上边覆盖着一层麦秸，扶手已经生锈，水箱上的油漆已经脱落。我问陈正方，它还能跑吗？陈正方说，已经试过了，加上油就能发动了。陈正方从麦秸垛里，提出半壶柴油灌进了油箱，又翻出一只摇把摇了摇，拖拉机就被发动起来了。

陈正方呵呵地笑着问，麦子，你会开吗？我摇了摇头，反问陈正方，你晓得谁会开吗？他也摇了摇头，然后爬上拖拉机，放开了脚刹板，突突地蹿了出去。陈正方把拖拉机摇摇摆摆地开出了田野，大约走了不到两百米的样子，就一头栽进了路边的水坑。陈正方也被摔进了水坑，他抹着流血的下巴望着我，呵呵地笑着问，怎么样？

爸爸，你在哪里呀？你是在继续当记者还是在盖一百层大楼呢？在即将拥有一台拖拉机的时刻，我比任何时候都要想你。如果你在的话就可以教我开拖拉机对吗？一个大丫头开着拖拉机从大路上飞过，让大地在脚下微微地颤抖那是多么神气啊。

你说说，我们到底用它来干什么好呢？我突然发现拥有一台拖拉机的意义，就在于我们会开着它，像骑着一匹马一样，去任何我们想去的地方，包括塔尔坪，包括县城的街道，也包括北京和上海。

元旦马上就要到了，田野仍然处于冰冻中，周围的山顶上还积着白雪。我一直不明白，按照阳历来计算的话，元旦过后就是春天了，就是一年中的春季了，为什么恰恰是一年中最冷的又是最萧条的呢？难道说，这才是春天原来的内容吗？会不会陕西这边与上海那边不一样呢？难道上海那边已经接近春天了吗？

元旦即使不是春天的开始，却仍然是希望的开始，是值得庆祝的吧？但是，对于我们来说，已经没有什么可高兴的了。如果过完元旦，就意味着要倒计时了，所以在我们学校的黑板报上提前十几天就用五颜六色的粉笔写着巨大的标语，远远地看去像一头张着血盆大口的怪物。我们的老师恶狠狠地把教室里的那张日历撕了下来，把新年的日历挂了上去。小麻雀们问，今年还有半个月你就提前撕掉啦？老师哗的一下，干脆把元旦也撕掉了。这一年最后的十几天时间，我们是在没有日历下度过的。我们整天就是上课下课，就是睡觉起床，就是天黑天亮。爸爸，你家大丫头已经不晓得自己在什么地方活着，在公元前还是公元后的哪一天，甚至不晓得自己有多大了。只有透过教室的窗户，可以听到外边的大街上播放着迎接新年的歌曲，还有一个气球朝着我们飘过来，血红血红地飘到我们学校的上空，嘭的一声就炸掉了。

在那段混沌不清的日子里，好像与上次相差两个月时间，我的肚子又开始胀痛起来，身上又无缘无故地开始流血，有一大摊鲜红的血水流下来，散发出血腥残酷的味道。血是从下午的第二堂语文课开始的，我当时正在昏昏欲睡地默念着《在山的那边》：

> 有一天我终于爬上了那个山顶
> 可是，我却几乎是哭着回来了——
> 在山的那边，依然是山……

我心里一阵颤抖，身上有几条小蚯蚓在悄悄地向外爬着。那种蚯蚓死而复活的感觉，第一次的印象是深刻的。我一下子明白了，两个月前的病并未根除，自己的旧病复发了。我勉强上完了课，赶紧向外边的小医院赶去。我要去买小柴胡冲剂，我相信用塔尔坪的小草药在上海研磨出来的粉末，每日三次每次一包服用是非常有效的。

当我还没有跨出学校大铁门的时候又一次遇到了那个人。对不起，在我跨出大铁门之前，那个人已经站在外边，透过一道窄窄的门缝向学校里边焦急地张望着。在我即将跨出大铁门的时候才发现那双门缝里的眼睛。我开始以为，是别人的家长在等待着放学的孩子，那样的场景我曾经多么羡慕，我想如果有一天当我走出大铁门的时候爸爸你也在门口，哪怕连一辆自行车也没有，应该是多么幸福的事儿啊。但是，我现在读初一了，都十三岁多了，你不仅没有送过你家大丫头，也没有来接过你家大丫头。

那个人隔着门喊了一声：麦子呀！这一声叫喊已经相隔十年了吗？相隔二十年了吗？但是那沙哑的声音是熟悉的，让我立即认出了那双有些哀伤的眼睛。她抬起衣袖擦了擦眼泪，隔着大铁门对我说，麦子呀，上次在路上遇到的时候不是我不认你呀，你回丹凤县城上学都是我在背后联系的，我又不是陈世美，我怎么会不认你呢？她对我说，我来过好几次了，但是要么你不出来，要么门卫不放我进去，有天早上我在围墙外边，看到你在操场上跑步，我叫你你没有听见对吗？她对我说，原来我是有难处的，你才十三岁，等你长大了，长到三十岁了，或者五十岁了，你就会理解我了，等你叔叔正式同意了，我就可以接你出来了。

我把准备跨出大铁门的那只脚又收了回来。我转过身朝回走，中间碰见一块石头——学校竟然有石头。我像踢足球似的，一脚把它踢了出去。那个人从边门使劲地向里冲，但是仍然被门卫给拦住了。门卫说，接孩子都在外边。她说，她是我女儿，你放我进去吧。门卫说，家长只准等在外边。她说，我不是家长，我是她妈。门卫说，你是学生她妈，又不是老师她妈。她拍打着大铁门说，你们这是监狱吗？求你放我进去吧。

那个人没有办法，又回到窄窄的两指宽的门缝里，继续用沙哑的声音对我说，麦子呀，冬天了，我给你送棉袄来了。我发现天气已经很冷了，大铁门里边的地板上已经结上了冰。她把一个软乎乎的包裹，从大铁门的顶上扔了进来。我明白，肯定是一件红色的棉袄，如果我穿上它的话，应该很暖和很贴心吧？当它滚到我面前的时候，我犹豫了。但是最后，我没有把它当成棉袄捡起来，而是从上边跨了过去。

爸爸，我很遗憾地告诉你，她一直没有提到你，只是提到一次陈世美。我多么希望她能问一句，你晓得你爸爸在哪里吗？只要她问这么一句，我即使不能原谅她，起码可以开口告诉她，爸爸应该还在上海。但是她为什么没有提到你呢？除我流着的血水有一半是她的有一半是你的，你是不是已经完全与她无关了？

当时起风了，接近黄昏的风应该是冬天里最大的风吧？除最后一批叶子发出哗哗的摇晃声，随着风还传来了那个人最后的声音。她尽量压低声音对我说，麦子呀，你看看你裤子后边，血都渗出来了，你是大姑娘了，你的大姨妈来了你明白吗？大姨妈每月都会来一次你明白吗？你这几天不要喝凉水，不要洗衣服，不要洗头，晚上一定要盖好被子。

在成长的过程中，没有人能清楚地提醒我什么，恐怕只有这个人才能明白地告诉我，我为什么会流血，我的伤口到底在哪里，流血之后应该注意什么。爸爸，对不起啊，我心里一热，向着门缝中的眼睛回头了。

最后，再提醒一下爸爸，假设你在盖一百多层大楼的话，无论是拉标语还是放气球，无论是砌墙还是安玻璃，请一定要抓紧，一定要站稳，不要滑下去。你如果滑下去了，只能像一滴水像一块砖头，绝对不会像一只小鸟。

几个月没有你的音信了，你在和我捉迷藏吗？我查过地图，大上海真大，南京路就有十里，那一条条巷子真深，你躲在里边让我怎么找呢？没有你的具体地址，但是我相信你就在上海的某个地方。我不晓得你当记者的报社叫什么名字，但是老师告诉我们，上海正在盖着的大厦叫上海中心，六百三十二米，一百一十层。今天是阳历二〇一一年十二月二十一日，你家的大丫头陈麦子就把这封信以及一把可以辟邪的桃木梳子寄到这里去吧！

我原来叫爹，现在叫爸爸——我爸爸名字叫陈元，剃着一个光头，个子不高也不矮，他是陕西省丹凤县塔尔坪人，原来是上海一家报社的记者，现在有可能在上海中心大厦的工地上。他也许是搬运工，也许是安装工，他写的对联和标语真是漂亮极了。无论是哪位好心人收到了这封信，请一定想办法把它转交给我的爸爸，请帮我把它送到上海最高的也是风最大的，可以为他家大丫头摘到星星的那个地方。

请顺便问我爸爸一句，今年过年回家吗？

IX 在漂泊

经过辗转数年，不晓得经历了何种漂泊，陈元最终还是收到了这封信，不过一切已经物是人非。当陈元捧着这封信的时候，他在这世上的亲人又少了一个，不由得他再次泪流满面。

这些都是后话了。

叁回

离土

二〇一二年，春节，上海，父亲。

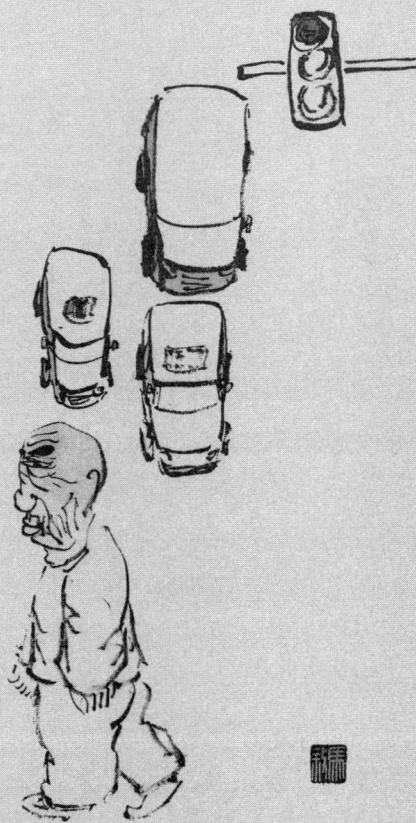

I 理由

安葬好后妈的那个冬天，父亲陈先土答应与儿子陈元一起去上海。当他们走出村口，看到纷纷扬扬的大雪，父亲恋恋不舍地跟陈元商量，说挂在房檐下边的包谷棒子还没有收拾呢，我这一走全便宜了几只麻雀；那些刚刚腌好的腊肉不收回去，被人偷走了多可惜呀。你看看，我是不是把家里安排好了到时候去上海那边过年？

父亲看到自己家的一块包谷地塌方了，便放下手中的行李，搬石头垒石链去了。陈元要下去帮忙，父亲慢腾腾地说，天都不早了，你还是一个人先走吧，不然赶不上班车了。

父亲就这样，赖在地里不走了。

陈元每次让父亲去上海的时候，他总有各种各样的借口，比如喂猪呀，晒粮食呀；比如麦子黄了呀，包谷要薅草了呀。什么事儿都没有的时候他会说，我要看门呀，你别看院子空落落的，每一根草人家都惦记着呢。陈元原来想，父亲还年轻，总会有机会的。但是最近几年，他要么腿肿，要么腹痛，要么便秘，甚至有几次莫名其妙地晕倒了。陈元害怕起来，父亲至今还无法想象上海是什么样子，几十层上百层的大楼是怎么上去的，每平方米几万几十万的房子是怎么盖的，两千万人是怎么密密麻麻地住在一起的，几百万甚至上千万的车子是怎么跑的。如果他哪一天突然走了，儿子坐在哪里上班，晚上躺在什么地方睡觉，平时吃面条还是米饭，别人看儿子的眼睛是直的还是弯的，他什么都不明白的话，那对陈元来说是多么遗憾啊。

父亲迎来了后妈去世之后的又一个春节。在春节前，陈元隔三差五地传话回去，说哪怕抬也要把他抬到上海。但是年关将近的时候，陈先水传话过来，说你爹呀，人家打死也不愿意出去，理由和从前一样，腊月要砍木头点香菇，开春了还要种洋芋。

陈元听了十分恼火，想不通那么孤单的一个人，似乎都剩下最后一口气了，为什么还不进城看看儿子呢？陈元又接连打了几次电话，苦口婆心地说，这次不坐火车，这次是坐飞机，机票全都买好了，花了好几千块，他不来的话就作废了，关键是我有女朋友了，马上要在上海安家了，儿子的家就是他的家，他凭什么不来看看他的家呢？他再不来呀，我就不回塔尔坪了，恐怕一辈子也不回塔尔坪了。

父亲被左右一逼，勉强地答应说，让我好好地在塔尔坪过完大年三十，三十晚上总得有人留下来，给你妈你后妈还有你哥你嗲你奶上坟烧纸送灯吧？

陈先水说，你得回来接他，他没有坐过一次车，哪晓得车屁股长在前边还是后边？不然被人卖掉了怎么办？

陈元说，他一个农民值什么钱？

父亲说，怎么不值钱？我还可以种庄稼。

陈元提起的女朋友叫小青。按照和父亲约定好的，陈元与女朋友小青一起，在正月初三的下午，赶回西安和父亲会合。初三的晚上，父亲又从余家村打电话问陈元，你还在上海吧？陈元说，刚刚到西安了。父亲说，这可怎么办呀？我们这里下大雪了。陈元说，你不是喜欢下大雪吗？父亲说，雪花片子有半个巴掌那么大，把路都封死了。陈元估计，下雪又成了父亲的借口，便生气地说，路被封死了，你飞过来不行吗？父亲说，我没有翅膀怎么飞？陈元说，我是你儿子，你有没有翅膀我还不明白？！

正月初四的早上，在表姐的护送下，父亲终于来到了西安。这是父亲第一次进城，以至于多年之后，陈元每次回忆起来都会感慨地说，那次呀，比第二次世界大战还要激烈吧。

陈元之所以用第二次世界大战来形容，是因为在此之前，父亲待在塔尔坪七十多年从没有挪过屁股。

第一，父亲吃的喝的基本是自己一手种出来的；凳子椅子小桌子，笼子篮子水桶，都是自己亲手打的；最难的是用电，对父亲反而最容易，天黑就上床，天亮就起床，万一晚上干点什么，比如剥包谷磨豆腐，点一根松树油子是分文不花的；还有洗洗刷刷的洋胰子，都是趁着杀猪的时候，把猪的胰脏挑出来，放一些碱面子，加一点棉花，自己在石板上捶出来的。用这种洋胰子洗手洗脸，不但洗得干净，而且保湿润滑，手不会开裂子，脸显得红扑扑的，比用了美容化妆品还要油光细嫩。每杀一次猪，父亲可以捶十块八块，整整一年都用不完。不过他自己很少动它，按照他的意思，不想把脸弄得像杀猪佬陈先株似的。父亲除了留两块给家里，多数是要送人的，少不了送二姨娘两块，送小婶两块，送舅娘一块。即使他不送人家，人家也会主动伸手问他要的。其实，父亲只要守着那片土地，离开任何人都是可以过活的。

第二，父亲小时候读过两年私塾，私塾设在陈氏祠堂里，在解放之后被解散了，虽然在原地建起一所小学，哪里是地主儿子能进去的？父亲在私塾里学的，仅仅只有《三字经》《百家姓》《增广贤文》，经过岁月几十年的清洗如今全部忘记了，已经斗大字不识了，成了名副其实的文盲。所以，父亲没有读过一本书，从来没有看过报纸，也不看电视，原来放放收音机，听的也不是新闻，更不是科学知识，而是老戏与天气。即使是天气，在他眼里，下雪下雨，天阴天晴，日出日落，都是神仙们控制的，那些预报天气的人和算命先生是一样的。他惟一掌握的知识，就是什么时候下种，什么时候收获，什么时候晾晒，什么药材长成什么样子，什么树木有什么可以利用的价值。

第三，他不明白什么是地球，什么是国家，什么是人生，什么是活着。陈元说自己在上海当记者的时候，他甚至一头雾水地问，记者是不是像吃大锅饭的时候我们大队上的会计，整天给人记工分的？他与世界的关系是混沌的，与时代的联系是隔绝的，与外边的联系是单一的——说白了，他与外边的联系仅仅只有儿子，而且他与儿子之间也没有什么要紧的事儿，无非是想儿子了，担心儿子了。即使真有要紧的事儿，多数是让陈先水帮忙传传话，很少亲自去石门镇的供销社打电话。供销社原来是国营的，后来被私人承包了，类似于百货批发部，里边有烟酒副食、油盐酱醋、火纸阴钞、针线布匹，还有手电筒打火机电池，像陈先水那样的小卖部，都是从那里进货的。他们一边进货一边充当传话筒，因此供销社干脆放了一部公用电话。那部电话陈元见过，是红色的，放在一个盒子中锁着，钥匙装在一个售货员的口袋里。不管怎么说，公用电话毕竟是收费的，所以父亲一年半载都不联系陈元，他没有联系陈元的时候，也就意味着没有联系全世界。

第四，在陈元的印象中，父亲从来没有进过城，无论背床板，卖木炭，当挑夫，赶集，基本都在方圆小镇转圈子，也去过远一点的河南西峡和卢氏、陕西洛南和商州，都是路过一下而已，在县城从没有过夜，更别提有什么城市生活了。所以像电梯、煤气灶、热水器、微波炉和抽水马桶，仅仅晓得这些名字，它们长什么样子、有什么道理、要不要吃饭睡觉，统统都是不清楚的。别说父亲，陈元第一次接触那些东西的时候，也以为它们像畜生一样不需要插电，就可以自己转动自己发热自己起风。陈元年轻的时候，毕竟是念过物理化学的，也去过几次县城省城，没有吃过猪肉是见过猪跑的。但是对于一个父亲来说，外边的世界与他的世界是格格不入的。

第五，除耳朵聋了，眼睛花了，牙齿掉了，父亲只会一种方言，懂那种方言的，已经不到一千人。比如，瞎得着，不要以为在说眼睛，也不要以为在骂人，其实是埋怨自己"完蛋了"。

父亲与陈元会合之后，迷茫地问，这就是西安吗？山怎么没有了，河也没有了，吃水怎么办？陈元笑着说，城里人不需要山，也不需要吃水。父亲说，瞎得着，一眼看不到边，搞不好都找不到塔尔坪了。

II 解读

其实陈元心里有数，女朋友小青之所以跟回了西安，一方面是一起接父亲去的，另一方面是趁机四处走走看看，西安毕竟有大雁塔兵马俑杨贵妃。从上海出发之前，陈元犹豫地说，那边太冷。小青说，所以我刚买了羽绒服。陈元说，那边风大，空气干燥，而且容易感冒。小青说，我会多喝水的，为了预防感冒，温度计、降温贴、小柴胡冲剂、三九感冒灵、康泰克、白加黑，中药西药我都准备齐全了。陈元说，那边不喜欢吃米饭，炒菜口味偏咸，稀饭也不放糖。小青说，各种味道都尝尝挺好的，想吃糖我自己带几包不就行了？陈元说，坐火车需要一天一夜，关键是春节期间，恐怕买不到卧铺了。

小青有点不高兴，说你到底舍不得花钱呢？还是那边有什么花头？陈元说，第一是穷，第二还是穷，你这个上海大小姐恐怕不方便。小青说，穷到都不穿裤子了吗？我感觉你有什么不可告人的秘密。

让陈元犹豫的，一方面确实因为钱，他那阵子养活自己都成问题，哪有钱供两个人跑一次西安呢？另一方面确实因为他有秘密。父亲的朴实、勤劳、节省、善良，是城市人缺少的品质，陈元很少提起自己的父亲，不是因为虚荣心，而是出于自我保护，怕遭到别人的轻视，但是他在第一时间就向小青介绍了父亲的农民身份，似乎父亲还是一个地主，将有大片的土地遗留下来一样，所以父亲不是他的秘密，他的秘密是自己的女儿麦子。

他已经好久没有见过麦子了，也好久没有打电话给麦子了，原因之一是他焦头烂额，原因之二是他认识了小青。陈元认识小青之后，糊里糊涂地就让麦子变成了秘密。陈元明白，麦子已经回到了丹凤县城，如果没有小青跟着，他肯定得回塔尔坪一趟，在丹凤县城转车的时候，要抽时间停留一下，把麦子偷偷地叫出来，和麦子一起吃顿饭，问问麦子怎么样了。

小青更加起劲了，不但给自己与陈元买了两张前往西安的机票，还花钱为自己、陈元和父亲三个人预订了三张从西安返回上海的机票。

小青说，我偏偏要跟着你。

陈元笑笑说，有美女相伴，又可以坐飞机，我是求之不得呀。

陈元他们所住的宾馆位于北大街，在古城墙内五百米左右。西安城是以钟楼为圆心的，朝着东南西北各有一条大街，依次叫东大街、南大街、西大街和北大街，分别通向长乐门、永宁门、安定门和安远门。那四条大街是笔直的，秩序也是清晰的，如果没有雾霾的时候，无论站在哪条大街上，一眼就可以看见朱红的城门，也可以看见古老的钟楼。四条大街中间密布着骡马市、大差市、南院门、北院门、甜水井、洒金桥等，这样的小巷子无论大小，走向都是正东正南正西正北，所以在西安城里迷路的要么傻子要么疯子。陈元之所以选择北大街住着，完全是为了父亲考虑的，希望在他进城之后，遇到的都是简单笔直的线条。

父亲到西安之后，陈元计划先带着他溜达一圈，顺便也好好哄哄女朋友小青。他们吃过早饭，第一次出门的时候，没有选择出租车，而是去北大街乘坐公交车。小青说，你有没有脑子？我们三个人一起坐公交车与打出租车相差几块钱而已。陈元说，是几块钱的问题吗？我爹一辈子没有坐过公交车，我想让他体验一下公交车。其实父亲也没有打过出租车，按照陈元的想法，公交车接触的人毕竟复杂一些，可以让父亲尽快熟悉城市环境。但是一出宾馆，陈元感到压力重重，并不比放羊放牛轻松。因为在父亲的眼里，根本没有任何交通标志，红绿灯、斑马线、隔离栏、转弯道、十字路口、公交车站——整个城市规则对父亲来说，感觉和一只羊一头牛是一样的，是无意义的，也是虚无的。

陈元说，这是斑马线。父亲说，什么是斑马线？陈元说，斑马和牛一样是一种畜生，身上一道白一道黑，斑马线就是一道白一道黑，我们过马路的时候一定要走斑马线。父亲说，什么是马路？陈元说，塔尔坪有小路，石门镇有公路，城市的路就叫马路，在古代是用来骑马的。小青捂着嘴笑了，说那什么叫城市？什么叫古代？陈元摸了一下小青的头说，古代就是你的头！

陈元扶着父亲，说我们去对面坐车吧。父亲说，这么多车，为什么要去对面坐车？陈元一直在解释，但是无论如何都解释不清。他不明白幼儿园的老师是怎么教那些懵懂的孩子的，小学生词典里有没有形象而生动的说法？父亲依然我行我素，从最中心的地方穿过，像走在包谷地中间，不慌不忙地欣赏着包谷林。当他们遇到红绿灯的时候，陈元告诉父亲红灯停绿灯行，但是父亲左看看右看看，问红绿灯在哪里？陈元指了半天，父亲依然十分迷茫地说，大白天开灯多费电呀。最后，他一次次地堵在人家的汽车前边。在他的概念中，所谓的灯就是那个在晚上发光的东西，大多数时候就是那个十五瓦的灯泡子。他的一生看到过黑太阳与蓝月亮，从来没有遇见过这么丰富的光线。

当他们爬上一辆公交车之后，父亲的两个小动作让陈元十分头痛。首先让人头痛的是抢座位，旁边有空位子的时候，他根本不晓得坐下来，以为每一个座位都不是自己的。小青中途站起来，把座位让给一位白发苍苍的老太太，父亲不明白到底发生了什么，于是也站起来把座位让给了旁边的一位妇女。其次让人头痛的是人与人的接触，他站在拥挤的人群之中，总会有意无意地把手搭在别人的腰间。第一次，父亲搭着一个高个子男人，高个子男人回过头，看到在他屁股上晃来晃去的是一只老人的手，就毫无表情地向后边移了移。但是第二次，或许第三次，父亲扶着一个美丽优雅的少妇——她有着杨玉环一样的美感，腰身浑圆而不失线条，即使包裹着厚厚的衣服，依然像一块放射性元素，透射着杀伤性的光芒。父亲随着一次次摇晃，毫无顾忌地朝着杨玉环的腹部搭了上去，而且在一次次的颠簸中，又紧紧地抓住了杨玉环的衣服。

小青暗示陈元，这是十分危险的，并轻轻地说，你看爹的手！陈元明白是什么意思，赶紧对着父亲的耳朵小声地说：爹，你的手。父亲似乎没有听见，似乎并不明白什么意思，依然在杨玉环的腰间游移。陈元真担心杨玉环会转过身给父亲一个耳光，于是腾出一只手把父亲拉开了。但是随着公交车一再晃荡，他的手又扶了上去，而且比前一次更紧。庆幸的是，在半小时的行程里，杨玉环都没有回头，没有露出任何厌恶的态度，也许早就习惯了公交车上的生活，也许从上车的那一刻起已经发现身边的这位老人，因而还稳稳地站着，提供一些应有的依靠。

陈元挑选的两个景点是大雁塔与陕西历史博物馆。那天天气不错，远远地就看到了大雁塔灰暗地掺杂在高楼之中，既没有什么光彩，也没有巍峨的气势。陈元说，大雁塔晓得吗？父亲说，怎么不晓得。陈元说，它干什么用的？父亲说，里边住着唐僧。陈元说，唐僧住在里边干什么？父亲说，在里边给观音菩萨念经。陈元说，念的是什么经？父亲说，我怎么晓得呀？我又不是观音菩萨。陈元说，里边还有谁？父亲说，还有孙悟空，唐僧对孙悟空念的是紧箍咒，唐僧一念紧箍咒孙悟空就在地上打滚。陈元笑了笑说，爹呀，你懂的还挺多嘛。

在上大雁塔的时候，父亲一直走在前边，显得轻松自如，倒是陈元与小青习惯了平坦的日子，早已经气喘吁吁，而且东瞅瞅，西摸摸，总想从那些经风历雨的建筑中发现某种超乎寻常的感觉和意义，但是万事万物除了生生灭灭和自然需求之外，原本是没有任何意义存在的。一棵树长在土里意义是什么？雪花长成白色的意义是什么？蚂蚁长得十分弱小的意义是什么？老虎吃人和猫逮老鼠的意义又是什么？人们为了给世界赋予所谓的意义，造出了茂盛、洁白、渺小、善恶、苦乐，等等，由一个意义生出无数的意义，同一个概念生出一堆概念，如果清除那些意义，就没有时间了，就没有空间了，就没有轮回了，恐怕就没有宗教了，就没有观音和菩萨了，就没有和尚与寺庙了，就更谈不上什么藏经楼和大雁塔了——连大雁塔的名字也都是缘于某种意义。比如说时间，如果时间不存在，就不存在远近，就不存在生死，就不存在三界轮回，像把一个瓶子打碎了，装在里边的水就消失了。

在爬上第七层的时候，陈元问父亲，这里好看吗？父亲说，你指什么？父亲确实不明白陈元所说的景色到底指什么。是指大雁塔下边的人呢，还是大雁塔四周的楼房以及毫无烟火气息的大雁塔本身？陈元说，上大雁塔呀。父亲说，不就是上山吗？陈元说，不一样吧？你平时上山干什么？父亲说，挖药，砍柴，种庄稼，还能干什么。陈元说，这里有天麻吗？有柴火吗？有麦子包谷吗？父亲说，什么都没有。陈元说，所以怎么能一样？父亲说，还是一样，上山也会跑空的。陈元想，如果没有一千三百多年以来人们不停地强加在大雁塔上边的各种意义，没有唐僧，没有经文，没有佛教，没有西方极乐，仅仅只看大雁塔建筑本身，甚至连大雁塔这个词都没有什么含义，那么大雁塔与外边的一棵树一只鸟有什么差别呢？那么爬大雁塔与上山有什么差别呢？对一个农民、一个文盲而言，大雁塔在他的眼里是怎么存在的呢？大雁塔上有什么东西是他看重的呢？也许大雁塔就是一座山，甚至还不如一座山，山起码是绿色的，是延绵起伏的，药材是挖不完的，树木是烧不尽的。

对于陕西历史博物馆，陈元选择逛一圈的目的，纯粹是为了小青。小青她妈是上海知青，作为知青子女，说是上海人，又不是上海人。她和陈元说，外地人把她当上海人，说她这个上海人如何如何，上海人把她当外地人，说她这个乡下人如何如何。说是那么说，小青毕竟有一半的根脉在上海，而且在上海念的大学，户口也落回了上海，加上在一所大学上班，虽然不是土生土长的，与上海人也没有什么两样。而且小青既有江南女孩的好皮肤，又有那种柔软、缠绵和任性的个性。他们两个认识的时候，小青实际上已经三十出头，但是看上去像二十四五岁一样。把小青各方面的条件往陈元面前一摆，明显是天鹅遇见了癞蛤蟆。陈元曾经表示过怀疑，问小青到底看上他什么了？小青开始似笑非笑地说，可能因为我是近视眼吧。小青被问多了问烦了，就轻描淡写地说，你还不明白？这叫清仓处理。陈元说，你又不是衣服，用得着清仓吗？小青说，这你就不懂了吧？女人就是商店里的衣服，换季了必须降价处理。小青说得对，女人在三十岁之前，那是贴身内衣，基本是不分季节的，夏季卖不完秋季接着卖。而一旦过了三十岁，就变成了外衣，品质再高再美都要受到季节转换的影响，尤其是冬天的棉袄，如果不趁着春天来临之前处理掉，只能等下一年再销售，不仅存放的成本太大，而且款式就过时了，颜色就旧了。

　　所以，陈元一直觉得自己不配小青。陈元带着小青去博物馆，目的是明确的：一是小青第一次来西安，总得找个旅游景点把小青哄得开心一点，何况来回西安的费用是人家小青出的；二是有点狐假虎威的意思，想通过对陕西悠久历史的介绍，用秦始皇、唐明皇、武则天做他陈元的亲友团，告诉小青他也是有几千年文化血脉的，甚至就是由秦始皇那些人繁殖而来的，以此增加小青对他这个乡下人的敬畏，消除一点他内心的自卑。

　　陈元对小青说，如果唐朝不被灭掉，西安就是长安，长安就是首都，首都长安必定是世界的心脏，塔尔坪就是心脏里的一小块肉，我就成了那块肉上的一个细胞。小青说，如果真是那样的话，塔尔坪那块肉肯定要被割下来喂狗的。陈元说，你没有去过塔尔坪，如果唐朝一直延续下来，长安还是首都的话，那塔尔坪是什么地方？就是今天的八达岭——长城都会从那里绕个弯子的。陈元没有告诉小青，在唐朝的时候塔尔坪还不存在，即使陈氏后来迁入了塔尔坪，开始是归于河南的，一旦被划入河南人，会不会还是让人看不起？

　　陈元说，我们塔尔坪归丹凤县，丹凤县归商洛市，商洛的"商"就是商鞅的商，曾经是商鞅的封邑，没有商鞅变法，就不可能有秦国的壮大，不可能在后来统一六国。小青说，都是哪朝哪代的事儿，关你什么呀？陈元说，怎么没有关系？没有秦朝统一的话，说不定我们这次来西安，用的货币不同，还要换外汇，甚至语言不通，还得请翻译。小青说，还有别的吗？你继续吹吧。陈元说，李枣儿就是从商洛起兵的，一直打到了北京城，晓得李枣儿是谁不？小青说，管他是枣子还是栗子，最后还不照样让人给杀了？陈元并不气馁，接着说，我们丹凤有条丹江，流下去就是汉江，汉江流下去就是长江，长江流下去就是上海，在没有飞机汽车的时候，你们从东边来长安，无论骑马还是坐船，都是要经过我们丹凤县的，船帮会馆和马帮会馆如今还在那里，雕梁画柱都是证据。最牛的是什么你晓得吗？近几年有人考证发现，当年的林妹妹有可能就在我们丹凤"弃舟登岸"，坐着荣国府打发来的轿子，一路西上才进了贾府的。小青说，那你说说，这次回上海，我们是骑马呢，还是坐船呀？

最后一句话，把陈元给问得两眼一翻，再也没有什么好显摆的了。他的家乡就那几样值得拉出来说说的，而且那几样放在丹凤县城还算个事儿，因为县志里有记载，地图上有标明，但是放在塔尔坪身上那绝对是牵强，和什么商鞅什么枣儿八竿子打不着，和船帮呀马帮呀也没有一根毛的关系。塔尔坪的小河别说行船了，连一群鸭子浮过去也要侧着身子；塔尔坪的多数地势是呈现六十度倾斜的，稍微陡峭一点的地方就是九十度垂直的，如果骑马肯定会人仰马翻，所以在塔尔坪从不养马，也不养毛驴和骡子。塔尔坪有没有进入县志不清楚，至今没有上过地图是千真万确的，陈元分析没有被绘入地图的原因，恐怕不是塔尔坪太小了，而是地理位置太奇怪，不是一个必经之地，也不是一个尽头，走到塔尔坪之后，似乎路就走绝了，又似乎是走不绝的，绘到地图上不仅给人指路的意义不大，说不定还把人给引入了一个迷宫。

看陈元情绪有点低落，参观历代陶俑的时候，小青拍了拍陈元的肩膀说，故意打击打击你，其实陕西太伟大了，任意挖出一块砖头，可能是给秦始皇砌过坟墓的，或者是给汉武帝砌过宫殿的，上海的楼再高有什么用，把秦砖汉瓦拿过去，就是金茂大厦东方明珠的老祖宗！贾平凹也是你们丹凤县的吧？出这样的人物都是有根源的。陈元还是有些自卑，说贾平凹确实是我们丹凤县的，不过他家叫棣花，在县城西边的川道，塔尔坪在县城北边的山里，两地相差还是挺远的。

他们排了一个多小时，进入博物馆参观的时候，感受最深的不是小青。按照小青一贯的说法，网上什么没有？随时百度一下，连武则天的卧室都有，那情景比博物馆更清楚更立体，像受到邀请进去喝酒聊天一样，而且可以随便摸，随便碰，甚至可以在床上躺一会儿。至于一些瓶瓶罐罐，即使不看虚拟的，哪里看不到呢？整天这个展览那个拍卖，好多人还收藏那么几件摆在家里。

无论青铜器还是铜车马，陈元他们衡量的标准,如果把它们卖掉的话,如今的价格是多少。看到一枚西汉皇后的玉印，小青说，要值几十万块吧？陈元说，你手上的镯子多少钱？小青说，三千多块，还不一定是玉的。陈元说，所以呀，光这么一块玉，价格已经不低了，何况是皇后用过的，我看至少一百多万。旁边有一个中年男人，留着一脸络腮胡子，穿着一身唐装，戴着一副黑边眼镜，手上拿着一个放大镜，别人参观的时候是直接看的，他参观的时候是通过放大镜看的。

他从眼镜片上边看过来，笑眯眯地说，一百万元？谁有多少我收多少。小青说，那大概值多少呢？放大镜说，至少八百万，放在嘉得利那里拍卖的话，我看一两千万都打发不了。陈元问小青，我们有这样一件宝贝的话怎么办？小青说，还能怎么办？勇敢地卖掉！藏在你的出租屋和我家里那都是不配的，关键是放在我们普通人手里仅仅是个摆设，如果我是那个皇后，在西汉就把它卖掉了，哪有耐心等到现在呀？陈元说，如果卖掉了，你拿这些钱干什么？小青说，买一套大房子住住，你想不想让我送你一套房子？陈元说，太想了！只是你舍得吗？而且你都成富婆了，还会要我吗？小青说，当然一脚踹掉，那套房子就是给你的补偿。

父亲并没有听见他们嘻嘻哈哈的议论，即使听见了也跟不上他们的思路。看到一件青釉刻花瓷瓶，父亲自言自语地问，这瓶子有什么用呀？陈元想告诉他真正的价值，但还是按照一个农民的思维，告诉他瓶子是装水的。父亲说，是水缸吗？这么小个水缸，喂一次猪都不够。陈元说，是打水用的，像水桶一样。父亲说，没有耳朵，挑都挑不起来。陈元说，扛着，有些地方的人不挑水，他们把水扛在肩膀上。陈元发现，自己被父亲这么推着，越说越扭曲了，越说越离谱了，还不如干脆告诉他是个摆设而已。

小青上来帮忙说，还可以插花。

陈元说，我们乡下人插过花吗？用得着插花吗？

陈元想，父亲恐怕连插花也是陌生的，于是又对父亲说，如果你有这样一个瓶子的话，可以用它去陈先水的小卖部打酱油。父亲说，摔一跤不就碎掉了？而且没有瓶塞子，酱油还不跑光了？陈元不明白怎么继续交流下去。父亲看到两个碗，嘟哝着说，可以拿来盛饭吧？父亲之所以想拿碗回家吃饭，因为碗对于父亲来说，意义是非同小可的。父亲另立门户的时候，已经解放好多年了，家里的锅碗瓢盆桌椅板凳，被贫农们给分掉了，因此他分到的家当少得可怜，尤其是吃饭的碗，仅仅只有两个半。为什么会有半个呢？父亲的解释是，有一个是烂的，只有半边多一点。那时候陈元他们还没有出生，半边碗平时用来喂猫，两个碗父亲母亲各自一个，如果家里来客人了，只能让客人先吃。

陈元看了看标识：唐·鸳鸯莲瓣纹金碗（两只）。父亲哪里明白，两个碗都是金子的，再过五百年或者一千年，即使父亲当上了皇帝，也无法用它们来盛饭。它们只能盛装时光，随着时光的流逝，会在离开饭桌的路上越走越远，以至于永远没有被人捧在手中吃饭的那一天。如果真有一个农民端着一个金碗，蹲在塔尔坪的院墙下边吃饭，那将是一个什么样的世界呢？

通过一整天的闲逛，父亲对城市生活的内涵仍然一无所知，但是对基本常识似乎已经有所领悟了。正是那些基本常识形成了城市文明的一部分，比如说不能当着人挖鼻孔，不能向光滑的大街上吐痰，不能随手把垃圾扔出去。当天晚上，吃过晚饭，带着父亲去北大街散步，陈元远远扔出去的餐巾纸被风吹到了垃圾桶的外边，在一群人之中是父亲跑过去把它捡起来的。

小青说，你看看，你还不如爹呢。

III 零食

从西安离开之前，陈元抽空出去见了几个朋友，中间由小青独自看管着父亲。小青怕出什么意外，想把父亲关在宾馆里，而陈元向小青推荐了同盛祥：

> 提起长安长，
> 常忆羊羊羊。
> 欲尝羊羹美，
> 惟有同盛祥。

羊肉泡馍古代叫"羊羹"。羊肉汤是加了葱、姜、花椒、八角、茴香、桂皮等煮出来的，用羊肉汤煮白面馍的时候，还要再放一些熟肉、黄花菜和粉丝等配料。同盛祥属一家老字号，位于钟楼与鼓楼之间，那里羊肉泡馍料重味醇、肉烂汤浓、蒜脆馍筋，除了香酥鱼条、芝麻里脊、松子羊肉那些招牌菜之外，必点的就是羊肉泡馍了。陈元告诉小青，来西安不去同盛祥等于白来了。他叮咛小青，吃饭的时候挑个靠窗的位子，也许可以看到钟楼，起码可以听到钟声。

父亲在塔尔坪，早上基本是糊汤，有时候会加一些洋芋、红薯或者红小豆；中午基本是面条，有时候是手擀面，有时候是挂面；晚上基本是锅盔再加糊汤。如今日子不像原来那么苦焦，四季都有腊猪肉，春天有一些野菜，夏天有一些青菜，秋天有一些西红柿，冬天有萝卜和腌白菜，过年过节会点一锅豆腐和长几升豆芽。父亲第一次上饭店吃饭，而且是上同盛祥那么大的地方，所以许多意外就由此开始了。当服务员端来一个老碗，里边仅仅放着两个烧饼，小青笑着说，就吃两个烧饼行吗？父亲说，怎么不行？而且吃烧饼还耐饿一些，只是跑这么远干什么呀？小青说，你看看，这边环境好呀。小青说不清环境好在哪里，除了四方桌子、长条凳子、雕花窗子，以及暗淡的光线和不时传过来的钟声，仍然有几分古香古色之外，服务员的穿着打扮和那份恭敬之心已经不存在了，别说抱拳作揖鞠躬之类的，有客人进来出去连个招呼都没有了，相反还有不少的吵闹和嘈杂。

父亲说，有什么好不好的，又吃不到肚了里去，这里的烧饼很贵吧？小青说，你猜猜。父亲说，起码要一块。小青说，你再猜猜。父亲说，一块五？小青说，你放开胆子再猜猜。父亲说，两块到顶了。小青说，你说的是欧元还差不多，折合下来正好是二十块人民币。父亲张着嘴说，多少钱一个？！小青说，二十块呀，怎么了？父亲眼泪都要出来了，说你们这些孩子都忘记老先人是谁了，哪里吃不到烧饼呀？花这个冤枉钱干什么？

小青见父亲不高兴，赶紧解释说，我开玩笑的，这叫羊肉泡馍，不光两个烧饼，还有羊肉和羊汤。父亲说，羊汤羊肉在哪里？小青说，等我们把烧饼掰碎了，他们马上会给我们煮的。父亲还是不理解，嘟哝为什么要自己把烧饼掰碎，而不是直接泡在汤里边。其实小青也是第一次，于是喊来服务员问，可以不掰吗？服务员说，不可以。小青说，用刀帮忙切一下行不？服务员说，用刀切的话不入味，煮出来不好吃。旁边有个老人笑了笑说，掰馍也是一种享受，你们慢慢地掰掰看吧。

父亲掰烧饼的时候，放在嘴里尝了一口，说酵母放少了，面根本没有发起来。老人说，人家是故意的，用了九份死面一份发面，全是死面的口感不好，全是发面的一煮就化掉了。小青他们几分钟就掰完了，掰成了栗子大小。老人又笑着说，你们掰得太大了，煮出来有什么好吃的？小青与父亲又学着老人，一揪，二捻，终于掰成黄豆大小，送给服务员拿去一煮，再端上来的时候，父亲说，什么羊肉泡馍呀！在塔尔坪不就是懒人吃的疙瘩汤吗？

陈元想起好多年以前，自己在西安吃饭的一次经历。按说在城市里生活了一阵子，应该是见过世面的，但是陈元和几个女人一起吃完羊肉泡馍之后，有人买了一包蓝箭。那时候陈元还不明白什么是蓝箭，看到几个女人从嘴里吐出一串气泡，便无所适从地问，蓝箭男人能吃吗？几个女人一致地说，这是女人专用。陈元想，蓝箭可能与卫生巾一样是男人用不了的，直接导致他吃到人生中的第一颗口香糖的时间推迟了三年。

塔尔坪的河水不深，是养不出大鱼的，但是小鱼秧子照样稠巴巴的，尤其翻开河里的石头，每一块下边都有小螃蟹，指头蛋子那么大小。不明白什么原因，父亲没有对小鱼小虾们下过手，也没有对蛇、蚯蚓和癞蛤蟆下过手。但是草根树皮，包谷秆子，石头粉子，父亲都是吃过的。

从同盛祥回到宾馆，父亲也许觉得，充满膻味的疙瘩汤都不如的羊肉泡馍都可以吃，还有什么不敢尝试的呢？于是胆子大起来了，趁着小青休息，把陈元他们的行李翻了一遍，便吃到了许多稀奇古怪的东西，比如葡萄干、巧克力、开心果。小青醒来的时候，父亲戴着假牙，一边啃着牛肉干一边问，这个是什么，那个是什么。小青说，你不管什么，先说好吃吗？他点点头说，好吃。小青害怕他把一些不相干的东西翻出来，比如自己带来的感冒药、化妆品和洗头液，或者一些干燥剂什么的，也吃下去了，便把零食都分成一小包一小包的，给他装在身上。

父亲从此开始，嘴里经常含着零食，有时候是一块饼干，有时候是一颗糖果。随着时间的推移，父亲吃零食的频率越来越高。陈元发现，在他感觉太急人，也就是太无聊的时候，就从身上掏出糖果饼干什么的，花半天时间反复地辨认着包装纸，花半天时间把包装纸小心翼翼地撕开，再花很长很长的时间把一个小零食放在嘴里吃下去。有一次，小青准备了一堆新零食，父亲像刚刚上学的孩子，眯着眼睛仔细地辨认着，先自言自语地念道——小头，然后又自言自语地念道——园小饼。小青觉得那些食品的名字十分奇怪，连忙跑过去一看，发现第一包的全称是"小馒头"，第二包的全称是"菜园小饼"。小青笑着问父亲，"园小饼"前边还有一个字怎么认？父亲摇摇头并不吱声。他之所以把三个字认了出来，恐怕因为"园"的中间有一个"元"，一元两元的元，儿子陈元的元。至于"小"与"饼"，是怎么认识的，再也无法追究了。

父亲开始的时候，吃零食是为了充饥，为了尝尝新鲜。那是食品存在的意义，也是食品存在的本质。但是慢慢地，父亲改变了零食的本质，不是为了充实自己的胃，而是用来充实内心的空洞与茫然。父亲因为耳朵的问题，不能和人顺畅地交流；因为不识字，不能看书读报；因为不熟悉城市生活，不能独自出去逛街逛公园。其实他对逛街逛公园毫无兴趣，因为大街上和公园里并没有他需要的东西。虽然父亲的牙齿是假的，消化系统也不正常，但是惟一可以正常运行下去的，就是吃。只有吃是天性的，是会伴随一生的，等到丧失吃的能力的时候，也就是生命结束的时候。所以，父亲来到城市，面对寂寞，面对陌生，面对不适应，他只能以食品来寄托自己。

每每看着父亲嘴里含着并不急于吞咽下去的糖果、巧克力或者牛肉干，望着窗外南来北往的车流或者斜躺在沙发上睡去，陈元的心就十分难过。

无法让父亲安定下来，也就意味着陈元自己也是悬浮着的。

当然，陈元一直都是悬浮着的。

IV 后背

在塔尔坪，前边有一条小河，左右各有一条小溪，东边还有一眼清泉，水都不是十分旺，但是一旦天阴下雨，便会汩汩地流出来。塔尔坪并不缺水，也不缺少烧水的柴火，也许嫌麻烦或者太累的原因，除了爱干净的女人之外，男人与孩子们都不太洗澡。陈元在塔尔坪生活的那些年，背柴，挖地，上山，哪天不是一身汗？但是只有每年夏天光着屁股在小河里拦个水潭子泡一泡，也不叫洗澡，而叫打江水，之外很少在家里烧水洗澡，连新婚之夜和过年之前也没有洗澡的印象。陈元刚出来那几年，洗澡的频率是每个月一次，自从来到上海，他把频率缩短为两周一次。因为上海人是天天洗澡的：一是上海潮湿闷热，尤其喜欢出汗，穿着再单薄一些，身上那股子味道容易散发出来；二是上海人讲究体面，如果出门见人的话是要提前汰浴的——上海人把洗澡叫汰浴，有点沐浴净身的意思，而且味道重一点的蔬菜在一天之前都是禁食的，比如洋葱、韭菜和大葱，更别说生吃大蒜瓣子了。

从上海出发去西安之前，包括父亲的线衣线裤袜子围巾，陈元与小青统统准备了一套新的。接到父亲之后，陈元扯住父亲的袖子闻了闻，并没有闻到想象中的什么异味。父亲说，嫌我臭吗？陈元说，你不但不臭，还挺香的，是麦草的香味。父亲在塔尔坪的床上铺着麦草，长时间睡在麦草上边，确实带着麦草的气息。父亲告诉陈元，为了不让人嫌弃，离开塔尔坪的前一天晚上，他在家里烧水洗过澡了，而且用了洗衣粉——在塔尔坪洗衣服与洗澡洗头所用的都是一样的，并没有洗头液、沐浴液与洗衣粉之分。他不但把内内外外彻底地洗了一遍，还换上了一套有些破旧却浆洗干净的衣服。

陈元还是打开宾馆的水龙头，调好水温，准备好毛巾，把父亲关进浴室，让他再好好地冲洗一下。陈元说，你不要误会，冲一个热水澡是可以解乏的。

在父亲进入浴室的时候，陈元与小青在外边聊天。听着浴室哗哗啦啦的流水声，陈元想，在过去，父亲的水都是从地下冒出来的，如今第一次站在水龙头下边，体会水从头顶倾泻下来的那种感觉一定是十分好奇的。他应该闭着眼睛，撩着温暖的水雾，搓着自己，泡着自己。过了十几分钟，当陈元打开浴室的时候，面前的场景让他既生气又好笑。父亲并没有如他想象的那样赤身裸体，也没有扬起脸摆出一副享受的样子。他仍然好好地穿着衣服，把裤腿挽到膝盖，光着一双脚丫子，像蹚在一条小河里。陈元说，赶紧脱掉衣服吧！父亲不好意思地看了看，慢腾腾地脱掉上边的棉袄和毛衣。陈元说，还有裤子。父亲慢腾腾地脱掉裤子，还是留下了一条内裤。陈元说，除了你儿子，又没有别人，也没有女的，你怕什么？

无论陈元怎么劝说，父亲死活不答应了，像洞房里顶着红盖头的新娘子。陈元想去帮忙，被父亲躲开了。陈元说，你是不是不好意思？那这样吧，我把灯关掉吧。

浴室没有窗户，关上灯之后，比晚上还要黑暗。陈元听到一阵窸窸窣窣的声音，再次把灯打开的时候，灯光猛烈地照在父亲的身上，似乎射向他的不是灯光，而是一股冲击力强大的水柱。父亲一时没有站稳，摇摇晃晃地摔倒了。

他干脆坐在地上，紧紧地夹着双腿。

陈元第一次看到父亲的裸体。在这个世上，连去世多年的陈元他妈和刚刚去世不久的后妈，恐怕也没有完全看到过的裸体。陈元心里有着说不清的羞涩、喜悦和亲切。他打开洗头液和沐浴液放在父亲的手边。在撤出浴室之前，陈元笑了笑说，别害怕，用蓝色瓶子的洗头，用白色瓶子的洗身上。

小青也是有父亲的，不过父亲几年前去世了。小青她妈虽然是上海人，但是作为上山下乡的知识青年，小时候生活在上海，老年时又回到了上海，最美好的时光毕竟不在上海，熟悉的人与熟悉的事儿也都不在上海。所以她经常会回到苏北的那个小城住一阵子。小青说，你以为我妈留恋乡下？她那是牌瘾犯了。小青她妈正月初二，就坐车回苏北打牌去了。当陈元把父亲接到上海的时候，小青家里是空无一人的。于是，小青自己搬进了她妈的房间，把自己的房间腾出来，给陈元与父亲。陈元不肯，说我们还没有结婚呢，搞得像个倒插门似的。小青说，别说倒插门了，我让你倒立又怎么样？陈元说，关键是不方便吧？小青说，有什么不方便的？你那出租屋烧水做饭都有问题。陈元说，我把煤气灶的电池换一下就行了。小青说，那么小的电视机，而且没有有线，怎么看元宵晚会？陈元说，住你们家里，万一我激动了怎么办？小青朝着陈元嘿嘿一笑说，那你就一个人激动去吧！你以为我在照顾你的虚荣心？我是觉得你爹来一次不容易，得让他有一点家的感觉。陈元说，出租屋再破也是家吧？小青说，关键是你那出租屋冷冰冰的，没有一个阳台，你平时喜欢晒太阳，你爹肯定也喜欢晒太阳，他想晒个太阳怎么办？陈元说，太阳哪里都有，可以去公园吧？小青说，外边的太阳能和家里的太阳比吗？

在塔尔坪的时候，父亲就喜欢晒太阳，何况在阴冷的上海，再冷都没有暖气，只能晒太阳。如果晒不了太阳的话，父亲恐怕是不适应的。小青说，你以为就你和你爹需要太阳？我爸差不多也是乡下人，他去世之前有太阳的时候，每天都在阳台上晒太阳，像吸毒上瘾的人一样，几天没有太阳他就发抖。

小青的家与陈元的出租屋仅仅隔着两条马路，因为位于普陀区与嘉定区的交界线上，所以小青属于普陀区，陈元属于嘉定区。小青家不算高档住宅，也不算低档小区，十几栋楼错落着，最低十几层，最高二十几层，都安装着电梯。小区里边有一条景观河，弯弯曲曲地从中间穿过，河上边架着几座小木桥，河的北边栽着一行柳树，河的南边铺着一条小路。小区中间有一个健身广场，上边有秋千、双杠和跑步机，也有几个大花圃和几条林荫道。小区外边的高压线下边，是一个大型绿化带，铺着一条长长的石板小路，两边是茂盛的香樟树与玉兰树，几个长满芦苇的小湖泊里偶尔还有几只野鸭子——也许是天鹅，游来游去。

父亲进入小青家的门，按照小青的意思，入乡随俗，第一件事儿还是洗澡换衣服。父亲有了在西安宾馆里的经历，除了不适应在人面前脱衣服之外，已经不再怎么扭扭捏捏的了。但是他不会用热水器，也不会调节水温，更重要的是，陈元他妈和后妈分别在世的时候，父亲从来不让她们认认真真地为他搓背，所以最为孤单的就是后背。他内心孤单的时候，还可以想想远方的儿子陈元，或者面对鸡呀猪呀嘟哝几声，但是背心痒痒的时候，如果不让别人帮忙，是自己永远摸不到的。其实陈元与父亲一样，在外边这么多年了，有谁给自己搓过背呢？每次一个人洗澡的时候，他都十分悲凉地把手伸向背心，可是永远也触及不到那个奇痒无比的地方。

陈元放好了水，对父亲说，爹呀，我给你搓搓背吧。父亲依然躲了躲，夹着双腿把自己深深地藏在水中。确实如陈元想象的一样，在父亲的背心结了一层厚厚的痂，那是汗水不断地流出来又不断地晾干之后形成的。它是黑色的，是椭圆形的，是巴掌那么大的，像贴上去的一张膏药。陈元撩起温水，滴在父亲的背心，把那块痂慢慢地软化，但是毕竟积累得太久了，像伤疤一样与皮肉紧紧地连在了一起。它与伤疤又不一样，伤疤是永远也搓不掉的，但是随着陈元一遍遍地搓着，背心的那块痂越来越薄了，慢慢地露出了通红的皮肤。

在给父亲搓去孤单的同时，陈元细细地打量了父亲的身体。父亲的肩膀由于扛过太多的重量，呈现出了两个"V"字形状；父亲的脖子由于长期暴晒，已经变成了褐黑色；父亲的胸骨一根根翘起，像皮肤里埋着一把把刀子，似乎稍微一用力就会刺出来，显得那么触目惊心；还有腹部、胸部、背部和腿部，几乎布满形状不一的伤疤。有采药的时候被树枝子剐的，有砍树的时候被刀子砍的，有挖地的时候被锹子铲的，有收割的时候被庄稼茬子扎的。伤疤是白色的，与磨出来的茧子纵横交织在一起，最后在父亲的身体上绘成了一幅神秘的图案。

陈元说，你身上像文身。

父亲说，什么是文身？

陈元说，也像一幅地图。

父亲说，哪里的地图？

陈元一边给父亲搓背一边想，那确实是一幅地图，不是陕西地图，也不是上海地图。它是一幅只属于父亲一个人的塔尔坪的地图，是上天用各种各样的生活工具以文身的方式，在父亲的身心上绘出了一幅苍凉的人生地图。

V 远方

如果不是小青的话，陈元是不可能选择坐飞机的。不仅因为陈元遗传了父亲的节省，有时候节省到了有些吝啬的地步，而且他的经济实力不允许他那么花钱。即使如此，陈元也不明白，在父亲进城的这段时间自己还能不能支撑下去。

父亲在地里干活的时候，如果抬起头对着天空发呆，那肯定不是看天气，而是有飞机从天空飞过。对一个从没有走出大山的农民来说，在头顶上慢慢移动的那个东西就是远方的全部内涵。

有一年清明前夕，陈元意外地获得了一次坐飞机去西安采访的机会。他忙完工作之后趁机回了一次塔尔坪，想给他妈和他哥上上坟扫扫墓。他好多年都没有在清明回过家，所以父亲十分意外地问，哪来的时间呀？陈元说，是顺便的，在西安出差。父亲说，坐汽车回来的吗？当时后妈还没有去世，后妈说，人家喜娃子是坐飞机回来的。父亲高兴地说，难怪了，今天上午有一架飞机从上边飞过去了。陈元说，天上有很多飞机，能坐飞机的人更多了，又不止我一个人。父亲说，你是从上海回来的吧？从东边朝西边飞的，今天我就看到一架，不是你还有谁？按照父亲的口气，整个塔尔坪只有儿子在上海，全丹凤全陕西只有儿子在上海，好像只有儿子是从东朝西飞的，只有儿子才有资格坐飞机，而且坐的是专机。陈元真想告诉父亲，自己是几天前坐的飞机，即使当天的飞机也不见得会从塔尔坪上边经过，但是为了维护父亲的美好想象，他只是笑了笑，再也没有吱声了。

父亲又问了一些有关坐飞机的情况，包括飞一次多少钱，需要多长时间，飞机上边会不会头晕，等等。陈元告诉父亲，有机会一定让父亲也坐一次飞机。父亲说，如果坐一次飞机，就不白来世上一趟了，塔尔坪多少有本事的人，临死也没有坐过一次飞机。好几年前，陈元去西安转车的时候，想顺便带着父亲去城里逛逛，尤其是在咸阳机场远远地看一看飞机。但是父亲刚刚坐上汽车，还没有离开石门镇，又是恶心又是呕吐，把车晕得死活不愿意走了。父亲对陈元说，飞机就那样子，你有心就行了。陈元说，你觉得飞机像什么样子？父亲说，从塔尔坪看，像小小的犁铧。陈元说，实际上差远了。父亲说，那是不是像羊？陈元说，颜色差不多像羊，都是白色的。父亲说，那是不是像老鹰？陈元说，样子差不多像老鹰，但是老鹰是黑的。在塔尔坪能飞的，有锦鸡、喜鹊、老鸹和老鹰，父亲齐齐地问了一遍，陈元说，除了都能飞，什么都不像，因为锦鸡与喜鹊是花的，老鸹与老鹰是黑的，并没有一种鸟儿是白的，关键是十万只鸟儿也顶不到一架飞机。父亲说，有那么大吗？陈元说，当然了，不然怎么坐人？父亲说，我看到的，为什么只有一只鸟儿那么大？陈元说，那是因为你离得太远了，我们塔尔坪离得太远了。

对于父亲乘坐的那趟飞机，陈元与小青提前做了一些选择：根据天气预报，必须是晴天，在阴天坐飞机还不如坐拖拉机；飞行过程不能在晚上，不然只能看到星星而看不见脚下的土地；座位必须靠着窗子，而且外边不能是飞机的大翅膀。老天爷很帮忙，他们选择的那天下午，天气十分晴朗，不仅没有一片乌云，也没有一丝白云。惟一遗憾的是，当他们赶到咸阳机场的时候，已经没有三个座位连在一起，而且没有一个是靠窗子的。登上飞机之后，陈元告诉身边的那个男人，父亲是第一次坐飞机，麻烦换一下座位可以吗？那个男人说，是第一次吗？陈元说，是的，是第一次，所以想靠着窗子。那个男人迅速地理解了陈元的意思，非常乐意地让开了。

父亲登机的所有手续，都是陈元和小青帮着办理的，其间发生了几个小插曲：第一，在办理登机牌的时候，陈元把购买的红枣核桃和所有的行李都进行了托运，在登上飞机的时候，父亲很着急地问陈元，你们的箱子哪里去了？陈元装作慌张的样子说，哎呀，丢掉了，怎么办呀？

父亲说，那还不赶紧回去找？小青看着父亲很害怕的样子，说行李已经搬上飞机了，就在大家屁股底下。第二，在安检的时候，陈元突然问父亲，你身上是不是装着打火机？这是要没收的。父亲说，为什么要没收？陈元说，人家怕你放火。父亲说，飞机上又不能种地，我放火干什么？陈元不好解释，说人家还怕你抽烟。父亲说，为什么不让抽烟？陈元说，抽烟会有污染。父亲狡猾地说，那我藏到鞋子里去吧？但是还来不及脱下鞋子，已经被安检员给叫住了。父亲通过安检门的时候，报警系统依然叫了起来。安检员问，裤子里是不是装有钥匙？胸前的口袋里是不是装有烟斗？这一问，父亲一下子慌了。直到如今，父亲还经常问陈元，那些人的眼睛为什么那么毒？竟然一下子就把我看透了。第三，空姐上前帮忙系安全带的时候，被父亲给拒绝了，说不用系了，系着拘卡人。空姐不明白什么意思，一时迟疑不定起来。陈元只好解围说，让我来吧。陈元把父亲老老实实地捆在座位上，父亲嘟哝着说，像绑犯人一样的。第四，父亲说是想上茅司，陈元正想让他体验一下空中的生活，便把他带进了飞机后边的小房子。父亲在小房子里憋了半天，无论如何也尿不出来。陈元说，怎么了？父亲说，这样不行吧？陈元说，这是茅司，有什么不行的？父亲说，我们是从西朝东飞的吗？陈元说，是呀。父亲说，是不是要从塔尔坪上边经过？陈元说，应该是的。父亲说，我一泡尿下去，不就尿在人家马铁匠和陈先水他们头上了吗？其实陈元也不晓得，飞机上的大小便流到哪里去了，所以无法给出一个满意的解释。

　　从咸阳机场起飞之后，飞机拍打着翅膀就冲上了天空。父亲说，飞机确实不像羊，也不像锦鸡，而像老鹰。陈元说，哪有白色的老鹰啊？所以样子像老鹰，肚子还是像吃饱的羊。父亲说，那我们坐在羊肚子里了？陈元说，是的，我们在羊的肚子里飞。

　　由于天气十分好，虽然所有的景物变小了，但是像一张地图一样清晰。父亲看到地面上的汽车，冒出的第一句话是"跟蚂蚁一样"。随着飞机向前，脚下清清楚楚地映现出了连绵的群山。父亲问，这是什么山？会不会是苍莽岭？

　　苍莽岭是从塔尔坪到丹凤县城需要翻过的一座大山。陈元猜测，下边应该是层峦叠嶂的秦岭，于是告诉父亲，也许就是苍莽岭，苍莽岭属于秦岭南边的一部分，父亲就在下边过了七十多年的日子。父亲本来有些头晕，听陈元那么一说，立马打起精神，直直地看着窗外。父亲说他想看看陈氏家族的几个院子，以及自家的几亩地和那片核桃树，说不定还能看见猪圈里的让人代养的猪娃子。

随着飞机的拉升，窗外的江河大树慢慢地被忽略，除山头覆盖着的白雪什么也看不清了，人连蚂蚁也不是了，父亲还是坚持到最后。下飞机的时候，陈元问父亲看到了什么？父亲说，我看到的都是模糊的，不过马铁匠他们肯定看到了。

陈元想，马铁匠他们从塔尔坪看到的，不过是一只麻雀一样大小的一个亮点，指头蛋子那么大小的一个远方。

VI 海水

父亲说，上海在海上吗？陈元说，不在海上，而是在海边上。父亲轻轻地问，什么是海？陈元说不清楚，就查了一下字典，最基本的解释有五个：一是指大洋靠近陆地的部分；二是比喻连成一大片的很多同类事物，比如人海、火海；三是形容"大的"，比如海碗，海量、夸下海口；四是指古代从外国来的，比如海棠、海枣；五是指一种姓。还有两条解释，不晓得是哪里的方言。陈元想，父亲心中的海肯定是指"大洋靠近陆地的部分"，于是又查了查"大洋"，这个词有两层意思，一层是指"四大洋"，另一层是指"银元"。父亲对银元是熟悉的，直到解放之后许多年，陈元他们家还有银元，那是他嗲偷偷地埋在地下的。父亲十分熟悉的这个"银元"，恰恰并不代表他想要的"大洋"，也就是他想看到的大海——父亲主动向陈元提出的一个要求是去看海。

父亲告诉陈元，从塔尔坪出门的时候，陈先水、陈先株和马铁匠他们几个老头子的意思，是让他到上海以后一定要去看看海，看看海底下到底有没有住着龙王爷。他们也许和父亲一样，不晓得上海在什么位置，不晓得海到底有多大。但是他们从上海这个名字中浅显地明白，这是一个大洋靠近陆地的城市。塔尔坪人一生下来就在山上，撒尿拉屎也在山上，即使已经迁到镇上县上省上的那帮子年轻人，真正看到海的人也是相当有限的。据陈元了解，也就是混到大城市的几个人而已。

小青专门从外边借来一辆桑塔纳，原来想陪着父亲一起去海边的，但是一清早突然接到一个电话就急急地出门了。小青把车子交给陈元，让陈元开着车子陪着父亲去看海。上海是两面环海的，南面有金山区和奉贤区，东边有浦东新区。陈元原来以为北边的宝山区也在海边，其实那只是长江口。所以离上海市区最近的海其实在浦东，也有七十公里左右。前几年开发洋山深水港，在水里修了一座东海大桥，往返的长度也有七十公里。

在前往海边的路上，父亲一直在问，还有多远？他的心情似乎有些急切，也似乎不太相信有这么远，因为从他们家去小河挑水仅仅需要五分钟。在离东海大桥还有五公里的时候，车子嘭的一声爆胎了，父亲非常内疚地说，还是不去了吧？陈元安慰父亲说，大不了我们走过去，反正已经不远了。陈元打电话给小青，问爆胎了怎么办？小青让陈元换上备用轮胎，但是陈元死活找不到备用轮胎放在哪里，于是爬到车子下边，卸掉几块损坏的挡板，然后与父亲一起，勉强把车子推进了高速路上的服务区。

当车子重新上路的时候，父亲显得格外开心，终于发出了第一句感慨——好美的地方啊。陈元说，说假话了吧？到底美在哪里？父亲说，我几眼都望不到山，怎么会是假话呢？父亲的审美标准，确实是以山与水来衡量的，他这辈子所有的苦乐都是山水造成的，他羡慕那些看不见山的地方，更羡慕那些河水汪的地方。没有山就有更多的土地来种庄稼，水汪的话就不会出现旱灾，可以把庄稼、树木和畜生养得更加肥壮。

这就是美，惟一令他心动的美。

东海大桥起始于浦东芦潮港，南跨杭州湾北部海域，直达东海中的两个小岛屿。当陈元把车子开上东海大桥的时候，父亲的目光被白茫茫的大海吸引住了。其实也不是白茫茫的，而是浑沉沉的，看不出深浅，也没有闪烁的波光。

父亲张望着远方，提出了第一个问题：海有边吗？陈元真想告诉他，不管什么，小到塔尔坪，大到世界宇宙，统统都是有边的，所以海也是有边的。不过，它的边非常非常遥远。如果这样回答，恐怕会影响父亲对海的理解，因为在父亲的心目中，远方是模糊不清的。从塔尔坪到县城几十里是远方，到上海一千多公里也是远方——对父亲来说，陌生的地方就是远方，陈元所在的地方就是远方。

所以陈元说，大海是没有边的。

广播反复提醒，在东海大桥上边禁止停留，但陈元还是不顾一切地停了下来。巡逻的警察赶了过来，对他们喊话让他们尽快离开。陈元指着轮胎说，车子坏了。警察说，哪里坏了？陈元说，爆胎了。警察说，需要救援吗？陈元说，暂时不需要。父亲抓住机会下了车子，扶着桥边的栅栏看着无边的水浪。他的嘴巴张开了，这是他吃惊的表情——遇到让他无法想象的事儿的时候，他的嘴巴就会张开，并且无法合拢。

从洋山深水港的小岛上，俯视着脚下的大海的时候，父亲提出了第二个问题：这里是上海，什么地方是下海？陈元总认为自己是一个过客，对于一个过客而言，上海只是一个地名，一个符号，所以从来没有时间也没有心情认真地想一想这个符号的含义。

陈元没有任何思想准备，突然不晓得如何回答。在父亲看来，儿子生活在海边，海就是儿子的一部分，海的边界就是儿子的边界，儿子如海一样超出了他的视线，所以不回答他的问题就是对他的不尊重或者轻慢。于是陈元说，只有上海，没有下海，不过这里叫东海，其他地方还有南海、黄海和渤海。

父亲似懂非懂地不再吱声了。

陈元想给父亲拍几张照片。当一只小渔船靠近小岛的时候。父亲说，那是船吧？陈元说，是的，我给你拍一张船吧？父亲说，我还是第一次见到船，原来以为船是木头的呢。陈元说，有些船就是木头的，说不定就是用我们那里的木头做出来的。

也许父亲想看海，不仅想看看水的多少和有没有尽头，还想看看船是怎么从水面上驶过的，因为在过去，世间万物都是长在地上的，都是走在地上的。陈元明白了父亲的心意，便把车子开到了海边。这里有一个码头，展现在父亲眼前的，都是巨大无比的轮船，带着轰鸣声在来来去去。父亲背着双手，严肃地抿着嘴，平视着前方，以这样的姿势拍了一张照片。

父亲是对的，海之所以是海，就因为它用自己的漂浮之力撑起了船。船和人不一样，船是漂浮着的，而人是悬浮着的。漂浮仍然在地上，有力气是使得上的，而悬浮是在空中，有再大的力气是使不上的。

父亲指着停靠在码头上的邮轮说，那些也是船吗？陈元说，你以为是什么？父亲说，我以为是房子，比我们家房子大多了，它们也是住人的吗？陈元说，这些船是运货的。父亲说，是运来还是运走？陈元说，有来的，也有走的。父亲说，是粮食吗？陈元说，有粮食，但是更多的是衣服、电脑和钢材。父亲说，绕这么大个圈子，运到海上来干什么？对于这个问题，陈元当初也不理解，仅仅修一座东海大桥花了两百个亿，不明白为什么要花那么大代价把港口建在偏僻的荒岛上，为什么不建在长江口或者黄浦江上。有一次，陈元忍无可忍地向一位朋友提出了相同的问题，人家嘿嘿地笑了笑，也许在笑他无知。后来他去洋山港参观了一次，终于琢磨出了一个答案——只有这里的水，才有力气把那些万吨货轮浮起来。

陈元告诉父亲，塔尔坪天上下的雨水、泉眼里冒出来的溪水，他淌下来的汗水、尿水和血水，都流到这里来了。父亲无法想象，那几条时隐时现时干时汪的小河竟然比他更早地跑到海里来了。父亲用手摸了摸海水，说难怪这么深了，我们那里一发洪水，海也会涨起来吧？陈元还没有想好怎么说，父亲又提出了第三个问题：家里的水流到海里来了，那海里的水流到哪里去了？

陈元如果面对一个小学生，只要指着天空告诉他，海水被蒸发掉了，变成云呀雾呀跑到天上去了，马上就解释得明明白白了。但是面对一个原始的农民，能够满足他的，不是知识，也不是科学，而是浅显的生活。他即使明白海水流回天上去了，又怎么明白是如何从天上流回地上来的呢？

陈元说，水到了海里就不再流了，像我们可以跑到上海来，但是从来没有上海人跑到塔尔坪去。父亲由此可能产生一堆问题，其中一个便是：如果大海里的水不流了，怎么装得下从小河里日夜流来的水呢？陈元觉得没有必要再做解释，父亲想要的，所能承受的，对父亲而言最为准确的答案只有一个——所有的水流到海里之后，就停下来了，不再奔波了，像一个人终于回家了。

陈元有两点不敢告诉父亲。第一，这里的海水不是真正的水，与塔尔坪的水有着本质的差别——它是不能直接喝的。如果明白海水是咸的，过去总是缺盐的父亲，肯定会问陈元，用海水做饭是不是就不用放盐了？第二，东海的水太浑浊了，这不是海本来的面貌。像青岛、大连和厦门那边的海，韩国和俄罗斯那边的海，甚至马尔代夫那边的海，波涛都是蓝色的，沙滩都是软绵绵的，有许多人在沙滩上散步，有许多白色的帆船从海面上驶过，而且可以清晰地看到水中的鱼儿和红色的珊瑚。陈元不晓得上海的海过去是什么样子，起码如今是没有沙滩的，是看不到底的，是看不见鱼的，是看不到云的影子的，除了海浪是什么都没有的，在风平浪静的时候远远看上去，像没有任何起伏的暗淡无光的沙漠。

这样的海不是人们想看的海，可以说，父亲根本没有看到真正的海！陈元想起自己写下的一首《在海边》的诗：

> 海水再多
> 对我一点用处也没有
> 盐是多余的，口渴了不能喝
> 因为太深，照不出自己的影子
> 我分不清哪一滴是你在上游流下的
> 哪一滴是你在下游泼掉的
> 更分不清一条鱼与另一条鱼
> 在哪片波光里安下了家小
> 有人撒下去的网、骨灰和迷茫
> 这么多年了有没有长成美丽的水草
> 要排掉这一望无际的旧时光

> 光靠几片白云一个闪电还远远不够
> 谁能告诉我在一个无边的海边生活
> 哪里才是我
> 应该决堤的出口

为了留住父亲内心的那一份美好，直到最后，陈元也没有戳穿东海浑浊的面目。

返回的路上，父亲又问陈元，东海大桥有多长？陈元告诉他，来回有七十公里。父亲感叹，这么长，可以从家里一直铺到县城了。塔尔坪离县城的距离只有四十公里八十里。父亲之所以没有问，那座桥到底是如何修在水上的，或许有他自己的逻辑。父亲最想的，应该是从塔尔坪修一座大桥连接到丹凤县城，甚至连接到更远的地方。

这座桥，恐怕只能在他时时牵挂的心中存在了。

VII 上楼

城里人觉得有手机联系起来方便，三星的华为的小米的苹果的，喜欢什么就买一个揣在怀里用用；城里人认为汽车速度快，宝马奔驰奥迪福克斯，包里有多少钱就买哪种牌子开开；万一买不起汽车，可以买一个电动车自行车，也可以坐地铁大巴出租车。在生活之中，不管你在哪里，很多东西是可以选择的，选择靠的是观念，也可以说是习惯。

在塔尔坪，原来有一台手扶拖拉机，现在年轻人有几辆摩托车，陈先水家一直有一台磨面机，陈元家有一台坏了的收音机和一台不用的电视机，除此之外，再没有什么机械化更别说是数字化的生活了。造成塔尔坪与城市形成巨大差别的，开始是因为太穷太偏僻，后来不再那么穷了，便在于选择的问题了，也就是观念的问题了。比如父亲到了上海，他愿意而且要求不高的话，陈元可以弄个手机给他玩玩，关键看他习不习惯了。

上边多次派人来解决通信问题，想给塔尔坪拉根电话线。上边介绍说，安装费两百块，一个月座机费十块，打电话要按时间长短另收，国内长途每六秒七分钱。大家说，安电话，不就一根铁丝、一个电话机，哪里能值两百块？而且我们掏钱安装的，那电话就是我们的，我们打我们自己的电话，为什么还要给你们交钱？上边解释了半天，怎么也解释不清。陈先水搬出算盘，噼里啪啦地算了一笔账，如果每月打一次，每次打五分钟，电话费是三块五毛钱，加上十块钱的座机费，每年总共要花一百六十二块。陈先水说，我的天啊，和盐钱差不多了，不小心拨到国外去了，那怎么得了？于是大家都说，我们根本用不起，也根本用不着。上边说，不装电话，万一发生地震怎么办？陈先水说，这么大的山压着，震得起来吗？上边说，万一出土匪了，或者有人生病了，报警呀叫救护车呀怎么办？马铁匠说，报警？这么远，土匪会等着你警察来抓呀？救护车就更不需要了，生个病什么的，你把我们抬到医院去，我们还不愿意去呢，一是出不起药费，二是死在外边就麻烦了。

余家村的表姐，把要安装电话的消息通报给了陈元，说你爹一个人在家，你想他了，他有急事儿了，传来传去的多麻烦呀，你给他安个电话放在枕头边上，他打个呼噜磨个牙，你随手都是可以听到的。陈元就劝父亲，在家里安装一部电话，费用多少全由自己来掏。可是父亲说，你掏的就不是钱吗？而且我一个聋子，电话能听见我，我听不见它呀。再后来，手机普及开了，上边又来问塔尔坪，要不要安装一个信号塔？塔尔坪人说，除非你们给山上的天麻柴胡大树、地里的麦子包谷洋芋、家里的小猫小狗小猪，都发一部手机。父亲他们还是一样拒绝了，意思是，拉根线的电话都那么贵，没有线的手机还不晓得要花多少钱，关键是他们一帮子农民要手机用处不大。塔尔坪就这样成了方圆几百里，惟一没有电话没有手机信号的地方。对于父亲这些与庄稼打交道的老人，其实生活一点都没有改变，相反还清静了许多。比如，外边那些药材贩子木头贩子，甚至是江湖骗子，当他们走到塔尔坪的时候，不能打电话就有一些绝望。他们一绝望，去的次数就少了，塔尔坪就自在了。

陈元无法想象，塔尔坪如果有了手机，人人脖子上都挂着一部手机，无论上山或者下地，时不时地嘀溜那么一阵子，山上的锦鸡呀野猪呀，地里的瓢虫呀蛐蛐呀，听到了会有什么反应。而且多数是来诈骗的和推销的，通知他们某某公司四十周年大庆，他们的手机号码中大奖了，奖品是一部二十八万块的奥迪，限定半月之内与某某公司某某人联系，免费办理领奖手续。或者告诉他们北京三环上海中环有个楼盘，优惠价每平方米八万八千块，目前正在预订中。塔尔坪的这些农民，连奥迪是什么都不清楚，一辈子也没有见过那么多钱，没有见过那么贵的房子，他们半夜三更接到那样的电话，被天上掉下来的金疙瘩砸醒之后，还能安安心心地睡觉吗？陈元庆幸自己有这样的家乡，每次回到塔尔坪，他想和外边联系，手机没有信号，外边想联系他，他不在服务区。天黑不久，大家吃完饭早早就睡了，整个村子没有一盏灯，没有任何机器的轰鸣与街市的嘈杂，只有青蛙和虫子小小的叫声，还有月出惊山鸟的静谧。那种心安理得的与世隔绝的日子，真有一种当了神仙的感觉。

但是进入城市，有些生活方式是无法选择的。首先是上楼。随着楼房越盖越高，十层，二十层，五十层，一百层，你不乘电梯的话飞都飞不上去。虽然每一座楼房盖起来的时候，另外都有台阶，十层楼的台阶爬爬也就算了，如果是五十层一百层的话，谁有心情有力气爬上去呢？何况那些台阶十有八九被堵塞了；其次是上厕所，父亲叫上茅司，你必须先找到茅司，不能像塔尔坪那样，随便找个地方蹲一蹲，对着一棵树冲一冲，把问题就解决了，在城市到处都是人，连垃圾桶里都有人，即使真有一个洪荒之地，文明人过不了自己的心理关，一定会尿不出来的；第三是吃水。在塔尔坪，可以在院子里打口井，也可以去外边挑水。挑水的话，可以到门前的小河里舀水，也可以到东边的泉眼里舀水。有时候懒得挑水，趁着下雨在房檐下接水。而城市呢？哪怕是泡过死猪的，或者是泼过柴油的，只有一根管子，只有一个出口，什么样的水你都必须吃。超市有瓶装的纯净水，但是纯净水做几顿饭可以，如果洗澡洗衣服的话怎么办？

先说说父亲乘电梯吧。前几次都是陈元按好电梯，再把父亲拉进去拉下来。每次乘电梯的时候，父亲都紧张得合不拢嘴，仰着头看着天花板。陈元问他怎么了？他说晕乎乎的。每次电梯打开之后，他都要把头伸出去，先紧张地瞄一瞄，像进入了时光隧道似的，被那些奇怪的情景吓得不轻。按照父亲的意思，一个丫头从一楼进去再从四楼出来，一会儿就变成了一个老太太，自己一下电梯也变成了老太太怎么办？

陈元为了让他自己下楼上楼，在急了闷了的时候到小区的花园里溜达溜达，便想尽办法让他认识电梯。陈元问，我们住几楼？父亲说，住四楼呀。陈元问，地面是几楼？父亲反问，地面是两楼还是一楼？陈元说，一楼就是地面，地面就是一楼，只有地面才会长草长树。父亲点点头说，晓得了。但他还是无法把虚拟的数字与具体的楼层联系在一起，有时候他们本来就在四楼，他还是按了四，有时候他们本来就在地面，他还是按了向下的箭头。

有一次，陈元与父亲从外边回来，刚刚走到楼下，发现把一串钥匙落在了超市，便让父亲自己上楼。过了半天，小青着急地打电话问，爹呢？陈元说，回家了呀。小青说，什么时候回家的？陈元说，半个小时了吧。小青说，你恐怕把父亲给弄丢了。陈元返回电梯口的时候，父亲还在一下一下地按着，电梯则一张一合地重复着。扫地的阿姨说，他是不是神经病？陈元恼火地说，你说谁呢？谁有神经病呀！阿姨尴尬地说，他把电梯当成游戏机了。陈元把父亲拉进电梯，然后指着电梯上边的数字说，数字都认识吗？父亲委屈地点点头说，怎么不认识？陈元说，你看看这里最大的数字是十八，说明我们住的这座楼有十八层，最小的数字是一，指的就是一楼，一楼就是地面。给你打个比方，电梯就是一台拖拉机，原来你想去二姨娘家，要告诉人家在哪一站下车，现在你想去几层就按几层的数字，拖拉机就会在几层停下来。

陈元以为解释得相当形象了，但是父亲更加糊涂地问，拖拉机在哪里，我怎么没有看到呢？

在父亲的眼里，全部都是错乱的。每一个坎，每一道弯，每一次上或者下，都是需要一脚一脚地走过去的。比如有一座山，山峰就是山峰，深谷就是深谷，你想翻过去是一回事儿，真正翻过去又是一回事儿。陈元没有办法改变父亲的认识，上山的时候按几个数字就可以爬上山顶，下山的时候虚拟一下高度就可以降到深谷。

因为生活并不是魔术。

父亲内疚地对陈元说，这么一个小房子，怎么像变魔术一样。

父亲最熟悉的机器是收音机。陈元最后一次对父亲说，你听收音机的时候，想听河南台怎么办？父亲说，中波有一个数字，把指针拨过去就行了。陈元说，你要听中央台呢？父亲说，有一个数字具体记不得了。陈元说，坐电梯和听收音机一样，你想听哪个台就调哪个台，比如我们要回四楼，你把指针拨到"四"就可以了。

父亲似乎懂了，按了一下四，眨眼之间，电梯就停在了四楼。

再说说父亲上厕所吧。在塔尔坪，家家都在房前或者院子旁边挖一个坑，上边铺上一层木板，在木板上边挖一个窟窿，就成了所谓的茅司。那种厕所有许多优越，也有许多不舒服。优越的是，在蹲坑的时候可以透风，可以看景，能尽情地发挥，还有利于掏出大粪浇庄稼，不舒服的是脚底下一目了然，在夏季的时候，蛆虫爬得到处都是的，在冬天的时候，木板上经常会结冰，不小心就会滑入粪池，许多人都有掉到茅司里的经历，被淹死的也大有人在。

父亲有几十年的经验，舒服不舒服已经不算什么了。他适应了那种追风望月的方式。如今来到城里，大坑没有了，肮脏的氛围没有了，取而代之的是屁股大的抽水马桶与雪白洁净的墙壁和大理石地板。父亲在家里第一次用抽水马桶的时候，憋得满脸通红，吓得不敢坐在上边，整个屁股是悬空的，而且一半在内一半在外，像练习武术时候的蹲马步。陈元又好笑又同情，拍着父亲的肩膀安慰他说，坐下去，舒舒服服地上吧。父亲勉强地对准了那个窟窿，惊慌失措地又坐了半天，还是没有拉出来。

接下来的几天，父亲出现便秘、腹胀，属于消化不良。小青以为是水土不服，给他吃牛黄解毒丸与香蕉，喝蜂蜜水，依然不起效果。父亲的饭量开始逐步减小，脸色也变得十分苍白。陈元问，哪里不舒服吗？是不是要去医院看看？父亲说，按说生活比农村好一百倍，但是心里没有一点捞摸。

小青不懂"捞摸"是什么意思，以为父亲在问她妈，为什么没有见到她妈，便说她妈到苏北打牌去了，一时半会儿还不想回来，要父亲安心地住着就是了。陈元解释说，没有捞摸，就是空落落的意思。陈元分析，父亲过去在巴掌大的地方待着，四处都是山，山上都是树，眼睛被塞得满满的，如今山没有了，树也少得可怜，一眼看不到尽头，而且原来住在地面上，每一步都踩在地面上，脚下边即使有人，也是埋在地下的死人。如今是住在楼上，不仅下边有人，上边还有人，睡在半空中，吃在半空中，拉屎撒尿还在半空中。住在半空中其实也没有什么不好，神仙就是住在空中的，但是神仙不吃不睡不拉屎撒尿。无论人还是屎尿，想要回到地面上，得踩着一层层的人头。这也许是父亲空落落的原因吧？

但是小青说，是不是不喜欢吃这里的东西？父亲被问了几次，说这里大鱼大肉的，进嘴的时候倒是蛮好的，只是下边拉不出来。父亲的意思是，茅司里流着矿泉水，抽水马桶比家里的碗还要白，地板干净得可以和面切菜，哪里是茅司或者厕所，简直比厨房还要好。每次裤子一脱，眼睛里全是锅碗瓢盆，怎么敢在锅碗瓢盆里拉屎撒尿啊？陈元想，有的人有洁癖，在不干净的地方睡不着觉。父亲这是有脏癖，在太干净的地方拉不下来，道理都是一样的，说白了都是心理的问题。

陈元一时束手无策。他想把花盆里的泥巴铲过来撒在厕所里，再弄一盆子脏水泼在地板上，但是毕竟不在自己家里。小青是处女座的，按照星相学理论属于完美主义，完美主义的人多多少少都患有洁癖。

每天晚上，父亲不停地起床，折腾七八回的样子。有几天早上，在厕所的地面上发现一摊小便，抽水马桶的外套也被淋湿了。小青把地板拖了三遍，把马桶的外套换洗了一个新的，把窗户统统地打开通风透气。陈元有些生气，说你再急也不能尿在地板上。小青说，是他上厕所的时候不晓明开灯。陈元问，上茅司怎么不开灯？小青问，是找不到开关还是为了省电？父亲只是委屈地笑了笑。

陈元猜测，父亲要的就是黑灯瞎火，要的就是眼不见为臭。

后来父亲提出一个要求，想到楼下的花园去转转。陈元以为父亲适应了城市里的情调，要去欣赏一下花花草草，或者透透气吹吹风。但是在小区的花圃里，父亲不像城市人，在鹅卵石的小路上悠闲自得地散散步，跑跑步，打打拳。父亲像贼似的，东瞅瞅西看看，一会儿钻进树丛中，一会儿拐到围墙边上。陈元问，你找什么呢？父亲无奈地说，我想找个坑。陈元说，你想上茅司？父亲说，瞎得着，到处都是人。陈元笑着说，我帮你遮着吧，不然就要尿裤子了。

自那天起，父亲基本不在家里上厕所，即使半夜三更也会摸索着下楼，找一棵树或者找一个僻静的角落。父亲的身体自然顺畅了，但是他有一些内疚地说，人家城里多干净呀，被自己给弄脏了。陈元安慰父亲说，有专人打扫的，你看看那些小猫小狗比人还多，不都是拉在外边吗？而且你看看那些花草树木，从来没有人施肥，都是病歪歪的，你是在给它们施肥呢。

在塔尔坪，确实是这样给庄稼施肥的。

VIII 反差

凡有朋友来上海，陈元必定要推荐东方明珠，因为上海除了高度——钢筋水泥的高度之外，似乎再没有其他什么可以炫耀的了。

陈元在余家村上中学的时候，每星期从学校回家会经过一个大峡谷。有一年夏天，突然发现大峡谷里在盖房子，那房子越砌越高，好几个月都没有封顶，从墙下边经过的时候都望不到天了。陈元怀疑那不是在盖房子，他与一位叫余小凤的女同学进行过反复的争论。陈元认为那是在盖监狱，余小凤说，为什么是监狱？陈元说，监狱是关坏人的，盖高一些可以防止坏人逃跑。余小凤认为那是在盖牛棚。陈元说，牛又不像老鸹会飞，不需要那么高。余小凤说，牛棚难道非要养牛才行吗？人家有可能是养长颈鹿的，你没有见过长颈鹿吧？陈元说，我们这里又没有长颈鹿。余小凤说，正因为没有才要养啊，只有长颈鹿的脖子才有那么高。陈元一直坚持那是要关坏人的，余小凤一直坚持那是要养长颈鹿的。后来一打听，人家说要盖楼房。当时陈元还没有见过两层以上的房子，也不明白什么叫楼房。再问人家，人家说，盖起来你就晓得了。暑假过后，陈元再次从下边经过，发现那房子已经盖好了，当时的心情比初次看到东方明珠还要兴奋。陈元进去看了看，那座所谓的楼房，除了是两层之外，与大瓦房并没有差别，依然是用土坯子砌成的，里外依然刷着石灰，前边有几根柱子撑着，楼板是由木头铺成的，房顶上盖着瓦。几年之后，陈元从中学毕业了，再从那里经过的时候，看到那房子已经漏水，又过两年就塌掉了。

塔尔坪的房子至今也就一层。在父亲这次进城之前，他与陈元小时候一样是没有见过高楼大厦的，而且根本没有在两层之上的房子里睡过觉。陈元在带父亲去登东方明珠之前，心里暗暗地得意了一番，心想父亲肯定会大吃一惊，觉得自己儿子与东方明珠一样高大。恐怕是春节的原因，东方明珠果然像陈元估计的那样，前来参观的游客排成了长龙。父亲说，要排那么长，还是算了吧。陈元说，我有朋友在里边，我们不会排队的。陈元给朋友蔡经理打了一个电话，立即有一位穿着旗袍的少女亭亭玉立地走过来，打开一条特殊通道，一鞠躬，一伸手，说了一个"请"字，就把陈元他们直接送进了超速电梯。

登上东方明珠的时候，正处于下午四点左右，阳光反射来反射去，把上海全部化成了金子，连那穿城而过的黄浦江与苏州河，流动的也全是灿烂的金水。看到玻璃幕墙外边的高楼大厦，陈元的心潮更加澎湃，总以为那一座座在父亲面前竖起的根本不是楼房，而是他这个儿子的纪念碑。陈元指着脚下的金茂大厦，指着环球金融中心，以四舍五入的计算方式告诉父亲，都是一百层以上。

父亲的眼睛并没有被"一百层"拉直，嘴巴也没有因为吃惊而张开。

父亲说，一百层有多高？陈元说，差一点点就是五百米。父亲说，我们门前的那座山是多少米？陈元说，这个没有量过，不清楚。父亲说，两个相比哪个高？陈元他们家门前的山是他们那里相对比较低的，即使如此，如果把那尖尖的山嘴子搬到上海来，也足以把上海的天空戳一个大大的窟窿。

陈元犯了一个天大的错误，与山里人比什么不好，为什么偏偏要与他们比高度呢？陈元想，还是与父亲比比文化吧，于是带着父亲在东方明珠上边转了一圈，找到黄浦江对面的那一排老洋房，指着那些显得低矮的沧桑的建筑，依然用四舍五入的计算方式告诉父亲，那些房子是洋鬼子盖的，全部一百年了。

父亲的眼睛依然耷拉着，嘟哝着说，应该拆掉翻修了。

老先人建起来的那个叫塔尔坪的小村子，算起来可能远远超出一百年了，但是最先盖起来的房子在哪里呢？如今的那几个大院子，是经过几代人不停地翻修不停地加固才保存下来的。陈元他们那里的房子，每隔几年都是要翻修的，谁家翻修的次数越多，日子算是过得越好了。能用青砖代替泥坯子，能在窗子上安上玻璃，能拿油漆描一描门头的牌匾，那更是了不起的。

陈元真想告诉父亲，那些带着耻辱的建筑为什么成了上海人炫耀的资本，那些年代久远的破败不堪的建筑为什么成了人们争相参观的风景，上海的建筑为什么不能像塔尔坪的房子一样拆掉重盖，但是陈元还是把话咽回了肚子里。对于一个不明白时间是什么历史是什么的人而言，自己的任何说法都是毫无意义的。

陈元的目光落在了黄浦江边上的汤臣一品身上。那个小区曾经因为非同寻常的价格，成为上海人对外来朋友张扬的标本。陈元指着像火柴盒一样随意码在一起的几座房子问父亲，前边那些白色的，爹你认识吗？父亲说，怎么不认识？也是房子，上海除了房子还有什么呀。陈元说，那是房子，又不是房子，你明白有多贵吗？父亲说，有多贵？陈元说，你猜猜吧。父亲说，我猜它有什么用？陈元说，我们打个赌，你猜错了的话，你就告诉我你一辈子存了多少钱。父亲嘟哝着说，赌就赌，我猜对了你明天就买一张票把我送回去。

父亲怎么可能赢呢？但是父亲的赌注让陈元心里一凉。陈元说，你先猜吧。父亲说，一两百万到底了。陈元说，你是指一间还是一座？父亲说，当然是一座呀。陈元想，父亲能猜出这个数字，肯定是综合了这些天的经验，把说破天的胆子都用上了。陈元说，你想想那些房子不是水泥的，也不是砖头的，更不是钢筋的，而是用真金白银盖起来的，再猜一次吧。父亲嘟哝着说，三四百万一座撑死了。

在过去，陈元只晓得父亲与这个世界之间有落差，但落差具体是多少他是模糊不清的。陈元现在终于明白了，父亲像一个绕着地球旋转的小卫星，他与地球之间的距离应该在三十八万公里左右。

陈元再一次犹豫了。面对父亲，陈元一次又一次地犹豫，是因为有些事儿看似真相，对父亲而言就成了谎言。陈元不晓得要不要告诉父亲，面前那座白色的房子一平方米十八万，每套房子的价格都在一亿以上，保守地估计一座楼应该值一两百亿。如果父亲说的，不是一两百万元人民币，而是一两百万两黄金，似乎离答案就接近了。陈元说，上海的房子是按平方米计算的。父亲说，要拿尺子量吗？曲里拐弯的，哪里量得清呀。陈元说，太金贵的东西都是这样的，你养的猪是论斤的，去河南灵宝淘出来的金子是论克的，那房子前几年一平方米是五万块，这几年应该涨了几倍了。小青瞪着陈元说，什么时候有过五万块？人家一开盘就是十二万块好吧！目前已经涨到二十多万块了。

父亲过了半天才问，你说的是平方米吗？

小青说，当然是平方米，你难道以为是平方公里吗？

父亲的眼睛直了那么一下，更多的不是吃惊，而是怀疑。吃惊的时候眼睛里是有光芒的，而怀疑的时候眼睛里是有阴影的。陈元说，不管是五万块还是二十万块，爹你都输了，你说说你现在有多少钱吧？

父亲有多少钱，除他自己可以精确到十块之外，其他人是不清楚的。父亲的一生，最大的快乐就是存钱，因此形成一个习惯，当手上的钱达到五十、一百的时候，就会拿到信用社存成定期。如果离一个整数相差不多，他会凑一个整数存起来。为了凑钱，父亲能想出无数的花招，比如把木耳香菇卖掉一点，比如去山上砍一根椽子，甚至把陈元送他的烟酒，拿到陈先水的小卖部里兑现。有一次，陈元带回去两包软中华，父亲便宜卖给了陈先水。陈先水告诉陈元说，我不是想占你爹便宜，但是他缠了我好几回，软中华一包六十块，非得十块钱卖给我，我花二十块买下那两包烟，放在小卖部大半年，死活都卖不出去。十块一包，一根就是五毛，塔尔坪有谁抽得起？最后实在没有办法，我拿出来自己抽掉了，每抽一根呀，我都心痛得直抽筋，老实说，还不如黄果树有劲。

父亲说，我死了，那些钱终归是你们两个的，我就给你们透个底，大概五万块左右吧。

陈元有些心酸，指着前面的汤臣一品说，看看你一辈子受那么多苦图什么？全部拿出来在人家那里只能买三个巴掌大的地方，在小青家的小区也不够两平方米，两平方米放不下一个浴缸，所以呀，那些钱你自己留着，该吃的吃，该穿的穿，对我二姨娘舅娘小婶别太小气了，想送点针头线脑的赶紧送。你现在都多大年纪了，再怎么吃吃喝喝的，还有几年的光景？

陈元不是看不起父亲的那五万块钱，他想让父亲明白一个道理，一辈子别总是为了存钱。为了存那五万块钱，耳朵聋了，眼睛花了，牙齿掉光了，头发胡子全白了，手上全是茧子没有一点肉了，整整一条命几乎都花光了。但是父亲如果没有那五万块钱，还有什么可以代表他流逝的一生呢？

父亲的意志并没有被上海的房子所摧毁。父亲的目光又弯曲了，他对陈元说，上海的五万块哪里能和我那五万块来比呀？！

确实如此，父亲的五万块，每一块都是血都是汗，而上海的五万块呢？只能是对生活的一种蔑视。父亲在陈元耳朵边嘟哝着补了一句，别看不起你爹这五万块，我这次来上海，住的都是人家小青的，你自己的房子在哪里呢？

父亲一句话，彻底把陈元的心给打乱了。陈元从东方明珠看出去，在眼前这个高楼林立的城市里，他什么时候才能真正地拥有一扇属于自己的窗户呢？

父亲脚上穿着一双布鞋，裤腿一边高一边低地挽了起来，上身穿着一件灰色棉袄，棉袄里有一件暗红色的毛衣，从粗大不匀的针脚可以看出是自己织出来的。小青给父亲添置过一身新衣服，包括皮鞋、休闲裤和呢子大衣，都是上海人的那种精致而优雅，但是父亲穿过两次之后就换回原来的样子了，还如从前一样挽起了裤腿，让人轻易地就能看出他是一个农民。

而此时的陈元呢？一双被擦得黑亮的皮鞋是尖角的，一条牛仔裤的膝盖上故意留着两个破洞，一条大红色的围巾搭在胸前。尤其是棉袄，不仅是紫红色的，而且样子像古代贵妃们穿戴的那种扇形的领子，领子上还有一条银色的仅仅作为装饰的拉链。陈元的这一身也是小青给他买的，无论从色调、款式和搭配，都是陈元不喜欢的。虽然上海十分讲究穿着打扮，满大街都是那种打扮，陈元试图靠近那种打扮，但是感觉一个从农村出来的人，那么打扮有些过头，有些别扭。但是小青逼着他穿，说如果他不那么穿，就不和他一起出门。

在上海的大街上，陈元与父亲并肩而行的时候，小青经常在后边偷偷地笑，说如果从衣服上看，他们绝对不像一对父子，如果从走路的动作上看，他们就像系统一致的机器人，抬手投足全是一个模子刻出来的。也许历经的岁月不一样，所服的水土不一样，即使遗传是一样的，陈元与父亲相处的这段日子，感觉自己与父亲已经走到了两个极端。比如，在父亲眼里只有活蹦乱跳的畜生，在陈元眼里全是一块块骨头和肉，在父亲眼里是包谷和麦子，在陈元眼里却变成了面粉和馒头。似乎那些东西的成分没有变，不过它们的形状与本质已经变了。骨头与肉，面粉与馒头，都是以食物存在着的，都是支离破碎的，再也无法成为一个完整的生命个体。它们失去了作为种子继续繁殖下去的能力，也可以这么认为，按照物质不灭定律，它们仍然在繁衍生息着，只不过是离开土地繁殖的。无论是动物还是植物，一旦离开土地繁殖，它们就会变得面目全非，繁殖出来的也是面目全非的，再也无法称之为后代了——比如说，任何食物腐烂之后会生虫子，一只虫子绝对不是一头猪或者一粒麦子的后代。

从另一个侧面，也可以印证父亲就是另一个极端。比如，想让父亲听到说话的声音，必须是对着耳朵或者大声一点，所以无论走在哪里，看到父亲掉队了，或者发现了新的景色，陈元常常大叫了几声，父亲都没有任何反应。有一天，小青请父亲去海底捞吃饭，海底捞的服务口号是"满足"，对于客人的要求不许说"不"。你说这个位子不透风，服务员马上拿把扇子站在一边；你说这里看不到外边的夜色，服务员马上给你换个靠窗子的位子；如果没有靠窗子的位子，服务员会在结账的时候给你打折；你说这里的爆米花真脆，服务员马上会帮你免费打包。就连上厕所，也是上帝在上厕所，给你开热水、递毛巾和涂抹护手霜，只差帮忙脱裤子了。陈元一不小心，让父亲钻进了女厕所，但是女服务员二话不说，上前就给父亲开门，给父亲递手纸，帮忙冲马桶；等父亲系着裤带出来的时候，另一个服务员赶紧跟上去，把护手霜挤在父亲的手上。父亲不晓得涂在哪里，干脆一把抹在了裤子上。父亲嘟哝着说，我上的是茅司吗？陈元说，当然是茅司了，不过人家叫厕所。父亲说，怎么还有女的？陈元说，你本来上的就是女厕所呀。按照父亲事后的说法，他被吓死了，并没有脱裤子。

想法不单纯的人占多数，尤其在欲望横流的城市。他们可以相信真有上帝存在，绝对不会相信有干净的人存在。那是在海底捞，如果换成其他什么饭店，即使没有脱裤子，肯定也会引起骚动，甚至会招来警察。有太计较的女人，还会以侵犯隐私权为由提出索赔的。陈元想，再不看管好父亲，还会出事儿的，于是想了一个办法，就是随时牵着父亲的手。如今还有几个人，把牵手视为皮肉的侵犯呢？但是，每当陈元刚要抓住他的时候，就被他很不高兴地甩掉了。陈元抱怨，我是你儿子，牵一牵手有什么呀？你看看大街上，男的女的，老的少的，到处都是牵着手的，小狗小猫也是勾勾搭搭的。父亲听了，竟然有些生气，再上街的时候，干脆一个人拖在后边。

在红星美凯龙体验超高电梯的时候，又出现了和西安一样的尴尬。因为人挤人，父亲毫无感觉地碰到了别人的敏感部位。陈元小声地提醒，并悄悄地拉了一下，他还是没有一点意识。感谢电梯以每秒三米的速度结束了让人心惊胆战的一幕。那位少妇皮肤白净，胸脯丰满，穿着一件乳白色上衣，对陈元都有着强大的诱惑力。但是正如佛言，你所看到的就是你自己。陈元想，只有他们这些粗俗不堪的人，才会时时生出一些龌龊的念头，而对于干净的父亲来说，根本不晓得自己接触到了什么，在摇摇晃晃的时候能抓住的都是救命稻草。

当陈元遭到父亲拒绝之后，小青每次出门就强行挽着父亲的胳膊，要向东就扯向东，要向西就拉向西。父亲开始也是抵制的，而且昂着头，抬着腿，每一步都走得十分僵硬，如父亲挽着女儿参加婚礼一样不情不愿，也像英雄上刑场一样大义凛然。为了缓解父亲的不快，小青每走几步就对着父亲的耳朵叫一声"爹呀"，等父亲竖着耳朵想听下文的时候，小青什么也不说，只是嘿嘿地笑。那种情景没有维持多久，父亲还是找出各种各样的机会挣脱了小青。

陈元真羡慕父亲，真想如父亲一样去坚守。但是他身体里的那根柱子早已经被抽走了，稍微有点风吹草动，他的意志立即就会坍塌。

有一天要去中环百联购物，父亲说超市像迷宫，逛着会头晕的。小青于是一个人进去，让陈元陪着父亲等在门外。这时，从商场里走出两个孩子，大约十几岁的样子，穿着一身枣红色校服。他们先是站在门洞里，旁若无人地搂着抱着，然后走到陈元他们身边，靠在一面灰色的墙上亲热起来。他们那么熟练，可以说他们纠缠的舌头都十分清晰，像两只运行的不由自主的水母。

陈元尽量平淡地说，年轻人就是这样的。父亲说，他们是年轻人吗？怎么还有红领巾？陈元说，那不是红领巾，而是围巾。陈元这个见怪不怪的人，在那一刻都感到了羞耻，可想父亲被吓成什么样子了。但是陈元转脸看父亲的时候，父亲的眼睛像锥子一样直直地扭向与两个孩子相反的方向。

相反的方向是一个巨大无比的垃圾场，成群的绿头苍蝇乱飞着。

IX 算账

对于父亲的上海之行，按照陈元的计划，基本上分为三个阶段，第一个阶段主要是看景，把上海及周边的景色让父亲尽量地旅游一遍；第二个阶段主要是吃，让父亲吃到他这辈子没有吃过的东西，比如上海狮子头、日本生鱼片、西餐牛排、港式小点心，甚至鱼翅燕窝，等等；第三个阶段主要是玩，要让父亲去洗脚，去按摩，去蒸桑拿。陈元他妈与后妈都已经去世了，如果父亲有生理需求的话，不排除给他找个小姐。这三个阶段，一是转变目光，二是清洗脑子，三是灵魂再造。按照陈元的比喻，把父亲这样一块泥巴，经过练泥、拉坯、印坯、利坯、晒坯、刻花、施釉，最后是烧窑，经过一道道工序，通过水与火的洗礼，最后加工成精美的瓷器。

对于这个完美的计划，陈元开始是十分犹豫的。因为还在春节长假期间，所以陈元犹豫的不是时间，而是钱从哪里来的问题。其实在春节之前，报社已经几个月不发工资了，让陈元陷入了经济危机。如果不是小青半路出来相助，买了几个人来回的机票，自己连坐火车都有些困难。

前往西安的前一天晚上，小青似乎看透了陈元的心思，说你爹已经七十多的人了，身体一天不如一天了，日子应该不会太长了，所以他有什么愿望，你尽量照着自己的想法去满足他吧。小青提醒陈元，千万不要像她爸爸那样，本来想去新马泰看看，但是总觉得女儿赚点工资不容易，今天推明天，明天推后天，最后说不在就不在了。小青流着眼泪从身上掏出一万块钱，交给陈元说，这是招待你爹的经费，不够的话再说吧。

有了小青的贴补，父亲虽然没有吃燕窝鱼翅，也没有去南京苏州杭州，但是坐上了飞机，看到了大海，登上了东方明珠，去长风公园的海底世界看到了一千两百斤的大白鲸，吃到了日本寿司与四川火锅，中间穿插着尝到了冰激凌和咖啡。陈元还带他去医院，让小护士给他掏了一次耳朵，在眼镜店给他的眼睛验了一次光。陈元心想，无论大小都是父亲的第一次，虽然都在懵懵懂懂之中进行的，应该已经打开了父亲那颗封闭的心。小青说，说不定他一高兴就不回去了，永远和我们待在一起了。

父亲与儿子能够待在一起，那是人生的幸运，意味着灵魂与血肉的相聚。但是并没有陈元想象的那般如意，在左一句右一句"好看吧"的追问中，父亲简短地总结了那几天的时光——给眼睛过生日！父亲的意思相当明白，眼福是饱了，但是相当的虚幻。

父亲是什么人？是一个彻彻底底的农民，是原始部落里的一分子，类似于自然界的一草一木，他是没有精神享受的，或者是没有物质享受的。其实他的精神享受与物质享受是合二为一的，无论是种地还是上山，无论是养猪还是放牛，是他的精神需求也是他的物质需求。他一辈子所做的任何一件事儿，哪怕拔一根草，都是要开花结果的；下几颗种子，都是要收获几把粮食的；栽一棵树，目的就是要摘几篮果子，即使不结果子，肯定是能打家具的，甚至是可以做棺材的。山里不缺少小桥流水，不缺少烟雾与彩虹，不缺少红叶与黄花，那都是世上绝美的风景，但是在一个农民的眼睛里，再美有什么用呢？他们春去秋来，早出晚归，一身泥，两身汗，图的是什么呢？什么才是景色呢？

他们图的应该是春天的播种和秋天的收获。你城里的景色再好，看一百遍一万遍也长不出一粒芝麻。

有一天外出，陈元他们回到楼下，父亲蹲在地上不走了，开始一根一根地拔着路边的荒草。陈元说，又不是我们家的麦地，拔那些草有什么用呢？父亲说，不拔草闲得人心慌啊。

陈元苦恼于对父亲理解的浅薄，便赶紧调整下一步的计划。但是已经晚了，正月十三的时候，他以自己头晕为由，死活也不愿意出门，而是坐在阳台上一边抽烟一边问，这里离火车站有多远？陈元说，挺远的。父亲说，我刚刚看到火车了。陈元说，小青家是看不到火车的，你应该认错了吧？父亲说，我没有坐过火车，还不认得火车吗？陈元说，火车是什么样子的？父亲说，一节一节的，像一只爬爬虫，跑得非常快，一晃就过去了。

父亲发现的不是火车，而是他自己的心思。他的心思已经不在上海了。果然，父亲说，他想回去了，越快动身越好，飞机是从天上走的，他一个人不踏实，所以想坐火车。

陈元问，为什么？难道这里不好吗？饿了就吃，小青在冰箱里预备着各种各样的零食和大瓶小瓶的可乐橙汁冰红茶；困了就睡，冷了热了可以让小青帮忙开空调，不想在床上和沙发上睡，可以坐在阳台的太阳光下打个盹；无聊就出去玩，想跑远点的话，让小青去借车子，指到哪里开到哪里，想近一点的话，可以到楼下的花园里转转，看老头子老太太跳舞下棋打太极。陈元说，不让你干点事儿就心慌，大不了帮我们拖拖地板擦擦窗子。父亲说，地板那么干净，插不上手呀，窗子那么高，我够不到呀。陈元说，万一不行，我给你弄一堆麻绳子，你给我们打几双草鞋，我们穿不完就拿出去卖钱。父亲说，你尽糊弄我，上海有一个人穿草鞋的吗？

父亲一点都不松口，说你不给我买票的话，我就一步一步走回去。父亲不是讲笑话，一千多公里，对陈元他们是不可能的，对没有距离感的父亲来说，算得了什么呢？他一生走过的路，如果不是原地踏步或者围着村子绕着小圆圈，早就绕地球半圈子了。陈元说，我不是不让你回去，只是现在过年期间，火车票比当年的粮票都紧张。

父亲的眼泪在眼眶里打转，嘟哝着说，瞎得着，早晓得回不去，就不应该来。

父亲告诉陈元，你记得我们的族长吗？陈元说，怎么不记得？他是大房的，住在高山流水里边，当年贩粮票被抓起来过，从监狱出来的时候带回来好多糖果，我吃的第一个糖果就是他发的。父亲说，他死掉了。陈元说，听说得的是肺癌。父亲说，他不是因为肺癌死的，他儿子陈元春记得吧？陈元说，原来是石门镇的邮递员，后来自己做生意了。父亲说，在西安贩卖木耳香菇，生意做大了，全家搬到了西安，住在城墙边上。陈元说，在北门那边，离我们这次住的宾馆不远。父亲说，陈元春把族长也接到了西安。陈元说，应该的，一家人住在一起多享福呀。父亲说，享什么福？种了一辈子庄稼，这城里的福消受不起，族长死活要回塔尔坪，陈元春又死活不答应，要把他留在西安做手术，族长干脆从楼上跳下去摔死了。

陈元站在四楼的窗口向下望，不高，还是有些晕。

陈元缓和了一下口气，问家里到底有什么放不下的？父亲说，年过了，打春了，家里有很多要忙的，一是几个架的香菇要点菌，不然就不结香菇了；二是马上要种洋芋，洋芋种还在窖里，得赶快扒出来，不然就坏掉了；三是山上一旦解冻，有几个地方要栽核桃树，麦子也快返青了，要早点薅草了。父亲最后说，关键槽里有一头猪，让人家帮忙养几天，不回去就饿死了。陈元说，不是说好了，后妈不在了，不养猪了吗？父亲说，不养猪油水从哪里来？陈元说，你儿子难道没有一头猪重要吗？

话还没有说完，两个人都伤心起来。陈元要父亲把所有的收成都摆出来，大家好好算一笔账。父亲掰着指头告诉陈元，家里有几亩地，两座自留山，一年可以挖洋芋四千斤，每斤五毛钱；收麦子一千斤，每斤一块钱；打黄豆五百斤，每斤两块钱；收包谷两千斤，每斤八毛钱；收杂粮五百斤，每斤两块钱。还有几棵核桃树，可以打几百斤核桃，几个架的香菇木耳，可以摘几十斤香菇木耳。陈元想，父亲所说的，都是风调雨顺的理想数字，一旦遇到旱涝灾害是颗粒无收的。

陈元用手机上的计算器，按照那个理想的数字给父亲算了算，结果是全部加在一起，一颗不剩地卖掉，也就值八千块钱。

陈元问，你卖过那些粮食吗？父亲说，早几年还要饿肚子，如今除够一年吃喝之外，存了一点以防饥荒。陈元问，那你图什么呢？不就是图吃吗？你看看，城里有一块地吗？他们种庄稼吗？父亲疑惑地问，上海这么多人，整天急火火的，看不到一棵庄稼，路边种几棵树吧，又都不结果子，这不是瞎忙吗？我想不通，他们吃的东西都是从哪里来的呢？陈元说，你不管他们吃的粮食从哪里来的，你先说说，他们吃的比你平时吃的，好还是不好？父亲说，人家当然比我们好，顿顿都是大米大肉的，天天都是苹果呀香蕉呀。陈元说，这不就对了？既然不种庄稼吃得更好，你为什么要认死理呢？这样吧，你一年不就八千块的收成吗？八千块我全部补给你，你就不回去了怎么样？这次到西安接你一趟，花掉的远远不止八千块，你年轻的时候家里有负担，不种地不赚钱不行，如今我一个月工资虽然不多，比你一年差不了多少，你还操那个心吃那个苦干什么？

陈元以为自己已经把账算得很清楚了。父亲再回去的话，是不划算的，甚至是赔本的。

如果面对生意人，事儿就简单了，但是陈元面对的，是一个和庄稼、畜生和大山都算不清账的农民。父亲心中那点点滴滴的牵挂，那几代人逝去的岁月，那生养他的土地，那惟一的故乡，有谁能够帮忙把一笔笔账目算清楚呢？所以父亲听完了，依然嘟哝着说，再怎么说，我还是一个农民，农民不种地不养牲口，哪能说得过去呢？我不种地不养牲口，那地不就荒掉了吗？那猪不就饿死了吗？

陈元说，还是害怕被火烧掉吗？

父亲一口咬定，主要是想家了，想塔尔坪了。

陈元只能叹着气，开始给父亲预订返乡的火车票。

X 灯火

有一天趁着小青不在，父亲拉出一把椅子，让陈元和他一起坐在阳台上，轻描淡写地问了几件事儿。

第一件事儿是关于钱的。父亲说，这次来，机票、吃饭、四处玩，花了不少钱吧？陈元说，你又不常来，你不在这里，该花的一样得花。父亲说，身上还宽余吗？陈元说，放心吧，够你花的。父亲说，你还嘴硬，听小青隐隐地说，你们单位不景气，几个月都不发工资，这段时间花的都是人家小青的吧？陈元说，她的，不就是我的？总有一天要结婚，分那么清干什么？

父亲说，在塔尔坪的时候，以为外边和家里一样，什么都是不花钱的，你们每个月拿好几千块，日子肯定好过得不得了，这些天才慢慢明白，一瓶凉水三块钱，一碗面十几块钱，一条鱼七八十块钱，看花花草草的去公园要买门票，车子跑起来要加油，停下来要交停车费，看电视上网打电话要花钱，连上茅司也要给什么公司交钱，水龙头一开嘀嘀嗒嗒地流出来的都是钱。陈元说，你从哪里听到的？父亲说，人家小青说的，我看不花钱不被饿死也得憋死。

陈元还真想不出来，有什么是不花钱的，呼吸空气看上去不花钱，其实还是要花钱的，花在什么地方说不清楚。陈元说，人家是市场经济，白吃白喝不就成了共产主义？父亲说，我们塔尔坪就是共产主义，房子是自己盖的，衣服是自己扯布做的，食粮是自己种出来的，我们虽然不产大米，吃多少可以用包谷换多少，在农村，除了油盐酱醋，有多少是需要掏钱的？听说你在上海买了房子？

陈元说，本来想带你去看看的，但是房子还没有盖好。父亲说，花了多少钱？陈元说，一百八十多万。父亲吃惊地说，是不是非常大？陈元说，不大也不小，七十多平方米。父亲说，那么多钱你从哪里来的？陈元说，大部分是从银行贷的。父亲经常存钱，对利息是清楚的。父亲说，加上利息要还多少？陈元说，一个月七千多块。

父亲的嘴合不拢了，死死地盯着陈元说，你一个月拿多少？陈元说，扣完税，交完保险，到手九千多一点吧。父亲说，难怪了，平时给我买这买那的，看看你的裤子都烂成什么了，也不添一件新的。陈元说，人家这是时尚，你不懂。父亲说，我怎么不懂？过去我们家穷，就是这样破衣烂衫的，而且好东西自己也舍不得吃，那天去吃什么牛肉，给我一个人点了一份，说你自己吃不下去，哪里是吃不下去，是舍不得吃下去。

父亲流眼泪了，陈元也流眼泪了。父亲从怀里摸出一个塑料袋子，打开里边的钱蘸着口水数了数，递给陈元说，这是两千块，你拿着先花吧。陈元身上确实是拮据的，对于小青留下的一万块"经费"，他尽量节省着花在父亲一个人身上，即使如此已经所剩不多了，而且有两张银行的催款单估计已经躺在报社的桌子上了。

陈元说，爹你太小看儿子了，除工资我还有外水呢。父亲说，你别再嘴硬了，买房子那么大的事儿，你也不跟我张口，我是你爹呀！陈元来来回回地推让了一会儿，最后把那沾着油污和泥巴的钱接过来，一层层地包好，放回塑料袋子，塞回了父亲的怀里。

第二件事儿是关于麦子。父亲说，小青去香港什么时候动身？陈元说，正月十六。父亲说，她要在香港待多久？陈元说，不到十天。父亲说，这丫头人好，又是城里的大小姐，你和人家好好相处。陈元说，这一次应该飞不掉了。父亲说，除了她妈，她家还有什么人？陈元说，她爸爸已经去世了，有一个舅舅两个阿姨都在上海，不明白什么原因从没有来往。父亲说，她妈什么时候回来？陈元说，不清楚，应该会住一段时间，一个退休老太太，在苏北待了几十年，朋友与同事都在那边，所以常过去打打牌，天南海北地四处逛逛，新马泰都跑一遍了，人家比你想得开。

父亲说，多大年纪了？应该比我年轻。陈元说，也是属虎的，六十花甲了。父亲说，比我小整整一轮，人家又是城里人，你和小青结婚她妈答应了吗？陈元说，估计麻烦大，眼睛长在头顶上，看不起任何乡下人。父亲嘟哝着说，先抱个孙子，什么都好说。陈元说，爹呀，你们当年用这招可以，我们现在不灵了。父亲张嘴笑了笑说，结婚的时候回塔尔坪办酒席吗？陈元说，在塔尔坪肯定是不行的，在上海办不办也得听小青的，其实八字都没有一撇呢。

父亲说，明白你的难处，老家那边的情况，还没有和小青说吧？这些天在小青面前，我一句都不敢提，生怕说多了坏事情。陈元说，关于麦子，开始没有和小青说，后来想说已经来不及了，我不是故意想哄小青的，爹你能体谅我吧？父亲说，你把手机号码换掉了？

陈元说，是以防万一，以前谈过几个，都是老老实实的，离过一次婚呀，有一个女儿呀，把什么话都摆在前边，人家不怕我是二锅头，却嫌弃有个拖油瓶。听说有个女儿，什么爱不爱的，全都泡汤了。父亲说，你不小了，稍微一晃就过四十了，过了四十生孩子都困难，所以尽快和小青把婚结掉，心在外边有捞摸了，就算是有根了。陈元说，我和爹的想法一样。

父亲说，麦子回丹凤中学了你晓得吧？陈元说，余家村的表姐告诉我，年前已经上初一了，而且和她妈和好了。父亲说，回丹凤就是她妈偷偷联系的，如今已经住到一起了，毕竟是吃她的奶长大的，这样也好，你可以安安心心地在这边成个家。

陈元说，总觉得对不起麦子，也对不起小青。

说到这里，小青推门回来了。小青提着一大堆东西，有自己去香港出差用的，也有一些苹果面包饮料，还有桂花糕和大白兔奶糖，是专门给父亲回塔尔坪预备的。小青说，你们对不起谁呀？父亲说，还能有谁，对不起你，这次来吃你的，住你的，连见面礼也没有给你。

父亲说着，又打开了塑料袋子，把钱蘸着口水重新数了一遍，似乎多数一遍就会生出儿子。父亲把钱递给小青说，我的一点心意你收下吧。小青把钱拿在手里掂了掂分量，笑着说，爹呀，我与你儿子认识那么久了，礼物倒是收到过几次，从来没有收到过他的红包，你出手比他大方多了。父亲说，那是我儿子穷。小青说，他确实挺穷的，有个大方的爹也行，这大概有两千块吧？父亲说，你不要嫌少。

小青从自己身上掏出了两百块，加上两千块一起递回给父亲说，这些钱你带在路上花，我过了正月十五就走了，不能去送你了，你路上注意安全。父亲感动地说，真是上辈子修出来的福气呀。

塔尔坪有着三十晚上火十五晚上灯的习俗，过年最热闹的也就这两天。正月十五的晚上，陈元想，吃完元宵之后，应该带父亲去豫园赏赏灯，让父亲开心一下，但是无论怎么央求，父亲还是说，自己头晕，不想出门了。陈元从阳台上朝外边一望，发现月亮像一只刚刚被充过气的气球，在冉冉地升起。陈元喊了一声，你们快来看看，好大的月亮啊。

别人对月亮是没有太多感觉的，但是陈元不一样。在外边那么多年，养成了喜欢看月亮的习惯，无论初一还是十五，无论早晨还是深夜，无论晴天还是阴天，总会不由自主地抬头，用目光搜索一下天空。即使上海的月亮在霓虹灯与灰尘的污染下，像患上了黄疸肝炎似的无精打采，陈元还是愿意看到它，而且每次看到它，像看到自己的存在一样。陈元不在乎月亮是什么样子的，在乎的是月亮挂在天空的时候，几个人同时把目光放在月亮上。他认为那是另外一种形式的相聚，人不在一起的时候聚的就是那种感觉。

小青带着父亲一起来到阳台。陈元说，你们发现没有，月亮比往年胖了。小青说，你是怎么发现的？陈元说，我是月亮他哥，她亲自告诉我的。小青说，胖了多少？陈元说，胖了整整一圈，和你一样。小青说，我刚刚称过，才胖了一斤多，所以你不是月亮她哥，简直就是月亮她爹，眼睛老花了吧？父亲笑了说，喜娃子好像是对的，今天的月亮确实大一些。小青说，爹你偏心，人家小姑娘胖了瘦了，你家喜娃子肯定一看一个准，但是月亮大了小了他哪有这个眼神，不过是从报纸上看到的，新闻几天前就说了，今年的元宵节，月亮是五十三年以来最大最圆的。

五十三年前，陈元与小青都不在这个世上，只有父亲是第二次经历这样的月亮，而且谁也不敢肯定还有没有下一次。陈元想，上天也许在几十年前，就在调整自己的运转速度与角度，要在某一个正月十五为自己与父亲安排一次——也许是一生中仅有的一次大团圆。

这轮多年不遇的月亮，一会儿挂在树梢上，一会儿挂在楼顶上，一会儿挂在半空中。它在徐徐地踮起脚尖，想把千里之外的山山水水与上海的街街巷巷纳入到自己的视野中，想把昨天、今天与明天的时时刻刻全部浓缩在自己的怀抱中。

璀璨的烟花不时地在天空炸响，家家户户的窗户都亮起了灯。父亲说，小区大概有多少人家？陈元说，应该有一万多户。父亲说，每户人家有三四个窗子吧？陈元说，厅里一个，厨房一个，茅司一个，两个卧室各一个，一般人家起码有五个窗子。父亲说，那么多窗子都亮着，好景色呀。

其实月亮代表的并不是团聚，人们在不能团聚的时候，借着共赏一轮圆月的机会，在月亮上来一次相遇，只是自我安慰罢了。但是父亲，他在想念儿子的时候哪里会懂得抬头看一看月亮呢？他惟一能懂的就是在天黑之后掌起一盏灯照亮一扇窗子。只要他的那盏灯不灭，那扇窗子就不会灭，塔尔坪就不会灭。父亲吵着回家，不就是急着回去点亮一个不灭的故乡吗？

正月十六，陈元所续的假期到了，必须正式上班了。小青也要启程前往香港出差。原以为通过这些天的计划，能让父亲在城市找到自己的寄托，但是计划以失败而告终了。看着窗外的灯火在慢慢地减少，夜慢慢地深了，父亲又意外地问陈元，火车票买好了吗？

陈元从身上掏出一张纸说，买好了，就在三天之后。

XI 风月

陈元说，我送你回去吧？父亲说，你要上班，就不用了。父亲坚持自己坐火车回家，陈元之所以答应了，一是坐火车手续不复杂，在中途找人关照一下，在终点让人接应一下；二是父亲没有坐过火车，与坐飞机一样是神奇的。

陈元在买火车票的时候，发现丹凤县已经通火车了，却没有从上海直达的。中学时候的那位女同学余小凤，正好打电话给陈元，问春节为什么没有回家。余小凤是余家村的，大学毕业嫁到了宁波余姚，在余姚那边教书。陈元说，我把我爹接到上海来了。余小凤说，你爹还在上海吗？赶紧带来宁波玩几天。陈元说，天天吵着要回去，正愁着没有直达的火车呢。余小凤说，坐K466次列车吧，我刚刚回去坐的就是这趟火车，第一天下午从余姚上火车，睡一个晚上，第二天早上下火车，就是丹凤县城了。余小凤一再叮咛陈元，要带着父亲去她家住几天。余小凤说，我们同学十几年没有见面了，而且论辈分，你表姐是我嫂子，依着我嫂子，你爹我要叫姑爷，大家也算是亲戚，让你爹顺便来走走亲戚吧。

陈元为了父亲不至于迷路，于是为父亲选择了K466次列车。

陈元想，离开上海之前，应该带父亲去洗一次桑拿。陈元萌生这种念头的理由很多：第一，走亲戚要有走亲戚的样子，最体面的就是干干净净的；第二，陈元想让父亲体验的最后一个项目就是洗桑拿。陈元开始不懂桑拿是什么，向几个朋友不咸不淡地问了几句，多数人的回答是，桑拿嘛，还能是什么。

那些暧昧的态度让陈元犹豫了半天。他不敢轻举妄动，先查汉语词典，词典上并没有桑拿一说，再去网上百度了一下，发现桑拿又叫芬兰浴，也就是洗澡。对网上的解释，陈元是不太相信的，如果真像洗澡那么简单，大家用不着那么含糊，再联想到洗头房和理发店，字面意思是清清白白的，可实际呢？

陈元出门倒垃圾的时候，正好有人塞来两张优惠券，是一家叫四海龙王的桑拿城在推销。优惠券上标明的价格不贵，拿着优惠券最低消费是八十六块，两个人一起一个人免费。陈元想，按照这个标准，不管桑拿的含义是什么，带父亲去体验一下还是值得的。陈元说，不就是洗澡吗？优惠券说，洗澡跟洗澡可不一样。陈元说，不一样在哪里？优惠券说，有人喜欢热水，有人喜欢冷水，有的一个人洗，有的好多人一起洗。陈元说，你们那里是一个人洗，还是好多人一起洗？优惠券说，项目多着呢，要看你怎么选了。陈元说，男女在一起洗吗？优惠券是个小青年，他挠了挠头说，应该是一起吧，我也没有进去过。

陈元不是故意刁难。他想，之所以那么多人对桑拿吞吞吐吐，恐怕就是桑拿与澡堂子不一样，澡堂子是男女分开的，而桑拿是男女一起的，有点像海滨浴场，甚至像日本的风吕，也就是男女混浴。

陈元拿上优惠券带着父亲出门了。因为马上要回家，父亲对于出门的情绪不再那么低落，一边跟着一边问，我们去哪里呀？陈元说，去蒸桑拿。父亲说，什么是蒸桑拿？陈元说，其实就是洗澡。父亲说，在河里边吗？这么多天我怎么没有看到河呀？陈元说，苏州河、黄浦江，我们从上边经过好多次了，怎么会没有河呢？父亲说，水不是流的，也不是清的，我以为是臭水沟。陈元说，河在城市都是那样子的，不过这么冷的天，下河洗澡要冻死人的。父亲说，也不是免费的吧？跑外边花那个钱干什么？陈元说，人家正在打折，不去白不去。

正月十六的傍晚，陈元与父亲终于走进了传说中的桑拿城。四海龙王桑拿城位于一条并不繁华的大街上，有一座金碧辉煌的大楼，楼前有一对金黄色的狮子，脖子上各系着一朵大红花，走廊上竖着四根合抱粗的柱子，柱子上缠着金黄色的龙，楼顶上悬挂着巨大的霓虹灯，随着颜色的转换像汹涌的海浪。单看门前的那条马路，行人是稀稀落落的，甚至是清清冷冷的，但是那种萧条其实是一种表象，靠近大门之后，发现广场上浩浩荡荡地停满了车子，走进一楼大厅之后，立即尽显了人间的繁华与喧嚣。

当陈元与父亲一前一后走进大厅，刚刚找到一个沙发坐下来，便有一名身穿长袍的服务员走过来，拿出两个手环套在两个人的手腕上，把两双拖鞋放在两个人的脚下，跪着替他们换掉了皮鞋和袜子，带着他们的皮鞋和袜子离开了。

父亲不明白干什么，陈元也不明白干什么，两个人都木然地接受着。陈元朝四周看了看，看不出一个所以然，便问一位服务员，我们的皮鞋怎么办？服务员说，等你们出来的时候，凭着手环会还给你们的。陈元问，那买单呢？什么时候买单？服务员说，一样的，出来的时候。陈元问，优惠券可以用吧？服务员说，肯定可以，你们里边请吧。

陈元装作悠闲的样子不紧不慢地观察着。他终于从人流中发现了异样，大厅左边的门头上标着"女宾部"，右边的门头上标着"男宾部"。他才恍然大悟，和上厕所一样，也和澡堂子一样，还是要分男女的。他突然觉得自己有些可笑，在商业如此发达的社会，哪有不分男女那么便宜的事儿呢？

陈元对父亲说，走，我们换衣服去。陈元走进男宾部之后，一切更加一目了然，里边有一个大大的更衣室，摆放着几排编有号码的衣柜。从更衣室继续向里走，是一个个形状各异的池子，有的像月亮，有的像太极，有的是方的，有的是扁的，还有扇形的。

在塔尔坪的时候，孩子们才会光着屁股在河里玩水。进入更衣室，父亲第一次面对生人，与从前一样为难地问，都在一起吗？陈元说，都不认识，怕什么？父亲朝四周看了看，终于脱下棉袄和毛衣，又朝四周看了看，再脱下裤子和棉裤。这时候，走进来一个男人，不分青红皂白地把自己脱光，像大猩猩一样拍打着自己的胸脯。他的胸脯和腹部长着浓密的毛发，那个东西明目张胆地在双腿之间晃荡着，甚至义无反顾地挺了起来。他似乎意识到有一个受了委屈的老头站在旁边，于是在离开的时候安慰父亲说，大爷，赶紧脱吧。

陈元说，赶紧脱吧，外边冷。

父亲慢腾腾地脱下线衣线裤，与陈元讨价还价地说，裤衩子能不脱吗？父亲的意思是，想留下最后一道防线，穿着内裤去洗澡。陈元想，如果提前准备一台照相机，在一个一丝不挂的时代，拍下这样一幅害羞的照片，或许能成为传世佳作。陈元说，你看看，在这里有人穿着裤衩子吗？人家脱光了，你不脱光的话，人家会有意见的。父亲说，我又不认识他，他有什么意见？

陈元忍不住笑了笑，开始给他示范，从从容容地把自己脱光了。

这是陈元成人之后，第一次在父亲面前完整地露出自己的身体。陈元感觉身体里有着某种难以言说的动静，像一把包谷落进火灰之中发出噼里啪啦的爆裂声。父亲低下了头，一边嘟哝着什么，一边脱下了内裤。这一刻，陈元也不敢正视父亲，怕引起彼此间的尴尬。

两人都不吱声，先后躲进一个月牙似的池子。他们以为躲进水里什么都看不见了，其实不然，水是遮不住任何东西的，包括鱼、沙子和水自己，而且在水里什么都会被放大，像一条鱼在水里的时候感觉很大，从水里捞出来之后就变小了，那是光在水里反射给人们的错觉。

池子里的水是蓝色的，像一块蓝色玻璃。蓝得那么透彻，蓝得让人不可思议。父亲说，这是水吗？陈元明白，是加入一种叫孔雀石绿的染料的原因，但他还是说，当然是水了。父亲说，感觉像假的。陈元说，水又不贵，造假不划算。陈元借着讨论真假的机会，偷偷地向父亲瞟过去。进入水中之后，父亲似乎放松了许多，开始好奇地打量着周围的人。但是出于一种本能，当他抬起左手撩水的时候，必然要放下右手，抬起右手搓澡的时候，必然要先放下左手，两只手轮换着捂住下身。

陈元提醒他说，大家都是一样的。

陈元泡了一会儿，就走出池子。他觉得之所以叫桑拿而不叫澡堂子，肯定不是大名陈元与小名喜娃子似的那么简单。他在外边转了一圈，果然发现不一样的地方，除中间的几个大池子和四周的淋浴房之外，还有一排圆顶的小木屋。小木屋是用木板搭起来的，屋顶上冒着蒸气，像一个个还未开锅的蒸笼。

陈元壮着胆子推开了小木屋。小木屋里边云遮雾罩，中间支着一个火炉子，煤块在红彤彤地燃烧着。围着火炉子四周放着几条长椅，几个人汗流浃背地坐着，像一个个被蒸熟了的馒头。火炉子旁边放着一个木桶，有人从木桶里舀起一瓢水，一下子泼在炉子里，炉子不但不会熄灭，煤块反而烧得更旺，只听到轰的一声，随着升起一股水汽。

原来这就叫桑拿。桑拿天原来就是这个意思。陈元赶紧跑过去，把父亲带进了小木屋。父亲被蒸得大汗淋漓，迷茫地说，这是干什么？陈元说，这就叫洗桑拿。父亲说，像蒸馒头一样的。陈元说，其实就是蒸馒头。父亲说，比夏天还热，汗都出光了，不是找罪受吗？陈元说，可以治病，比如关节炎和腰酸背痛。父亲说，都是瞎话吧？我没有其他要求，把我的耳朵蒸好就行了。

陈元舀了一瓢凉水，将一半浇向火炉子，将另一半冷不丁地泼在父亲的身上。父亲一激灵，双手下意识地抬了起来，许多人嘻嘻哈哈地趁机看过去，陈元也趁机看过去——发现是超乎寻常的，这个七十多岁的老人，他的某些部位并没有因为苍老而萎缩，并没有想象的那么无力和疲软，更像一只睡意蒙眬的老鼠，仍然透出与生俱来的活力与敏锐。

陈元曾经有一个设想，等父亲到上海之后，要找一个女人给他解决一下生理问题。陈元征求过一些朋友的意见，有人说，还是免了吧，等于在雪地里撒尿，脏了父亲的本色；有人说，享受一次没有关系，你要考虑长远一点，你的父亲万一上瘾了，而山里又没有小姐，那怎么办？有一位女性朋友，出于女性的本能开始是强烈反对的，但是不几天，又回话说，左想右想，觉得是非常有必要的，你们这些单身男人，要么找小姐，要么有情人，起码可以自行解决，他一个农民，没有任何一种排解的方式，简直是太残忍了。有一位前辈用过来人的口气说，人生往往是有牙的时候没有馍，有馍的时候没有牙，都七十多的人了，你想尽一点孝心是可以的，如果他已经没有那个能力了，那不是浪费资源吗？

不管大家的意见如何,如今看到父亲的情形,陈元觉得还是值得一试。

泡澡,蒸桑拿,刮胡子,洗去身上的所有污垢之后,陈元准备带父亲再深入地看一看。不仅优惠券上标出的项目远远不止这些,而且从四海龙王外边气派的装饰,判断这个桑拿城应该别有洞天。当陈元带着父亲准备去更衣室的时候,在更衣室与浴池之间,被一名服务员给拦住了。服务员递来一件袍子和一条内裤,请他们换上之后再上二楼。袍子是雪白雪白的,款式其实就是睡衣,内裤是一次性的,透明得像一个幌子。

陈元十分不安,不明白这些服务要不要收费,如果糊里糊涂地消费完了,人家说那条内裤是皇帝的新衣怎么办?于是陈元问,二楼是干什么的?服务员说,二楼是休息室。陈元说,还有别的吗?服务员说,吃饭、保健、喝酒,什么都有,两位上去看看吧。陈元才放心地与父亲一起上了二楼。

二楼果然非同凡响,从门牌上看,棋牌室、健身房、演艺大厅、用途不明的包厢,都是样样齐全的。多数的门神秘兮兮地紧闭着,有许多服务员一只手背在身后一只手举着托盘在走廊上来回穿过。

二楼左边的演艺大厅是敞开的,舞台上有一个女人在搔首弄姿地跳着钢管舞。大厅里满满地摆着桌子,上边铺着惨白的台布,摆着各种各样的酒水、高脚杯和奇异的食品,无论男女老少都光着大腿,穿着那件雪白雪白的袍子和让人想入非非的半透明内裤,三三两两地围着桌子一边喝酒吃饭一边欣赏节目。

陈元想,如果仅仅是吃饭喝酒的话为什么不穿着自己的衣服,而要提供那样一套便于脱来脱去的服装呢?陈元挑了一个地方让父亲坐下来。父亲说,有老戏吗?陈元说,应该有吧。服务员递来一张单子,恭敬地说,请问需要什么?陈元说,你们这里都有什么?服务员说,红酒白酒啤酒,烤肉龙虾果盘,还可以向喜欢的演员点歌,也可以让模特下来陪大哥喝酒。

舞台上的钢管舞结束了,随之上场的是一群女人,她们穿着三点式的比基尼,昂着头,侧着身子,双手叉腰,骄傲地摆成S形状,每人腰间挂着一个牌子,牌子上标着号码。陈元接过单子扫了一眼,单子上醒目地标着:人均最低消费一百八十八元。陈元心里咯噔一下,连忙问,你们有老戏吗？服务员说，你说的是戏曲吧？这个没有，但是有本山大叔和伟哥。陈元说，赵本山和范伟吗？服务员说，我们这里是钱本山和李伟，比赵本山与范伟好笑多了。

父亲嘟哝了一句，耍猴一样的，有什么看头。父亲退出了演艺大厅，无所适从地催着陈元说，乱糟糟的，赶紧换衣服走吧。

陈元把父亲带进二楼右边的一间公共休息室。里边灯光昏暗，几乎分不清哪里有人。父亲怀疑地问，那么多床，是旅馆吗？陈元说，是休息室。这种地方陈元在澡堂子里是见过的，类似于一个旅馆与按摩房的结合体，客人洗完澡之后既可以躺下来休息，也可以在这里过夜，费用远远低于外边的旅馆，所以生意一直不错。

陈元找了一个沙发床刚一坐下，立即走上来一个服务员，问要不要保健按摩。陈元想，大家一提起桑拿就神秘兮兮的，恐怕这里就是秘密之一了。于是说，先给我爹捏个脚吧。服务员说，你爹？这年头还有叫爹的吗？陈元说，香港人全都叫爹地妈咪。服务员说，你又不是香港人。陈元说，别多话了，我爹地的脚，除我妈咪，还没有人摸过呢，所以你就给他叫个最漂亮的吧。服务员笑嘻嘻地说，我们个个都是林黛玉。

不一会儿，果然进来一个瘦瘦弱弱的穿着还算严肃的林黛玉，端着一盆子热水坐在父亲的面前，漫不经心地说，要不要做个指压？陈元说，什么是指压？林黛玉说，你别装了，指压嘛，就是这样的呀。林黛玉说着说着，左手撸住父亲的脚丫子，右手直接伸向了父亲的大腿。父亲反应十分强烈，双脚朝前猛然一踢，把林黛玉与一盆子热水全都踢翻了。

陈元问，你是不是怕痒？

父亲生气地爬起身，走出了休息室。

陈元不敢有丝毫的逗留，赶紧扔下一百块钱，追着父亲而去。回到更衣室，父亲气呼呼地套上了裤衩子，穿上了一辈子也脱不掉的遮羞布。陈元说，一百块钱白花了。父亲没有吱声。陈元说，人家就是给你揉揉脚捶捶背。父亲还是没有吱声。陈元说，我们家是地主，旧社会的地主都有小丫环，让丫环揉揉脚捶捶背算什么呢？

冬天的上海有些寒冷，但是在大街上仍然随处可见穿着单薄、袒胸露乳的时髦女人，甚至有两个女人干脆拦着陈元嗲声嗲气地说，两位大哥，进来玩一会儿嘛。

裸露，是欲望社会在人们身上留下的烙印，而时代一时半会儿还很难把它的利爪伸向深山老林，伸进父亲那顽固不化的甚至有些原始的部位。

但是随着时间的推移，父亲还能站在自己的道德城堡里坚守多久呢？

XII 最后

最后两个晚上，陈元一边给父亲暖脚一边教父亲坐火车的常识。陈元说，我们是丹凤县的，明白吗？父亲说，明白。陈元说，你在哪一站下车明白吗？父亲说，不明白。陈元说，你在丹凤火车站下车明白了吧？父亲说，明白，但是又不明白。陈元把火车票掏出来，说他是从宁波余姚上车的，中间会经过绍兴、杭州、芜湖、合肥、信阳、镇平和西峡等好多地方，每次停几分钟就开走了，所以绝对不能下去；卧铺像架子床一样有三层，分为上铺、中铺和下铺，他的票是下铺，所以在最下边一层；火车上可以吃饭喝水，也可以拉屎撒尿，不过得去茅司，茅司在两节车厢之间，自己直接推门进去就行了。

陈元又反复交代了几个关键：第一，什么时候从什么地方下车。陈元说，列车员上车之后，会把你的火车票收走，换成一个牌子发给你，当列车员把火车票还给你，说明下一站就到丹凤了，可以准备准备下车了。父亲不停地点头，但是从头再问一遍，他又一脸迷茫地问，人家会广播的吧？陈元说，你一个聋子，当你听到广播的时候，还不把你拉到西安去了？第二，应该在什么地方上茅司。陈元说，在火车上不怕你渴了饿了，也不怕你睡不着，就怕你找不到茅司，还不把你给憋死了。但是父亲说，我会问的。陈元说，你不能问茅司，人家听不懂茅司，以为要去餐厅吃饭，所以你要问厕所在哪里，也可以问茅坑在哪里。陈元说完没过几分钟，再问什么时候下车，什么叫茅司，他又忘记了。

在送父亲去宁波余姚的那天，陈元依然开着小青借来的那辆车子。走到半路的时候，下起了大雨，刮起了大风，还起雾了，能见度不到两米。

陈元不停地说，雨太大了，太危险了，甚至把车子停在路边，希望父亲回心转意地说一句，那还是不走了吧。但是父亲愁容满面地看着前方一声不吭，根本不晓得危险在哪里，根本不明白儿子此时此刻的心情。

在余小凤家住了一夜，再送父亲去余姚火车站，陈元还是不停地劝说，还是别走了吧？父亲不停地安慰说，等我回家把猪养肥了，把一年的庄稼收掉了，再来上海住一段时间。但是进入火车站之后，父亲的口气又变了，说人老了，脆得很，说没就没了。

陈元听到父亲的话，总觉得有些永别的味道。父亲苦巴巴地把陈元养大，随着陈元一步步地走出大山，一步步地越走越远，距离就成了陈元的出息，距离又成了父亲的成就；距离是陈元的思念，又是父亲的孤独。

进火车站检票之前，陈元装模作样地在身上摸着，然后告诉父亲，火车票丢掉了。父亲笑着说，明明在你包里，你还哄我呀？陈元又告诉父亲，火车已经开走了。父亲说，还没有到发车时间，怎么可能开走了？陈元无奈，只好把父亲带上了站台。

陈元挑中了一位穿着粉红色羽绒服的女孩。陈元说，你是哪里人？你是坐 K466 次吗？你在哪里下车呀？陈元说什么，人家都不敢吱声。陈元拿出车票，解释说，我是送父亲回家的，但是父亲耳朵不好，而且不会说普通话，又是第一次坐火车，在路上请关照一下好吗？

粉红女孩看了看父亲的车票，才放心地告诉陈元，她也是陕西人，家在汉中那边，这次回家是看望父母的。她说，你给我留个手机号码吧，有什么事情我打电话给你。

K466 次列车很快开进了余姚站，陈元还没有来得及替父亲找到卧铺，也没有为父亲安顿好行李，列车尖叫一声就启动了。陈元站在车窗外边，透过雾气朦胧的窗户，焦急地向里边张望着。陈元的眼前出现了一幅淡淡的水彩画，相信没有任何大师能够画出这样的情景：一个粉红色的女孩，正在替父亲安放行李，像一点点粉红的墨水，在慢慢地荡漾着。她个子不高，尽力地踮起脚尖，使劲地向上举着，偶尔还露出一道雪白的腰，但是她依然够不着行李架，干脆脱下鞋子爬上了卧铺。

接下来，陈元给粉红女孩发了几个短信，大意是说，父亲每天晚上要上几次厕所，他不晓得厕所如何使用，上完厕所肯定找不到自己的卧铺；父亲不晓得开水在什么地方，不晓得喝水是免费的；父亲不晓得在什么时候什么地方下车，坐过站就永远找不到家了。粉红女孩每隔一阵子就回复陈元一个短信：他喝过水了……我给他泡方便面了……他上过厕所了……他有点晕车，已经上床睡了。

有一个短信是第二天清早发来的。

粉红女孩说，天亮了，他睡得挺好的，你不必担心了。

最后，粉红女孩说，在丹凤那一站，你父亲已经安全下车了。

随后几天，陈元发短信给粉红女孩，有时候问她还在汉中吗？有时候问她有没有回宁波余姚？有时候说，我们是老乡呢，如果到上海我请你吃顿饭吧。粉红女孩总是回复陈元一个短信，不必客气。陈元发给粉红女孩的最后一个短信，是问她叫什么名字？但是粉红女孩并没有任何回音。陈元试着打过两个电话，想亲口说一声谢谢，第一个电话说是不在服务区，第二个电话已经成了空号。

粉红女孩在一路上对父亲的关照算什么呢？在父亲上海之行的十几天里，小青这个城里人没有嫌弃一个农民，是为了弥补自己对亲生父亲的怀念吗？许许多多认识或者不认识的朋友，包括那个在宁波余姚教书的余小凤，她精心准备了十几个菜，采购了外国进口的水果，打扫了一间平时空闲的房子，专门修好了电热毯和热水器，仅仅因为好客吗？

在走出宁波余姚火车站之后，陈元的心里顿时醒悟过来，孝顺的本质并非血缘关系，而是倾注在柔弱者身上的爱。在开车返回上海的时候，余姚的天空仍然下着大雨，陈元看到一位老妇人在一条马路上蹒跚，四周是深深的积水。

陈元轻踩刹车，把车子静静地停在远处，目送着她平安地穿过。

落差

二〇一二年，正月末，上海，女儿。

I 上海也下雪

父亲陈先土走后的第二天，毕竟是开年后第一次上班，陈元一清早就去了报社。大厦一楼的保安趴在桌子上睡觉，说周末呢，你来干什么？陈元说，怎么会是周末呢？保安说，周六不是周末吗？即使不是周末不到十一点，恐怕也不会有根人毛的。陈元他们报社确实是自由松散的，尤其那几年行业萎靡不振，动不动就发不下来工资，所以大家都是吊儿郎当的，有点随时卷铺盖走人的意思。陈元说，春节后我一直没有来，我们工资还没有发吧？保安说，前些天大家都在闹呢，有个记者估计还不起房贷都要跳楼了。陈元说，没有这么严重吧？保安说，怎么没有这么严重，消防车都开过来了，陈元说，都传着要关门，是不是真的？保安说，报社要不要关门我不晓得，反正我今天干完了，明天就不来了。陈元说，你不来了什么意思？保安说，按说我们归保安公司，但是报社不景气，整天死气沉沉的，看大门和守墓似的，留在这里还有什么意思？

报社的周六是不上班的，所以整个办公室空空荡荡的。陈元的桌子上果然有几封信，两封是中信银行来催还房贷的，自己已经两个月没有还上房贷了，再拖欠下去，还没有交到手上的期房恐怕就要被银行没收了；另两封是招商银行的信用卡催款通知书，已经连续几个月透支了。陈元看着那几个信封子，像讨债者的脸有些苍白而冰冷，上边开着的小窗口像讨债者张着的嘴巴，在叫着自己的名字。

陈元离开了报社，在大街上四处晃荡着。虽然年过了，十五也过了，但是一些气氛还在，比如对联，比如炮灰，比如挂着的灯笼，恰好又遇到一个周末，更透出一股狂欢过后的疲倦。

陈元茫然地回到了自己的出租屋。好多天一直在外边陪着父亲，出租屋又积下了一层尘土，墙上的钟表因为耗光了电池而停止运转，天空的云层很厚，太阳露不出小屁股，让人分不清具体的时间。陈元倒在床上重新睡了一觉，等他再次醒过来的时候，已经不明白是中午还是下午。外面不时地传来零零落落的过年期间剩下来的鞭炮声。

多年没有下雪的上海，突然飘起了雪花片子。雪花片子在塔尔坪那边是常见的，是孩子们冬天里最大的快乐，滚雪球，打雪仗，堆雪人，男孩子还喜欢在雪地上撒尿，女孩子还喜欢在雪地上乱跑，听听雪花咯嘣咯嘣的声音。在上海是三五年不下雪的，一旦下雪了，陈元就开始想家，不想雪花的白，不想雪花的纯，而是想父亲和塔尔坪，也想自己的女儿麦子。陈元想，麦子肯定会堆雪人，雪人不管被堆成什么样子，哪怕没有鼻子眼睛耳朵，麦子都会给雪人起一个名字，叫陈元。

陈元推开窗子，有几片雪花落在了脸上。他觉得从天上飘下来的不是雪花，而是从远方伸过来的不停地撕扯着自己的小手。在看着雪花联想到女儿麦子的时候，陈元突然想给麦子打一个电话。自从麦子回到丹凤县上学之后，他就没有打过电话。但是，他没有麦子的电话号码，不明白电话应该打到什么地方。

正在这个时候，陈元的电话突然响了。

II 陈世美的生活

陈元是好多年前离婚的，具体离了多长时间，他已经记不清了，只记得当时麦子很小。

陈元独自在外的日子，前几年觉得寂寞是可以忍受的，甚至那时候的寂寞还是十分美好的。从正月离家，再到腊月回家，整整一年时间似乎都是夫妻生活的前戏，但是后来发现，前戏太长了会消磨人的意志，意志被消磨干净之后，人就失去了耐心，那漫长的等待就不再是一种寂寞，而是一种煎熬。在无尽的煎熬中，陈元与那个人之间越来越陌生了，陌生得让他无法想起她具体的长相，甚至连那条拖在背后的马尾巴都不具体了，以至于夫妻重逢的时候，彻底失去了从头再来的激情和信心。

那仍然是一个春节，在整个回家的路上，陈元把久别胜新婚的细节，在心中重新回味了一遍，又重新设计了一遍，一会儿把自己想象成野性大发的狼，一会儿把自己想象成疯狂变态的魔鬼，甚至把自己想象成风月场上的高手，以期把流逝的时光全部弥补回来。但是，当他由火车换上汽车，由汽车换上摩托车，风尘仆仆地回到塔尔坪的时候，已经是大年初一的早上了，那种几夜未眠的疲倦，让他见到那个人的时候，内心的那盏灯已经熬干了。他像被填入了香料、没药、桂皮和锯末，然后泡在福尔马林中的木乃伊，是没有一点冲动的，是麻木而恐惧的。回到家，他直接钻进被窝，呼呼地大睡了起来。那个人一直守在床边，像一只发狂的兔子，站起来又坐下去，坐下去又站起来，好不容易等到第二天中午，陈元终于睁开眼睛的时候，她顾不上一个女人的矜持，不仅自己为自己脱光了衣服，而且还把陈元一下子给扒光了。但是，陈元看着她一丝不挂地站在面前，自己的身体竟然像一团棉花，除有一丝寒冷之外再无任何反应。

那个人问，你怎么了？

陈元说，可能太累了吧？

陈元心里明白，他不是太累了，是因为太陌生了。那种陌生感让他极度地自卑，甚至有一种罪恶感——总以为自己面对的，并不属于自己的女人，而是一个兄弟的女人，甚至是毫不相干的女人。所以，在那个阳痿一般的春节，他赖在床上，装作生病的样子，逃避着自己的责任。在家待到正月初七，陈元说单位要上班了，就匆匆忙忙地离开了。

离开之前，陈元对那个人说，我们离婚吧。

那个人说，好啊！

陈元觉得只有离婚了，双方才能得到解脱，不用再忍受那无边的寂寞，和心灵出轨之后遭受的道德谴责。他们一点动静和争论都没有，像两个过家家的小孩子，在陈元离开之前顺便去了一趟法院，花费不到半天的时间就调解离婚了。当法官问他们，为什么离婚呢？他和她相互一看，都觉得十分迷茫，最后，法官代替他们回答的原因是"感情破裂"。拿到离婚判决的那一刻，陈元像一个被释放出来的犯人，除了无尽的内疚之外，内心一下子轻松无比，身体立即从一团棉花化成了万吨钢铁，恢复了坚硬的战斗力。事后，他才明白，那个人之所以那么痛快地答应离婚，完全出于赌气，是对他疲软的表现的不满。那个人没有把疲软的原因归咎于陌生感，而是一口咬定，一只狼面对一只羊，没有任何下手的意思，惟一的解释是在外边吃饱了。

他们刚离婚的那阵子，各种传言很多，基本都是指责陈元的。说他成了百万富翁，开着大汽车，住着大别墅，一下子变心了，把老婆孩子给抛弃了，在外边另结新欢了。像陈世美中了状元之后，抛弃了秦香莲招了驸马一样。那个新欢是某某市长的千金，或者是某某局长的小姨子。那些传言，其实包含着对在外漂泊者的几分羡慕，也有几分嫉妒，更是一种深深的误会。陈元心想，别说认识市长的千金或者局长的小姨子，恐怕被市长或者局长的车子撞死的机会也极其渺茫。

在老家人的心目中，上海的每一片叶子都是金子的，每一阵风中都含着金水；金茂大厦东方明珠就是陈元的，他随时可以爬上去向下边的人挥挥手；那每平方米几万块钱的房子都是单位分配的或者是白送的。有人是这样做出推断的，上海人均收入是每月几万块，他陈元不在饭店里当服务员，不在小区里做保安，不在码头扛麻袋，不在商场里做销售，而是在一家报社当牛逼哄哄的记者。记者是什么？是见官大一级的人，见到镇长他就是县长，见到县长他就是市长。那么大的官，那么厉害的工作，说自己没有钱，谁相信呢？说自己没有见过市长，不是哄人的吗？

其实，陈元在外边的艰辛谁会理解呢？比方说回家，过年不回家肯定是受不了的，但是每回去一次，几乎是倾家荡产一次。

首先是交通费，别说坐不起飞机了，坐一天一夜的火车到西安，再倒半天的汽车到县城，还要坐汽车或者摩托车到镇上，几项加起来就不是一个小数目。其次是给亲戚朋友买礼物，每家两包大白兔奶糖，起码二十几块钱一包，总共需要几十包吧？还要预备一批红包，表姐呀姨娘呀舅娘呀小婶呀，老老少少的，遇到哪个都得发红包，还有父亲一年到头了，起码得给两千块，麦子见不见都得留下一千块。第三是烟呀酒呀肯定不能少，几百块的好猫需要一条，西凤酒得准备三五瓶，因为镇长村长、小卖部的陈先水、杀猪佬陈先株、和父亲关系不错的马铁匠，大家都会来看望他陈元，聊聊塔尔坪的往事，说说外边的世界，分析一下张三到底是怎么死的，李四到底是怎么活过来的，不弄几个小菜，不喝上几杯酒，不抽几支好烟，那是讲不过去的。

陈元每回家一趟，总共算下来，没有一万多块是不行的。所以，陈元每回去一次，元气就会大伤一次，接下来的日子必须节俭。尤其是买了期房之后，为了攒几千块的房贷，那真得像铁公鸡一样精打细算——

每天的伙食费不能超过二十块，早出晚归轻易不能打出租车，有朋友聚会不敢抢着埋单，生怕收到婚丧嫁娶的请帖，每年很难添两件新衣服，不能租住像样一点的房子，比如坐北朝南，更别说带阳台了，也就是没有权利使用太阳。最要命的，是他陈元不能生病，连个喷嚏也不能打，如果感冒发烧了，只能扛着，如果一进医院，还完房贷所剩不多的工资基本就花光了。更可怜的是，在寂寞难耐的深夜，他太想那个了，只能躲在被窝里……他想正正经经地谈一次恋爱，但是大多数女人不喜欢"月上柳梢头，人约黄昏后"，偏偏把见面的地方挑在酒吧和饭店，甚至直接放在百货大楼，绝对不是刻薄，她们哪怕接个吻，也得让你先买一支口红涂涂暗淡的嘴唇——如今不花钱的浪漫已经绝种了，所以说现代的爱情都是用钱砸出来的。最为残酷的是，他整天跟上紧的发条一样，不敢有丝毫的松懈，稍微歇口气，比如说失业了，下顿饭就没有着落了，那座生活的大厦就坍塌了，一切都随之化为泡影了。而且这样的日子看不到尽头，不晓得哪儿可以歇一歇，哪个人可以靠一靠，什么时候可以到达终点。陈元总是无奈地想，最舒服的地方或许就在坟墓里，就是死的时候，即使死了，如果死在城市里，为了一块价格不低的墓地，也无法保证死得轻轻松松。

离婚之前，那个人在石门镇一所小学教书，不是正规的，而是临时代教，每个月工资几百块，平时带着麦子住在学校里，周末和放假的时候会回塔尔坪。离婚之后，她对各种传言是深信不疑的，认为离婚是陈元的一个骗局而已，把原有的夫妻之情慢慢化成了一腔仇恨。她不再叫他陈元，而是叫他陈世美，张口闭口就对麦子说，你是被陈世美抛弃的，你是弃儿你晓得吗？她不仅不让麦子见陈元，连麦子接个电话都不允许，好像麦子不是他们两个人睡出来的，不是他们两个人的血脉，而是她看白云看蓝天看出来的。

陈元回老家想见麦子的时候，她要么说带麦子走亲戚了，要么说到外边玩去了。陈元与麦子之间的所有渠道统统都被她给切断了。麦子开始不懂和陈元联系，等稍微长大了，慢慢懂些事儿了，会偷偷地想办法打电话给陈元，而陈元是无法联系麦子的。那种被动的关系，像生者与死者。死者可以看到生者，但是生者永远看不到死者。也像脱线的风筝，当他想抓住风筝的时候，发现那根线并不在自己的控制之中。

最后那个人还是绝望了。有一年秋天，她把麦子丢在了塔尔坪，不声不响地辞掉了工作，去丹凤县城与一位文化干事结婚了。当时陈元有几个念头，一是把麦子接到上海自己带着，但是没有学校愿意接收外地的孩子；二是按照父亲的意见把麦子留在塔尔坪，但是父亲一把年纪还有几亩庄稼，根本没有精力也没有能力照顾孩子。陈元经过再三考虑，无奈地把麦子送到了河南卢氏的姐姐家，让麦子在那边继续念书。

让陈元感到欣慰的是，如今那个人也许想开了，不仅把麦子转回了丹凤县城，而且母女两个人还和好如初了。

表姐告诉陈元说，人家嫁得挺好的，夫妻两个起码天天是在一起的，那个男人戴着大蛤蟆眼镜，天天推着自行车去学校接麦子。表姐问，女儿成了别人的，你不会生气吧？陈元说，有人替我养着女儿，我为什么要生气呢？

听到那个人与麦子的那些情况，陈元除了有几分隐痛之外，确实是十分高兴的。不过，那个人无论之前还是之后，依然把陈元叫陈世美，不允许陈元联系麦子，也不允许麦子联系陈元。麦子偷偷打过不少电话，问陈元什么时候回去？陈元总是说，过年吧，过年就回去。往往等到过年的时候，陈元又回不去了，或者回去之后又联系不上麦子了。陈元有过把麦子接到上海住几天的念头，和那个人商量肯定是无效的，只能采取偷偷摸摸的手段，但是等到麦子放假的时候，陈元又没有时间了，或者又有女朋友了。

陈元有女朋友的时候，别说把麦子接到身边，打个电话也得躲起来，为了不接到意外的电话，有一段时间干脆狠狠心，每次约会把手机都关掉了。

她们一旦发现他有女儿的时候，基本就是和他说再见的时候。陈元认识小青之前的最后一次失恋，原因仍然与麦子有关系。对方在一家中心医院当护士，是一个典型的小胖子，胖得珠圆玉润，所以也就不算丑了。他们是从一个征婚网站上认识的，两个人仅仅见了一面，彼此都十分满意，便急切地确定了恋爱关系。他们的第四面约在了电影院,放映的电影是《让子弹飞》,那子弹正飞着呢,陈元的手机响了。小胖子说,你怎么不关机呀?陈元说,忘记了。小胖子说,谁的电话呀?陈元说,还是看电影吧。小胖子说,到底谁的电话,赶紧接呀。陈元说,麦子的。小胖子说,麦子是谁?陈元说,我女儿。小胖子说,你女儿?!陈元说,还没有来得及告诉你,我是离过一次婚的,有一个女儿叫麦子。小胖子说,既然有麦子,肯定还有大米对不对?陈元说,没有了,我们那里不长大米。小胖子静静地看完了电影,在走出电影院的时候,对陈元说的最后一句话是,荒唐!陈元不明白她在说电影,还是在说麦子。

哪怕父女之间,长期不联系的话,感情也会慢慢淡薄的,最后陈元自己都怀疑自己,是不是真有一个女儿,那个梳着马尾巴的大丫头是不是他的女儿。有一阵子,他为那样的怀疑感到过惭愧,陷入到了深深的自责之中,但是他无能为力,想把父女之间的那种感情找回来,凭着几个电话基本是徒劳的,因为电话只能传递信息,根本无法消除某种距离。消除距离的方式是惟一的,那就是人与人之间的接触和交流,但是他不明白什么时候才有条件,用无距离的接触把父女之间的感情找回来。

当他打电话给表姐,发现麦子和那个人团聚之后,这让陈元大大地得到了安慰。当时,陈元已经认识了小青,所以从开始的关机,到心安理得地换掉手机号码,再到放弃像过去一样千方百计地联系麦子,除了那份牵挂从未减轻之外,已经没有太多的自责和压力。

陈元一直很庆幸自己认识了小青。小青对自己的好,对父亲的接纳,照着陈元的理解,不仅仅包含着爱情,还包含着一些知遇之恩,所以陈元在心里暗暗地发誓,这辈子不能轻易地失去她,一定要好好地对待她,包括在她和女儿麦子之间需要选择的时候。

陈元心想,麦子还小着呢,总归还有弥补的机会。

III 火车的样子

陈元犹豫地接起了这个陌生的电话,正好是女儿麦子打来的。麦子说,你是爸爸吗?麦子的声音并不顺畅,毕竟叫得太稀少了,对爸爸还不适应。

陈元说，怎么了？难道你不是麦子吗？麦子说，我是麦子，关键是你还认识麦子吗？你换电话号码怎么也不告诉我呀？陈元说，怕影响你学习，你学习怎么样了？麦子说，学习还好吧。陈元说，什么叫还好吧？考试成绩怎么样？陈元真想问得具体一点，但是他对麦子的初中并不了解，除语文数学英语之外，不明白还有什么课程，语文里有没有《从百草园到三味书屋》，数学里有没有平方根和三角函数，英语里还有没有他们当年的 long long ago。

麦子说，我们不说考试好不好？你真的不回家看我了吗？

陈元说，我要上班呀。

麦子说，那我来看你好吗？

小青还在香港那边，麦子这时候来上海的话，也是不错的机会。陈元可以借着这个机会，把自己为什么关机，为什么换电话号码，和小青之间到底是什么关系，以及自己目前在报社的处境，统统和麦子说说，让麦子来谅解他。所以陈元说，你来吧，上海下雪了。麦子说，你同意了？陈元说，我同意有用吗？麦子说，当然有用了，我再过一会儿就到上海了，到时候你一定要来接我呀。

陈元笑了笑，那丫头可能是想爸爸想疯了。有一次，麦子打电话给他的时候就说，她在上海什么什么地方。陈元说，你哄人的，你到上海怎么不提前告诉爸爸呢？麦子说，上海有个东方明珠对吧？有条南京路对吧？陈元说，对呀，是谁带你来的？那时候已经离婚，那个人还带着麦子，不声不响地带着麦子跑到上海来还是非常有可能的。但是麦子说，是梦带我去的，我刚刚做梦了，梦见爸爸了。

陈元放下电话，心想麦子应该又做梦了，所以并没有放在心上。不管怎么样，他还是把出租屋收拾了一下，把满地的臭袜子捡了起来，把堆放很久的垃圾清理了一遍，把看得见的灰尘稍微擦了擦，为墙上的那块钟表重新安装了两节电池。他突然感觉有些饿了，半天都没有吃饭了，但是到厨房里翻了翻，几包方便面吃光了，半壶水不晓得哪天烧的，已经变成乳白色的，连自来水都不如。

陈元穿着拖鞋下楼，本来想去饭店吃吃算了，但是想想自己干瘪的腰包和未来的日子，他还是拐进一家农贸超市，买了几把子挂面、两斤鸡蛋、几斤西红柿和几把青菜，加上超市送的几根葱，估计可以对付几天了。

他回到出租屋，把煤气灶修了修，刚刚准备下面条的时候，他的电话又响了。

还是麦子的声音。麦子说，爸爸，我到了。陈元说，你到哪里了？麦子说，我到上海了呀。陈元说，你又做梦了吗？麦子说，我不是做梦，我是坐火车来的。陈元说，你说说火车长什么样子？麦子说，火车好长，像蛇一样长。陈元说，铁轨是什么样子？麦子说，铁轨是铁的，像平放的梯子。陈元说，那叫声呢？麦子说，像牛在哭一样。陈元笑着说，你在编童话故事吧？虽然我们丹凤通了火车，但是根本没有直达上海的。

电话是用手机打来的。电话那边突然换成了一个有些结巴的男人。结巴男人说，你你你，你女儿真的来了，我们在在在，在火车站南广广广场，你赶紧来接接接她吧。陈元怀疑地说，你是谁呀？结巴男人说，我我我呀，你不不不认识，她也不认识识识，我们坐同同同一趟火车。陈元说，从哪里开来的火车？结巴男人说，从西安开来的，你女儿这么小小小，你也敢敢敢让她一个人出门？陈元说，我女儿叫什么名字？结巴男人说，叫麦子，陈陈陈麦子，咱们陕西丹凤县的，我如果是人人人贩子的话，谁会傻傻傻成这个样子，给你打打打电话不就走漏风声了吗？

陈元说，你让麦子站站站着不要动，我马马马上上上就来！

陈元也成了结巴子。他挂掉电话，立即向公交车站跑去。他的心突突地跳着，几年没有见到的女儿已经来上海了。见到门口的保安，他在心里对保安说，我女儿来上海了；见到公交车司机，他在心里对司机说，我女儿来上海了；见到几只麻雀，他在心里对麻雀说，我女儿来上海了。他真想把这个消息告诉每一个人，甚至包括自己的女朋友小青——他最不敢告诉的人就是小青，最想告诉的人也是小青。

他突然意识到，这么大的城市平时再繁华再热闹再拥挤，其实对他而言都是一个空城，他所拥有的都漂浮在空中。但是父亲在的时候不一样，女儿在的时候也不一样。现在因为女儿的存在，刚刚被父亲抽空的这个城市，又一次显得丰富而生动起来。

陈元想起他去法院办理离婚手续的那天，从法院出来的时候已经是黄昏，被一个人丢在外边的麦子，站在昏暗的路边大声地哭着。陈元擦去麦子的泪水说，等有机会了，我就带你一起走。麦子说，真的吗？陈元说，爸爸不会哄你的。麦子说，我会放牛，我去给你放牛吧。陈元说，城里没有牛，麦子帮我们放人吧。麦子说，人怎么放？也要割草吗？麦子的声音是绝望的，是撕心裂肺的，像一把把刀子，总在他想起麦子的时候一下下地割着他的心。

陈元坐着公交车去火车站的路上，第一次认真地打量着窗外的一草一木。这个城市的一草一木与他有关起来，树梢上生出了嫩芽，小草变成了鹅黄色，虽然刚刚还在下雪，其实春天已经开始。上海就是这样，像他们的食物又放糖又放盐一样，冬天与春天总是相伴而生的。陈元好奇，为什么父亲在的时候，他并没有观察到那些细微之处，是不是因为父亲进城的目标是建立与世界之间的关系，而麦子进城的目标是建立父与女之间的关系呢？这之间是有巨大差异的，所以他开始盘算的，不是把什么样的上海介绍给麦子，而是把什么样的自己介绍给麦子，把什么样的感受留在麦子的心里。

在火车站南广场，陈元隔着一排栏杆，看到一个扎着马尾巴的小姑娘站在来来往往的人群之中茫然地张望着，他朝着那边轻轻地喊了一声麦子。有一个老人停下脚步疑惑地说，哪里有麦子呢？城里怎么会有麦子呢？陈元挥着手，大声地喊着，麦子！麦子！那个老人醒悟地说，我就说嘛，城里怎么会有麦子呢！

麦子听到喊声，怔怔地站在远处，陌生地打量着陈元。几分钟之后，她突然回过神，朝着栏杆慢慢地靠近。栏杆比较高，陈元无法从栏杆上边跨过去，于是绕了一大圈才站在麦子面前。陈元搂住麦子说，你认得我吗？麦子摇了摇头，又点了点头。麦子向后退了几步，拉开距离打量着陈元，像要好好地记住陈元，又像把梦幻与现实进行对照。但是不到一分钟，她再也忍不住了，一头扑进了他的怀里，轻轻地喊了一声"爸爸"。

陈元的出租屋在六楼，是一室一厅的老房子，位于破旧的老弄堂中，每一座楼都是六层的，没有安装电梯，也没有阳台，每家每户窗子外边都安装着晾衣杆，天晴的时候上边搭着被子、褥子和衣服，还有鞋子、袜子和内衣，在半空中随风飘来飘去，像五颜六色的小旗子。

麦子踏进出租屋，像卫生检查员一样，东边翻翻，西边看看，一会儿拉开房间里的抽屉，一会儿摸摸桌子上的灰尘。陈元站在房子中间，内心一时慌乱起来，那空荡荡的抽屉和落满灰尘的桌子，不就是他生活的写照吗？不就是他空荡荡的处境吗？

麦子走到窗子前，拉开窗帘，看着远方，发出一声感慨：这房子好敞亮啊！站在这里能看到东方明珠吗？

陈元朝着远方指了指，说天气好的时候，不仅能看到东方明珠，还能看到上海中心大厦。麦子说，上海中心大厦在黄浦江边上，六百三十二米，一百一十层，对不对？陈元说，你怎么这么清楚？麦子说，都是你自己说的，你说如果自己不当记者，就去盖那座大楼，现在大楼盖起来了吗？陈元说，盖是盖起来了，不过还没有最后封顶。麦子说，是你盖起来的吗？陈元说，我只是帮忙安装过几块琉璃而已，我现在还是记者。

麦子没有告诉陈元，她曾经朝那里写过一封信。陈元也没有告诉麦子，从这里看到的东方明珠与上海中心大厦，只有避雷针一闪一闪的小亮点，而且天气必须没有一点污染，那种非常理想的状态在一年中仅仅只有几天。

几片零零落落的雪花不晓得什么时候停了，取而代之的是浓浓的雾霾。陈元从出租屋里看出去，不仅看不到那么远那么高的地方，连几百米之外也是模糊不清的。

Ⅳ 牛与牛肉干

在城市里生活，你的交通工具是什么样子，你的处境就是什么样子。步行的人，说明是逍遥的，不是社会的主流和中心，也不会被时间所左右；骑电动车的人，说明是边缘的，是在夹缝中苦苦挣扎着的，既不是机动车又不是人力车，行驶的道路既不在人流之中也不在车流之中，既想有速度又不想费力气；开着小汽车的人，说明是有点资本的，是独立自主的，行动路线是受自己支配的，不用在乎刮不刮风下不下雨。

从交通工具来看，陈元属于动荡不安的那一类，什么都靠不住，什么都搭不上。他平时遇到公交车挤公交车，遇到地铁坐地铁，有时候也骑一骑那辆经常掉链子的永久牌的自行车，遇到十万火急的事儿很少会打出租车，基本选择非法运营的摩托车。别人问起来，他就狡辩说，摩托车拉客是违法的，坐摩托车并不违法。

但是麦子来了，陈元为出行方便，也为显示一下自己，决定去借一辆车子。他打通了小青的电话，小青说，我在开会呢。陈元说，那辆桑塔纳还能用几天吗？小青说，爹来的时候是过年期间，人家外出旅游去了，现在人家回来了，你来重要客人了吗？陈元犹豫了一下，说你回来的时候，我想去机场接你。小青说，坐地铁多方便呀。陈元不明白小青所说的，是自己坐地铁回来，还是让他坐地铁去接她。

陈元有一个同事叫小叶，与他一样也是外来的，都因为没有考取从业者资格证书，也没有新闻出版部门发放的记者证，所以说都不是真正的记者，确切的说法是见习记者。自从陈元把"成立"写成了"独立"，按照上边的处理意见是要被开除的，陈元也做好了被开除的计划，联系到一家关系不错的建筑公司，但是长头发主编贾怀章看他有才气，能吃苦，又好支使，便把他这个"见习"不明不白地留了下来。陈元在报社负责建筑条线，兼顾一些突发新闻，尤其是突发新闻，无论是刮风下雨，还是半夜三更，必须像一辆救护车似的，第一时间赶到现场，而且不是家破就是人亡，没有人愿意接受采访，稍不注意就会遭到谩骂，甚至是殴打。但是同样是"见习"，待遇是完全不一样的，人家小叶跑的是富得流油的消费维权，每次出去采访都有红包，过年过节还有消费卡，所以比陈元活得滋润多了。

陈元联系到了小叶，说你那辆电动车能借不？小叶犹豫了半天，说是家里媳妇主持工作，媳妇不点头，一个轮子也别想带走。小叶请示的结果是躲躲闪闪的，一会儿说媳妇要出门见朋友，一会儿说有点毛病发动不起来。最后，小叶被陈元一个个电话逼急了，生气地说，你想问我借的又不是我的女人，骑骑有什么关系呢？可是那狗日的死活不同意！陈元说，谁是狗日的？小叶说，还能有谁？！那个臭婊子。陈元说，谁是臭婊子？小叶说，她不借你也就算了，竟然把我的脸都抓破了。陈元忍不住呵呵地乐了，说奶奶的，不就一辆电动车吗？真以为是她自己呀。

陈元无奈，跑到小区门口的修理铺，问有没有电动车借一辆？老板说，不是我不借你，关键东西都是人家的，我怎么好把人家放在这里修理的东西借给你呢？陈元心想，与麦子一起坐公交车，来回起码也得十几块钱，便对老板说，既然是人家的，租给我几天行不？老板见钱眼开，说闲着也是闲着，每天五十块怎么样？最后讨价还价，陈元以一天三十块租了一辆雅马哈。

当陈元把一辆黑色雅马哈推到楼下，感觉那不是一辆电动车，而是一辆摩托车，好像又不是摩托车，而是一匹小马驹。他不用掐着时间往车站里赶了，他的方向不再掌控在别人的手中——这就是处境！一个人的处境好不好，关键看能不能支配自己的时间，能不能把自己的生命消耗在自己的身上。

已经是正月二十，豫园的灯会还有最后一天。陈元从来没有真正去过豫园，甚至不明白豫园与城隍庙到底是不是同一个地方。不是陈元不想去，是一个人没有心情去。一个人独自在外，哪怕再好的景色，看与不看是一样的，而且有时候看了之后，不但不会快乐，反而会更加伤感。父亲来的时候，陈元对猜灯谜吃小吃，顿时有了深厚的兴趣，可惜父亲没有兴趣。如今麦子来了，如果带着麦子去豫园转一圈，把麦子架在自己的脖子上，看看灯，猜猜谜语，尝尝南翔小笼，肯定会让麦子十分开心的。

陈元匆匆地煮了两碗面条，两个人吃完之后就下楼了。陈元郑重地推出了那辆雅马哈，拿出一块抹布把车灯、车架和车轮子细细地擦了一遍，然后拍着油光发亮的座位说，漂亮吗？麦子说，漂亮。陈元说，哪里漂亮？麦子说，颜色漂亮，样子也漂亮，骑起来应该更漂亮。他拿出电子钥匙，每次轻轻地按一下，雅马哈就亲切地叫一声。麦子好奇地说，这是干什么的？陈元说，你试一下就晓得了。麦子握着钥匙一边朝远处走一边按着。

麦子说，它好听话呀。陈元说，是不是很有意思？麦子说，太有意思了，牛要这么听话就好了。

陈元打着火，把雅马哈一溜烟地骑上了大街。麦子坐在后边，把头贴在陈元的背上。陈元感觉自己的后背温暖起来，慢慢地袭遍了全身。他稳稳地骑着，不敢有丝毫的松懈，害怕任何危险的动作带走了这种温暖。陈元说，你晓得什么车子才是最好的吗？麦子说，是越小越好对不对？小汽车比拖拉机好，拖拉机比火车好。陈元说，完全正确，你晓得为什么越小越好吗？麦子说，是不是越小坐着越舒服？陈元说，因为车子太多了，越小跑起来越方便。

来到武宁路的时候，虽然不算高峰时段，但是已经开始堵车了。陈元一加油门，雅马哈像蛇一样，从车流中间绕来绕去，很快就蹿到了前边。有一辆豪华小轿车，一直在炫耀地按着喇叭，陈元在超越它的时候，得意地举了举拳头。陈元告诉麦子，人家那是宝马，一百多万呢。麦子说，再贵有什么用，还不是跑不过我们？

在十字路口正好遇到了红灯，陈元的雅马哈与那辆宝马停在了一起。宝马的窗户摇了下来，一个留着西瓜头的小男孩报复性地问，你认识这是什么车子吗？麦子干脆地回答说，宝马呀。西瓜头说，你坐过宝马吗？麦子回答，没坐过。麦子从西瓜头的表情里似乎感觉到了什么，于是又加了一句，我骑过牛，你家有牛吗？

在城市生活久了，自己被轻视久了，甚至被嘲笑久了，陈元开始还进行一些反抗，后来连一丝反抗的理由都没有了。比如人家说，你们山里太落后了，怎么连手机信号都没有啊？陈元说，但是山里空气新鲜，又没有任何辐射，不像城里整天都是雾霾，根本不是人待的。人家说，那你还待在这里干什么？陈元慢慢地发现，随着一拨拨农村人拥入城市，自己的一切辩白都是软弱无力的，既然你还不能离开城市，还得像气球一样飘浮着，你就必须服软，或者叫认同。

正当陈元为麦子的话暗暗得意的时候，西瓜头在宝马发动的那一刻，把头伸出窗外，对着麦子说，我家没有牛，但是我家有大把大把的牛肉干。

城里人对活着的牛是没有什么兴趣的，甚至已经无法区分牛与马的差别，他们只在乎一头牛被杀被宰之后的尸体，比如牛排、牛腩和里脊分别是多少钱一斤，它们的舌头、嘴唇和眼睛都有什么吃法，骨头是不是可以制成工艺品挂在墙上。

陈元加大油门，想赶上那辆宝马，但是麦子并不在意，用鄙视的口气说，牛肉干有什么了不起的？还不是从我们的牛身上割下来的吗？

陈元欣慰地笑了。你城里人再厉害，吃的每一粒米，喝的每一口汤，哪一样不是从泥巴里长出来的？哪一个不是靠着农民养着的。农民不种地了，不养牛了，不养猪了，你城里人再有钱，难道直接去吃水泥与钢筋吗？

路灯全都亮了。当陈元继续向豫园方向驶去的时候，被一个警察给拦住了。据随后了解的情况，那个中年警察的名字叫浦东。

浦东给陈元敬了一个礼，然后说，请出示行驶证和驾驶证。陈元说，为什么呀？浦东说，你违章了。陈元说，我没有闯红灯，怎么会违章呢？浦东说，首先是你超速了，其次是你不能带人。陈元说，带着孩子也不行吗？浦东说，带一名儿童可以，她是儿童吗？陈元说，多少岁算是儿童？浦东说，还有第三条，你没有按照规定的道路行驶。陈元说，你给我规定的道路在哪里？我不走车道走哪里？浦东说，你是电动车，不要把自己当成小汽车，你应该走最边上的那条非机动车道，明白吗？陈元说，电动车怎么了？电动车就不是车子吗？

围观的人越来越多。浦东说，你还是靠边吧。陈元用缓和的口气说，大过年的，你就放我一回，我下次会注意的。浦东说，你这年准备过到什么时候？陈元说，还是正月对吗？正月就是过年。浦东说，过年又怎么样？杀人就不偿命了？陈元说，谁杀人了？我杀人了吗？浦东说，我打个比方懂吗？陈元说，法律就是法律，你得给我说清楚，我到底杀谁了。

浦东从摩托车的后备箱里取出一本罚单，一边低着头抄罚单一边说，你杀谁了你自己明白，你要老实交代。陈元说，我没有杀人，你这么拦着我凭什么？浦东说，我什么时候拦着你了？陈元说，你没有拦着的话，那我走了啊？

陈元推着雅马哈准备离开。浦东抬起头嘿嘿一笑，说你绕来绕去，险些把我给绕糊涂了，奶奶的。陈元说，你不应该骂人。浦东说，奶奶的，你到底是干什么的？陈元说，我是报社记者。浦东说，难怪了，你差点就把我给绕进去了，你是记者对吧？记者更应该遵纪守法，请你接受处理，罚款五十元。

陈元说，我认识你们领导。浦东说，你认识谁？陈元说，副局长陈九龙，我也姓陈。浦东说，你认识国家主席，国家主席认识你吗？我们副局长确实姓陈，天下姓陈的几千万，老实告诉你，我儿子也姓陈。陈元说，你姓什么？浦东说，我姓浦，全名叫浦东，浦东的浦，浦东的东。陈元说，这是你的化名还是你的小名字？浦东说，什么化名？什么小名字？你以为我是作家或者三岁毛孩子？陈元说，难道你儿子不是你的？为什么不跟你姓浦，而要姓陈？浦东说，跟他妈姓不可以吗？陈元说，原来你是倒插门啊。

浦东抬起头，看了看陈元，然后撕下了那张罚单。

天彻底黑了，一辆又一辆电动车从他们身边呼啸而过。陈元说，你为什么不处罚他们？你执法不公，我会投诉你的。浦东说，你想到哪里投诉？中共中央怎么样？陈元说，你到底叫什么名字？浦东说，我有警号，你记下警号就可以了，不过我告诉你，我真的叫浦东，我儿子也真的姓陈，叫陈浦西，你不是要公平吗？那除了超速、带人、不按正常道路行驶这三条之外，你还有第四条，请你出示行驶证，没有行驶证是吧？没有行驶证的话，这辆车子我们是要扣押的。

陈元第一次听说电动车还有行驶证。他几乎崩溃地嘟哝了一句，我身上根本没有五十块钱。他不是说给浦东听的，也不是说给麦子听的，而是一种自言自语。他之所以如此纠缠不休，不仅仅是在顾及自己的面子，而是自己身上总共加起来只有五十多块。

麦子说，爸爸，我有钱。

麦子坐在马路边上开始脱鞋子。陈元以为麦子的鞋子里落进了沙子。当麦子把鞋垫子——绣着喇叭花的鞋垫子取出来的时候，下边露出了花花绿绿的纸币。麦子抽出几张，朝手指头上吐了一口唾沫，开始一张一张地数着。她数钱的样子与她嗲的样子是那么相似，认真，仔细，专注，而且充满了乐趣。麦子事后告诉陈元，她的鞋垫子下边有很多钱，都是专门攒着来看爸爸的。

麦子说，警察叔叔，我有四十五块。

浦东从麦子手中接过钱的那一刻，目光变得从未有过的柔和。他生气地看了看陈元，又好奇地看了看麦子，然后说，小姑娘，我帮你垫五块吧。浦东从自己身上摸出五块钱，叠在一起装进了摩托车的后备箱。浦东在离开的时候，顺手把麦子从地上拉了起来。麦子说，警察叔叔，你不数一数吗？浦东回过头敬了一个礼，就骑着摩托车消失了。

当陈元再次骑上雅马哈的时候，麦子说，我们回去吧。陈元说，豫园有你最喜欢的兔子灯呢，我们不看了吗？麦子说，我们回去自己扎灯吧。

在塔尔坪过年，父母给孩子最好的礼物不是糖果，也不是新衣服，而是一只灯笼。孩子们提着灯笼，从东家跑到西家，不是为了串门子，而是展示谁的灯笼好看，谁的灯笼不会熄灭。陈元在还没有离婚的时候，给麦子扎过一次兔子灯，人家扎灯笼用的是麻秆，而陈元扎灯笼用的是竹子，所以不仅栩栩如生，而且不容易起火。当麦子挑着那只兔子灯，挨家挨户地走了一遍之后依然亮着，而其他孩子的灯笼早就烧光了，当时的自豪至今还印在麦子的心上。

回到出租屋，陈元找出一根铁丝，几乎花费了半个晚上，终于在凌晨的时候糊好一个五角形的灯笼。五角形的灯笼扎起来方便，用纸糊起来也方便，看上去像天上的星星。当陈元找来两支蜡烛，把灯笼点起来的时候，麦子已经趴在床上睡着了。

麦子磨着牙，不时地笑出了声，也许在梦中提着灯笼串门子吧？陈元没有把灯笼吹灭，而是挂在麦子旁边的窗子上。在天蒙蒙亮的时候，麦子揉了揉眼睛，兴奋地说，爸爸，你快起来看呀，多像五角形的太阳。

太阳确实开始徐徐地升起来了，不过不是五角形的。

太阳从地平线升起来的时候，是一只一扎就破的红色的圆形的气球。

V 夜色中的斑马

正月二十一，天一下子晴了，气温蹿上二十多度。上海似乎真正进入春天，空气被温暖的阳光晒一晒就滑滑的了，靠近河边的树木，尤其是柳树，明显地透出一丝绿意；绿化带里的花儿，尤其是腊梅花，金灿灿地全开了。陈元觉得，这样的天气适合去公园，对于从山里来的麦子而言，到公园看花花草草是没有意义的，因为她的生活并不缺少花花草草，而且她自己本身就是一根小草。

在山里，陈元小时候会遇到狼、野猪和狐狸，如今麦子只能看到野鸡、老鸹和松鼠。其实动物也变成了移民，从农村转移到了城市，被强行安置在了动物园。动物园是动物们的天堂，更是动物们的避难所，也可以说是监狱。与陈元他们相比，动物们是幸运的，无论是一只羊，还是一只鸟，它们一旦进入城市，立即就过上了养尊处优的日子，所以从自然中消失的动物们，纷纷跑到城市享福来了。

所以，陈元决定趁着好天气，带着麦子去动物园，看看那些本该属于她的传说。按说看动物应该去野生动物园，那里的动物没有装在笼子里，相反装在笼子里的是人，但是据陈元掌握的信息，野生动物园一张门票一百多块，关键对记者并不免费。所以他不想带麦子去森林公园和植物园，也不想去野生动物园，而是去上海动物园。因为工作和非工作的关系，他先后去过两次动物园，老虎大象海马长颈鹿北极狼，那些即将灭绝的动物都可以见到，关键是动物园表示对记者是免费开放的，这对于陷入经济困境之中的陈元来说，无疑是最大的诱惑。

陈元很少专门去公园那样的地方，主要原因并不在于钱。比如，在老家，满山遍野都有药材，但是在上海的大街上，根本是见不到的。据陈元他们报纸的报道，植物园里有个草药园，鲁迅公园里有个百草园，苍术、柴胡、丹参和板蓝根都有，却不是用来采的，而是用来看的，已经和药材完全不同了。陈元何尝不想常去公园，与老家的那些草草木木见上一面，但是公园里的草草木木都被收拾得整整齐齐的，味道似乎就不一样了，亲切感与兴奋点就消失了。另外，你没有在一个地方扎下根，你的第一需求还是谋生的话，你就没有欣赏风景的心情，你的目标是制造风景，而不是欣赏风景。只有你扎下了根，觉得这块土地是你的，你才想与它们融为一体，与它们一起返青一起衰老。

早上十点左右，因为是要上班的，陈元给主编贾怀章打了一个电话，问有没有什么新闻选题。贾怀章说，犯罪分子也有节后综合征，连个小偷小摸都没有，可谓是天下太平，你就随时待命吧。陈元说，自己去外边搜搜街，有什么新闻再给主编汇报。

陈元没有心情再骑那辆雅马哈，于是还给了修理铺，带着麦子坐上了前往动物园的公交车。在排队入园的时候，麦子提醒说，我们要买票的吧？陈元说，你是孩子，孩子是不用买票的，我是记者，记者也是不用买票的。麦子说，我们不花一分钱就能逛公园？陈元点点头说，是的，爸爸厉害吧？麦子佩服地说，那我们明天再来一次。

陈元确实有一张记者证，不过只是一张临时采访证，是报社为他们这些没有取得资格证的见习记者自行制作的，上边盖着报社的公章，写着记者的名字与监督联系电话，以及"请在交通、通讯和住宿等方面予以照顾"。其实都是一些屁话，如果碰到不懂行情的还可以蒙一蒙，碰到不太计较的也可以睁一只眼睛闭一只眼睛，一旦遇到一个榆木疙瘩拿过去一查验，发现既没有中华人民共和国新闻出版总署的章子，也没有证件编码与防伪标志，很容易就被揭穿了。

陈元目测了一下麦子，很明显超过了一米二。陈元让麦子进去的时候最好蹲下去一点。麦子问，为什么呀？ 陈元说，你个子太高，我怕你撞上了天上的小白云。看麦子有点摸不着头脑，陈元怕出什么意外，在接近入口的时候，还是实话告诉麦子，前边墙上有一条钱，低出那条线就是免费的，高出那条线就是收费的。

麦子通过那条线的时候，她的头忽高忽低地朝前移动着。

检票员甲说，这孩子好像不止一米二吧？检票员乙说，这孩子难道是个瘸子吗？检票员乙说话的时候，怀疑地盯着陈元。陈元什么也没有回答，微笑着点了点头，然后轻轻朝里一推，把麦子顺利地推进了大门。轮到陈元自己的时候，他把临时采访证递了上去。甲看完又递给乙，乙看完又递给甲。甲说，你这不是记者证吧？陈元说，上边有公章，而且有联系电话，你可以打电话核实一下。甲乙二人一齐盯着陈元说，正规记者证应该是国家新闻出版总署颁发的，我看你这个记者是不是你们自封的？陈元一边朝前挤一边说，记者能自封吗？如果能自封的话，我就把自己封为市长。乙说，别说市长，你如果是镇长，我们不但不收你的门票，还要敲锣打鼓欢迎你。陈元说，小东北虎出生，我进来采访的时候，你们没有敲锣打鼓，但是确实列队欢迎过，我今天来不为别的，就想回访一下小家伙，看它过得怎么样了。甲说，孩子呢？也是采访吗？陈元说，孩子？哪个孩子？甲说，你就不要装了，正式采访也要有园方的通知，我们没有接到园方的通知。甲乙二人说着，将临时采访证还给了陈元。

后边排队的游客开始起哄，有人不停地向里边挤。有个高个子说，分明是冒充记者嘛，你是记者就了不起呀？是记者就可以不买票吗？陈元瞪着高个子说，你说谁呢？关你什么事情？高个子扬了扬拳头说，我就说你的怎么样？你不是记者吗？我正想出名，你来给我曝光啊？

陈元想在顺利进入动物园之后，把临时采访证给麦子看看，鼓励麦子好好学习，以后也要当记者，但是自己的面具被扒下来了，目前的身份跟这张临时采访证一样，根本没有办法得到人们的认可。

麦子双手插在棉袄口袋里，看了看不远处的几只动物，主动地走出了动物园的大门。毕竟是十三岁多的大丫头，当她挺直腰杆子经过那根线的时候，足足高出一个头的样子。陈元说，我们不去了行吗？麦子没有吱声。陈元说，我的记者证是报社发的。麦子也没有吱声。陈元说，上次小老虎出生，不但没有买票，副园长还出来接待我了。麦子还没有吱声。

陈元拿起电话，给主编贾怀章打了过去，说自己到动物园采访，被人给拦住了。贾怀章说，动物园有什么新闻吗？陈元说，据说狮子怀孕了，怀的是双胞胎。贾怀章说，这不是你的条线，我先问问条线记者吧。贾怀章过了半天，打电话告诉陈元，经过条线记者核实，狮子早就丧失生育能力，消息纯属子虚乌有。陈元说，给市民澄清一下也是新闻，你给他们打个招呼，让我进去一下吧。贾怀章说，这个报道角度确实不错，不过让你去采访的话，条线记者那边怎么交代？你还是撤回来吧。

　　放下电话，陈元对麦子说，我们晚上再来，晚上更有意思。麦子说，真的？陈元说，当然真的，你看看那么多人，里边挤来挤去的，我们两个都是小矮子，连长颈鹿的脖子也看不全，万一被挤到大坑里，还不让老虎给吃掉了？麦子说，哪天晚上？陈元说，就今天晚上。

　　陈元并没有哄麦子，在晚上看到的动物确实不一样。白天的动物与自然是分裂的，与人类是分裂的，性格也是分裂的，它们一旦到了晚上，才能恢复原有的本性和安静。可以这样说，它们白天是供人们参观的展品，晚上像演员卸装一样全部会恢复本来的面目。

　　陈元想，麦子到上海仅仅两天时间，便两次目睹了自己与这座城市之间的摩擦，这座城市不但没有给他的头上增加光环，反而给他的脸上抹了一层灰暗。她像一根银器一样，在食物里探一探，立即测出了自己对于这座城市而言，似乎不是什么琼浆玉液，而是一滴水处于一桶油之中，无论怎么晃荡都是融不进去的。

　　这多多少少让陈元有些沮丧。

　　离天黑还有一段时间，陈元准备带麦子去旁边的西郊宾馆转转。那是上海最有名的宾馆，据进去过的人告诉陈元，里边苍松翠柏，溪流瀑布，鸟语花香，不像是存在于土地上的，也不像是存在于人间的，而是从这座城市的中间切割出来的一小块天堂。当陈元与麦子离西郊宾馆还有几十米，就有两个保安全副武装地靠了过来。这一次，陈元没有解释什么，当一切还没有发生的时候，悄悄地拉着麦子离开了。

　　麦子没有在意那些细小的变化，只是通过高耸的大门朝里边看了看。麦子看到一群麻雀在里边的大树上跳来跳去，便好奇地问，它们怎么不飞出来呢？

　　陈元说，可能有网吧？

　　如果真有网，应该是看不见的网，是麦子难以理解的网，所以陈元又改口说，可能里边虫子多。

　　当上海刚刚蒙上一层淡淡的夜色，陈元带着麦子又一次出门了。他们第二次赶到动物园的时候，虽然已经停止售票，但是大门还没有关闭，许多游客迟迟不愿意离去。麦子一直问，我们什么时候进去？陈元总是说，不急，人还太多。麦子问，天黑了，动物会不会睡着了？陈元说，睡着了我们就揪它们的耳朵。陈元凑近麦子的耳边，悄悄地告诉麦子，他们之所以要晚点去，在没有人的时候去，如果运气好的话，除了能揪一揪大象的耳朵，还可以骑着骆驼走一圈。麦子听了，两眼放光，显得十分向往。在老家，男孩子可以骑牛，女孩子谁敢呢？如今在爸爸的守护下，她马上要骑骆驼了。

陈元带着麦子，坐在动物园对面的马路边，看着人们一拨拨地向外边散去。夜色慢慢地深了，动物园慢慢地暗淡了下来，整体看上去真像一只迅速长大的野兽。顺着动物园的围墙向里看，能够看到一棵棵树梢摇晃得厉害，像一只野兽恢复了本性，要趁机伏击这座城市。

动物园位于西郊，处于虹桥机场边上，加上周围全是高档的别墅区与五星级酒店，所以这个地区是上海最幽静的。在大城市，越是吵闹的地方越是穷开心的地方，越是幽静的地方越是不食人间烟火的神仙出没的地方。随着天空完全黑下来，游客们也被完全清空了，大铁门咣当一声被关上了。

麦子紧张地站了起来，指着大门对陈元说，你看看，门锁了。

陈元装作很吃惊的样子说，不应该呀，明明是二十四小时的呀。

两个保安把大铁门关起来，加上一把大锁，推着自行车消失了。又等去十几分钟，门口的小商小贩也陆续撤走了，四周完全安静了，只有大街上的小汽车在奔驰着。陈元拉着麦子向动物园一步步靠近，说门关了，我们就不用买票了，一张票四十块，两张票八十块呢。麦子说，爸爸，难道你有钥匙吗？陈元从地上捡起一片树叶子说，一片叶子就是一把钥匙，一朵小花也是一把钥匙，你相信爸爸吗？麦子说，我是爸爸的女儿，哪有女儿不相信爸爸的。

陈元实话实说，我们翻门，你翻过门吗？麦子说，男同学他们翻过，我没有翻过。陈元问，现在你敢吗？麦子说，原来不敢，但是现在敢了。陈元问，为什么？麦子说，有爸爸陪着，我有什么不敢的呢？陈元听到这句话，真有点后悔了，后悔为节省八十块钱，让麦子经受如此的曲折。但是，如果真的是买票进去的，他们父女之间恐怕就没有那么奇妙的经历了吧？

同样的景色，即使人是一样的，从正面与反面去欣赏结果就不一样了。

在黑暗之中世界有时候才会露出最真实的面目。

他们来到紧锁的大门旁边。大铁门有两米高，上边是刺刀形的栏杆。陈元说时迟那时快，像一个江洋大盗，忽然蹿上了大门。他一只手抓住栏杆，伸出另一只手要拉麦子。麦子说，突然感觉翻门不好，这不是小偷吗？陈元没有等麦子回过神，就把麦子吊了上去，再轻轻地把麦子放了下去，自己紧跟着跳了进去。仅仅两分钟的时间，陈元和麦子就站在了大门的另一边。随后，麦子老是追问，她是怎么从外边跑到里边的，一点都想不起来了。陈元就告诉她说，你是飞的，当你一闭眼睛，翅膀就长出来了。麦子笑着说，嗯，好像是飞，小鸟也会飞，所以说小鸟也不是小偷。

陈元明白，麦子是在自我安慰。

他们在草坪上坐了下来。陈元问麦子，害怕吗？麦子说，在有灯光的地方挺害怕的，总害怕被人抓住了，但是现在就不怕了。陈元说，那又为什么呀？麦子说，黑漆漆的，别人还以为我们是一棵树呢。陈元想，当他们融入一片夜色之中，随着有点寒意的风刮起来，那一棵棵影子婆娑的树像在四处走动一样，看上去与晃荡漂泊的夜游人还真没有太多的差别。

陈元和麦子顺着一条小路，朝动物园的深处走去。经过一个湖泊的时候，也许是风声太大了，也许是他们的脚步声惊动了栖息在林子中的天鹅，它们尖叫着，拍打着翅膀，一会儿冲上天空，一会儿落在水面。陈元告诉麦子，这是天鹅湖，刚才惊飞的就是天鹅，它们有一双修长的腿，长着雪白雪白的羽毛。陈元不晓得怎么给麦子勾画天鹅的样子，于是想起骆宾王的诗，便念了起来：

鹅，鹅，鹅，曲项向天歌。

白毛浮绿水，红掌拨清波。

麦子什么也没有看见，无法想象天鹅与鸡有什么差别。但是麦子还是说，我晓得，它们是会跳舞的。麦子所说的，应该是芭蕾舞《天鹅湖》中描写的那段有关公主的凄美故事吧?

越往动物园深处走，越让人提心吊胆，他们一时真的很难分清，树林里会不会突然冲出一头怪物。但是经过几个观赏区，除了一些飞禽，并没有遇到一只动物——所有的动物都回笼子睡觉去了。即使在白天它们都不出来，何况已经是晚上了。于是每到一个地方，陈元只能借着从外边反射过来的灯光，凭着标牌上的文字给麦子一一介绍，哪里是老虎待的地方，哪里是猴子待的地方，哪里是犀牛待的地方，哪里是河马待的地方，然后再根据自己掌握的知识进行一些浅薄的描述。

在一座吊桥上边，当他们坐下来休息的时候，一阵窸窸窣窣的声音由远及近地传了过来。麦子说，赶紧跑吧，爸爸。陈元说，再等等，说不定真是一头骆驼。麦子说，要是一只狼呢? 那怎么办? 它会吃掉我们的。陈元说，如果狼来了，就让它吃爸爸。麦子说，就让它吃我。陈元说，你这么瘦这么小，人家吃不饱。麦子说，你这么老，人家咬不动。陈元说，如果是狼的话我们一起跑，而且城市里的猫都是不抓老鼠的，所以狼已经忘记自己是长着牙齿的，何况狼和老虎都是被关在笼子里的。麦子说，骆驼不关吗? 陈元不晓得骆驼会不会被关，当他无法回答的时候，有两只动物已经低着头走了过来。它们一边走一边啃着地上的小草，有时候也抬头啃一啃空中的树枝。

麦子说，好像是两只牛。

陈元说，不应该是牛，牛是没有资格进入动物园的。

它们确实像牛，摇着尾巴，打着响鼻，慢慢地走到了吊桥下边。它们身上的斑纹一道白一道黑，像马路上的斑马线。陈元明白了，它们不是牛，而是斑马，于是十分兴奋地对麦子说，这是斑马。麦子说，斑马会吃我们吗? 陈元说，斑马只会吃草，我们是草吗? 麦子不再害怕了，折下几根树枝子靠过去，还趁机摸到了斑马的头，揪了揪斑马的耳朵。两只斑马并不在意，凑过来朝着麦子的手蹭了蹭，有时候也相互蹭一蹭。

陈元模糊地念着标牌上的介绍:

斑马是非洲特有的动物，由四百万年前的原马进化而来，斑马是黑色皮肤，黑毛与白毛相间的动物，每匹斑马的斑纹都不一样，它们以此来相互识别。

斑纹可以用来混淆视线，当斑马成群结队，尤其是奔跑时，斑纹会使食肉动物眼花缭乱而找不准攻击目标。斑纹还可以调节体温，因为白色可以反光，黑色可以吸光、升温。

斑马的视力不俗，视野宽阔，在较黑暗的环境也能看清事物，与食肉动物相比还是较弱的，但斑马的听力灵敏，可以防止在夜间轻易被食肉动物捉到。

麦子说，爸爸，那它们是不是能看见我们？而且能听到我们说话？陈元说，那肯定的了，你想骑它吗？麦子说，不想。陈元说，为什么不想？麦子说，会吓坏它们的。陈元说，你猜猜它们是什么关系？麦子说，它们和我们一样对吗？陈元说，它们和我们一样是散步来的。麦子不再说话了，把头靠在陈元的肩膀上。她多么希望与爸爸就那么静静地坐着，一直坐到天亮，坐到她长大的时候。

陈元指着天上的半边月亮问，你看那月亮像什么？

麦子说，像一把镰刀。

陈元问，你再看看像什么？

麦子说，像一片柳树叶子。

陈元问，再看看，到底像什么？

麦子说，像爸爸的半边脸。

陈元没有再问下去。他明白，她说月亮像镰刀，那是老师教的；她说月亮像柳树叶子，那是她自己的比喻；她说月亮像爸爸的脸，那是她想爸爸的时候，经常对着月亮浮上心头的意境。麦子才十三岁多一点，才十三岁多一点啊，就要不停地欣赏着月亮，忍受着对亲人思念的煎熬。

月亮一时半会儿是落不下去的，但是几片乌云飘过来，把月亮给挡住了。两只斑马也许吃饱了，也许要睡觉了，就一前一后地走了。

陈元与麦子在返回的路上，幸运地遇到了几头大象，它们一动不动地站着。其实它们不是大象，而是大象的雕塑。但是麦子还是十分高兴，一会儿摸摸大象的鼻子，一会儿拍拍大象的肩膀，一会儿爬上大象的背，宛如真正地骑着大象一样。陈元说，它们是假的，如果是真的就好了。麦子却说，假的好，如果是真的，我就不敢欺负它们了。

陈元与麦子在那群雕塑面前逗留了很久，最后翻过那扇紧锁的大铁门，重新回到了现实之中。

对于那次夜游，陈元是很内疚的。除了两只斑马与一群雕塑，事实是什么动物也没有接触，但是在随后的日子里，麦子不时地把那些动物挂在嘴边。她说斑马身上的毛很光滑，它们呼出来的气息十分温暖；她说大象的鼻子很长，可以稳稳地坐在上边睡觉。而且她还根据陈元的描述，仔细地重复着老虎的爪子、狼的牙齿、狐狸的尾巴与长颈鹿的脖子。

好像那一切都是她亲眼所见。

VI 丰盛的晚餐

按照统一安排，机关单位正月初七开始上班，而部分农民工过完正月十五才会从四面八方陆陆续续地冒出来，用他们的盲目和恐惧把城市一下子吹得像个膨胀的气球。

陈元他们报社属于一家小型机关报，是与主管单位一起放假一起收假的。陈元为了接待父亲请过几天假，为了麦子无论如何也不好请假了。正月二十二，陈元早早地起了床，去小区外边买了两个包子与一杯豆浆，回到出租屋作为麦子的早饭。这么多年，他一个人的时候并没有吃早饭的习惯，起床之后直奔单位，跑到单位又要采访写稿，所以早饭与午饭一起吃，晚饭与夜宵一起吃，常常一顿饭就把一整天给马马虎虎地对付掉了。

陈元看着麦子吃完早饭，说自己要去单位上班，中午是回不来的，让她一个人待着，饿了自己下一点面条，渴了自己烧一壶水。他相信麦子能够照顾自己的生活，在老家那么大的孩子都是自己料理自己。陈元准备出门的时候，麦子突然喊了一声"爸爸"，陈元回过头问有什么事儿吗？麦子却说，没有什么，只希望爸爸早点回来。陈元已经下楼了，麦子还趴在窗口朝着楼下说，爸爸你早点回来吧。陈元招了招手，骑着自行车朝着单位赶去。出租屋离上班的报社有十几公里的路程，之所以选择那么远的郊区就为了房租便宜一些，即使如此，那套位于六楼的没有电梯的老房子，不包括水电费煤气费物业费，一个月的房租也要两千六百块。

陈元骑了一个小时自行车，想去办公室转那么一圈就离开，然后回家继续陪陪麦子，如果时间可以，还想带她去外滩逛逛。但是陈元刚刚赶到办公室楼下，就接到了主编贾怀章的电话，说都九点半了，为什么还不上班？陈元说，还没有到十点，上什么班呀？贾怀章说，谁规定记者十点上班的？今天都正月二十几了？你真正来过一天吗？

陈元赶到办公室的时候，贾怀章已经等在那里拍着桌子说，有一个车祸死了三个人，你赶紧去松江采访吧。松江是上海之根，经过几百年不停地摊大饼呀摊大饼，把松江摊成了十分偏远的郊区，跑一个来回至少需要三个小时，加上采访，回报社写稿，恐怕又会忙到半夜了。放在平时，陈元绝对不会推辞的，但是麦子一个人待在出租屋，虽然有一台小电视，并没有有线，即使使劲地拍打几下，才能勉强地收到两套节目，雪花点子比上海的雪花大多了。

陈元说，我要带孩子。贾怀章说，你有孩子了？你不是单身吗？陈元说，这年头，男人都能生孩子，一个人弄个孩子有什么稀奇的？谁能保证你儿子不是你一个人弄出来的。贾怀章说，别扯淡了，你是不是不想干了？如果想辞职就痛快一点。陈元说，我真要带孩子，从乡下来的一个孩子。贾怀章的眼光弯曲了，呈现出上海人特有的弧度。也许，他计较的不是陈元有没有孩子，而是"乡下"。他们习惯把上海之外的任何一块土地都叫乡下，哪怕首都北京照样也是乡下；他们把上海之外的任何人都叫乡下人，哪怕北京人照样也是乡下人。他们天生就耷拉着眼皮，一副俯视一切的样子。比如名字，他们不叫东海，不叫西海，不叫大海，不叫小海，不叫出海，不叫下海，偏偏叫上海，似乎和上酒馆上天堂是一样的。

陈元没有进一步解释，说孩子是自己的不好，说孩子不是自己的更不好，于是转身就往松江的车祸现场赶去。采访完了目击者，又跑到医院采访死者家属，还跑到交警队采访事故处理情况，当他堵了几个小时的公交车回到办公室，再电话核实一些数据，咨询完一个法律专家，写好两千字的新闻稿的时候，发现自己的一天就在那种奔波中被消耗一空了。窗外已经一片灯火辉煌，整个城市像注入了一针针兴奋剂，变得有些疯狂、失态和迷醉。

陈元走出办公室的时候，突然想起麦子还陌生地待在这个城市，这个夜晚没有一盏灯一束光是她熟悉的，她多么像一粒小小的芝麻放在一件奇大无比的包袱里。陈元产生了打出租车回家的冲动，当他钻进一辆出租车看见那蓝色的计价器像幽灵一样盯着他，他还是摆摆手下车了。如果打出租车回家，恐怕需要五十块，这是他一天工资的六分之一，而且还不晓得什么时候能够兑现。如果稿子里出现几个错别字，每个错别字按照二十块处罚，或者稿子里出现一个数字失误，比如把死亡三个人写成了两个人，这种关键性的差错按照三百块处罚，那他辛苦忙碌的一天就要打折甚至亏本了；如果出现一个政治导向性问题，比如过去把"成立"写成"独立"，饭碗都很难保住了。

他的这笔账，还不算付出的各类成本，尤其是悄然消耗掉的美好生命。

陈元推出锈迹斑斑的自行车，狠命地朝着出租屋蹬去。这一次，自行车没有掉链子，仅仅花费四十多分钟就骑到了楼下。从楼下朝楼上看，似乎每一扇窗户都不一样，透出来的光也不一样，粉红的、橘黄的、荧光的、温情的、暗淡的、冰冷的，像一只只眼睛在诉说着每家每户各自不同的故事。光不同，处境就不同，陈元一个人是无依无靠的，原来远远望去他的那扇窗户是黑的，是与他的身体同时打开同时关闭的。但是如今在他不在的时候便发光了，虽然是暗淡的光，也让他感觉到了一种被人守候的温暖。

陈元没有来得及将钥匙插进锁孔，门就开了。麦子扑过来，说爸爸回来了。陈元说，你怎么晓得我回来了？麦子说，我一直在听门外的脚步声，有几次脚步声响了，都不是爸爸的。陈元说，爸爸回来晚了，你吃饭了吗？麦子说，我想等爸爸一起吃。麦子说着，就进了厨房。厨房里的灶台不晓得为什么，比平常人家要高一些，所以麦子站在凳子上——老家的孩子从小就是站在凳子上生火做饭的。麦子说，水都烧开三次了，我们下面条吧。

麦子很快就煮好了面条，在往碗里捞面条的时候，陈元洗了把手说，我胳膊长，让我来吧。但是麦子说，不用的，爸爸上了一天班，应该很累了。陈元看到麦子高兴的样子，便袖手旁观，说我女儿长大了，都成大厨了，尤其是颜色，面条是白色的，鸡蛋是黄色的，西红柿是红色的，还有青菜和葱花是绿色的，真是丰富多彩啊。陈元在夸奖麦子的时候，麦子手一伸，腿一蹬，把脚下的凳子踩翻了。锅翻在地上，碗翻在地上，面条也翻在地上，发出一串刺耳的撞击声。

看到精心准备的晚饭没有了，麦子委屈地哭了起来。

陈元安慰麦子说，不就两碗面条吗？走吧，我们正好去吃肯德基。

之前，麦子没有吃过肯德基。陈元记得与那个人离婚之后，有一次回家，他偷偷地把麦子带到县城，问麦子想吃什么？麦子说，想吃肯德基。麦子之所以晓得肯德基，是在西安上学的孩子放假回去的时候告诉她的。但是陈元跑遍了整个县城都没有找到肯德基。人家说，丹凤县城曾经开过一家，当地人觉得太贵了，一个鸡腿差不多十块，一杯饮料就要五块，而且他们自己家里也养鸡，花那个冤枉钱干什么，所以没有生意就关门了。

麦子说，肯德基不会和动物园一样关门了吧？陈元说，这是二十四小时营业的，万一不行我们再翻进去。麦子并没有怀疑爸爸，相信什么事儿都不会难住爸爸。她忘记了刚才的不快，像一只小麻雀坐在自行车后边，开始叽叽喳喳地找着肯德基。

虽然已经半夜了，肯德基店里依然灯光通明。陈元记得十分清楚，他是第四次来吃肯德基，第一次在好多年前，是一位老板请他吃的。他当时的感觉是，果然如孩子们所想的那样，比老家过年时候的炸馃子要香一百倍。前边四次都是别人买单，并不用考虑要花多少钱，而且没有买房子不用还贷款的时候，他想吃点什么还是花得起的。他之所以一直没有自己光顾，原因之一是他从父亲那里遗传下来的节俭，原因之二是他仍然具有小地方人的观念，认为在塔尔坪一只鸡不过五十块，仅仅一对不会飞的小翅膀，凭什么放在城市就要卖十几块呢？陈元总是想，有吃那东西的钱不如去吃两碗面条。

陈元有点拿不准，尤其有一些名字，新奥尔良、圣代、蛋挞、红豆派、拿铁、卡布奇诺，根本不明白是什么意思。凭着样子，陈元认得醇香土豆泥、波纹霸王薯条和香甜粟米棒。而麦子呢？她一样都不认识，即使感觉有些眼熟，也不敢肯定土豆泥与薯条是用洋芋做的，粟米棒是用包谷棒子做的。陈元与麦子站在旁边观察了一会儿，仍然不明白什么是汉堡，但是从画面上判断，汉堡像城市里的面包，而且在所有食品里是分量最大的。于是，陈元给两个人各点了一个汉堡。

陈元还想给麦子要一杯可乐。服务员说，特大杯八块，大杯七块，中杯六块。麦子在旁边说，要小杯的。陈元说，那就要小杯的吧，小杯的多少钱？服务员说，只有中杯、大杯、特大杯。陈元忽然想起一个笑话，在这个充满欺骗的商业社会里根本就没有"小杯"。

麦子说，没有小杯就算了。

陈元顺从了麦子，说可乐含有咖啡因，喝了会上瘾的。

麦子端着两个汉堡坐下来的时候，发现汉堡与招牌上的样子小了不少。麦子看了看画面，又看了看面前，然后怀疑地说，怎么这么小呀，是不是搞错了？陈元便端着托盘又回到前台，指着画面说，上边那么大，实际为什么这么小？服务员说，是一样的，我们觉得是一样的。陈元说，怎么会一样呢？明显小很多。服务员说，我们觉得是一样的，你如果嫌小可以多点几个。陈元说，我点十个可以吗？服务员说，你点二十个也行。陈元说，你们这是虚假宣传晓得吧？服务员说，什么虚假不虚假的？你看看下边的说明吧。

陈元抬头看了看，那个巨大的画面下边写了一行小字：以实物为准。

陈元没有掏出那张单位自制的临时采访证，而是打电话给专门负责消费维权的同事小叶。小叶说，这哪是什么新闻呀，六年前就报道过了，报道之后球用不顶，而且人家已经标明了。陈元说，标明"以实物为准"就行了？骗子在下巴上写个"我是骗子"是不是就不犯法了？我看你们这些条线记者是吃人家的了。小叶说，那种垃圾食品让我吃我还得考虑一下健康，你也是记者，有点品位行不行？

几个顾客似乎都习惯了，反而奇怪地看着陈元。陈元想，时代早就适应了那种幻象，便无奈地端着托盘回到了桌子上。

陈元给麦子递了一个。麦子问，筷子呢？陈元说，吃肯德基不用筷子。麦子朝四周看了一圈，大家无论吃什么，确实都不用筷子。不仅没有一双筷子，也没有一把勺子，更没有一个碗。麦子有些疑惑不解，在老家那边，用手抓饭的话会被认为是肮脏的，但是在城市为什么这么普遍呢？麦子无奈，用手直接抓起了汉堡。其实仔细观察的话，麦子与城市人的动作还是有差别的。麦子用两只手抓着，抓得那么紧，抓得那么实在，而城市人仅仅用三根手指头捏着，小拇指和无名指像兰花指一般翘着，表现出很文明很干净的样子。

麦子抬起头发出一声感慨，没有想到白菜叶子生着吃也挺香的。陈元说，现在明白兔子为什么爱吃生菜叶子了吧？麦子吃一会儿停一会儿，仔细地打量着手中的那个汉堡。她似乎不是在消灭什么食物，而是在研究什么奇妙的东西。陈元一直没有动手，安静地等麦子吃完一个，又递上去应该属于自己的那一个。麦子说，这是你的，你吃吧。陈元说，都是给你买的。麦子摇摇头，爸爸吃，爸爸应该也饿了。陈元说，爸爸不饿，爸爸在单位吃过了。其实在下午采访结束的时候，他只是匆匆地啃了两个馒头。

在陈元的要求下，麦子看了看汉堡，又看了看陈元，然后继续吃了起来。这一次，她吃得十分顺畅，没有经过任何停顿，也没有把白菜叶子掉出来。剩下最后一小块的时候，麦子把它递到陈元的嘴边。陈元没有拒绝，他明白，这一口不能解决温饱，却是父女之间的一种情义，就如自己宁愿饿着肚子看着麦子吃，也不愿意再买一份供自己享受一样。

麦子问，为什么叫汉堡？陈元还真不晓得它为什么叫汉堡，只晓得它与他们的馒头一样，都是食品的名字而已。他们吃了一辈子的馒头，只晓得咽下肚子就不饿了，谁又追究过它为什么叫馒头呢？馒头到底是什么意思呢？

有一对母女坐在陈元的隔壁，女儿穿着一条粉红色毛裙，裙子下边带着白色蕾丝，打扮得像个芭比娃娃。母亲穿着一件浅蓝色羽绒服，戴着一副黑墨眼镜——为什么要在晚上戴着黑墨眼镜？据陈元判断，不是为了遮光，而是一种装饰。她没有把眼镜戴在眼睛上，而是架在头顶上，让人感觉她的眼睛是长在头顶上的。她们点了汉堡、薯条、鸡腿和鸡翅，还有冰激凌和可乐。她们的可乐也不是中杯大杯特大杯，而是一大瓶子。

但是一大瓶子可乐刚刚打开，羽绒服就拉着芭比娃娃离开了。

陈元说，太浪费了。

陈元慢慢地站起来，装作若无其事的样子走到隔壁，左手插在裤子口袋里，右手拿起那瓶子可乐，若无其事地放在麦子的面前。陈元要来一个杯子，满满地倒了一杯。陈元说，喝吧。麦子摇摇头说，不敢，会上瘾的，天天要喝怎么办？陈元说，喝上瘾了你就到这里来打工。麦子说，而且那是人家喝剩的。陈元说，这有什么关系呢？不喝掉多可惜呀。

陈元端起来，一仰头，自己先喝了一杯。他打了一个气嗝，然后又倒了一杯放在麦子面前，说，轮到你了。麦子磨蹭着，把杯子端了起来，小小地抿了一口，夸张地咂了一下嘴巴，舔了舔嘴唇。陈元说，什么味道？和白开水不一样吧？麦子说，当然不一样，里边有一群小鱼儿，白开水里边没有小鱼儿。陈元说，小鱼儿咬你喉咙的时候，心里是不是痒痒的？

这时候，羽绒服拉着芭比娃娃又回来了。

羽绒服站在陈元的面前，瞪着桌子上的那瓶子可乐，说你们喝的是谁的可乐？我跟女儿刚刚转身不到五分钟吧？你们想喝难道自己不会去买吗？什么小鱼儿不小鱼儿的你们喝不起啊？你们又不是乞丐怎么能这样呢？

原来羽绒服并不是走了，而是带着女儿上厕所去了。四周的人都朝这边看着，目光像一把把刀子——对待乞丐的刀子还留有一些同情和恻隐之心，但是他们完全像对待小偷一样毫不留情毫不客气，他们认为小偷偷了别人的钱包算是正常的，如今偷了别人喝剩的一瓶子可乐，简直就是一个不可思议的笑话。

陈元尴尬极了，不明白如何解释突然发生的一切。

麦子突然说，对不起阿姨，是我从那边拿来的，我以为你们已经走了。

陈元指着麦子结结巴巴地说，你怎么能拿拿拿别人的东东东西呢？

羽绒服不再吱声了，真正地拉着芭比娃娃气呼呼地离开了。

几分钟之后，麦子也离开了。陈元推着自行车跟在麦子后边，每走一步都要嘟哝一句"对不起"。路过一家光明超市的时候，陈元进去买了一瓶子可乐，然后递给麦子说，爸爸给你道歉。麦子说，道什么歉？陈元说，我不应该拿人家的可乐。麦子说，不喝掉确实太浪费了。陈元说，我还要谢谢你。麦子说，为什么谢谢我？陈元说，爸爸让你丢人了。麦子说，我是小孩子，有什么关系呢？麦子偷偷地笑着，找到一块草坪坐下来，抱着双腿望着不再斑斓的夜晚。

陈元靠着麦子讲了一个故事，有一年冬天，家里没有粮食吃，树皮、包谷芯，甚至石头粉子，有的被蒸成了馒头，有的被煮成了糊糊，有的被做成了鱼鱼，让人看上去直流口水，但是苦和涩不仅咽不下去，即使咽下去也消化不了，那种感觉还不如饥饿，饥饿的感觉是空的，消化不了的感觉是实的：有时候拉不出来，就把人给憋死了，有时候又拉稀，像一把刀子在肠子里刮来刮去。他每到晚上的时候，都被折磨得睡不着，恨不得咬自己胳膊一口，但是有个远房的堂弟叫陈元龙，家里的日子十分宽余，经常把吃不完的剩饭倒在地上喂蚂蚁。他对陈元龙说，你喂蚂蚁有什么用？还不如给我吃呢。陈元龙说，我喂蚂蚁，蚂蚁可以喊我爹，如果你喊我一声爹，我就给你吃一口。

麦子说，爸爸你喊了吗？陈元说，你说呢？麦子说，不晓得呀。陈元说，因为太饿了，所以从那天起，到第二年春天，我都把陈元龙叫爹。麦子说，为什么一直到春天？陈元说，因为春天就长草了，我们可以吃草了。陈元的故事并没有那样结束，他喊到第二年春天的时候，陈元龙又开始用剩饭喂蚂蚁。他说，你说话不算数。陈元龙说，你看看这群蚂蚁它们除了喊我爹，还在我的裤裆下边爬，除非你也从我的裤裆下边爬过去。当他爬到裤裆下边的时候，一下子顶了起来，把陈元龙给掀了个仰面朝天。不晓得顶到什么地方了，陈元龙不仅尿湿了裤子，还被他爹臭骂了一顿。他爹说，你和他都是元字辈的，你让他喊你爹，那不是在骂自己吗？

麦子把可乐拧开，递给陈元说，爸爸，你喝吧。陈元喝了一口，又递给麦子说，轮到你了。他们一人一口，推来推去地喝了半天，竟然还剩下大半瓶子。陈元对麦子说，给你留到明天喝。麦子说，明天我和爸爸一起喝。

大街上的人烟稀少了，霓虹灯大多数熄灭了，窗户变得一片漆黑，像一只只盲人的大眼睛。草坪上开始起了露水，把衣服都打湿了。偶尔有几个路过的人自言自语地说，这么晚了，还有人喝酒。

在他们看来，在深更半夜让来让去的，除了醉人的酒还有什么呢？

VII 一只毛毛熊

正月二十三清早，陈元给麦子买了两个包子与一杯豆浆，顺便还去了一趟菜市场，又准备了一点挂面和蔬菜，包括几个土豆、两个萝卜和一斤五花肉。他一再叮嘱麦子，什么时候饿了就什么时候做饭吃，千万不要再等爸爸了。陈元还拍了拍电视机，说无聊就看看电视，看不清的话就使劲地打它几下。但是麦子说，什么都不需要，她要在家里做作业了。

麦子在上初一，按理说寒假结束了，应该去学校上课了，怎么会有时间跑到上海来呢？陈元忽然回过神来问，你逃学了？麦子说，没有呀。陈元说，正常情况下，正月十六就开学了吧？麦子说，我们是正月初七，高三的话就放两天。陈元说，今天都什么日子了？麦子说，正月二十三呀。陈元生气地说，这不是逃学是什么？你就这么不争气吗？你不好好念书，以后考不上大学，后果是什么你明白吗？你就要继续当农民！

麦子嘟哝着说，农民就农民，农民有什么不好的？

陈元说，当农民好，我跑到上海来干什么？你为什么不好好待在塔尔坪？

麦子哇的一声哭了。麦子告诉陈元，她与那个人吵架了，原因是她不喜欢那个水桶，总以为爸爸妈妈之所以离婚是因为水桶，所以不仅不搭理水桶，而且见了水桶不喊爸爸，也不喊叔叔，顶多哎一声。那个人终于忍无可忍，对麦子说，为什么不喊爸爸？麦子说，凭什么呀？那个人说，凭他天天推着自行车笑呵呵地送你上学接你放学，凭他天天系着个围裙给我们做饭洗衣服。麦子说，我们同学是爷爷接送的，是外婆做饭洗衣服的，她也要把爷爷和外婆都喊爸爸吗？那个人被呛着了，翻着白眼说，陈世美倒是你亲爹，你去找陈世美看看他还认识你不？麦子说，找就找，你以为我不敢呀？麦子一赌气，就跑回了塔尔坪，但是她嗲不在家，大门是锁着的。麦子终于跑到了余家村，问陈元的表姐要到了陈元的手机号码。麦子出发前之所以没有通知陈元，一是想给陈元一个惊喜，二是怕陈元会阻止她。

陈元的眼睛有些湿润，说既然来了就玩几天，不过功课是不能耽误的。陈元临出门的时候，回过头告诉麦子，今天的报纸上有爸爸写的文章，是昨天忙了大半天采访的。麦子自豪地问，是不是所有人都能看到爸爸的文章？陈元说，不是所有人，但是有很多人，你说爸爸厉害不？麦子说，爸爸好厉害，我们同学都说，县长见到爸爸都是要握手的。陈元说，我晚上回来给你带一张报纸吧。麦子说，不是一张，而是两张。

这几天经历了那么多，麦子还是表示以他为荣，陈元不晓得是记者的光环，是上海这座城市的光环，还是爸爸头上的光环。陈元赶到办公室，兴奋地打开当天的报纸，从第一版一直翻到最后一版，都没有发现自己采访的内容。他有些奇怪，以为自己看花了，又从头翻了几遍，还是什么都没有。

陈元问起主编贾怀章，贾怀章甩了甩他的长头发说，半夜收到了宣传通知，不准报道。陈元说，不就一辆汽车冲下桥摔死三个人吗？为什么不准报道？贾怀章说，因为三个都是日本人。陈元说，日本人怎么了？日本人就不会发生车祸了？贾怀章说，你要有政治意识，目前中日关系紧张，报道可能会引起不必要的麻烦的，比如日本拿车祸说事，认为不是一起正常的车祸，而是一起抗日行动怎么办？不就误国了吗？

按照报社的考核规定，由于上边的原因不能见报的，工分只算一半。对陈元来说，工分虽然很重要，更重要的是早上跟麦子夸下了海口。本来想带两份报纸回家，让麦子看看"见习记者陈元"，让她看看被自己搬上报纸的事故，但是如今怎么向麦子解释呢？

白天又发生了一起小车祸，贾怀章没有好意思再派陈元。陈元一直无所事事，打了几个电话，到处找找线索，看看有没有什么爆炸性的新闻，恐怕正如贾怀章所说的，还处在节后综合征之中，坏人还没有心情好好干活，人性恶被慵懒的情绪冲淡了，所以整个城市安静得连一起像样的偷盗都没有。

天没有黑透，陈元就骑着自行车回到了家里。当他刚刚站在门前还没有掏出钥匙的时候，门又开了。陈元问，今天听的也是脚步声吗？麦子说，今天是在窗口看到的。陈元明白，从他出门的时候起，麦子就趴在窗台上，朝着窗外的世界看着，不仅在打量这个陌生的城市，也在等待着惟一一个亲人的归来。

麦子问，你带的报纸呢？

陈元装作吃惊的样子说，哎呀，忘记了。

麦子说，我回家之后要写一篇作文，题目就叫"当记者的爸爸"。陈元不晓得，在麦子的笔下，那个当记者的爸爸会是什么样的形象。自己与警察浦东的对抗，与动物园检票员的周旋，在肯德基店里的尴尬，她都会做什么样的结论呢？

麦子拿出一个布娃娃说，爸爸，好看吗？陈元问，哪里来的？麦子说，我捡的。陈元问，你从哪里捡的？麦子说，从楼下捡的，又不是偷的。陈元感觉应该是别人扔掉的，想到人家喝剩下的那瓶可乐，于是说，不管从哪里来的，还是扔掉它吧。麦子把它藏在身后说，我已经洗过了。陈元说，洗过了也是脏的，我建议你扔掉它。

陈元小时候没有什么玩具，惟一一件玩具是手枪，自己用木头制作的手枪。说是手枪也不准确，没有枪拴，没有枪筒，没有准星，仅仅只有一个手枪的外形。到了麦子这一代，城里的孩子把变形金刚、遥控飞机和电动小汽车都玩腻了，如今已经在玩电脑和手机游戏了，而山里的孩子为了能够走出大山，必须把所有的力气都用在学习上，所以他们连自制玩具的精力都没有了，他们的童年时光是没有任何玩具的，像一场盛大的运动会没有一个吉祥物。

麦子把布娃娃伸出窗外，静止了好久，然后双手一松。窗外正好是一条马路，麦子趴在窗台上看着来来往往的车辆一遍一遍地轧来轧去，那些车轮好像不是压在布娃娃的身上，而是轧在她的心上。

第二天早上，陈元上班的时候，在楼下遇到一位遛狗的大妈。大妈穿着一身粉红色的棉衣棉裤，上边印着大红的牡丹花。那其实是一身冬季的睡衣，上海人有两个极端，上班或者出门会客的时候尤其注重自己的衣着打扮，而上街买菜和散步的时候四季都喜欢穿着睡衣。牡丹大妈对陈元说，你认识那个扎着马尾巴的小丫头吗？陈元说，认识呀，怎么了？牡丹大妈说，怪可怜的一个孩子。牡丹大妈告诉陈元，在中午的时候，麦子从垃圾桶里拾起一只布娃娃，站在楼下不停地问，这是谁的布娃娃呀？这是谁的布娃娃呀？麦子等了半天，准备离开的时候，有一个剃着光头的小男孩拦住了她，说那是他刚刚扔掉的垃圾。麦子说，既然是你扔掉的垃圾，说明已经不是你的了。小光头说，我扔掉的垃圾还是我的，谁扔掉的垃圾就是谁的。麦子说，那你还要你的垃圾吗？小光头说，你想要的话，你得让我再玩一会儿。小光头接过布娃娃，拐进旁边的墙角，等他再出来的时候，嘿嘿地笑着说，现在它正式归你了。

陈元说，小光头去墙角干什么？牡丹大妈说，还能干什么？朝着布娃娃撒尿呀。陈元说，不会那么坏吧？牡丹大妈说，我亲眼所见的。

陈元十分生气，转身回到家，问麦子，你为什么要捡那只布娃娃？麦子反问，你为什么要吃别人的剩饭？陈元说，因为我饿。麦子说，我们是一样的。

他与麦子的遭遇确实是一样的。他对自己当年的行为并不后悔，也没有理由去指责现在的麦子。陈元说，爸爸会买给你的，你说说你想要什么样子的吧？麦子说，我们同学有一只小熊，那就毛毛熊吧。

由于报社不景气，办公室是死气沉沉的。当陈元十点来到办公室，除了主编贾怀章之外，他算是第一名了。贾怀章说，陈元啊，看在你这么积极的份上，安排你去参加一个交通信息研讨会吧。陈元说，有什么亮点吗？贾怀章说，交通是市民关注的热点，有没有亮点就靠你的了。陈元十分高兴，按照潜规则，那样的研讨会至少都有三五百块钱的红包，不要脸的说法是车马费。陈元想，拿到了红包，就可以给麦子买一只毛毛熊了。

离研讨会开始的十点已经过去几分钟，如果错过了签到时间车马费就泡汤了。陈元想，反正一会儿就能拿到红包，于是心一狠，拦下了一辆出租车。陈元是迟到半小时赶到会场的，他把一个信封子拿出来翻了翻，但是除了一页新闻通稿之外，并没有预料之中的红包。陈元悄悄地问其他记者，人家告诉他，会议是宣传主管部门组织的，记者都是宣传部门的喉舌，所以那样的活动自然是义务劳动。陈元恍然大悟，如果是有红包的差事怎么可能落到自己的头上呢？

陈元回到单位，没有直接为红包发火，从桌子上拿起一沓关于房贷与信用卡的催款单，质问贾怀章，拖欠几个月的工资什么时候能发？贾怀章甩了甩长头发说，财务归社长管，我只管采编，我和大家一样，也为房贷的事儿急得屁股冒烟啊。陈元说，奶奶的，我的屁股已经着火了。

陈元把新闻通稿改几个字，加上自己的名字就交差了。他跑到附近的商场转了转，除了想看看毛毛熊，还想给麦子买一套衣服。麦子来上海一趟，不可能连一件衣服都不买。如果来的时候穿什么回去还穿什么，人家还不笑死了？尤其是那个人，又要臭骂陈世美了。但是陈元转了一圈太平洋百货和百盛广场，发现孩子的东西贵得吓人，一件羽绒服七八百块，一个毛毛熊竟然需要四百多块。按照这个行情，陈元已经难以满足麦子小小的愿望了。

陈元晚上回到家，房东就来敲门了。房东是一个女的，三四十岁的样子，长着一张苹果脸。苹果脸在出租屋里转了一圈，不紧不慢地说，按说不出正月，我是不好过来的，但是我不过来的话，你肯定不会过去的。苹果脸绕来绕去，没有提一个钱字——这就是上海人说话的方式，看上去什么重话什么坏话都没有说，其实把话已经说尽了说绝了。在陈元的单位也一样，他们总是笑眯眯的，说话从不高声，语气十分和缓，从他们的语言里不仅找不到一个不好的词，相反稍不留神的话还以为他们在表扬你。照着陕西人的那种脾气，大家有什么不对的地方，应该骂的，噼里啪啦地指着鼻子骂一通；应该打的，卷起袖子你一拳我一拳干一架，骂完了，打完了，像什么都没有发生似的，是朋友的照样一起喝酒，是情人的照样一起睡觉。面对上海人骂不还口打不还手的行事风格，陈元开始一点脾气都没有，慢慢地，就摸索出一套办法，你不是绅士吗？

你不是爱捣糨糊吗？那好，我就顺着你来。你说，这件衣服颜色洋气，款式新潮，价格也不贵，但是牌子叫什么名字？陈元明白，他们真正想表达的，都在那个"但是"以后。他们把你的衣服表扬得像皇帝的新衣，就是想衬托他的"但是"，就是想告诉你这件衣服千般好万般好，可惜不是阿玛尼那样的名牌。陈元对付的办法就是装糊涂，只听前半部分不听后半部分。比如有同事议论起他的衣服，陈元便说，你喜欢的话，我给你捎一件吧？有时候干脆什么都不说，第二天直接捎一件给他，说是送给他的。上海人的优点是，不会轻易接受别人的赠送，所以他们哪怕是装装样子，一定会把钱塞给你。陈元照样糊涂到底，把钱收下了事。

陈元明白，苹果脸是收房租来的。房租年前就该交了，他想拖到年后发了工资再说，谁晓得报社的情况并未改观。陈元说，你这是要去哪里？苹果脸说，我专门来看你的。陈元说，你那么忙，怎么还有空？苹果脸说，我不来怎么办？你又不去。陈元说，有什么事儿可以打电话呀。苹果脸说，你一会儿关机，一会儿换号码，不会是在躲着我吧？陈元说，我刚刚还在想，正月过后就去找你。

陈元又补充了一句，你看看，我女儿来了。

苹果脸还想和陈元再绕下去，看到房间里多了一个小丫头，只好在房子里东看看西看看，检查她家的墙有没有被弄脏，家具有没有被划伤。麦子并没有乱刻乱画，只是在墙上贴着自己的一张画，笔法很幼稚，线条也简简单单，看不出画上的人是谁。但是陈元晓得画的是自己。那天麦子说，房子太简单了，墙上什么都没有。陈元说，懒得管，房子是人家的。麦子说，我们住在里边就是我们的。于是麦子朝着他画了起来。

住在自己家里和住在别人家里最大的差别就是房子。当地人一生下来，无论是公房还是私房，大小都会有套房子，住在自己家的房子里不管再穷再苦，是天天生活在自己家的屋檐下。如果住在自己家，墙旧了，可以重新涂一涂；裂缝了，可以重新糊一糊；太单调了，可以挂一幅画一幅字，也可以贴一张裸体照片。但是对于陈元他们这些移民来说，真想拥有一套可以自己做主的房子，恐怕要把整条命都搭进去的。比如，他那套还处于设计图纸上的期房，严格来说已经不是上海市区，而是与农村没有什么两样的郊区，即使想拥有那么一套偏僻的房子，他必须负担每月七千多块的几十年不间断的银行贷款。几十年之后，不出意外的话，他就成了老头子，一旦出了意外，恐怕连骨头都找不到了。陈元还算是幸运的，其实大多数普通打工者是不幸的，他们根本连买房子的首付都交不起，只能一辈子住在出租屋里。所以，对于那个暂时的容身之地，谁有心情去布置一下装饰一下呢？就像没有人愿意花钱给一夜情的女人做美容是一个道理，甚至在过年的时候连贴一副对联的心思都没有。

陈元住进那间出租屋之后，一切都保持着原样，床与桌都摆在原地，地板从来没有拖过，窗帘子很少拉开，门后挂着多年前的一幅日历。

苹果脸在出门的时候，摸了摸麦子的头说，这丫头还是挺乖的。麦子一头雾水地问，她是谁呀？陈元说，房东。麦子说，什么是房东？陈元说，这房子就是她出租给我们的。麦子说，我才不信呢，听她说话的口气，感觉像爸爸的女朋友。陈元笑了，在一个旁观者眼里，他们那些来来去去的对话，还真像一对不明不白的恋人。

正好小青打来了电话。小青说，你的信用卡按时还款了吗？陈元说，这段时间太忙，忘记了。小青说，我是担保人，银行把电话都打到香港了，说是催款单和电话都联系不到你，你是不是没有钱了？陈元说，还有，放心吧。陈元与小青又悄悄地说完几句私话，便匆匆地把电话给挂掉了。

麦子问，这个又是谁呀？陈元说，还能有谁，女朋友呀，爸爸有女朋友了。麦子说，爸爸的女朋友真多。陈元说，你这丫头，刚才那个真的是房东，人家是来收房租的，这个才是真正的女朋友，叫小青。麦子说，她在哪里？为什么不来找你？陈元说，人家在香港出差，你不反对爸爸吧？麦子说，她长得漂亮吗？陈元说，在我眼里是最漂亮的。麦子说，爸爸在她眼里呢？陈元说，应该是个癞蛤蟆吧？麦子说，谁说的？！我长大了要嫁就嫁爸爸这样的，小青阿姨她晓得我吗？陈元说，我还没有来得及告诉她呢。麦子说，那她什么时候回来？陈元说，最近几天吧，你想见见她吗？麦子说，我会把人家吓跑的，所以在她回来之前，我会回家的。

陈元真想告诉麦子，自己目前的处境并不乐观，那种不乐观并不是麦子的存在。陈元叹了口气，装作收拾家务的样子，把衣服口袋全部翻了一遍，再把桌子上的一把硬币捡了起来。其实白天的时候，他已经去过银行，把两张银行卡里少得可怜的余额取了出来，即使如此，拖欠的房租，一天天在追加的房贷利息，已经被透支完额度的信用卡，甚至自己与麦子两个人的生活费，统统都是没有着落的。再这样下去，他与这个城市的关系靠什么维系呢？他与小青的关系还有保障吗？陈元明白小青不会嫌贫爱富，但是他无法通过自己那一关，不仅仅是自卑与般配的问题，还有自己能不能给小青带来幸福的问题。

陈元本来想带着麦子去外滩转转，顺便去云南路一家陕西饺子馆吃点小吃。那里的小吃不贵，却是正宗的陕西味，有凉皮，有油泼面，有羊肉泡馍，还有腊汁肉夹馍。现在他只好改变主意，打开煤气灶煮了一锅阳春面，与麦子各自吃了两碗，才推着自行车出门了。

在上海免费的旅游景点里，外滩的景色算是最漂亮的，那些西洋人建起来的老洋房代表的是过去，在灯光的投射下变得如梦如幻；外滩对面是陆家嘴，近几十年迅速崛起的高楼大厦代表的是现在，有三座已经超过一百层的尖顶显得十分气派；黄浦江被夹在过去与现在之间代表的是蜿蜒的时光，既像一张嘴巴在默默地诉说着，又像一道伤口被静静地撕开或者缝合着。

去外滩的路上要经过陈元他们报社。当走到报社楼下的时候，他远远地指着那座二十多层的大楼，对麦子说，爸爸就在上边工作。麦子跳下自行车，抬起头，不像在看人间的高楼大厦，而是在看神仙出没的天堂。

她眯着眼睛笑着说，好高啊。

陈元说，你数数有多少层吧？

麦子像数星星一样，数了很多遍，最后说，二十三层对不对？陈元说，错了，是二十四层。陈元指着一扇扇明明暗暗的窗户，和麦子一起从上到下再仔细地数了一遍。报社再怎么萧条不景气，照样是二十四小时运转的：记者交完稿子下班了，编辑开始上班；编辑凌晨下班了，印刷厂开始上班；印刷工人下班了，发行人员又要上班了。所以凡是有报社的大厦，晚上基本是灯火通明的，而其他大楼天一黑就空荡荡的，只剩下外边闪烁着的广告幕墙。

麦子说，那么高，怎么上去的？陈元说，坐电梯呀。陈元的出租屋总共有六层，那样的老房子是没有安装电梯的，所以麦子到上海之后还没有乘过电梯。陈元如果没有猜错，即使麦子在县城上学，恐怕还没有乘过直上直下的电梯，起码是没有乘过那么高的电梯。麦子问，电梯是不是很快？陈元说，比小鸟飞得还快。麦子问，那会不会头晕？小鸟飞的时候是会头晕的。陈元说，你又不是小鸟。

陈元把自行车靠在楼下的法国梧桐上，拉着麦子走进了大楼。农村的一切都是倾斜的，城市里的一切都是垂直的。他想带着麦子垂直地上升到人生的最高度，体验一下小鸟飞翔的时候头晕的感觉，顺便再俯视一下这个世界。

有两名保安都在打瞌睡，当陈元走进大堂的时候，他们一下子精神抖擞起来。其中一名保安把陈元拦在电梯门口，盘问，你找谁？陈元发现，原来的两个保安都不见了，新来的两个保安都不认识。一个保安肥嘟嘟的，一个保安瘦溜溜的。陈元笑着对瘦溜溜的保安说，你吃减肥药了吧？瘦溜溜的保安说，你是推销减肥药的吗？那赶紧给我出去。陈元原来上楼，一张脸就是通行证。陈元说，开个玩笑而已，我在楼上上班，是二十一层的报社，现在要上去写一篇稿子。

肥嘟嘟的保安看了看陈元又看了看麦子，怀疑地问，你带着孩子写稿子？不对头吧？陈元说，我真是二十一层的，我有工作证。陈元在身上一摸，发现出门的时候忘记带包了，那张临时采访证就放在包里。

有人下楼，电梯正好开了，陈元拉着麦子冲了进去。瘦溜溜的保安用身体卡在电梯中间，说你们赶紧下来，不下来我就报警了。电梯一开一合，发出刺耳的警报声。肥嘟嘟的保安拿着对讲机，喂喂地喊叫着，要调集兵力的架式。陈元说，我有身份证，我拿身份证登记一下行吗？上海是一个流动性很大的城市，出门你可以不带钱，不带手机，一定要随身带着身份证，以便于随时接受各种各样的盘查。

陈元从屁股后边摸出来的，却不是身份证而是居住证。他把第一代身份证让父亲捎回塔尔坪，更换第二代身份证去了。在这个空当期内，他把居住证放在屁股后边，以便于随时证明自己到底是谁。

瘦溜溜的保安说，你下来再说。等陈元走下电梯，肥嘟嘟的保安接过居住证，斜着眼睛对照了一下上边的照片，然后把居住证扔到陈元的手上说，你有身份证吗？我们只认身份证。

陈元说，居住证也是身份证，都是国家颁发的。瘦溜溜的保安说，你搞搞清楚吧，居住证是谁发的？身份证又是谁发的？居住证就是身份证的话，那还要身份证干什么？瘦溜溜的保安说着，也在屁股后边摸了摸，摸出自己的身份证对陈元说，晓得吗，这才是正儿八经的身份证。陈元瞄了一眼，果然是上海市的，而且是静安区的。静安区因静安寺而得名，是上海中心的中心，是土著中的土著，是牛逼中的牛逼，是菩萨显灵的地方。

在上海，千万不要瞧不起扫马路的，当保安的，开公交的，他们清一色具有上海户口。因为他们都是四十岁到五十岁之间的，既找不到工作又牛逼哄哄的，被称之为"四〇五〇"的人员，政府专门搞了一个安置工程，在招聘"四〇五〇"人员的时候，无论是什么岗位，有一个绝对标准，那就是"仅限上海户口"。所以，别小看看门的，因为人家是上海人，是上海真正的主人。但是陈元他们呢？虽然叫白领，叫社会精英，甚至叫知识分子，想落户比登天还难。比如外地人在上海念书，哪怕是复旦的同济的华东的研究生，毕业的时候想拥有上海户口，大多数人是找不到门的。没有上海户口，就意味着不是上海市民，连吃点药喝口水都无法享受同等的待遇，整个生命是漂浮着的，是没有地方落脚的。

这就是一个保安为什么有底气拦着你可以斜着眼睛打量你的理由。

陈元说，那你说，居住证是什么证？

肥嘟嘟的保安说，居住证不就是暂住证吗？说明你暂时居住在这里而已。

陈元觉得，他像在胡说八道又不像是胡说八道。

瘦溜溜的保安说，别浪费时间，你看看告示吧，上边写得很清楚，为了保证大厦安全，严禁各种各样的推销人员入内，晚上七点至早上七点拒绝一切来访，你就是有身份证，恐怕也不能放你上楼。陈元说，我不是推销的，也不是来访的，我是上班来的。肥嘟嘟的保安说，上班也不行，现在不是上班时间。陈元说，我是上夜班的，并不是上白班的。肥嘟嘟的保安说，关键是你怎么证明自己是上班的。

连自己平时上班的大楼都无法进入，陈元几乎有点绝望了。他拨打报社的总机，希望有一个人下来，能够证明他就是报社的，但是电话一直处于无人接听中。他又打编辑部的电话，编辑们一接电话，不等开口就挂掉了。他还打了几个人的手机，包括主编贾怀章和同事小叶，要么不在服务区，要么无人接听。

当陈元无奈地走出大楼的时候，麦子却非常高兴地对他说，其实电梯就是一个大箱子。但是在前往外滩的路上，麦子冷不丁地问了一句，爸爸，你真在那么高的地方上班吗？陈元说，你不相信爸爸对吗？人家不让进去，那是因为报社是机密单位，有好多秘密不能被人传出去了，再说保安不让进去很正常，列宁你晓得吧？有一次列宁去开会，都被人挡在门外了。麦子说，在课本上读到过，爸爸和列宁一样。

外滩毕竟是开放式的，所以是麦子到上海之后最为顺畅的一次。参观像彩虹一样的外白渡桥，瞻仰上海第一任市长陈毅的铜像，骑上那头象征财富的大奔牛，没有阻力，没有围墙与隔阂，不会区分谁是本地人谁是外来人，谁是穷人谁是富人。但是，陈元不敢带麦子去和平饭店，因为衣帽不整者严禁入内；不敢告诉麦子一江之隔的那几座高楼，想上去的话是要收费的。那些地方远远地看看谁都有权利，一旦进入其中的话又会把人分成三六九等。

陈元想到了东方明珠，想到了那个关系不错的蔡经理。只要他给蔡经理打个电话，也许就可以带着麦子免费地登上东方明珠。他拿出手机翻了翻，由于前几天手机进水，储存的电话号码无法显示。他凭着一点模糊的记忆，随便拨打了几个号码，要么是空号，要么人家不姓蔡，说是打错了。如果放在前几天，他会立即带着麦子，赶到东方明珠的二号门外，直接和门口的工作人员说，自己是某某报社的记者，是蔡经理邀请来的。但是现在他不敢轻举妄动，如果工作人员让他给蔡经理打个电话，而他又拿不出蔡经理的电话，那怎么办呢？如果再次被人当成骗子的话，麦子又会怎么看他呢？

　　陈元与麦子站在外滩，就那么倚着栏杆从表面上欣赏着。当一艘艘游船从黄浦江上划过的时候，麦子突然问，那是人坐的吗？陈元说，不是，是神仙坐的。麦子说，世上哪有神仙呀？陈元说，我就是打个比方，有钱的人就是神仙。麦子说，他们很有钱吗？陈元说，在上边晃荡一圈要一百多块。麦子说，花花绿绿的，像我们老家的灵屋。陈元过去看到那些游船的时候，一直觉得不太真实，甚至美得有一些恐惧，却不明白恐惧在什么地方，经过麦子这么一比喻，感觉确确实实像那些给死人扎的灵屋。他妈去世三周年的时候，父亲让人给他妈扎的灵屋，在里边点上灯之后，妖艳的颜色、恍惚的光线、画在上边的图案、投在地面上的影子，和那些游船从水面上缓缓移动的时候是一样的。

　　陈元真想对麦子说，过几天就带她去坐游船，从黄浦江中间穿过去。坐在游船上看两岸的风景，确实与平常不一样，每盏灯会被映照成一百盏灯，所有景色水上一个水下还有一个，随着水波荡漾开来都会虚化成一幅幅水彩画，自然有着仙境一般的美妙。但是陈元忍住了，他答应的一只毛毛熊还没有兑现，怎么好意思再承诺别的什么呢？承诺得太多，不能实现的话，和骗子有什么两样呢？好在麦子面对物欲横流的上海，不仅没有激发出太多的愿望，反而增添了更多生活的勇气。

　　陈元指着外滩对面的一个个建筑介绍说，那是东方明珠，有着大珠小珠落玉盘之意；那是环球金融中心，是日本人盖的，有一百零一层，白天看上去像一把尖刀；旁边在建的大厦叫上海中心，主楼建成后会像一条龙。麦子问，是不是你要坐在上边给我摘星星的那座大楼？陈元说，是呀，差点就去当建筑工人了，你觉得我当记者好，还是当建筑工人好？

　　麦子说，都好。

　　麦子说，我还往那个工地上寄过信呢，爸爸肯定没有收到吧？陈元说，寄到那里干什么？你都说什么了？麦子笑了笑，不再吱声了。

　　对面那条爬到半空的龙，避雷针一闪一闪的，像它在吐着的芯子，白云在半腰上缭绕着，星星十分大十分低地点缀着，如果真的坐在上边，好像一切都触手可及。陈元伸手朝着空中一抓，笑着说，我摘到了，给你吧星星。麦子朝陈元的手心一抓，也笑着说，收到了，谢谢爸爸。

那天晚上，麦子甜蜜的笑脸让陈元没有理由不相信，她已经收到了他摘给她的星星，而且被她深深地藏了起来。

VIII 爸爸与火柴

陈元心想，等到署着自己名字的新闻刊发出来，不管大小一定要带一张报纸回家给麦子。印在报纸上的，哪怕是一条豆腐干，只要有自己的名字，有具体日期，有通讯地址，散发着清淡的油墨香，证明自己还在报社工作，还坐在那座大楼的二十一层，这比让麦子看到这座城市的任何风景要美妙得多。

正月二十五早上上班，陈元不明白怎么证明自己是自己的时候，发现肥嘟嘟瘦溜溜的两名保安不见了，又轮换上来两名熟悉的老保安。他像过去一样点点头，便凭着一张脸进入了大楼。他来到办公室，找来一张当天的报纸，在第一叠第十一版的边栏里，看到了可以忽略不计的文字：

> 昨日，中国智能交通信息研讨会在上海市隆重开幕，此次研讨会主题为"迈向智慧和可信赖的城市交通管理"。会议期间，将会有超过五十位国内外专家发表主题演讲，互动交流最新 ITS 技术的应用，探讨迅速增长的交通需求与有限的交通供给之间的矛盾，破解普遍存在的交通拥堵问题和推动相关产业的发展。

陈元看完这条不到两百字的新闻之后一下子火冒三丈。

其实报纸就是缩小了的世界，也是要分三六九等的。哪条新闻上头条，哪条新闻上头版，哪条新闻分在第一叠，哪条新闻分在第二叠，连版面的前后左右、报道的字数和照片，一点容不得乱来。这和在大会堂开会一样，谁坐台上，谁坐中间，左手边是谁，右手边是谁，谁坐在下边第一排，谁坐在下边最后一排，都是要守规矩的，不守规矩就是政治错误。比如，工人们得了劳动奖章，在颁奖的时候合影，基本是颁奖者坐着，获奖的工人们站着，在报道的时候，颁奖者可以上标题，领导讲话是内容的重点，获奖者被闷在文章里，能露个脸提个名字已经是幸运的了；再比如，一个平民百姓死了，哪怕是壮烈牺牲，假设就是勇救落水儿童的罗盛教，他本人以及妻儿老小是上不了头版头条的，起码不是头版头条的重心，不是新闻导语的重心，重心是发出号召向他学习的人。

让陈元无法忍受的，不是稿子发得太短，还不如人家电线杆上的代孕广告；也不是排得太靠后，如果不是宣传部门操办的活动，那样的垃圾新闻恐怕发也发不出来。他冲进主编贾怀章的办公室，摊开报纸说，为什么我的名字不见了？

让他生气的是那条豆腐干的末尾并没有署名，也就是说没有人能够证明那条新闻是他陈元写的。贾怀章甩了甩长头发说，你是拿通稿发的吧？陈元说，大家不都一样吗？何况我没有照抄呀。贾怀章说，你没有照抄，但是你也没有重新采访对吗？没有重新采访，就是没有付出应有的劳动，相当于做了一回打字员，难道我们在署名的时候，不写见习记者陈某，而写打字员陈某吗？你是老记者了，规矩还是懂的吧？陈元说，你这不是放屁吗？我怎么没有付出劳动？我来回花了几个小时，老子的时间就不是命了？打出租车花了三十多块，我的钱就白花了？

贾怀章也火了，说你放文明一点好不？什么放屁？什么老子？我现在就告诉你，报社的传真也收到了通稿，谁能证明见报的就是你写的？而且不署名是有原因的，原因在哪里你还不明白？上边的要求是开除你，我好心好意留下了你，年前给你署过几个名字，见报之后让人家举报了，说陈元不是被处分了吗？怎么还是"见习记者"呢？为一个小稿子，你用得着和我大吼大叫吗？

陈元说，不署名，那工分怎么算？贾怀章说，小稿子署名就算了，等你有大稿子了，我们想办法给你化个名字，比如陈皮呀陈旧呀什么的，起码得等风声小了是不是？至于工分，会给你一分不少地统计下来的。

陈元感觉贾怀章讲得有些道理，不过他如何向麦子交差呢？

他把报纸揉作一团，扔进了垃圾桶。

陈元想，等把麦子送走了，真要考虑考虑跳槽了。过年前，几个月不发工资，有门路的记者编辑已经跳到了别的报社，有一些干脆跳到了企业，因为在新媒体的冲击下，报纸成了夕阳产业，日子一天不如一天。陈元当时也有过跳槽的打算，确实想去上海中心大厦的建筑工地，但是一旦离开报社，哪怕是离开即将关门的报社，去建设一千层一万层大楼又能怎么样呢？那时候他在社会上的身份，就不再是高高在上的记者，而是一名底层的建筑工人。对于建筑工人来说，大楼盖得越高，它的阴影就越大，把他衬托得就更加渺小，尤其是从工地上撤离的时候，还不如生活在那片土地上的一只蚂蚁。所以，陈元心有不甘，找到几家效益不错的报社，但是统统地被拒之门外了，人家招收记者编辑的基本要求是上海本地人，起码是从上海名牌大学新闻系毕业的，理由是外地人不会上海话，不熟悉上海情况，交流采访有障碍。关键是陈元身上所背负的处分，在行业内是被通报过的，人家一看到"陈元"两个字，立即笑着说，你就是闹独立的那个记者？自然不分青红皂白，就把他给打发掉了。倒是有一家企业有意挖他，让他去做他们的宣传员，顺便编编他们的企业内刊，开出的薪水也比较高，一个月有一万多块，但是那家企业不是银行，不是房地产公司，而是一个叫长寿园的墓地——小青她爸就埋在那块墓地里。他之所以放弃，不是嫌那份工作不吉利，而是不喜欢太阴森的环境，甚至平时有些怕鬼，尤其在晚上的时候，动不动就怕鬼。按说在上海，人更多了，更热闹了，恐惧心理应该更少了，但是恰恰相反，他感觉更孤单了，更害怕了，因为身边的人，大部分都是陌生的，内心是陌生的，生活是陌生的，甚至是怪异的，怪异得让他总是怀疑，那些从背后经过的，或者是看不透的，会不会是鬼。

辛苦一天就那样不明不白，陈元心里实在堵得慌。报社正好接到一个报料热线，有一个农民工为了向老板讨要工资，站在南浦大桥上准备跳下去，贾怀章就安排陈元去跑一跑现场。按说把拖欠工资的背景挖一挖，可以写一条可读性很强的新闻，但是这种新闻关系到底层，又往往关系到社会稳定，上边一个电话打下来，照样是没有办法见报的。

陈元说，报社不发工资，我也快跳楼了，你安排别人吧。

无所事事就不好待在办公室，陈元背着包下楼了。报社楼下有一个文物市场，或许文物的定义太过混乱，秦始皇用过的一块砖头是文物，武则天喝过的一种酒也是文物，所以在那个市场里，有卖瓶瓶罐罐的，有卖花卉盆景的，还有卖烤红薯的。陈元想，红薯放一千年说不定也是文物，什么东西只要经受住了时间的考验，便会珍贵起来。

有一个小商贩，戴着一顶火车头帽子，推着一辆三轮车，在市场外边叫卖儿童玩具。陈元跑过去挑了一只白色的毛毛熊，问价钱，火车头说，诚心想要的话，便宜卖给你，一百二十块。陈元对比了一下，感觉与商场里的样子并没有什么差别。陈元说，太贵了吧？火车头说，贵什么呀，在商场里起码四百块。陈元说，你怎么和商场比呢？质量不一样，人家那是绒的，你这是什么的？而且人家能开发票，你能开发票吗？火车头说，你要发票干什么？如果报销的话，马上给你扯一张，十万八万的随你自己填。陈元说，我找谁报销去？媳妇没有媳妇，官又不是官，只是觉得你们四处流动，有问题我找谁去？所以你再便宜一些吧。火车头说，买一只小玩具，又不是买一只大熊猫，你考虑那么长远有意思吗？

火车头松口了，最后定价八十块。陈元准备掏钱的时候，有位女同事捧着几个水仙，从市场里走了出来。水仙说，你是在暗访吗？陈元说，这年头还有暗访吗？水仙说，那你买它干什么？陈元说，拿回家抱着和自己睡觉呀。水仙说，至少需要七八十块吧？应该可以进一次洗头房了，建议你直接去洗头房。陈元说，你不就是现成的吗？你扶贫一下好了。水仙朝着毛毛熊抽了抽鼻子，说你有点品位好不？这东西里边塞的全是黑心棉，你闻闻甲醛味道多浓，你抱着它睡觉的话，我估计不会阳痿也会得癌症的。

听水仙一说，火车头发现遇到了记者，夺过那只毛毛熊，推着车子走了。如今在社会上流传着一句顺口溜，防火，防盗，防记者。也就是说，记者不是什么好东西，与火灾、小偷一起成了三大安全隐患。

在一起回报社的路上，水仙说，害得你漫漫长夜还得忍受寂寞，我请你吃东西吧？水仙钻进大楼下边的一家小卖部，买了两个上海老雪糕，结账的时候没有付现金，而是掏出食堂的饭卡刷了刷。报社的工资虽然没有发，每个月三百块钱的伙食费还是准时打到了饭卡里。陈元发现他们食堂用的饭卡可以在小卖部买东西，心里不免十分高兴。

中午在食堂吃完饭，陈元再次溜到楼下的小卖部，正好遇到了同事小叶。小叶说，对不起啊，没有把车子借给你，你是不是生气了？其实不是我不借给你，是我家那只母老虎不借给你，不瞒你，那天我和她打了一架，你看看我这脸上和手上被母老虎抓的。陈元一看，小叶脸上果然有两道爪痕，手上也有两道抓痕。

小叶手中拿着三百块钱，要买三条子红双喜。陈元说，这里可以刷卡，刷饭卡你晓得吗？小叶摸了摸，发现饭卡没有带在身上。陈元抢着说，你刷我的。小叶以为要贿赂他，还想借他的那辆电动车，便有点不好意思地说，怎么能抽你的烟呀？于是把三百块钱从售货员手中拿回来，塞到了陈元的手中。

陈元用饭卡成功地兑换了三百块钱，估摸着可以买到一只毛毛熊了，便直接奔向不远处的梅龙镇广场。

当天晚上，陈元回到家，突然把一只雪白雪白的憨态可掬的毛毛熊从背后晃到麦子眼前，麦子被惊呆了，迟疑着接过那只毛毛熊，高兴地说，爸爸，你看看它像谁？陈元说，像北极熊。麦子说，北极熊是什么样子的？陈元说，像大熊猫。麦子说，大熊猫有纯白色的吗？陈元说，像一只狗。麦子说，狗哪有这么乖呀？陈元说，像雪人，像你堆的雪人。麦子说，基本正确，它就是雪人，不过我堆的雪人是谁？陈元说，还能有谁！爸爸呀。

麦子告诉陈元，她之所以喜欢毛毛熊，是想让毛毛熊代替爸爸——毛毛熊以后就是爸爸了，可以抱着爸爸睡觉了。

正月二十六，陈元接到一个陌生电话。电话是那个人打来的，她张口就说，陈世美，让你家麦子接电话！

陈元没有换电话号码的时候，塔尔坪方圆的许多人都有他的电话号码，他们逢到孩子考大学，要打电话来咨询专业，逢到有孩子没有事儿干，要打电话问能不能介绍工作；有人在外边打工要不到工钱，也要找他，说你是上海日报总编，你给我在报纸上登一登，让那些狗娘养的，把血汗钱快点发下来；有一年春节，他一下子接到了十多个电话，十多个女人哭哭啼啼的，说她们家的男人在河南灵宝金矿上偷矿石，全部被抓进了看守所，求他帮忙把他们给放出来。她们说是他的嫂子呀表妹呀表姑呀，之所以不求别人，因为在她们眼睛里，他是最了不起的，是无所不能的大记者。陈元在老家的名声越大，对那个人来说，仇恨就越深，疙瘩就越发解不开了。所以这么多年，那个人几乎没有打过陈元的电话，这并不代表她没有他的电话。陈元的新电话号码，晓得的人十分有限，而且他专门交代过，万不得已是不可以吐露出去的，如今还是被那个人找到了。

麦子接完那个人的电话，哭着说，爸爸，明天我要回去了。

陈元擦了擦麦子的眼泪说，再玩几天吧，东方明珠、城隍庙、东海大桥，什么地方都没有去呢，而且哈根达斯，西德牛排，韩国料理，都忘记让你尝尝了。麦子说，那都是什么东西？陈元说，都是小孩子喜欢吃的。麦子哭得更厉害了，扑进陈元的怀里说，我已经吃过肯德基了，现在什么都不想吃了，什么也不想看了，我只想看到爸爸，爸爸你什么时候回家？陈元说，春天吧，春天我就回去。陈元想等报社发完工资，拿到几个月的工资，还完银行的欠款，要专门为麦子回去一趟，专门回去看看麦子念书的学校，看看麦子所写的有关记者爸爸的作文，而且那个时候，老家的冬天就过去了，就是山花烂漫的季节了。

陈元紧接着又接到了小青的电话。小青告诉他，她将结束香港的行程，于两天之后返回上海。陈元说，你怎么回来呢？小青说，到时候坐地铁。陈元说，坐地铁什么意思？小青说，还能有什么意思？让你坐地铁来接我呀。

天再一次黑了，窗外被无数的灯光照耀得无比辉煌。陈元本来打算带麦子去陆家嘴，试着联系一下东方明珠的蔡经理，如果无法联系到蔡经理，哪怕近距离地仰视一下那些高楼，对麦子来说也是非常有意义的。但是麦子第二天就要走了，已经沉浸于无尽的离愁别绪中，她一边收拾东西一边擦着眼泪。陈元一动不动地站在旁边，呆呆地看着麦子把毛毛熊收拾起来，把那天喝空的可乐瓶子收拾起来——她要带在路上当喝水的杯子，那是她为数不多的纪念品。陈元再也忍不住了，别过头去看着窗外，眼泪刷刷地流了下来。

　　陈元花了两包红双喜香烟，让一个陕西老乡把麦子带上了前往西安的火车。火车开走之后，他回想起这几天，感觉更加惭愧起来：没有归还麦子为他垫付的四十五块钱，没有请麦子去饭店好好吃一顿，没有带麦子逛一逛商场买一件衣服，没有让麦子去游乐园坐一次小火车或者摩天轮，连回家时候的路费都是麦子自己的。

　　陈元以为，父亲老了，机会不多了，麦子还小，以后有的是机会，如今看来恐怕是错误的。每个年龄都有惟一的渴望，那种渴望会随着时光的流逝一起消失。陈元在站台上奔跑着。看着一辆辆火车进站，出站，进站，再出站，他希望一辆辆奔跑的火车是在梦中，希望那些看不到头也看不尾的火车并不存在。他甚至有些仇恨发明火车的人，如果世界上还没有火车的话，他就不会被带到如此遥远的地方；如果世界上还没有火车的话，他的麦子就不会迅速地离开他的身边。

　　上海再次成为一座空城，而且经过几天时间，被麦子掏得更空了，空得连一丝空气都没有。

　　正好是周末，按说要去报社值班，但是他无心回到那么高的位置，去浮着，去漂着。他从火车站直接回到了出租屋，一点一点地检查着麦子可能遗留下来的东西。如果形容一下此时的出租屋，他觉得很像一个被抽空的火柴盒，如今只剩下一根火柴了。他突然发现麦子离开之后的异样——她在桌子上留着两个字，那两个字不是别的，正是用十几根火柴摆成的"爸爸"。也许是火柴不够，所以缺少"爸爸"的最后一笔。缺少最后一笔的"爸爸"，如站不稳的身体一样，跟随着世界摇晃了起来。他取下最上边的一根擦亮了，又取下最下边的一根擦亮了。每一次燃烧的，好像不是一根根火柴，而是他作为爸爸的身体。

　　陈元从来没有如此怕风，用手遮挡着那小小的火苗。

　　在春天真正来临之际，陈元他们的报社突然迎来了转机。在生死存亡的关键时期，报社进行了几个月的讨论，大家基本判断是一致的——报纸被新媒体取代那是迟早的，就像当年纸张慢慢取代竹简一样。大家判断一致，对待的方法完全不同。一部分激进的年轻人，其中包括长头发主编贾怀章，认为长痛不如短痛，干脆把报纸关掉，申请一笔安置费，对人员进行分流，不然窟窿会越来越大，一年几千万的亏损，别说给员工发工资了，报纸估计都印不出来了。另外一部分保守的老年人说，你们想得太简单，报社关掉容易，人员遣散也容易，五百万元就解决了，但是我们不能仅仅只考虑经济效益，还要考虑社会效益，更要考虑政治效益。报纸被停掉了，等于喉舌被割掉了，政府部门怎么发声？社情民意谁来反映？舆论监督谁来负责？而且我们报纸有六十多年了，当年是谁倡议创办的？报头是谁题写的？如今谁有胆量把它关掉？在双方争论不休的时候，印刷厂的工资也发不出来了，他们打着横幅天天跑到报社楼下，要求尽快支付拖欠的印刷费，如果十天再不付清印刷费，就一把火把报社和印刷厂全给烧掉。报社把情况汇报给了上边，上边到报社进行了视察，最后经过研究决定，报纸也是文化产业，需要政府大力扶持，所以每年财政补贴一千万元。

那天晚上，陈元去银行查询了一下，发现拿到的拖欠工资有七八万之多，虽然大部分都会交给银行的，还是把他给高兴坏了。他把工资卡捏在手心，第一次仔细地辨认着上边的信息，包括正面的每一个数字和银行标识，以及背面的电话号码和说明文字。陈元心想，这张工资卡多么像一个女人，当里边没有分文的时候，它就是当年与自己两地分居的那个人，是空的，是用不上的，他对她又是充满期待的；当里边突然被充进了一笔巨款的时候，它就像与自己发生了一夜情的女人，他想尽情地支配她，可惜她是暂时的，是不属于自己的，是天亮之后就要分手的。

天亮了，踏着早晨的阳光，陈元并不急于把钱早早地还给银行。他在前往银行的路上先去了一趟商场，无论如何他要先给麦子买一套衣服。那是麦子来上海的时候他亏欠她的。他觉得他亏欠她的还有很多，其中包括回家去看看。如今工资发了，他的困境基本解除了，所以他决定利用即将到来的清明节假期回家一次。

春秋

二〇一二年，清明，塔尔坪，父亲。

I 栽树

不早不晚正好是清明节，陈元与麦子一起回到了塔尔坪。虽然是清明节，但是从那块坟地经过的时候，除连绵起伏的坟头上长满了荒草，一点也感觉不到清明节的气氛。

麦子问，为什么叫扫墓？陈元不晓得为什么叫扫墓，只觉得与扫地应该是不一样的，因为地上有垃圾，有灰尘，而墓上只有荒草。陈元说，你看看，墓像什么？像不像一张死人的脸？死人每年都得洗一把脸，所以清明节经常下雨，那是在给大家提供洗脸水晓得不？麦子说，但是今天是晴天，怎么办？陈元说，那就不洗了呀，人有时候一忙，就不洗脸对不对？麦子说，是的，我们经常就不洗脸。陈元说，你也没有回来扫过墓吧？麦子说，我回来烧过几次纸，算不算扫墓呢？陈元想，一个人的脸，活着的时候是靠自己洗的，死后就得靠别人来洗了。

已经接近黄昏了，小婶举着几个清明吊子，匆匆忙忙地向坟上赶去。小婶说，你们两个什么时候回来的？陈元说，刚刚到家还没有进院子呢，小婶不是住在县城吗？小婶说，孩子马上就要高考了，我趁着清明回来扫扫墓，好让老先人保佑保佑我们。陈元说，谁要高考了？麦子说，是陈正方，和我都在丹凤中学。陈元说，我晓得陈正方，听说学习非常好。小婶说，麦子晓得，那是原来，现在成绩滑坡了。陈元说，再滑坡，考大学应该没有问题吧？小婶说，哪能说得清楚呀，听说你在外边弄的世事大得很，跺跺脚上海都要哆嗦哆嗦，老先人能保佑陈正方考上大学还好，如果考不上大学的话，你就把他带到上海去，想办法给他安排一个工作。陈元说，那都是大家瞎传的，我自己都顾不住自己了，他万一考不上，要么复读一年，要么去北京跟着他爸爸，开开出租车也挺好的。

小婶说，我们都是陈家二房的，都是从清风明月里的一口锅里分开的，陈先火是你亲亲的小佬，我是你亲亲的小婶，陈元北不管怎么说都是你的弟兄，陈正方都是你的侄子，我们不靠你靠谁呀？

陈元笑了笑说，我爹去哪里了？小婶说，应该栽树去了吧？陈元说，这个季节栽树能活吗？小婶说，这几年，他像疯子一样，房前屋后地到处栽树，恨不得在屋顶上都栽上核桃树。

陈元想不明白，有人相信菩萨，祈求来生过上好日子；有人相信上帝，希望今生能得到宽恕；更多的人相信钱，认为只要有钱，上天堂下地狱都不是问题。但是父亲相信庄稼，相信树，他相信的是什么呢？是生生不息吗？是枝繁叶茂吗？父亲几十年间，除种庄稼之外，一年四季，尤其是冬天，喜欢依赖大大小小的树，在不断地栽树、养树和砍树，然后再栽树、养树和砍树，重复着单纯而快乐的生活。有一次，父亲指着院子背后的一棵梨树问陈元，把这棵梨树给你，你想干什么？陈元说，小时候嘴馋，最想让它长果子，后来没有衣服穿，最想拿它烧火，再后来喜欢看书，最想用它打几个书柜，梨木的书柜应该是最好的书柜，如今呀，希望它什么都不干，能一直好好地活着。陈元反问父亲，你呢？你最想用它干什么？父亲说，给我？！那棵树是你小佬陈先火的，人家哪里舍得呀？陈元说，我只是假设。父亲说，年轻的时候，看到什么树都想把它砍掉，如今老了，其实最想让它们一直长在那里。陈元说，长多久？父亲说，两百年。陈元说，为什么呀？

父亲想了想说，为了我们陈家，也为了上边的老鸹。

据不久后传来的消息，那棵梨树被小婶砍掉了。陈元问，砍掉干什么了？父亲说，砍掉给你小佬打棺材了。陈元说，梨树能打棺材吗？父亲说，有什么办法啊，他们家山上砍光了，除了核桃树之外，只有这棵树可以打棺材了。父亲当时有些忧伤，因为那是塔尔坪最后一棵梨树，原来从屋顶上看过去，春天一树花，夏天一树白，还有一个老鸹窝，多么美又多么温暖，如今竟然变成了一副棺材，怎么会不凄凉呢？

老鸹就是乌鸦。陈元与麦子坐在院子里，静静地等着父亲回来。院子背后的另一棵树上，有几只老鸹哇哇地叫了起来。陈元说，认识吗？麦子说，老鸹怎么不认识？上海没有老鸹吗？我上次去上海怎么没有看到一只老鸹？陈元说，或许有吧？只是它们躲起来了。

陈元想到了父亲的问题，便问麦子，如果把这棵树给她的话，她最想用它干什么？麦子想了想说，希望和我哆一样，让它一直长在那里。陈元说，长多久？麦子说，两百年。

陈元怎么也没有想到，麦子、自己与父亲的想法都是一样的。

太阳快要下山了，把整个塔尔坪弄得有些刺眼，尤其站在各个角落里的那一棵棵树，一边摇晃着一边把自己的影子拉长再拉长。

Ⅱ 大门

陈元家的大门多数是虚掩着的，那种虚掩着的感觉真好。不像在上海，每次出门的时候，即使是出租屋的门，都得把钥匙插在锁孔里转上几圈；晚上睡觉的时候，无论天气再闷热，都得把窗子关好，楼下到处贴着告示，提醒大家要防备小偷。陈元的出租屋就曾经遇到过小偷，仅仅偷走了他的手机。手机也不值钱，但是电话号码全部存在手机里边。城里惟一安宁的日子是过年，才可以大胆地开着窗子透透气，因为大年三十初一两天是没有小偷的。小偷也要过年，也得图个好心情，就给自己放假了。

父亲只有出远门的时候才在大门上边挂一把黄铜锁。陈元提醒父亲，黄铜锁非常简单，很容易就被人拧开了，还是换一把大铁锁吧。父亲说，里边还有一道门呢，而且人家要偷你，换一把拳头那么大的锁都没有用处，什么锁都是锁君子，不锁小人。所以塔尔坪的大门用处最大的，不是守家护院，而是被卸下来，平放在大煌桶上边，用来杀猪——把猪按在大门上边，放血，刮猪毛，所以每家大门上边多多少少都沾有猪血，据说沾一些猪血，反而是好事情，可以辟邪。

陈元家的大门纯粹是橡树的，一扇估计有三尺多宽，两寸多厚，而且由一整块木板做成的。那么粗的树，除在几座寺庙里遇到过，即使在一些原始森林也为数不多。上海有几棵银杏树已经活了几百年，尤其是千年古镇朱家角外边的那棵，四周用铁栏杆保护了起来，但是比起陈元家的大门还是小巫见大巫，树孙子见到了树儿子。

陈元小时候和一帮小伙伴最喜欢玩的游戏，就是挨家挨户地从人家门缝中朝里看，大部分时间是什么也看不到的，有时候会看到小媳妇掏出一对白花花的大奶子在喂孩子，偶尔也能看到有些大丫头小媳妇光天化日之下，脱光衣服坐在院子中间洗澡。塔尔坪有个大美人，瓜子脸，皮肤白，脖子长，下巴上长着三颗黑痣，一笑起来十分俊俏。她身边带着一个孩子，这个孩子不是别人，就是比陈元大一点的陈元北。当时，大美人有没有嫁给陈元的小佬陈先火，陈元北的名字有没有改成陈元北，陈元把大美人是不是叫小婶，都已经记不得了。陈元只记得有一次，大美人烧了几桶水，坐在自家院子里洗澡。她不用木盆子，而是拿出了大煌桶。大煌桶有十个木盆子那么大，是专门用来点豆腐和杀猪的。她在温水里不泡艾叶，而是放了一大把花瓣。等花瓣散开了，飘出一股股香味，大家才认出来，那是山上的野菊花。她躺到大煌桶里，只露出半个头，双腿一伸就漂起来了。正是中午，阳光一照，水就是透明的了，几乎可以看清楚她白花花的身子。

塔尔坪每家每户的大门上基本会有几条缝。放学之后如果要玩游戏，提前必须举行撒尿比赛，谁尿得最远，最宽的那条门缝就归谁，所以下课的时候，大家就趴到小河边咕咕嘟嘟地喝水，喝完水不上茅司，一直憋到比赛的时候。他每次喝水，把自己撑得直打冷战，还没有放学就尿裤子了。夏天尿裤子除了有点尿臊味之外都还好受些，冬天尿裤子实在太冷了，裤裆里会结冰碴子。后来，他发现有一个小丫头，用橡皮筋朝上扎着的头发翘得像一只大公鸡，于是把人家的橡皮筋抢过来，偷偷地绑着自己的小鸡鸡。所以，陈元基本是第一，可以从小河这边尿到小河那边，每家每户最宽的那条门缝自然就归他了。

陈元看到的总会比别人多，其他人只能看到一条白线，而他看到的基本是一个完整的人。大美人洗澡的时候，牙齿总是咬着自己的嘴唇，像是要吃自己下巴上的那些芝麻一样的黑痣。有一次，陈元他们几个小伙伴屏声静气地挤在门缝外边看，有一个小伙伴长着一对眯眯眼，他眯着眼睛向里看的时候，像一根钉进门里的钉子。眯眯眼悄悄地问，她身上怎么会有一条缝呢？有一个小伙伴长着一张厚嘴唇，厚嘴唇说，应该是嘴唇吧？她有两个嘴唇，上边一个下边一个。陈元说，肯定不是嘴唇，如果是嘴唇的话，应该有牙齿的，为什么没有看到牙齿？眯眯眼说，老人没有牙齿。厚嘴唇说，婴儿也没有牙齿。

大美人家旁边有一棵核桃树，树顶上有一个喜鹊窝。有两只喜鹊喳喳地叫着，不安地从树梢上，飞起来又落下去，落下去又飞起来，似乎闻到了野菊花的味道，似乎看到水里有虫子。最后，其中一只朝着大美人飞下来，突然啄了那么一下，不晓得啄到了什么，只听到大美人尖叫一声，从水里跑了出来。陈元被吓着了，闭上了眼睛，等他睁开眼睛的时候，大美人已经穿好衣服，从家里扛出一根长竹竿，朝着核桃树上的喜鹊挥了过去，几下子就把喜鹊窝给捅掉了。

陈元家的大门是没有炸缝缝的，但是两扇之间的那条门缝还是避免不了的。陈元挨家挨户地看过去，日积月累，谁他姐的屁股大，谁他妈的奶子大，自然都是一清二楚的。惟独陈元的姐姐，他们谁也没有看到过什么，一是因为他姐姐不太洗澡，二是他家惟一一条门缝总是归自己了。小伙伴们每次来到陈元家，陈元背对着大门一站，对他们挥挥手，说到下一家吧，这里结束了。眯眯眼不服气，偷偷地跑过来一次，被陈元发现了，把门从里边猛然一开，就给他来了一个狗吃屎。厚嘴唇也偷偷地看过一次，陈元把门轻轻一开，再咔嚓一关，把厚嘴唇就给夹住了。所以，塔尔坪的小伙伴十分听话，如果谁不听话，陈元就会把他姐姐呀妹妹呀的小秘密说出去。

关于门缝，陈元问过父亲，父亲说，还能有什么原因？做门的树如果太小太嫩，经风经雨就容易炸缝缝，如果是大树老树，即使用来杀猪，照样是没有缝缝的。父亲告诉陈元，他十几岁那年，兄弟几个分家，他分到两间房子，自己又接了一间房子，于是在山上跑了一遍，把塔尔坪最大的一棵树砍回来，为清风明月换了一副大门。

父亲说，我现在七八十岁了，大门也有六十岁了。陈元说，你说的那是大门的年龄，我数过门上的木纹，应该有两百多条，说明我们家这块门板是用两百多年的大树做的。父亲说，所以呀，太阳能扳得过它？虫子能咬得动它？别说炸一条缝缝了，你用斧子试试，恐怕破也破不开吧？

陈元确实数过他们家大门的木纹，最多的一次数出了二百二十二条，如果加上大门本身的岁数，可以断定，他们家的大门应该将近三百年了。有几个文物贩子，认为它已经成了文物，于是找到父亲，有出五千块的，有出一万块的，也有出两万块的，死活想买走他们家的大门。父亲总是一句话，不卖。父亲说，砍掉那棵树之后，肠子都悔青了，如果那棵树依然活着，差不多三百岁了，塔尔坪如果有一棵开枝散叶三百年的树那该多好啊，可惜现在只有树孙子已经没有树儿子了。父亲说，其实我们和树是一样的，我们不能把树都砍光了。

六十多年前，塔尔坪合抱粗的大树有不少，中间还有成群的锦鸡、老鹰、野猪、野羊、麂子、獐子、果子狸，当然还有大灰狼。在陈元上小学的时候，经常遇到老鹰抓锦鸡，自己吃不完就让给老鸹。老鸹容易嚼瑟，每次吃锦鸡的时候，大家一齐伏在地上哇哇大叫，陈元他们循着它们激动的叫声，拿着棍子把它们赶走，就能捡回半只锦鸡。在土地和山林承包到户之前，无论是长果子，盖房子打家具，还是烧火做饭，够吃够用就行了，所以那时候树就是树，基本能好好地活着。在什么都承包到户之后，尤其是市场随着开放之后，树似乎已经不是树了，衡量的标准直接变成了钱，有利用价值的树被源源不断地砍掉了，最初是卖木炭，后来直接卖木头，再后来是卖木板，再再后来是卖香菇木耳，最后各种各样的树都慢慢地消失掉了。塔尔坪剩下一种树还活得好好的，还长得枝繁叶茂，还相对比较长寿，那就是显得无比孤单的核桃树，原因是核桃越来越值钱了。

核桃树除了长核桃，另外还有一种用途，就是核桃树枝子天生长得像烟斗，而且中间天然有孔，挑一些样子好看的砍下来，用烧红的铁丝捅一捅，就成了非常漂亮的烟斗。核桃树枝子砍掉几个，对核桃树的生长毫无影响，所以父亲有好多好多烟斗，拳头那么大的，勺子那么大的，指头那么大的，L形的，S形的，V形的，C形的，抽水烟的，抽烟丝的，抽过滤嘴的，他每天天亮，穿好衣服的第一件事情，就是坐在门枕上，用五花八门的烟斗抽烟。他的心情不同，用的烟斗就不同，吐出来的烟雾也不同。抽烟丝的时候，基本与几位老人在一起，每人按一锅子烟丝默默地吸着，听着时光从他们的脸上静静地滑过；抽过滤嘴的时候，就是他想念儿子陈元的时候，因为过滤嘴香烟多数是陈元买给他的——他会深深地吸一口烟，呆呆地看着门前的山头，似乎越过山头就能看到陈元一样；抽水烟的时候，他满脑子都是庄稼，都是树木，都是雨水，都是收成，那吧嗒吧嗒的声音，像是他与它们在交流。

如今，父亲不分四季地去栽核桃树，有人问起来的时候，他就说，等我死了，核桃树就长大了，就可以替我活着了，我家喜娃子看在这些树的面子上也许就回来了。

III 烧炭

真正把树的命运与陈元的命运扯上关系的，可能在他八岁或者是九岁的时候。

有一年冬天，刚刚下过一场大雪。吃完早饭，父亲把斧子磨了磨，然后笑着对陈元说，你跟我上山行不行？陈元说，上山干什么？我要放牛呀。父亲说，上山砍树呀。陈元说，砍树干什么？父亲说，给树洗澡呀。陈元说，爹你哄人，只能给人洗澡，哪有给树洗澡的？而且树又不脏，怎么洗呢？父亲说，你看看，树是不是黑色的？陈元说，叶子是绿色的，树皮是黑色的。父亲说，树一烧是不是会冒烟？烟是不是很呛人？陈元说，是呀，都把人熏死了。父亲说，所以说，树比人脏多了，你今天跟我去山上，帮我给树洗洗澡吧？

在冬天里，陈元是喜欢洗澡的。夏天天气暖和，可以在小河里打江水，也就是洗澡。但是冬天，河都结冰了，如果能在家里烧一桶热水，在热水里泡一泡，那真是暖和极了。但是在塔尔坪，不晓得是什么原因，无论女人还是男人，很少正正经经地洗一次澡，他们这些小伙伴更是可怜，有时候过年都洗不到一次澡，问大人，大人说，你们夏天在河里不是洗过了吗？他们说，现在已经冬天了呀。大人说，那离夏天就不远了。陈元问过父亲，塔尔坪又不缺水，为什么不喜欢让他们洗澡呢？父亲说，烧水不要柴火呀？按照父亲的意思，是舍不得柴火，也就是心痛树。

陈元听说要给树洗澡就心动了。陈元说，我不会呀。父亲说，你学学就会了，我可以教你的。陈元在腰上别着一把小斧子，跟着父亲上山了。那座山在他家背后，要爬六里远的山坡。陈元和父亲爬到半山腰的时候，发现小河已经断流了，有些悬崖上还有水，但是已经结成了冰碴子，像溶洞里边的钟乳石。陈元说，爹，你肯定是哄我的，这里没有水，拿什么给树洗澡？而且也没有盆子呀？父亲说，我怎么会哄你？人洗澡要用水和盆子，树洗澡就不需要了。

陈元看着满山的白雪说，你要拿雪给树擦身子吗？父亲说，那还不把树给冻死了？你跟着我，到时候你就晓得了。陈元跟着父亲，爬上一座山顶的时候，那里的树大起来了，也茂密起来了，明显已经不是他们家的地盘了。父亲说，这是你舅舅家的山，他们嫌远，就送给我们了。父亲抡起斧子，一边砍树一边说，你是不是想继续上学？陈元说，是呀，连小哑巴都在朝前念书。父亲说，家里油盐酱醋要钱，你上学也要钱，不然钱从哪里来？我没有哄你，我们是烧炭来了，烧炭不就是给树洗澡吗？我也哄你了，洗澡多舒服呀，这里摸摸那里搓搓，但是烧炭很辛苦，要砍树，要断树，要起窑，要装窑，要出炭，要埋炭，要背炭出山，还要背炭去卖，差不多有三十六道手续。

陈元说，烧炭就是烧炭，怎么会是洗澡呢？

父亲说，给人洗澡用水，给树洗澡就得用火，我考考你吧，给蚯蚓洗澡用什么？

陈元想了半天，说也用火吗？

父亲说，用火不就把它给烧焦了？给蚯蚓洗澡要用泥巴，蚯蚓在泥巴里一钻，浑身就干净了。

陈元说，我们这次上山给树洗澡，真的是为了让我上学？父亲说，那还有假？不为了让你上学，我拉上你干什么？陈元说，人家说你是为了大美人。大美人没有嫁给陈元的小佬之前，之所以人人都惦记着她，因为说她是寡妇吧，当时还没有结婚，说她是黄花大闺女吧，又生了一个孩子。按照大家私下议论的，她不明不白地被人给睡了，怀上了一个不明不白的孽障。甚至有人说，睡她的那个男人是陈元的父亲，也有人说是陈元的舅舅。厚嘴唇说，根本不是别人，是她自己把自己给睡了。眯眯眼问过他妈，他妈说，她是人，又不是地里种的包谷，自己能把自己的肚子弄大了？大美人后来嫁给了陈元的小佬陈先火，于是成了与他家一墙之隔的小婶。

父亲有些不高兴，说你是我儿子，人家胡说你可不能胡说呀！你小婶整天咳嗽你都听见了，一方面是生病了，一方面是被烟熏的，等我们把炭烧好了，可以送给她一部分用来熬药，主要还是为了让你上学。父亲说着，就把一棵碗口粗的大树给砍倒了。陈元心里有一丝丝温暖，像自己刚刚泡在温水里，给自己洗了一个澡似的。陈元提起小斧子，把父亲砍倒的大树的枝丫一根根修掉。陈元没有烧过炭，但是他明白枝丫是不能烧炭的，只能让它们长木耳，或者背回家里当柴火。

第二天，父亲提着一把斧子上山的时候，陈元把自己的那把小斧子也磨了磨，跟在了父亲的后边。眯眯眼问他，你上山干什么呢？陈元说，我去给树洗澡呀。厚嘴唇说，有屁股看吗？陈元说，当然有了，每棵树都有好几个白屁股。陈元想把他们一起哄上山，但是被他们家的大人给挡住了，说树屁股就是树桩，有什么好看的。

烧炭是非常复杂的。第一步是把砍好的树，长短不一地截成三五尺长，根据长短一根根地竖排在一起；第二步是用石头从四周包围起来，和一堆泥巴顺着石头糊一糊，前边留两个窑门，上边留几个烟囱，旁边留一个点火口；第三步是拾一堆柴火，放在点火口一烧，等窑里的树引着了，再把窑门与点火口封住，只留几个烟囱。第一窑炭烧好之后，窑就非常坚固了，再烧第二窑的时候，把树直接装进去就行了。

父亲会不停地进山，看看冒出来的烟就明白什么时候需要出炭。炭出早了没有烧好，出晚了又化掉了。如果烟越来越白，慢慢像雾气一样，说明马上就要出炭了。陈元与父亲烧好的第一窑炭，正好赶在后半夜。父亲说，你今天就可以看到给树洗澡之后是什么样子的了。陈元说，会不会与小婶洗澡一样，身上水珠子掉得噼里啪啦的？父亲笑着说，你见过几次？陈元说，从门缝里见过两次，但是她嫁给小佬之后为什么就不洗澡了？父亲说，可能她觉得身上不脏了，或者觉得洗不洗无所谓了。陈元说，爹我跟你说，她下边还有个缝缝，有人说是嘴巴，有人说是口子，到底是什么呀？父亲说，这是小孩子要晓得的吗？陈元说，小孩子怎么了？父亲说，等你长大就明白了。

他们黑咕隆咚地赶到山上，用泥巴封住烟囱，打开窑门，把一个大铁耙子伸进窑里——这个铁耙子与猪八戒用的不一样，猪八戒打妖怪用的是九个齿的，他们用的是四个齿的。铁耙子全是铁的，估计有三米长，有二十斤左右。用铁耙子把木炭一截截钩出来，放入先前挖好的坑里，然后盖上一层泥巴，像埋人一样埋起来。

陈元看到过无数的树，有丝密树椿苗树，有桃树梨树杏树，有漆树橡树栎树，有松树白桦树五倍子树，有柿子树毛栗树核桃树，却是第一次看到刚刚烧好的木炭。它只有火苗，没有烟，也没有一点黑色。它干净得真像刚刚洗过澡的小婶。其实，小婶再洗，总有一些地方是黑色的，也不可能通体都是透明的，所以没有人像木炭那么干净。

父亲说，你来试试吧？陈元把大铁耙子伸进了窑里，感觉自己靠近的，不是一截截木炭，而是刚刚洗完澡的女人。父亲笑眯眯地说，我没有哄你吧？陈元说，没有。父亲说，是不是洗得很干净？陈元说，比小婶用菊花水洗得还干净。父亲说，有没有闻到什么味道？陈元抽了抽鼻子说，有点香味，木炭竟然也是香的。父亲说，等会儿还有更香的呢。

父亲摸出两个包谷棒子，剥在一个铁锨上，在木炭上炒起了包谷花。不一会儿，山上就飘起了包谷花的香味。旁边的树林子开始沙沙地响，陈元问父亲，那是什么呢？父亲说，可能是野猪，也可能是獐子，它们想吃包谷花了。陈元说，它们会不会冲过来咬我们呀？父亲说，你别怕，它们最怕的就是火，这些木炭红通通的，它们根本睁不开眼睛。

那些动物围着转了几圈，果然就悄悄地走了，有些可能是转晕了，或者被火光照花了眼睛，咕嘟一声滚下了山坡。

动物似乎都怕火，也就是怕光。每到秋天柿子熟透了，大家天黑之后就守在柿子树下边，一旦听到上边有动静，由杀猪佬陈先株打开手电筒，直直地照着它们的眼睛。它们被手电筒一照，便趴在柿子树上不敢动弹，然后由小佬端起猎枪，瞄着它们的脑袋，慢悠悠的一枪，就把它们给放翻了，命中率是百分之九十。它们即使幸运地活着掉在地上，照样会被埋伏着的几只狗给抓住的。

柿子树是直接长不出来的，必须嫁接才行。好在用野海棠、野山楂和野李子树嫁接都非常容易成活，而且可以在一棵树上嫁接不同的品种，所以好多柿子树上边，既长火罐柿子又长磨盘柿子。柿子吃法花样百出，第一种是溇柿子，适合磨盘柿子，从夏天开始，如果想吃柿子了，就把青柿子摘下来，放在温水锅里泡着，水里撒上碱面子，两天左右就脱涩了，变得又脆又甜，陈元他们经常捡一些被雷雨打下来的小柿子，埋在河水中间的沙里，几天时间也可以吃了；第二种是软柿子，适合鸡蛋黄柿子，秋天把红柿子摘下来，可以堆放在阁楼上，等软了再吃；第三种是冻柿子，什么品种的柿子都可以，把它们堆在屋顶上，上边蒙一层包谷秆，等冬天下几场雪，柿子被冻硬了，变成黑色的了，吃起来就非常非常甜；第四种是削柿饼，适合火罐柿子，把柿子皮削掉，然后串起来，挂在树上，经过风吹日晒，就形成了柿饼，最好吃的柿饼，还应该放在瓮里，焐上几个月，焐出一层白霜——其实那不是霜，而是凝结出来的糖。

按说柿子那么多吃法，柿子树应该受到尊重，可惜柿子不能长久保存，勉强吃到春节，过完春节天气转暖，就全烂掉了。最关键的，是它属于寒性食物，平常人吃多了就胃胀、便秘，尤其吃了生柿子肯定会拉不下来，肠胃病患者以及外感风寒咳嗽者也不宜食用，女人大姨妈来了和孕妇更要忌用。因为柿子树没有什么药用价值，也没有多少商业价值，加上自身没有良性繁殖能力，塔尔坪人天长日久就懒得嫁接它了。

陈元不明白是不是柿子树消失造成的，果子狸好不容易也熬成了保护动物，可以明目张胆地上树摘柿子吃了，可惜莫名其妙地绝迹了。随之绝迹的还有狗。塔尔坪人也不养狗，和父亲的意思一样，说狗除了哇哇几声，其他什么用处都没有。别说养狗了，如今连牛也不养了。陈元放过几年牛，当时牛可以拉犁耕地，牛粪是最好的肥料，如今耕地不需要牛，施肥不需要牛粪，杀牛吃肉也不如杀猪吃肉——牛长得慢，没有肥肉，猪长得快，又有肥肉，大家养猪攀比的，是看谁家的猪膘厚，对于爱吃肥肉的塔尔坪人来说，再养牛自然是不划算的。

出完炭，天就亮了。父亲装一背篓热乎乎的木炭背回家，大部分堆在厨房里——新烧的木炭轻飘飘的，是舍不得立即卖出去的，会在厨房堆放一段时间，为了让它们回潮，在周围再浇点水，分量自然增加不少。父亲再提一部分送给小婶，从那天起，小婶家飘来一股中药的味道，其中就有好闻的甘草。小婶的咳嗽声慢慢地轻了小了，冬天过后春天来临的时候病就痊愈了。

把木炭背回家，陈元发现又变黑了，比树皮还要黑，可以用来写字。父亲拿木炭给他制成笔，让他在地板上写字。他们家的门上，外边的墙壁上，至今还留着好多字，也有一些算术题，都是用木炭写的。还有几条留言，比如，饭在锅里，钥匙放在门头上，借谁家面粉一升，等等。这些字，不全是陈元写的，多数是他姐写的，还有哥哥和母亲写的——母亲和哥哥去世之前，没有留下一张照片，也没有留下什么东西，惟一留给陈元的印象，就是那些歪歪扭扭的字，每次看得他禁不住潸然泪下。

木炭写出来的那些字不会褪色，加上家里几次粉刷，父亲都没有擦掉它们，仍然保留着它们。它们清清楚楚的，宛如一切刚刚发生，恐怕是为了保留几分念想吧？

陈元问父亲，洗完澡的树为什么又黑了？是不是变得更脏了？父亲说，它只不过是睡着了。父亲铲了一锨子木炭，引着了。平时大多数时候，烤火都是用柴火，柴火会冒出滚滚的浓烟，熏得人直流眼泪。陈元发现，木炭不会冒烟，一旦烧着了，也就是醒了，它会冒出蓝色的火苗，红彤彤地烧下去，直到变成一把灰烬。

早些年，木炭是要背到十里之外的石门镇，卖给城里人拉回去过冬，好像一百斤就几块钱。塔尔坪通拖拉机之后，没有几年工夫，山上就没有树可以烧炭了，即使还有一些可以烧炭，大家掰指头一算，也觉得是不划算的。但是父亲千方百计地又烧过几次木炭，谁家需要熬中药的时候，父亲就送人家一些，剩下的堆在那里等着陈元回家，旺旺地烧一炉木炭火，在火灰里埋几个土豆，几个人围在一起，吃着烧土豆，坐到深更半夜，有时候也坐一个通宵。等陈元前脚离开塔尔坪，父亲后脚就把木炭火用水浇灭——他自己一个人是舍不得烤木炭火的。

几个人围着木炭火，多数时候什么都不说，少数时候聊聊庄稼，聊聊山山水水，聊聊谁谁去世了，聊聊谁谁发达了，当然还要聊聊外边的世界。大家每年就聊那么一次，偶尔找机会打个电话，彼此只是问候一声，报一个平安而已，各自身上发生的灾灾难难，因为害怕对方担心，平时都瞒哄掉了，只有这个时候，才会暴露出来。

父亲瞒哄过好多事情，有一次是他感冒发烧，躺在床上爬不起来，想去厨房舀口水喝都动弹不了，想喊叫又喊不出声音。他迷迷糊糊地躺了两天，也许是大难不死，竟然有个疯子撞进他们家，给他递了一碗凉水，又拿着他的几块钱，跑到小卖部买了两包饼干，把他给救活了。半年之后，陈元回家过年，别人告诉他说，你把你爹一个人放在家里，以后死在家里，烂掉了都没有人晓得。即使如此，从表姐那里传给陈元的消息，大部分仍然是"你爹的身体挺好的，每顿可以吃两碗饭呢"。

陈元也瞒哄过好多事情，最难受的一件是在西安闯荡的时候，无意中被一个吸毒人员给缠住了，总是堵在他们单位楼下，说陈元欠他多少多少钱。他动不动掏出刀子，顶着陈元的腰，要求陈元还钱，如果不还钱，就捅了陈元。那段时间，陈元几乎不敢下班，尽量在办公室里待到半夜，但是每月十号发工资的前后，他就会堵到陈元的面前，把陈元的工资一卷而空。被缠了一年多时间，陈元的生活陷入绝境，于是找到单位领导，希望能够预付一部分工资，但是领导死活不同意。陈元一日三餐都成了问题，在楼下的小饭馆吃饭，撒谎说自己忘记带钱，就那么赊过几次账，再也不敢现身了。陈元找到一个朋友，委婉地表达了借钱的想法，但是被委婉地拒绝了。陈元离开朋友的时候，真的是身无分文，坐车没有钱，吃饭也没有钱，只好步行回家。大概有四公里吧，他沿着钟楼，沿着长安街，一直朝南走，两只眼睛盯着路边花花绿绿的垃圾和树叶子，心想如果能捡到两块钱那该多好啊，就可以买几个馒头充饥了。但是，世界上到处都是钱，人人身上都装着钱，乞丐也可以要到钱，他竟然连捡到两块钱的愿望也落空了。晚饭没有着落了，早饭没有着落了，中午看到房东家正在吃饭，桌子上摆着大鱼大肉，陈元不咸不淡地跑到人家面前，说是借一个打火机用一用。陈元想，房东哪怕客气一声，他也就不要脸地混一顿饭活下来再说。但是房东一边埋头吃饭一边对他说，小陈啊，你大概三个月没有交房租了吧？

当时为了省钱，也为了解决吃饭问题，陈元从老家带着一个煤油炉子，还带着几把子父亲亲手吊的挂面。陈元回到出租屋，用煤油炉子开始做饭，估计是老天故意逼他吧，刚刚把煤油炉子点着，半锅清水挂面还没有煮熟，煤油就烧干了。在西安的最后几天，他就用自来水泡挂面吃，好在挂面本身是咸的，吃起来还有点味道，但是到第三天的时候，生挂面也吃完了，他再也坚持不住了，便向单位递交了辞职报告。单位看到经常有人追债，很痛快地答应了他，并结算了大半月的工资。

那是一个阳光明媚的上午，那个吸毒者又堵在楼下，陈元没有等着他搜身，主动把刚领的工资一分为二，带着自己那一半就直奔汽车站而去。当陈元黄昏的时候回到塔尔坪，父亲问他，晚上吃什么呢？他说，随便吧。父亲说，那就做你最喜欢的糊汤。陈元真想说，我最想吃的，是腊猪肉，是大米饭，一顿要吃三大碗。因为他好多天没有吃到肉，也没有吃饱肚子了。

陈元吃着父亲端上来的糊汤，一下子委屈地哭起来了。父亲似乎意识到什么，问他工作怎么样？陈元哄父亲说，挺好的，单位有一家分公司在上海，把他派到上海工作去了，在家待几天就要去上海了。

陈元好多年没有见过木炭了。他对木炭的想念已经超过对好多人的怀念。木炭的香味，木炭的透明，木炭的温暖，木炭永不褪色的心迹，那是煤炭、电炉子和空调都无法相比的。当城里人与乡下人均不再用木炭取暖的时候，他还是一直相信父亲的说法，木炭是洗过澡的树，能用火洗澡的东西，它一定是无比干净的。

干净得超过这个世上的任何一个男人或者女人。

IV 女人

父亲稍微有点空闲的时候，就钻进前后左右的山里，即使大雪封山也挡不住。大家都说，好像山里有狐狸精似的。

父亲趁着下山的时间，去人家门口坐坐，冬天晒晒太阳，烤烤手，夏天乘个凉，喝口水。看上去是抽一袋烟，歇会儿，人家总感觉他是冲着哪家哪户的女人去的。所以，父亲每次进山都会招来人家的忌恨，忌恨的当然是一帮男人，尤其家里有女人的男人。看到父亲进山，男人们就不敢出门了，他们得守着自己的女人。农闲的时候，父亲几乎天天要钻山的，下雨后去摘木耳，下雪前去拾一把干柴；夏天要去山上挖天麻，秋天要去摘连翘和五味子。父亲在方圆几十里成了最勤快的人，那些男人就找出各种各样的借口守在家里，天长日久一个个都变成了懒汉。

女人们经常教训自己的男人说，你看看陈先土怎么不怕冷不怕热？那些男人就辩解说，不是我们怕这怕那的，是怕人家把我们当贼娃子，陈先土那人是很勤快，勤快着干什么呢？天天到外边偷人家的。时间一长，无论谁家山上的树被砍了，都要怀疑到父亲的头上。

塔尔坪人对父亲的评价总是两边倒：一边全是男人，提到父亲就咬牙切齿的；一边全是女人，她们看到自己男人犁地呀砍柴呀烧炭呀开荒呀挖药呀，冬天怕冷，夏天怕热，春天犯困，秋天犯懒，干什么都摇摇摆摆的，干什么都嫌太苦太累。她们甚至在心里寻思着，他们为什么不早死呢？早死自己也许还能嫁给父亲那样的勤快人。

奇怪的是，越是懒的，病歪歪的，被咒得多的，虽然咳嗽呀头晕呀腿酸呀腰痛呀，各种毛病连连不断，却没有什么大事儿，活得更加安生长寿了。大家总结下来的原因是，懒人经风少，吃苦少，睡得多，有些小毛病还是装出来的，所以也能活到七八十岁。

塔尔坪有个懒人，他懒到什么程度呢？有人笑话说，他呀，想跟媳妇睡个觉吧，连媳妇的裤带也懒得解掉，要与媳妇亲个嘴吧，连舌头也不伸一下。那个男人不是别人，就是陈元的小佬陈先火。小佬因为懒，近三十岁还没有娶到媳妇，大家认为他这辈子娶不到媳妇了，哪怕死男人的老寡妇也轮不到他的头上。

有天早上，太阳已经升到了半空，各家各户都端着碗蹲在院子外边的墙角，一边晒太阳一边吃早饭。但是那天，小佬比平常起得要早一些，眯着睡意蒙眬的眼睛，把大门吱咛一声拉开，开始乐呵呵地给左邻右舍撒糖果。大家就问，有什么喜事吗？小佬笑着说，娶媳妇了呀。有人说，你是不是做梦啊？小佬就回过头指了指背后，说你看看，这个人是梦吗？梦中有这么漂亮的媳妇吗？

大家一看，小佬背后跟着的，竟然是大美人。

大美人拿着一把梳子，一边走一边在梳自己拖到屁股后边的头发。

小佬把大美人拉到身边，说我们一起给大家鞠个躬，就算拜堂吧。大美人不吱声，也不配合，身子一扭，从小佬身边溜开了。有人说，你这是和她睡觉了，不能算是娶媳妇了。小佬说，有这么明目张胆地睡觉吗？有人说，如果她被人睡过一百次，岂不是被娶了一百次？你看看，人家不承认呢。小佬说，哪里是不承认？这叫害羞懂不懂？你们不要没有吃到柿子就说柿子是涩的。小佬又说，她不是我的媳妇，能给我提尿壶吗？当时，大美人已经梳完头，绾着两根大辫子，返回去从小佬家提出一个尿壶，直接去了茅司。茅司里传来两阵子哗哗啦啦的流水声，前一阵子是大美人在倒尿壶，后一阵子声音小一些，恐怕是大美人在撒尿。

大美人从此不但没有离开小佬家，还把她的儿子也带过来，让小佬根据辈分给他起了一个名字叫陈元北。小佬对陈元北非常好，像自己亲生的一样。人家说，你给人家养孩子不吃亏吗？小佬笑着说，这吃什么亏？睡了老的，捡了小的，一口水还没有喝我的，就成了我的儿子，这多大的便宜呀。

小佬家屋顶上的那根烟囱开始准时冒烟了，几亩庄稼地不再荒芜了，门前也洒扫得清清亮亮的。小婶嫁给小佬，让塔尔坪好多男人郁闷了很久。有人说，小佬把人家给哄去的；有人说，小婶想找一个替死鬼；有人说，小婶不嫁猪不嫁狗，偏偏嫁给了那个懒汉，是冲着陈先土去的。因为他们是亲兄弟，都在清风明月一个院子里，陈元家住着几间正房，小佬家住着三间厢房。虽然小佬在结婚之后，说自己为了另立门户，其实是想与父亲划清界限，把坐东朝西的那扇门封起来，在背面重新开了一扇门，建起一个坐西朝东的小院子，但是两家还是一墙之隔，而且小佬家睡觉的一扇窗子，是朝着陈元家那边开着的。陈元与几个孩子躲猫猫，经常把窗子一揭，轻而易举地就钻了过去。有一次，大中午的，看到父亲从窗子里跳了出来，陈元问父亲和谁在躲猫猫吗？父亲很恼火地说，躲你个头呀，小孩子懂什么呀？

小佬虽然很懒，却出奇地聪明，尤其会制作猎枪。原来塔尔坪打猎可以从县上的武装部借枪，因为每到秋天，上边不发枪打猎的话，野猪会把偏远一点的庄稼吃光。有一次，大家拿着几杆枪，朝着野猪放了几枪，没有想到给野猪挠了痒痒。野猪又蠢又莽撞，如果朝着人扑过来，比狼还要凶猛。小佬来不及逃，只好爬上一棵碗口粗的树，没有想到野猪牙齿更厉害，三下五除二就把树给咬掉了大半边。

小佬幸好怀里抱着枪，里边还有一颗子弹，万分危急之时，顶着野猪的头，砰地补了一枪，把野猪给放翻了。

小佬死里逃生，就开始研究自制猎枪。

陈元他哆藏着几杆枪，被小佬陆陆续续拿出来，可惜全部生锈了，枪栓拉不开了，枪眼给堵住了。小佬重新找来钢管子，照着样子摸索了两个月时间，重新制作出了第一杆猎枪。小佬制作的猎枪，枪托十分长，枪膛十分深，枪管子也有擀面杖那么粗，像鸟枪那样也是打霰弹的。陈元没有见过正规的子弹，但是见过小佬制作的霰弹，除火药之外还有滚珠和钢条，滚珠是从架子车上拆下来的，钢条是用钢丝截出来的。

小佬扛着自制的猎枪满塔尔坪地吆喝人，上山去打野猪。大家上次被吓着了，所以有人说，你的枪能和国家的比吗？国家的枪是在军工厂制造的，是能上前线打小日本的。小佬说，国家的枪打仗比我厉害，那是因为打人，上次你们看到了，对野猪来说球用不顶。有人说，你的枪关键时候打不响，我们就要被野猪给啃掉了。小佬装好火药，装好滚珠，装好几根两寸长的钢条，说我可以试给你们看。

当时，陈元被学校选为代表，要去县上参加数学比赛。小佬说，我们陈家出大人物了，所以我要为你送行。他高兴地扛着一杆新枪，随着陈元走到村口，东瞄瞄，西瞄瞄，却迟迟不见扣动扳机。陈元说，你这枪是玩具吧？会不会打不响啊？小佬嘿嘿一笑，说怎么会呢？既然为你送行，你说打什么就打什么，保证百分之百。陈元说，你打野猪吧。小佬说，打野猪要守好几天，怕是来不及了。陈元说，你打喜鹊吧。小佬说，喜鹊飞得太快，怕是打不住的，而且喜鹊是好鸟，打死是不吉利的。陈元说，你就打树吧。小佬说，打树有什么意思？树又不能煮着吃。陈元说，电影里为人送行，都是朝天上打的，那就朝天上的白云打一枪吧。小佬说，这不是放空枪吗？火药、滚珠和钢条都是很金贵的。

马铁匠正好追着一头猪蹿了过来，骂道，陈先火，你家的畜生是野的吗？好好一块包谷，让它给吃光了。小佬说，吃光了那又怎么样？马铁匠说，你得赔我们。小佬说，赔什么？马铁匠说，当然是赔包谷，难道赔命吗？小佬说，它吃你家包谷，肯定要长肉，我赔肉给你吧。小佬说着，端起枪，轻轻一扣扳机，只听到嘭的一声，自己家那头猪翻了几个跟斗，哼都没有哼一声就死掉了。

小佬踢了踢死猪，对陈元说，怎么样？厉害吧！赶紧去拿个奖状回来，我拿它给你接风。

随后，塔尔坪下了一场大雪，大雪封山的时候是打猎的好时光，几个人端着猎枪在关键的地方守着，几个人顺着野猪的脚印子，一边吆喝一边朝前赶，就能把野猪直接赶到枪口上。那次，用小佬的猎枪不到两个小时就打死一头野猪，有三百多斤，于是大家给小佬起了一个绰号，叫他老枪。

小佬很少下地干活，水也不挑一桶，什么粗活重活全部扔给小婶，他一年四季最起劲的一件事儿，就是与大家一起到山上打一回猎。开始每年都会打到野猪，每家可以分一些野猪肉，后来县上对枪支管得紧，把他的枪统统地收缴了，而且野猪这些东西，还变成了保护动物，私藏枪支与打猎都是犯法的。

小佬彻底变成了无用的懒汉，天天睡到中午起床，以至于脖子都被睡歪了。大家忘记了他叫老枪，又起了一个绰号给他叫老歪。小佬走路的时候，不停地朝上伸着脖子，希望把脑袋扶起来，感觉脑袋不是长在脖子上的，而是放在脖子上的，搞不好随时都有可能掉下来一样。

大家说小佬不长寿，主要是和他的哥哥、陈元的父亲相比的，与其他人相比还算活得不错，去世的时候也有七十左右了。对于小佬的死，陈先水说，小佬活着的时候没有精神，死的时候瘦成了麻秆，都因为小婶是狐狸精变的，把小佬给吸干了；马铁匠说，小佬完全是睡死的，人几天不睡觉会死，睡得太多也会死，所以阎王爷干脆把他叫去当睡死鬼了；还有人说，是小佬的名字不好，陈先火陈先火，不被烧死才怪呢。

小佬死之前，小婶大部分时间住在县城，在照看孙子陈正方上高中。小佬本应该也在县城的，但是那段时间烟抽完了，小婶又不给一分钱买烟，他天天去路上捡烟把子，也许大家把烟抽得太狠了，也许烟把子已经被人捡过一遍了，所以过滤嘴都被烧焦了，万般无奈只好回塔尔坪取烟叶子。

小佬具体的死法，据父亲说，还是与懒有关系。那天晚上，他留在塔尔坪，黑灯瞎火地躺在床上抽烟，打火机死活打不着，就揭开对着陈元家院子的那扇窗子，喊着要借火。父亲没有用打火机给他点烟，直接从窗口给他递了一瓶子汽油。按照父亲的说法，小佬烟瘾犯了，加上懒得出奇，拔开瓶塞子之后，他不往打火机里灌汽油，而是用打火机去点汽油，就把自己给活活地烧死了。

大家说，陈先土顺理成章不必钻窗子了吧？

小婶却说，他那个人呀，小气得要死，女人在他手里，还不如几根木头。

陈元家有一块自留山，与别人家相比，不算一座好山，土不厚，又在阴坡，但是一眼看过去，就明白哪座山是他家的，因为不管树大树小树直树歪，父亲喜欢提着斧子，把旁枝末节给修一修，把树下的杂草给割一割，把缠着的葛条给砍一砍。有人把牛放到他们家山上，父亲怕吃了山上的小树苗子或者树籽，便拿树枝子朝人家牛屁股里一插，那牛就跑得无影无踪了。所以，陈元家的山是清清亮亮的，就像给一个丫头梳过头扎过辫子似的。

小佬陈先火被汽油烧死不久，家里又起过一次火，把三间房子又给烧掉了，房梁橡子一棵没剩。房子起火那天，小婶在县城，家里并没有一个人，不明白火是怎么烧起来的，那扇对着陈元家院子的窗子，像大烟囱一样直冒黑烟。小佬家的房子被烧掉之后，小婶每次回塔尔坪没有地方落脚，就借住到陈元家里。说是陈元家里，其实也就父亲一个人，整个清风明月也就父亲一个人。大家都以为，父亲与小婶从此应该变成一家人了，因此私下里开玩笑说，小佬被烧死与他家的房子着火，其实都与父亲有关系。他们分析，人家只想借一个火，你却给人家递一瓶子汽油上去；人家的房子明明着火了，你不及时吆喝人提水灭火，照样在院子里不紧不慢地刮树皮。结果是，让小婶变成了寡妇，而且连张床都没有了，不是明摆着要把人往自己怀里逼嘛。

父亲嘿嘿一笑，说你以为老天爷是瞎子呀？老天爷是长眼睛的，满天星星都是老天爷的眼睛。大家不晓得父亲是什么意思，是老天爷可以作证与他无关呢，还是老天爷看到他的苦，故意化解他来了。

小婶原来是站在父亲一边的，每次遇到有人开玩笑，她就板起脸说，你们这些天打雷劈的，嚼什么舌头？杀人是要偿命的，放火是要坐牢的。小婶后来就改口了，见人就把辫子从屁股后边拉出来，一边解开一边恶狠狠地说，火不是他直接放的，那又会是谁放的？我们家又不是一把干柴，为什么连续起了两把火？他以为我是一头猪呀，吆喝吆喝就跑进他家的猪圈了吗？绝对不可能！我家哪怕一片瓦不剩也不可能。

小婶虽然一把年纪，但是用塔尔坪的话说，叫俐连得很，辫子照样拖到屁股后边，皮肤照样白白的，脖子照样像长颈鹿，而且照样喜欢唱几句黄梅戏，坐在门前搓衣服或者在地里干活的时候，经常会哼上那么一曲两曲。父亲把一块送到嘴边的肉给弄丢了，大家啧啧地说，真是太可惜了。

其实，父亲与小婶落到仇人的地步，还真不怪别人。有一天，小婶从县城回到塔尔坪，像过去一样自然而然地住到了陈元他们家。晚上的时候，小婶钻到父亲的房里跟父亲商量，想把几间房子重新盖起来。父亲说，好呀，毕竟是老先人留下来的。小婶感动地说，不盖起来的话，以后陈元北陈正方他们回来怎么办？你是陈元北的二伯，是陈正方的二哆，我们二房就你一个亲人，所以盖房子只能靠你。父亲说，等天晴，我和点泥巴拓点砖可以，但是没有一根椽子，没有一根大梁，这房子不好盖呀。小婶说，所以得靠你呀，我们家山上的树，被老歪活着的时候给砍光了，别说大梁，椽子如今都没有一棵了。

父亲明白，小婶要砍他们家山上的树，所以随后一段时间，小婶每次提起盖房子的事儿，父亲要么说天寒地冻的，没有办法拓砖，等立春后吧；要么说现在正收麦子，哪里有工夫，等收完麦子吧；要么说，春夏两季的树都绿油油的，脆得很，只能等立秋了。

父亲一直绕圈子，是心痛自己家的树，舍不得自己家的树。小婶回塔尔坪的时候，不再搭理父亲，也不住在陈元他们家里，而是去马铁匠家里。有一天晚上，小婶借上茅司的机会，从马铁匠家跑出来，轻轻地推开父亲的门，直接钻到父亲的被窝里。小婶在被窝里摸索着，有一句没一句地说，陈先土你个挨刀子的，那几间房子再不盖起来，别说睡觉的地方了，在家烧烧香的地方都没有了，那不就是断香火了吗？我晓得你舍不得你们家的那几棵树，难道几棵树比我的人还重要吗？

父亲有些忍受不住了，但是听到最后一句话，像正在骑马狂奔的时候，突然发现一个悬崖，于是一拉缰绳，停在了悬崖边上

马铁匠问，不就几棵树吗？八九年又长上来了，你到底何苦呀？

当时，陈元家的山上大多数是松树，盖三间房子的椽子和大梁基本没有问题。但是一旦砍掉了，没有十年八年的，根本不能成材，因为松树和橡树呀栎树呀不一样，砍掉的树桩是不会再发芽子的，只能靠松树上落下的树籽繁殖。大松树砍光了，就没有树籽了，繁殖起来非常慢。

父亲说，关键是那两棵能做大梁的，是我留着打棺材用的！其他事儿可以等，棺材不能等。小婶就冷笑着说，他可以用那些树打十副棺材，自己用不了就留给家里人好了。

不明白小婶在县上求了什么人，什么人又求了什么人，公家拨下来一笔补助款，买回一批椽子、大梁和砖瓦，把房子重新给盖起来了。房子仍然是三间大瓦房，墙是土坯子的，房顶上雕着两条龙。上梁的那天，小婶笑眯眯地买了一串鞭炮，提出一箱西凤酒和两条子香烟，把帮忙的人好好招待了一番。大堂兄陈元东从寺庙回来，顺便给画了一张符，贴在大梁上，又给看了看风水，说是水能克火，在院子里打口井，保管从此太平无事。

房子盖好之后，大家发现与原来是不一样的，除院子中间多了一口水井之外，最大的不一样是对着陈元家院子的那扇窗子没有了。

V 命运

原来，塔尔坪什么树都长得挺欢的。房前屋后有梨树桃树杏树，边边沿沿的长着漆树柿子树；山下有核桃树，山上有松树；阴坡有栎树，阳坡有橡树。橡树上边结着稠稠的橡子，冬天滚得满山都是的，是野猪非常喜欢的食物，但是那里不叫橡树，而叫木耳树，因为不管枝呀干呀，砍下来一年半载就可以长木耳。陈元有一次回家，发现山上的橡树皮被剥光了，露出白生生的肉。橡树与其他树不一样，皮是没有办法再生的，

白骨森森地看上去就非常悲惨。陈元问，为什么要剥它们的皮？父亲说，卖钱。他以为橡树皮是什么药材，打听下来才明白，是被城里人收回去，加工成红酒的瓶塞子。这让他非常吃惊，立即想到上海，想到酒吧，想到高脚杯，想到一群抿着小嘴的男男女女，想到那拔也拔不出来的瓶塞子。

在各种树木中间，还夹杂着毛栗树、樱桃树、山楂树、海棠树、五倍子树。有许多叫不上名字，他们就自己给它们起名字。大叶子树，用叶子可以包粽子；臭虫树，可以把树皮埋在粮食中间除虫子；痒痒树，轻轻地挠挠它，它就使劲地摇晃，是牛最爱吃的；狗叶树，有些像桑树，但是不能养蚕，偏偏是猪最爱吃的。不管什么树，统统都是野生的，每到春天红红白白的花，把山山岭岭打扮得十分好看。

在塔尔坪，每一种树都有不同的命运，不仅仅与父亲他们的喜好有关系，也与时代的变化和人们的价值观有关系。有用的树就会越栽越多，越长越大，没有用处的树就会遭到白眼和淘汰。

陈元刚刚进城的那阵子，在公园里河道边发现一种树，长得黑不溜秋的，多数是歪歪扭扭的，到春天就开一树嫩嫩的白花，尤其招惹蝴蝶与蜜蜂。陈元一问，人家告诉他那是槐树。因为从来不结果子，所以塔尔坪从来没有一棵槐树，偶尔有些药方子里要用槐花，只好去县城采摘了。陈元跟着城里人一起，大把大把地吃过槐花。槐花吃起来很香，有一点奶腥味，像从喂孩子的女人身上散发出来的。

在陈元的印象中，塔尔坪是有柳树的。柳树身姿婀娜，比其他的树敏感，可以更早地感知冷暖变化，有些像潇湘馆里的林妹妹。但是生在农村，面对一帮农民，它的美有谁能懂呢？更令它心酸的是，当柴火吧十分难烧，盖房子打家具吧又不成材。不过，它有一个优点，与林妹妹的脆弱相反，就是非常皮实，枝干不容易折断。塔尔坪人聪明，就避其所短，用其所长，拿柳干来扳椅子。选择比较通顺的不粗不细的柳干，把关键的几个部位稍微削一削，放在火上烤一烤就软了，不用打铆就可以扳成椅子。那一年表姐出嫁，陈元想扳一对椅子送给她做嫁妆，突然发现死活找不到一棵柳树了。柳树不晓得在什么时候消失了。父亲说，大家也不喜欢用椅子做嫁妆了，开始兴起打沙发了，沙发下边安着弹簧，里边塞着猪毛，坐在上边软绵绵的，多舒服啊。

陈元分析，柳树长在城里，尤其长在河堤边江水旁，真可谓是"摇曳惹风吹，临堤软胜丝"，在下边相个亲约个会，自然有着依依如丝的味道，也许长在塔尔坪百无一用了吧，有些是自己抑郁而死的，多数是被大家给除掉的，所以无论在小河边还是院子前，仅仅剩下一些用柳树做椅子的记忆了。

在塔尔坪大起大落的是漆树。有一阵子到处都是漆树，长得最粗的也是漆树，最招人喜欢的更是漆树。漆树有个特点，皮肤长得细嫩的人，比如女人和一些孩子，哪怕从下边经过一次，浑身就会痒痒一次，严重的还要起红斑。所有脸皮再厚的人，一旦沾了漆树的汁水，浑身肯定会浮肿。但是，那样一种脾气火爆的凶神恶煞的树，在饥荒年月全身上下尽是宝贝，大家既要躲着它又要捧着它。

第一，是割漆。家里要打家具或者打嫁妆的时候，大家拿着菜刀在漆树的身上割出一道道口子——口子很快会痊愈，非常像人的伤疤，一点都不影响它的生长。口子割成关云长的眉毛似的，在眉心处扎一个漏斗勺子，漏斗勺子下边再放一个碗，半天工夫就能接到一碗漆。漆刚从树里流出来，不是黑色的，而是乳白色的，一旦刷到家具上，干了之后才是黑色的，可以照见人影子。在没有工业油漆的年代，塔尔坪的柜子箱子椅子，都是用那些树漆刷的，不仅好看，而且不怕潮湿霉烂。

第二，是打油。到秋天，把一串串的漆籽摘下来，磨成粉放到锅里一蒸，拿到油房里一压，就成了主要的食用油。塔尔坪在那眼泉水旁边，盖有一个公用油房，三间房子大小，支着一口大锅，专门用来蒸漆籽，支着压榨设备，都是自己用木头和石头制造的。打油的时候，先用泉水把漆籽放在大锅里使劲地蒸，然后热气腾腾地放进油闸，提起一个一百多斤的大油锤，使劲地撞击加塞，油就被汩汩地压榨出来了，再顺着油槽朝下流，最后凝结成油饼。漆油一热就化，一冷就结成硬邦邦的大饼。陈元他们家，当时很少能吃到菜油或者猪油，基本是吃漆油的。漆油颜色和样子都像白腊，吃着的感觉和味道也像白腊，在夏天吃没有什么大毛病，在冬天吃，饭还没有吞下去呢，在嘴里已经结成块了，粘得牙缝里都是的，弄也弄不干净，而且吃完饭，不敢喝凉水，一喝凉水肚子就痛。父亲解释说，恐怕是把肠子给粘住了。

第三，漆树的根上，尤其一些老树，会长大树菇子，白里透红的，细细嫩嫩的，看上去比女人们的舌头还要鲜嫩。而且数量很大，一次能采半盆子，把它们撕成片，撒点盐，再放点油，放在锅里一炒，真是鲜美无比，嚼起来感觉像肉，刚出生的猪娃子，恐怕也没有那么嫩吧？不过也奇怪，陈元从来没有采到过大树菇子，但是父亲雨过天晴之后出去转一圈，多数时候是不会空手的。陈元问起来，父亲笑着说，它们都是我的耳朵，怎么能躲过我呀。有一年，陈元实在饿得慌，采回来另外一种菇子，炒着一吃，全家人又是发烧又是呕吐。有人说是中毒了，让每人喝了十二碗开水，把肚子都撑破了，才把小命保住了。

漆树慢慢消失的原因，陈元是非常清楚的。一是染家具不需要割漆了，因为有工业油漆了，红的、黄的、绿的、蓝的，什么颜色都有；二是大家生活改善了，慢慢不吃漆油了，开始有猪油，后来有黄豆油，再后来有菜籽油与芝麻油。父亲想，漆油人不吃了，拿来喂猪应该可以吧？谁晓得，他们家的猪吃着吃着，可能肚子也会痛，像疯子一样转圈子，险些在猪圈里撞死了。父亲心有不甘，每年都把漆籽摘下来，打几个大油饼放在那里，后来是怎么处理的，陈元就不清楚了，反正油房被关掉了。如今还让人惦记着的，是漆树上长的大树菇子，实在太鲜太嫩太美味了。不光是走出塔尔坪的陈元他们尝过了酸甜苦辣之后想它，仍在山里的父亲也觉得那是最好吃的。

漆树失去意义之后，受不了各种各样的冷落，身上开始长疤和腐烂，陆陆续续地死掉了。其他树死了，可以砍下来当柴火，但是漆树死了不能当柴火——虽然漆树非常好烧，烧起来会发出噼里啪啦的响声，但是闻到气味都会导致皮肤过敏。漆树发挥余热的机会都没有了，显得十分凄凉。没有人搭理它，没有人砍掉它，没有人让它躺下来安安静静地离开。它必须像活着的时候一样，站在风风雨雨之中一点一点地腐烂下去，直到化入泥土中变成泥土的一部分。

如今在塔尔坪只剩下三棵漆树了，是父亲故意留下来的。照着父亲的意思，什么家具都可以用工业油漆刷，只有棺材还得用割下来的树漆刷。父亲说，棺材是要装着尸骨埋到地下的，你看看油漆有那么黑吗？油漆能经得住水浸虫子咬吗？父亲的理由还是很充分的，有一次河道改造，要迁走一座坟，但是把坟挖开，人埋下去几十年，棺材不仅没有散架，而且油光闪亮，把棺材板一揭，除尸体上的胡子眉毛头发落光了，其余部分竟然完整无缺，还爬出一条蟒蛇，闪着一道金光，就消失不见了。各种各样的说法比较多，但是父亲坚持说，什么都不是，而是用树漆染的棺材，水进不去，虫子进不去，里边比较舒服。其实，父亲留下三棵漆树，除了割漆之外，还有另一个目的，但是后来都失望了。父亲说，漆树少了，孤单了，就不长大树菇了。

在塔尔坪最苦的是桃树。恐怕和女人一样，自古红颜多薄命，除了野生的桃树之外，和大多数果树一样，如今一棵都没有了。原来最大一棵桃树，超过碗口那么粗，是父亲亲自嫁接的，每年六月收麦子的时候，甜甜蜜蜜的桃子就熟透了。它长在陈元家院子外边的墙根上。陈元家院子外边，恰好是小佬陈先火家的庄稼地，桃树下晒不到阳光，所以从来不长庄稼。按照小佬的说法，连种子都捡不回来，他与父亲谈过几次，让把桃树枝子修一修。父亲可以修松树枝子，也可以修橡树枝子，但是死活不修桃树枝子。父亲说，你修它的枝子，它会痛的。小佬说，你经常上山砍树，它们就不痛了？父亲说，橡树、松树与桃树是不好比的，我把橡树、松树砍下来，可以长木耳，可以打家具，我把桃树砍下来，能干什么？小佬说，可以打桃木梳子，也可以烧火。父亲说，小树枝子能打梳子？烧火半顿饭也煮不熟吧？小佬说，你不修也行，长了桃子应该一家一半。父亲说，除非这块地也一家一半。小佬一生气，拿起一把斧子把桃树砍了一条大口子。

兄弟两个闹得不可开交，让族长陈先甫来评理。父亲说，很简单，树根长在谁家地上就是谁家的，他家的老母鸡还跑到我家地里找东西吃，是不是下了蛋也一家一半？小佬说，树根长在清风明月的院墙下，我不在清风明月院子里住，但我是清风明月的一分子，不管从哪方面讲都应该分我一半。

争来争去，理没有评出来，但是第二年夏天，那棵桃树却死了，大家都明白是小佬害死的，因为春天开过一树桃花之后，从四面八方爬来成群结队的蚂蚁。它们来了一拨又一拨，在树根下边欢天喜地地爬进爬出，开始搬一朵花瓣就走了，后来干脆赖着不走了，在树根下边打了洞，安了家，吃了睡，睡了吃。最后，树根被蚂蚁掏空了，结出几个病歪歪的桃子，就干巴巴地死掉了。

父亲对陈元说，蚂蚁从哪来的？是你小佬招来的。陈元说，他又不是蚂蚁王，哪有那么大本事？父亲说，你尝尝桃树下边的泥巴，是不是甜甜的？陈元抓了一把泥巴放在舌尖上，果然甜丝丝的。陈元说，像放了红糖。父亲说，蚂蚁比孩子们更喜欢吃糖，他在桃树下边埋红糖了。陈元是相信父亲的，因为别说是红糖，吐一口唾沫星子在地上，马上就会招来一群蚂蚁。针对那事儿，小佬呵呵一笑，说蚂蚁是活的，谁能说清楚是从谁家跑出来的呢？

桃树不会长得太大，也不会长太长时间，是果树里最短命的，这是桃树绝种的本质。陈元家的那棵桃树死了之后，父亲并不砍掉它，让它一直竖在那里。有人问，树都死了，你还不砍掉当柴火呀？父亲说，那是蚂蚁的家，我不能把人家的家毁掉了。虽然那棵桃树枯干了，确实还有蚂蚁和虫子跑来跑去，不过成为一群鸡的天下——鸡在那里扑着，刨着，啄着，吃完蚂蚁与虫子，再吃吃旁边地里的庄稼，所以那块庄稼地荒得更加厉害了。小佬无奈，天天扔石头撵鸡，多数时候一撵就飞，不撵就来，有一次真把人家一只老母鸡砸死了，赔了人家两只小鸡。

让陈元意外的是，那棵桃树死了死了，在墙根下边又站了几年，到小佬去世还没有完全腐烂。陈元懂父亲的意思，他不拔掉那棵桃树的根，是想拿它当地界，地界没有了，天长日久怎么办？

VI 盼头

核桃树是塔尔坪的长青树，也是如今惟一活得比较好的树。

自陈元记事的时候起，对核桃树就印象深刻，原因是塔尔坪的村口有一棵大核桃树，有什么事儿大家就聚集在树下。据父亲说，他们作为地主崽子，牛拉稀了不怪屁眼眼，而要把他们拉到核桃树下批斗；烧砖烧瓦什么的，瓦不蓝，砖不硬，不怪窑匠，而要把他们拉到核桃树下认罪。在大核桃树下，大部分时间是开心的，比如放电影呀玩杂技呀分粮食呀，样样都让陈元兴奋不已。让陈元最生气的，是它长得又直又高又粗。枝丫够不着，爬又爬不上去，想摘几个青壳核桃不行，想上去掏个喜鹊窝更不行。树上的喜鹊窝有筛子那么大，每次喜鹊跑出来黑压压一片。有一次在核桃树下放电影，好像是《红高粱》，电影里唢呐一吹，喜鹊以为真有人在结婚，便一股脑儿地飞出来，喳喳地叫个不停，把电影里的声音都给遮住了，大家什么都没有听清，只晓得"我爷爷"在高粱地里把"我奶奶"的裤子给脱了，还有"我爷爷"往酒缸里撒尿酿出的酒更加好喝。

陈元至今也不明白，为什么自己每次往树下一站，头一抬，喜鹊就朝头上拉屎。他拿着竹竿子，想把那个喜鹊窝给捅掉，除了报仇，还想捅几个喜鹊蛋下来。但是他还没有跑到树下，父亲一把夺过竹竿子，朝他抽了过来。父亲说，喜鹊是专门给人报喜的，哪里是随便欺负的？陈元说，它朝我头上拉屎。父亲说，你不站在下边，屎能拉到你头上？陈元说，大家都站在下边，它就往我的头上拉屎。父亲说，你在下边都想干什么？人家畜生也灵性着呢，那么大个喜鹊窝如果让你捅掉了，它们去哪里睡觉？陈元说，树多着呢。父亲说，其他的树小，能承受得起吗？如果分到几个树上，那不就分家了吗？再说了，为什么这棵核桃树长得好？每年核桃结得稠？因为喜鹊的屎呀尿呀撒下来，在上肥料呀。陈元说，原来这样啊。父亲说，当然了，喜鹊把屎拉到你头上是你有福气，像你出生的时候把尿尿在我身上，是喜气一样的。

陈先水早些年并没有一个像样的小卖部，多数时间挑着一堆针头线脑的四处跑，所以他有一个小名字叫货郎担子。陈先水跑了几年，挣了一些钱，见了一点世面，把祖德流芳里边的三间厢房扒掉，重新盖了一遍，正正经经地开起了小卖部。房子原来是土坯子的，重新盖的时候用的不是青砖，而是机砖。机砖是红色的，所以外墙是红色的，里面刷上石灰是白色的，既干净又漂亮。塔尔坪当时能烧青砖，根本烧不出红砖，所以陈先水家的红砖是花费很大力气从外边运过来的。陈先水脑瓜子灵醒，准备在塔尔坪烧红砖卖钱。但是烧制红砖与青砖，对泥巴要求不一样，对技术要求也不一样。为了找到合适的泥巴，陈先水把山山岭岭都挖遍了，才发现大核桃树下的那块地方，不是黑沙土，而是黄泥土。陈先水最终没有把红砖给烧出来，但是让大核桃树遭了殃，因为四周被掏空了，树根被挖断了，元气大伤，一蹶不振，几根大点的枝丫慢慢地就枯死了，最后树心烂出一个大洞，常有黄鼠狼出没。尤其上边的喜鹊，老天放个晴呀，下边挂个彩呀，懒得喳喳地叫了，不几年就空掉了，都不晓得死活了。

大核桃树落难的时候，核桃在塔尔坪不怎么值钱，只有过年呀结婚呀发几个当成喜果子，所以大家把病歪歪的大核桃树给忘记了。但是父亲一直惦记着它，第一件事儿，是从山上挖土，挑下去填那个大坑。陈先水说，我挖的坑关你什么呀？用得着你来填？父亲说，下雨积了那么深的臭水，人掉进去淹死了你是要负责的。父亲一说，不多久，真有一个孩子掉进去差点给淹死了，人家跑到陈先水家大闹了一场。杀猪佬陈先株说，你图的是大核桃树对吧？即使你把它救活了，老枝老桠的也结不出核桃了。父亲说，大家都是它看着长大的，它好像还有一口气，如果它真死掉了，村口就空落落的了。父亲花费一个月时间，把那个大坑给填平了，又和了一堆泥巴，里边加上牛粪，灌进了那个树洞。泥巴灌进去的时候，从里边逃出两只黄鼠狼，巴掌那么大小，是刚刚出生的。父亲还把大核桃树上有疤的、有缝的、烂了的地方，全用泥巴糊了一层。

马铁匠说，你这是干什么呀？

父亲说，我这是给它包扎伤口。

马铁匠笑着说，你以为你是医生吗？

父亲的办法十分有效，第一年春上，风一吹，雨一下，大核桃树就抽出新芽芽，不多，但是挺有生气的。第二年，第三年，芽芽疯长起来，不几年又枝繁叶茂了，自然慢慢地开始长核桃了，起初能打十斤八斤的，后来超过一百斤两百斤，不晓得从哪里冒出两只喜鹊，在上边搭了窝，可惜没有生儿育女，所以又慢慢地绝种了，最终换成一群老鸹，那都是后话了。

当父亲把大核桃树救活之后，城里人突然发现核桃不仅含有脂肪、蛋白质、维生素和碳水化合物，可以生着吃、炒着吃、磨成粉冲着吃，而且还有固精强腰、温肺定喘、润肠通便等药用价值，尤其经常吃的话可以补脑子，治疗头晕。因为塔尔坪的核桃个大、壳薄、仁子白，加上交通与信息不畅通，价格相对便宜一些，所以从每年七月份开始，核桃还是嫩泡泡的时候，贩子们就从四面八方吆喝起来了。

陈先水说，你这个陈先土真是太精明了，又是填坑，又是糊洞，原来都是为自己呀。父亲说，你们夏天的时候是不是又可以乘凉了？放电影的时候是不是又有地方挂银幕了？你们在村口等孩子回家的时候是不是感觉有盼头了？

核桃一值钱，人心就变了，不单纯了。原来串个门子，无论大人孩子，主人都会嘻嘻哈哈的，抓几个核桃让大家吃；原来孩子放牛的时候，身上别着一把小弯刀，从青壳核桃剜着吃起，一直吃到光滑核桃，有时候还会摘一些，在山上挖个坑埋着，等冬天再吃。如今再串门子，除非是亲儿孙亲爹妈，大家都舍不得发核桃了。别说核桃了，连瓜子也没有了，恐怕是串门子少了的原因吧？而且大家为核桃树呀边角地呀，闹出了不少矛盾。有骂人的，有打架的，有挖人坟的。

有一年，父亲告诉陈元，家里的核桃没有熟透就被人偷了。陈元说，里边还是空瓢，人家偷它干什么？父亲说，人家偷去，卖给贩子，贩子拿到西安卖青壳，一个青壳一块钱，让城里人图个稀罕，像你小时候一样，剜着吃。父亲晓得小偷还会再来，便趁黑躲在核桃树下。小偷伸出竹竿敲打了几下，核桃就噼里啪啦地朝下掉，几个还落在自己头上，砸得自己眼睛直冒金星。小偷感觉核桃有苹果那么大，拿到西安一个至少能卖五块钱。小偷正高兴呢，有个核桃简直太大了，砸在脑门上的时候，像狠狠地挨了一拳头，一下子就被打晕了。父亲说，当时想拿小石子吓吓他，哪晓得小石子一点用处也没有，只好扔过去几个大石头。父亲很内疚，觉得自己出手太狠了，有一天路过小偷家门口，除提着几斤红糖，还提着几斤核桃，专门去看了看那个小偷。

小佬为了核桃树，与父亲动过刀子。惹事的那棵核桃树，这一次长在陈元家的房后。陈元家的房后恰恰又是小佬家的自留山。核桃树还小的时候，夹杂在其他树木之间，根本没有被人发现，等长到碗口粗的时候，尤其结出厚厚的一树核桃，大家才突然发现了它。等大家醒悟过来，父亲已经给核桃树填过几层土，上过几次肥，修过几年的枝丫，说明那棵核桃树是有主人的。前几年的核桃全被父亲收了，有一年秋天天气非常好，父亲在院子里刮树皮，突然有一阵风吹过，把房后的核桃树一摇，两个光滑核桃落到了屋顶上，骨碌碌地滚到陈元家的院子里。

那次，小佬与小婶都在家里，那扇窗子也开着，小婶坐在窗子里边，朝鞋底子上边绣花。小婶一边穿针引线一边说，好美的光滑核桃呀。父亲说，你想吃吗？小婶说，你那么小气，能舍得呀？父亲说，不就是两个核桃吗？又不是两棵树。

父亲把两个核桃朝门缝里一夹，剥好核桃仁子从窗口递了进去。小婶在绣喜鹊，腾不出手，便把嘴巴伸出来，让父亲喂她。父亲喂了一瓣，才发现小佬倚着他们家的房门，恶狠狠地看着。

小佬拿起竹竿子，朝那棵核桃树一阵猛打，把树叶子都打掉了。父亲说，你干什么呀？小佬说，你眼睛瞎了吗？父亲说，这是我家的。小佬说，你家的？你说过，树要看根，这根明明长在我家山上。父亲说，明明是我家房后，而且这树是我栽的。小佬说，你栽的？你在石头缝里栽树？你以为你是老鼠呀！

小佬在树下打，父亲提着篮子在院子里捡。小佬一急，回家拿出一把刀子，这次不砍树，直接朝着父亲冲过来，第一刀抢空了，第二刀一下子砍到石头上，把自己的手胳膊震麻了。小婶看着要出人命，就从窗子里跳了出来，拾起刀子对着自己的脖子轻轻一抹，脖子就流血了。

父亲把拾起来的核桃朝地上一撒说，我不要了还不行吗？小佬则坐在地上，龇牙咧嘴地捂着自己的胸口，说奶奶的，心都被震碎了。

父亲进入晚年的时候，天天东看看西看看，对着几棵核桃树唉声叹气地说，我一死呀，我们的院子，那几座山，那几块地，那些核桃树，不全归人家了吗？父亲说的人家，其实并不是小佬家。小佬毕竟是一奶同胞，好坏也属于他们二房，而且陈元北与陈元一样，几乎没有再回塔尔坪的可能了。

父亲所说的人家，包括四房的陈先水，尤其是指三房的陈先株。陈先株原来有三个儿子，其中一个中途死掉了，剩下两个儿子既没有考上学，也没有出门打工，成为塔尔坪少有的年轻人。两个儿子也都是懒汉，陈先株早年去给人家杀猪，希望他们跟着自己学一学，以后凭着那一手再怎么懒也能过活。但是老大说，杀猪多危险呀，哪天刀子一偏，把自己就杀死了；老二说，杀猪会折寿命的，自己下辈子肯定要托生为猪的。自从陈先株中风之后，两个儿子更加不愿意当杀猪佬了。不仅如此，平时叫老大去挑水，老大说怎么不叫老二去？叫老二去砍柴火，老二说老大不是闲着吗？兄弟两个天天在那里比懒，比着比着两个人越起越晚，即使起床了也四门不出，顶多在自己院子里晒晒太阳，搞得大家几乎都忘记有这么两个人了。

最后，塔尔坪念书念得好的陆续考上学了，念书念不好但是勤快的，都陆续进城打工去了。原先大家为了庄稼地，为了自留山，吵得不可开交，随着一家一家地空了，出去的人再也不回来了，陈先株的两个儿子开始笑了，慢慢地喜欢四处转转了。他们偶尔从陈元家门前绕那么一圈，是专门看看动静来的，每次看到那扇虚掩着的大门，看到那个高高挂在门楼子上的清风明月，看到陈元家的每一棵核桃树，他们就会歪着头呵呵地笑。

他们明白，再过几年父亲一走，清风明月那个院子，还有一座座山，一块块庄稼地，一棵棵树，尤其是核桃树，全都归谁了？不就归他们了吗？说不定大半个塔尔坪全都是他们两个人的了。

父亲担心地告诉陈元，不怕那几间房子，人家是搬不走的，就怕几座山、十几棵核桃树和几亩庄稼地，我务弄了一辈子，哪一天我一走呀，全部落到人家手里了。

陈元安慰父亲说，你少种麦子、包谷和洋芋，还是多栽一些核桃树吧，核桃树移不走，拔不动，别人想占就没有那么容易了。父亲说，家里没有人，长了核桃照样是人家的。陈元说，如果家里核桃多了，你还怕我不回去吗？

如果我回去开个核桃收购加工点，比在外边打工差不了多少吧？我可以向你保证，万一你不在了，我每年八月回去收核桃，如果核桃卖的钱能养活自己，我就待在塔尔坪不走了。

父亲笑了，没有什么比儿子回去更重要的了。父亲赶紧跑到石门镇，买了五十棵核桃树苗子，把原来种麦子种包谷的庄稼地全部栽上了核桃树。几年下来，田边地头，房前屋后，甚至他自己的墓边上，密密麻麻地栽上了核桃树。他感觉又有了寄托，农忙的时候种种庄稼，农闲无聊的时候就给核桃树松土，给核桃树施肥，把核桃树下边的草一根根拔掉，甚至给核桃树捉虫子。虫子如果落在上边，肯定要被他一只只逮下来，扔到小河里让水冲走的。到了冬天，大雪落到核桃树上，他怕把它们给冻坏了，就一棵一棵地给核桃树扫雪。

父亲对陈元说，你得答应我，在我百年之后，看在这些核桃树的面子上，即使你不能长年住在塔尔坪，每年八月也得回家一次。陈元说，有那么多核桃树，我怎么舍得不回去呢？

父亲说，回来不要光顾着收核桃，顺便给我们这些死人上上坟。

陈元说，放心吧，爹。

VII 荒芜

陈元觉得，性格决定命运，在松树身上得到了很好的体现。在塔尔坪的山上，原来生长最普遍的就是松树，在生活中最司空见惯的也是松树。

第一，松树随遇而安。它在湿溜溜的南方长，在干巴巴的北方也长；在阴坡长，在阳坡也长；在高山上长，在大平地也长；在肥沃的泥巴里长，在悬崖峭壁上也长。塔尔坪有一棵松树就长在悬崖上边，大家一直没有砍掉它的原因，可能是不好接近，也可能是长得曲里拐弯的，根本没有任何用处，连烧火也破不开。最大原因是它长在九龙山上，树下边又埋着他们二房的老太嗲。父亲说，之所以二房出了你这个念书的，全凭着老太嗲埋的地方好。陈元每次回去，基本要跪在山脚下，朝着上边磕头烧纸。有一次想方设法爬上去送灯，发现坟头上插着一块木楔子，上边还有字。父亲说，那是咒符，都是其他几房人干的，人家眼红这块风水。

有一次，有个二球，拿着炸药包要把那座坟给炸掉，好在父亲及时把炸药包给排掉了。人因树而得福，树因人而得名，所以那棵奇丑无比的松树，长成了塔尔坪最大的树之一，大家并不把它当树看待，有几分成神成仙的意思。

第二，松树兼收并蓄。凡是其他树有的，什么优点它都有，它可以长果子，可以打家具，可以盖房子，可以当柴火，可以当成景观。陈元尤其主张用松树做景观树，因为它四季长青，站在哪里都很得体，加上叶子长得像针，树皮长得非常沧桑，威严得不容侵犯与亵玩，不仅适合长在烈士陵园里，就是长在大街两旁也是英姿飒爽，像上街巡逻的女兵或者列队迎宾的礼兵。把松树作为景观树的，比如北京，比如东北，可惜都不是很普遍。陈元从那些栽着松树的街道上走过几次，都像检阅部队的元首一样，神圣感是油然而生的。

陈元曾经观察过，在中国的城市里，像用法国梧桐和香樟做景观树的上海，算是比较好看的。许多城市用的是杨树，虽然茅盾先生把白杨说得很不平凡，主要是把它放在黄土高原的民族解放战争的背景下来看的，他真正礼赞的不是杨树，而是在杨树下勤劳生活的人。陈元回家每次经过西安，当他从杨树中穿过，丝毫没有一点底气，反而有些沮丧，因为杨树无论树干树叶，还是随风摇晃的声音，都没有多少节气，也没有抵抗风雨的经历，甚至一副吊儿郎当的样子。陈元打听下来，主要因为杨树长得快，又无须经常去修剪，被急功近利地选中了。据陈元了解，塔尔坪是从来没有栽过杨树的，即使曾经栽过恐怕也夭折了。塔尔坪的土地多金贵呀，谁舍得养这么个不中用的小白脸呢？

第三，松树中立不依。一是它长得不疾不徐，十年可以成材，百年照样不腐，短则活十几年，长则活几千年。二是它的质地不硬不软，纹理不粗不细，打箱子柜子很漂亮，做椽子大梁有担当，做大门打棺材也勉强。三是它的性格宠辱不惊，踩在脚下做地板可以，放在头顶上当大梁也可以；雕花鸟鱼虫可以，素面朝天也可以；用油漆染染可以，不染的话它本身就是金黄色的，而且身上还有天然的花纹和香味。四是它的品格独立自主，塔尔坪有各种各样的藤蔓，尤其最多的是葛条——陈元小时候穿的，就是父亲用葛条打的草鞋，还有每次发热感冒和拉肚子，父亲就拿葛根熬水给他喝。但是葛条像妖精，也像地痞无赖，它见树就缠，缠上就没完没了，惟一不敢缠的只有松树。五是它繁衍方式不同，其他树被砍掉了，它会从根上再发几枝出来，有点像官二代文二代富二代，是躺在父辈们的基础上活着的。但是松树不一样，它一旦死了，不管何种死法，就真的死了，是从根子上死的，哪怕是砍掉它的头，也不可能再冒个头出来。它的繁衍全靠树籽，树籽落在地上，再发芽，再扎根，再生成小树苗子，统统从头再来一遍。

大家每次提到松树，陈元首先想到的是他哥陈元西。

他哥十九岁那年的夏天，带着他一起去河南灵宝淘金，他哥淘金是为了赚一点酒水钱，把没有过门的嫂子娶回来。他们每人背着两副蒸笼，准备到六十里之外的地方卖掉，作为去河南灵宝金矿上的路费，但是刚走到半路上，陈元的脚就起泡了，实在走不动了，他哥挡住一辆卡车——那是他人生中第一次坐车，它是拉矿石的。他们坐在矿石中间，穿过一排排杨柳树，吹着凉爽的风，听着从驾驶室里传来的收音机，实在是太高兴了。正在陈元非常高兴的时候，卡车翻进旁边的一条河里，在那一刻，他哥推了他一把，把他救了下来，而他哥自己被压在卡车下边，被活活地淹死了。

陈元好长时间，都有坐车恐惧症，有一次去余家村表姐家上学，父亲为了不让他恐惧，在镇上拦住一辆卡车的时候，送给司机一棵非常粗的松树，让陈元坐在驾驶室里。可是半路上，司机说是路滑，把他给赶了下来。那天晚上雨非常大，陈元独自一个人冒着大雨，走在漆黑而泥泞的公路上。那条公路前不着村后不着店，吓得他浑身发抖，哇哇地大哭，好在中间遇到一个人——确切地说，陈元并不晓得他是不是人。他提着一盏马灯照着陈元，陈元向前，那束光就向前；陈元向后，那束光就向后；陈元慢，那束光就慢；陈元快，那束光就快。他陪着陈元走了一程，在马灯熄灭之前，来到一户人家门口，为陈元把门敲开了。陈元在那户陌生的人家借宿了一夜，等天亮之后继续步行回到表姐家。后来，陈元找过那户人家，想表示一点谢意，顺便打听一下那个为他掌灯的人的下落，但是那户人家的房子已经倒掉了，变成了一片废墟，上边是连天的蒿草。多少年过去了，那束光，那张土炕，依然还在他心里，不仅没有暗淡下去，反而越来越亮越来越温暖了。陈元想弄清楚的另一个不解之谜是，父亲送给那位司机的松树，如今它又在哪里呢？它是以一根木头、一件家具，还是以一堆火的方式活着吗？

可以说，陈元的命运和松树是密不可分的。

第一，松树毛子，也就是松针。虽然长得绿油油的，但是落在地上黄亮亮的，大家经常背着背篓，去山上扒松针，背回家来引火，有它生火做饭，就非常容易。小学的最后两年，陈元是在石门镇上的，那时候吃食堂，每天只有两顿糊汤，也就是玉米粥，没有任何配菜，也不放任何油盐，经常饿得眼冒金星，半夜三更跑到外边，偷吃人家地里的生菜，有时候也吃草根树皮。后来发现有一家砖瓦厂，几毛钱一百斤收购松树枝子用来烧窑，陈元在近处的山上不敢砍，就尽量跑到深山老林里去砍，所以回来的时候天已经黑了，从通往砖瓦厂的一条小街经过，必须背着松树枝子狂奔，因为经常有一个疯子，拿着刀子在背后追赶。陈元每次能卖几毛钱，拿去买一碗清汤面。碗就巴掌那么大，面条只有五六根，汤里连葱花都不放，只放一点点油盐，而这竟成了他那段时间里惟一的味道和油水。

第二，松树油子，也就是松脂。塔尔坪与余家村通电都非常晚，松脂在很长一段时间，成为陈元点灯照明的东西，之前虽然有煤油灯，但是煤油非常稀少，父亲为了节省煤油，总是到处为陈元采松脂。采松脂，其实就是从松树身上割肉，松树被采过松脂之后就废掉了。好松脂都是松树的伤疤，所以采松脂主要看有没有伤口，而辨别松脂好不好主要看颜色，如果颜色是黄色的，那就一般，如果颜色是红色的，那就是上等的，可以割下来点灯。父亲提起那些事情，总唏嘘着说，你当年啊，把我们家十几棵松树都烧掉了。

第三，小料子，也就是小木板，必须是松树的。它一寸多厚，两寸多宽，一尺多长，是镇上木材厂两毛钱一个收购的。木材厂收购那种小料子，再请一帮木匠刨一刨，加工成非常漂亮的小木板，然后装在纸箱子里拉走了。大家四处打听，小料子被运出去干什么了，有人猜是做水桶了，有人猜是做尿桶了。参与其中的马铁匠从木材厂回来说，可能拿到部队制成了装手榴弹的箱子。陈元一听，像在支援前线部队打仗似的，感觉十分自豪，因此更加起劲，每次放假之后，满山遍野找人家抛弃的树头树尾，弄回家用墨斗打上线，踩在脚下一锯，积攒到二三十个的时候，背到木材厂去卖掉。陈元的第一批小料子卖了好几块钱，回家交给父亲，父亲说，你自己留着继续念书吧。那几年，陈元经济独立，供自己上完学之后，还存了六十多块钱，几乎成了一个小富翁。塔尔坪好几个小丫头，水溜溜地看上了他。她们看上的不是钱，而是他赚钱和念书的劲头。尤其马铁匠家的小女儿，比陈元大两岁的样子，死活要许配给陈元。马铁匠很高兴，父亲也很高兴，但是陈元死活不同意。陈元不同意的原因，不是她长得不美——粗粗的大辫子，圆圆的大屁股，苹果一样的脸蛋子，而是他与马铁匠远房的外甥女，也就是他后来的前妻已经好上了。

陈元多年以后才发现，他们的小料子被运到城里，当成人家脚下的木地板。

第四，是卖床板，人家照样只收松树的。其实不是陈元在卖床板，而是父亲在卖床板。他们家一年能卖出去三十多副床板，整个塔尔坪至少有几百副床板，需要几百棵松树吧？陈元当时觉得十分奇怪，世上哪有那么多人睡觉，要那么多床板干什么？到如今他也没有弄明白，他们的床板都跑到哪里去了。床板一般做成三四尺宽，六七尺长，背到六十里之外的一个集市。那个集市似乎在官坡，又似乎在三腰。父亲鸡叫第一遍起身，那是天最黑的时候，问为什么那么早呢？父亲说，鸡一叫就把鬼吓跑了。其实不然，早点赶到集市有许多好处，一是每副多卖几毛钱；二是黑灯瞎火的，验收床板的时候容易蒙混过关；三是每天的收购量有限，去晚了人家一车装满了，就需要寄存下来了。

父亲从集市回来，顺便会带点吃的，不是糖果什么的，而是几个小苹果。去集市的路上有几个果园，人家把成熟的都摘走了，剩下核桃大小的几个青的。父亲从果园前边经过，总去人家家里讨水喝，趁机到人家果园里转转，似乎像学习学习的样子，其实是冲着几个遗弃的小苹果去的。有一年冬天，陈元和父亲一起去集市，偷偷钻到人家苹果园拔了一棵苹果树，想带回家栽起来。父亲训陈元不应该，陈元说，我偷人家一棵苹果树，你以后就不用再偷人家的苹果了。父亲很恼火地说，我那是偷吗？是捡好吧！回家之后，父亲比陈元还上心，在院子中间挖了一个大坑，把苹果树栽了进去。父亲告诉陈元，之所以栽在院子中间，等它长大了，在下边支一张桌子，可以乘凉又可以吃饭。陈元说，如果长苹果了，我能随便摘吗？父亲说，当然可以，不过你要等它们熟透了。陈元说，怎么才算熟透了呢？父亲说，没有熟透的时候是青的，熟透之后就变成红色的了。父亲天天都给苹果树浇水，或许水土不服吧，塔尔坪历史上的第一棵苹果树，第二年春天发出几个芽子就死翘翘了。

说起床板，陈元对父亲的几个花招印象深刻。为了节省树木，父亲有两个绝招，平常人脑瓜子再灵，是万万想不出来的。第一个绝招是，那些曲里拐弯的松树，在父亲手里总是服服帖帖的。父亲可以根据树木的弯度，用墨斗画出一条条曲线，解出一块块弯曲的木板子，那样利用率就非常高。他把弯曲的木板子放在火上一烤，很容易就扳直了，再在之间交叉着夹入几块真正的直木板子，两头用木条子一钉，做出来的床板就是直的，除非把床板拆掉，不然根本发现不了。第二个绝招是，人家在验收的时候拿尺子一量，床板一寸多厚基本是宽宽有余的，其实只有旁边的两块木板子是一寸多厚的，藏在中间的木板子基本不到一寸厚。

陈先水说，你这不是哄人吗？父亲说，床板干什么用的？不就是睡觉吗？陈先水说，几分厚能睡人吗？父亲朝床板上一仰，闭着眼睛说，怎么不能睡人？两三个人睡在一张床上也压不断。陈先水说，人家要在床上瞎折腾呢？

床板几年就没有人收购了。父亲说，是不是人人都有床板了？陈元明白，其实是人家城里人已经用上席梦思了，可惜塔尔坪至今都是土炕，还没有一家是用席梦思的。

对塔尔坪毁灭性的打击，是丹凤县的木耳香菇非常出名的时候。当时陈元离开塔尔坪许多年了，从学校毕业也好多年了。陈元有一次去超市买东西，发现有一种木耳香菇是"商山"牌的，再跑上去仔细一看，果然是四皓隐居的那座商山，而且那两个字出自老家一位名人之手。服务员说，赶紧来几袋子吧，马上就要断货了。陈元还在表示怀疑，有两位老太太推着购物车，把货架上的"商山"一扫而光。服务员说，这下你信了吧？陈元说，我有什么不信的？它是我们生产的。服务员说，那公司是你开的？陈元说，公司不是我开的，不过我家在商山那边。服务员问，为什么叫商山？陈元说，因为形状是一个"商"字。陈元告诉服务员，他们那边的木耳香菇之所以好：第一，基本是橡树上长的，橡树是干什么的？是储藏红酒用的！第二，不仅没有一点污染，而且都是浸着露水长出来的。

塔尔坪的香菇木耳原本都是野生的，后来有人研究出了一种技术，把锯末子装在葡萄糖瓶子里，培养出了香菇菌木耳菌。塔尔坪人把山上的树，包括橡树和一些杂木，连晾衣杆那么粗细，都统统砍下来点上菌种，第二年夏天一下雨，就可以采摘香菇木耳了。靠着香菇木耳，塔尔坪人似乎不再那么穷了，有些人还买了摩托车与拖拉机，有了摩托车与拖拉机，更加剧了那些树们的悲剧。几年时间，像给山剃头一样，被砍了一茬又一茬，大大小小全被砍光了，因此香菇木耳更金贵了。尤其香菇，不论斤卖了，而是论个卖了，一个花菇十块钱。

父亲也点香菇木耳，不过每年两个架，所以只有父亲手头有货。即使那个价钱，父亲仍然不卖。收购的贩子问，为什么？父亲说，生儿子呀。父亲留着不是生儿子，而是给陈元那个儿子吃的。陈元每次离开塔尔坪，父亲必定会装一些木耳香菇，还有一袋子核桃。多数城里人晓得核桃是树上长的，不晓得外边还有一层青壳，有一个上海朋友竟然问陈元，核桃是不是和土豆红薯一样长在土里边？陈元一听就傻了，只好告诉对方，核桃不长在土里，也不长在树上，而是长在空气中。

陈先水抱怨父亲说，你这个人总是精明得很。父亲说，我不是精明而是担心，担心你们再那样砍下去，盖房子用的椽子大梁没有了，死人的时候棺材板没有了，恐怕连抬棺材的老杠都没有了。

父亲的话应验了，不久之后小佬突然去世，棺材是砍掉房后的梨树打出来的。马铁匠不停地抱怨说，用果树打棺材，还是第一次，这不是造孽吗？在下葬的那天，在小佬家山上，果然已经找不到一根老杠了，勉强砍下来几棵胳膊粗的松树，但是刚砍的松树有些脆，加上新打的棺材有些沉，抬到半路上咯咯叽叽地断掉了。

父亲在自己家山上砍了几棵橡树，也就是最好的木耳树，才顺顺当当地把人给抬出去了。

VIII 棺材

说到棺材，塔尔坪一直没有火葬，埋人还是要棺材的。棺材在父亲的心里，有时候跟房子一样重要，有时候比房子还重要。陈元不清楚，他是从什么时候开始琢磨棺材的，反正四十岁左右，陈元他妈还在的时候，他就打下了第一副棺材。当时，父亲身强力壮，两腿一夹能把一个碾滚扔出一米远，挑东西一次能挑三百斤，大家盖房子上梁，不请父亲还真不行，因为他一个人可以把一根大梁扛着，在几丈高的墙上跑来跑去，然后稳稳当当地放在墙头。

有一年刚过正月十五，父亲预备了两包红糖和两斤挂面去找马铁匠。那一次，父亲请马铁匠，不是让他去打铁，而是请他以木匠的名义去打一副寿木。给活人打的棺材叫寿木。

马铁匠问，给谁呢？父亲说，还有谁？给我自己呀。马铁匠说，你几岁了？还没过四十吧？父亲说，黄泉路上无老少，有时候喝口凉水也许命就没有了，而且眼下正闹灾荒，说不定明天就饿死了。马铁匠说，我看你起码再活四十年，寿木四十年之后，还不让虫子给操掉了？父亲说，预备着总不会错的，山上好点的树越来越少了，谁晓得以后会是什么样子。

马铁匠提着斧子、刨子、凿子和墨斗等家伙，在正月十六中午赶到了陈元家。马铁匠有点不情不愿，一是刚过十五，二是很少给这个年纪的人打棺材。但是马铁匠一进院子，看到房檐下堆着几块棺材板，眼睛一下子就亮了。

父亲喜欢任何一种活着的树，只要看见那些树随风摇晃，他就很高兴。烧炭、打床板、做家具、点木耳香菇，不过是被生活所逼。如果生活有着落的话，他肯定舍不得砍树，每次无论砍什么树，砍多大的树，砍树干什么，他心里都有说不出的疼痛，似乎砍在自己身上。

马铁匠也喜欢树，只是与父亲的方式不同。马铁匠喜欢那些死了的树，看到那些树能在自己手下死得其所，他就十分高兴。比如有人砍掉桃树，让马铁匠打几只木梳子，他就十分高兴，他认为桃树一旦被砍掉了，只有做成木梳子，给女人们梳梳头就是最好的归宿；比如有人砍掉了梨树，让他打几只箱子，他就十分高兴，他认为梨树无论是木纹、颜色还是味道，都适合打箱子，供小媳妇小丫头们装一点针头线脑的尤其有意思。

如今父亲让马铁匠来打棺材，准备的木料既不是橡树的，也不是松树的，而是柏树的。

马铁匠笑眯眯地说，你终于把它们砍掉了？

马铁匠欢快地架起了棺材板。他对着柏树干活的时候，才会感觉自己既是一个铁匠又是一个木匠。

柏树寿命长，耐干旱，又四季长青，在城市里是有用武之地的——主要用以象征万古长青，所以在烈士陵园，在黄帝陵，在孔子庙，必定会有柏树的，都是几十年几百年几千年地活着。但是柏树有很多缺点，一是不长香菇木耳，不长什么果子，不开任何花，二是木质比铁疙瘩还要硬，不好打家具，当柴火烧吧，破不开，烧不烂；三是长得慢，十年八年的根本打不成棺材，要想长到打棺材的时候，恐怕至少得等三五十年。柏树在塔尔坪惟一的用处，是上边会结树籽，样子像大茴，味道也像大茴，大家经常采一些回家煮肉。所以塔尔坪只有三棵成材的柏树，全部长在老太奶的坟头上。

陈元听父亲说，那三棵柏树是他五岁那年栽的，当时他随着陈元他嗲去给老太奶上坟，不晓得从哪里弄来了三棵小树苗子，像三根草，扒开泥巴，栽在了坟头上。

陈元他嗲，也就是陈元的爷爷，说你栽树干什么呢？父亲说，陪奶奶玩呀。陈元他嗲说，为什么不栽几棵别的树？栽柏树有什么用呢？父亲当时的回答，让陈元他嗲吃了一惊。父亲说，柏树长大了，可以打棺材。陈元他嗲说，给谁打棺材？陈元他嗲以为儿子孝顺，是给自己打棺材准备的。但是父亲说，还有谁呀？给我自己。陈元他嗲说，你才五岁呢。

父亲说，等我长大了，树就长大了，打棺材要好大好大的树对吧？

三棵柏树长到三十多年的时候，已经有盆子那么粗了，足够打一副好棺材了。丹凤县城有个当官的，据说是个副县长，家有八十多岁的老父亲，本来想打一副石头棺材——石头棺材不会腐烂，但是他老父亲死活不同意，说石头冷冰冰的，自己有风湿病，躺在里边腰腿不舒服，棺材既然要埋在土里，像种洋芋种包谷一样，还是木头的比较好。只有人往土里种木头的，没有谁往土里种石头的。所以副县长把方圆几百里都找遍了，最后相中了陈元家的三棵柏树。

副县长找到陈元的父亲，一开口就是两百块。父亲不作声。副县长又加到五百块，父亲还是不做声。副县长咬咬牙，开出两千块，说可以抵几两银子了。被副县长缠得不行，父亲说，你别说几两银子，就是几根金条，我也不能卖。副县长说，为什么？不就是三棵树吗？父亲说，你看它们是三棵树，确实是三棵树，但又不是三棵树。副县长说，别那么玄乎，不就是图钱吗？我给你三千块吧，平均一棵一千块了。

父亲还是摇摇头，说你晓得它们是谁吗？它们是我自己！谁会把自己卖掉呢？副县长说，树就是树，就是长在坟头上的树。父亲说，我五岁的时候把它们栽在那里，它们的根已经扎到老奶奶的身子里了，每次看到它们站在那里摇啊摇，我就把它们当成自己了。

多年之后父亲告诉陈元，你想想，钱多少都是可以赚的，但是我永远不可能回到五岁，重新再栽三棵柏树了。

父亲决定砍下三棵柏树是下了很大决心的。砍树前，父亲坐在树下，一边抽烟一边嘟哝着，反复嘟哝的基本就那几句话：我对不住你们，我栽你们的时候有言在先，就是要砍掉你们给自己打棺材的，我年纪说大也不大，说小也不小，有一颗牙齿都晃了，半边头发都白了。那天下午，塔尔坪下了一场很大很大的雪，把整个山坡全部给盖住了。天冷的时候，砍下来的树是最好的，比较结实，不容易裂缝。他认为那是天意，回家把斧子磨了半天。他从来没有那样磨过斧子，一边磨一边用手试着锋刃。每试一次，大拇指都会割出一道口子，血流下来把磨刀石都染红了。

父亲提着斧子来到树下，抬头看了看树梢，跪下来磕了几个头，不晓得在拜人，还是在拜树。父亲说，我把斧子磨快了，砍得会利索一点。说着，扬起斧子，不到一个小时，就把三棵柏树砍好了。他也不请人帮忙，把树一棵棵扛回院子里，独自一个人拉单锯，东边扯一下，西边扯一下，整整耗费了半个月，把合抱粗的铁疙瘩解成了棺材板。

马铁匠为父亲打棺材的那几天，总是笑眯眯的，而且两眼放光。他面对的，似乎不是几块棺材板，而是自己奶子结实、屁股浑圆的女人。无论是锛，是刨，还是打铆，他都非常体贴。马铁匠有时候啧啧地自言自语，太硬了！世上有这么硬的木头吗？会不会是一块铁疙瘩呀？有时候摇摇头自言自语，太过瘾了！真是太过瘾了！这辈子不枉为木匠也不枉为铁匠了。

有一天，马铁匠正在给棺材板刨光，他突然喊住挑水经过的父亲，说你站住，让我看看！马铁匠像不认识父亲似的，死死地把父亲浑身上下扫了一圈。马铁匠说，我在想，你睡在这么好的棺材里，起码一百年是烂不掉的，恐怕是要做神仙了，我这辈子还没有见过神仙，神仙原来就是你这样子的？

马铁匠平时打一副棺材，需要六七天工夫，那次却整整花了十六天。已经是二月天了，冰雪开始融化了。父亲有些着急，总是不安地围着马铁匠转来转去。马铁匠说，你不要催我，一看到这些家伙，我的心就怦怦地跳，我与自己媳妇睡觉也没有这样激动过。父亲说，说明什么？说明你是个好木匠。马铁匠说，我仅仅是个好木匠吗？应该还是个好铁匠吧？

棺材打好那天，马铁匠有些恋恋不舍，这里摸摸，那里拍拍，叹着气说，以后再不会有了。父亲说，我们塔尔坪谁家没有棺材呀？马铁匠说，柏树棺材有吗？如果放在几十年前，我也栽几棵柏树，但是现在老了，来不及了。父亲说，我务了几棵柏树苗子，现在正是栽树的时候，你喜欢就拿回去栽栽吧，万一等到那一天，即使打不成棺材，把自己埋在下边，也应该不错吧？马铁匠听了，竟然泪水巴巴地说，太好了，太好了。等父亲递工钱的时候，马铁匠扬了扬手中的三棵柏树苗子说，算了，工钱全在它们身上了。

　　父亲从几棵漆树身上割了一水桶的漆，把棺材里里外外地染了染。他每染一遍，就放在太阳底下晒一遍。总共染了五遍，晒了五遍。正是二三月间，天气十分好，棺材放在太阳底下一晒，就散发出十分好闻的味道——在整个塔尔坪都能闻到那股味道，害得大家不停地流着口水说，谁家用茴香煮腊肉了，而且招来一群蝴蝶朝陈元家的院子飞，有红的，有黑的，有蓝的，多数是白的，像一只只前世的精灵在房檐下翩翩起舞。蝴蝶在塔尔坪是不叫蝴蝶的，而叫洋叶，它们爬在棺材上，扇动翅膀的时候，像一片片被风吹动的叶子，感觉那些树又活过来了。

　　父亲拍了拍完全打好的棺材，似乎拍了拍自己的肩膀，呵呵地笑了。陈元他妈看父亲得意的样子，就说，是棺材，你以为是家呀。父亲说，它是这辈子的棺材，不就是下辈子的家吗？陈元他妈气呼呼地说，那是你一个人的家，我们女人命苦，哪有家呀？父亲明白陈元他妈的意思，便笑着说，我们一起死就一起装进去，下辈子还是一家人。陈元他妈说，如果不一起死呢？父亲说，谁先死就归谁好了。那句话说完不到一年，陈元他妈就生病去世了。

　　陈元他妈下葬的时候，马铁匠拍了拍棺材，又摸了摸棺材，然后抹着眼泪对陈元她妈说，你这个女人真有福气。

　　在柏树之下，最不容易腐烂又不容易裂缝的是橡树。陈元他妈去世后的某一年冬天，父亲去山上砍了几棵大点的橡树，依然在正月十六把马铁匠请了过来，准备重新给自己打一副棺材。马铁匠一副无精打采的样子，用六天时间把棺材打好了。

　　父亲十分消极，经常坐到陈元他妈的坟头嘟哝半天。父亲一会儿说，我在你的坟上栽了柏树，有好几棵呢；一会儿说，我给自己又打棺材了，是橡树的。也许又是天意吧，隔了几个月时间，杀猪佬陈先株有个儿子到山上放牛遭到了雷劈。人家放牛是赶早的，他把牛赶到山上已经下午了。下午尤其容易打雷闪电，在一阵雷电之中被劈倒的，除了陈先株的儿子，同时还有陈元家的一棵核桃树。按照塔尔坪的规矩，那么小的年纪，用席子卷起来，随便埋在哪块庄稼地里就行了。但是父亲帮着把坑挖好了，陈先株却拦着不让埋。他不让埋，不是因为儿子死在陈元家的核桃树下。他一把鼻涕一把泪地说，虽然我儿子只有十几岁，没有成家立业，你看他都长胡子了，应该有一副棺材了。陈先株那天晚上一身酒气，提着一把杀猪刀冲进陈元家的院子，说我要杀猪，是你陈先土叫我来杀猪的吧？父亲说，我家的还是猪娃子，怎么能杀呀？陈先株说，我想杀的就是猪娃子。陈先株趔趄着，朝自己手指头刺了一刀子。父亲看到血顺着刀子向外喷，说猪在圈里，你想杀就去杀吧。陈先株说，谁说猪在圈里？猪明明在我手指头上。陈先株说着，又朝自己手指头刺了一刀子。父亲说，你到底是真醉了，还是有别的想法？你儿子是雷劈死的，又不是我劈死的，你缠着我干什么？陈先株说，因为你有棺材。

父亲才明白，陈先株是冲着那副棺材来的。

看到陈先株又要刺手指头，父亲赶紧说，别再杀猪了，要棺材你明天抬去吧。

拖了好长一段时间，父亲都没有再打棺材了。一是父亲没有好心情，二是父亲实在找不到像样的树。有一年大年三十下午，父亲刚刚挂好灯笼一转身，灯笼突然掉下来，把他的脑门砸出一条口子。他觉得太意外太不吉利了，意识到不预备一副棺材肯定是不行了。正月初二，他就提着斧子上山了，可惜已经没有太好的橡树了，只有几棵松树可以对付一下，但是他跑到山上一看，自己留着的两棵松树也突然不见了。

那些年，无论是做床板卖橡子，还是点香菇木耳，都是塔尔坪主要生活来源，孩子上学没钱就砍一棵树，没有油盐再砍一棵树。所以，树不仅仅少了小了，有些一夜之间就失踪了。

父亲空着手回到村子，说那是留着打棺材的，难道谁家死人了？陈先株说，像上次，我们只会明着问你要，绝对不会去偷的。马铁匠说，我们没有上过山，不信你到我们家去搜一搜。陈先水说，我看不是塔尔坪人干的，恐怕是城里人干的，城里人现在什么都偷，别说两棵棺材树了，连现成的棺材他们也会偷的。

父亲最后一次专门为棺材而栽的树，不是柏树，不是橡树，不是松树，而是泡桐树。他没有在山上栽，没有在坟头栽，没有在地边栽，而是在自己家院子里栽。马铁匠问，你栽那种树有什么用？烧柴太泡了，做橡子太脆了，点香菇木耳根本就不长。父亲说，它有一身的毛病，但是它也有个长处。马铁匠问，树叶子可以擦屁股？父亲说，没有办法，只有它长得快，长得太慢的话，我早就死了。

泡桐树当年就长到一人多高，五六年就长到盆子那么粗，但是父亲又秀了好多年，再请马铁匠用泡桐树打棺材的时候，一模一样的一次打了两副，一副给自己预备的，一副给陈元后妈预备的。因为泡桐树特别轻，特别软，刨起来容易，打铆也容易，两副棺材马铁匠总共用了十天时间。父亲割下两水桶的漆，染过五遍之后，虽然抬起来是轻飘飘的，但是看上去是油光闪亮的，人往前边一站，能看到自己的影子，用手拍一拍，发出的声音十分柔和。

马铁匠走的时候，父亲说，你不拍一拍？马铁匠说，有什么好拍的？马铁匠转回身，轻轻地拍了拍，又拍了拍，然后笑了。马铁匠说，拍着柏树棺材的时候，像拍着一个男人的肩膀，拍着泡桐树棺材的时候，有点像拍着一个女人的屁股。

父亲呵呵地笑着说，以后哪怕亲娘老子死了，这副棺材我也让不起了。

IX 注定

陈元推开虚掩的大门，轻轻地喊了几声，爹呀，我回来了。

麦子也随着喊了几声，嗲呀，你在哪里，我爸爸回来了。

但是没有人应声。过去不是这个样子。过去只要是个节日，比如过年前，比如端午节，比如八月十五，虽然陈元很少回家，为了盲目地迎接陈元，父亲都会提前好多天，在村口转来转去，有时候还爬到房后的山顶上，朝着远方张望着。

陈元和麦子仔细地等了半天，家里还是空空荡荡的。不晓得谁家的小花猫躺在父亲平时坐着抽烟的门枕上，眯着眼睛晒太阳，几只鸡正在鸡窝里下蛋，咯咯嗒咯咯嗒地叫着。

塔尔坪不像往日那般安静，不时地有摩托车在村子外边跑上跑下，忙着收购各种各样的药材，因为香菇木耳不多了，又不是收购核桃的季节，所以多数是收购天麻之类的。陈元带着麦子来到塔尔坪的坟地，多数坟头上已经没有清明吊子了，坟与坟之间被杂草覆盖着，有几株连翘花黄灿灿地开着，根本看不清楚哪里是坟头哪里是山坡。陈元他妈他哥他后妈他大伯他大婶他大佬他小佬他嗲他奶……他们的坟都在其中，相比起来要清亮得多，那都是父亲照顾的结果。

在太阳快要落山的时候，陈元碰到了从山上下来的马铁匠。马铁匠说，你什么时候回来的？这次回来又是接你爹进城的吧？陈元说，清明节专门回来扫墓的。马铁匠说，麦子现在还在河南卢氏吗？麦子说，回丹凤县城都大半年了。马铁匠说，看我真是老糊涂了，把麦子回县城上中学的事儿都忘记了，你们应该经常回来扫扫墓，你们家老坟埋得好，麦子将来肯定能考上大学。

陈元说，我爹去哪里了？马铁匠说，你爹呀，哪里都没有去，在家里摆弄那口棺材，你在棺材里边找找吧。陈元猛然想起来，刚进院子的时候看到一副黑漆漆的棺材。那口棺材原来放在阁楼上，如今被搬下来摆在了房檐下边。

陈元跑回去扶着棺材一看，父亲竟然躺在棺材里，正揉着眼睛笑呵呵地看着天空。陈元说，你怎么在这里呀？都把我们急死了。父亲说，急什么？有棺材还急什么？麦子说，我们以为你出事儿了。父亲说，我在塔尔坪能出什么事儿？前段时间躺在床上睡不着，睡着之后又做各种各样的噩梦，在噩梦里总被一些过世的人缠着，前几天开始躺到棺材里，想试试死后是什么感觉，没有想到一进来就安生了。

父亲爬起来，摸着棺材说，你们看看怎么样？陈元说，棺材怎么能和床比？父亲说，你不晓得，比床舒服多了。父亲问，树活着又开花又发芽的，一旦砍掉做什么最好？陈元说，做椽子，打家具。父亲说，椽子与家具迟早都要烂掉。麦子说，是烧火吧？父亲说，烧火一袋烟工夫就化成灰了，我这一辈子栽过多少树？砍过多少树？最后才明白都不长远，最长远的还是打棺材，棺材一旦埋在土里，感觉还是一棵树。

父亲去厨房生火做饭的时候，一直都是笑呵呵的。陈元问，说你大小便都不顺，现在怎么样了？父亲说，好多了。陈元说，你找人看了吗？都吃了什么药？父亲说，还能有什么药？就是那口棺材，我也觉得奇怪，没有躺进棺材之前，总是感觉空空落落的，哪里都不踏实，往棺材里一躺，哪里都舒服了，是不是我老了，日子不多了？陈元说，你别瞎想，你好好吃好好喝，再活几十年没有问题。

陈元往年回家的时候，都会与父亲睡在一起。但是吃过晚饭之后，父亲坐下来说了一会儿话，问了问麦子的学习，又问了几句陈元与女朋友小青的情况，竟然抱着被子走了。陈元说，你去哪里？父亲说，我去自己的地方。陈元以为他说的是另一张床，但是父亲去了院子，仍然要睡在棺材里。陈元半夜起床上茅司，发现清风明月里什么都没有了，仅仅摆着一副棺材透出几分恐怖气息，而且更加显得空空荡荡的了。

第二天早上，父亲早早地出门去了，回来的时候手中拿着好几根泡桐树苗子，让陈元与麦子见缝插针地挖几个坑，把树苗子栽进去。陈元说，现在已经农历三月了，要栽树应该等到明年春天吧？父亲说，谁明白明年还有没有春天？你说我还能活几十年，我想趁早再栽几棵泡桐树，如果在死之前能长大，又可以打棺材了。

麦子说，你已经有一副棺材了，要那么多棺材干什么？

摆在院子里的那副棺材，在阳光下闪着明亮的光，而且正散发出一股泡桐树的香味。陈元想，父亲命中注定是会长寿的，凭着他栽下的几棵棺材树，老天也会保佑他多活几年。他多活几年，塔尔坪就会多活几年，自己的家就会多活几年。但是，像麦子所说的，等那几棵树长大了再打成棺材的话，现在的那副棺材应该怎么处理呢？

陈元正想着，隔壁传来一阵惊呼，是上完坟准备回县城的小婶。

小婶昏倒了。父亲抛下手中的泡桐树苗子，朝着隔壁冲了过去。

分裂

二〇一三年，夏天，上海，父亲。

I 一只宠物

父亲陈先土之所以愿意第二次来上海，主要是想给儿子陈元提亲。

陈元打电话说，你答应过的，把核桃一收就来上海住一段时间，不会又反悔了吧？父亲比起第一次，借口又多了一个——要照顾核桃树苗子，辛辛苦苦栽了那么多，人一走就让别人给拽掉了。陈元说，塔尔坪剩不下多少人了，谁有心情去拽你的核桃树呀？父亲说，二房清风明月没有人了，但是大房高山流水、三房福寿满门和四房祖德流芳还是有人的，尤其是三房陈先株的两个懒汉儿子眼睛都红了。陈元说，你在家的时候人家想拽的话照拽不误，而且这次不是我让你来的，是我姨娘让你来的。

陈元所说的姨娘其实是指小青她妈。陈元第一次见到小青她妈，就直接叫了一声妈。小青她妈被吓了一跳，很不高兴地问小青，你让他这么叫的？小青也被吓了一跳，问陈元，你为什么这么叫？陈元说，你叫妈，我依着你肯定也要叫妈，她是你妈对吗？小青一下子乐了，问她妈，你是我妈吗？她妈说，带回来一个不三不四的人就连你妈都不认识了？你和他是不是已经住在一起了？小青说，真是冤枉我了，他爹上次来的时候，是他们父子睡在一起的。她妈说，你们没有住在一起，他哪来的胆子直接叫妈？

陈元又叫一声，妈，你相信小青，我们真的什么都没有。她妈说，你帮帮忙行不？你们什么都没有，你凭什么叫我妈？你妈都死了，你在咒我对吧？陈元说，那我叫你什么？她妈说，我有名有姓的，你叫我名字。陈元说，你叫什么名字？小青捂着嘴巴笑着问她妈，妈呀，你叫什么名字我都忘记了。

自那天起，陈元不敢叫妈了，只好叫了几声阿姨。她妈听了也不高兴，说怎么像在支使家里的保姆，陈元于是照着塔尔坪的叫法改成了姨娘。

父亲说，哪个姨娘？陈元说，你以为是二姨娘？我说的是人家小青她妈，我和小青如果结婚的话，按照塔尔坪的规矩，双方父母总得见上一面吧？父亲说，让小青她妈来塔尔坪行吗？陈元说，人家是女方，你说行不行？父亲有点不情不愿地说，规矩是这样的，但是上海我一个人都不认识，过去提亲的话请谁做媒人？陈元说，如今是自由恋爱，有些礼节可以免掉，你过来就行了，我给你订票坐火车吧？父亲说，我想坐大巴，从丹凤到上海有大巴了。

父亲第二次来上海之后，小青依然和第一次一样，让陈元陪着住在她家里。小青说，你那出租屋怎么住？原来你一个人，如今和几个人合租，加张床都成问题了。陈元说，我可以和爹在一张床上挤一挤。小青说，这是夏天，又不是冬天，你那张单人床巴掌那么大，你们两个挤在一起还不热死了？陈元说，上次你妈不在，这次你妈回来了，恐怕不方便了。小青说，有什么不方便的？我们上班去了，他们两个正好可以做伴。陈元笑着说，要我说呀，干干脆脆，小的嫁小的，老的嫁老的，什么问题都解决了。

小青笑着说，你这主意不错，不过我妈可比不得我那么好哄，弄不好是要挨耳光子的。果不出所料，父亲那天刚进门，脚还没有落在地板上，就被她妈给推出了门。她妈什么话也不说，拿出一双拖鞋扔在外边，弄得父亲摸不着头脑，问陈元是什么意思？陈元说，让你换一双鞋。父亲说，为什么要换鞋？陈元说，那样舒服。父亲说，上次来，怎么没有换？陈元说，上次是上次。父亲进门之后便打招呼，说你是喜娃子的老外母吧？她妈问，老外母是什么意思？陈元解释，老外母就是丈母娘。她妈发现又来了一个乱喊乱叫的，更加不高兴了，但是又不好对父亲发作，于是钻进自己房间看电视去了。

父亲掏出两把挂面、两包红糖、两瓶西凤酒和几斤鸡蛋，都是按照塔尔坪上门提亲时候的风俗准备的，每样东西上边都贴着红纸。当父亲把四样东西放在她妈面前的时候，她妈盯着电视漫不经心地说，这是什么？父亲说，这是彩礼。她妈说，鸡蛋是野生的？父亲说，都是自己家老母鸡下的。她妈说，在上海倒是蛮稀罕的。父亲连忙递了一个，说都是煮好的，亲家母你尝尝吧。

她妈感觉有点奇怪地说，全部都是煮好的？父亲说，不煮好的话，在路上就打烂了。她妈说，煮几天了？父亲说，三四天吧。她妈把接过的鸡蛋又还给了父亲说，另外两包是面条吗？父亲说，不是面条是挂面，自己吊的。她妈说，什么时候吊的？父亲说，去年腊月吊的。小青好奇地凑上来说，挂面都是怎么吊的呀？陈元说，磨面，和面，盘条，醒面，出面，晒面，切面，包面，整整要忙一天一夜，关键是放盐，天冷就少放点，天暖和就多放点，放多放少都不行，至少有七八道手续吧。

小青突然说，上边是什么？

她妈站起来一看，吃惊地说，哎呀我的妈呀，你不会不认识老鼠屎吧？

她妈找来一个塑料袋，小心翼翼地把四样东西统统地装进去，然后提着下楼了。父亲问，亲家母干什么去了？小青说，她倒垃圾去了。父亲说，我们平时都舍不得吃的东西，怎么会是垃圾呢？陈元安慰父亲，千万不要生气，城里人特别讲究，而且这阵子还有禽流感，小心点总归是没有错的。父亲说，不就一颗老鼠屎吗？人家不是在挑彩礼，人家是嫌弃我们。

陈元觉得父亲是对的，在塔尔坪老鼠四处乱跑，留下一粒老鼠屎再正常不过了，这和他是外地人一样，就因为自己是从外地来的，无论他待了多久，混成什么样子，在城里人眼里永远都是外地人，似乎外地人是一种基因，是会遗传的。那些树就不一样，无论从哪里来，一旦被栽在上海，就成了上海的风景。比如满大街的法国梧桐，原来是从外边引进的，有谁会因为生虫子和飞絮而歧视它呢？

父亲嘟哝着说，我不想住在这里。陈元说，我也不想住在这里，但是不住在这里怎么办呢？不住在这里怎么向人家提亲呀？小青也过来安慰了几句，说毕竟是老鼠屎，吃起来没有什么，但是看上去心里不舒服，而且她妈是刀子嘴豆腐心，时间长了还是挺好相处的。

安顿下来之后的某天清早，陈元还在迷迷糊糊地睡觉，就被麻雀给叽叽喳喳地吵醒了，有一只小麻雀飞到房子里，一会儿撞在墙上，一会儿撞在玻璃上。陈元爬起床，捧着小麻雀跑到阳台，想打开窗子把它放出去的时候，发现阳台是全部开着的。父亲不晓得什么时候已经起床，一个人坐在阳台上抽烟，窗台上放着一只碗，装着剩下的半碗米饭，有一群麻雀围着碗飞来飞去。

陈元说，爹呀，你怎么不睡了？父亲说，我们住的还是上次那套房子吗？陈元说，是呀，房子还是小青家的房子，床还是上次睡过的那张床。父亲说，怎么这一次无论如何都睡不着了。陈元说，恐怕是天太热了吧？

父亲说，也许是在棺材里睡习惯了。陈元说，别再提你的棺材了，人家上海是没有棺材的。

父亲说，上海有猪吗？陈元说，上海也没有猪。父亲说，他们为什么不养猪？陈元说，房子那么金贵，有地方养猪的话，还不如出租给人，或者去开公司呢。父亲说，不养猪吃肉怎么办？陈元说，吃肉与养猪有什么关系？在菜市场肥肉瘦肉、猪蹄子猪耳朵、猪血猪肝，什么都有卖的。父亲说，睡不着的时候，在塔尔坪还可以喂喂猪，如果在这里也有一头猪养养就好了。

陈元也睡不着了，干脆跑过去摇了摇小青，示意小青去外边说话，不要吵到了她妈。小青迷迷瞪瞪地爬起床，跑到另一间房子，说我还在做梦呢。陈元说，我决定支持你。小青说，支持我干什么？不把我妈叫妈了？陈元说，我支持你买一只宠物回来。小青一听，一下子清醒了，抱住陈元亲了一口，兴奋地说，你不怕宠物长虫子？你不怕宠物大小便？你不怕宠物不让你进门？陈元说，你不是喜欢吗？怕有什么办法。

陈元经常问小青，你不嫌弃我吗？小青说，为什么要嫌弃你呀？陈元说，我是外地人，房子是期房，车子是自行车，好不容易在报社工作，如今都快倒闭了，好不容易当个记者，还是见习的。小青说，要嫌弃早就嫌弃了，还能等到现在吗？陈元说，那我们那个那个吧，再不那个那个的话，年纪大了，都生不出孩子了。小青说，生不出孩子有什么关系？如果生一个孩子，你得管他一辈子，而且什么回报都没有，真不如养一只宠物。宠物不会有虚荣心，不会拼爹拼妈是什么人，开的是不是奔驰宝马，住的是不是别墅洋房，上的是不是重点名校。

其实，小青不是不想结婚，也不是不喜欢孩子，之所以说得那么冷酷无情，仅仅是想要一只宠物而已。每次在路上碰到宠物，她都会伸手摸摸它们，有时候家里剩下什么，就拿下楼去喂流浪猫流浪狗。陈元说，喂喂流浪猫流浪狗不也一样吗？小青说，当然不一样，自己养的，可以随便打骂，在外流浪的，就不好随便欺负了，而且自己养的，肯定会真心地对我。陈元说，你不养宠物，我就真心地对你。小青说，你怎么真心？我踢你一脚你不还手，我骂你一句你不还嘴，我踢你一万下，骂你一万句，那时候你不变心才怪,但是小猫小狗呢? 我怎么对它,它都不会抛弃我的。

天彻底亮了,太阳升起来了。城市的太阳从地平线升起来是软的,像一个软软的气球,动一指头就把它戳破了。麻雀的叽叽喳喳没有了,是大自然最安静的时刻,世界只剩下人们奔忙的脚步声、叫喊声和嘈杂声。小青说,我买一只泰迪你看看怎么样?

陈元说,买一头猪吧。

小青说,你说什么? 猪我还用买吗? 你不就是现成的吗?

小青失望地倒在床上,闭着眼睛装着继续睡觉,故意发出打呼噜的样子。陈元说,有一种宠物叫小香猪,永远是长不大的,而且傻傻的没有一点心眼,比小猫小狗好玩多了。我就老实告诉你吧,如果买一头小香猪回来,一是可以任意欺负它,二是比狗呀猫呀更干净,三是我爹喜欢养猪,弄一头猪让他帮忙遛一遛,对他来说也是一种寄托,他身体一天不如一天,如果没有什么寄托的话,又会吵着要回塔尔坪了。

父亲的咳嗽声从阳台上传来,而且一声比一声急促。小青说,我买一头小猪回来,我欺负它你保证不干涉? 陈元说,你是我女朋友,你欺负谁我都会支持你的,何况欺负一头小猪呢。小青说,如果我不开心,想拔掉它的毛你保证不阻拦? 陈元说,你上次拔过一只小鸡的毛,我阻拦过吗? 我敢阻拦吗? 小青说,我哪天嘴馋,想从小猪身上割一块肉下来烤着吃,你保证不骂我?

得到陈元一连串的点头之后,小青高兴地从床上翻身而起,立马打开了电脑开始网购。

II 狗或者猪

小青网购的那头小香猪,在付款之后的第二天下午,就以快递的方式送到了上海。当快递员打电话的时候,小青正在给学生上课,她晓得自己的宠物到了,便让快递员把电话递给了她妈。

她妈正在电脑上打牌,父亲坐在旁边看着。她妈一会儿说,我出红桃行吗? 一会儿又问,外边还有没有主牌? 父亲不懂电脑,也不懂游戏规则,每次遇到征求意见的时候,他就认真地点点头。她妈出对了牌就高兴地说，我高明吧！出错了牌就生气地说，你看看，真不应该听你的。不管她妈高兴还是生气，父亲都嘿嘿地笑着，不仅没有发生什么矛盾，反而出现了其乐融融的气氛。

她妈接到快递，明白是女儿买的宠物。女儿早上上班之前交代过，请自己帮忙接收一下。她妈在快递上签完字，然后打开了木箱子，木箱子里边装着一个笼子，上边蒙着一层塑料布。她把塑料布一层层地揭开，便看到在里边卧着的宠物。宠物身体是白色的，嘴巴与尾巴两头是黑色的，像一只被放大的老鼠。她妈看到这个宠物有点肥，便一边打开笼子一边给它起了一个名字叫肥肥。她妈说，肥肥快出来吧，你到家了。她妈怎么呼唤，肥肥就是不动弹，好像是睡着了，也好像是晕车了，因为从苏州运到上海，应该坐了六十公里的汽车。她妈伸手捅了捅，一捅，它就哼哼，再捅，它就爬起来，从笼子里钻出来，像个老态龙钟的老头，在房子里到处转悠。

她妈听说当天有宠物回家，早晨去菜市场买菜的时候，已经预备了几根排骨，正放在高压锅里熬着。她妈高兴地把排骨捞出来，放在一个塑料盆子里，款待这个新家伙。这家伙拱来拱去，像一个拿腔拿调的老爷，对排骨根本不感兴趣。她妈说，我们平时吃的，也就这个水平，你还不满意吗？干脆使劲地朝它嘴里塞。肥肥开始是慢腾腾的，被一逼就在家里疯狂地乱窜，最后低着头朝前猛地冲过去，一下子把她妈给顶翻了。

她妈很生气地说，这哪里是一只狗呀？简直就是一头猪。

陈元告诉过父亲，堂堂大上海，豹子呀，野牛呀，刺猬呀，什么奇怪的动物都有，就是没有猪，即使动物园也没有猪，所以父亲也以为是一只小狗。父亲对小狗不感兴趣，所以坐在阳台上数火车去了。当时有一列火车从窗外开过，他自言自语地说，里边为什么是空的？他其实根本没有看清，凭自己的感觉以为是空的。

那个新来的家伙，在各个房间转了一圈，最后懒洋洋地卧在了父亲的身边，张嘴拱了起来。父亲对这种动作是熟悉的，在几十年之中，自己起码养过七八十头猪了。牛和羊也拱人，只是拱一下舔一下，显得十分温驯，但是猪一边拱一边撕咬，就显得粗鲁多了。

父亲说，不就是一头猪吗？她妈说，瞎说，明明是狗，宠物狗，上海怎么会养猪呢？父亲说，你们城里人不养猪，不会连猪都不认识吧？她妈说，世上的狗有几百种，有的长得像羊，有的长得像狼，还有一种狗长得像老鼠，你见了肯定以为是老鼠，因为你们乡下根本就没有人养宠物对不对？

父亲笑了笑，心想城里人还真是吃过猪肉没有看到过猪跑。看看它光溜溜的尾巴和硬邦邦的毛，关键是猪八戒式的长嘴巴和大耳朵，还有哼哼起来冒着泡泡的鼻子，百分之百是一头猪。父亲一下子精神起来，像碰到了几天未见的好朋友，跑到厨房里拎出一把白菜扔到小猪面前。小猪看到排骨就躲，但是看到绿绿的几叶白菜，就咯咯嗞嗞地吃了起来。

父亲拍了拍它的背说，老赖，饿了吧？她妈说，你叫它什么？父亲说，叫它老赖呀。她妈说，现在它有名字了，它的名字叫肥肥，你是不能乱叫的。父亲说，在我们塔尔坪就叫老赖。她妈说，这是上海，再说了老赖是什么意思？是欠钱不还的人才叫老赖，它欠你什么了吗？父亲说，我养了一辈子猪，没有一头猪有名字，还不照样养大了？

她妈看到小猪吃得很香，三两口就把白菜吃光了，更加生气地说，我敢跟你打赌，它肯定是一只狗，不爱吃骨头的小狗，这里是上海你晓得吧？你在路上碰到过那么多宠物，猫呀狗呀个个都很金贵，但是有养猪的吗？如果养猪那多丢人呀。

父亲是想不明白的，为什么养狗养猫可以，养猪不仅不可以而且是丢人的。小青曾经告诉陈元，有一次，她妈从苏北带回来一只活泼可爱的小狗，她早上出去跳舞的时候，它就在后边屁颠屁颠地跟着。在一起跳舞的大妈开始都喜欢逗着玩，慢慢地发现它并不是什么哈士奇吉娃娃，而是长着乌嘴头子的一只土狗，从此之后大家见面就踢它，甚至有一位大妈起哄，土狗的肉应该挺香的，不如哪天杀掉吃狗肉火锅算了。她妈感觉大家歧视的不是狗而是狗主人，所以过了不久那条小狗就消失不见了。她妈解释说，让建筑公司的一个工人带到工地看门去了。

陈元认为，城市里不允许养猪，主要原因还是面子问题，如果猪像大熊猫一样，必须依靠人工来提高繁殖能力，而且几年怀不上一胎，一胎也不生十个八个，露出一副可怜巴巴的随时都会灭绝的样子，那时候它长得再丑，城市人养着它牵着它就会成为身份的象征。

父亲嘟哝了一句，赌就赌，你这个上海人说说赌什么？她妈说，当然赌钞票，五百块钞票，它就是五百块钞票买的。在塔尔坪大家拿猪来打赌，多数在杀猪之前，赌的是多少斤，膘有几指厚，父亲眼力好，用手拍着猪背估摸一下，左右不会相差三斤，但是如今两个人赌的，是猪还是狗，在父亲看来，这简直是一个笑话。父亲笑着说，光赌钱怎么行呀？她妈说，除了赌五百块钱，谁输了谁就再亲上一口。

天黑之前，小青与陈元一起回来了。小青一进门就大呼小叫地说，我们家范二呢？范二在哪里？她妈说，谁是范二？小青说，还能有谁？我们家新成员呀！它得跟我姓范，我是范老大，它是范老二。她妈说，我给它起过名字了，你看看它肥头大耳的，应该叫肥肥。

这家伙从此有了三个名字，父亲仍然喊它老赖，小青喊它范二，她妈喊它肥肥，只有陈元一个人没有给它再起名字，每次都直接叫它小猪。

小青提回来一个海绵垫子，一个粉红色的盆子，还有一条带着项圈的绳子。她把海绵垫子铺在阳台上，说那是范二以后睡觉的床，不能让它直接睡在地板上，不然太凉了会生病的；她把一只盆子放在大门后边，说那是范二以后吃饭的碗，每次吃完饭之后不要忘记给它洗碗，如果不洗碗会得肠胃炎的。小青的话，别说父亲听了，就是陈元听了，都觉得不可理喻，因为在塔尔坪，甚至在全丹凤县，所有的猪都会睡在猪圈里，而且没有一个人给猪配碗，给猪洗碗。

陈元家的猪圈建在院子里边，四周用木头围了一道栅栏。猪圈里放了一个猪槽，是专门请石匠用大理石打出来的。猪本性爱拱，所以猪槽要用石头，如果用木头的话比较轻，两下子就被拱翻掉了。猪圈的拐角上搭了一个棚子，里边垫着包谷秆子，有时候也垫麦草，供猪晚上睡觉。陈元家的猪圈与塔尔坪多数人家相比，算是豪华的了。多数人家连个像样的猪圈也没有，没有栅栏，没有棚子，而是在地上挖出一个大坑。猪一旦进了那个大坑，基本是逃不出来的，像一个死刑犯人，一旦被拉出来了，那便是上刑场挨刀子的日子。

小青安排妥当之后，冲到范二面前又搂又抱的，而且一口一个"快叫妈妈"。陈元说，你养的是宠物还是人啊？小青说，宠物就不是人吗？宠物宠物就是用来宠的，你不宠它那就是废物。陈元说，那你晚上跟它睡好了。小青说，和人都敢睡，和它照样敢睡，你不会吃醋吧？小青说着，真抱起范二滚到了沙发上。陈元无奈地拍了拍范二，说你上辈子肯定是猪八戒，和唐僧一起到西天取过经，不然哪里能修到这样的福分？

她妈说，怎么会是猪八戒，应该是孙悟空吧？肥肥是什么品种？怎么就跟小兔子似的，不吃我熬的排骨，却喜欢吃大白菜，你家老头子说是猪，我说是狗，我们两个打赌，赌五百块钞票，而且还要亲一口。

小青说，妈呀，它确实是一头猪。她妈又看着陈元问，你说呢？陈元说，它真是一头猪，不过是一头小香猪。她妈一下子急了，说我给你们垫付的五百块，你们不想还我就算了，不用一起来蒙我这个老太婆吧？还有我这个女儿，你是我身上掉下来的，如今还没有嫁出去，就跟着人家陕西人一起对付我？小青说，我敢骗你吗？不信你看看快递包装吧。

她妈跑到笼子边上，翻出一张小卡片，竟然是保修卡，上边写着产品名称、生产日期和出厂日期。产品名称果然写着"小香猪"三个字，生产日期是一个月前。

小青问，怎么样？她妈说，什么怎么样？只是一张保修卡！宠物又不是电视冰箱，怎么一个保修法？难不成这家伙耳朵聋了，也用螺丝刀给它拧一拧？小青说，人家的保修卡只是证明购物的基本信息，你不满意七天之内可以凭着这个退货。

小青抱着范二，把一张猪嘴凑在她妈面前，笑嘻嘻地说，愿赌服输，你肯定输了，你现在就亲一下范二吧。范二一哼哼，从鼻子里冒出一串泡泡。她妈说，谁说亲它了？小青说，你自己说的，不会耍赖吧？她妈说，我说亲一下，有说亲这个畜生吗？小青说，那你到底想亲谁？

父亲指着自己的脸说，那亲家母你亲我一下吧？

她妈说，你？！亲你这个乡下人？

她妈一气之下回自己房间把门关上了。

她妈之后又打开房门说，人家养狗养猫，起码要养贵宾呀八哥呀，还有加菲猫呀，我们竟然养一头猪，传出去还不让人笑话死了？你们赶紧把它处理掉，不管退货还是保修，明天早上起来再看到它，我就一刀子下去，把它给剀了。说完，又啪的一声把房门关上了。

大家都没有应声。小青又弄了一棵大白菜，剥下一片片叶子，把那些排骨夹在中间，一边喂一边说，这叫汉堡明白吧？哪怕你真是猪八戒，那也是上辈子的事，这辈子可以吃荤了。

父亲仍然坐在阳台上抽烟，没有再死死地盯着窗外，而是有火车开过的时候就看看火车，没有火车开过的时候就看看阳台上的范二。

Ⅲ 畜生的身份

第二天，小青比平时起得要早。平时只需要七点多起床，洗洗脸刷刷牙化妆，八点前出门就行了。小青起得早，不是想和她妈一起去公园跳舞——她妈除了在外地或者下雨，基本是早上六点多出门，要到附近公园里去锻炼身体，回来的时候顺便去菜市场买点菜，然后坐下来在电脑上玩四五个小时的游戏。

小青早起的原因是有了范二，她得把它拉出去遛一遛。小青起床是六点左右，天实际已经大亮了，当她打开卧室闻到一股刺鼻的气流，以为父亲又把大小便撒在地上了——父亲第一次来上海的时候经常会犯那样的错误，但是如今厕所的地板上是干干净净的。小青喊叫着陈元，说你赶紧起来闻闻，空气中为什么有点酸臭？陈元睡得正香，闭着眼睛回答说，还能有什么？肯定是小猪大小便了。小青说，哎哟妈呀，你不说我都忘记了，范二是会大小便的。

陈元爬起来一看，发现阳台上有几摊黑乎乎的猪粪，被太阳一晒更加臭气熏天。小青不小心踩到脚上，立即恶心起来，哇哇地吐了一地。她妈听到动静，刚出房门呢，也是一阵反胃，捂着胸口冲进了厕所。

小青说，它哪里是宠物呀！简直就是一头猪。陈元说，宠物刚回来都是要驯养的。小青说，怎么个驯养法？陈元说，给它立规矩，让它定点吃饭，定点睡觉，定点大小便。小青已经没有昨晚的那股热情了，恶狠狠地踢了范二几脚说，要给一头猪立规矩？我还是省省心吧！小青找到那张保修卡，说是要联系退货，但是服务电话一直无人接听。

父亲说，你们上班吧，我来养它。父亲把家里简单清理了一番，然后赶着范二出门了。陈元叮嘱父亲，城市是不允许养猪的，人家问起来你千万不要承认是猪。父亲说，养狗可以吧？陈元说，养狗可以，养猫也可以。

在上海，原来也有人养过猪，赶着几百斤的大肥猪去逛街，陈元接到热线电话去采访的时候，从居委会了解到，市区养猪是违规的，养鸡养牛也是违规的，禽流感大肆流行的那阵子，养鸽子也是违规的，都是要遭到扑杀的。陈元至今一头雾水，畜生们生活在农村的时候待遇都是一样的，甚至狗呀猫呀还不如猪马牛羊鸡——猪马牛羊鸡是有献身精神的，要么可以干活，要么可以吃肉，而狗除了看门、猫除了逮老鼠之外，真是可有可无的，但是一跑到城市，它们的待遇就反过来了，狗呀猫呀是畅通无阻的，而猪呀鸡呀连活着都不行。

父亲仍然不太熟悉也不太习惯坐电梯，所以随着范二顺着楼梯下了楼。正是上班高峰，进进出出的人很多，有人问，你遛的是什么呀？怎么长得像猪呀？父亲说，在城里有猪肉，怎么会有猪呢？有人问，难道是狗吗？父亲说，是狗呀，他们叫它范二。大家以为是什么稀奇的宠物，有的上前抱一抱，有的上前拍一拍——宠物在城市就应该得到这样的待遇。但是在这个拥有几千万人的地方，不仅到处都是人挤人，还有许许多多的猫与狗，他们哪里晓得在自己的身边，会有一头命中注定要被杀被剐被吃的猪呢？

城市人不认识小猪，父亲是一个乡下人，而且是乡下的农民，对这种畜生再清楚不过了，它们一辈子就喜欢两件事儿——吃喝，睡觉。因为两件事儿都有利于长膘增肥，所以它们长得十分快，一年左右就出栏了。这决定了它们的命运——性格决定命运，除留下来的种猪之外，它们都不长寿，即使在饥荒年月，也活不过三年。陈元记得，他们家最长寿的一头猪，自生自灭式地喂养了两年零六个月时间，勉强长到一百多斤，几乎瘦成两张皮，最后被无奈地杀掉了——因为已经是冬天了，草皮树根都没有了，再不杀掉的话就活活地被饿死了。

但是长寿与繁衍生息似乎没有什么关系，这些短命的家伙不仅在历史的长河中生存了下来，而且成了人们餐桌上最常见的美味。如果它们和牛一样勤奋，默默地拉犁耕地，三五年才能长大，谁还愿意养它呢？即使养了谁还舍得杀掉呢？它们自然而然就被淘汰掉了，起码队伍没有现在这么壮大。虽然在城市里见不到活的，但是在菜市场能见到肉与骨头——有当天宰杀的鲜肉与骨头，也有陈年的火腿与腊肉，当然还有血和内脏。

父亲明白，不尽快把它赶出去，它只要半天时间，就会把人家小青的家变成猪圈。父亲不怕把小青的家给弄脏了——弄脏了他住得更踏实一点，他怕这样下去，小青退货算是好的，恐怕它的小命都保不住了。因为小青她妈刚刚已经提着一把菜刀在追了。猪长到两百斤以上，就不算一条命了，杀掉就不可惜了，就是理所当然的了——能杀出肉的猪不是命，杀不出肉的猪才是命，但是这头小猪只有五六斤，撑死了也就八九斤，所以还是一条命。

父亲只顾着把范二赶出去，并不清楚赶出去干什么。在塔尔坪可以放牛放羊，但是恰恰不能放猪，因为到处都是麦苗子包谷秆子洋芋藤子，一头猪放出去，一顿饭工夫，半亩地就毁掉了。在塔尔坪养猪用的是猪草，其实大部分都是野菜，把猪草打回来，用刀子切碎，和潲水一拌就行了。如果拌上麦麸子，就是美味佳肴了，它们会吃出嘟嘟的响声。如今在城市里，尤其在上海这样的城市里，四处只有水泥板，水泥板中间也有花园，花园里有树有花有草，却没有猪草。有草，绿油油一片，看上去像麦苗子，如果是麦苗子，也是小猪爱吃的，但是这些草与塔尔坪的不一样，不光是被剪得整整齐齐的，而且硬邦邦的，不柔软，像刺一般扎人，别说小猪吃了口感不怎么样，人拿手去摸一下也被刺激得牙齿发酸。

虽然父亲不太熟悉小区环境，但是有一头小猪像导盲犬一样在前边引着，便轻而易举地跑到了楼下的花园里，那时有很多邻居在花园里遛着宠物，果然如她妈所说，有的像鹿，有的像羊，有的像狮子，有的像狼，有的像狐狸，反正五花八门的。如果不是在城市里，父亲怎么也不会想到，那些东西都是小狗。

小狗们聚在一起，相互亲亲嘴，咬咬舌头，交流一下气味，狗主人则站在旁边，相互攀比着。这个说，她家的小狗能握手。另一个就说，他家的小狗能下跪和磕头；这个说，她家的小狗是从北京坐火车运来的。另一个就说，她们全家去欧洲旅游带着小狗，她们家的小狗是坐过飞机的。大家攀比来攀比去，最后攀比的就不是畜生了，而是人了。

有一位大妈，五六十岁的样子，下巴上长着两颗痣，像两粒镶嵌上去的非同一般的豆子，加上嘴角有一点上翘，所以看上去有几分俊俏。豆子大妈牵着的，雪白雪白的，长得像狮子，其实还是狗。狮子狗十分高傲，或者十分孤僻，并不凑什么热闹，而是东闻闻树根，西闻闻路边的汽车，然后跑到草坪上打起了滚。范二可能被草坪给刺激的，在上边疯狂地转着圈子，转着转着一头冲上去，把狮子狗给顶翻了。

原以为两个畜生之间会相互撕咬起来，没有想到狮子狗不恼，也不急，四仰八叉地躺在草坪上，而范二主动热情地凑过去，在狮子狗的身上轻轻地拱着。范二拱一下，狮子狗就滚一下，那样玩了几个来回，双双被弄得一时性起，一个叽叽歪歪地在前边跑，一个叽叽歪歪地在后边追。

豆子大妈说，你遛的是狗吗？

父亲说，当然是狗，不是狗遛它干什么？

豆子大妈说，你家小狗叫什么名字？父亲说，它叫老赖，也叫肥肥。豆子大妈说，公的母的？父亲说，我家是公的，你家是母的吗？豆子大妈一听，大呼小叫地追过去，赶开了狮子狗，说，宝宝，快点走。但是狮子狗并不听话，一路跟着，一边蹭着，一边舔着。父亲一看，明白那条狮子狗发情了，在塔尔坪各种畜生都会发情。公牛发情了，会趁着母牛不备，猛烈地冲过去，然后顶着母牛的屁股；公鸡发情了，会骑到母鸡身上，啄母鸡的头冠，称为打水；狗发情了，两条狗连在一起，半天时间分不开，叫做狗连筋。公牛一发情，犁地的时候没有力气，公鸡一发情它的肉会发柴发臊，猪无论公母一发情就长不胖，所以才会劁猪骟牛——把它们的蛋子割掉，从根子上断了它们的欲望。

父亲作为一个农民，什么情况都是见过的，惟独没有见过牛和羊，鸡和鸭，狗和猪。父亲心想，也许城市里的狗和人一样，是没有见过小猪的，所以把小猪当成了小狗。当豆子大妈用一根链子，把那只狮子狗不情不愿地拖走的时候，父亲像占了天大的便宜似的嘿嘿地笑着。他踢了一脚还在嘚瑟中的范二，说你这个畜生跟人就不一样。正说着，范二稀里哗啦地给草坪浇了一泡热尿。

父亲带着范二在小区的拐拐角角放了一遍，包括景观河边、健身广场和花圃，但是在整个小区没有什么值得吃的，除了梧桐树玉兰树香樟树的叶子，剩下的就是干巴巴的草坪了。父亲其实还不晓得，草是人工种出来的，比不得农村了。农村不管什么草，都是自然生长的，嫩生生的，汁水也多，有些汁水还是白色的，轻轻一掐和牛奶一样从根茎中朝外淌。

在午饭的时候，父亲趁着范二在树荫下呼呼大睡，匆匆地爬上楼，自己在厨房翻出两个馒头，又偷偷地拿走了两棵大白菜和一个萝卜。

小青她妈坐在地板上，正在电脑上玩游戏，见父亲不看她打牌，而是鬼鬼祟祟的样子，便问，那个傻瓜呢？再看见它进来，我就一刀子把它砍了。父亲说，为什么呀？她妈说，你晓得它昨天晚上干了多少坏事吗？拉了四摊子屎，两摊子在阳台上，两摊子在沙发底下，我整整拖了三次地板，洒了一瓶子花露水，现在还有一股子味道，你倒好，要拿东西喂它对吧？那都是我做晚饭用的，给它吃了我们吃什么？

父亲说，这是你欠它的。

她妈说，我欠它什么了？父亲说，你欠它一个嘴呀。她妈一听，一下子急了，随手脱下一只拖鞋，朝着父亲扔了过去。父亲回头笑了笑又出门了，把大白菜与萝卜给范二吃了，又把它赶到景观河边喝了些水。天黑的时候，小青下班回来在小区里碰到了范二，她好像忘记了早晨的不愉快，呼着喊着，揪揪耳朵，掌掌嘴巴，显得既亲热又可恨的样子。

小青说，我们回家吧。父亲说，回家就没有命了。小青说，有这么严重吗？父亲说，你妈的刀子可不是开玩笑的。小青说，那怕什么呀？大不了我们先把它关在笼子里，等驯养好了再放出来。

父亲心想，在外边遛了一天，白天有自己跟着，它才没有出事，晚上总不能也跟着它在外边过夜吧？

在塔尔坪，自己一个人孤单，没有人说话的时候，住在牛栏里和牛嘟哝几句是正常的，但是牛栏垫着包谷秆子和泥巴，加上牛拉出来的都是草疙瘩，并不太臭，是猪圈不好比的。关键是牛听到人的话，要么默默无语，要么摇摇耳朵，扭扭脖子，感觉是一个非常好的倾听者，但是猪完全不同，你说你的，它哼它的，没心没肝的样子，要么一点都不安静，要么什么反应都没有。可惜的是，后来家里不再养牛，所以实在心慌的时候，也会和猪说说话。

父亲随着小青一起，顺着楼梯把范二朝回赶。父亲一边走一边对范二说，你不想挨刀子，就长点眼色，不要到处乱拉，尤其见到亲家母，最好能够乖一点。小青说，爹你养过那么多猪，你说说，它们能驯得好吗？比如，定点睡觉，定点大小便，还有立正呀敬礼呀，它们都学得会吗？父亲说，好好驯的话，比狗差不了多少，我养的有些猪不但会敬礼，还会下跪和磕头呢。

父亲偷偷地笑了笑，在进门之前又对范二说，你如果能给亲家母敬个礼磕个头那就好了。

她妈打开门，发现范二跟在后边，一边拱一边走，便折身回到厨房，拿出一把菜刀扬了扬说，它敢进来，我就一刀。小青说，妈你干什么呀？她妈说，我们的菜被它吃掉了，晚上正好拿它熬汤。

范二果然不懂人话，也不明白形势多么紧张，还是慢腾腾地迈着步子，从小青与父亲之间挤了进去。它进门之后，并不安生，不仅啃着门口的地毯，还就地拉了一泡尿。九月的夏天，是上海最热的时候，空气中顿时弥漫着尿臊的气息。她妈挥着菜刀，寒光闪闪地砍了过来，还没有真正地砍下去，捂着胸口又是一阵反胃，哗哗啦啦地呕吐了起来。父亲觉得范二太不识相，它迟不拉早不拉，偏偏在进门的时候拉，这不是拿自己的小命开玩笑吗？于是，狠狠地踢了两脚，把它给踢出了大门。

天已经彻底黑了，父亲说自己要在外边抽抽烟，于是任由着范二在楼道里晃荡。这时，楼道里响起了嘭嘭的敲门声，敲门的是一个穿着白色连衣裙的姑娘，她后边跟着的，是早上遛狮子狗的豆子大妈。父亲心想，应该是狮子狗发情了，他们是来找范二帮忙的，于是说，它在这里，你们找它吗？

豆子大妈指着父亲说，就是他们家的小狗。连衣裙有点生气的样子，瞪着眼睛指着范二说，这么丑？！豆子大妈说，我当时也觉得太丑，但是怎么拦都拦不住呀。连衣裙说，如果跟这个丑八怪好上了，那生出来的小宝宝不也是丑八怪吗？父亲说，畜生有什么丑不丑的？连衣裙说，而且我们是名犬，是纯种的，晓得吧？！你这是什么品种？

父亲有点听不懂，不就两只畜生发情吗？还讲门当户对不成？所以一时不晓得如何回答。小青听到声音，已经明白是怎么回事了，因为小区经常发生这样的纠纷——东家的公狗把西家的母狗给欺负了，如果东家的公狗是纯种的名犬，西家就很开心，因为母狗一旦怀孕了，就会生出一窝子名犬，不说卖钱吧，起码可以送送亲戚朋友，相反，如果东家的公狗是一只草狗，西家的狗主人不仅感觉很吃亏，而且还相当没有面子。

小青说，我们家的狗你肯定没有见过，它是英国女王伊丽莎白最新培育的，比你家狮子狗稀奇多了。连衣裙说，你就编吧，这么丑，哪怕来自美国白宫，又能怎么样呢？小青说，动物世界和相声演员一样，长得越丑越值钱，越能逗人开心，你养宠物图什么？不就图开心吗？再说了，我们家范二刚刚满月，无论是身体还是情感发育都不成熟，它们之间就算发生点什么，也是你们家狮子狗主动的。连衣裙说，你们家小狗是公的，我们家宝宝是母的，不可能那么贱的。

小青笑了，说你不看动物世界吧？动物与你不一样，你长得漂亮，身材又好，加上这条白色连衣裙，恐怕都是男人主动追你，在动物界恰恰是反的，它们不管美丑，都是母追公，比如开屏的孔雀都是公的。连衣裙说，不可能。小青说，你问问你妈吧。豆子大妈在旁边轻声嘀咕着说，早晨还真是我们家宝宝先那个的。连衣裙还是不依不饶地说，不管是谁主动的，如果我们家宝宝怀孕了，你们是要负责的，如果要去医院打胎，你们起码得负担医药费吧？

小青和她说不清，就回家拿出一只笼子和一条链子，让父亲把范二赶进笼子，用链子死死地拴住，说家里是不能待了，待在家里不说别的，恐怕要被我妈给杀掉了，所以就让它待在楼道算了。小青向父亲交代完之后，关上门便置之不理了。连衣裙并不罢休，一边敲门一边口口声声地说，自己家宝宝不能白白被人欺负，一定得讨个说法。远远听了，不像两只畜生结下的冤仇，而是男女之间发生了什么见不得人的勾当。

陈元回来的时候，晚上八点多了，听完前因后果之后，忍不住呵呵地笑了。陈元不好意思对连衣裙说什么，就对豆子大妈说，大妈呀，你仔细看看，我家这个东西，哼哼起来像什么？豆子大妈说，像一头猪。陈元说，这就对了，它不是什么狗，也不是什么猫，就是一头猪，一头小香猪，一头宠物猪。豆子大妈说，它不是英国女王培育的新品种吗？陈元说，谁培育出来的我不晓得，反正一头猪与一只狗再亲热，怎么会那个呢？所以你们就放心吧。豆子大妈说，你没有看见，它们在草地上的那个亲热劲，也是说不定的。陈元说，挠挠痒而已，怀孕肯定是不会的。

连衣裙插话说，谁说猪与狗不会？马和驴在一起都能生出骡子，动物园让老虎与狮子在一起，都养出了狮虎兽。陈元无奈地说，这样吧，如果你们家的宠物怀孕了，流产的费用我来负责好不好？连衣裙说，还是男人讲道理，虽然是邻居，但是空口无凭，你们写个保证书吧？陈元真想发火，最后还是忍住了，从身上掏出五百块，递给连衣裙说，钱你先押着吧，一个月之后你家宝宝没有什么意外，你再还我。

陈元事后写过一首诗，题目是《遛狗》：

> 他牵一只土狗
> 她牵一只洋狗
> 他们相遇在一条十字路口
> 两条狗在来来往往的街上
> 一眼就认出谁是人谁是狗
> 它们欢叫着跑到马路中央
> 搂着，抱着
> 亲着，闹着
> 如果有手，它们肯定会像人
> 握一下，再握一下
> 他们彼此都不认识

就算认识也不会和狗一样如此亲密

他与她吆喝着把两只狗各自赶开

希望它们和他们一样

各摇各的尾巴，各走各的路

他们要把人类的冷漠像病一样

传染给他们的狗

过了半个小时，又有两个人找上门来，原以为范二又招惹了哪只猫哪只狗，但是陈元开门一看，却是小区的两个保安。保安依然是冲着范二来的，说邻居反映有人在楼道里养猪，这绝对是不允许的，限陈元他们明天早上之前，把楼道清理干净。

平时把狗笼子猫笼子放在楼道里也是不允许的，何况如今养了一头猪肯定是万万不行的。保安走后，父亲仍然不敢回家，说是一个人在楼道再坐一会儿，陈元想陪着，父亲说你还是赶紧进去商量商量怎么办吧。

父亲在外边赖到很晚很晚，心想在塔尔坪养猪，有这么多烦恼吗？不晓得是城里的猪出了问题，还是城里的人出了问题，反正他觉得在城里养猪与在农村养猪是完全不同的。在农村养猪只管养猪，把猪养大养肥，但是在城里养猪，不仅仅要养猪，还要照顾人的情绪，要考虑到猪与人的关系，就复杂得多了。

半夜了，陈元与小青都无法休息，坐在厅里商量着范二的去留问题。小青说，都怪你，我喜欢狗，又没有喜欢猪，你却偏偏让我弄头猪回来。陈元说，只要是宠物，都是一样的。小青说，哪里一样了？我养个宠物图什么你晓得吧？陈元说，不就图撒气吗？我晓得你上班累，在单位老受人欺负，又交了我这个没用的男朋友，所以想养一只宠物放松一下。小青说，现在气没有解，又惹出一肚子气，你说怎么办吧？陈元说，你有什么不开心的，就冲我来好了。

陈元说着，把自己的脸蛋子贴了过去。小青伸出手，轻轻地在陈元的脸蛋子上拍了拍，说你这个皮肉，哪有一只宠物扇着舒服？而且你的这张脸又厚又黑，留着还有别的用处呢。陈元说，什么用处？煮汤？还是吃肉？小青说，啃呀。说着就咯咯一笑，朝着陈元亲了过去。

小青说，按照我的意思，还是退掉比较好，但是照顾到你爹，你看怎么办吧？陈元说，还有一个办法，把它养到我的出租屋去，反正离得不远。小青说，你脑子进水了吗？你愿意，你爹愿意，合租的人愿意吗？你那出租屋里有一个杀猪的，人家正好把范二杀了吃肉。

在入睡之前，陈元与小青终于做出决定，明天就联系一下商家，把那头父亲的老赖她妈的肥肥小青的范二陈元的小猪给退回去，万一退不掉就送给人家，人家把它咔嚓掉还是当成宠物养起来，只要不在自己面前惹是生非就行了。

IV 畜生要减肥

范二被关在笼子里，在楼道里过了一夜。笼子是随着一起搭售的一个四方形的铁丝网，底下铺着一层纸壳子。范二毕竟是畜生，不仅没有乡愁，也是随遇而安的，所以很快就呼呼噜噜地睡着了。父亲几次起来上厕所顺带出门看了看范二，也许是出门看范二而假装着上厕所，最后一次起来天已经大亮了。整个楼道里十分热闹，原来是范二又拉又尿，招来了一群绿头苍蝇，在雪白的墙上乱冲乱撞。有几个邻居出门上班，在电梯里议论着，有人说，真像是世界末日，只有世界末日才会招那么多苍蝇；有人说，估计有宠物死在小区里，只有宠物腐烂的尸体才会长那么多苍蝇。有人拿着棍子上上下下地巡查了一番，然后骂骂咧咧地打电话投诉到物业公司，说不是要地震了，也不是死猫死狗，而是哪个乡下人养不起猫狗，弄来一个贱货养在楼道里，弄得四处脏兮兮的。

陈元和小青出门上班的时候，听到各种议论之后，赶紧叮嘱父亲把范二放出去。范二的性命重要，邻居之间的关系更重要，如果大家真闹起来，恐怕就不是猪不猪的问题了。

小青说，爹呀，再辛苦你一天，等我联系好了，就把它给处理掉。

父亲说，怎么处理？要杀掉吗？

小青说，退货呀。

父亲说，这又不是什么婚事，处不好还可以退婚，你哄我的，你们是不是要杀掉它？陈元说，你就放心吧，如果退不掉，我们尽量给它找个好人家，起码有个独立的大院子。

陈元想，在城市养猪与乡下养猪，差别不就是院子吗？在塔尔坪养猪之所以没有什么麻烦，原因是有独立的院子，在院子里生活是平等与自由的，院子下边与上边住着的，除了神仙还是神仙，你干什么干扰不到别人，但是在城市，上一层住着人，下一层也住着人，就算在自己家里，也不能为所欲为。比如，下水道一旦漏水，就渗到楼下去了，人家肯定会讨说法的；地板按说应该属于自己的，但是你走路不能太重，更不能穿着高跟鞋，不然楼下就会上来，提醒你轻一点，不要吵着人家了。

接到居民的投诉电话，很快就有三个保安赶了过来。第一个戴着黑墨眼镜在前边领头，第二个手中拿着棍子，第三个手中拿着刀子。父亲原来准备把楼道给清理干净，再点一把火熏一熏，把苍蝇给赶一赶，但是哪里见过这个阵势，干脆把笼子和范二提起来，直接顺着楼梯下楼而去。

保安空手返回楼下的时候，父亲已经把范二放出来了。保安上前说，你是四楼的？父亲嘟哝着说，我耳朵背，你大声点。保安说，你是不是四楼的？父亲嘟哝着说，十四楼的。保安说，是四楼还是十四楼？父亲嘟哝着说，你问的是十四楼还是四十楼？我不晓得自己住在四楼还是四十楼。保安急了，直接说，是你把苍蝇招来的吧？父亲说，我又不是一堆臭肉，怎么会招苍蝇呢？保安说，楼道里嗡嗡的，都是从哪里来的？父亲说，你问苍蝇吧，问我干什么？再说回来，世上有几只苍蝇很正常吧？

领头的保安摘下黑墨眼镜嘿嘿一笑，说你这个老头子，嘴巴还挺能说的嘛，那你说说吧，你这个小东西准备怎么办？他一边说一边接过另一个保安手中的刀子，对着范二的耳朵挑了挑说，我看还是挺肥的，我们把它给杀掉是不是可以烤乳猪？父亲说，它不是猪，而是一条狗。保安说，狗肉应该更香吧？你这条狗办证了吗？父亲说，又不是人，办什么证？保安说，当然是身份证，狗也得办身份证，你装什么装？如果你养的狗没有身份证的话，按照规定我们是可以捕杀的。

父亲不明白，在城市里，人不仅仅要办身份证，外地人还要办居住证，狗也要办身份证——虽然狗的身份证叫养犬登记证，但是和人的身份证差不多，是由公安部门发放的，上边除了狗的照片、住址和编号之外，养狗人姓名相当于户主，狗的品种相当于民族，年审时间相当于有效期。

父亲对着范二的屁股使劲一拍，范二跟疯了似的蹿进花圃不见了。几个保安在收兵的时候说，不管你养的是狗是猪，在家里关着可以，在小区遛遛也可以，一旦发现它破坏环境，比如在楼道撒尿，在草坪上拉屎，再不会像今天这样幸运了。

父亲找到范二的时候，发现它把花圃拱出几个坑，正在啃着泥巴、草根和树皮。狮子狗又遛了过来，不晓得是发情结束了，还是已经不认识了，见到范二并不热情，反而恶狠狠地哼哼着。遛狮子狗的还是豆子大妈，有点不好意思地说，你是他爸爸吗？

其实，豆子大妈想问父亲，他是不是陈元或者小青的父亲，但是她说话的时候朝着范二指了指，意思就完全不一样了。

父亲昨天的气还没有消，便嘟哝着说，你才是它妈呢。豆子大妈笑着说，我看你这样子，不像那个姑娘的爸爸。父亲说，那你呢？你是那个姑娘她妈吗？豆子大妈把狮子狗从范二那边拉开，靠着父亲的身边坐了下来。豆子大妈说，我是江苏南通的，南通离上海不远，城市也不算小，但是在上海人眼里照样是乡下，我这个乡下的土包子哪有资格当人家城里人的妈呀。父亲说，你这么大年纪了，也是出来打工的？豆子大妈说，不打工怎么办？家里两个上大学的儿子都急着交学费呀。父亲说，你养了两个大学生？豆子大妈说，是啊，一个马上毕业了，另一个刚考上的，我开始在家政公司当钟点工，给人家拖拖地板，洗洗衣服，做做饭，后来碰到那个姑娘，一家人都在上班，没有时间遛狗，就雇我专门给他们遛狗，当初以为带狗应该轻松一点，现在才明白比伺候人烦多了。

父亲说，养狗有什么烦的？和养猪差不多吧？豆子大妈说，这你就不懂了，原来当保姆的时候伺候人，让人满意都那么累，现在要通过让狗满意，再让人满意，可不是闹着玩的。父亲说，你再绕我就糊涂了，不管怎么说还是养狗。豆子大妈叹了口气说，给你打个比方吧，如果我替人养的，不是狗而是人，我牵着一个人出来，你说人与人在光天化日之下，会干出狗与猪之间的事儿吗？

狮子狗对范二，刚刚还六亲不认的样子，现在突然又认识了，而且四脚八叉地躺在地上，安安静静地等着什么。范二不拱花围了，开始认真地拱着狮子狗，从屁股到肚子，从乳头到爪子，从下朝上有秩序地拱到了头，一直拱到嘴巴的时候，它不再拱了，而是舔起来了。

父亲指了指对面，笑着说，你看看，怎么不能？

父亲想起陈元押在连衣裙那里的五百块钱，便从地上拾起一个土疙瘩扔了过去。他想阻止它们，但是豆子大妈红着脸说，不就亲嘴吗？随它们去吧，而且有五百块钱押着我怕什么？再说了，我从一开始就不担心，两个畜生之间咬那么几下能出什么事儿？但我是人家请的狗保姆，我得听狗主人的，狗主人交代过，让我遛宝宝的时候，离那些公狗远一点，尤其不能与长得丑的狗，或者是草狗好上了。父亲说，丑不丑分得清吗？豆子大妈说，分得清个屁！昨天遛完宝宝，我本来想瞒着的，谁晓得人家精得很，回家抱着宝宝一亲，就闻出味道来了。父亲说，她能闻出什么味道？豆子大妈说，谁晓得呢？你过去在养猪场工作吗？父亲说，不在，但是我会养猪，也喜欢养猪。豆子大妈说，我也觉得，养狗有什么意思，又不能下蛋，也不能吃肉，还是养猪实惠一点，你给人家养猪一个月多少钱？

父亲说，我是免费的。

大妈说，为什么？

父亲说，我嫌急人。

豆子大妈说，什么是急人？

父亲说，不种庄稼不上山，心就发慌。

两个人聊到了狮子狗的名字。父亲说，你怎么叫它宝宝？宝宝应该是人吧？豆子大妈说，这是我能左右的吗？我最想叫它蠢东西了，但是蠢东西的主人会高兴吗？这头小猪叫什么名字？名字难道是你起的？父亲说，它有四个名字，一个叫肥肥，一个叫范二，一个叫小猪，我叫它老赖。豆子大妈说，看来你的东家对你不错，把一只畜生叫宝宝，实在是太别扭了，以后东家听不见的时候，我还是叫它蠢东西算了。

两个人聊了几个小时，太阳已经升到半空了，豆子大妈说是时间到了，得带蠢东西回家吃饭了，吃完饭要带蠢东西晒太阳，晒完太阳还得给蠢东西洗澡，洗完澡还得给蠢东西理发。父亲以为豆子大妈是开玩笑的，即使养宠物比养人更难，再难也不能把它们捧到天上去，伺候得比人还要周到和舒服吧？父亲毕竟不了解情况，直到小青也要给宠物洗澡的时候，才明白城市里的畜生比乡下的人还要金贵。

按照陈元的意思，乡下人养的是一根根骨头一块块肉，这些都是生活需要，城里人养的猫猫狗狗并不是猫猫狗狗，而是自己的心思。

中午的气温非常高，太阳又十分毒辣，范二也许是被热的，也许是被饿的，像醉汉似的，一会儿撞在墙上，一会儿撞在树上，最后就口吐白沫，摇摇晃晃地倒在地上不动了。

父亲想上楼找点吃的，但是他不敢把范二单独留在小区里，如果被那几个保安遇到了，肯定会把它给杀掉的。虽然杀不出多少斤两，但是无论烤还是煮，都是十分鲜嫩的，尤其那些骨头，不像成年猪那么硬，被轻轻一炸，被随便一煮，就是脆的了，放在嘴里一咬就碎，一嚼会嚼出香喷喷的骨髓。

有两个情况可以反映父亲对养猪的热爱和理解。第一，父亲一辈子养过七八十头猪，大部分在两百斤左右，但是他从来没有亲自拿刀杀过自己养大的猪。杀猪佬陈先株说，你那是虚情假意，养猪干什么呢？不就是为了杀吗？不为了杀你养猪干什么？而且你自己杀不杀，猪照样是要死的，除老母猪与种猪之外，你见过活出三五岁的猪吗？父亲说，猪也是一条命，我怎么可以去杀自己养大的猪呢？第二，父亲也从来没有吃过小猪娃子，有一年有一头小猪娃子刚刚被投放到猪圈里，就莫名奇妙地死掉了，有人说是被黄鼠狼给咬死的，有人说是被大肥猪给咬死的。那是他见过的为数不多的不是用刀子杀死的猪，所以他十分心疼地在地里挖了一个坑，准备像埋人一样把小猪娃子埋掉，但是陈元的小佬陈先火，喜欢吃各种各样的猎物，除自己打的野猪之外，他偷偷地吃过野鸡、果子狸和松鼠，而且吃得津津有味。小佬找到父亲说，埋掉多可惜呀，你不忍心吃的话，干脆送给我吧。父亲想吓唬吓唬他，说你晓得它是怎么死的吗？它是吃老鼠死的，老鼠是吃老鼠药死的，你如果吃了它也会被毒死的。小佬说，如果我被毒死了保证不让你负责。父亲最后还是把小猪娃子埋掉了。等父亲一转身，小佬就从泥巴里把小猪娃子挖出来，揭掉皮，扒掉肠胃，没有烤，也没有煮，而是放在油锅里炸了一个小乳猪。小佬拧下两个猪腿送给父亲的时候，被父亲臭骂了一顿，说猪也是一条命，我就是被饿死也不会吃自己没有养大的猪。

父亲把范二在小区里赶了几圈，范二东闻闻西拱拱，没有找到什么可以下口的。这时候豆子大妈出现了，她是趁着狮子狗午休的时间，准备去菜市场给狮子狗买点鸡肉。父亲上前拦住豆子大妈说，你帮我照看一下，我去去就来。豆子大妈说，有什么好照看的，你怕它被拐跑了吗？父亲说，想拐它的人多得很，拐去不是做上门女婿，而是要吃它的肉，好多妖精都想吃唐僧的肉。

父亲回到楼上，悄悄地拿了两个馒头，准备再拿点大白菜和萝卜的时候，发现冰箱里什么素菜都没有，统统都是大鱼大肉。小青她妈还在电脑上打牌，明白父亲在找什么，便嘲笑地说，我给那个傻瓜准备的大鱼大肉，你要不要带一点去？它的生活习惯也要改改了，不能老是乡下的那一套，光吃素的有什么营养？父亲本来快出门了，生气地折回身，从冰箱里提走了一条鱼半只鸡。她妈一见，赶紧撵出门，喊叫着说，你也是猪吗？那是给你们做晚饭的呀！

父亲笑了笑，跑到楼下，把一条鱼半只鸡递给豆子大妈，说你就不用去菜市场了。豆子大妈说，这是哪来的？父亲说，他们给我家老赖准备的，他们哪里晓得老赖不沾荤腥呀，所以就送给你们家那个相好的宝宝吧。豆子大妈很高兴，不但不用去菜市场，还省下了几十块钱。父亲掏出两个馒头，一个扔给范二，一个留给自己。范二不吃大鱼大肉，馒头却是它的最爱，几口下去就把一个馒头吃完了，然后像嘴馋的孩子跑过来，抬起头盯着父亲。

父亲说，它饿了，从昨天到现在都没有吃东西了。豆子大妈说，它在减肥吗？父亲说，什么叫减肥？畜生减什么肥？豆子大妈说，你可能还不晓得，好多宠物吃得太好，都得了肥胖症，那丫头以前养过一条狮子狗，就是因为营养过剩生病死的，所以现在她老是让我给蠢东西减肥，你看看我自己都胖成这个样子，怎么减呀？

在塔尔坪，恨不得把畜生养得越肥越好，尤其是养猪，左邻右舍比的，第一要看谁家猪大，第二要看谁家猪膘厚。膘厚不仅仅说明会养猪，也说明以后的日子有油水。如今竟然要给畜生减肥，如果放在前几天，父亲会以为是个笑话，但是现在自己见得多了，而且豆子大妈也不像开玩笑的样子，所以也就信了。

父亲说，你胖吗？我看刚好。豆子大妈说，当然胖了，一百五十多斤，不信你摸摸？父亲说，你让我摸哪里？豆子大妈说，你想摸哪里就摸哪里。父亲红着脸说，其实人胖有福气。父亲把吃剩下的半个馒头，随手丢给了范二。范二像得到了一个宝贝，两只前腿跪下去，又两口给吃掉了。

父亲说，没有了，我也饿了，但是真的没有了。豆子大妈说，你们怎么还不吃午饭？父亲说，别说午饭了，早饭也没有吃。豆子大妈说，你为什么不回去？父亲说，保安到处在抓它，回去它的小命就没有了。豆子大妈说，虽然楼道不让养宠物，你们可以养在家里呀。父亲说，家里有一个更狠的，菜刀都准备好了。

大妈急匆匆地起身，向小区外边走去，等她回来之后，手中提着两个袋子，第一个装着一盒米饭和一盒回锅肉炒青椒，是给父亲准备的，第二个装着白菜叶子，几个半青半红的西红柿，是给范二准备的。豆子大妈说，我特意交代，让厨师炒菜的时候不要放糖，你是不是不习惯上海人吃什么都放糖？

父亲很感动，问总共多少钱？我一会儿给你。豆子大妈说，你吃的算我请客，顶你一条鱼和半只鸡，小猪吃的一分钱没有花，都是从菜市场捡来的，你以后就到菜市场捡剩菜喂猪吧。父亲说，我找不到地方呀，而且我去菜市场，谁照看老赖？豆子大妈说，从明天起，我来帮你吧。

父亲说，等到明天，我们可能就不在了。豆子大妈说，你什么意思？是你不在了，还是它不在了？父亲说，两个可能都不在了。

父亲是认真的。第二次到上海，基本生活看似懂了，其实一切照样是陌生的，不光楼房是陌生的，人也是陌生的。虽然认识儿子和他的女朋友小青，但是儿子已经不是塔尔坪的儿子，儿子与小青过的也不是塔尔坪的生活；脚下的土地更是陌生的，这里的土地多么宽广，不是为了种包谷种麦子种洋芋，不是为了栽泡桐树栽核桃树，而是为了盖高楼大厦，到处都是花草树木，却看不到一棵庄稼，却看不到一个果子，连小草也不是自然的小草——塔尔坪的小草是随意生长的，但是这里的小草长得整整齐齐的，关键是竟然无法喂猪。城里人的生活，根本不是奔着庄稼去的，也不是奔着果子去的，到底奔着什么去的，谁也说不清楚，似乎这个世界不需要土地，完全可以运转下去一样。

：父亲想，面前的这头小猪，如果在塔尔坪的话，它饿了，丢掉了，哪怕死了，自己虽然会心疼，一是心疼钱，二是心疼猪太小，但是不会十分难过，不会牵肠挂肚，因为他可以再捉一头小猪，想怎么养就怎么养，给它喂包谷糠和麦麸子，给它往里边加点盐和水，主要是给它吃草——在塔尔坪给猪吃的草，放在城市里也许就变成了给人吃的野菜。父亲之所以对这头小猪如此，因为它是他在城里，惟一认识的，惟一了解的，惟一熟悉的。

父亲决定，只要自己还在城里待一天，就要把它好好地养一天。如果它不在城里了，或者在城里不能养它了，他自然会回塔尔坪继续养猪，当然还要继续种包谷种麦子种洋芋，照顾那些将会代表塔尔坪也会代表他的核桃树。

父亲踢了范二一脚说，这下吃饱了吧？那我们去喝水吧。

他赶着范二朝小区的景观河而去。太阳倾斜了，阳光虽然还很刺眼，已经没有中午那么毒辣。豆子大妈提着一条鱼与半只鸡一步三回头地说，明天你们还在的话，我们还在这里见面吧。

V 美丽的楼顶

陈元忙完采访任务就下班了，先去自己的出租屋里拿了几件衣服，想顺便看看能不能腾出一点空间来安顿范二。他在经济最紧张的时候，把那间出租屋分租给了几个人，虽然经济压力稍微有了一些缓解，一个月几千块的房租用不着操心，但是在这个城市的私人空间也随之消失了，格外感觉自己是一个无处可归的流浪者。原来不管怎么样，那个小小的地方还是属于自己的天堂，下班之后起码可以安心地回到那里，躲在那里想哭就哭，想一丝不挂就一丝不挂，想干点什么就干点什么，用不着顾忌其他人的眼光。

陈元在出租屋里转了一圈，发现自己不在的那段时间，垃圾、衣服和鞋子扔得满地都是，显得更加零乱而狭小了，根本没有任何空间来容纳一个畜生。

陈元回到小青家的时候天还没有黑透。一整天，他满脑子都是一头拱来拱去的小猪。按照小青昨天晚上的决定，回去晚了恐怕就见不到范二了。见不到范二是无所谓的，父亲会不会也趁机跑掉了呢？记得刚来那几天，父亲说，没有别的事儿，我该回去了。陈元有点生气地说，这次你是干什么来的？父亲说，向亲家母提亲呀。陈元说，她妈同意了吗？父亲嘟哝着说，没有同意，也没有反对。陈元说，人家到底什么意思？父亲嘟哝着说，我提了几次，亲家母忙着打牌，根本不吱声，我看是在打马虎眼。陈元说，你还晓得人家在打马虎眼？！我就搞不懂了，塔尔坪到底有什么，整天吵着回呀回呀的，你想回家我不拦你也不送你，找不到东西南北别来问我。

父亲说，太阳往哪里落，哪里就是西边，你不送就不送，我顺着大路，一直朝西走，不信走不到陕西。陈元说，有一千多公里，到了陕西也大得很，你能找到塔尔坪？父亲说，一千多公里不就是两千多里吗？而且路就在嘴边上。陈元说，你张嘴问什么？你问塔尔坪，有几个人晓得塔尔坪？父亲说，我不能问丹凤吗？丹凤没有人晓得，我不能问商洛吗？到了商洛还怕找不到家？再找不到家，我直接去找政府，我不相信政府跟你们这些儿女一样。

陈元无奈地说，说一千道一万，你根本没有把你儿子放在心上。父亲说，我怎么没有放在心上？不是为了你的婚姻大事，家里那么忙我哪有工夫出门？话再说回来，小青这个丫头还好相处，亲家母那个人眼睛长在哪里？我刚一进门，鸡蛋、红糖、挂面和西凤酒，我们平时舍不得吃喝的东西，就因为一粒老鼠屎，被她全部当成垃圾扔掉了，但是我一个农民，把什么好话都说了，差一点都要给她磕头作揖了，不是为了你我能来上海？我能这样低声下气地住在人家家里？

陈元被父亲感动了。他越是被感动，越觉得愧疚，越不想让父亲回去继续过那种孤苦伶仃的日子。

陈元开门的时候，小青她妈以为范二回来了，所以提着一把菜刀守在门口。陈元说，姨娘呀，小猪哪里又惹你了？整天提着菜刀太吓人了。她妈说，我吓人吗？你也不问问，你家老头子吓人不吓人！他把我家里的一条鱼与半只鸡全部拿走了。陈元说，小猪不吃这些的，姨娘你是不是搞错了？她妈说，你以为我冤枉他？那是我亲眼所见的。陈元说，我回头再去一次菜市场就行了，不管怎么样姨娘你还是把菜刀放下吧。

以往，在黄昏的时候，她妈会早早地把晚饭烧好的，如今厨房依然是冰锅冷灶的。她妈把菜刀收起来了，不过还没有消气，盘腿坐在地板上继续玩游戏，丝毫没有烧晚饭的意思。陈元系上围裙，想献献殷勤准备做饭，于是说，你们中午吃的是什么？我们晚上吃什么呢？她妈说，鱼与鸡都被偷走了，中午吃的是空气，晚饭照样吃空气。

陈元心头不免有些不快，父亲为了在外边放猪，恐怕还没有吃过午饭。陈元在楼下一个僻静的地方找到父亲的时候，发现父亲坐在一棵树下，一边抽烟一边看着天空，或者什么也没有看，只是抬着头在想，在想遥远的那个村子。太阳彻底掉下去了，被无数的路灯代替了。城市的夜晚与农村的夜晚不一样——城市的夜晚处处都有灯，灯有多少影子就有多少，所以一个人有很多影子，影子是重复的，是消灭不完的，有灯的地方就是亮的，没有灯的地方就是黑的，黑得十分斑驳，便成了城市的夜色。

城市的夜色其实就是影子。范二卧在父亲脚下的阴影里，因为身子是白色的，嘴巴和尾巴是黑色的，黑色的部分与夜色是分不开的，所以看上去像没有尾巴没有嘴巴的怪物。

陈元在父亲的身边坐下来。父亲说，下班了？累吧？陈元说，不累，有点担心你们。父亲说，我们有什么好担心的，这不是活得好好的吗？父亲朝下边踢了一脚，范二就哼哼两声，像撒娇似的。

陈元说，比塔尔坪还好吗？还没有吃午饭吧？父亲说，你是指我还是指老赖？我中午吃了馒头和米饭，老赖不但吃了馒头，还吃了一堆白菜叶子。陈元说，怎么像过年似的，这些都是哪来的？父亲说，还能哪来的？小青她妈在家做的呀。

她妈自从在挂面上发现了一粒老鼠屎之后，经常会装模作样地朝父亲身上东闻闻西闻闻，然后开玩笑地问，老头子你属什么的？会不会是属老鼠的？父亲说，我属虎的，听说你也是属虎的，我比你大一轮。她妈说，你不属老鼠身上怎么有老鼠味？父亲说，我们农民天天在泥巴里泡着，你这是嫌我们脏吧？陈元明白她妈是故意的，其实那种气味不是老鼠气味，是泥巴与汗水浸染在一起形成的。陈元每次听到她妈的话，就放好水让父亲去洗澡，但是对于整条命都被埋入土里的人，那种气味已经成了身体的一部分，用水是无法清除的。在陈元心里，城里人，包括她妈在内，平时非常爱干净，有时候是假干净，因为他们不管青红皂白，只要白色的就是干净的，只要黑色的肯定是脏的。比如泥巴，在他们眼里统统都是垃圾，其实在这个世上，最干净的就是泥巴，和泡在泥巴里的农民。浑水一旦从泥巴里流出来，会被过滤得干干净净；用粪便浇浇庄稼，庄稼从泥巴里长出来，不但不臭不脏而且还能开花，长出香喷喷的果子；吃什么都有可能患传染病，吃泥巴是不会患传染病的，相反泥巴还是不错的偏方，在恶心呕吐或者夏天中暑的时候，喝一杯泥巴水肯定立马见效。

但是陈元所说的泥巴，当然是纯粹的泥巴，没有任何工业污染的泥巴，也就是塔尔坪那样的泥巴。

在小青她妈眼里，泥巴是脏的，农民是脏的，何况一头猪了。

陈元从身上摸出两百块钱递给父亲，说你就编吧！恐怕是用一条鱼与半只鸡换的吧？你们以后饿了就到外边去吃，想吃什么吃什么。父亲接过钱，笑了笑说，现在就饿了。陈元也笑了笑，踢了范二一脚说，你这个傻瓜，还不赶紧走？

范二爬起来，在前边带路似的，朝着小区外边窜去。

陈元走进一家小饭馆的时候，用链子把范二拴在外边的一个栏杆上。父亲不放心地说，会不会让人牵走了？陈元说，宠物是不能进饭馆的，你看看旁边拴着的，又不止我们一只。父亲发现，在栏杆上，确实拴着三只宠物，不过都是狗，没有一头小猪。父亲想，反正城里人也分不清小狗小猪，于是就放心地吃饭去了。

两个人各自要了一碗腊肉面条。他们吃着吃着，发现想吃的不是面条，起码不是上海味道的面条，上海的面条里放了碱，面汤里放了糖浆，腊肉也是用糖腌的。父亲说，青菜萝卜放糖就算了，面条和腊肉怎么也要放糖？陈元说，他们蒸馒头也放糖，这是人家的习惯。父亲说，难怪馒头甜滋滋的，还以为是面粉的原因呢。

陈元干脆为父亲重要了一碗，叮嘱师傅千万不要放糖。

师傅嘀咕了一句，外来的吧？

糖是上海人的标签。许多上海人是从浙江和江苏迁来的，但是周边几个地方的饭菜并没有放那么多的糖，不明白是上海人用糖对生活习惯进行的改造，还是用糖来体现与外地人的不同，以此标榜自己是纯粹的上海人，而不是外地人，更不是乡下人。

父亲对第二碗不放糖的面条就满意多了，吸吸溜溜地吃完之后，指着第一碗面条说，太可惜了吧？陈元指着门外说，可惜什么？还有它呢。当陈元提着面条走出小饭馆的时候，栏杆上的链条还在，拴着的范二不见了。

父亲跟着陈元，顺着一条街道前前后后地吆喝着，不仅找遍了两边的绿化带，而且把两边的饭店、理发店和超市都仔仔细细地找了一圈，中间发现了几只流浪狗和流浪猫，惟独没有找到一头小猪。他们再找第二遍的时候，不再遮遮掩掩的，干脆问，你们看到一头小猪了吗？

因为经常有痴呆症患者和智障儿童迷失方向，有人以为他们要找一个姓朱的病人，问小朱多大年纪？男的还是女的？有人听懂了他们的意思，说这是上海呢，哪里会有小猪呀，小猪长什么样子？有人把父亲当成了拦路要饭的，直接从身上摸出一个硬币。当陈元钻进一家酒店，问人家，你们这里有小猪吗？厨师说，有呀。厨师便从厨房提出一头小猪，是冰冻的，浑身冒着雾气，身上被刮得精光，五脏六腑被掏空了。厨师说，都是新鲜的，你想吃烤乳猪的话，等两个小时就行了，保证比北京烤鸭香多了。

陈元说，还是别找了。父亲说，你是故意的吧？陈元说，你冤枉我了，我也一样着急呀。父亲说，你和她们一样嫌弃它，说明白一点不是嫌弃它，而是嫌弃我。陈元说，我是你儿子，儿子怎么嫌弃爹呢？父亲说，你是我儿子，但已经不是当初的那个儿子了。

吃饭之前，陈元把范二是拴好了的，还有意找了一个能看得见门外的地方坐了下来，他后来发现范二不见了，内心确实挣扎了一下，如果没有这头小猪的话，就不会有那么多的事儿，但是没有这头小猪的话，父亲会不会早就走了呢？所以陈元挣扎过后，觉得还是顺其自然。如今范二不见了，父亲怪罪自己也没有什么，关键是误会自己针对的不是范二，而是他。

陈元说，它会不会自己回家了？我们到小区里找找吧。

天早就黑透了，虽然到处灯火通明，黑暗的地方照样是照不到的。陈元跟在父亲背后，一路吆喝着，把小区的景观河和花圃，把几条绿化带和健身广场，把范二白天去过的地方找遍了，把范二没有去过的地方也找遍了，就是没有看到范二的影子。

小青单位有事，回家晚了点。她一进门，把一双凉鞋脱下来，朝着客厅中间扔了过去。她妈明白自己女儿受气了，但是不晓得到底受了什么气，见陈元出门之后一个多小时还没有回来，以为陈元与父亲向小青告了状，嫌她不做晚饭，而且拿着菜刀堵在门里边。她妈说，你发什么火？我做错什么了吗？你看看那个老头子，澡也天天洗，衣服也经常换，身上那股子味道已经够难闻的了，如今又弄来一头猪，让我在家里还怎么待？

小青说，你别老嫌弃人家好不好？我看他爹比有些人干净多了，何况范二是我的，又不是人家的。她妈说，你以为我不晓得？你喜欢养狗，老头子喜欢养猪，它不过是以你的名义买给老头子的，按我说呀，养什么都可以，要养去自己家养，你们八字没有一撇，人住在我们家就算了，弄头畜生不清不白地算什么名堂？

小青听着听着就哭了，把一只小熊玩具扔在地上一边踩一边骂，她妈才明白女儿不是生自己的气，也不是为了范二生气，可能在单位里受了委屈。小青踩了几脚小熊，发现小熊一副死猪不怕开水烫的样子，便拨打了陈元的电话，说你们在哪里？我的范二在哪里？陈元说，我们在小区的健身广场，我们把小猪给丢掉了。

小青冲下楼，责怪陈元说，谁让你把它丢掉的？陈元说，昨天晚上不是你定下的吗？小青说，我现在反悔了不行吗？凭什么人家可以养宠物狗，我就不能养宠物猪？谁说小狗就干净，小猪就脏？

父亲听到两个人的话，更加相信是陈元故意把范二放跑的。他老赖老赖地叫唤着，向更远的地方找去。陈元提醒说，它会不会去找狮子狗了？小青说，它哪里晓得狮子狗住在哪里？陈元提醒说，会不会让人给藏起来了？小青说，藏着它干什么？你以为是我们院长养着的那个小妖精？陈元提醒说，会不会让人给杀掉了？小青说，人家杀它干什么？你以为它要和人家抢职称？

陈元听着听着就明白了，小青之所以杀气腾腾地要找范二，原来是自己为评职称的事儿受气了。

小青在他们学校里，要文凭吧是研究生，对人吧可以说是重情重义，凭资历吧到单位已经十年了，但是无论提拔呀评先进呀都轮不到她。没有她的份就算了，偏偏好事儿都落到了一个小妖精身上。小妖精要才无才要德无德，就是相貌长得像某某明星，这让小青十分不服，小青最看不起的，不是小偷和强盗，不是泼妇和汉奸，而是靠美色往上爬的女人——那个小妖精恰恰就是院长的相好的。

看来小青的副高职称又被小妖精给搅黄了。小青要找她的范二干什么呢？无非想在范二的身上发泄一下不满。

父亲听不懂小青的话，但是听懂了陈元的话，便说，会不会被保安给杀掉了？保安中午的时候要过它的身份证，说是没有身份证就要杀掉吃肉。陈元想，这个可能还是比较大的，自己刚刚进小饭馆吃面条，有个保安从小饭馆里出去，走到范二旁边的时候还逗了它一下。

陈元带着父亲和小青一起，匆匆地赶到了物业公司。有一次，小青他们的物业公司在收取停车费的时候与居民之间发生了冲突，物业认为不管谁的车子进了小区，哪怕停几分钟都是要收费的，居民不同意，觉得小区停车位是居民自己的，而且一部分由绿化带改造出来的，物业凭什么收费？陈元接到小青的报料之后，前来采访的时候是物业公司经理接待的。经理有一米八几，留着一个小平头，额头短得像被砍掉了似的，笑起来眯着眼睛咧着嘴巴，陈元第一次见到他以为遇到了姚明。只有真正采访的时候，陈元的外来身份才会被淡化，受到应有的尊重甚至是逢迎。自从认识姚明之后，小青家无论下水道堵塞还是灯泡子坏了，物业公司都会第一时间安排进行维修，而且统统是免费的，他们巴结的不是陈元，而是陈元的记者身份。

虽然已经下班了，姚明与几个保安还在办公室抽烟。姚明说，陈记者，你这次不是来曝光的吧？你来是不是为了一头猪？早上保安给我汇报，说你们在楼道里养猪，招来了好多苍蝇，引起了邻居的不满。陈元说，你们把它给抓走了？姚明说，别人的，我们可能会抓走，甚至还会枪毙，听说是陈记者你们家的，我已经跟保安打过招呼，只要不过分就放它一条生路。

陈元说，但是现在小猪不见了。姚明说，这怎么可能？姚明用对讲机向巡逻的保安和门房的保安询问，有没有看到一头小猪？保安纷纷说，没有啊。父亲插话说，会不会被人偷偷地杀掉了？姚明说，我们有胆子杀人，绝对没有胆子杀陈记者的猪，你们放心回去吧，我保证把它给你们找回来，而且活蹦乱跳地找回来。

陈元离开的时候，姚明送出门，附在陈元的耳朵边说，你就放心养吧，别说你们养一头猪，你们就是养一匹马，我们物业公司也不会干涉的，不过我给你提个建议，你们不要在楼道里养，不要在楼下绿化带里养，更不能在家里养。陈元说，这不是废话吗？那我养到天上去？小猪又不是能飞的小麻雀。姚明说，你们可以养在楼顶上，你们住四楼对吧？阳台外边是不是有一大片门面房的楼顶？阳台离楼顶不过两三米高，你们搭一个梯子，盖一个棚子，别说养一头猪，开个养猪场恐怕也宽宽有余吧？

小青笑了，说楼顶你们不管吗？姚明说，上边的水塔，中间的路灯，下边的小草，在小区里都归我们管，惟独楼顶是灰色地带，我们可以管也可以不管，关键看管着有没有意思，如果门面房找你们，你们就说那是物业同意的，让他们找物业；他找我们物业，我们就让他们找政府，推推磨子，扯扯皮，他们就崩溃了。

小青回到家，推开阳台一看，下边果然是一个大地方，足有两三百平方米，楼顶上平时会扔一些塑料袋子之类的垃圾，为了不影响窗外的景观，陈元曾经爬下去帮忙清扫过几次。

陈元与小青爬到楼顶上，看着那么大的场面，真是高兴极了，商量着如何搭棚子。父亲开始不明白，后来听说要搭棚子，一下子积极起来。他对这些轻车熟路，平时搭瓜架，建茅司，盖房子，什么没有干过？便说，你们买一些材料，再弄几口大缸回来，其他的就不用操心了。陈元说，你要大缸干什么？酿酒还是窝酸菜？父亲说，我想酿酒这里没有包谷，我想窝酸菜这里哪有野菜？你弄几口大缸，我在大缸里填上土，种一些大白菜来养猪。陈元说，你从哪里学的？父亲说，跟你麻花子表叔学的，原来，你表叔把一些卖不出去的破缸，放在他们家的院子里种洋芋，洋芋长得有碗那么大。

小青说，太好了，在楼顶上种一些菜，范二吃剩下的，可以给我们吃，无污染，无农药残留，是真正的绿色环保食品。

父亲说，我们想这么多，老赖在哪里？

大家正担心呢，门响了，应该是姚明经理来了。

VI 活着不容易

物业经理姚明发动了六七个保安，最后还是在小区内找到了范二。当时有两个年轻人，在小区里乘凉，男的把女的放在大腿上亲着。女的闭着眼睛，每次被亲一下，脚就朝后踢一下，每踢一下就听到哼哼两声。女的说，你平时是个闷骚，现在怎么会哼哼了？男的伸手在女的双腿间一捅，不晓得捅到什么地方，女的一激动，猛地一踢，只听到一声嘶叫，忽然从椅子下边蹿出一只动物。男的被吓着了，手一松，把女的扔在了地上。女的连吓带摔，尖叫了一声，于是引来了保安，才把范二给找到了。

姚明送范二回来的时候，怕被居民看见了，说物业与居民同流合污，便用一个袋子把范二蒙了起来。他们像一伙绑匪似的，姚明在前边带路，两个保安把袋子抬进小青家的客厅，然后解开袋子把范二给放了出来。小青她妈看到范二，虽然没有再提菜刀，但是生气地钻进了自己的房间。

范二或许被蒙晕了，或者要睡觉了，从袋子里一出来，刚走几步就摔倒了，它爬起来再走，像喝醉了似的，又摔倒了。父亲说，怕是饿了。小青想拿东西喂它，但是在冰箱里翻了半天，除了冻肉与虾仁，并没有什么素菜。

小青拿出几个鸡蛋，问范二吃不吃鸡蛋？

父亲嘟哝着说，鸡蛋哪是给畜生吃的？喜娃子应该记得小时候，家里的油盐全靠老母鸡下蛋。父亲的话触动了陈元，小时候日子苦，家里三天两头吃树皮与草根，不可能吃到鸡蛋的。有一年夏天，陈元打猪草的时候，在河边的草丛中拾到一个鸡蛋，想吃掉又想卖掉，就那样在怀里揣着，由于天气太热了，加上在怀里焐了十几天，鸡蛋不小心被摔烂的时候，已经被孵化成了一只半死不活的小鸡。

陈元说，当年我偷吃鸡蛋的话是要挨打的，记得有一次，我看到杂技团的大丫头饿得可怜，把两个鸡蛋送给她吃掉了，最后硬是赖在了小佬的头上，害得爹和小佬狠狠地打了一架，差点都出人命了。父亲说，那两个鸡蛋是你偷的？陈元说，是呀，当时我哪里敢承认啊。父亲笑着说，都几十年了，现在才晓得把你小佬给冤枉了。小青说，所以你们说的都是老黄历，现在鸡蛋有什么稀奇的？范二原来只晓得吃草，不晓得可以吃肉，世上哪有不吃荤的？我们喂几次荤的，它就习惯了。陈元说，它上瘾了，嘴馋了，天天要以荤菜为主怎么办？

陈元明白，父亲喜欢养猪，只是一种生活方式，喜欢的不是小猪本身。所以他不会溺爱小猪，只是感受到小猪饿了，那种感受是对生理需要的基本判断，他明白小猪再饿下去，不但不会长肉，甚至会死掉的，一头猪死掉不算什么，关键要看什么时候死，如果把它养肥了，养大了，它的使命就结束了。也就是说，养猪为的不是养着，而是为了有一天杀掉，让别人杀掉才是最终目标。这和城里人不一样，城里人养宠物，是为了养而养，希望动物违背宿命一直活着，哪怕不能长生不老，起码不是被杀死的，而是自然死亡的，它们活上一天，他们就会宠上它们一天，就会玩上它们一天,他们养它们的目的,是为了用它们的生命来逗自己开心,来给自己解闷。

小青如果用鸡蛋喂小猪的话,不仅会伤父亲的心,也会伤陈元的心。陈元与一头小猪,在某种程度上境遇是一样的,都是身在异乡,都是寄人篱下,都不明白自己活着的意义在哪里——陈元原来是吃草的,如今可以吃鸡蛋了;小猪一直是吃草的,如今也可以吃鸡蛋了,看上去好像是平等的,但是小猪吃草那是自然规律,陈元吃草那是万般无奈,何况现在为了维持生计,大多数时候还得咬咬牙,并不是想吃什么就吃什么。

小青说,它要吃就给它吃,我们学校那个臭不要脸的,家里养了一条泰迪,每天不仅要吃两个鸡蛋,而且只吃鸡蛋黄不吃鸡蛋清,如果一天不吃鸡蛋,握手呀,直立呀,摇尾巴呀,就不听使唤了,臭不要脸的小妖精吃得起,我也吃得起,我还要给范二吃鲍鱼和燕窝!陈元说,这有什么好比的?人与人比比就算了,拿宠物来比有必要吗?小青说,你什么意思?人家有院长护着,我无依无靠的,在单位比不过她,养个宠物也比不过她?

小青一气之下拿出五个鸡蛋,放在锅里煮了十几分钟。

小青要用鸡蛋喂猪了。她从开水中捞出两个鸡蛋,不晾凉,也不打破,更别说把壳剥掉了,然后像医生给咽喉炎患者检查一样,用筷子撬开范二的嘴巴,把两个滚烫的囫囵的鸡蛋同时塞了进去。范二平时啃起树根呀泥巴呀,咯嗞咯嗞的力气很大,如今嘴巴被塞满之后,张又张不开,咬又咬不动,吐又吐不出来,吞又吞不下去,便使劲地嚎叫着。

小青喊叫陈元说,你还不过来帮忙?陈元说,帮忙干什么?小青说,帮忙把它给我抓住,别让它给我溜掉了。陈元说,你这是喂猪吗?哪有这样喂猪的!小青说,谁说我在喂猪?

陈元明白小青想干什么,所以有点不情不愿地抓住了范二的两条前腿。范二在挣扎的时候,终于把鸡蛋咬碎了,等吃完两个鸡蛋,也许尝到了甜头,在客厅里转了一圈,又回来眼巴巴地看着陈元。

陈元想,一方面,小猪不吃鸡蛋也许真不是天性,小猪的天性与人一样,肯定想吃香的喝辣的,只不过它们吃什么,并不由自己做主。小猪如果从老祖宗开始，就以鸡蛋为主食，又会是什么情况呢？人类还会不会养猪呢？善于算计的人类，如果拿鸡蛋养猪的话，很明显是不划算的，这种动物自然是会被抛弃的，一旦被人类抛弃的话，它们就会越来越少，就会如大熊猫一样濒临灭绝。比如说野猪，已经被划为保护动物了，但是再怎么被保护，还是无法挽回绝种的遭遇，起码在塔尔坪一天天地少了。另一方面，小猪出生的时候，也是喜欢吃鸡蛋的，但是为了降低成本，人类让它们吃草，所以，它们给人类造成一种错觉，好像天生就喜欢吃草——吃进去的是草，长出来的是肉，显出一副自愿的样子，甘于献身的样子。不管如何，也许是人类拯救了小猪，提高了它们的生命力，给它们制造了繁衍生息下去的机会。

像范二的命运一样，如果它生活在农村，那么它吃草长大，长大再被杀掉，被腌成腊肉，被做成美味，是很自然的事儿，但是它生活在上海，人们养着它，它长不长大，吃草还是吃肉，到底多少斤两，对城里人来说是毫无意义的。造成这种差别的根本就在于，在农村养猪是为了取得它的肉体，而在城市养猪是为了夺取它的灵魂。

小青看见范二吃掉了两个鸡蛋，生气地埋怨陈元说，你怎么可以让它吃掉呢？陈元说，不是你喂的吗？小青说，是我喂的，但是我不想让它吃掉，而是想让它吞下去。陈元不晓得吃下去与吞下去的差别，只好按照小青的吩咐，找来一根绳子，把范二给五花大绑了起来。范二躺在客厅里，使劲地踢着，狠命地嘶叫着。

小青把范二的头夹在怀里，说我来做个实验，让你们看看什么是囫囵吞枣。她又捞出一个热乎乎的鸡蛋，左手掐住范二的双颌，右手把囫囵的鸡蛋顶进范二的咽喉。顶着顶着，范二就把鸡蛋完整地给吞下去了，也可能是滑下去了。

范二白眼一翻，倒在了地上。陈元说，这就是吞？小青高兴地说，对呀，这就是囫囵吞枣。陈元说，我看你是想把它给憋死。小青说，我就是要把小妖精给憋死。

小青面对的，恐怕不是一头小猪，而是一个道具，一个替身，要把自己对一个人的怨恨，全部转移到它的身上，这恐怕就是宠物存在的价值。

对于一头小猪而言，它永远不会明白，它们世世代代也不会明白，之所以遭受到这样的厄运，是因为自己的宿命就是被杀，还是因为自己进城了呢？

父亲依然坐在阳台上狠命地一根接一根地抽烟。范二身上发生的事儿，他看也没有看一眼，而是两眼迷茫地盯着窗外。他两眼盯着窗外的时候，总会莫名其妙地潮湿起来，奇怪的是那天晚上没有看到一列火车，也许那个时段根本就没有火车从前边离开。

小青说，快点舀一盆子凉水过来。她没有给范二喝水，而是把范二拖到阳台上，从陈元的手中接过一盆子凉水，浇在了范二的身上。陈元有点生气地说，你这是干什么呀？小青说，你看不出来吗？审问犯人的时候，犯人一旦晕倒了，不都是这样吗？小青踢了踢范二说，小妖精，快点从实招来，你是怎么勾引那个老东西的，是怎么把那个副高的名额给抢走的？

小青一瓢凉水下去，范二真像那些被折磨得奄奄一息的罪犯一样，打了一个激灵就醒过来了。

小青的一瓢凉水，同时也溅到了父亲的身上。父亲也激灵一下，然后就出门去了，从楼道里不断地传来他的咳嗽声。陈元几次坐在旁边问父亲，给小猪喂鸡蛋你生气了？父亲说，没有呀。陈元说，小青折磨小猪你心痛了？父亲说，没有呀。陈元说，她折磨的不是小猪而是她的同事，你理解吗？父亲还是一句，没有呀。陈元说，明天是周末，我休息，我和你一起去建材市场，买材料回来给小猪搭棚子，棚子搭好了你就可以安心养猪了。

父亲说，还是算了吧。

有邻居被吵到了，假惺惺地敲门说，家里有人吗？是什么在叫呀？要不要救护车啊？邻居好像是关心来的，其实是问罪来的。小猪的叫声是动物里最难听的，小狗是旺旺，小猫是喵喵，小鸟是啾啾，小羊是咩咩，惟有小猪的叫声没有节制，是声嘶力竭的。

陈元要去开门，被小青给制止住了。小青朝着门外说，这是电视。邻居说，哪个台呀？我们也收收看。小青说，是星光卫视的动物世界，你家恐怕是收不到的。

小青示意陈元拿来一卷胶带，把范二的嘴巴给粘住了。范二的嘴巴被粘住之后就叫不出声了，但是留着的两个鼻孔像两个水枪似的，不停地喷着白沫。

小青她妈上厕所，捂着鼻子说，它应该没有洗过澡，畜生在乡下可以不洗澡，在上海就不能和乡下一样了，你们看看你们现在每天都要洗澡的对吧？小青听她妈那么一说，便去卫生间把浴缸放满了水，准备给范二洗澡。自己洗澡的水温是四十二度，这次她把水温调到了六十度。

小青一会儿喊叫陈元拿毛巾，一会儿喊叫陈元拿肥皂。无论小青怎么喊叫，陈元一会儿说在看书，一会儿说在陪父亲聊天，最后又说瞌睡死了，自己已经睡觉了。其实陈元失眠了，他平时失眠的时候，会在脑子里数着兔子，数到一百只兔子，最多数到两百只兔子，基本就会进入梦乡，但是这一次失眠不用再数兔子，小猪自然而然地进入了他的脑海里，有的在拱着，有的在哼着，有的在跑着，有的在飞着，乱糟糟的一片，越数越睡不着了，越数越烦躁不安起来。

小青把范二扔在热气腾腾的浴缸里，用肥皂水泡着。范二挣扎着要从浴缸里往外爬，她就使劲地把它往水里推。她不再把小猪叫范二，而是改叫小妖精，每推一次就喊叫一声"淹死你个小妖精"。范二反复向外爬，小青反复向水中推，最后，范二被累得筋疲力尽，干脆漂在肥皂泡之中，露出两只眼睛和两个鼻孔。

陈元一时没有听到动静，有些担心，装作上厕所的样子跑到卫生间一看，范二还在水面漂着，两只眼睛有些暗淡。陈元说，你是不是把它给淹死了？小青说，小妖精会游泳，你看看它在换气，比你强多了对吧？小青把范二完全压入水中，水中就会冒出一串串的气泡。小青一松手，范二又会浮上来，恶狠狠地瞪着两只眼睛。小青发现范二瞪着自己，就抽打范二的耳光子，每抽打一下就骂一句，你个臭不要脸的，你瞪着我干什么？

陈元有点看不下去了，一是可怜范二，二是同情小青。可怜范二是因为，如果它生活在塔尔坪，可能一辈子吃不到鸡蛋，一辈子洗不上澡，一辈子看不到高楼，也住不上高楼，但是起码可以懒懒散散地活着，想怎么活着就怎么活着，没有人去干涉它，没有人去嫌弃它，直到有一天被杀；同情小青，是因为小青平时十分贤淑，肯定是被逼急了，不然哪会这样呢？在小青的单位里，哪怕扫地的阿姨和门口的保安，查查他们的底细就会发现，他们个个树大根深，盘根错节，全是靠着关系进去的。惟独小青出身卑微，不仅是知青子女，父母又是底层工人，而且父亲已经去世了，母亲已经退休了，找了个男朋友陈元，看上去在报社当记者，在社会上是无冕之王，但是陈元在报社里属于最底层的合同工，什么权力都没有，关键不是上海本土人，终究是外来的乡下人，乡下人除了农民哪会有什么后台？小青能进入那样的学校，全靠着自己的努力，已经算得上万幸了，如今在单位里评先进呀提拔呀，没有后台关系都是没有影子的。比如这次评职称，小青盼星星盼月亮，好不容易盼到一个老员工得忧郁症跳楼死了，空出一个副高职称的名额，无论从什么条件看都应该落到小青身上，可是半路杀出一个女人，偏偏是院长的相好的，在进行评议的时候，攻击小青两篇论文的学术价值不高，活生生把小青给挤下去了。

陈元说，你有什么气朝我出吧，一个畜生它懂什么呀？小青说，你就懂了吗？我什么想法你就懂了吗？你晓得我下一步要干什么吗？陈元说，你下一步应该去睡觉。

小青剜了陈元一眼，不再打范二的耳光子，而是抓住范二的尾巴，把它的屁股拖出水面，一根根地拔范二尾巴上的毛。虽然被热水泡了半天，猪毛并不好拔，她每拔一根，范二就哼哼一声，浑身就颤抖一下。不晓得是疼痛的原因，还是舒服的原因，反正它已经无力反抗，安静地浮在浴缸里任由着小青的摆布。

陈元制止了几句，小青说，你把头伸过来。陈元把头伸过去，小青拔了一根陈元的头发，然后说，痛不痛？陈元说，不痛。小青说，你都不痛，它会痛吗？而且你看看，我拔的是什么？是你的白头发。陈元说，它又没有白头发，你拔它干什么？小青说，它是一头小白猪对不对？但是偏偏长着一条黑色的尾巴，它这么长着是不是想讨好谁？而且样子是不是很丑？我把它的黑尾巴拔掉，这是给它美容晓得不？

范二除了尾巴是黑色的，嘴巴也是黑色的。小青会不会和杀猪一样，拔完了尾巴再拔猪头呢？杀猪的时候要把猪毛全部拔光，连鼻子眼睛里的猪毛也得拔光。拔不掉的就用石头砸，砸也砸不掉的，还要用烙铁来烧。但是杀猪的时候要先把猪杀死，再放在开水里烫一烫，而小青是相反的，是在活猪身上拔毛。

陈元不忍心再看下去，回房间陪父亲睡觉去了。小青一直折腾到后半夜，往床上一躺就踏踏实实地睡着了，陈元从隔壁都能隐隐约约地听到她的呼吸声。但是那一晚，父亲一直咳嗽到了天亮还没有入睡。

VII 谁都会流泪

第二天是个大晴天。

晴天是十分热的，小青起得比平时又早了一点，把浴缸与地板全都收拾得干干净净，好像昨晚什么也没有发生似的。她临出门的时候吩咐陈元，说我去单位加班，你看看范二的尾巴如果受伤了，就用酒精给它消消毒吧。然后又委屈地对父亲说，爹呀，对不起，我不是故意的。小青说着说着，眼泪就流出来了，忧郁地上班去了。

陈元叫父亲一起到外边逛逛，顺便去一下建材市场。父亲不晓得什么时候把行李全部收拾好了，装成大包小包的放在门背后，说我不去了，想回塔尔坪了。陈元说，你这次来上海干什么？你是来帮我提亲的！你一走不就黄掉了？父亲说，我提过了，成不成就看你自己的了。陈元说，你还要养猪。父亲说，我这能叫养猪吗？陈元说，怎么不叫养猪？父亲说，在房子里能叫养猪吗？陈元说，我已经说好了，养在楼顶上呀。父亲说，楼顶也不是你的。陈元说，楼顶不是我的，但是看在我的面子上，物业已经同意了，而且我还有出租屋，我们大不了回出租屋。

父亲说，租房子养猪？巴掌大个地方，人都转不过身，再养一头猪不就乱套了吗？再说了，如今出租屋也不是你一个人的。陈元说，反正会有办法的，你把这头小猪养大，养到两三百斤，我们把它卖掉，你想杀掉也行，我们把它制成腊肉。父亲说，你哄我，宠物猪是养不大的。

陈元说，养大养不大，你都得养，现在买回来了，你不养它谁养？父亲说，你们自己养，想怎么养就怎么养，可以给它吃鸡蛋，也可以给它吃什么燕窝鲍鱼。陈元说，这头小猪只能你来养着，你一走，不仅她妈会杀掉它，小青也会继续折磨它，你看看昨天晚上，猪毛都被拔掉了，她在单位再受什么气，说不定一边养一边就把它的肉剐下来了。

父亲想了想说，让我养到什么时候？陈元说，养到死，它如果死了，我就放你回去。父亲说，它不死呢？陈元说，能不死吗？你见过长生不老的猪吗？它最大寿命就十年，在城市里不习惯，恐怕还会短命的，万一一年半载死不掉，我们就找人杀掉。父亲说，哪有这么容易，在上海连个杀猪的恐怕都没有吧？陈元说，我们自己杀，万一自己不忍心，就让小青她妈来杀。

陈元与父亲出门的时候，她妈还是恶狠狠地看着。父亲说，我们出去，老赖怎么办？父亲依然担心范二的安危，那就有机会留住父亲，于是出门之前，陈元从阳台爬下去，让父亲帮忙配合着，把范二提前放在了楼顶上。

陈元与父亲先弄来一把梯子，然后花费了三天时间，在楼顶上用橡胶板搭起了一个棚子，顶棚是红色的，墙板是白色的，一扇小门也是白色的，看上去十分漂亮。等棚子搭起来后，父亲有点可惜地说，老赖住得这么好会遭报应的，恐怕下辈子连猪都当不成了。

父亲问小青，留给自己住行不行？

在小青的赞成之下，父亲在棚子里铺上一张席子，又把自己的被子褥子搬了进去，用几块橡胶板在棚子背后，重新围了一道栅栏，算是像模像样的猪圈。城里人不装水，不装粮食，不腌酸菜，是没有大缸卖的，所以陈元买了十几个大花盆摆在棚子的四周，在花盆里本来要种丝瓜洋柿子什么的，但已经是夏末秋初，过了播种的季节，就从花卉市场买了几包菜籽，全部种成了青菜——因为青菜长得快，采摘起来也方便。

小青觉得天太热了，想给父亲安装一台空调，但是父亲说，塔尔坪有空调吗？古时候有空调吗？人不都过得好好的？按照父亲的意思，明年春天起，在棚子四周种上南瓜，南瓜蔓子爬到棚子上，会形成一个大凉棚，就会更加舒服了。小青说，南瓜会开花，花是金黄色的，招来一群蝴蝶与蜜蜂，也会更加好看了。

父亲利用一块小地盘，有点要住下去的样子，这让陈元非常高兴。但是父亲说，这里不比你那出租屋差吧？过几天，等我走了，你就搬过来。陈元说，怎么又说走？你还要养猪呀。小青说，除了养猪，还要帮我们种菜。父亲笑了笑，没有再吱声了。

自从父亲与范二都去了楼顶，最满意的要属小青她妈了。她妈开始还挺担心地说，物业来找麻烦怎么办？陈元说，那你让他们直接找我。她妈说，万一屎尿漏下去了，下边来找麻烦怎么办？父亲说，猪屎猪尿正好作为肥料种菜，我会好好收拾的，亲家母你就放心吧。

父亲从正式入住的第一天起，就拿着一把椅子坐在楼顶上，仔细地打量着猪圈里的一举一动，即使眯着眼睛也可以根据范二的哼哼声，清楚地晓得它是不是拉了饿了渴了。它要饿了，他就给它喂一些菜叶子；它要渴了，他就给它喝一些水；它要拉屎撒尿的话，他就拿纸盒子在后边接着，把接住的猪粪埋到花盆底下。所以，整个楼顶上依然是干干净净的，不仅没有人找麻烦，而且从楼下经过的时候偶尔发现棚子，根本意识不到上边有一个猪圈，还以为是物业专门盖起来的景观小木屋。

她妈以前和父亲在一起，经常会抱怨有老鼠味，甚至连父亲和陈元住着的房间也不进去，按照她的意思那间房子并不比猪圈好闻，为这事儿不但惹得父亲不高兴，还深深地伤害了陈元。陈元他们只能忍掉了，一是人在屋檐下不得不低头；二是还没有把小青哄到手，这个未来的丈母娘是得罪不起的。父亲搬到楼顶之后，每天最多回家五次，一次出门去菜市场给范二捡菜叶子，两次上厕所，两次吃饭——有时候吃饭也让陈元盛一碗从阳台给他递下去。父亲不愿意回家，不由得她妈不高兴。她妈在上边玩电脑，实在无聊透了，想找一个人说话的时候，就喊父亲上去玩一会儿。父亲说，你是在笑话我，我一个农民，连牌都不认识，别说玩电脑了。她妈说，笑话你干什么？你上来我教你，三五天就会了。父亲说，打牌就算了，我是学不会的，要不你下来，我教你养猪吧。

她妈说，我看你应该是装的，原来问你怎么出牌，你不认识牌为什么要点头？父亲笑着说，我是在拍亲家母的马屁，两个孩子的事儿你到底是怎么想的，他们都老大不小的了，是不是查个日子让他们把婚结掉算了？父亲提到结婚，她妈就不吱声了。

每天下午，父亲喂完范二就会赶去菜市场。看到父亲顺着一个小梯子爬回家准备去菜市场，她妈总是说，我有摘下来的菜叶子你要不要啊？还有两个西红柿多出来了肥肥会不会嫌酸？父亲便会回答，它哪里稀罕这些，你如果有人参燕窝倒是可以让我们开开荤。她妈笑着骂道，人参燕窝是你们乡下人能吃的吗？乡下人吃那些是会生病的。

遛狮子狗的豆子大妈，曾经把父亲引到菜市场，告诉父亲不要早上去，不要中午去，而是下午去，因为下午的菜市场，到处都是择出来的菜叶子，随便一捡就是一大袋子，别说喂一头猪了，开个养猪场也绰绰有余。父亲每次去，那些卖菜的以为他买不起菜，所以有些剩菜什么的，也懒得卖了，全扔给父亲。父亲去一次菜市场，基本都满载而归，而且什么菜都有，西兰花、黄瓜、豇豆，甚至还有排骨。有一次，有人扔来半只鸡，父亲拿回家之后，扔给小青她妈说，那天吃你的，现在还给你。她妈一看，半只鸡还不错，晚饭正好缺个汤，就趁机熬了一锅鸡汤，一家人开开心心地喝掉了。

让父亲暗暗高兴的还是范二。她妈曾经说，这头小猪和塔尔坪的小猪是不一样的，再下贱也是宠物，再怎么喂根本不会超过二十斤。但是父亲养了一辈子猪，凭着自己的眼力与经验很快发现，这头小猪和塔尔坪的小猪并无差别，因为刚刚过去几天，它就在长胖，就在拉条子，再这样下去的话，别说二十斤三十斤，恐怕会长到一百斤两百斤，甚至三百斤。在这么大的上海，大家都在津津有味地吃猪肉，都在花样百出地养宠物，但是谁也不会想到，再过一段时间，在某个角落里，有一只宠物竟然会长成一头大肥猪。父亲想着想着就乐了，随口哼起了几句《天仙配》：

> 天宫岁月太凄清，
> 朝朝暮暮数行云。

> 大姐常说人间好，
>
> 男耕女织度光阴。
>
> 有心偷把人间看，
>
> 又怕父王不容情。

日子就那样过了许多天，上海开始下雨了。上海一下雨就没完没了，就会起雾，其实就是霾，是污染的小颗粒，是人世的小尘埃，但是气象台非得说是雾，反正没有人能分得清楚，所以能见度很低的时候，大家都说是起雾了。

又一天，雾很大，能见度不到十米，父亲很难判断具体时间，害怕去晚了人家关门了，所以早早地跑到菜市场，蹲下来一边等一边抽烟。抽完两根烟的时候，有一位大嫂对菜贩子说，你们不去看看，对面的楼顶上有人跳楼呢。菜贩子说，跳楼有什么好看的？在上海又不稀奇。大嫂说，跳楼不稀奇，但是口口声声大骂小妖精，恐怕就十分稀奇了吧？菜贩子说，小妖精不就是小三吗？如今有头有脸的谁没有小三呀？大嫂说，你有吗？菜贩子说，我像有头有脸的人吗？大嫂说，别看你们摆一个小摊子，恐怕都是百万富翁。菜贩子回头盯着后边帮忙的大丫头嘿嘿地笑，大丫头看样子不是他的闺女，也不是他的媳妇，红着脸跟着笑了笑。

接着又进来一个大妈，菜贩子说，跳了吗？大妈说，跳什么？菜贩子说，还能跳什么？跳楼呀！有没有跳下去？大妈有点不高兴地说，你想让人跳呢？还是想让人不跳？菜贩子一刀子下去，一条鱼就一刀两断了，然后笑着说，跳不跳我说了又不算的。大妈说，你们这些人，净爱看笑话又爱看热闹。

父亲觉得有些眼熟，伸过头一看，竟然是自己认识的豆子大妈。豆子大妈也看到了父亲，便跑过来说，我教你的办法怎么样？它这几天吃得不错吧？父亲说，这畜生天天像过年似的，你怎么这么晚才来买菜？豆子大妈说，下雨天，那个蠢东西不好遛，所以来晚了。

父亲说，跳楼是什么意思？豆子大妈说，城里人叫自杀，我们那里叫寻短见。父亲说，寻短见我晓得，肯定是遇到难处了。豆子大妈说，如今人心都不晓得怎么长的，你听听，有人在楼下起哄，竟然让人家快点跳。父亲说，我耳朵背，听不到那么远。豆子大妈说，按说也不高，就三四层楼的样了，如果真跳下来了，命恐怕也保不住了。父亲说，在哪座楼上？豆子大妈说，就在你们家那座楼上。父亲说，是不是有间小房子？豆子大妈说，有一间红顶的小木屋。

父亲扔掉自己手中的烟，急急地走出了菜市场。在小青家的那个楼顶上，四周有一道一米多高的水泥护栏，果然有一个人侧身坐在水泥护栏上，因为天气不好，起了多年不遇的大雾，而且下着绵绵细雨，所以看不清楚到底是谁。但是父亲明白，能爬上那个楼顶的，应该只有小青一家，而且凭着那个人穿着一件橘红色的衣服，可以判断是自己儿子的女朋友小青，何况自己出门之前，小青就在楼顶上，逗着范二疯跑。

父亲拦住一位行人问，有人寻短见吗？行人说，寻短见是什么意思？父亲说，就是跳楼。行人说，有这个可能！你是干什么的？父亲说，我去帮帮忙。行人说，你这么大年纪怎么帮忙？父亲说，她是我的儿媳妇，我可以和她说几句话。行人说，下边说话，上边听不清楚。父亲说，如果她跳下来，我可以接住她。行人说，就你？父亲说，在陕西老家我能接住一个磨盘。行人说，什么是磨盘？磨盘多少斤？父亲说，磨盘是石头的，起码有几百斤。行人说，那你就去试试吧。

父亲走到楼下，抬头看到的身影和雾一样涌动着。父亲说，小青你有什么不开心的，可以把它身上的毛拔掉，可以把它的耳朵剁掉，可以把它的肉割下来吃掉，只要你不干傻事就行了。但是无论父亲说什么，被风一吹，被雨一淋，声音和雾一样轻飘飘的，一点也听不见了。

看热闹的人并不多，基本是楼下的商户，他们对楼顶上的乱搭乱建表示过不满，但是投诉到物业，物业说归政府部门管，投诉到政府部门，至今没有任何回音。如今发现有人在上边跳楼，他们就嘻嘻哈哈地开始起哄，说怎么还不跳呀？又不高，快点跳下来呀，不然太耽误时间了，我们还要做生意的。

这时，楼顶上又多出一个人，不是小青她妈。她妈还在电脑上玩游戏，在玩游戏的时候很投入，根本不会晓得外边发生了什么。

　　那个人是陈元，当时在附近的地方采访，听到小青要跳楼的消息之后，他是持怀疑态度的，因为凭着对小青的了解，她就是一个大小姐，有点作，有点娇气，有点任性，贪玩是有可能的，跳楼那是不可能的。但是为了万无一失，他还是急急地了赶回来：第一，不管是恶作剧还是真跳楼，他都要阻止小青；第二，这种事儿可能会招来记者，他必须把其他记者给打发掉，不愿意让报纸发表出来，如果记者们采访这条新闻，肯定会挖出背后的那只小猪，然后围绕热点话题发动市民进行讨论，在城市，猪到底能不能作为宠物？虐待猪算不算虐待动物？养狗养猫与养猪的差别到底在哪里？这样的讨论虽然毫无意义，但是会引起一系列反应，到那时候，小青就成了热点人物，她在家里把一头小猪当成小妖精，无论怎么打怎么骂都可以，一旦成为人人皆知的公共事件，后果就不敢想象了；第三，如果真的跳楼，就属于扰乱公共秩序，情节轻的被警告一下就完了，情节重的是要被拘留的。

　　陈元刚走到小青家门口，正好碰到了曾经调协小区停车纠纷的那名警察。警察问陈元，你是来采访的吗？怎么比我们警察还快呀？陈元说，采访什么？警察说，跳楼呀。陈元说，谁在跳楼？不可能的，楼顶上那个人是我女朋友，她怎么会跳楼呢？警察说，你确定上边是你女朋友？确定她不是跳楼？陈元说，我怎么敢骗警察啊？陈元把门打开，警察探头朝里边一看，看到小青她妈坐在地板上，气定神闲地在玩电脑，完全没有要跳楼的气氛，于是笑着对陈元说，那我们撤了？陈元说，你们放心吧，别跟着楼下的那帮人起哄。

　　小青看到陈元，干脆一松双手，把怀里的范二放开了。范二像腾云驾雾的猪八戒，翻着跟斗掉了下去，楼下随之发出一阵惊呼，有点儿像叹息，有点儿像喝彩，反正在接近地面的时候，围观的几个人骚动了一下。

　　虽然气象台说，能见度不足十米，人们还是发现，楼顶上有两个人拥抱在一起，似乎在欣赏着远方的景色，其中一个穿着橘红色衣服，就是刚刚要跳楼的那个人。有人说，她没有跳下来吗？有人说，明明看见跳下来了，怎么又好好地站在楼顶上呢？有人说，不会是玩魔术吧？有一次看到一个魔术就是这样的。有人说，会不会在拍电影啊？被抬上救护车的有可能就是替身，拍电影的时候经常会用到替身。

反正救护车是真实的，把一个人拉走了也是真实的。大家认为，到底谁跳下来了已经不重要了，重要的是跳楼肯定发生了，所以以自己亲眼看到了跳楼而得意洋洋，纷纷打电话告诉别人，在大雾弥漫的时候发生了跳楼，自然而然，口头传播是不足为信的，也是无力的，很快被其他消息淹没了。

但是没有人在意，刚刚从楼顶上掉下来的，其实是一头小猪。而且在小猪落地的那一刻，有一个老头子张开双手，像一只水上飞的鸭子冲过去，摇摇晃晃地接住了它，同时被它一下子砸翻在地。

其实，豆子大妈从菜市场出来一直跟着父亲，当她发现被救护车拉走的，不是跳楼的人而是父亲，于是赶着在地上乱拱的小猪急急地赶到了小青家。她不是专门送小猪回家的，而是通风报信来的。

豆子大妈说，你们还不快去医院？小青说，我们去医院干什么？豆子大妈说，你的父亲受伤了，他被掉下去的小猪给砸伤了。陈元说，刚才在楼下接来接去的就是我爹？豆子大妈说，还能有谁？不是他接着，它还能活着回来吗？

陈元冲出了门。小青在出门的时候，对还在玩游戏的她妈说，你能不能干点正事儿？整天只晓得打牌吗？她妈说，我一个老太婆不打牌，你让我干什么？小青说，你把范二好好照看着，如果少一根毫毛我真的就要跳楼了。听到小青要跳楼，她妈有些糊涂，也有些害怕，一脚把到处乱拱的范二踢进了门。

陈元与小青赶到医院的时候，父亲躺在急诊病房里正在打点滴。医生跑过来对陈元说，他是你什么人？陈元说，他怎么样了？医生说，他刚来的时候还处在昏迷之中，没有家人签字一般情况下我们是不救的，但是听说他见义勇为，我们就把他给抢救过来了，现在已经没有什么危险了。陈元说，为什么没有人通知我们？医生说，也许还没有来得及吧，而且我们也不晓得他是谁呀。

小青说，爹呀，你是想救我还是想救范二？陈元说，还用问吗？当然是救你。小青说，我根本没有想跳楼。陈元说，那你坐在护栏上边干什么？小青说，我只是想玩一会儿，被他们给误会了。陈元说，我估计你也不会跳楼，但是你会让小猪跳楼对不对？小青哭了，一边擦着眼泪一边捏着小拳头捶打着陈元说，你瞎说，是它自己跳下去的。陈元说，它自己能跳楼的话，还会在这里受折磨？小青说，我开始是那样想的，但是我们家范二流眼泪了。

陈元小时候经常打猪草喂猪，他看到过猪的各种各样的动作，饿了会拱，急了会疯，气了会叫。有那么几年，树皮草根都被人吃空了，不可能拿什么东西喂猪，有些猪是被活活地饿死的，但是即使被饿死之前，它们也不会流眼泪。父亲一辈子喂了那么多猪，与猪之间产生了许多感情，比如哪头猪长得快，哪头猪不挑食，哪头猪不拱猪槽，在它们被按在门板上准备杀掉的时候，他都会掉眼泪，那么他有没有见过猪的眼泪呢？

陈元扭头看了看父亲，意思是想问问父亲，小猪是不是真的会流眼泪。

但是父亲闭着眼睛躺在病床上，有一颗泪水顺着眼角流了下来。陈元替父亲擦了擦说，小青她不是故意的。小青说，我确实不是故意的，我保证以后把它当儿子一样。父亲嘟哝着说，你拿老赖当儿子，还不如早点结婚，自己生一个。陈元说，就是的，还不如自己生一个。小青说，生就生，有什么大不了的，反正我要生的话，也不一定和你生。

父亲笑了笑，过了半天还是说，你们给我买张车票吧。陈元说，买车票干什么？父亲说，还能干什么，我想回家了。陈元说，你答应过我，小猪没有死，你就不能回家。父亲说，它的魂早被吓掉了，所以我得回塔尔坪去养自己的猪。

陈元说，我与小青的事情她妈还没有点头，你不可能不管了吧？父亲说，我们做父母的点头容易，不点头也容易，关键还是看你们自己的，婚姻大事最后还得由儿女们自己做主。

医院的院墙外边是一条铁路，火车比起小青家离得更近了。雨停了，雾也散了，每隔几分钟就有一列火车从窗外飞驰而过。陈元握住父亲的手，与父亲一齐把目光投向了窗外。

白夜

二〇一三年，腊月，上海，女儿。

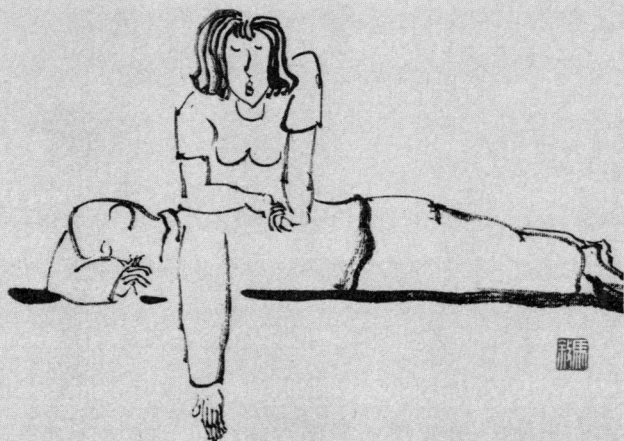

Ⅰ 关于月亮

腊月二十二的时候，麦子再一次离家出走了。

麦子爬上一辆银色大巴，顺着三一二国道奔跑着，这和她在操场上跑步的线路完全一致，从丹凤县城一路朝东，出了陕西，过了南阳，到了信阳，不断地向上海逼近。那个喜欢跑步的陈正方已经高中毕业，没有如愿以偿地考上北大清华，而是考入了西安一所大学。麦子曾经问他，你还在跑步吗？他告诉麦子，从毕业那一年就中断了。麦子说，你不想去北京了？陈正方说，想啊，但是当时太幼稚了，那样是永远也跑不到北京的，所以我利用课余时间正在打工，等攒够路费就可以真正地去北京了。麦子不认为那是幼稚的行为，所以并没有停止跑步，依然在中学的操场上，每天早上十圈，跑向南阳，跑向信阳，跑向合肥，跑向南京，一步步地在自己的脑海中逼近上海。

大巴外边零零星星的雪花悄悄地变成了雨。夜已经深了，乘客在卧铺上呼呼地睡着，只有梳着马尾巴的麦子一个人睁着眼睛看着窗外。窗外除了星星点点的灯光之外，其实一片漆黑，什么也看不见。麦子摸一摸车窗玻璃，感觉离上海越来越近的时候，外边就越来越暖和了，好像从冬天慢慢地进入春天了。麦子会心一笑，应该是要见到爸爸的原因，她不时地在车窗玻璃上写字，一会儿写 "上海"，一会儿写"我想"，车窗玻璃上开始结着一层薄霜，写下的字是很清晰的，当她写下"爸爸"两个字，最后就模糊不清了。

正在此时此刻，因为忙着采访春运，陈元踏着浓浓的夜色刚刚下班。他疲惫地走到楼下的时候，就能听到出租屋里一片哄笑，与他合租的王北瓜、周螺丝和张排骨三个人，还在兴奋地讨论着女人。王北瓜不仅是个卖菜的，而且长着一张北瓜脸，所以大家都叫他王北瓜。陈元一打开门，王北瓜就问，陈记者，过年你回家吗？陈元笑了笑，没有吱声。

周螺丝是个装修工，长得干干瘦瘦的，平时留着一个小平头，看上去像一颗螺丝钉，所以大家都叫他周螺丝。周螺丝说，人家媳妇是上海人，早就跟着变成上海人了，回去干什么？王北瓜说，还没有领证吧？没有领证是谁的媳妇还不一定呢，其实男人把税交到哪里，哪里才算自己的家，陈记者的家不应该在上海吧？周螺丝说，王北瓜你平时把税交到了洗头房，洗头房就是你的家吗？王北瓜说，这哪里算交税呀，我告诉你周螺丝，这几天你最好忍着点，不要躲在被窝里放炮。

周螺丝有点不好意思地说，谁放炮了？王北瓜说，大家四个人，挤在这么小的一套房子里，别说你打个飞机，你就是打个蚊子，我都听得清清楚楚的，离过年还有几天了，如果过年不回去，正月你得回去吧？你结婚才一年多，如果不节省一点，回去交不了税，看你怎么给小媳妇交差。

张排骨是个卖猪肉的，每天卖猪肉回来，总给自己留几根排骨，所以大家不叫他别的，而叫他张排骨。张排骨没有吭声，一直埋头在抽烟，听到王北瓜的话，把烟头在地板上一拧，光着屁股跑到厕所里撒尿去了。张排骨一边撒尿一边说，王北瓜你操心什么？周螺丝能把自己的飞机打下来，也能把媳妇的飞机打下来。

张排骨从厕所出来，经过陈元的时候说，陈记者，你说是不是？

王北瓜、周螺丝和张排骨他们三个人没有固定的摊子，只是在大街小巷随处流动的小贩子。陈元好坏也是一个记者，按说与他们是住不到一起的，但是报社拖欠工资那阵子，他不仅还不起房贷，连房租也不能按时交了，他为了节省开支，干脆当起了二房东，在出租屋里添了一张架子床，加上原有的两张单人床，以每个床位八百块的价格，转租给了王北瓜、周螺丝和张排骨，向他们共收房租两千四百块。他自己每月拿出两百块就行了，大大地减轻了自己的压力。

架子床摆在靠窗的位置，上铺睡着周螺丝，床边挂着一个安全帽。下铺睡着王北瓜，床边堆着几个白萝卜和一个台秤。两张单人床，其中一张床睡着满脸横肉的张排骨，旁边有一把屠夫用的杀猪刀，上边沾满了血和猪毛，另一张床是陈元自己的，旁边摆着那台旧电视和几本书。

陈元把他们三个刚招进来不久，记得是八月十五中秋节，上海的天空少有的蓝，陈元下班之后一进出租屋，王北瓜就冲着陈元说，你晓得今天是什么日子吗？陈元不可能不记得这个日子，但是他没有吱声。周螺丝坐在架子床上，一边用手机朝着窗外拍照片一边说，今天是中秋节，好圆的月亮啊，你们说说，上海的月亮是不是真比我们农村大呀？张排骨正在厨房里，把卖剩下的几根排骨放在锅里炸，说城里女人的奶子都比我们农村大，月亮应该也大一些吧？周螺丝说，陈记者你两边都摸过了吧？所以你最有发言权了。张排骨见陈元仍然不吱声，就对着周螺丝喊叫，你还不赶紧给我们弄点啤酒回来？周螺丝跳下架子床，很快提回来一扎啤酒，王北瓜、周螺丝与张排骨三个人坐在窗前，一边吃着炸猪排一边喝酒。

陈元不愿意加入，说还有事儿。周螺丝说，你要写新闻吗？陈元说，是呀，今天的月亮是今年最大最圆的。周螺丝说，这么好的月亮，我们河南老家能看到吗？陈元说，当然能看到了，不过我们陕西正在下雨。张排骨连续喝了几杯子，就有些放肆地提起一瓶啤酒，用牙齿咬掉了瓶盖子，然后往陈元怀里一扔说，陈记者你就别装了，不管怎么说，你还是农村人，你照样是想家的，城里人是不会想家的，看你盯着月亮的那个样子，比看到女人的大奶子还兴奋。陈元着实在装，城里人是不会在乎月亮的，但是他进屋之后一直安静不下来，一直在惦记着窗外，希望看着月亮从东到西，慢慢地升起再慢慢地滑落。

陈元提着一瓶啤酒，让几个人下楼，坐在草坪上，接着喝酒看月亮。那天晚上，四个人都喝多了，平时遮掩着的事儿，全部从心窝子里掏出来了。周螺丝说，我入洞房的那天晚上，我媳妇好像没有见红，你们说说是怎么回事儿呢？王北瓜说，你傻呀！说明结婚之前你媳妇已经让人给睡了。周螺丝说，怎么可能？我们从小在一起长大的。张排骨说，我那个女人跟村长有花头。张排骨嘿嘿地笑了两声，说村长是谁你们晓得吧？是我亲亲的小佬！王北瓜点了点头，陈元不吱声，周螺丝说，我还是有点糊涂，是不是说明你小佬把你的媳妇给睡了？张排骨点了一下周螺丝的额头说，周螺丝你不傻呀！到现在我也不清楚，我儿子是不是我儿子。周螺丝说，我感觉你儿子有可能是你弟弟。周螺丝说完，几个人哈哈地笑了。只有张排骨不笑，又灌了一瓶啤酒，哭着说，我们长年不在家，我儿子是谁的有什么重要呢？重要的是有人帮我照顾着就行了。

陈元受到张排骨的感染，想起与那个人之间的恩恩怨怨，把自己的事儿也抖了出来。陈元说，其实你们比我强，她们不管怎么样，如今还守在家里，还等着你们回家过年，但是我呢，因为长期不回家，下边就生锈了，变成缩头乌龟了，最后把媳妇给活活气疯了，死活认定我在外边有女人了，所以把我给抛弃了，如今躺在别人的怀里。几个人不明白陈元所说的"抛弃"是什么意思，周螺丝说，媳妇和你离婚了？王北瓜说，她跟人跑掉了？张排骨说，她也和村长好上了？陈元什么都没有回答，他对无关紧要的人，从来不提自己的那段经历，如果有人问他，过去结过婚生过孩子吗？他总是轻轻一笑了之——如果他告诉别人，自己没有结婚没有孩子，那就是骗子；如果他告诉别人，自己离婚了还有孩子，肯定会引起许多联想。

第二天早上，几个人出门的时候，周螺丝冲着张排骨说，昨天晚上你说的是真的假的？张排骨说，什么真的假的？周螺丝说，你儿子叫你哥哥呀。张排骨一时没有反应过来，用电动车推着半头血淋淋的猪，边走边说，他有可能是我弟弟，我怎么可能是他哥哥呢？王北瓜用三轮车推着蔬菜一起出门，说这不是一样的吗？陈元发现周螺丝盯着自己怪怪地笑，说你笑什么笑？以后还托我买火车票吗？周螺丝讨好地说，陈记者，你放心好了，不管谁来问我，我就一句话，你是处男一个，光棍一条。

陈元不记得阳历是几月几日了，却清楚地记得这是农历腊月二十二。因为快过年了，他才这么糊涂的。他到上海这些年，什么都改变了，从剃得发亮的光头，到衣着打扮和说话的口气，似乎已经是上海人了，有人问他家是哪里的时候，他会心一笑就蒙混过关了，人家就相信他是上海人了。陈元惟一没有改变的就是日期，别人都是以阳历计算日期的，他实行的则是阳历阴历双轨制，不过，从没有表露出来，因为只有农民才会记得阴历，城里人有谁还记得阴历呢？为了不要搞错了，他在写新闻的时候，从来不写具体日期，只写"昨日""前日"或者"近日"。他在心里总是默默地记着，到了每月十五，会抬头看看天，心想月亮圆了；到了每年立秋，会提醒自己添加衣服，心想天果然凉了。尤其过年前后那些天，他会把阳历忘记掉的，在心里紧紧地记着阴历。

陈元爬上自己的床，静静地听着三个人继续说笑。他们十分兴奋地讨论着，如果留在上海，大年三十晚上应该吃什么，大年初一应该去哪里逛逛；如果回家的话，应该给媳妇孩子买什么礼物，给村里人买什么东西。王北瓜说，我们平常不在家，家里修路呀修房呀，都是由村长照顾着的，所以起码要给村长送两条子烟，张排骨你呢，你回去给村长送什么？周螺丝说，张排骨给村长送酒比较合适。张排骨看了看床边的那把带血的寒光闪闪的杀猪刀，说村长要不是我小佬的话，我真想给他送一把刀子，现在还真有用刀子做礼品的。他们说到关键的时候，就问陈元，陈记者，你说对不对？陈元开始还吱一声，后来就不吱声了，他不是睡着了，而是失眠了，离过年越近越容易失眠，因为别人只需要考虑回家，他还要考虑是不是应该留下来陪着女朋友小青。

陈元忽然想起小青的话。小青说，今年你能不能陪我过年？陈元说，在哪里过年？再一起回西安吗？小青说，当然在上海了，上海过年多热闹呀，何况我去过一次西安了。陈元说，如果留在上海，我爹怎么办？他一个人多可怜。小青说，还是把他接过来吧，大不了再买一头猪让他养着。

陈元又想起了父亲的话，父亲说，刚从上海回来，哪里都不去了，我得留在塔尔坪给你哥你妈你后妈上坟送灯。

陈元最为难的，还是游离在外的麦子，他见或者不见，都是自己控制不住的。

陈元盯着剥落的天花板，心想已经是腊月二十二了，不对，已经是凌晨一点了，应该是腊月二十三了，还有几天就过年了。

陈元的电话突然响了，肯定不是女朋友小青打的，如果也不是骗子打的，那应该就是小渭南打的，因为只有小渭南才会这么晚下班。

II 多少夜晚

小渭南是个按摩女，老家是陕西渭南华阴的，与丹凤之间隔着一座秦岭，按照她的说法，站在华山顶上朝南边一跳，就在陈元家的院子里了，其实她哪里晓得陈元家的具体位置呢？小渭南在电话里说，元元哥，你过来不？陈元说，深更半夜的，过来干什么？小渭南说，还能干什么？

聊聊呀。陈元说，你不忙了？小渭南说，要过年了，顾客都回家了，所以今天晚上我还闲着呢，你快来救救我吧。陈元说，我又不是菩萨，怎么救你？小渭南说，你今年回陕西吗？陈元说，当然了。小渭南说，还以为你今年不回去，可以和我一起过年了。

陈元真想说，不回去也不能陪她，自己还有女朋友小青。但是小渭南一说到过年，情绪有些低落地把电话给挂掉了。

不一会儿，出租屋响起了敲门声，陈元以为有人走错了。晚上往往有人走错了，不然半夜三更的会有谁呢？陈元把门打开的时候，看到的却是小渭南。陈元说，你来干什么？小渭南说，我这是送货上门。陈元笑着说，你是谁的货？是王北瓜的，还是张排骨的？他们个个都如狼似虎，你一个人不够用吧？小渭南挤进门，咯咯地笑着说，你们四个一起要要不行吗？

陈元没有再说什么，他晓得小渭南说着玩的。小渭南在附近的按摩房上班，给人按摩和洗脚，也许还干点别的。小渭南曾经在那家按摩房里碰到过王北瓜，见是与陈元住在一起的，就主动换成了另外一个小姐妹。小渭南告诉陈元的时候，陈元说，你傻呀，有钱不赚？小渭南说，我可以赚别人的钱，但是他是你的熟人，我怎么可以赚了你的钱，再赚你熟人的钱呢？大家说眼不见为净，你不晓得我和谁在一起，就会觉得我是一个干净的人。陈元说，不就按个摩洗个脚吗？有什么大不了的。小渭南听到这里，莫名其妙地哭了，说是啊，有什么大不了的。

王北瓜、周螺丝与张排骨刚刚还在吵吵闹闹，突然一下子都睡着了，发出了巨大的呼噜声。小渭南东看看西看看，然后对陈元说，他们睡得这么死，我们把天捅个大窟窿，他们怕也不晓得吧？陈元见小渭南爬上了自己的床，赶紧躲到了床边，说你上床干什么？小渭南说，看你说的，上床睡觉呀。陈元说，你睡这里我睡哪里？小渭南说，一起睡呀。陈元说，你觉得他们真睡着了？他们是装的你晓得不？小渭南咯咯地笑着说，让他们装好了，我们免费让他们看电影。陈元说，大半夜的，别开玩笑了行不？小渭南拍了拍墙，喊着说，王北瓜、周螺丝、张排骨，天亮了，你们应该做生意去了。

王北瓜说刚好要早点去蔬菜批发市场进货，张排骨说今天要去屠宰场帮忙杀猪，于是两个人真的爬起床，在凌晨两点不到的时候就出门了。出门的时候叫了半天周螺丝，周螺丝没有声响，也许真睡着了，也许他没有别的去处，而且他睡在架子床的上铺，似乎是看不见的。

陈元说，你就一个人好好睡吧。小渭南看见陈元提起包也准备出门，跳下床一下子抱住了陈元。小渭南除了说话的声音是软的，她的整个身子也是软的。如果完全听从意识的话，他陈元肯定是需要的。但是陈元明白，自己不仅仅只有身体，还有灵魂，还有精神，关键如今还有小青。其实他与小渭南之间，也不完全只有身体，起码小渭南对他是有想法的。他去找小渭南剃头，有时候顺便洗洗脚，确切地说是被小渭南拉过去的，但是小渭南少数时候象征性地收点费，多数时候找出各种各样的借口给他免费，这就是想法。

小渭南上班的按摩房也在附近。陈元认识小渭南比较简单，是多年前的一天晚上，他下班的时候路过一条小巷子，忽然感觉自己的头发有点长，想顺便理个发，便钻进了一家叫小扬州的按摩房，钻进去之后才发现按摩房里没有人理发，只有几个花红柳绿的女人坐在沙发上。陈元说，能理发吗？按摩房的前台说，我们只按摩、洗脚与洗头，不理发。陈元说，理发店为什么不理发？前台说，我们挂着按摩房的牌子，又没有挂理发店的牌子。陈元正想退出的时候，被几个女人给拦住了，一个说洗洗脚吧，另一个说做个指压放松放松吧。陈元与几个女人绕来绕去就吵了起来。这时候，小渭南上场了，用一口陕西话说，大哥，你要理发对吗？让我来吧。陈元说，你是陕西人？陕西哪里的？小渭南说，我是陕西渭南的，听口音你不像陕西的，长相倒像是陕西的。陈元说，你从哪里看出来的？小渭南说，陕西人长得像洋芋。小渭南拿来一把剪刀，按下陈元的头，说如果理不好你可别怪我呀？我可是第一次给人理发。

陈元已经坐下来了，只能硬着头皮答应了。小渭南咔嚓咔嚓几剪刀下去，就把陈元的头剪成了一只刺猬。陈元开始还很生气，但是看到小渭南很认真，像和谁赌气一样抿着嘴，剪了一遍又一遍。陈元看到自己的头发被剪得越来越短，终于忍不住哈哈大笑了起来。小渭南噘了噘嘴巴说，把你的头理坏了，你不会让我赔吧？陈元说，当然得赔，差不多剃成光头了，再剪下去脑袋都保不住了。小渭南说，你说过不能理成光头吗？小渭南一气之下，干脆自作主张给陈元理了一个光头。小渭南说，大哥，只能这样了，你说怎么赔你吧？陈元对着镜子，摸着自己的光头，发现自己头发软，而且有不少白头发，所以理个光头是十分合适的，觉得一下子气派多了。陈元说，你把我的头发给剪掉了，当然要赔我头发。陈元说完，付了钱，扭头就走了。

从此之后，陈元就开始剃光头了。小渭南发现陈元是自己的老乡，而且剃光头又没有多少技术含量，所以每次看到陈元的头发长长了，就把陈元拉进小扬州按摩房。陈元每次去，小渭南说，我还欠你东西呢。陈元说，你欠我什么？小渭南说，欠你一把头发呀，不是我你不可能变成光头，如果不把头发还给你，每次见你我心里都慌得很。有一个夏天的晚上，小渭南非得让陈元去包间，说那样躺着会舒服一点。小渭南在包间里的一张沙发上，不但替陈元剃了头发，还贴着脸为他刮了胡子。刮完胡子，小渭南一把搂住陈元，一边脱衣服一边说，我欠你的，今天必须两清。陈元说，你欠我的是头发，你想给我什么呀？小渭南说，我想给你的，比头发金贵多了，头发再剪再剃都是麻木的，我给你的东西会让你激动的。陈元说，所以呀，这样下去不就反过来了，变成我欠你的了？陈元挣脱了小渭南，走出小扬州的时候，把一百块钱塞给了小渭南。那一次小渭南非常难过，站在按摩房的门口把那一百块钱放在手中抟来抟去，也许是故意的，也许是失手了，最后把钱撕成了两半。

他们毕竟是陕西老乡，在剃头洗脚期间，两个人什么都聊。聊聊老家的、上海的、工作上的、朋友上的、男人女人方面的；聊聊最近的心情，聊聊各自年少的时候，聊聊老家那边的事儿。所以在这个城市，小渭南成了了解陈元底细最多的人，不仅明白陈元老家叫塔尔坪，曾经有一个离婚又再婚的女人，而且还有一个女儿名字叫麦子。每次分手之前，小渭南都会问一句，麦子最近怎么样了？小渭南对陈元的照顾和关心，让陈元分不清楚她与自己到底有什么关系。如果说是恋人关系吧，他们之间存在着某种交易；如果说是纯粹的交易吧，小渭南很明显不是冲着钱来的。比较合理的解释就是小渭南喜欢上了陈元。

陈元想，如果真能交到一个喜欢自己又不嫌弃麦子的女朋友那就非常完美了。

陈元还和从前一样，一把推开了小渭南。小渭南有点生气地说，我今天来，不是陪你玩的。陈元说，那是按摩房人多，床让人霸占了？小渭南说，我说了，快过年了，根本没有生意，不信你摸摸？陈元说，有什么不一样的吗？小渭南把陈元的手放在自己的手心说，还以为你是一个色狼，竟然这都不晓得？有人了手心就是热的，没有人的话手心就是凉的。陈元不明白小渭南所说的"有人"是什么意思，反正她的手心果然是冰凉的。

陈元抽回手说，你是来拉生意的？小渭南委屈地说，我害怕。陈元说，害怕什么？不会有人逼你吧？小渭南说，不仅没有一个客人，小姐妹基本也回家了，所以我一个人不敢睡觉，你真的过年要回家吗？陈元说，其实还没有定。小渭南说，依我看，你最好把麦子接来算了。

陈元有点不高兴。麦子上次来上海，虽然也在过年期间，毕竟过了正月十五，没有什么烟花了，也没有多少节目了，重点是当时单位发不出来工资，让他的生活陷入了非常狼狈的境地之中。他也想再把麦子接到上海，让她真正地过一个上海年，但是如今麦子来了住在哪里呢？自己既不回家又不陪着小青，怎么向小青解释呢？万一在大街上遇到了小青，应该怎么办呢？

陈元说，你是我什么人？你不让我回家干什么？小渭南说，我们是老乡呀，你不回家我们就可以一起放鞭炮，可以一起去吃年夜饭和猜灯谜。陈元说，就这些？小渭南说，你在的话，我就不孤单了，也不会害怕了，你说奇怪不奇怪，在农村的时候，晚上黑灯瞎火的，我一个人不敢睡觉，那时候是因为怕鬼，如今到大城市了，人多了，热闹了，更加不敢一个人睡觉了，因为我根本不明白，在身边跑来跑去的，尤其是动手动脚的，到底是人还是鬼。

小渭南后边的话引起了陈元的共鸣。在同事的面前，在一些朋友面前，甚至在小青的面前，很少有人能引起陈元的共鸣，原因是在陈元的伪装之下，他们不晓得陈元的底细，也不晓得陈元的硬处和软处，所以他们的话往往还会引起陈元的反感。陈元还不敢把那种反感表露出来，还要附和着他们，只有那样才能融入他们，证明自己与他们是一伙的。

小渭南说着话，像害怕什么似的，朝房间四周看了看。小渭南说，当然了，你陪我在上海过年的话，我免费为你服务，全套的怎么样？陈元说，什么叫全套的？小渭南说，你躺下吧，躺下就明白了。陈元说，我享受不起。小渭南说，不过是按摩而已。小渭南说着，把陈元推到床上，真的给陈元做起了按摩。陈元几次要爬起来，都被小渭南给按下去了。

突然，小渭南拍了拍陈元的屁股说，你看那是什么？会不会是鬼？陈元趁机推开小渭南爬起来一看，发现厕所里有一双眼睛，才明白房间里还有周螺丝。

其实，在陈元与小渭南聊天的时候，周螺丝在床上是装睡的，开始还真的睡着了，后来他又醒了。他醒来之后，多么希望像王北瓜所说的那样，留点力气回家，用在自己媳妇的身上。但是他看到隐隐约约的小渭南，听到温温软软的小渭南，无论是身影还是声音，都让他联想到了许多。他最后还是没有忍住，偷偷地爬起来，躲进了厕所。他开始想把厕所的门一关，什么事儿也就过去了，但是门一关看不到小渭南就更加难受。

周螺丝被发现之后，提起裤子摔门而出。他在出门的时候骂了一句"畜生"，像骂自己，又像骂别人，像一种痛恨，又像精神的崩溃。小渭南说，周螺丝真可怜。陈元说，怎么可怜了？小渭南说，他上次去我们按摩房，人家小姐妹要收五百块陪他，周螺丝说身上没有那么多。陈元说，五百块是什么项目？小渭南说，其实就是全套的。陈元说，别说他，我也舍不得，在外边辛辛苦苦挣点钱不容易，他替人刷几百平方米的油漆也不见得能挣到五百块。小渭南说，小姐妹让他打飞机，说是打飞机便宜，只要八十块，打飞机你应该懂吧？陈元说，当然懂了。小渭南说，你平时是自己动手的吧？他说这个自己动手就可以了。陈元说，他还是舍不得！他替别人在墙上钻八个洞也许能挣八十块。小渭南说，他说一年都没有碰过女人，哪怕碰碰女人的手，或者挨挨脸蛋子都行，小姐妹看他可怜巴巴的,最后让他摸了摸,没有想到周螺丝一碰到小姐妹的身子,没有忍住就放水了。陈元说,什么叫放水?小渭南说,你就装吧。

两个人再没有吱声,呆呆地想着各自的心事。小渭南坐在床上,想着一天天逼近的春节,陈元靠在旁边的桌子上,想着周螺丝,上海起码有六百万的外来工,恐怕就有六百万个周螺丝一样的夜晚。

Ⅲ 天亮之后

天已经麻麻亮了,小渭南从陈元的出租屋离开的时候,依然没有忘记问一句,你家麦子呢?麦子怎么样了?陈元还像从前一样,没有回答小渭南,只是背过身,掏出手机翻了翻——手机里有一张麦子的照片,是自己多年前回家的时候拍的,她蹲在一片雪地里灿烂地笑着。陈元每次看到那张笑脸,脑海里都会映现出另一串镜头:麦子从家里追出来,坐在雪地上,哭叫着"我要爸爸",陈元走出几丈远之后,又不得不转过身朝回走,来来去去地闹了半天,班车走了,天黑了,直到第二天天不亮,在麦子的熟睡之中,他才偷偷地跑掉了。

当陈元看着麦子的照片,麦子正坐在一辆大巴上一夜没有合眼,仍然处于不安与兴奋之中。她睁大眼睛看着窗外,那迅速后退的树木、一个个村庄和一片片池塘,让她明白自己在一点点地靠近爸爸。麦子想象着,自己突然出现在爸爸眼前,爸爸会是什么样的表情呢?他会不会像上次一样忍不住哭呢?如果他和小青阿姨在一起,不认自己了那该怎么办呢?

麦子打开了车窗,不时地把手伸到车窗外,开始接住了一些小水珠,后来接住了淡黄色的阳光,风趁机灌进了车厢,把几个乘客给吹醒了。

大巴司机长着尖尖的下巴,留着一把胡子,看上去真像山羊。山羊胡子打了一个喷嚏说,丫头你这是干什么呢?你把风放进来都把我吹感冒了。麦子就笑,说我在看路还有多远呀。山羊胡子说,你又不开车,操什么心?麦子说,我们还有多远?山羊胡子说,刚刚过南京,还要两个多小时吧。麦子说,你可以开得再快点。山羊胡子说,我已经开到一百迈了,你这么着急干什么?

麦子收回手,把车窗给关上了。麦子说,我快两年没有见到爸爸了。

山羊胡子从后视镜里，奇怪地看了看麦子说，这么久？麦子说，我爸爸忙。山羊胡子说，那是借口，再忙连自己女儿都不要了？麦子有点生气地说，谁说不要了？要不要关你什么事儿？山羊胡子有点不好意思地回过头，说你还记得爸爸长什么样子吗？

麦子没有再说话，盯着窗外急速后退的花草树木。不到两年时间而已，但是爸爸在她心中，除了一个光头之外，具体长什么样子是模糊的，像一个灯泡子，轮廓是分明的，却没有鼻子、眼睛、嘴巴和应该有的表情。这并不影响她对爸爸的认识，也不影响她对爸爸的想，和看到迷离的灯光就会没有缘由地伤感一样。

有一次，麦子回塔尔坪的时候问她爷爷，嗲你去上海为什么不带着我？爷爷说，你在念书，有什么比念书更重要的吗？麦子说，正放假啊。爷爷说，你都上中学了，放假也不行。麦子说，嗲你怎么去的？又怎么回来的？爷爷说，从这边向那边通班车了。麦子说，你哄人的吧？你会坐汽车了？爷爷说，我飞机和火车都坐过了，其实坐汽车是最容易的，你不用提前买票，站在三一二国道边上，手都不用招一下，人家就停下来了。麦子又问，车票多少钱？爷爷说，过去两百八十块，回来两百八十块。麦子明白了，如果要去上海的话，不用像上次一样从西安倒车，直接爬上那辆大巴就行了。

随后，那个人非常稀奇地打电话给陈元，说陈世美，你得关心一下麦子，每到周末她不好好学习，竟然爬到山上挖药卖钱去了。陈元很着急，说麦子啊，你这么小，要那么多钱干什么？麦子说，我也有花钱的地方好不？比如买一支笔，或者买一双袜子。陈元说，这些用不着你自己操心吧？你有什么瞒着我吗？麦子说，我还想去上海，我在积攒车费呢。陈元说，你的目标是考上大学，尤其是要考上上海的大学，到那时候别说来上海玩，留在上海工作都没有问题，所以得把心思全部放在学习上，这样吧，如果期终考试你有一门功课得一百分，我就回去看你。麦子说，你说话要算数啊？！

放寒假之前，麦子拿到成绩单的时候，给陈元打了一个电话，说你还是我爸爸对不？陈元说，看你这丫头说的，爸爸能换吗？我不是你爸爸谁是你爸爸？麦子说，爸爸说话应该算数吧？陈元说，当然算数了，你是不是考了一百分？麦子说，不是一个一百分，而是两个一百分，所以你赶紧回来过年吧。陈元说，哪两个一百分？麦子说，语文与数学啊。陈元说，数学考一百分可以，我小时候也考过一百分，但是语文呢，你确定一个标点符号也没有写错？麦子说，题是老师出的，分数是老师打的，你是不是要耍赖呀？

在城市里需要伪装的事儿太多了，连说话的口气与走路的方式都必须很有教养的样子，关键是要冠冕堂皇地伪装成没有任何情感瓜葛的人，只有回到塔尔坪，走在那条小路上，穿过一块庄稼地，呼吸着清新的空气，感觉才是自由自在的，尤其是与父亲一起坐在清风明月里边，才感觉阳光与空气真正地归自己所有。陈元也想回家过年，不仅仅因为想麦子与父亲，还想那些连绵起伏的群山，想那条弯弯曲曲的小河，想小河里指头那么大的小鱼儿。但是最难的，并不是想家，而是有各种各样的因素牵绊着自己，让你不能想什么时候回家就什么时候回家，想怎么回家就怎么回家。

陈元对麦子说，我说过回家，但是没有说具体什么时候回家。麦子说，你答应的，你还像爸爸吗？麦子说着说着就哭了。陈元说，爸爸是记者，记者是要值班的，所以我明年春天回去吧，春天回去满山的连翘花就开了。麦子说，你耍赖我就去上海找你！

放寒假之后，麦子回塔尔坪的时候，告诉爷爷自己到县城和那个人一起过年，她回县城的时候，又告诉那个人自己要去塔尔坪陪爷爷过年，就那样偷偷地跑掉了，而且没有提前通知陈元。

大地越来越宽了，房子越来越密了，道路也越来越多了。

麦子十分害怕。如果不是太阳升起来了，她已经分不清东南西北了。

麦子对山羊胡子说，司机你帮帮我行吗？山羊胡子说，你是不是要在半路上下车？麦子说，我没有手机，等会儿到上海了，麻烦你给我爸爸打个电话，让他来接我一下。山羊胡子说，你去过上海吗？上海那地方大得很，赶紧现在就打吧，不然就把你丢掉了。山羊胡子按照麦子递过来的一张纸条，拨打了陈元的电话号码，但是响两声就断掉了，再打就关机了。

山羊胡子说，你会不会记错号码了？麦子说，怎么会呀。山羊胡子说，如果你爸爸不在上海呢？或者不方便接你电话呢？麦子说，不会的。

小渭南离开的时候，陈元把她送出了门外，然后掏出了一百块钱。小渭南说，我们拉拉扯扯的也要付费？你是不是以为自己是大富翁啊？陈元笑了笑说，你拿着去吃点早餐，楼下的东北大饼还是不错的。小渭南接过钱，有点不高兴地说，你们这里还真了不起，竟然有一百块钱的大饼？

陈元已经毫无睡意了，便踏着浮上来的半个太阳，准备提前出门去报社上班。陈元在楼下遇到了周螺丝，他一个人仰躺在草坪上，痴痴地看着天空发呆。陈元想上去安慰一下周螺丝，但是自己的手机响了，仅仅响了两声，就因为没有电而自动关机了。

清早的天还是晴的。上海天晴的时候，太阳一出来还是比较暖和的，寒冬腊月也有十度左右的气温。但是陈元走到半路上天又阴了，气温直线下降，偶尔飘下几片雪花，还未落地就化掉了。上海天阴之后，就会起风，风是海风，阴冷而潮湿，空气中像有无数把小刀子在划来划去，显得十分刺骨。

陈元赶到报社的时候，还远远不到上班时间，但是主编贾怀章似乎更早，他一边甩着长头发一边拍桌子，说陈元啊，你看看几点了？陈元说，八点多一点，还不是上班时间。贾怀章说，你是干什么的？你以为自己是拉皮条的吗？你是记者！记者哪有上班下班的概念，我们强调过多少次，必须保持二十四小时开机，但是你竟然把手机给关掉了。

陈元掏出手机说，没有电了，忘记充电了，主编你说吧，是着火了，还是翻车了？贾怀章说，今天的新闻，不是杀人，也不是放火，更不是抢劫，但是算不算强奸，那就是你要采访的重点了。贾怀章似乎有点兴奋。碰到好新闻大家都比较兴奋。陈元已经背着包都准备出发了，贾怀章一时还不想切入主题。贾怀章说，陈元你说说，如今真有处男吗？陈元说，在比较偏远的地方，连猪呀鸡呀都是的，在上海恰恰相反，恐怕连狗呀猫呀都稀少了，我估计你小学还没有毕业就不是处男了吧？贾怀章说，别胡扯,那处女呢?陈元说,你问的也太尖端了吧?我不明白什么叫处女,只晓得地上的雪花天上的白云,只在干干净净的时候出现,但是越发达的越开放的越文明的地方越肮脏,看似越偏僻的越落后的越野蛮的地方越干净。比如在上海,到处都是洗头房夜总会,雪花是存不住的;比如好多农村,连理发店都没有一个,自然是白云飘飘的。

贾怀章甩了一下长头发,说我们就从这个话题入手怎么样?陈元说,这个话题我们嘴巴上说说可以,拿出来讨论是不是太俗了?你还没有说三个 W 是什么呢?贾怀章说,时间是昨天晚上,确切地说是今天凌晨,地点是徐汇区的某一家旅馆,事情是有一个男人把一个女人给那个了。陈元说,是强奸吗?贾怀章说,不好说,说起来比较荒唐,有个进城不久的农民工好像是陕西的,陈元你不就是陕西的吗?

陈元不置可否地笑了笑,就急急地出门了。因为自己手机没有电,又一时找不到匹配的充电器,所以陈元出门之前,用座机给线人打了一个电话,约好了见面采访的地点。

陈元在徐汇区万体馆附近的一家全家超市见到了线人。线人说,那个二货姓余,叫余发水,十七岁,在房地产销售公司上班。那几天余发水的同事上网,让他看了一些林美美甘露露的照片,多数是三点式的或者不穿衣服的,搞得余发水躺在床上死活睡不着。在过去,余发水顶多看见过喂孩子的女人的奶子,如今不仅仅看到了女人的全部,还看到了女人各式各样的动作,这使他感到十分的好奇、不安和委屈,甚至还有一些自卑——自己比林美美甘露露年纪小不了多少,但是连亲嘴是什么滋味都没有尝试过。余发水在床上想来想去,脑海中一下子撞入一个女人,那是余发水自己公司的,不清楚具体做什么。她虽然寒冬腊月,仍然穿着一条裙子,黑色的,非常短,刚刚遮住屁股,而且头发披肩,皮肤白净,嘴唇比较厚,总是微微地朝上翘着,有几分性感和挑逗的成分。

她和余发水都住在一家小旅馆,小旅馆有几间房子是他们公司的集体宿舍。余发水的宿舍正好在她的斜对面,每次上班下班进进出出,在楼道看见她的那张厚嘴唇,心都会为之一紧。

线人讲述的时候嘴唇动了一下,顺手提起超市里的一瓶矿泉水喝了几口。线人接着说，昨天晚上，斜对面的门没有锁，而是虚掩着的，余发水那个二货起床去上厕所，回来的时候竟然糊里糊涂地钻进去了。他迷迷瞪瞪地站在她的床前，发现厚嘴唇睡在床上，头发被揉得很乱，像摊开的一堆毛线，瘦削的后背裸露着，骨头翘起来形成了几个窝，盛着从窗外透射而来的光。厚嘴唇猛然翻了一个身，把余发水给吓了一跳，害怕被发现了，转身准备逃跑，但是厚嘴唇由侧着的姿势换成了趴着的姿势，发出一阵嗫嘴的声响，睡得更香了。当余发水顺着声响，看到那两片厚嘴唇的时候，像遇到了两块磁铁，深深地被吸住了。他再也忍不住了，于是弯下腰，朝着厚嘴唇，像小鸡啄米一样，快速地啄了几下，然后才慌张地逃掉了。厚嘴唇被惊醒了，从床上坐了起来，伸手拍了拍自己的胸口，迷离地看了看左右，怀疑自己是不是做梦了。

陈元说，都是真的还是你想象出来的？线人说，当然都是真的，我一句也没有瞎编，那个陕西二货……陈元打断了线人说，二货就是二货，别加上陕西。线人说，那个二货和我睡在一个宿舍，他鬼鬼祟祟出门的时候我是晓得的，他慌慌张张回来的时候我也是晓得的。他坐在我的床边，整个身子都在发抖，我当时还笑话他，说你个傻瓜，是不会，还是不敢？余发水迷茫地看着我说，你指什么？我说，还能指什么？把她给拿下呀。余发水说，把谁拿下？我说，把厚嘴唇呀，你每次看到她眼睛都是直的。余发水说，我已经拿下她了，怎么办？余发水跑到门口，隔着门听了听外边，除了冲厕所的声音之外，显得更加安静了。余发水反锁上宿舍的门，接着对我说，你亲过嘴吗？我说，当然亲过，至少不下十个。余发水说，你吹牛，你今年才多大，怎么可能呢？余发水得意地笑了笑说，我终于尝到亲嘴的味道了。我说，你刚才亲了她的嘴？你所谓的拿下就是亲嘴？她是你亲到的第一个人？余发水说，是呀，我是不是很傻？我们农村的人都一样，不结婚是不会乱来的。我说，亲过之后有什么感觉？余发水说，不是甜的，也不是香的。我说，是不是有一点凉拌苦瓜的味道？余发水说，是呀！你怎么晓得的？难道你也亲过她？我当时就笑了，说你哪里是亲嘴呀，你是吃了人家的口红，你没有看到她的厚嘴唇上老是涂着口红吗？

陈元采访完线人又去了派出所，了解的情况与线人所说的基本相符。

余发水是一个瘦弱而羞涩的男孩，他亲完那个女人，就更加睡不着了，开始是慌张，随后是兴奋，最后是莫名其妙的伤心。第二天早晨，他又陷入了深深的自责之中，感觉自己已经不是昨天的自己。昨天的自己是干净的，身体里的那种冲动是踏实的，但是他如今有些不安，似乎对任何人都十分内疚。

为了躲避厚嘴唇，他比平时早起了一会儿。当他打开门像小偷一样走出宿舍，在楼道的转角处恰好碰到了厚嘴唇。看到她翘着嘴唇从身边经过的时候，他整个身子抖得更厉害了。厚嘴唇正在上楼，已经走过了他的身边，却突然回过头冲着他说，昨天晚上就是你！就是你这个流氓！大家快来抓流氓吧。

凌晨的事儿到天亮的时候才闹起来。小旅馆是一座六层的旧式老楼，是全部租给各个公司供外来务工者住宿的。厚嘴唇是上海本地人，家在青浦郊区，因为离家比较远，也住在了宿舍，不过她住的是单间。厚嘴唇一喊叫，把大家给吵醒了，纷纷拥了出来。线人当时也在场，赶紧冲到她的身边说，你能不能小声点？她说，我为什么要小声点？线人说，如果你搞错了怎么办？她说，怎么会搞错呢？他真的耍了流氓。线人说，什么时候？她说，昨天晚上我睡着的时候。线人说，昨天晚上的事儿你怎么现在才说呢？她说，我被他弄醒之后，以为是在梦中，就又迷迷糊糊地睡着了。线人说，你也许真的在做梦。她说，你看看我的嘴唇？他把我的嘴唇咬破了，如果在梦里的话一切都是假的，怎么可能咬到我的嘴唇呢？线人说，你怎么确定是他咬的？如果真是他咬的，你应该高兴才对。她说，你放屁，他耍了流氓，我为什么要高兴？线人说，你跟多少人亲过嘴？她说，这个你管得着吗？线人说，他是第一次，他把第一次献给你了，所以你把他给放了吧。

厚嘴唇一时有些吃惊，手一松就把人给放掉了。看到余发水一溜烟地逃跑了，厚嘴唇嘿嘿地一笑，怀疑地说，胡扯！简直是胡扯！你以为他刚出生吗？

不晓得是谁已经拨打了一一〇，几名警察赶过来，就把余发水给抓了。

派出所的问讯已经结束了。余发水对陈元说，我不想活了。陈元说，那就去死吧。他说，真是太丢人了。陈元说，是挺丢人的，都这么大了。他说，以后我娶媳妇的时候，怎么向她交代呢？陈元说，你要交代什么？他说，我不干净了。陈元真想告诉他，什么也不用交代，如今都什么年代了，没有人在乎你是不是第一次，即使因为亲嘴被关起来了，已经不是什么丢人的事儿了，仅仅是一个笑话罢了。

但是陈元什么也没有说，他找到了负责这个案子的民警。陈元说，他的情况严重吗？民警笑着说，陈记者呀，你也是男人，严重不严重你明白的。陈元说，我真的不明白，这算强奸未遂吗？民警说，如果这样说的话，大部分男人都是强奸犯，我办了那么多案子，这是第一次碰到，从心里讲，我倒是蛮同情他的。陈元说，那能不能手下留情，给一个宽大处理？民警指了指坐在不远处的厚嘴唇，悄悄地说，那小子其实就是想亲她一下而已，你看看那张嘴巴上边，是不是站着一只想飞的鸽子？放在你身上你难道不动心吗？所以她不纠缠的话，我们想批评教育一下就把他给放了。

陈元上前问厚嘴唇，你有什么想法吗？厚嘴唇情绪已经缓和多了，她冲着陈元笑了笑说，我能有什么想法？依法处理就行了。陈元说，如果派出所把他给放了，你同意吗？厚嘴唇说，他还是个小屁孩子，何况我们还是同事，看在同事的面子上，我也懒得追究了。

陈元把厚嘴唇送出派出所之后，又回头对民警说，她已经答应不追究了，所以你能放心地把他交给我吗？民警说，交给你们记者有什么不放心的？我觉得他也不坏，好好教育教育就行了。民警拍了拍余发水的肩膀说，叔叔私下叮嘱一句，以后想女人了，哪里都好解决，别弄出鸡零狗碎的小事儿，给我们人民警察添麻烦。

陈元在采访结束的时候，把余发水给领了出来。陈元想给主编贾怀章打个电话汇报一下，才想起来自己手机是关机的。余发水讨好地递上自己的手机说，陈记者，你用我的吧。陈元接通了贾怀章，贾怀章说，这个新闻刺激吧？今天我给你一个整版怎么样？陈元说，主编你别说了，是假新闻，纯粹是假新闻，让我白白跑了一趟。贾怀章说，线人说得有鼻子有眼睛的，怎么可能是假新闻呢？陈元说，线人，那个宿舍，还有派出所，现场我都去过了，人家说是大家无聊的时候闹着玩儿的。贾怀章失望地说，我就说吗，如今可能有狐狸精，不可能有那么单纯的男人。

陈元放下电话，回头盯着余发水看了看。余发水有点不好意思地说，真不晓得怎么谢你。陈元说，你以前不认识我吗？余发水说，你是上海人，是大城市人，我刚刚从山里出来，打工还不到半年，哪里有机会认识你这么大的记者呀。陈元说，你是陕西的？余发水说，你是从口音中听出来的？我是陕西的，陕西丹凤的，你肯定没有听说过。陈元说，你是陕西丹凤什么地方的？你们那个村子叫什么？余发水说，叫余家村，我姓余，叫余发水，陈记者你怎么了，是不是怕我跑掉了？陈元说，是呀，派出所把你交给我，让我教育教育你，你再跑到其他地方，不是简单亲亲嘴，而是把人家给糟蹋了，我怎么办？

其实陈元第一眼见到余发水，确实从说话的口音中，估计他是陕西丹凤的，比如把厕所叫茅司，把睡觉叫困醒。陈元想来想去，似乎在哪里见过他，后来经余发水一说，才明白是在余家村。有一次，陈元带着麦子去表姐家玩，麦子为了一个核桃，与一个孩子打起来了，那个孩子就是余发水。

陈元突然想起了麦子。从自己说话不算数之后，麦子总找机会打电话催自己回家，麦子如果现在打电话来，发现大半天都是关机的，会不会又以为自己换手机号码了呢？陈元刚刚换手机号码的时候，她每隔几天就打一次，开始提示是关机，有一天忽然提示是空号，整整拨打了几个小时都是空号，可把麦子给吓坏了，她以为爸爸出事儿了，又以为爸爸不要她了。

陈元跑了几个超市，都没有找到万能充电器。陈元发现余发水一直跟在后边，说你跟着我干什么？还不回去上班？余发水说，我哪有脸回去？你收下我算了。陈元说，我又不是老板，我怎么收下你？余发水说，收我做儿子呀，我叫你爸爸吧。陈元说，放屁！我哪里能生出你这么大的儿子？余发水看陈元一直在掏手机，明白他又要用手机，就把自己的手机递过去说，爸爸，我把手机送给你吧。

余发水一脸幼稚，但是个子比陈元还高。陈元听他叫了一句"爸爸"，被吓得一哆嗦，说你再这样叫，马上给我滚。余发水说，那我按照我们老家那边的叫法，叫你爹吧？陈元说，有什么差别吗？要叫你就叫我舅舅。余发水说，舅舅，你是不是在等电话？我有个办法，你把手机卡取出来，装在我的手机里不就行了？陈元笑了，说你这个傻瓜还挺聪明的。

陈元接过余发水的手机，刚刚把手机卡装上去，便听到吱吱地叫个不停，有的是移动小秘书来电提醒，有的是短消息。陈元一看，关机的时候，有几十个未接电话，其中有一个区号是〇九一四，应该是那个人打过来的。另外有一个手机号码持续拨打了几个小时，如果是推销电话或者骗子的电话不可能打得那么频繁。

陈元先回了那个人的电话，那个人一接通电话就说，陈世美，关键时候你为什么关机？出事儿了你晓得不？陈元说，又出什么事儿了？那个人说，陈世美，是麦子，你见到麦子了吧？陈元生气地说，别再一口一个陈世美行不行？麦子和你在一起，何况你不让她联系我，我怎么会见到她呢？那个人说，我不让她联系你，她听过我的吗？麦子说自己回塔尔坪过年，刚刚有人从塔尔坪过来，说她在塔尔坪绕了一圈就不见了，我猜她应该去上海了。

陈元说，估计她什么时候走的？坐汽车还是坐火车？那个人说，我问过，有人看见她站在三一二国道边上拦大巴，从丹凤到上海每天只有一趟大巴，她如果坐大巴的话应该在早上八九点就到了。

陈元立即拨打了另一个电话号码，电话打过去一直不在服务区。他又查看了两个短信，第一个是以麦子的口气发来的，麦子说：爸爸，你在哪里？我找不到你怎么办？另一个短信是山羊胡子发的，山羊胡子说：我是班车司机，你是不是有个女儿叫麦子？她已经到上海了，你赶紧过来接她吧。

父亲第二次来上海的时候坐过那趟大巴。那趟大巴是四处打游击的，根本没有一个固定的车站，陈元记得当时停在闵行区，具体什么路已经记不清了。余发水嗫嚅着说，妹妹是坐大巴来上海的？我也是坐大巴来上海的。陈元说，大巴停在哪里还记得吗？余发水说，记得不远处有一座寺庙，叫八宝寺还是七宝寺。陈元明白他说的是七宝镇的七宝寺。

在赶往七宝镇的九号线地铁上，陈元终于打通了山羊胡子的电话。山羊胡子说，我打了几个小时，你怎么关机了？我从上海走的时候，想把麦子拉回丹凤算了，不然被人拐跑了怎么办？但是麦子死活不肯上车，她说她肯定能找到你，孩子到上海来，提前没有告诉你吗？她是不是偷偷跑出来的？你们这些有知识的人，农村的媳妇可以不要了，重新娶个城里的女人当然好，但孩子永远都是自己的，不能不要啊。

陈元不停地瞅着地铁上的视频，看着时间一秒一秒地朝前跳。陈元说，司机你能不能让我插一句话？我就想问问你，我女儿下车的地方具体地址在哪里？

手机里响起了汽车喇叭声与尖厉的刹车声。山羊胡子终于说，在中春路新龙路交叉口，有一家星光酒店，我的车停在酒店前边，麦子就在酒店里边，那里离地铁站几百米，离七宝老街一站路。陈元一看时间，已经下午三点多了，六七个小时过去了，在简单而又单纯的县城，六七个小时并不算什么，生活都在绕着圈子，必定都在原点上，但是在瞬息万变的上海，六七个小时什么都是有可能发生的。

陈元不敢往下想了。他看着窗外呼呼后退的影子，真想跳下地铁自己飞过去。

余发水安慰陈元说，舅舅，你放心吧，妹妹不会有事儿的。陈元狠狠地剜了一眼，说你给我滚开，快给我滚开。余发水不敢吱声了，这都是自己造成的，自己不看林美美甘露露的照片，就不会一时糊涂去亲什么厚嘴唇，那么陈元也不会有这次采访任务，哪里会没有时间给手机充电呢？

只要手机通了，就不会与世界失去联系。

Ⅳ 正面与反面

陈元从地铁九号线中春路站下来，刚到中春路新龙路交叉口的星光酒店，山羊胡子也很担心，又打电话来说，你找到了吗？陈元说，刚到酒店，还没有看到麦子。山羊胡子说，我们把车停在酒店前边的停车场，然后下客上客，十二点准时发车返回，当时乘客都走了，只剩下麦子了，而且外面风大，所以特意把她送到了酒店大堂。山羊胡子最后说，卧铺票一张两百八十块，麦子说自己身上总共只有两百二十块，我们也没有计较，如果孩子真的没有钱了，恐怕就要挨饿了。陈元说，让你费心了。山羊胡子说，我们都是乡亲，听麦子说你叫陈元，是我们丹凤县的名人，我有事还要求你呢，如今在外边混太不容易了，就说那个停车场吧，一会儿保安找你要盒烟抽，一会儿来几个交通督查，说你不能随便下客要罚款，连旁边扫地的也来找麻烦，说你乱扔垃圾要好处，你以后得给我们撑腰啊。

陈元着急地等他把话说完，就把电话给挂掉了。

星光酒店其实不大，是上不了星的快捷酒店，位于一个农贸市场的大院子里。院子里除了酒店，还有菜市场、水果店、小饭店和小商场，显得十分杂乱。由于天气阴沉沉的，天很早就黑了，路灯还没有亮，但是其他的灯已经亮了。

酒店大堂屁股大一个地方，摆着一套沙发、一个茶几，还有客人登记的前台，旁边有一道偏门通向酒店内部的保健按摩房。陈元着急地四下打量了一圈，并没有看到麦子，小孩子倒有一个，是来上海旅游的，爸爸妈妈都在身边。陈元问前台，你看到一个孩子了吗？前台指了指大厅说，孩子那里就有一个。陈元说，我是指一个十几岁的小丫头，从外地来的。前台说，下午看到一个，梳着马尾辫子，穿着一件黑棉袄和一双黑布鞋，在这里站了几个小时，我们问她大人呢，她摇摇头，我们让她坐一下，她也摇摇头，感觉像一个哑巴。陈元说，那现在呢？前台说，现在怎么不见了，不会被人拐走了吧？现在人贩子一大把，你看看，新闻里正说着呢。

电梯口挂着一台电视，正在回放一则寻人启事，说一个十九岁的女大学生，在放假回家的路上与家人失去了联系，如果提供有效线索，家属奖励五万块。新闻里紧接着说，据警方最新消息，失踪女大学生已经遭到了杀害。陈元没有看完那条新闻，慌慌张张地推开保健按摩房。按摩房里边开着暖气，空气有些闷热而浑浊，坐着几个穿着暴露的女人。她们见了陈元，纷纷站起来说，要洗头还是指压？陈元说，我来找人，想问一下，你们有没有看到一个丫头？梳着马尾辫子的丫头？

有一个留着小平头的女人站起来，拉住陈元说，大哥呀，我把辫子一剪，你就认不得我了？陈元摆摆手说，我在找一个小丫头，十多岁的小丫头。小平头说，我们这里没有那么小的，有十七岁的，不过人家忙得很，今天晚上是轮不到你了。陈元觉得有点乱，于是说，我在找自己的女儿，下午从这里走丢了。小平头不高兴地说，我们这里都是当妈的，哪里有什么女儿，请你快出去吧，把风都放进来了。

陈元退出来之后，余发水看着保健按摩房的招牌说，按摩房是干什么的？陈元看他迷茫的样子，说是锻炼身体的。陈元匆匆地走出酒店，余发水在后边屁颠屁颠地跟着，说是打乒乓球还是摔跤？怎么只有女的，没有男的？陈元回头斜了一眼余发水说，地主你晓得吧？余发水说，我哆就是地主，怎么不晓得。陈元说，那是专门给地主捶背捶腿的地方。余发水说，你在哄我，我哆他们早就被打倒了，哪里还有地主呀？陈元停下来，指着余发水说，你真是一个傻瓜，赶紧给我找人。

菜市场已经关门了，门口到处扔着烂菜叶子；有几家建材商店贴出回家过年关门歇业的信息；超市依然开着，挂着迎新春打折促销的标语，人们在热热闹闹地采购年货。陈元在超市里急急匆匆地走着，看到半大不小的孩子就追过去。

大概六点的时候，余发水跑过来说，酒店背后有个穿着黑棉袄的丫头，舅舅你过去看看是不是妹妹。陈元赶到酒店背后，远远地看到一家芭比馒头店，门口摆着几个蒸笼，码着热气腾腾的馒头，果然有一个孩子站在馒头店的阴影里，朝四周张望着。她有些消瘦和弱小，后脑勺上拖着一根马尾辫子，上身穿着一件有些宽大的黑棉袄。麦子上一次从上海离开的时候就是那么瘦，就是那么高，就穿着那件黑棉袄。

陈元百分之百地确认，她就是麦子，就是自己的女儿。

陈元扬起手，正要喊叫麦子的时候，被麦子给吓住了，那只手僵在了半空。麦子的动作是那么熟悉，几乎与自己小时候一模一样。那时候自己也在上中学，学校食堂每天提供两顿饭，分别在早上十点和下午四点，都是连糠带皮的糊汤，稀溜溜的，没有菜，没有盐，没有油，更不会加入洋芋。陈元自带的干粮很少，每星期前几天就吃完了，后两天只能忍饥挨饿了。他常常被饿得头晕眼花，像老鼠似的四处乱窜，找吃的。他春天吃过野草，刚钻出地面的野草嫩嫩的并不难吃，但是冬天只有松树叶子是绿色的，像针而且干巴巴的，根本无法吞咽。有一天黄昏，他溜达到学校外边的一家小饭馆前边，看到馒头像小山一样码在蒸笼上，第一次萌生了偷的念头。那一次，他轻而易举地就得手了，从此之后，每当他十分绝望的时候就去偷一个馒头充饥，直到从那所学校毕业。

等陈元长大了，重回那条小街的时候，发现小饭馆依然开着，依然在卖馒头，只是漂亮的老板娘已经变成了一位老太太。陈元专门坐下来，仅仅要了两个馒头，仔细地品尝着。老板娘说，你是不是姓陈，叫陈元？陈元说，你怎么认识我？老板娘说，你在对面的学校念过书，谁会不认识呢？当年你挺喜欢我们家的馒头，如今还是当年那个味道吗？陈元一愣，有点不好意思地说，你是说当年吗？比当年更好吃了。当年，陈元从来没有在那里买过馒头，只是偷过好多次馒头。陈元明白了，自己偷馒头的时候，不是人家没有发现他，而是人家没有戳穿他。那段经历，陈元不止一次地讲给麦子听，麦子每次都问，为什么要偷呢？陈元说，我饿呀，没有办法呀。麦子问，那怎么偷？陈元就给麦子示范，逗得麦子咯咯地笑，说自己哪一天饿了，也要去偷馒头。

没有想到，麦子的话兑现了。麦子站在芭比馒头店的门口，旁若无人地抬起左手，从蒸笼上把一个馒头，从从容容地卷入自己的手心。芭比馒头店也有一个漂亮的老板娘，一边忙着和面一边照看着摊子。她一抬头就发现了什么异样，于是不动声色地盯着那只小手。当麦子拿起馒头的时候，老板娘立即冲出来，把馒头打落在地，然后恶狠狠地说，哪里来的小丫头？竟然敢偷我的馒头！

陈元加快脚步，冲着那边大喊了一声，麦子！爸爸在这里呢。陈元跑到老板娘面前，拉起老板娘的手，把五块钱放在了老板娘的手心。老板娘不晓得到底发生了什么，赶紧从地上拾起馒头笑着说，误会了，真是误会了。老板娘把馒头递给麦子，麦子置之不理，而是一头扑进陈元的怀里。

　　余发水接过馒头，递给麦子说，饿了吧？快吃吧。

　　麦子问陈元，他是谁呀？余发水说，我是你哥哥，你是我妹妹，你不认识我了？麦子抬头看着陈元说，爸爸，你在上海给我生了一个哥哥？难怪你老是不想回家呢。陈元说，别信他胡扯。余发水说，麦子，你再看看我，你真不认识我了？我是余家村的，依着你表姑，你应该叫我表哥。

　　麦子认出了余发水，说你就是和我抢核桃的那个家伙？你从学校逃跑以后，竟然跑到上海来找我爸爸了？余发水高兴地对陈元说，原来你就是陈元舅舅呀！我当初真是冲着你来的，但是到上海之后，发现地方这么大，人这么多，只记得得你的名字，不记得你长什么样子，也不晓得你在什么单位，问来问去没有一个人认识你，没有想到一不小心就遇到你了。

　　原来，余发水从丹凤中学高中毕业的时候，没有考上大学，家里让他复读，来年再考，起码也得考一个大专，他也满口答应了，但是开学之后不久，发现他根本不在学校。当时，他也不晓得应该去哪里，只明白要去一个很远的地方打工——陈元的名声在塔尔坪方圆几十里是响当当的，所以陈元就成了他心目中的远方。他爬上一辆开往上海的班车，下车之后就被一家房地产销售公司给招去了。他到房地产公司不是盖房子，也不是卖房子。他根本没有那个能力，也不相信房子那么贵，感觉像是骗人似的。他到房地产公司上班第一天，指着玻璃窗上贴着的广告，见人就问，你们是骗人呢，还是写错了？一套房子几百万上千万，这个世上有谁买得起呀？所以余发水不敢卖房子，而是专门向川流不息的汽车司机发放小卡片，也就是小广告。为那家公司发放小广告，才是他真正的工作。

　　在坐地铁回家的路上，陈元问麦子，为什么要拿人家的馒头？麦子说，我饿了呀，没有办法呀。陈元说，你没有钱吗？麦子说，我的钱花光了。陈元说，哄人的吧？听说你挣了很多钱，怎么就花光了呢？麦子说，身上还有一点钱，是留着买礼物的。陈元说，给谁买礼物？麦子说，还能有谁，给小青阿姨呀。陈元说，你准备给小青阿姨买什么？麦子说，我还没有想好，买一个布娃娃怎么样？小青阿姨上次不在家，这次应该在家吧?

麦子整整一天滴水未进,是为了把钱省下来给小青买礼物。陈元听了,忍不住刷刷地流眼泪,他真想哄哄麦子,说小青阿姨不在上海,又到香港出差去了,但是有些不忍心地笑了笑说,小青阿姨在家,只是非常非常忙,有空的时候我让她请你吃饭。麦子说,太好了,还是我请她吧,我请她吃麦当劳。

麦子又问陈元,你说你小时候偷馒头,人家是根本不抓的,是不是哄我的?哪有不抓小偷的?陈元说,我之所以没有被抓过,那是人家不想抓,但是社会不同了,地方也不同了,我当时在陕西老家,而如今在上海,所以你就被抓了。麦子不高兴地说,什么叫被抓了?我偷人家馒头了吗?我只是想体会一下爸爸当年的感觉。陈元说,感觉怎么样?麦子说,不怎么样,不过我晓得爸爸会及时出现的。

陈元想,自己和麦子是不一样的。自己是够得着的,而她必须稍稍地踮起脚尖;自己是背对着蒸笼,而她是面对着蒸笼;自己的手是伸向后边的,而她的手是伸向前边的。所以,他们的感觉也是不一样的,像一面镜子的正面和反面——自己是镜子的正面,感觉到的光来自于世界,麦子是镜子的反面,感觉到的光来自于陈元。

正面和反面对于镜子本身而言,其实是没有任何区别的。

V 巷子里边

地铁呼呼噜噜地从郊区开向市区。陈元忽然想起来,麦子上次来是没有坐过地铁的,她是第一次见到地铁,第一次坐地铁,第一次从地底下穿过。再坐两站就是徐家汇了,陈元想带麦子去徐家汇逛逛,让她体验体验地下与地上的不同,顺便再给她买一件新棉袄。陈元不仅怕麦子受不了上海的阴冷,而且她身上的那件棉袄已经破了,应该是冬天烤火的时候烧的,袖子上还有几片黑亮的油污。

世界上是没有哪个城市比上海更加注重穿着打扮的,哪怕扫地的阿姨和门口的保安,只要是上海人或者在上海生活久了,几乎都是一身名牌。陈元第一次去报社报到,明白上海人是以衣取人的,专门到商场挑了一身雅戈尔。陈元觉得那个牌子已经够体面的了，单听名字就有些洋鬼子的味道，但是商场的服务员说，不管你准备相亲还是面试，凭这身打扮基本就泡汤了。陈元不信那个邪，穿着笔挺的雅戈尔去了，上了电梯，遇到一个高个子男人，外边穿着藏蓝色西服，里边穿着白色衬衫，打着一条红色领带，全部都是皮尔·卡丹的。凭着他的派头，陈元判断他应该是个主编，于是朝他鞠了一躬。但是让人意外的是，皮尔·卡丹走下电梯，就拿起拖把开始给大家拖地板——原来皮尔·卡丹仅仅是一个清洁工。陈元随后遇到的汽车司机和收发员，个个都是阿玛尼或者路易·威登那样的世界名牌。很久之后，陈元终于明白过来，那些世界顶尖品牌之所以能够走进上海普通人的生活，原因是在襄阳路上有一个假货市场，几万块的品牌几百块就搞定了，而且是可以以假乱真的。陈元虽然勉强通过了面试，不过落下了一些后遗症，人家看他的眼光是倾斜的。

女记者水仙曾悄悄地把陈元叫到楼道里，指了指陈元的一身衣服说，雅戈尔你也敢穿？陈元说，有什么问题吗？女记者水仙说，那帮人在底下议论，说你肯定是外来的。陈元说，为什么呀？这一套六百多块呢。女记者水仙说，不仅仅因为品牌是国产的，而且问题出在袜子上了，黑皮鞋与白袜子搭配，不是明摆着告诉人家你是乡巴佬吗？陈元看了看从身边走过的人，确实没有一个人那么穿的。陈元至今也不明白，黑皮鞋为什么不能配着白袜子，黑天鹅屁股后边还配着几根白羽毛呢。

陈元对麦子说，我们现在在地下，地上马上就是徐家汇，我们要不要出去逛逛？余发水说，徐家汇是干什么的？我们同事经常说去那里淘货，是不是像我们去灵宝淘金子？车厢里有人先是捂着嘴，后来没有忍住，扑哧一声笑了。余发水一句话暴露了他的身份，人家立即明白他是个傻瓜——在物欲横流的上海，你可以不晓得龙华殡仪馆是干什么的，绝对不可以不晓得徐家汇是干什么的。

麦子没有反应。陈元低头一看，发现她靠着自己睡着了，发出细碎的咯嗞咯嗞的磨牙声。麦子太累了，世界再奇妙，再美丽，怎么比得上在爸爸的肩膀上睡一觉呢？

旁边有一个女人，三十多岁的样子，大冬天依然穿着超短裙，大腿上套着黑丝袜。黑丝袜瞪了麦子一眼，扬起手在空气中挥了挥，不晓得闻到了麦子身上的异味，还是讨厌麦子发出的磨牙声。晚上八点了，地铁里依然十分拥挤，有一部分是下班的，多数人是外出消费的，比如到徐家汇购物，到衡山路喝酒，到南京路闲逛，反正上海这座城市的生活，是从夜晚的深处开始的。但地铁里还是十分安静的，除了窃窃私语和偶尔放出来的音乐，只有麦子格格不入的咯嗞咯嗞声。

余发水看着麦子，嘿嘿地笑着说，妹妹像一只老鼠。

地铁里真像遇到了老鼠，随着一阵尖叫，寂静被划破了。发出尖叫的不是别人，正是那个黑丝袜。黑丝袜脸色惨白地抓住一个小光头的衣领。小光头说，你干什么呀？黑丝袜说，你说我干什么？快来抓色狼啊。除了一张张扭曲的脸，没有人表现出不满，似乎一切都那么平常，或者与自己无关。

地铁到站了，小光头挣脱了黑丝袜，一下子溜了出去。麦子也醒了，也许听到广播才醒的，也许听到尖叫声才醒的。麦子揉了揉眼睛说，怎么了？余发水说，你磨牙了。麦子说，我磨牙我怎么没有听见？余发水说，你睡着了。麦子说，爸爸我磨牙了吗？陈元笑着说，没有。余发水说，那么大的声音，舅舅你没有听见？

陈元是背着麦子从地下走到地面的。麦子感叹说，比上次来更漂亮了。余发水说，当然了，这是上海呀。麦子说，为什么上海会越来越漂亮？余发水说，因为上海钱多，钱多房子就多，房子多窗子就多。

余发水想了想说，最后灯就多了。

陈元他们又换乘了两趟公交车才回到出租屋。远远望去，出租屋的窗户依然是黑的。陈元明白，这一次的黑与上一次的黑是不一样的，麦子上一次来，里边住着他一个人，没有人帮忙开灯；麦子这一次来，里边住着四个人，大家为了省电舍不得开灯。王北瓜在晚上六点左右收摊子，晚上七点左右就回到出租屋了；张排骨给一些饭店直供，下午就回到了出租屋；周螺丝给人家刷油漆，也给人家铺地板、敲墙和打洞，为了避免扰民，通常不超过晚上九点就回到了出租屋。所以，当陈元回到出租屋的时候，里边大部分时间是满员的。

果然不出所料，陈元刚上三楼，就隐隐地听到出租屋里嘻嘻哈哈的。王北瓜的声音仍然很大，周螺丝有点娘娘腔，张排骨因为一边喝酒一边啃猪骨头，所以是嗡声嗡气的。他们谈论的话题，天天几乎一样，都是女人，不过有时候是城里女人，有时候是乡下女人。他们谈论城里的女人总是那么兴奋，谈论老家的女人情绪就比较低落。比如王北瓜与周螺丝说起张排骨的媳妇的时候，张排骨没有喝醉的话，基本是不吭声的，因为一想到媳妇就会想到村长，想到村长等于想到了自己的小佬，由自己的小佬自然就会想到自己的儿子。

陈元把钥匙插进锁孔，刚刚拧了一圈就停住了。房子里的王北瓜说，那个姓林的叫什么来着？周螺丝说，叫林美美。王北瓜说，我没有见过，她长得漂亮吗？周螺丝说，当然漂亮了，奶子圆鼓鼓的，像两只皮球。王北瓜说，你见过吗？周螺丝说，怎么没有见过？都在网上摆着，像张排骨卖肉一样，明明白白地在案子上摆着呢。王北瓜说，别说像皮球，就是金蛋蛋银蛋蛋，睡一晚上也不值十万八万的吧？什么样的女人压在下边不都一个样子？张排骨好像又喝醉了，把酒瓶子朝地上随便一扔，发出一阵破裂的声音，说怎么会一样呢？我的臭媳妇能和周螺丝的小媳妇比？周螺丝你整天躲在被窝里打飞机，能与真枪实弹的洗头房比？我一个客户是开酒店的，人家有几个亿，他说弄一下姓林的，他愿意出一百万，我说一百万能买一千头大肥猪，人家怎么说的？人家说，一百万对你是一千头大肥猪，对他可能就是一碗面条。有一天我送肉去，他神秘地问我什么你们晓得吧？

王北瓜说，他是不是问你一个杀猪的，有没有弄过一头母猪？周螺丝嘻嘻地笑着说，就是的，张排骨你整天杀猪，有没有弄过一头母猪？张排骨说，你们两个还想听不？想听就别再给我胡扯。王北瓜与周螺丝不再吭声了，张排骨接着说，他让我给他拉皮条，我说我认识的女人，要么在街上捡破烂，要么在餐馆给人洗碗，没有想到他竟然说，你就不认识刚从农村来的？我说，农村来的有啊，裤子上的泥巴都没有洗干净，手上都是茧子，你看得上吗？他说，有年龄小的吗？我说，你要多大的？他说，上大学的，上中学的，最好是上小学的，如果介绍成功了，他会付我一百斤肉钱。

王北瓜说，真是个王八蛋。

周螺丝说，像个畜生。

陈元没有开门，而是拔出了钥匙，对着余发水呵斥了一声说，你还不快滚？余发水有些莫名其妙，迷茫地看了看头顶，又看了看脚下无比昏暗的夜晚。麦子说，爸爸不是一个人住吗？陈元说，今天来人了。麦子说，是什么人？怎么要住爸爸的房子呢？陈元说，是坏人，一群坏人。余发水说，舅舅是不是把房子出租了？听人家说一套房子租出去要赚不少钱。

陈元带着麦子离开了，茫然地走上了大街。陈元想，第一个可以去的地方是小青家，但是如今是麦子，又不是父亲，躲都来不及呢。第二个可以去的地方是酒店，住一晚上咬咬牙就三百多块，但是麦子刚来，如果在上海过年的话，起码要住到正月初六，加起来就不是小数目，自己要还房贷，要吃要喝，要准备年货，还要给小青与她妈准备新年礼物，处处都在等着花钱。第三个可以去的地方是四海龙王桑拿城，自己身上还有几张打折券，在休息室里将就几个晚上不是问题，问题是那里并不比出租屋清静。

陈元小声地问余发水，你们宿舍能住吗？余发水说，肯定回不去了。陈元说，你是不是害羞？余发水说，害怕厚嘴唇找麻烦。陈元说，派出所不追究，她能把你怎么样？余发水说，她再纠缠，让赔钱怎么办？陈元说，为什么要赔钱？余发水说，而且妹妹来了，人家再一闹的话，传回老家就太丢脸了。陈元气愤地说，你真是一个傻瓜！

小青打来电话，懒洋洋地说，你在哪里呢？陈元说，在外边，你还不睡？小青说，想你这头猪了，晚上过来不？陈元说，我还有事儿，忙完恐怕太晚了。小青说，不来拉倒，再问问你，过年到底怎么打算的。陈元说，估计要回塔尔坪吧？

陈元目前的处境十分尴尬，如果邀请小青一起回塔尔坪，她答应了怎么办？如果告诉小青要留在上海，那麦子又怎么办？

小青听到陈元模棱两可的话，情绪低落地把电话给挂掉了。

陈元放下电话，发现自己无意中来到了小青家不远的地方，抬起头能看到微微发亮的那扇窗户，父亲搭起来的小木屋前边，有一个影子在那里晃荡着，不时地敲打着上边的盆盆罐罐，发出几分烦躁而忧怨的声音。陈元明白，那是小青。自从父亲离开小木屋之后，那里便成了她的世界。她有时候在上边跑步，有时候在上边乱踢乱打，有时候干脆在上边睡觉。

陈元有点慌张，绕了一圈又回到了出租屋楼下。陈元把麦子挡在楼下，带着余发水回到了出租屋。王北瓜、周螺丝与张排骨看到陈元回来了，纷纷问陈元，到底女人与女人有什么不一样的？陈元说，王北瓜你为什么要卖青菜萝卜？王北瓜说，青菜萝卜是家常便饭嘛。陈元说，张排骨你为什么要卖猪肉？张排骨说，三天不吃肉人会发慌的。

陈元指着一张空床，安顿好了余发水，拿着手机充电器就出门了。

陈元再次带着麦子，穿过一条大街，进入一条巷子。那条巷子除了一家二十四小时的超市、两家旧家具回收店之外，几乎全是洗脚店、洗头房与保健按摩房，小渭南她们的小扬州按摩房就其中，所以整条巷子被霓虹灯打扮成了粉红色的。远远望去，在巷子尽头还有一家汉庭快捷酒店，蓝色的招牌在闪闪发光。陈元想，在汉庭酒店住一晚上或许就有办法了。

麦子问，我们是不是没有地方睡了？陈元说，这么大的上海找个地方睡觉还是有的。麦子说，草坪绿油油的，万一不行我们睡在草坪上吧。麦子又指着一家洗脚房问，那是不是小旅馆？陈元说，那是理发店。麦子说，和我们那里不一样，为什么连一面镜子都没有？陈元想解释什么的时候，已经接近了小渭南她们的按摩房。

陈元低下头，加快了脚步，说麦子坐了一个通宵的车子，我们赶紧去酒店吧。

刚走过小扬州按摩房，陈元的身后就有人喊叫，哎呀，这不是元元哥吗？陈元装作没有听见的样子继续朝前走。小渭南说，元元哥你去哪里呀？还要上班吗？麦子停下来说，爸爸，有阿姨在叫你。

小渭南是出门来倒水的。她把一盆子脏水泼在路边，说元元哥你今天不进来呀？陈元不吱声，回头拉着麦子。小渭南发现陈元手中拉着一个小丫头，便有点不好意思地说，你今天不理发吗？麦子说，我爸爸是光头理什么发？小渭南看了看陈元在灯光下闪闪发光的光头，不晓得如何回答，于是说，这是谁家小妹妹？

陈元说，她是麦子。

小渭南把盆子一扔，好像嫌自己双手太脏，在身上擦了擦，然后蹲下身子，拉着麦子的双手说，这就是麦子？我想过好多次，没有想到这么漂亮，比元元哥漂亮多了。陈元笑了笑说，麦子，快走吧。小渭南说，你们这是去哪里？麦子说，我们去酒店。小渭南说，元元哥，你的房子呢？不能住吗？陈元说，乱糟糟的，他们说话声音又大，我怕麦子睡不好觉，所以干脆去住酒店。小渭南有点生气地说，麦子来了还要住酒店吗？前边那家汉庭酒店，打完折也要两百八十块。现在我们这里全是空的，就住不下你们吗？来，麦子，跟阿姨进去。

小渭南说着，拉着麦子推开了按摩房的门。

在出租屋门外，听到王北瓜他们那些乱七八糟的话之后，陈元晓得应该带麦子快点离开，但是他不晓得应该带她去哪里。在这个城市里，房子有千千万万，认识的人数也数不清，有同事，有采访对象，有余发水那样莫名其妙的人，还有自己的女朋友小青，但是找一个能收留自己和麦子的地方还真不容易。第一，如果去找同事，他们见到女儿之后，会怎么看他陈元这么多年的单身生活呢？第二天全报社的人恐怕都会对着他指指点点的了，关键是他们会有无数的理由，比如说不在家呀，或者家里来客人了呀，然后拒他于门外。到目前为止，除了小青家之外，陈元没有真正进过一个上海人的家，他不晓得真正的上海人的家里是什么样子的格调与摆设，像自己不了解真正的上海人是什么样子的心肠一样。第二，如果去找小青，虽然父亲每次来，无论她妈什么态度，小青都要求住在她家里，但是父亲毕竟和其他人不同，一旦换成其他人，尤其换成麦子，将会引起什么后果，实在是难以想象的。起码有一点，当小青问麦子是谁，陈元怎么回答？如果说自己结过婚又离婚了，麦子是他与那个人的女儿，这么重要的事儿开始不说，小青会不会认为是一次成心的欺骗呢？如果说是自己姐姐家的孩子，说是自己表姐家的孩子，说是自己堂兄家的孩子，或许就能蒙混过去的，但是麦子听见了会怎么想呢？

所以，让陈元想到的能够收留自己的恐怕只有小渭南了。

麦子说，阿姨是谁呀？是不是小青？

陈元说，怎么会是小青呢。

麦子说，我以为是小青阿姨，要是小青阿姨那就好了。

麦子拉着陈元一起走进了按摩房。果然是年关将近，比起平常的繁华与吵闹确实清静了许多。也许生意差了，并没有开空调，沙发上坐着的两个小姐妹，因为太冷都没有穿得太少，外边套上了一件棉袄。里边的一个个包厢，大多数都黑灯瞎火的，所以看上去真像一家名副其实的理发店。

借着麦子上厕所的机会，陈元悄悄地对小渭南说，我求你一件事儿行不？小渭南说，是不是怕我收钱？看在麦子的面子上，你干什么事儿统统免费。小渭南一下子抱住陈元，说这下不能让你跑掉了，你晓得我多害怕吗？这几天无论白天晚上，我眼睛一闭不是鬼就是野兽。陈元推开小渭南看了看，她的眼圈是黑的，确实憔悴了许多。小渭南发现陈元同情地打量着自己，一边扑扑地流着眼泪，一边把陈元推到床上。陈元挣扎着说，麦子马上来了。

陈元一提到麦子，小渭南就冷静了。

小渭南爬起来，整整自己的头发与衣服，委屈地说，元元哥，你说吧，你求我什么？陈元说，你要给麦子挑间干净的地方。小渭南说，我明白，你嫌这里脏，我也嫌这里脏，每张床上都睡过乌七八糟的人，我马上就换一套新洗的被褥吧。陈元说，你要给她挑间僻静一点的地方。小渭南说，你怕那些不要脸的，做了什么不要脸的事儿，说了什么不要脸的话，对麦子影响不好，你放心，她是你的女儿，就是我的女儿。陈元在按摩房又转了一圈，说麦子交给你，我回去了。小渭南说，我不是说了吗？什么都是免费的，你回去干什么？

陈元也想留下来照看麦子，但是他每次面对小渭南的热火朝天，都会有一点莫名的冲动。

所以陈元抱了抱麦子说，你乖点，爸爸明天来接你。

小渭南有些失落地把陈元送到了门外，然后拍了拍陈元的肩膀。

VI 雪白雪白

麦子上次来上海的时候，正好遇到陈元几个月领不出工资，但是那时候小青毕竟不在，他又是一个人住着，所以还是自由自在的，甚至还是开心的。麦子这一次来，他们报社依然经营不好，毕竟有一千万财政补贴，加上报社内部又进行了开源节流，工资不仅可以正常发放，而且还根据物价上涨幅度，刚刚给他每月涨了八百多块，日子算是勉强可以过活了，在麦子面前不用再那么狼狈了。如今他与她待在一个城市，隔着一条大街一条小巷，按理说他应该踏实一些才对，但是他怎么也踏实不起来——首先是因为小青就在身边，让麦子随时随地都有暴露的危险；其次是因为出租屋成了四个人的，加上莫名其妙地冒出一个余发水，让麦子连一个安定的住处都没有。

几方面的因素放在一起，就把陈元的心给搞乱了。

王北瓜、周螺丝，还有张排骨，仍在不遗余力地讨论着女人。因为出租屋里加入了余发水，陈元几次提醒他们，说这孩子还小，你们说话得注意一点。周螺丝说，他多小呢？陈元说，反正比你小，人家还没有碰过女人。王北瓜说，没有碰过女人是什么意思？陈元说，连亲嘴都不明白是什么味道。余发水嘟哝着说，我怎么不明白，不就像苦瓜吗？陈元说，赶紧睡觉吧你，你明白什么是苦瓜，那明不明白什么是木瓜？

几个人心有不甘，于是放低了声音，说到关键的地方尽量含糊一点，然后哈哈地大笑起来。余发水躺在陈元身边，每碰到三个人放声大笑，就问一句，你们说什么呀？王北瓜说，女人的内裤，猜一种食品，你会不会？张排骨说，男人爱吃樱桃，你懂不懂？周螺丝说，女人每个月都有雪碧，到底为什么？余发水说，这有什么好笑的？听着听着，感觉索然无味，很快发出了均匀的呼吸。窗外一束束汽车的光线，反射到余发水的脸上，碾过来又碾过去，把他的脸碾成了一张白纸，显得那么单薄和幼稚。

陈元一夜未睡，在麻雀叽叽喳喳的时候就起床了。他好像不记得日期似的，翻了翻日历，确认当天是腊月二十四，在塔尔坪应该是一个大扫除的日子。余发水看陈元准备出门，立即爬起床说，舅舅你等等我吧。陈元说，等你干什么？余发水说，我得回一趟宿舍，但是我已经不认识路了。陈元说，回宿舍干什么？余发水说，想了一个晚上，还舍不得那床被子。陈元说，就为一床被子吗？余发水说，对呀，那床被子可暖和了，是我妈亲手缝给我上学用的，被子下边可能还有钱。陈元说，就没有别的了？比如厚嘴唇。余发水脸红了，嘟哝着说，那张厚嘴唇，之前就是想想而已，也想不出什么名堂，但是如今老在心里晃悠，像两片子大肥肉似的。

陈元不再吱声了。他不是不想说，而是不晓得怎么说。拿自己与小渭南之间来说，每次稍微出格一点，他就会后悔，就会自责。有时候责怪的是自己，认为自己放任了自己；有时候责怪的是小渭南，如果小渭南不在按摩房工作，这种若即若离的朋友不像朋友的关系，恐怕也是非常不错的，不排除进一步发展下去。但是后悔过后呢？他有什么烦恼还是愿意想到她，有时候是她把他给叫去的，有时候是她自己追上门的，不管是剃头还是简单相处，他都以各种各样的名义，象征性地给小渭南留下一点钱，希望用钱把复杂的关系简单化，把不清不白的界限划清楚，但是她偏偏以各种各样的名义不收他的钱，从而把简单的关系给搞复杂了，把清清白白的界限给抹掉了。

上海的天又晴了。陈元带着余发水，踏着旭日的阳光来到了公交车站，指着站牌告诉余发水，先坐几站公交车，然后再换乘几站地铁。说着，公交车来了，余发水说，舅舅你呢？不上班吗？陈元说，我要去陪麦子。余发水说，我也想陪麦子，等我拿了被子就回来。在公交车启动的时候，陈元回头叮嘱了一句，小心点。

陈元的电话响了，他的心一惊。

在清早，他最不担心的是小青，小青的烦恼多数都在晚上，睡一觉醒来基本就恢复了。如果是小青打来的电话，无非是做了一个噩梦，或者有小麻雀撞进了家里，为诸如此类的小事儿朝着自己发发哆而已；如果是麦子的电话，应该是醒了，睡不着了；如果是单位的电话，肯定有什么意外发生了。

陈元心慌地接通电话，果然是长头发贾怀章打来的。贾怀章说，陈元你在哪里？陈元说，还能在哪里？当然是在被窝里。贾怀章说，那赶紧起来吧，有一家幼儿园出事了。陈元说，我正想请假，我感冒发烧了。贾怀章说，你就瞎编吧，我听到声响了，很明显你在大街上，昨天的账还没有跟你算，派你干的那个活儿，你怎么跟我说的？说是假新闻对不对？人家报纸怎么发出来了？陈元说，人家什么时候采访的？线人与当事人一直和我在一起，他们除非在写小说。贾怀章说，人家采访的是派出所，不过他们做得太臭了，白白地糟蹋了一个好话题。

陈元说，不瞒主编，我家来客人了，人家是从外边来的，我得带人家转转吧？贾怀章说，外边是什么地方？是法国美国还是英国？陈元说，你猜对了，是法国的，我得趁机宣传宣传上海，如果人家对上海有好感，万一要来投资的话，我就推荐投资我们报纸。贾怀章说，你不是发烧了吗？我看你是烧糊涂了，你编瞎话也不长脑子，我们的报纸是国家的，这个领域还没有对外开放晓得吗？陈元笑着说，谁让我们报纸那么穷，我这不是穷疯了吗。贾怀章说，杨浦有一家幼儿园的保安，把一个小女孩给猥亵了，你如果还有一点社会责任感，就赶紧给我去现场。

陈元说，幼儿园都放假了，不会又是假新闻吧？贾怀章说，你别再拿假新闻搪塞，那个保安侵犯的不是幼儿园的孩子，而是对面菜市场一个摊主的孩子放假来上海玩，让畜生趁机给糟蹋了。陈元心里咯噔一下，顺口骂了一句"畜生"。他本来打算去接麦子，带她去登东方明珠，麦子第二次到上海，再不登一次东方明珠恐怕是说不过去的。

陈元的计划只能推迟了。他加快脚步，向小扬州按摩房奔去。按摩房在十一点才会开门营业，所以玻璃门是从里边锁着的。陈元拍了拍门，有人迷迷糊糊地说，哪有清早营业的？天黑了来吧。陈元向门缝里边看了看，想喊叫一声麦子，又想喊叫一声小渭南，最后还是算了。他必须尽早赶到杨浦去。

猥亵案其实并不稀奇,作为记者什么乌七八糟的都见过,但是陈元从未有过地气愤。当他来到幼儿园的时候,现场已经被围得水泄不通,他挤进人群,朝着三十来岁的一个保安上去就是一巴掌。他一巴掌下去,刚刚还乱哄哄的现场一下子就鸦雀无声了。保安被打蒙了,擦着嘴边的血迹莫名其妙地说,你打我干什么?陈元说,打的就是你这个畜生,六岁孩子你也下得了手?保安委屈地说,是你家孩子对吧?但是你认错人了,我不是那个畜生,畜生已经被抓走了。陈元说,那你们还在这里干什么?保安说,他们是看热闹的,我是来维持秩序的。

陈元在派出所见到了那个保安。他是本地人,五十岁左右,穿着一身制服,头上戴着一个大盖帽,如果不看肩章的话还以为是一个警察。据警察介绍,前一天下午,有一个小女孩隔着幼儿园的铁栏杆问那个保安,那是什么?他说,那是木马。小女孩说,木马是干什么的?他说,木马可以转圈子,你想进来吗?于是他把小女孩给放进去了。

陈元一边采访一边又有了扇人的欲望。他不明白自己为什么如此冲动,他感觉受伤害的不是别人,而是自己的女儿麦子。

采访结束,已经十一点多了,陈元回报社的路上,给小渭南打了一个电话,说自己去杨浦了。小渭南说,那边有个森林公园,为什么不带着我和麦子呢?陈元说,我又不是游山玩水,麦子怎么样了?小渭南说,麦子好着呢,这丫头嘴巴甜得很,她现在不叫我阿姨,你晓得叫我什么吗?陈元说,不会叫你姐姐吧?小渭南说,她叫我干妈,我看呀,最好把干妈都省掉,直接叫妈算了。

陈元是黄昏的时候交完稿子赶回小扬州按摩房的,远远地就能听到麦子叽叽喳喳的声音,果然一会儿说,干妈呀,你教我吧;一会儿说,干妈呀,痛不痛?陈元顺着声音走去,发现包厢是不封闭的,门上安装着一块透明玻璃,包厢里边没有任何窗户,不管白天黑夜都开着昏暗的灯,墙上挂着一台电视机,在播放林美美被抓之后的新闻,林美美穿着囚服一脸憔悴地说,有些人不管花多少钱也想跟我睡一觉,镜头不时地被切换成了林美美搔首弄姿的画面,包厢里的一张沙发上,半躺着一个四十来岁的秃子,他半闭着眼睛,像睡着了似的,两只脚泡在热气腾腾的水桶里，小渭南背对着门，坐在秃子前边，正在给秃子揉腿，麦子也背对着门，则站在小渭南背后，认真地在给小渭南捶背。

陈元在推门而入的时候，他的手一下子僵住了。

他突然发现，当小渭南从脚踝一路朝上，揉到秃子的大腿的时候，秃子一把抓住了小渭南的手。小渭南无声地甩开了他的手，但是秃子不依不舍，再一次死死地抓住小渭南的手，按在自己的某个部位上。秃子说，它忍不住了。小渭南把手抽开说，让它去死吧。秃子说，它快吐了。小渭南说，你别恶心了。秃子说，你帮帮它吧。小渭南说，我给你换人吧？秃子说，我是冲着你来的，刚刚打麻将赢钱了，我给你加钱好不好？小渭南说，有钱就了不起吗？我今天不方便。秃子说，是雪碧吗？我就喜欢雪碧。小渭南说，我给你换人，肯定比我漂亮，而且比我年轻。秃子说，你背后不是现成的吗？小渭南十分生气，回过头对麦子说，麦子你先出去一下。麦子说，干妈呀，我是不是把你给捏痛了？秃子说，小姑娘你来给我捏捏，我不怕痛。

小渭南在回头的时候，看见了包厢外边的陈元。陈元没有听清，但是似乎明白了什么。当他冲进包厢，把麦子扳过来的时候，发现眼前的这个麦子已经不是原来那个麦子了——十几个小时之前，麦子还穿着一件黑棉袄和一双黑布鞋，梳着一根马尾辫子，仅仅隔了一天一夜，她却涂上了紫色的口红，装上了长长的假睫毛，画上了浓密的眼影，涂上了银色的指甲油，尤其是马尾辫子不见了，整个头发松松散散地披在肩头，打扮成了一个披肩发。

陈元拉着麦子气呼呼地退出了包厢。小渭南一边追一边说，秃子让我给他按摩，你不会吃醋了吧？陈元不吱声。小渭南说，麦子的妆是我化的，难道你不喜欢吗？陈元仍不吱声。陈元把麦子推到了镜子的面前，小渭南也站到了镜子的面前，指着镜子里的自己与麦子问陈元，你看看我们两个是不是很像？她们都以为麦子是我亲生的。

陈元想，真是太像了，涂着一样的口红，涂着一样的指甲油，画着一样的眼影，装着一样的假睫毛，而且散发出相同的化妆品的气息。

正因为她们太像了，才让陈元感到害怕。

麦子不晓得陈元为什么生气，难道因为自己认了干妈？还是自己要了别人的钱？麦子掏出三百块钱说，这是干妈给的，我认阿姨做干妈了，干妈正在教我按摩呢，等我学会了就可以出来赚钱了。陈元再也忍不住了，夺过那三百块钱，扔在小渭南的怀里，说你没有见过钱吗？你晓得这钱从哪里来的吗？

陈元拉着麦子离开了。麦子回头看了看，小扬州按摩房的灯箱广告闪耀着，让人看不清是什么字，但是可以看清小渭南，木木地坐在沙发上，低着头在玩手机，好像与麦子他们并不认识。

陈元没有带麦子回出租屋。他远远地看了一眼那扇黑洞洞的窗户，明白卖菜的王北瓜、搞装修的周螺丝、卖猪肉的张排骨他们还在一如既往地躺在床上，甚至是躲在被窝里，激动而又绝望地谈论着女人。如果不让他们谈论女人，又能让他们怎么办呢？让他们谈论不断上涨的菜价吗？让他们谈论有毒的木地板吗？让他们谈论那些注水的猪肉吗？这些，对于他们来说，远远没有比谈论女人更加迫切。

何况这是夜晚，是城市的夜晚。

陈元带着麦子直接去了巷子深处的汉庭酒店。麦子在酒店房间里转了一圈，摸了摸白色的墙壁，摸了摸白色的厕所，摸了摸白色的床单。麦子说，这就是酒店吗？好干净啊。陈元真想说，白色不等于干净，那雪白雪白的地方恐怕更不干净，你不晓得睡过什么人，不晓得他们都干了什么事儿，被子和毛巾是不是消过毒。人们对这里的雪白是恐惧的，是极度不信任的，所以住酒店的时候，应该自备牙刷与毛巾。

陈元还是沉默了。他把水龙头打开，让麦子洗把脸准备睡觉。麦子洗去了口红，脱掉了假睫毛，刮掉了指甲油，又绑了一个马尾辫子。看到麦子全部恢复原样的时候，陈元一下子笑了。陈元说，这才是我们家麦子。麦子说，我什么时候不是我们家的麦子？陈元说，刚才，就刚才，我都认不出来了，还以为被人给换掉了呢。

麦子实在太累了，倒床便睡着了。她睡着的时候仍然发出了磨牙声。

那天晚上麦子的磨牙声比任何时候都要厉害。

VII 一起回家

腊月二十五，上海的天还是晴的。

陈元拉着麦子来到中春路新龙路的星光酒店，在门前的停车场上，拖着大包小包的乘客已经陆陆续续地爬上了一辆银色的大巴。陈元与麦子刚刚坐上车，售票员就跑过来说，先把票买了吧。陈元说，我们两个人多少钱？售票员说，孩子超过了一米三，所以也是全价，总共五百六十块。

看到麦子，售票员愣了一下，说你不是几天前刚来的那个小丫头吗？麦子说，你不是那个山羊胡子吗？你还认识我吧？山羊胡子说，怎么认不识，你又没有变，还是马尾辫子，你差点就被人拐跑了吧？麦子说，有我爸爸在，谁敢呀。山羊胡子冲着陈元笑了笑说，你就是大名鼎鼎的陈记者啊？就凭你这个光头恐怕也没有人敢动这丫头的歪脑筋了，这样吧，我给这个小丫头免票，你一个人给我两百八十块，你以后在上海罩着我们一点就行了，免得我们在外边受人欺负。

山羊胡子指了指停车场看门的那个老头子说，你看看那个老东西，动不动就要我买烟给他抽，红双喜还嫌差，非得要中华，我在这里停车一个月，塞给他的烟钱也有好几百块。

山羊胡子又问麦子，我记得你叫麦子对吧？东方明珠、外滩，还有豫园，哪里都是好景色，你怎么不多玩几天？麦子说，这次是专门来接爸爸回家的。山羊胡子说，我们天天向上海发车，都是一条路走到黑，人家说楼有一百层，我们连看一眼的机会都没有，麦子你说说上海到底怎么样？麦子说，上海很干净。麦子正在剥一个橘子，橘子皮从窗口落在外边的马路上，她赶紧下车把橘子皮拾起来，扔到了垃圾桶里。

陈元想，麦子如此文明，会不会是小渭南教她的呢？

大巴缓缓地启动了。麦子不停地回头，看看后边的那家酒店，再看看那家芭比馒头店。大巴刚刚驶出院子，就被人给急急地拦住了，上车的不是别人，正是气喘吁吁的小渭南。麦子十分高兴地说，干妈你怎么找到这里来的？小渭南说，是你爸爸告诉我的。陈元说，我什么时候告诉你的？小渭南说，你告诉王北瓜他们三个，他们三个再告诉我，不等于是你告诉我的吗?

山羊胡子跑过来问小渭南,你走不走?走的话我给你腾一个位子坐下来。小渭南问麦子,你想不想让干妈去塔尔坪?麦子问陈元,干妈可以和我们一起回塔尔坪吗?陈元低着头没有吱声。小渭南失望地说,麦子你一路小心一点,然后眼泪巴巴地下了车。

在下车的时候,她把一只白色的布娃娃扔给陈元,朝着麦子说,其实我是送布娃娃来的,你昨天买给爸爸的礼物,怎么就忘记了呢?

陈元抱着布娃娃忽然想起了小青。布娃娃是麦子想送给小青的。陈元想,应该给小青打一个电话,告诉她自己要回陕西了,但是他掏出手机,仅仅按下了三个数字,又把手机收了起来。他不晓得如何向小青解释自己的不辞而别,更不忍心听到小青那孤单而无助的声音,毕竟几天之后就是新年了。他这一走,只剩下小青与她妈相伴,过完年她妈肯定要回苏北,把小青一个人留在上海,留在一个看似繁华实则虚无的世界上。

捌回

家书－回光

二〇一四年，冬天，上海，父亲。

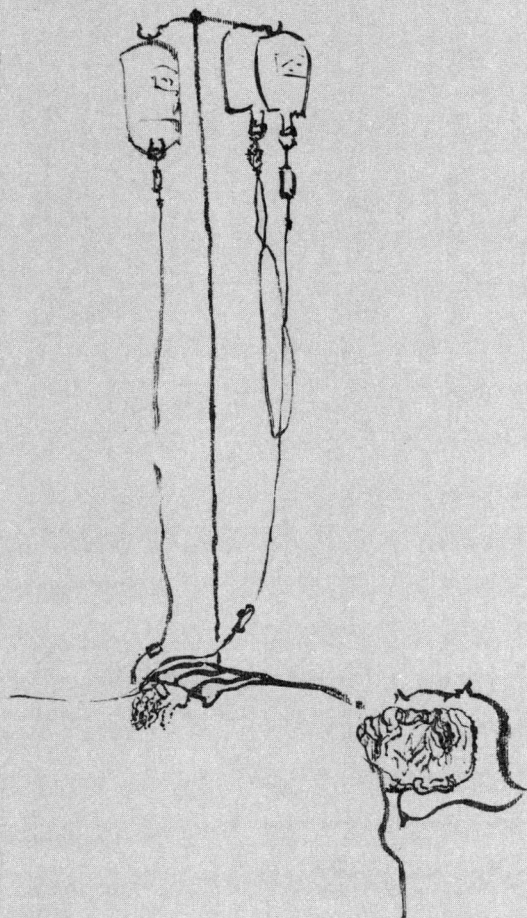

I 迟到的信

女儿麦子让陈元太意外了，也可以说是太神奇了。

二○一一年十二月二十一日，麦子寄出去的信在经过差不多三年时间之后，竟然被送到了陈元的手中。三年，一千多个日日夜夜，即使不是一封信，而是几只蚂蚁——麦子在信中提到过几只跑步的蚂蚁，如果它们从她们丹凤县中学出发，差不多也到上海了吧？

那个冬天，父亲陈先土生病住院了，陈元为了照顾父亲，好久没有进过报社了。那天下午，当他走进报社的时候，就发现麦子的信静静地躺在桌子上。他四处打听是谁把它送过来的，最后保安告诉他说，是一名建筑工人，他说他在上海中心大厦的工地打工，那封信是他在工地上突然发现的；他说寄信人和收信人的名字和地址都模糊不清了，所以他只好把信拆掉了，他在信中发现寄信人的名字叫麦子，收信人的名字叫陈元，可能是一名报社的记者；他说他买了十几份报纸，果然在一家报纸上看到了陈元的名字，于是赶紧就送过来了；他说如果不是陈元的信，请暂时存放在这里，过几天他会把它取走，再想办法送到别的地方去。

那封信外边，又套了一层，而且缠满了胶带，上边贴着几张小纸条，写着地址不详，查无此人，等等。如果形容一下那封信的情境，陈元感觉它像一名打了败仗的战士，或者一名乞讨回家的流浪汉，衣衫破烂，面目全非，神情哀伤，但是那发黄的信纸透出了一丝幸运。

陈元于是铺开几张白纸，开始给女儿麦子回信。说是回信还不如说是倾诉，因为在这个世上，能够听他倾诉的亲人已经不多了。

II 一片叶子

麦子，我写这封信给你，回答你什么问题已经没有意义了，毕竟在三年之间变化太大了。比如你从十三岁长到了十六岁，从初一读到了高一；比如你来过两次上海，你哆来过三次上海。但是最大的变化，不是你在长大，也不是你哆在苍老——对于生命而言，长大是幸运的，苍老也是幸运的。其实，最大的变化，是你哆，第三次来上海了。

爸爸惟一想告诉你的，是你哆在临走之前……

按照医院的检查结果，你哆是过不了这个冬天的。

你哆被确诊患了肝癌。所以，他第三次来上海仍然不是自愿的，而是趁着他处于半昏迷的状态，我悄悄地把他拉过来住进了光明医院。当他从光明医院睁开眼睛，问自己在什么地方，我说还能在什么地方，当然在塔尔坪呀。你哆一下子拔掉了针管，说你又哄我了，塔尔坪有医院吗？有白色的被子吗？有白色的窗子吗？有那种白色的树吗？你哆每次从昏迷中醒来都会抬起手指着窗外，嘟哝着说，我要回去了。

你哆抬起手画出的那条弧线是倾斜的，顺着倾斜的弧线望过去，有一棵在上海这座城市司空见惯的法国梧桐。

有一次，你哆又吵着要回去，我把他从病房里接了出来，但是刚刚来到出租屋下边，他就生气地走了。我告诉他，房子是不是租的并不重要，重要的是儿子住在里边，儿子住在里边就是儿子的家，儿子的家就是他的家。你哆说，那不是家，我的家在塔尔坪，埋着你哆你奶你妈你后妈，还有你哥你大伯你小佬的塔尔坪，以后我说要回家的时候，肯定是要回塔尔坪。我说，你不是说，哪怕化成一把灰，和儿子在一起就很开心吗？你哆说，人的想法是会变的，在塔尔坪的时候想儿子，在上海的时候又想塔尔坪，所以呀，我一旦死在外边，你一定要把我运回去。我说，我可以答应你，人家医院不允许呀。你哆说，医院为什么不允许？我是塔尔坪的人，按照塔尔坪的规矩是不用火化的。我说，你为什么怕火化？火化有什么不好吗？你哆说，什么东西被火化了，不但分量没有了，而且养分也没有了，塔尔坪东边有一块自留地，你还记得吧？我说，怎么不记得，在九龙山下边，河水流到这里就不见了，从背面流出来的泉水冬天还冒着热气。你哆说，还有什么？我说，还有你栽的柏树和核桃树。你哆说，难道就没有别的了？我说，还有你的墓。你哆说，当年我找阴阳先生看过，说那里是风水宝地，建墓能旺子孙后代。我说，墓建好都十几年了吧？你哆说，如今我把其他的，也都预备好了，棺材在院子里，老衣挂在阁楼上，还有两缸柿子酒埋在几棵泡桐树下边，我到时候断气了，你们把老衣给我穿上，然后放进棺材里，把柿子酒挖出来，请几个负重的，把我抬出去就行了。

我生气地说，说那些不吉利的干什么？你有本事自己躺到棺材里，自己钻到墓里去算了，我也省得回去了。你嗲说，你以为我不行？我就是怕麻烦你。

我当时还写下了一首诗：

> 他仅剩最后一点力气一束光的时候
> 不写遗书，不交代后事，也不挣扎
> 而是挖好墓穴，缝好老衣
> 酿好柿子酒供送他的人饮用
> 他几十年前就在身边种下了树
> 磨好了斧子，调整好了心情
> 要给自己打棺材
> 随时准备亲手把自己埋掉
> 然后再以一根草的形式从头再来

你还记得小青阿姨吗？小青阿姨她爸是苏北人，在当地一家造纸厂工作，户口关系一直都在苏北那边，但是小青和她妈已经把户口关系都迁回了上海。小青她爸去世之后，自然被埋在了上海，那个墓园在青浦地区，名字叫长寿园，也叫人文纪念公园，不仅仅是用来祭拜的，还可以去那里逛逛，像逛公园一样高高兴兴。小青她爸祭日的那天，我陪着小青去长寿园上坟。正好，你嗲的病情稍微好转，勉强可以下地了，我就带着你嗲一起透透气，想顺便给他选一块墓地。我告诉他的意思有两层：一是小青她爸也是外地人，随着女儿乖乖地埋在了上海，一家人好坏还是团圆的；二是那里小桥流水，比人活着的时候还要漂亮，埋在那里的话仍然能够晒到太阳。但是你嗲来到长寿园之后，与我的想法是不一样的。我说，爹呀，你看看，不但有草有树有河，还有一块石碑，上边贴着自己的照片，写着儿女的名字，再过一百年也看得清清楚楚，关键是这里的太阳比其他地方暖和多了。你嗲说，左右一个人都不认识，花花草草的也不认识，把人埋在这里太孤单了。我说，百年之后，你们不埋在这里，孤单的就是我们。你哆说，你孤单什么？你还有小青，你以前到处跑我管不了你，你以后埋在哪里，和谁埋在一起，我也管不了你，因为你有你的根，我也有我的根，我的根在陕西塔尔坪，塔尔坪有黄黄的麦子，有绿油油的包谷，多好看呀！这里有什么？什么都是空的，埋在这里，人的身上是会痒痒的。

你哆又补充了一句，人死了是要还魂的，如果你把我埋在上海，我的魂还要回塔尔坪，像你每次回去一样，来来回回的，多折腾呀。

有一次，你哆从光明医院偷偷地溜掉了。你哆说，既然医院不允许运尸体，总允许运病人吧？在我断气之前先回去算了。其实，在你哆三番五次昏迷过去的时候，光明医院给他下的结论是"尽尽心"，所以我也产生过同样的念头，干脆把他送回去，但是他的心脏还在跳动，作为儿子我怎么忍心呢？

我安慰你哆说，你安心看病吧，我答应你不就行了吗？你哆说，你有什么办法吗？我说，我可以把你放在麻袋里，当成一麻袋麦子背出去。你哆说，你又糊弄我，城市里只有面粉，哪里有麦子？我拍了拍你哆的手说，你这个老头子还挺狡猾的，那就说是面粉行不行？你哆说，面粉是软塌塌的。我说，那就说是衣服。你哆说，只要能把我运出去，你说是一头猪也行，猪死了不用火化吧？我说，那要看什么猪，如果是得瘟疫死的，照样不可以私自处理。

你哆又孩子似的问，回塔尔坪走不走南阳？我说，坐飞机从天上走，坐火车从西安走，只有坐汽车是走这条线的，顺着三一二国道下去，过了江苏南京和安徽合肥，必须经过河南南阳，才能到陕西丹凤。你哆说，真的经过南阳？我说，你想去南阳对吗？你哆说，年轻的时候，我们帮人家往南阳挑东西，走到半路上我腿肚子抽筋，没有去成，陈先株呀陈先水呀马铁匠呀，他们在南阳玩了两天，笑话了我一辈子，前几年我告诉他们说，南阳有什么了不起的？等以后我不但要去南阳，还要去上海和杭州。我说，是呀，杭州多漂亮呀，可以去西湖上边划船，你喜欢看老戏《白蛇传》，白蛇与许仙就在西湖划船的时候认识的，那条妖精如今还在雷峰塔下边压着。你哆说，假的吧？我说，当然假的，传说而已，你好好养病，等身体好点了，我带你去西湖。你哆说，杭州比不上上海吧？上次从上海回去，我告诉他们几个，哪里都不如上海，我儿子上班的地方比塔尔坪的山都高，把天都戳破了，伸个懒腰可以捉住月亮，我没有吹牛吧？我说，爹你有点吹牛，但是我们报社的那座楼也有二十四层，抓住一两片云彩还是不夸张的。你哆说，我说了他们死活不信，要我拿照片给他们看，我哪来的照片呀？

你哆第一次上东方明珠的时候，我竟然忘记给他拍照片了。

如今我在上海的生活仍然是漂浮着的，但是毕竟有一份相对体面的工作，有一个比较安定的女朋友小青，有一套真正属于自己的房子，不久后就会交到自己手中。在你哆身体好的时候，我是这样想的，等自己安定下来了，别说什么南阳、杭州和上海，有机会还要带他出国走一趟。但是，但是偏偏就在这个时候，你哆却突然走了。

我记得非常清楚，那天是立冬之后，你哆再一次从昏迷中醒了过来，我照例为他准备了红薯糊汤，这是他没有昏迷的时候勉强可以吃下去的东西。你哆看见我提着红薯糊汤走进病房，忽然从病床上坐了起来，住院那么长时间，他很少有那么大的力气。当我盛出一碗红薯糊汤，拿起勺子准备喂他的时候，却被他夺了过去，自己就吃完了。我说，再来一碗吗？你哆点点头，说这是红薯糊汤吧？我说，你不认识红薯糊汤吗？你哆孩子一样地笑着说，真好吃。

刚刚在楼下碰到医生，他还安慰似的对我说，也许还有奇迹。

我想，也许真的出现了奇迹。

几年前卢湾区被并入了黄浦区，就把这家医院改成了光明医院。光明医院位于一个老式弄堂里，被几座大楼前脚跟着后脚地包围着，除了中午还有一些"光明"之外，一早一晚只有反射下来的光。早上八点多，小青与往常一样，在上班之前顺便来了一趟，她示意我去病房外边说话。病房外边有几盏灯坏了，阴影不明白从什么地方拥了进来，把狭长的楼道布置得像一个夜晚，加上两边摆满了临时床位，随处都是针管子与呼吸机，所以不仅仅是阴暗实际上还有一些黑暗。

在楼道的尽头，小青说，你没有感觉到什么吗？

楼道尽头有一扇窗户，外边的太阳彻底被挡住了，但是有几束反光晃得人睁不开眼睛。小青指了指反光说，爹的眼睛像不像两只灯泡子？钨丝要断的时候反而更亮了。我说，我觉得像手电筒，他刚刚吃完两碗红薯糊汤，相当于换上了新电池，他的病好像有转机了。小青说，那会不会出现奇迹呢？我说，连医生都说会有奇迹的，你就放心上班去吧。

我回到病房，发现你哆自己下床，低头在找着什么。我说，爹你找什么？你哆说，我找袜子还有鞋子，我的袜子还有鞋子呢？我说，都在你的脚上呀。你哆说，我把自己的脚给忘记了。我说，爹你要出门吗？你哆说，我看外边有太阳，你带我出去走走行吗？我说，你是想晒太阳还是想逃跑？你哆说，我为什么要逃跑？我是犯人吗？

你哆第一次没有吵着回家。我说，你吃得消吗？你哆说，我现在有劲了，东方明珠还有你们报社，你带着我去逛一圈行吗？我说，我就怕你吃不消呀。你哆说，你不带我是吧？那我自己去。

立，表示自此开始；冬，是终了的意思。立冬之后，说明冬天已经开始了，那棵法国梧桐上的少部分叶子已经发黄，随着突然刮起来的一阵大风，其中有一片叶子落进了窗内。

我把那片叶子捡了起来。

III 第二次远望

我把你哆的病服脱下来，为他换了一件棉袄，系了一条红围巾，戴了一顶帽子。在下楼的时候，我蹲下来，想背着你哆，被他躲开了。我说，我这辈子还没有背过你吧？你哆说，我也没有背过你。我说，我小时候是谁背的？你哆说，你妈，你姐，大部分都是你姐背着你。我说，看戏的时候不是你背的？你哆说，你还记得看戏？我说，当然了，《卷席筒》，《屠夫状元》，我不骑在你脖子上看不见呀。你哆笑着趴在我的背上，在穿过光明医院的时候，医生问，你们干什么去？我说，上厕所呀。医生说，楼上不是有厕所吗？我说，楼下干净一点。护士问，你们干什么去？我说，他想去院子里透透气。护士说，外边风大，小心着凉。我说，穿着棉袄呢。病人问，你们干什么去？我说，他想逛街，我带他去逛逛街。大家听了都很高兴——病人想上厕所，想去透透气，尤其想去街上逛逛，说明他是有欲望的。欲望可以证明人是活着的。

我也很高兴，把第一个目标放在东方明珠，想顺便去东方明珠给他补拍几张照片。在住院的那段时间里，他耗尽了体力，剩下不到一百斤了，伏在我肩膀上的重量轻得和几件衣服一样。头一会儿倒向左边，一会儿倒向右边；脸不时地挨着我的脸，胡子不时地扎着我的脖子；双脚在我的背上晃荡着，不时地踢我一下又一下。小时候，他背着我看戏，我就是这样调皮地踢着他的屁股，那时候他的屁股肉乎乎的，像安着弹簧，把我的脚像皮球一样弹起来。

我打了一辆法兰红出租车，告诉师傅先四处绕一绕，然后去东方明珠。法兰红第一次遇到主动要求绕行的乘客，所以一边朝东开一边说，我不会绕的。我说，我让你绕你就绕。法兰红说，我从来不绕的，你放心吧。我说，你们这些司机怎么了？平时不让你们绕的时候，你们想尽一切办法绕来绕去，快绕吧。法兰红笑着说，你以为我是傻瓜呀？你们要么是钓鱼执法来的，要么是记者暗访来的，我一绕呀不就上当了吗？我说，你看看我们像记者还是像执法的？法兰红从后视镜里看了看说，你什么都像，老人什么都不像。我说，他是我父亲，我是他儿子。法兰红说，他不是你雇的托吧？我说，托什么托？他生病了。法兰红说，是什么病？我说，是肝癌，所以想出来随便转转，不然就……

法兰红不再吱声，折头朝西，缓缓地开了回来，通过瑞金路一直朝北，顺着石门一路石门二路，然后自北京西路转向陕西北路。

前两次，我都没有给你哆介绍过什么路，但是这一次我一边走一边和他说，上海还有丹凤路，就是我们丹凤县的丹凤；上海也有商洛路，就是我们商洛市的商洛。法兰红说，有这些路吗？我这个老司机都没有听说过。我说，当然有，我专门查过地图，刚才走的叫石门路，人家的石门不是指我们那边的石门，而是指湖南省石门县。你哆突然问，有没有塔尔坪路？我说，没有塔尔坪路，镇呀乡呀村呀，在上海是没有名字的，起码是县级以上的地方，才有资格成为上海人的马路。法兰红说，你是老上海吗？我说，我像老上海吗？法兰红说，不太像，不过你比我们上海人还熟悉。我说，现在走的是陕西北路，两边有好多漂亮的老房子，国民党反动派蒋介石你晓得吧？刚刚经过的那座黄色的小别墅，就是他和宋美龄结婚的地方。

法兰红开到马勒别墅前边的时候，把车靠边停了下来，说你扶老人进去看看吧。你哆说，你在里边上班吗？我说，不是的，原来是私人的房子，现在是一家饭店。你哆说，不是你们单位有什么好看的？我说，里边像童话世界一样，你一辈子还没有听过童话呢，在童话里，鱼会变成女人，南瓜会变成汽车，兔子是会说话的，树是会走路的。你哆说，都是哄人的。法兰红说，我也觉得都是骗三岁小孩子的。

你哆半躺在出租车里，有时候张张嘴想说什么，最后什么也没有说出来。我觉得他应该累了，于是说，下午还要打针吃药，我们还是回去吧。你哆有点责怪地瞅了瞅我说，赶紧去东方明珠！

到达东方明珠的时候，法兰红说，我没有开计价器，老人病得这么厉害，就让我免费地拉你们一趟吧。我说，这怎么好意思？我们两个人相互推让了一会儿，法兰红最后象征性地收了一个起步价。法兰红说，我给你留一个电话号码，要回医院万一打不到车，你们可以再叫我。看着法兰红淹没在车流之中，你哆说，到底是上海，人就是不一样。我说，其实哪里都有好人。

小青打来电话，说你们在哪里？医院里怎么是空的？我说，我们在东方明珠下边。小青说，吓死我了，你们等着我吧。小青坐着地铁很快就赶了过来，从背后拍拍我的肩膀，说你们两个坐在马路边上，看上去挺逍遥的呀，我还以为……小青深深地舒了口气，告诉我说，你哆除了有一些疲惫之外，目光和神情与她爸爸去世之前并不一样，她爸爸去世之前像一只断了钨丝的灯泡子那么恍惚。

小青问，要打电话吗？我说，还是买门票吧。小青说，买几张呢？我说，你，我，还有爹，当然是三张。按照平时，我想上东方明珠之前，只要打打电话，说明几个人，除非蔡经理联系不上，或者出现了别的意外。比如你第一次来上海的时候，因为手机问题找不到蔡经理的电话号码。

不然，接到我的电话，蔡经理都会安排好的。你哆到上海之后的第三天，东方明珠下边有一个沙雕展，蔡经理打电话给我，希望去采访报道一下。我顺便告诉蔡经理，你哆来了。蔡经理说，那我请伯父吃饭，在上边的旋转餐厅怎么样？我说，他是来看病的，吃饭就不要客气了，等他身体好点了，想让他再来转转。

但是现在呢，我改变主意了。我想让你哆以一个普通游客的身份，买一张一百八十块钱的门票，凭着门票从二号门的检票口正正式式地穿过铁栅栏，一级一级地爬上大理石台阶，如果人多的话还要排队，像一条长龙一样绕来绕去。我的想法是，求一下人可以免费，看上去节省了几百块钱，而且满足了自己了不起的虚荣心，但是同时也失去了起码的尊严。

小青又问了一遍，是三张全价票吗？我想了想说，那就买一张打折票吧，超过七十岁是可以享受六折优惠的。我忽然发现，你哆和这个城市之间还是有关系的，起码能够享受一个老人应该享受的优惠。我第一次不是从省钱的角度看问题，而是觉得有必要让他体验一下社会的文明，感受一下和这个城市之间的密切。

我想继续背着你哆，你哆说，让人背着上东方明珠，回去又要被几个老头子笑话了。我说，他们又看不见。你哆说，但是我自己看得见。你哆在我的搀扶下挣扎着站了起来，我感觉他不是在走，而是在慢慢地移动，甚至在缓缓地飘。

我们被检票员拦住了。检票员长着一对小眼睛。小眼睛问，优惠票是谁的？我说，老人的，他七十多了。小眼睛说，身份证呢？门票和身份证必须一起。我把你哆的身份证递了上去，小眼睛看了看身份证又看了看你哆，奇怪地问，怎么像蒙面人似的，外边有那么冷吗？我说，立冬好几天了，而且这么大的风。小眼睛说，不对吧？小青说，他快八十了，牙齿掉光了，头发全白了，有什么不对的？小眼睛说，我指的不是年龄。我说，那你指什么？小眼睛说，我觉得这张身份证不像他的。小青说，为什么不像他的？小眼睛说，眼睛眉毛都不像，你们遮遮掩掩的，身份证不会是假的吧？

因为天气太冷，加上又在早上，来上东方明珠的游客不多，有个白头发的年轻人走上前说，你们多大年纪可以优惠？小眼睛说，七十岁以上。白头发说，你觉得这位老人有没有七十岁？小眼睛说，我觉得有九十岁。白头发说，既然都九十岁了，为什么不让人家进去？小眼睛说，他有没有九十岁，不是我随便说说的，如果随便说说的话，我看你的头发全白了，也可以买优惠票了，所以到底多大年纪，是要看身份证的。白头发说，人家不是有身份证吗？小眼睛说，光有身份证还不行，还必须和本人一致，不一致的话，怎么证明他就是他，你就是你？白头发说，你们是对老人优惠的，又不是对身份证优惠的。小眼睛说，你别和我绕，为了能上去，有用假钱的，有用假证的，还有从铁栅栏上边往里跳的，我们什么没有见过？

你哆的身份证是十六年前办的，那时候他和我一样剃着光头，额角的皱纹不多，眼睛光亮有神，张着嘴巴微微地笑着，还有一排整齐的牙齿。但是如今站在面前的他，嘴巴里没有一颗牙齿，眼睛里总是潮湿的，眼睑耷拉着，随时都会合上似的，尤其皱纹密布的脸，没有丝毫的光泽，而且缩小了一圈，像揉成一团的粗糙的火纸。如果把面前的他与身份证进行对比的话，确实一点都不像是同一个人。

小青说，还是给蔡经理打电话吧。我说，打什么电话呀，你补一张全价票不就行了吗？

当我搀扶着你哆再次来到检票口，小眼睛看到三张全价票之后，就微笑着把我们放进去了。你哆在走进检票口的时候嘟哝着说，这样挺好的！我不晓得是我错了还是规矩错了，反正他与这座城市的关系，似乎一下子正常多了。他每爬上一级台阶就回一次头，只有站在台阶上回头仰望，才能看到金茂大厦及环球金融中心的全部，那些安装在天上的玻璃总让人误以为自己与天堂近在咫尺。

往日的长龙不见了，有几十个人排在异常空旷的通道里等着高速电梯。在人满为患的上海，吃饭排队，上厕所排队，磕头下跪也是要排队的。为了排队争争吵吵也是常有的，但是面对你哆，排在后边的人说，你们去台阶上歇会儿吧；排在前边的人说，你们插在我们前边吧。高速电梯还没有来，我们坐到了旁边的台阶上，又有工作人员走过来关心地问，你们是可以走贵宾通道的。大家纷纷谦让，如此宽容友好，是同情老人呢，还是感动于无常的人生？

我突然意识到，自己确确实实地被歧视过被排挤过，但是有一部分歧视会不会是自身的因素造成的呢？多年以来，我干了许多不本分不守规矩的事儿，进公园，买东西，坐火车，总会亮出自己的记者身份。

比如在医院看病，挂号要让同事打招呼，照 B 超拍 CT 也要找后门，你哆住院之后，有一次需要抽血化验，我直接找到医生，说自己是某某报社的，希望照顾一下。医生批评我说，你是报社的？报社记者就不用排队吗？那些病人谁不是过一天少一天啊？！你哆听到那些话，同样对我表示了不满，十分生气地走掉了。

比如上东方明珠，有的是为工作，有的是想来俯视一下这个世界，多数时候是陪着朋友来的。有一天晚上，有一个姓蓝的诗人急匆匆地打电话给我，说想上东方明珠，央求我一定想想办法。我以为蓝诗人激情来了，要去东方明珠上边寻找灵感，所以为难地找到了蔡经理。其实蓝诗人大老远跑到上海，不是出差也不是旅游，而是来见女朋友的。他爬上东方明珠，向一台望远镜里边，接连投了十几个硬币。他来回移动着望远镜，经过十几分钟之后，在一座大厦的身上停了下来，然后高兴地告诉我，他的女朋友就在前边工作，窗子里边的灯还亮着，说明她并没有骗他，她真的还在加班。我没有小青阿姨之前，每一次谈朋友的时候，东方明珠是必到的地方，你晓得为什么要带她们上东方明珠吗？我是想告诉她们一个道理，别嫌弃我个子矮——长得像姚明一样又有什么用处呢？大家站在高处的时候其实都是渺小的。

有一次，我心血来潮，躲在东方明珠上边睡了一个晚上，想体验一下在那么高的地方睡觉是什么感觉。我独自一个人躺在悬空玻璃上，果然做出了不同于平常的梦——平常无论做什么梦，背景全部都在塔尔坪，有时候在清风明月那个院子里，有时候在门前的那块庄稼地里，而且基本会有你哆。但是，那天晚上，我终于梦见了上海。在梦中，我把那个挎在身上的黑色皮包给弄丢了，里边有身份证和临时记者证，有银行卡和信用卡，有手机以及储存在里边的电话号码。我记得很清楚，皮包不是被人偷了也不是让人抢了，而是忘记在东方明珠三百五十米高的太空舱。我一下子失去了所有的身份，失去了所有可以支配的财富，失去了任何一个可以联系的人，其中就包括东方明珠的蔡经理，所以没有任何办法找回自己拥有的一切。那种空空落落的状态，像一只塑料袋飘在空中，没有力气，没有方向，难以着陆，毫无意义，甚至连跳楼自杀时的那种干脆和痛快都不存在。最后，当我被吓醒的时候，天已经亮了，夜色从悬空玻璃下边散去，那种离地万丈的情绪显得更加绝望。

无论有多少登上东方明珠的理由，却是第一次花钱给自己买票，给小青和你哆买票，这种感觉是十分奇妙的，起码发现自己是有尊严的。

我们来到二百五十九米处的悬空观光廊。原来，我不敢明目张胆地踏上去，总担心脚下的透明玻璃一旦碎裂，就会坠入万丈深渊。我问，爹你怕不怕？你哆说，不怕，也怕。我说，有我在你怕什么？你哆说，你又没有长翅膀。在我的扶持下，你哆从从容容地走上去，没有显示出害怕的样子，也没有显示出不害怕的样子，而是疲倦地坐在悬空玻璃上。

我靠着你哆说，爹呀，你看看下边，那些汽车像不像花大姐？那些人平时一百多斤五尺多高，现在像不像洋辣子？

花大姐和洋辣子的名字是你哆起的，它们是塔尔坪常见的两种虫子。

小青还在边上胆小地徘徊着。我说，有什么好怕的？小青说，你原来也怕得要命好不好！我说，真奇怪，我原来为什么那么害怕？

我想，难道是你哆壮了我的胆子？那上次呢？上次和他在一起，为什么没有胆量呢？两次之间如果有差别的话，差别就在于死亡离我们近了，没有死亡的时候我们害怕死亡，有死亡的时候我们还怕什么呢？面对几百米高的虚空，任何一个有希望的人都不会如履平地。

其实我是装作很大胆的样子，来鼓励别人向前看，不要看自己脚下，不要想象坠落的后果——人很多时候是自己在吓自己，或者说是希望吓到了自己。

你哆迷茫地甚至是冷漠地看着下边——也许不是迷茫和冷漠，而是一种麻木。悬空玻璃下边是上海最发达的陆家嘴，形形色色的汽车在大转盘上跑着，像一个滚动的大铁环。我把你哆扶到大铁环的中央，朝怀里揽了揽，眼泪哗哗地流了下来。小青掏出手机说，我给你们拍几张照片吧，可惜的是忘记带照相机了。

有一位年轻的游客，脖子上挂着一台佳能，佳能说，我帮你们。佳能咔嚓咔嚓地拍了几张也不满意，说你能整理整理衣服吗？我替你哆整理了一下帽子和围巾。佳能说，不光是老人，还有你自己，好多天没有洗衣服了吧？你哆替我拉了拉衣领，说这些天为了照顾我，衣服领子都黑了。小青说，爹你不晓得，他不照顾你，领子也是黑的。佳能问小青，你们不是一家的吗？上去合影呀。小青笑着说，我是他们家的保姆。

小青糊里糊涂地踏上了悬空玻璃，蹲在你哆旁边拍完了照片，然后大叫一声，我的妈呀！我是怎么上来的？我说，你是闭着眼睛上来的。小青说，我闭眼睛了吗？我的眼睛从来都是睁着的。

我没有看见小青睁着眼睛，并不代表小青的眼睛就不存在。一个人在这里闭上了眼睛，不见得在其他地方也闭着眼睛；一个人在这里倒下了，可能从另一个地方爬了起来。在此时此地他是我的父亲，在彼时彼地也许就是一根小草；在此时此地她是我的女朋友，在彼时彼地也许就是一盏灯或者一滴水珠。

我扶着你哆回到二百六十三米处。我没有再给他介绍外滩，因为他上次说过，太旧了，应该拆掉了。我指了指其中的海关大楼对他说，大钟表看到了吧？小时候，有一张年画贴在我的床头，上边印的就是这个大钟表。正说着，伴随着一曲《东方红》的旋律，钟声当当地敲响了十一下。我扭头看了看他说，中午十一点了。

我不记得上次都给他介绍过什么，所以我指着南京东路说，那就是十里洋场，原来是跑马的；我指着外白渡桥说，原来洋人过桥是免费的，中国人过桥是要收费的。我指到陈毅雕像的时候，提醒他说，记得了吗？我上小学三年级的时候，听说有一个大元帅叫陈毅，于是我把名字改成了陈元帅。你哆说，你现在还叫陈元帅吗？我说，叫了十几天，早就改回来了，现在叫陈元你忘记了吗？我还指着黄浦江说，水朝哪里流看不清对吧？实际上它是从外滩朝外白渡桥的方向流的，再流十几公里就是长江。我拉起你哆的手，指着一道伤疤说，当年我们一起烧炭，你砍破了自己的手，流了好多血，你晓得血都流到哪里去了吗？都顺着我们家的那几条小河一直流到上海来了。你哆说，我们一起烧过炭？我说，按照你的说法是给树洗澡。

你哆没有像第一次那样问来问去，他似乎什么都不记得了。

小青又提到了汤臣一品，说是上海最贵的房子。我说，你已经显摆过了。小青说，你怎么赖在我的头上了？记得当时你笑话爹，一辈子积攒的五万块钱只能买屁股大的房子。我说，我的意思不是房子，是让爹不要老想着存钱，那房子再贵有什么用，听说里边都是空的。小青说，确实是空的，传说有一对小夫妻买了一套，在里边结婚之后，每天晚上过了十二点，就听到有人在门外边吵架，一会儿为出轨，一会儿争房产，一会儿闹离婚，吵得不可开交，但是开门一看，根本没有人，似乎是闹鬼了，闹了一年多时间，那对小夫妻果然就离婚了。

说到结婚，正好来到国际会议中心前边，小青指着一个蓝色的玻璃球说，这叫国际会议中心，美国的克林顿、俄国的普京，都在这里开过会，我也在里边开过会。小青转向我说，我们在里边结婚吧？我说，除非现在，立即，不然想都别想。小青说，爹，你看看他，不是我不想结婚，是他不愿意和我结婚。我说，你是想和我结婚吗？你是想和下边的桌椅板凳结婚，在那里结婚摆十桌子酒席，起码需要十万块，我把自己杀掉也拿不出那么多。

你哆笑了笑说，人家小青想放在哪里都不过分，你们真要结婚的话，钱我给你们出一半。你哆说着，从棉袄里摸索了一会儿，掏出一个塑料袋子递给我说，是时候交给你了。

那是他一辈子的存折。他总是把它们放在最贴身的地方。有一次，有一位医生要听心率，刚把听诊器靠近存折的时候，就被他一下子给挡开了；还有一次，他从昏迷中醒过来的第一反应，就是伸手去摸摸自己的口袋，以确认它们的存在。

我生气地说，爹你赶紧装起来。

你哆又递给小青，小青说，爹你这是干什么呀？我刚才是开玩笑的。

经过望远镜的时候，我投入了一枚硬币，说今天天气好，爹你用望远镜看看，也许能看到小青的家，旁边拉着高压电线，外墙贴着红色瓷砖，楼顶上一闪一闪的，那是避雷针。来到陕西省西安市的箭头前，我指着远方说，顺着这个方向一直朝前走就是塔尔坪，从塔尔坪再往前走两三百公里就是西安，上海到塔尔坪一千多公里，人走路的话需要一个月，燕子要飞半个月，风要吹十天，开车需要一天半，如果是阳光的话不需要一秒。

我们花了四十秒，返回地面，返回零米的高度。

在东方明珠下边，我与小青各吃了一碗面条，而你哆是滴水未进的。按照他的意思，自己早上吃下去的，三碗面条还没有消化。我说，不是三碗，也不是面条，你早上吃下去的，是两碗红薯糊汤。你哆嘟哝着说，那不是一样的吗？

小青下午还要上课，在提前离开的时候，在地铁口遇到一位老人，嘴里咕咕嘟嘟地念着阿弥陀佛。她从身上掏出五十块钱递了过去，并在消失的时候回过头担忧地对我说，你们小心一点。

IV 儿子的位置

天气少有的晴朗，这种冬天的晴朗是上海特有的，大片大片的白云堆在天上——有时候堆在低处，比天空低，比楼房低，甚至比地面还低，似乎已经堆到了地下，所以猛然看上去，整个城市就很高，比白云高，比天空高，不仅仅楼房之间夹着白云，人似乎都是走在白云上边的。这种样子应该很美，很多人都觉得很美，不停地拿起手机拍照。但是，我有一种住在天空之中的不真实，甚至隐隐地感到了一些恐惧。

我打了一辆出租车。司机问，去哪里？我说，去光明医院。你哆说，去哪里？！我说，回光明医院呀，你身体稍微好一点，我们得回去打针吃药，等有机会我们再出来。你哆说，今天你就听我的。我觉得奇怪，除了那份疲惫之外，他原有的病痛似乎都消失了，不仅没有看到被痛苦折磨的表情，也没有听到一点点呻吟。

我说，那你说吧，想去哪里？

你哆闭着眼睛有气无力地说，去你们单位看看。

出租车开入延安东路隧道，那是从浦东返回浦西的最佳线路，不但可以体验从黄浦江下边穿过的感觉，如果走出隧道右拐的话就是南京东路步行街。步行街上的永安百货、第一食品、先施眼镜，都是十里洋场有名的商店，如今仍然琳琅满目，既有上海牌手表那样的老古董，又有世界各地流行的时装和饰品。我说，要不要去步行街上转一圈？

你哆像睡着了，也像生气了，并不吱声。

出租车直接开上了延安路高架。高架右边是人民广场，我指着中间那座四方形的火柴盒介绍说，那就是上海市政府，江主席，朱总理，还有习主席，他们都在那里边上过班，有一年国庆节，我被报社派进去开会，坐了三个小时。你别看不起那座楼，外表普通了一点，破旧了一点，但是里边到处都铺着软绵绵的红地毯，每一个水龙头随时一拧都有热水，洗完手往烘干机下边一伸，风就自动把手吹干了；大门口站着岗哨，腰上别着手枪，是二十四小时的，你进去出来呀，他都会立正，敬一个礼给你。我指着西边的上海大剧院说，那里边天天都在演戏，可惜从来不演你喜欢的《卷席筒》；那八根白色大理石柱子，都是从希腊空运过来的，你晓得希腊是什么地方吗？它是一个国家，十年前举办过奥运会，北京奥运会的火把就是从那里传过来的。

你哆仍然闭着眼睛淡淡地问，离我们多远？我说，离我们十万八千里，竟然用飞机运石头，你觉得是不是笑话？我们塔尔坪到处都是石头，而且还有大理石，你用它们铺过台阶，也砌过猪圈对不对？

你哆的脸上没有浮出一丝笑意，也没有像过去那样对陌生的东西好奇地提出疑问。

出租车司机五十多岁的样子，按照行业要求打着领带，穿着一身藏青色的西装，下巴上有一条两寸多长的疤。一道疤说，老人第一次来上海吧？我说，来过几次，他都不愿意出门。一道疤说，上海还是蛮值得逛逛的，前边是延安路立交桥，上三层下三层，晚上灯一亮，像几条大彩虹。我说，是啊，过去经常走，从来没有发现这么美。一道疤说，我开慢一点，让老人仔细看看吧。

　　出租车缓了下来。我继续向你哆介绍说，架在半空的路就叫高架，穿过上海市区的高架主要有三条，外地牌子的车子在早上和晚上是不能上来的，一上来就要被罚款两百块，放在你的身上顶得上几个月的油盐了。所以上海的车牌子，就是车头和车屁股上边挂着的两张铁皮，已经卖到六七万了。一道疤说，上个月接近八万了，如果不限价的话早就超过十万了，而且有钱还买不到呢，你说说这是不是疯了？我说，不控制怎么行呀，车子越来越多，不仅仅堵车，再污染下去，别说 PM2.5 了，恐怕 PM250 都会出现了。一道疤说，你这么替政府着想，是不是上海人呀？我说，不是，但是在上海好多年了。

　　我原来与一道疤一样，总觉得这个社会真是不可理喻的，但是不明白为什么自己的看法突然改变了。我不是想用宽容的方法安慰你哆，更不是想给他一个美好的假象，而是把人世的一切放在他这个走向终点的坐标系中，发现了原本一直存在着的美，有的是无奈的美，有的是反差的美，有的是冷静的美，有的是火热的美，有的是高贵的美，有的是朴素的美，只不过因为自卑的原因，被我一再地曲解了。

　　我继续自言自语地介绍，第一条高架叫南北高架，北边到石洞口，南边到卢浦大桥。第二条高架是从东到西的，因为高架下边的路叫延安路，所以叫延安路高架，就是我们陕西的那个延安，毛主席闹革命的那个延安。东边通向外滩，有沙逊洋行，现在叫和平饭店，刚才报时的那个钟表就挂在和平饭店上边，住一晚上几千块，都值几头猪了；西边是虹桥机场，你上次坐飞机来上海的时候，贴着房子降落的就是虹桥机场。一道疤说，我们现在处于南北高架与延安路高架交会处，当年打地基的时候，工人白天挖出来的坑，晚上自己又长起来了，有人向龙华寺的大德和尚求救，大德和尚在工地上转了几圈，说地底下睡着一条大龙，某年某月某日大龙出游，趁此机会就可以挖下去了，为了不让大龙回来后生气，必须在柱子上雕刻九条龙，工人照着做了，果然顺利地挖下去了，大德和尚因为泄露天机，不久就圆寂了，也就是死了。

　　我告诉你哆，还有一条内环高架，顺着上海市区绕了一圈，有人说像女人的腰带，我觉得更像系得太紧的裤带——我们小时候用麻绳子搓

出来的裤带经常打结，要撒尿的时候解不开，能把人急死是不是？一道
疤笑着说，在上边堵车也会把人急死的，被你这么一说我突然憋不住了。
他把出租车打上双跳灯，停在几条高架的交会处，跑到柱子旁边去了。
我趁机告诉你哆，师傅说的都是真的，我一条一条地数过，确实有九条
龙盘在那边的柱子上，天一黑它们就开始游动。

　　出租车停在报社下边的时候，已经是午饭之后的休息时间，你哆仰
着头说，你就在这里上班？我说，是呀，已经好多年了。你哆说，以前
只晓得我儿子上班的地方很高，但是不晓得具体在哪里，具体是什么样子，
这下我就放心了。我说，我背你去办公室吧。你哆说，从下边看看就行了，
上去人家会笑话你的。我说，笑话我什么？你哆说，笑话我是一个土农
民呀。

　　我上班的那座二十四层的大楼放在上海，没有任何特别之处也没有
任何值得炫耀的，它与其他大部分高楼一样，有许许多多的数也数不清
的窗户，窗户上边安装着蓝色的玻璃，被阳光照射到的时候都有更加刺
眼的反光。麦了你当时站在楼下的时候，即使在没有反光的晚上，照样
把二十四层数成了二十三层对不对？所以，你哆站在楼下看到的，仅仅
是外表，是皮毛，报社到底什么样子，儿子到底坐在什么位置，他坐在
自己的位置上有什么感觉，你哆是根本没有办法想象的。

　　放在原来的话，虽然我以自己有一个农民父亲感到欣慰，如果真要
把父亲带到同事面前那是需要勇气的，我不仅仅害怕人家笑话白纸一样
无知的父亲，还担心人家发现我一直隐瞒着的出身。但是现在，我生气
地蹲了下来。

　　你哆别过身子，嘟哝着说，让你背着上去人家更要笑话了。他自己
蹒跚着走进了大堂。大堂里又是肥嘟嘟的和瘦溜溜的两个保安值班。肥
嘟嘟笑着说，我还以为是上访的呢，这些天上访的人太多了。我说，他
是我爹。瘦溜溜说，你老家是香港的吗？只有香港那边才叫爹地吧？我
说，不是我爹地，是我爹。瘦溜溜说，我们小时候也叫爹，后来全改掉了。
肥嘟嘟问你哆，大爷今天是来视察儿子工作的吧？不瞒你说，你儿子上
管天气下管油盐，没有什么是他管不了的。

我把身份证递了过去，说我就管不了你，让我登记一下吧。肥嘟嘟摆摆手说，陈记者，你还在生气吗？我说，我生什么气？瘦溜溜说，几年前，你带着一个小丫头，不是我们有意要拦着你，是过年期间上边交代的，要求我们提高警惕，加上我们两个又是第二天上班，当时还不认识你。我说，当时面子上是有点过不去，不过我还是很理解的，说明你们是尽职尽责的，万一放上去一个破坏分子那还了得？肥嘟嘟说，现在也有规定，必须填写会客单，但是陈记者谁不认识？我看大爷身体不太好，你们赶紧请吧。

他一边说着一边冲在前边，替我们按好了电梯。

报社在大楼里整整占据了两层，二十一楼是编辑记者办公的地方，二十二楼是广告发行以及后勤部门。整个办公室全是敞开式的，用透明玻璃隔起了几个通透的小房间。我扶着你哆来到二十一楼，因为离编辑上班的时间还早，记者大部分又外出采访了，所以办公室里空空荡荡的。当初我进报社的时候，报社生意兴隆，人丁十分兴旺，各类人员加在一起，有两百多号人，因为座位紧张，于是在一个角落里，给我临时加出一个位子，桌子是量体裁衣的，所以比别人短一点也窄一点，比较符合一个实习记者的身份。后来陆续有人辞职，有许多位子空出来了，主编贾怀章让我换一换，但是我死活不愿意，因为我的位子靠着落地窗，可以清楚地俯视楼下——楼下有一大片石库门的老房子，低矮而暗淡的弄堂里，洗衣服晾衣服的、下棋打牌的、洗头理发的，都一目了然，关键是红色的屋顶上总有成群的鸽子盘旋着。

你哆一走进我们办公室，精神又明朗了起来，津津有味地看着墙上的一块展板。展板上贴着的，有一份要求大家正确用水用电防火防寒的通知，有一份组织大家进行免费体检的注意事项，有一份优秀稿件评选结果的通报，另外还贴着几张参观活动的剪影和一封市民写来的表扬信，旁边挂着好几面锦旗，锦旗上书写的都是"铁肩担道义，妙手著文章"。

你哆说，怎么没有你？

你哆住院之后，也许是同情你哆日子不多了，也许是真正地为了解决我的困难，报社就把过去欠我的年假和探亲假，还有各种各样的法定假日，统统加在一起还给了我，让我好好地照顾你哕。我偶尔回一次办公室，都是为了取快递或者银行账单，根本无心浏览那些无关紧要的信息。

我齐齐地看了一遍展板，果然没有发现自己的一张照片和一个名字。我说，你又不认识字。你哕说，我不认识别的字，你的名字我还不认识吗？

过去，我对表扬信呀新闻奖呀都看得很淡，甚至还嘲笑过锦旗，因为锦旗颜色太艳了，布料和做工都很劣质，绣在上边的字像贴在伤口上的胶布。但是我这个见习记者，对工作还是认真负责的，有许多报道对象对我的感激是记在心上的。比如有一对双胞胎小女孩，叫大大和小小，都得了白血病，家里卖掉房子，治疗大大而放弃了小小，在我准备采访报道的时候，有人提出了不同意见，认为大大小小是外地的，应该向当地媒体和社会进行求助，但是我坚持说，苦难是没有本地与外地之分的，她们既然来到了上海，上海人就有义务体现这座城市的温暖。经过我的报道，市民捐了三十多万，大大小小都被送进了医院。大大小小基本痊愈之后，在离开上海的时候，专门跑到报社，跪在了我的面前。

我扶着你哕，坐在自己的位子上，然后从抽屉里取出几封信。我说，这些你认识吧？你哕说，是信，谁写的？我说，我的女儿。你哕说，麦子写的？我说，不是，除了麦子，我还有另外两个女儿。你哕说，你又哄我。我说，是干女儿，名字叫大大与小小。你哕把信掏出来看了看，有一封信里夹着一张照片，照片的背景是一片果园，稠稠地结满了金黄色的枇杷，两个扎着辫子的小女孩笑得十分灿烂。你哕笑着说，两个丫头一模一样。我说，她们是双胞胎呀。你哕说，信是写给你的？我说，每年好几封，都是感谢信，她们生病住院的时候，我写了好几篇文章登在报上，让大家给她们捐了不少钱。

你哕说，这是积德，以后多积德吧。我每次写文章的时候，心里多多少少确实有这样的想法。我喜欢当记者，哪怕是见习记者，原因是非常复杂的：第一个原因，也是最重要的原因，那就是生存；第二个原因是虚荣心，利用虚荣心保护自己，每次想到自己是记者，我就多了一些底气，就不再自卑了，一旦失去记者身份，恐怕像失去翅膀的小鸟，连悬浮的力气都没有了；第三个原因，就是可以帮助别人，正因为利用记者的身份帮助别人，所以获得了不少人的感激，他们在过年过节的时候，有的寄一盒子月饼，有的送一包茶叶，有的仅仅发短信问候一声，表达着他们的一片心意——只有在帮助别人的时候，我才能感受到自己的存在，才能体会到自己对这座城市的意义。

我说，我就是坐在这里写文章的，爹你坐在上边有什么感觉？你哆说，椅子像弹簧，舒服得很。我说，还有呢？你哆说，墙都是白色的。我说，你再看看窗子。你哆说，窗子和墙一样大，而且好高。你哆指着下边说，那边飞的是什么？野鸡不像野鸡，老鸹不像老鸹。我说，那是人家养的鸽子。你哆说，鸽子有什么用吗？我说，可以送信呀。你哆说，难怪飞得那么快，一转身影子都没有了。我说，古代养鸽子主要是用来送信的，如今养鸽子大部分是为了吃肉。

我给你哆倒了一杯水。你哆说，我儿子出息了，我说你上班的时候坐在半空中，塔尔坪的几个老头子死活不信，他们说只有神仙坐在半空中，不是今天亲眼所见，我其实也不相信。

我指着桌子上的一部黑色的电话机说，我原来就是用它给你打电话的，你也用它打一个电话吧，爹你最想给谁打电话呀？你哆说，最想给你妈你后妈你哥还有你小佬打电话。

我说，这些人都死了。

我不晓得怎么给死人打电话。

我说，你给二姨娘打个电话吧。你哆说，你二姨娘哪有电话？她儿子有手机，但是打过去，她也接不了，如今躺在床上，碗都端不动了。我说，我姐呢？你不想我姐吗？你哆说，其实最想打电话给你姐，一辈子最对不起你姐，说她是被人拐跑的，其实是我放跑的，当时没有东西吃，好多人都饿死了，人贩子说河南那边家家都有十几亩庄稼地，还有好多苹果园，每年粮食吃不完，摘下来的苹果也吃不完，我心想你姐嫁到那边去就不会挨饿了，后来在河南卢氏找到你姐的时候，发现她嫁了一个瘸子，家里一棵苹果树都没有，人贩子是哄人的。

这是你哆第一次提起这些。我说，趁机给我姐打一个电话吧。你哆说，你姐家有电话了吗？我说，没有。你哆说，那怎么打？我拿起电话，打一一四查询到了河南卢氏乡政府。乡政府接通了，我说，能帮忙找一下陈元英吗？接电话的人说，陈元英是谁？我说，我是记者，她是某某村的。接电话的人说，她是上访的吗？我说，她不是上访的，是先进人物。接电话的换成了乡长，乡长说，你是干什么的？我说，我是报社记者。乡长说，你是哪个地方的记者？我说，我是上海的。乡长说，我们是河南，上海离我们十万八千里，除了上访能有什么好事情？乡长把电话给挂掉了。

你哆说，算了，别找了。我说，你把一个人给忘记了，你应该给我表姐打一个电话。我接通了表姐的电话。电话一接通，表姐就哭了，说你爹是不是走了？我说，怎么会呀！我让他和你说话吧。我把电话递给了你哆。你哆的耳朵听不清电话，把电话又还给了我。我说，表姐问你在哪里？你哆说，还能在哪里？在儿子的单位。我说，表姐问我的单位怎么样？你哆说，亮堂堂的，白生生的，像天上一样，鸽子在脚底下飞。我说，表姐问你身体怎么样？你哆说，我困得很，想睡觉。

我还想再说下去的时候，你哆靠在椅子上已经眯起了眼睛。

我把你哆背了起来。下楼的时候，在电梯口遇到了主编贾怀章。贾怀章又折回电梯，说你背的是谁？我说，我爹。贾怀章说，你爹？你父亲对吧？我说，他想来看看，他不放心。贾怀章说，不放心什么？我说，怕儿子被人欺负。贾怀章说，我看呀，应该是来检查儿子的工作，你感觉他应该给你打多少分？我说，九十九分。贾怀章说，你就吹吧！陈元你说正经的，大伯不在住院吗？我说，还在光明医院，今天稍微好转一点，是偷偷逃出来的。贾怀章说，来之前，你为什么不告诉我？我应该好好地迎接一下，起码应该请大伯吃顿饭。

我说着说着又哭了。我感觉有些不妙，他双眼无力地睁着，目光散淡得像燃尽了的火苗。他所说的想睡，也许就是昏迷。我从来没有昏迷过，不明白昏迷与睡觉有什么不一样的。我只晓得睡觉有时候会做梦，有时候不会做梦，总归是可以叫醒的，而昏迷呢？应该是没有梦的，而且是叫不醒的。我隐隐约约地发现，肩头的他在慢慢地下坠——他在睡觉的时候总有一种向上的浮力，所以背在肩膀上要轻一点，而在昏迷的时候那种浮力似乎在慢慢地消失，像一只慢慢地落向地面的麻雀。

我说，爹，你认识我吗？你哆没有吱声。我说，爹，你晓得你在哪里吗？你哆也没有吱声。我说，爹，这是我们主编，他叫贾怀章……

V 十字路口

过去半分钟，你哆才嘟哝了一句，我就是打个盹，你把我放下来。我说，我背你回去，你继续睡吧。你哆说，把我放下来。我说，你想干什么？我们得赶紧回去。你哆挣扎着从我的身上溜了下来。

贾怀章上前和他握手，他把手放在棉袄上搓了搓，然后拉住贾怀章说，你就是主编？贾怀章说，是的，大伯，你赶紧回医院吧，我看你身体不舒服。你哆说，我就是有些睏，我能去你那里坐坐吗？

贾怀章便帮忙扶着你哆，再次回到了办公室。你哆似乎真像睡着了的人慢慢醒过来一样，说我原来以为你是一个男的。我说，我什么时候告诉你他是男的了？贾怀章甩了一下长头发说，大伯，你别听他胡说，我百分之百是男的，头发有点长不像主编对吧？你哆说，有什么不像的，其实古代人都是这样子，我今天来就是想当面谢谢你，谢谢你一直照顾我们家喜娃子。

贾怀章盯着我问，谁是喜娃子？

我说，你不要明知故问好不好？

贾怀章笑着说，大伯你这次微服私访，能给喜娃子打多少分？你哆望着我说，瞎得着，我听不懂什么意思。我说，主编问你，对我上班的地方满意不满意？你哆说，怎么不满意？地方好，单位好，儿子也好。贾怀章说，大伯，我老实告诉你，你家这个喜娃子呀，如今是上海滩的著名记者，可了不起了。你哆说，他再了不起，也归你管是不是？他哪里做得不对，你尽管骂他。贾怀章说，我骂他？他不骂我就行了，有几次都要动手打我了。你哆转身问我，是真的吗？我说，真是猪八戒倒打一耙，他总是吆三喝五的，我是他雇用的长工你晓得吧？贾怀章说，长工还是人，我差不多快成畜生了，你的等级比我高多了。你哆说，我儿子就这张嘴臭，心肠是好的。贾怀章说，大伯，我们说着玩的，我们相处那么久了，他是什么样子的，我心里清楚。你哆说，而且农村孩子也舍得吃苦。贾怀章说，他是农村孩子？他从来没有说过，我以为他是西安的呢。你哆说，我们村子叫塔尔坪，听上去好像大地方，其实到处都是山，你有机会去我们山里看看。贾怀章说，我也是从农村过来的，我家在江苏淮安下边，村子叫棉花庄，其实一棵棉花也没有。

贾怀章也是第一次说到自己的出身。我一直以为他是地地道道的上海人，因为无论是温软的语气，还是一丝不苟的穿着，以及那种喜欢甜腻的口味，都与上海人是一模一样的。

我掏出手机请贾怀章帮忙，给自己与你哆合个影，但是贾怀章说这个不能凑合，便打电话叫来了一个摄影记者，让你哆不仅仅坐在办公室里，还站在大楼前边，咔嚓咔嚓地拍了许多照片。

贾怀章要留你哆吃饭。我说，真的要回医院去了。

我想打出租车，但是一时没有出租车经过，贾怀章掏出钥匙扔在我的手中，说你把我的车子开去用几天吧。我说，你怎么突然这么大方？贾怀章说，我一直都这么大方，何况又不是给你用的。我说，还是打出租车的好，不然把主编的车子弄脏了。贾怀章说，弄脏了，我们不会洗干净吗？我说，你下班呢？贾怀章说，正好坐坐地铁，方便又省时间。

我还想推辞，贾怀章已经拉开车门，把你哆扶了进去。

我开上车子朝着光明医院驶去。你哆说，这是什么车子？我说，你关心车子干什么？你哆说，很贵吧？我说，值几十万，是单位配的。你哆说，配这么好的车子，主编官不小吧？我说，和县长一样大。你哆说，和我们丹凤县县长一样大？我说，是啊。你哆说，我真没有想到，这辈子还能见到县长。我说，县长有什么了不起的？天天都在眼皮子底下已经习惯了。你哆说，看来我儿子混得不错，我的心更踏实了。我说，人家看在你的面子上，不然哪有这么热情？你哆说，我一个农民有什么面子？如果不是你，保安能帮忙开电梯放我进去？人家会背着照相机给我拍照片？一个县长能把车子借给你？

我真想说，在上海，混得好不好，光看这些是远远不够的，还应该看一个月拿多少工资，有没有自己的房子与车子，有房子车子你即使是一个捡垃圾的，别人不会叫你垃圾佬，是要喊你垃圾大王的，照样是风光无限的，处处是受人尊重的。但是你哆又补充了一句，人穷一点不要紧，但是要有良心。

说着话，我们回到了光明医院。你哆说，你上去把药给我拿下来。我说，你不想下车吗？你哆说，不想动弹了，等喝完药，我们再出去转转。我说，明天吧，今天太累了。你哆说，明天有明天的事儿。我说，医院已经在查房了，打电话催你回去打针。

你哆闭着眼睛靠在座位上，不下车子也不吱声了。

我无奈地回到病房，取了一些药，带了一点开水，然后去给医生打招呼。医生站在窗口，看着停在外边的那辆汽车问，他的精神怎么样？我说，看上去还行，早上出门逛到现在，似乎越来越好了。医生说，他有什么要求，你就尽量满足他，照着我们的判断，他的日子不会太多了，除非真的出现奇迹。我说，你们遇到过奇迹吗？医生说，我当了三十年的医生，短时间的奇迹有，长时间的奇迹遇到过一次，也许并不是奇迹，而是误诊。我说，如今呢？她还活着吗？医生说，她过去经常来挂号开药检查，上个月突然消失了。我说，也许她去其他医院了。医生说，但愿吧。我的心里突然冒出一首诗：

> 他为她把脉
> 听取她生命的漏洞
> 她一直都是笑呵呵的
> 分明捡到了什么东西
> 他说，她不是她
> 她几年前就应该死了
> 我明白她捡到了窗外的阳光
> 附着她的灵魂
> 她原来只是一片阳光
> 她一直在替阳光活着
> 有血有肉，一片斑斓

出门，我碰到一棵树

我要告诉父亲，他应该替一片叶子活着

我这么一想，父亲竟然绿了

看我返回来了，你哆说，走吧，去看看你的房子。我说，看我哪里的房子？你哆说，你自己的房子。我说，还没有建好呀。你哆说，我就是想看看你自己的房子。我开上车子，拐来拐去，从石门一路石门二路转向北京西路，照着早上的路线又绕了一圈，便拐进了武宁路。我说，这叫武宁路，我们每次出门都走这条路，起码走过十几回了，你还记得吗？你哆平躺在后边的座位上，含含糊糊地嘟哝了一句，让我眯一会儿。

我回过头轻轻地叫了一声"爹"。

从武宁路穿过中山路的时候，车子突然发出嘭的一声爆响。麦子，你还记得那个刁难我们的交警吗？还记得那个儿子姓陈叫陈浦西、自己姓浦叫浦东的交警吗？当我惊慌失措地把车子停在十字路口，他走过来又朝着我敬了一个礼，问我是不是爆胎了。我说，我不晓得呀。他绕着车子转了一圈说，你赶紧靠边，请靠边吧。我说，为什么要靠边？这一次我犯了哪一条？他说，你把车子停在马路中央影响交通。我说，你叫浦东对吧？他说，你怎么晓得我的名字？

我说，你罚过我，你忘记了吗？浦东说，我在这个路口至少罚过几千个人了。我说，你罚得痛快，但是执法有时候是要讲人性的。浦东说，我们没有人性吗？我说，上次你罚我就没有人性，今天如果你有人性的话，千万不要像上次一样。我真想搬出你哆向浦东说说情，一是不想给贾怀章的车留下一条违章记录，二是不想为此浪费时间。但是你哆说，为什么停在路中间？我说，爆胎了，爹你安心睡吧。我把车子移到路边，绕着转了几圈，问这车子有备胎吗？我怎么没有看见备胎呀？浦东笑着说，你连备胎放在哪里都找不到？浦东揭开后备厢，翻出一个轮胎和修理工具，说你是不是也不会换胎？

他看我一脸茫然，无奈地拿出千斤顶把车子给顶了起来。

他一边干活一边说，你是记者？我说，你怎么明白的？浦东说，挡风玻璃上不是写着吗？放着这个牌子就是违规的。我说，也要处罚吗？他说，按理说是要处罚的，但是危险不大的行为，我们以批评教育为主。我说，那爆胎犯了哪一条，你为什么要罚我？浦东说，我要罚你吗？我什么时候要罚你了？我说，你是从一开始就不准备罚我，还是看到采访车的牌子才不罚我？浦东说，你到底有没有考过驾驶证啊？今天你又没有违章我凭什么罚你？我说，有一年正月，就在这个路口，我骑着电动车带着女儿，你说电动车不是机动车，不能走机动车道，非得罚我五十块，最后逼得我女儿把藏在鞋底下的钱都掏出来了。

他已经把备胎换好了，拍了拍身上的灰尘说，我想起来了，我还替你垫了五块钱，按说你还欠我五块钱对吧？我说，我现在就还你，包括利息在内。我从包里摸出两百块钱，浦东接过钱甩了甩，然后塞进我的口袋里，笑着说，你什么意思？你哪里是还钱呀！你这是贿赂人民警察，也是羞侮人民警察。我说，还钱是假的，你帮我们这么大忙，我买两包烟谢谢你是应该的。浦东说，免了，赶紧开车，车上还有病人吧？

从武宁路进入曹安路，我把你哆带进了一家饭店。我给他点了一个松子鳜鱼、一个清蒸狮子头和一个上汤芦笋，另点了一份蝴蝶酥。我问服务员，你们有什么适合病人的汤吗？服务员说，鱼头豆腐汤、松茸炖乌鸡、银鱼酸辣羹，这些都是滋补的。我问你哆，你看看喝点鸡汤还是鱼汤？你哆闭着眼睛说，什么是鸡汤和鱼汤？你自己吃吧。我问服务员，有没有红薯糊汤？服务员说，什么是红薯糊汤？我说，就是放着红薯的玉米粥，能不能麻烦给我们煮一碗玉米粥？服务员说，我们这里没有红薯，也没有玉米，不过我们有稀饭。

你哆尝了几口稀饭说，放糖了吧？我说，你是晓得的，上海什么都是甜的。但是他的胃口和过去不一样，说这样好吃，放上糖这么好吃。他勉强吃了半碗稀饭，一个人可以张嘴吃饭，可以把食物消化掉，说明他还是有生命力的。

VI 是时候了

我扶着你哆从饭店出来，竟然遇到了提着大包小包的小青她妈。

小青她妈说，你们怎么在这里？我说，我们出来转转，姨娘你不在苏北吗？她妈说，小青让我回来帮忙，我这是刚刚下车，老头子生了这么重的病，你们为什么不早告诉我？我说，听说你要去海南，我们怕打扰你。她妈说，老头子，你的病养得怎么样了？你嗲说，托亲家母的福，今天还可以。她妈说，那赶紧跟我回家吧，我正好从乡下带了一些菜，人家种出来自己吃的，没有打农药，还有一只散养鸡，也不是用激素喂的。

不等我回话，小青她妈已经把东西放在了车子里。

这里离出租屋不远，离小青家也不远。我背着你嗲穿过小区，我问他，这是什么地方还记得不？你嗲说，想不起来了，是你新买的房子？我说，是小青家。你嗲说，如果是小青家，我起码住过十次了。我说，你总共住过两次，第二次在这里养过一头猪。你嗲说，我在上海养过猪？我说，你养的那头猪叫范二。你嗲说，我养的猪还有名字？我说，是小青给起的。你嗲说，那头猪现在被杀掉了吧？我说，怎么会被杀掉了呢？你嗲说，养猪不杀干什么？

小青她妈的态度和大家一样，在我的眼里似乎都一下子变了。遇到一位正在清理垃圾的阿姨，阿姨问这是谁呀？小青她妈说，这是我亲家，他生病了。遇到一位保安，跑上来摸了摸你嗲的额头，问要不要帮忙叫一辆救护车？小青她妈说，刚刚从医院回来，谢谢啊。在楼下遇到一位邻居，大家都叫他马跑跑。马跑跑是甘肃的，与我们算是半个老乡，平常在路上遇到的时候会相互问候一声。不过，我们问候的内容与别人不一样，基本是西北那边天气怎么样，上海哪里又开了面馆，能不能吃到羊肉汤。马跑跑说，大伯什么时候来的？哪天我请他去云南路吃羊肉泡馍吧？我说，参呀，你想吃羊肉泡馍吗？你嗲摇摇头说，不了。马跑跑说，大伯来一趟不容易，老乡们应该趁机聚一聚。

在坐电梯上楼的时候，我说，参你第一次来，连电梯都不会按。你嗲说，我不会按电梯？你这不是笑话我吗？我说，我说的是第一次，你现在按给我看看。也许是看不清，也许忘记住在几楼，他的手迟迟没有按下去，而是犹豫不定地晃荡着，也可以说是无力地痉挛着。

你嗲一进门就问，这是哪里？我说，是小青的家呀。你嗲说，还是上次的房子？我说，当然是上次的房子。你哆说，都不认得了。你哆弯下腰，摸了摸地板说，地板也没有换吗？我说，地板也是以前的，只不过打过几次蜡。你哆说，这是松树的吧？我在塔尔坪砍掉那么多松树，卖出去那么多木料和床板，以为被人拉到什么地方去了，原来它们躲到这里来了。我说，都是哪一年的事儿了，这些年你卖过木料和床板吗？而且长松树的地方又不仅仅只有塔尔坪。

之后，我专门写过一首题目叫《木地板》的诗：

> 像遇到一个亲戚
>
> 父亲摸了摸木纹
>
> 像摸着一张张亲切的脸
>
> 他竖起耳朵听了听声音
>
> 似乎里边还住着鸟儿和风
>
> 还藏着一片蓝色的天空
>
> 我也是他养育多年的树
>
> 被分解成一块一块
>
> 运到城里，做了人家的地板
>
> 地板被刷上了淡淡的油漆
>
> 而我被涂上了浓重的夜色

小青她妈把几间房子的门都打开了，问老头子是想躺着还是想坐在阳台上晒晒太阳。你哆说，阳台外边有个小房子，让我去那边睡吧。我说，那还是你搭的。你哆没有吱声，木木地看着窗外。你哆当年搭在楼顶上的小木屋是为了养猪的，经过风吹雨淋白色变成了灰色，四周的几个大花盆里当年种着青菜，如今里边长满了深深的无名的已经衰败的杂草。

小青她妈说，小木屋那边风大，还是躺在家里吧。她妈把自己的卧室打开，在床上铺上了自己平时用着的一条紫红色床单，又拿出一条淡蓝色的被子。被子十分柔软，不仅仅因为布料是纯棉的，更因为它经历了岁月的洗涤，已经没有鲜亮的颜色与粗糙的感觉。我认识那条被子，是她妈结婚的时候添置的，平时整整齐齐地叠在柜子里，隔三差五地拿出来晒在阳台上。小青曾经问，你又不盖，晒它干什么呀？她妈会说，不用就不晒了？不晒会发霉的。

我说，换一条吧。她妈说，你嫌弃它旧？我说，它太珍贵了。她妈说，他是病人，如果不是病人，我真有些舍不得，病人皮肤敏感，这条被子盖着舒服，小青她爸去世之前，最喜欢这条被子了，如今再也用不着了。

这条被子非常脆弱，稍不注意就会被撕破的，尤其是你嗲的手上脚上全是茧子，还有那么多粗糙的伤疤。我说，我爹把它撕烂了怎么办？她妈说，到了应该烂的时候了。

我从来没有看到她妈如此细心、宽容和体贴。

难道因为已经到了最关键的最后的时刻了吗？

她妈铺好床，说你赶紧躺下吧。你嗲说，这是你的床吧？她妈说，我的床怎么了？你嗲说，我睡这里你睡哪里？她妈笑着说，你说我睡哪里？我们睡一张床不行吗？你嗲说，早就巴不得了。她妈说，人家说你病得不轻，我看是花花肠子坏掉了，其实我让你睡这张床，是因为这间房子朝西，现在还能晒到太阳，所以要暖和一些，而且通风又好。

她妈说着，把窗子打开半边，另半边拉上帘子，下午的阳光和风一起就透进来了。你嗲说，我怕把你的床弄脏了。我说，我爹好多天没有洗澡了。她妈说，谁生病都是这个样子，小青她爸生病的时候不仅不能洗澡，大小便都失禁了，还不照样睡在这里？

她妈进厨房烧水熬汤去了。你嗲躺着说，被子是蚕丝的吧？我说，里里外外都是蚕丝的，几十年前便宜，放在现在，花多少钱也买不到真的了。你嗲说，盖着这么好的被子，我会不会睡不着？我问，为什么呢？你嗲说，感觉好多蚕在身上爬。我说，你又不是桑叶，蚕又不吃你怕什么？你嗲说，怎么不吃我？你听听它们都在吃我。

我以为你嗲有什么幻听，其实是随着你嗲一动弹，皮肤与被子之间产生的丝丝啦啦的摩擦声，偶尔还有静电的噼啪声。

有人敲门。在城市里，没有串门子的，如果有人敲门，多数是发放广告小卡片，也有一些走错门的。碰到咚咚的敲门声，大家都十分心慌，胆小的会屏住呼吸，把家里的电视关上，装作没有人的样子，胆大的会透过猫眼，瞅瞅到底是什么人。在这个不早不晚的时间敲门，更是相当稀少的，不排除会是小偷，所以我们选择了不吱声。

但是敲门的人喊道，我来看大伯来了。原来是刚刚遇见的马跑跑。马跑跑进门就问，大伯呢？我说，躺下了。马跑跑说，我也没有什么好带的，就一条子红双喜、两瓶子上海石库门老酒，每年回老家就带这两样东西，把我父亲喜欢得不行，尤其是石库门老酒，他说喝着不醉，也不烧心，我让他来住些日子，顿顿给他准备一瓶子，放上姜丝温一温，再弄几个花生米萝卜干，父子两个喝几杯多开心啊，可惜他死活不答应，春天说要给麦子锄草，夏天说布谷鸟叫了，马上得收麦子了，到了冬天，他又舍不得那几只羊。

我说，和我爹一个样子。

马跑跑身后跟来一只泰迪，是小青收养的，名字仍然叫范二。那些天，小青要去医院，顾不得照看范二，便寄养在马跑跑家里。范二一进门，直接钻进房间，爬上床蜷缩在你哆的脚边，像彼此十分熟悉的老朋友。马跑跑替你哆披了披被子说，有父亲睡在身边，你是幸福的，但是我呢，在外边混得再好有什么用，父母不能一起享受的事业那还叫事业吗？

马跑跑是上海政法大学毕业的，毕业后留在上海当法官，天天拍着惊堂木，给人家判案子，断是非，又刚刚当上了副庭长，活得要风得风要雨得雨。有案子的，巴望着结识他，探听点案子的进展；没有案子的，离婚呀分房呀，生活中有点矛盾纠纷，也喜欢向他咨询一些法律问题。如今人可以不出名，但是没有人保证不出事，所以上到小区邻居，下到看门的保安与清洁工，都得敬他三分。

我安慰马跑跑说，等什么时候我帮你劝劝他吧。马跑跑马上掏出手机，跑到阳台拨通了电话。我说，大伯呀，我是你儿子的朋友，我们家是陕西的，你们家是甘肃的，我们都属于西北的，我把父亲接到上海好几回了，他现在就睡在我的身边。我调整了一下情绪，接着说，老家应该下雪了，地里庄稼早就忙完了，你也过来吧。

马跑跑的父亲听不懂普通话，所以手机那边一直没有反应。马跑跑接过手机说，我的大呀，你什么时候来上海，我也让你坐飞机，也带你上东方明珠，也让你去我们单位，你说什么？你给我联系一堆女娃干什么？上海这边女娃多着呢，而且都水灵着呢，这你就不用操心了。

马跑跑的声音有些大，整个楼都听得清清楚楚，有人打开窗子伸头朝下看，有午睡的婴儿被吵醒了，尖厉的啼哭声把小区的宁静给打破了。

马跑跑放下电话，拧开自己带来的一瓶酒，坐在阳台上一边喝一边叹气。马跑跑担心地问，大伯的病好像挺严重的，医院是怎么说的？我说，是癌症，我不瞒你，是肝癌晚期，都昏迷好几次了。马跑跑说，那你们不在医院待着，跑出来干什么？我说，我哪里明白呀，他过去从来不喜欢出门，今天醒过来之后突然来了精神，又吵着要上东方明珠，还要去我们单位，我怎么拦也拦不住。马跑跑说，他是不是一直吵着要回去？哪怕死了也得把他偷偷地运回去？我说，你怎么晓得的？马跑跑说，我父亲每次推三推四的，不来上海的原因一大堆，其实都是假的。

我说，为什么是假的？马跑跑说，有一次，他问我如果他死在上海怎么办，我告诉他那只好火化了，他问有没有办法把他的尸体运回甘肃，我说人一旦在医院一死，等家属把他的身份证注销掉，再没有什么可以证明身份之后，必须由殡仪馆派车从太平间拉到火葬场烧掉，中间基本是由不得他自己也由不得我们的，我们私自搬运尸体是不允许的。别说他们这些老人了，我也有那种想法，如果我死了，问我想埋在哪里，我也想埋在甘肃，完完整整地埋在甘肃。我们老家有个腾格里沙漠，我们是在大沙漠里泡大的，屎呀尿呀都拉在那里，不埋在大沙漠里多可惜呀。

我说，你是法官，你说说，偷运尸体真要坐牢吗？马跑跑说，这要看具体情况，尤其是得传染病死的，确实是不能私自处理的，但是规定是一回事，怎么执行又是一回事，中国历来是讲人情的，我们偷运的是自己亲人，又不是仇人，也不是法老，关键是医院放你，至于你开着车子，拉的人是死是活，人家谁会关心啊？我说，难怪医院几次劝我们回家料理后事，我求他们再等几天的时候，他们说住几天可以，要答应他们如果死在医院，必须打着吊针出去，不然就太复杂了。

正说着，光明医院的护士打电话问，病人去哪里了？我说，在外边散步。护士说，不是下病危通知了吗？我说，已经缓过来了，我们给医生打过招呼了。护士说，晚上要查房，要量体温，要抽血，还要打针吃药，你们晓得吧？我说，晓得晓得。马跑跑说，你看看，病人在哪里，医院也不完全在乎，何况是被他们放弃治疗的人。

她妈在厨房里拍了几个黄瓜，又切了一盘子香肠，剥了两个咸鸭蛋，让马跑跑下酒。马跑跑一口未动，拿起一瓶石库门老酒一口气喝空了，然后摇摇晃晃地站起来，吼了一句莫名其妙的秦腔就下楼了。她妈拿起香肠叫唤着范二，希望把那条狗哄出门，让马跑跑带走再照看几天，但是范二趴在你哆的脚边，耷拉着脑袋装睡了。

她妈以前一个人在家，一边玩电脑一边打开电视，她不看韩剧和家庭情景剧，也不看老娘舅和动物世界，其实她要的只是一种吵闹。小青回来，有时候会打开电脑播放一些音乐，基本是《春江花月夜》和《高山流水》之类的。所以说，小青家以往还是挺热闹的，从没有现在这样安静过。马跑跑家在楼下二层，他开门关门的声音都十分真切，也许在脱衣服的时候不慎抖落了几枚硬币，掉在大理石地板上发出刺耳的滚动声，让人误以为那些硬币滚呀滚呀就滚到了自己的脚边。

她妈把厅里的电视打开了，电影频道正在播放一部电影，周星驰发出那阵无厘头的大笑。我把小青的电脑也打开了，开始是死机的，重新启动之后，放出一首《二泉映月》，声音有点凄凉，最后调成了《胡笳十八拍》。这首曲子似断未断，似连未连，丝丝扣扣，听着听着，时间一下子被拉长了。电视与电脑的声音和平时一样，但是感觉比平时高了许多——声音越高越显得嘈杂，反而把下午衬托得更加安静，安静得能够清晰地听到窗外的梧桐树被风吹动的声音。

我坐在你哆的床边看着窗外。

窗外的下午竟然还有月亮，感觉像一块正在融化的冰。

你哆下半辈子总是剃着光头，把下巴和脸庞也刮得干干净净。但是，我摸了摸他的脸和下巴，手被狠狠地扎了一下。他的头发与胡子似乎并不是通过十几天长出来的，而是一个下午就长出来了。他的头发与胡子一长，就露出白色的部分，像下了一层白霜。

我说，是不是应该泡个脚，顺便再刮一下胡子剃个头？你哆也许没有睡着，也许已经醒了，嘟哝着说，头发又不长。我说，想扎辫子的话确实不长，我给你刮个胡子剃个头吧？

记得有一次，我回塔尔坪，你哆告诉我，会剃光头的人都去世了，他只能自己给自己剃光头。我问，你自己给自己剃光头，后脑勺子怎么办呢？你哆摸着后脑勺子说，连皮带肉一起刮掉就行了。如今，当我扶着他的头，发现后脑勺子、头顶和耳边，凡是看不见的地方，都布满了明明暗暗的伤痕，像一个纵横交错的地球仪。

你哆在住院的时候，其实也有机会给他剃头，但是我把机会留给了理发店。在理发店里理发，不仅仅是理发，还是一种享受。我想让他体会一下城里人理发的那种感觉——先让理发师进行干洗，揉出一头的白色泡沫，然后敲敲背，捏捏肩膀，按摩十来分钟，再把头发胡子剃光。当时从理发店出来，你哆摸着光头问，剃一个头多少钱？我说，不贵，打三折，六十块。你哆说，多少钱？我说，六十块呀。你哆瞪着我说，你是钱多吗？六十块钱都可以买一个猪头了。

她妈打来一盆子水，找来一把剃须刀，还有一瓶泡沫。我把手伸进水中试了试温度。我要给他剃一个舒服的头，不能冻着他，也不能烫着他，虽然他已经不在乎冷暖，感觉不到任何疼痛。比如打针，他总是怀疑地问，打了吗？我说，打了呀。你哆说，针扎到我的身上了吗？我说，是呀，扎在你的屁股上了呀。

我把他的头抱在怀里，用温水浸润着，用泡沫涂抹着，但是他的头发与胡子并没有被软化，而像一根根坚硬的钢针，扎进了他的骨肉里。

她妈递来一把剪子说，先剪一遍，剪短了好剃一些。我找来一块砂纸，把剪刀磨得锋利极了。我把剪下来的头发，一撮撮地放在旁边。我说，要扔掉吗？你哆说，不扔掉干什么？又不是猪鬃。我笑了，一个人有心情拿自己开玩笑，拿别人开玩笑，拿世界开玩笑，而且开得起玩笑，说明情况并不绝望。

按照塔尔坪的习惯，在杀猪的时候，要把猪鬃一根根地拔下来制作刷子。我说，那就留着。你哆没有问留着干什么，我也不明白留着能干什么。我向她妈要来一个存放蔬菜的保鲜袋,把那些剪下来的头发装进去,像装着一些害怕流逝的容易腐烂的东西。

在剪耳朵背后的时候,我不小心咔嚓一声,剪到了他的耳朵。那声音十分清脆,像剪到了一张白纸。她妈说,是不是剪到肉了?我说,应该一点点吧。她妈凑上来看了看,埋怨说,白惨惨的,不是肉是什么?她妈拿来一瓶酒精棉球、一团纱布和一卷胶带,擦拭了几遍伤口,蒙上了一层纱布,然后打上了胶带。整个过程,她仔细得像一个认真的护士。

刮完胡子剃完头发,我打来一盆温水,还要给你哆泡脚。你哆说,哪有让儿子洗脚的?我说,不让儿子洗让谁洗?你是不是想让我姨娘给你洗?你哆说,那当然好了。她妈笑着说,你这个老头子,你是不是在做梦啊?你哆说,亲家母是嫌我脚臭吗?她妈说,小青她爸倒是给我洗过半辈子的脚,但是我一辈子只给他洗过一次脚,差一点把我熏死了,但是当天晚上他就死了。

你哆问,我的脚臭吗?我说,一点都不臭。你哆说,哄我的吧?我怎么感觉半边身子都臭了。我确实闻到一股气味,是泥巴、汗水和药水混合在一起腐烂形成的,那种气味原来被层层地裹在衣服里边,或者是裹在身体里边,如今统统地释放出来了。我想,这可能就是死亡的气息,但是我安慰他也安慰自己,这么多天不洗澡了,有点味道是很正常的。

我把灯打开,怀疑地问,是不是没有以前亮?她妈说,你是指灯泡子吗?我说,我说的是我爹的头。她妈说,是不是没有剃光?我说,剃光了呀,为什么没有以前亮?而且为什么还是青色的?你哆说,人走如灯灭,亮不起来了。我生气地说,你走了吗?不要再说不吉利的话了。

你哆说,差不多了。

我沮丧地想,在剃头刮胡子的整个过程中,他之所以没有流出一滴血,也许不是自己技术好,而是他的一部分身体不在了。身体不在的人怎么会有血呢?

VII 最后一个

整个下午的天气都是晴朗的,阳光温暖而寒冷地照着,堆在天边的云散掉了，蓝蓝的天空显得十分轻薄，整个城市的人、树和房子都放下了身段，低矮而真实起来。

小青打来电话，说自己晚上加班，要晚一点去医院。我说，你妈回来了，我们不在医院，现在在你家里。小青说，我眼睛一直在跳，爹他怎么样了？我说，爹正在睡觉，你就放心吧。你嗲也许剃过头刮过胡子的原因，身体显得硬朗了不少，而且他的话越来越多，又没有什么逻辑上的混乱，所以我慢慢地接受了有关奇迹的想法。

她妈熬好鸡汤，热气腾腾地舀了一碗。你嗲推让着不接，要么说不饿，要么说太烫了。她妈说，这是大补的鸡汤，你以为是毒药？他说，亲家母端过来的，是毒药我也愿意喝下去。她妈说，我说你都死到临头了嘴还这么甜？趁热喝一碗恐怕比吃药还顶用。他还是死活不接地说，除非你答应我一件事儿。她妈说，喝完了什么我都答应你。

你嗲说，晚上给我暖脚你也愿意？她妈说，能轮到我吗？她妈朝着被窝拍了拍，范二汪汪地叫了两声，在他的脚边低眉顺眼地躺着。

你嗲接过鸡汤，每喝一口，喉咙深处都会发出轻微的咕嘟声。他勉强地喝了一碗，然后问她妈，我儿子怎么样？她妈说，就那样。他说，你到底嫌弃他哪里？她妈说，嫌他个子太矮了。他说，个子又不能当饭吃。她妈说，嫌他是个记者。他说，记者见官大一级。她妈说，关键是乡下人。他说，乡下人怎么了？乡下人也是人。

她妈笑着说，你还有力气和我讨价还价？你葫芦里卖的什么药我清清楚楚。你嗲说，你晓得我要说什么吗？她妈说，晓得呀，你要找个暖脚的。你嗲说，我不是给自己找个暖脚的，是想给我儿子找个暖脚的，不管你怎么看不起我们，但是我觉得他们两个人挺般配的。她妈说，长相、文凭、户口，还有房子，你说说般配在哪里呢？你嗲说，确实是我们高攀你们，但是我这一走呀，喜娃子像不像孤儿？你等于白捡了一个儿子。她妈说，我才不稀罕呢，所以你要争取再活几年。你嗲说，我也想活下去，但是阎王爷又不听我的。

她妈说，他不听你的，你得听他的，好好吃饭，好好喝药，我就奇怪了，你怎么不在医院里，是不是逃出来的？你嗲说，你别打岔，刚才那一碗汤你不会让我白喝了吧？她妈笑着说，什么叫白喝了？你喝到自己肚子里去了，又不是喝到猪肚子里去了。你哆说，你不要笑，我是快死的人，你就听我一句，成全两个孩子吧。她妈说，前边都是开玩笑的，至于他们结不结婚，什么时候结婚，生不生孩子，我都管不了了，全由他们自己做主好了。你哆说，我恐怕看不到那一天了，他们想在东方明珠旁边，还是想在其他地方办酒席，希望你都答应他们。

你哆的话，说得小青她妈抹起了眼泪。你哆说，天黑了吧？我说，你看看太阳红彤彤的。太阳确实不错，正好倾斜到了西边，几缕阳光透过窗户洒在你哆面前十分刺眼。他坐了起来，开始穿衣服。我说，继续睡吧。他说，大白天的，睡什么睡？我说，你不睡觉想干什么？他说，我想干什么你不晓得？你把我的话当成耳边风了。

你哆胡乱地穿好了衣服，挣扎着走在了前边。他依然轻飘飘的，踩着鹅卵石小路的时候，两只脚像踩在了刀尖上。我要背他，他逞能地说，喝了一碗鸡汤，还有不少力气。我以为他要回医院，当车子再次上路的时候，他竟然说，他心里还有一个疙瘩，那就是想去看看我买的房子。

我意识到，从早上到现在，从东方明珠到我们报社，从小青家到我自己的房子，这条线路看似是随意的，好像都是你哆计划好的。

我说，我又不哄你，我确实买了房子，你到底想看什么？他说，想看看你的房子是什么样子的。我说，城里的房子能有什么样子？都是钢筋水泥的，都有窗子和门，还有草坪，而且我都说了，还在建设当中，说不定窗子和门都没有安好。他说，哪怕是空地，我看一眼也就心甘了。

我发动车子，顺着祁连山路拐向曹安路，从曹安路拐上外环线，经过沪青平立交桥，进入沪青平高速。我对这条线路十分熟悉，因为从这里可以通往自己的未来之家，也可以前往青浦长寿园给小青她爸上坟，所以熟悉得让人不想选择其他的哪怕是更近的线路。

我之所以买下了那里的房子，其实与去长寿园上坟有关。有一次，我陪着小青扫完墓，又在周边转了一大圈，想看看周边有没有房子卖。我的想法有三点：第一，埋人的地方都比较偏僻；第二，离墓园比较近，大家认为晦气；第三，那样的地方配套设施还不完善。综合起来，房子价钱应该会比较低。果然不出所料，离长寿园三公里左右，有一个叫天梦家园的小区在低价促销。

当时的天梦家园除了盖着几间房子作为售楼处之外，大片大片的空地上都是垃圾和荒草。售楼小姐修着长指甲，涂成了紫红色。长指甲递来一张宣传单，说你晓得我们这里的位置吗？我说，晓得呀，朝西三公里就是长寿园。长指甲说，你怎么不说再朝西的话就是淀山湖，而朝东就是佘山，上海最高的山就是佘山。佘山那边有一个紫薇花园，你晓得前几年是什么价格？我说，一亿两千万。长指甲说，那是七八年前了，如果顺着佘山再朝东走，就是大虹桥商圈。我说，你扯得太远了，照着你的说法，一直朝东就是外滩，过了黄浦江就是浦东陆家嘴。长指甲说，那我们不说地段，单独说说价格吧，你明白上海平均房价是多少？我说，两万多吧？长指甲说，那是为了避税，做低房价的结果，其实早就超过三万接近四万了，而我们天梦家园是多少？起价一万多！一万多一平方米，别说这么好的地段，你去长寿园里边看看，恐怕也找不到一万多的房子。她说得不假，往西走的浙江湖州，往北走的江苏昆山，哪里都不会那么便宜，何况仍然在上海的地盘上。

我咬了咬牙，当场决定购买一套真正属于我的房子。户型好的楼层高的早被人抢光了，恐怕因为大家迷信，剩下一套在十四层。长指甲说，你去过朱总理家吗？他家住在北京市东城区北池子街，门牌号是多少你晓得吗？也是十四号，十四是什么意思？就是"实事求是"。在长指甲的强烈推荐下，我挑选了五十七号十四楼，九十平方米，并非南北通透，而是次卧与厨房的两扇窗户朝北，主卧的一扇窗户朝西，客厅的半扇窗户朝南，厕所是没有窗户的。自从交了钱，贷完款，我专门去工地转过几次，每次都会围绕着工地转上一圈，跑到自己的房子可能所在的位置站一会儿，帮着建筑工人挖挖坑，搬搬砖头，和和水泥，即使如此，我还是不相信那块地方将会成为自己的家，将会在那里吃饭睡觉养猫养狗生儿育女，将会在那里把后半生消耗一空，甚至还要在那里死去。

当车子进入沪青平高速的时候，一架架飞机从空中徐徐地降落，似乎贴着头顶的树梢，不仅能看到飞机的翅膀，还能清楚地看到航空公司的名称和图案。

每次有飞机降落，你哆都会说，真是一个好地方。我说，好在哪里了？他说，我坐过一次飞机，但是第一次看到飞机在头顶上飞来飞去。我说，你在塔尔坪不是看见过吗？他说，塔尔坪的飞机只有麻雀那么大，人家这里有席子那么大，住在附近的话天天都可以看到大飞机了。我说，为什么能看到大飞机就是好地方？他说，飞机想飞上天就飞上天，想落下来就落下来，人不行，麻雀也不行，只有神仙才行。我说，你还想坐飞机吗？他说，不想了，不如看飞机。

人坐在飞机里是看不到飞机的，只有不坐飞机的人才可以看到飞机，就像人总觉得神仙日子好过，想尽一切办法成神成仙，但是神仙自己未必能体会得到那种美妙。

我从佘山方向的那个出口下了高速，沿着沈砖公路先朝南，然后向西，走出五六公里，终于看到几十栋房子拔地而起。这与上次明显不同，上次我来这里的时候是春夏之交，大部分房子只盖到了一半，工地上长满了芦苇，甚至还有野鸭子，到处都是挖掘机与塔吊，没有一条正正经经的小路。但是如今，小区已经有了围墙，外边有一条柏油马路，两边栽上了梧桐树，直接通往小区的大门，大门并不成形，仅仅留着一个豁口。小区内的芦苇荡全部不见了，被铺成了草坪，有几名工人正在挖坑，准备往坑里栽树，有香樟也有合欢。房子全部都封顶了，上边安装着避雷针，也安上了玻璃窗户。

我几乎有点不认识了，问旁边正在清理垃圾的工人，这个小区叫什么名字。工人说，叫天梦家园。我说，这就是天梦家园？工人说，你在这里买房子了？我说，看样子快交房子了吧？工人说，水电煤气都还没有通，我看至少还得半年，具体得问开发商。

虽然还得再等半年，我仍然十分激动，可以说是有些热血沸腾。原来自己梦想的上海的家，有一部分是长指甲那个售楼小姐绘声绘色地描述给我的，还有一部分是自己从效果图上想象出来的，从来没有现在这么具体过。

我对你哆说，我们到了。他说，这么快就到了？我说，是呀。他说，这就是你的家？我说，我的家也是你的家。他说，我看一点都不远。我说，是的，一点都不远。

　　小区里边虽然铺着水泥路，车子还是不通的。我背着你哆朝着小区深处走，他一动不动地问，楼有几层？我数了数说，有的十八层，有的二十二层，有的二十六层。他说，他们在栽什么树？我说，我也不太清楚，也许有香樟树，也许有合欢树。他说，结果子吗？我说，城里的树是绿化用的，都不结果子。他说，为什么不种核桃树？

　　你哆的问题，曾经也是我的问题。我至今也想不明白，城里到处都是树，马路边有树，小区里有树，公园里有树，全部都是不结果子的。如果全部种成果树的话，那不是一举两得吗？是城里人不屑于收获那些果实呢，还是嫌弃那些果树长得太丑了？

　　他说，我在塔尔坪栽了好多核桃树。我说，我晓得。他说，每年秋天记得回来。我说，肯定的，回去帮忙收核桃。他说，人家房子盖得好。我说，比塔尔坪还好？他说，都一样好。我说，目前还没有完全建好，应该还有一条小河，河上有几座小桥，桥边有一条小路，路上铺的不是水泥，也不是石子，而是木板。他说，拿木板铺路？我说，应该是假木板。

　　我说，小区有一个广场，广场上有秋千和滑梯，中间有一个喷泉，随着音乐喷出来的水都是彩色的。我真想告诉他，那些喷泉其实都是样子货，只有过年过节的时候能喷一次两次就不错了。

　　我背着你哆，走着走着就迷路了。我已经很难分辨自己的房子到底在什么位置。有一位工人正在修补窗户，有一扇窗户的玻璃已经开始破碎，我问五十七号在哪里？工人说，前几天去安过玻璃，这么多楼早就搞不清楚了；有一位工人在旁边刷墙，有些墙皮已经出现脱落，我问五十七号在哪里？工人说，这一栋是五十四号，应该就在同一排，顺着朝前再走三栋楼，刚好走到西北角，恐怕就是五十七号。

　　我背着你哆，围绕五十七号转了一圈。楼前有一排绿色的邮箱标上了号码，一四〇四室处于中间偏下的位置，将成为接收亲戚朋友包括麦子你在内的来信的地址。楼下边的草坪没有完全铺好，有几棵碗口那么粗的树是不认识的，被东倒西歪地扔在旁边，树根用绳子包扎着——那些树都是在外地培育好的，然后连根一起被拉到上海，准备移栽在这块陌生的土地上。它们的境遇与我一模一样，我无法想象以后，自己每天从这里进进出出，从几棵树下边经过再经过，而几棵树将永远地站在原地，守到我一去不复返的那一天。

我抬头看了看楼顶。楼下那扇门并没有锁，轻轻一推吱咛一声就开了。这种声音很明显，与塔尔坪那扇门的声音不同。这种不同来源于一个是木质的一个是金属的。电梯还没有启用，过道上也没有安装路灯，显得暗淡而阴冷。我顺着台阶，气喘吁吁地把你哆背上三楼，说我们不上去了吧？你哆嘟哝着说，都到家门口了。

当我背着你哆站在十四楼的时候，发现靠西的那扇门是锁着的，而隔壁的门是虚掩着的，电工正在里边布置电线。我说，师傅你有钥匙吗？电工说，有钥匙也不能给你。我说，我想看看我家。电工说，目前还不是你家，何况里边空荡荡的有什么看头？我说，我父亲从很远的地方跑来的。电工说，很远的地方是哪里？我说，陕西，我是陕西人。电工说，陕西人在上海买套房子不容易吧？我说，差不多一条命都要交给这里了。电工说，你算是幸运的，我们用十条命也换不了一套房子。

电工拿起一串钥匙，帮我把门打开了。我站在门前，还犹豫着不敢进去，像是等待着真正的主人前来开门。门是灰色的，上边留着一个洞。我说，爹你晓得这个洞是干什么的吗？是装猫眼的，有人敲门的时候，人在家里通过猫眼可以认出外边是谁，而外边的人是看不到里边的。

我们进了房子。房子里全是空荡荡的，地板上有一堆火灰，恐怕是建筑工人留下的。墙壁没有刷上石灰，呈现着水泥的色调，各种各样的线头裸露着。我开始给他一间一间地介绍：在客厅里，我说客厅里会买一台大电视，起码要三十二英寸的；我说要配一套沙发，沙发前边要放一个茶几，上边摆一套茶具和一套酒具，茶具应该是陶瓷的，酒具应该是铜的；我说自己认识一个画家朋友，让他画几头猪或者几头牛，挂在沙发背后的墙壁上。在厕所里，我说除了抽水马桶和水盆之外，大浴缸就不安了，那东西太贵而且太占地方，所以要安一个淋浴器，洗澡既方便又痛快。在厨房里，我什么都没有说，因为我对城市的厨房是陌生的——

农村是烧柴的，城市是烧天然气的，农村的水是从河里挑的，城市是通过管子送的。我不明白城市的天然气与水都是从哪里流过来的，为什么能够流到那么高的地方。

在主卧室里，我说这间房子大，窗户也大，虽然朝西，但是太阳晒得时间长，爹你以后再来就睡这里。他好久没有说话了，突然开口嘟哝着说，你睡在哪里？我说，还有一间小一点，我会放一个书架，摆一张书桌，买一台电脑，当成我的书房和卧室。

我们最后来到了阳台。阳台是落地窗式的，正面窗户朝西，侧面有半扇窗户朝南。我把他放下来，两个人靠着墙，并肩坐在了地板上。

我扭过头看了看他说，这个阳台大吧？他说，大。我说，有十几个平方米，以后我给你买一些大花盆，就像在小青家一样，你给我们种菜，甚至在上边养猪。他说，我在小青家种过菜？我说，在小青家楼顶上，你种过好多青菜，以后给我们种一些西红柿。他说，小青是谁？我说，爹你装糊涂吧？

他轻轻地笑了笑，然后闭上了眼睛。

我的手机响了，区号是〇九一四，号码是石门镇供销社的。我说，你找谁呀？电话那边说，我是陈先水，我找你爹。我说，是先水小佬呀！陈先水说，这些天一直担心他，他还在医院吗？我说，不在医院，在我新买的房子里。陈先水说，房子高得很吧？我说，不高，在十四层。陈先水说，这还不高呀？都戳到半空去了，我们几个老头子就属你爹有福气，第一个坐飞机，第一个跑那么远，现在又住上楼房了。

陈先水的电话被人抢走了。电话那边突然换成了马铁匠。马铁匠说，让你爹接电话行吗？我把电话放在你哆的耳朵上，说马铁匠要和你说话呢。你哆说，哪个马铁匠？我说，你认识几个马铁匠？你哆说，他不是木匠吗？我说，他既是木匠又是铁匠。你哆摇了摇头，表示自己听不清，或者真的记不得马铁匠了。我说，你有什么话我传给他吧。马铁匠说，我昨天晚上做梦，梦见你爹回塔尔坪了，不是自己回来的，是被人背回来的，背到村口的时候，背他的人变成了你小婶，你爹变成了你小婶肚子里怀着的一个孩子。我说，辈分不就乱了吗？我爹怎么可能变成我小婶的孩子呢？马铁匠说，这是梦，梦都是乱的，也是反的，加上今天早上起来，你家院子里聚了一群老鸹，树上、地上、屋顶上，呱呱地叫了大半天，叫得我们几个老头子心里慌慌的，商量着一起跑到镇上打电话来了，你们家麦子也来了，你和麦子说话吧。

记得麦子你当时拿起电话，哭着问，爸爸，我嗲呢？我想我嗲了。当时你嗲闭着眼睛嘟哝了一句，是麦子吧？我说，你怎么明白是麦子？你嗲轻轻地说，麦子上大学了吧？当时你说，嗲你没有睡醒吗？我刚刚上高中。你嗲说，麦子你在上海？你说，在丹凤中学，嗲你什么时候回来？你嗲说，你大点声音。你说，嗲你什么时候回来。当时你嗲说，马上，马上回去。

杀猪佬陈先株已经中风好几年了，那天他也跟着跑到了石门镇，但是他对着电话支支吾吾了几声，就把电话给挂掉了。

我想给你嗲倒一杯水，突然意识到我与你嗲并不在自己家里，而是处在一个无法确定具体位置的空空荡荡的房子里。

你嗲伸出手，在地上抓了抓，似乎地上有什么东西。我问他，你在抓什么呢？他说，我在拔草呀，地里的草都长上来了。你嗲抬起手，在空中抓了抓，似乎空中有什么东西。我问他，你又在干什么呢？他说，我在摘扁豆，今天晚上煮扁豆吃怎么样？你嗲抬起手在我的腿上敲了敲，似乎我的腿上有什么东西。我问他，你这又是干什么啊？他说，我在破柴火，马上要过冬了，得准备一些柴火放在那里。

我说，爹呀，你在上海，又不在塔尔坪，你是不是又想塔尔坪了？

天接近了黄昏，西边的太阳像一个血红的气球在徐徐地降落，在穿过暮霭的时候不再是圆的。太阳降得比天低，比楼低，比树低，很快就比大地低。太阳一旦低过了大地，感觉像是被埋了起来。

我准备起身的时候，你嗲仍然闭着眼睛问，那是塔吗？我朝着西边看去，确实能够看到一座塔，似有似无地竖着。我说，你怎么看到的？你嗲说，那塔上边是什么？我说，那上边是云。你嗲死死地盯了半天，说怎么会是云呢？那是鬼。我说，你一辈子见过鬼吗？这世上哪里有鬼呀？即使有鬼，你也不要怕，有我在这里，鬼是不敢来的。你嗲说，那是你妈……

我认识那座塔，白天的时候是金黄色的，显得无比的壮观，让许多人误以为是什么景点，其实它是长寿园的壁葬塔，在那座塔里的墙壁上，安葬着无数穷苦的人。但是我告诉你哆，那是一座佛塔，和塔尔坪原来的那座塔是一样的。你哆说，你又没有见过塔尔坪的塔。我说，你也没有见过塔尔坪的塔。

我想把另一座塔指给他，但这是一套窗户朝西的房子，而另一座塔在房子的东边。我想，如果自己买一套朝东的房子，如今看到的肯定不是长寿园的安葬塔，而是和塔尔坪差不多的另一座塔了。它就是东亚第一大教堂，高高地耸立在佘山之上，这个时候也许有人正在祷告着，祈求上帝的保佑。

在太阳彻底落下去之后，你哆也慢慢地倒在我的肩膀上，慢慢地倒在我的怀里。我搂着他枕在自己的大腿上，抓住他的手轻轻地呼唤着"爹"。他说，你叫我干什么？我说，我叫你醒醒呀。他说，你叫我什么？我说，我叫你爹呀。他断断续续地说，我叫什么名字？我说，爹你叫陈先土。他像吐丝一样重复了一遍，陈——先——土——

当他吐出最后一个字，眼睛突然睁开了，像两只电压过大的灯泡子，越来越圆了，越来越亮了，然后恍惚了一会儿就慢慢地熄灭了。

你哆合上眼睛，喉咙里咕嘟一声，像有一只鸽子飞走了。

我曾经听到过一次鸽子飞走的声音，那是从你奶奶的身体里发出的。当鸽子的咕嘟声响过之后，你哆拿来一张火纸，盖在你奶奶的脸上，所有人都失去了控制，放声地大哭起来。那时候，我很小很小，就坐在你奶奶的床边上，而且还没有见过鸽子——塔尔坪永远都不会有鸽子，即使如此那咕嘟声仍然给我留下了深刻印象，以至于后来在城市里认识了鸽子，每次听到鸽子落在窗前或者广场上发出咕嘟声的时候，我的心都会为之一抖。

我泪流满面地抱起你哆，顺着一级级台阶朝楼下扑去。你哆浑身完全松弛了下来，像一只轮胎被扎破了，也像失去浮力的一只鸟，身体越来越沉重地慢慢地滑向了地面。

　　天彻底黑了，太阳进入地下模式继续旋转。我如果顺着天梦家园门前的那条路继续朝西走，从上海绕城高速进入沪陕高速，行驶一千多公里之后，就会到达一个叫丹凤的小县城，从小县城拐进北部山区，就会遇到那个叫塔尔坪的小山村。但是我开上车子的时候，还是决定朝东走，从沪青平高速返回市区，打算顺路带着你哆登上佘山，看看东亚第一大教堂。你哆不会做弥撒，不会在胸前画十字，更不会念一句"阿门"。我也不会那些动作，所以不排除用我们熟练的方式许愿——朝着大教堂里的神灵跪下，然后磕上三个响头。

　　但是一切祈祷都失去了意义，我惟一的心思是尽快地返回光明医院。

　　当我从佘山下经过，我抬头看了看那模糊的塔顶，轻轻地呼唤了两声：爹，爹呀。

　　上海自立冬之后，一直没有下雨，更不会下雪，反正在这个几千万人的城市里，没有几个人是以种庄稼为生的，所以他们不在乎风调雨顺，在乎的仅仅只有空气。

　　你哆来上海住院之后，据有关部门发布的监测数据，今年冬天出现了几十年不遇的雾霾，好多人笑着比喻，空气稠稠的，黏黏的，黄黄的，人已经变成了小泥鳅。你哆一旦清醒过来，总是长时间地透过那扇窗子望着天空，一副茫然不知所措的样子。雾霾如果在白天，他会问我上海有云彩吗？雾霾如果在晚上，他会问我上海的星星呢？其实他想问的是，上海的天气为什么那么糟糕。我非常内疚地告诉他，上海不但有云彩，而且尤其漂亮，有的像棉花苞，有的像鱼鳞，有的像羊群，有的像兔子，飘得不高也不远，看上去触手可及的样子。关于星星，肯定没有塔尔坪那么亮了，因为塔尔坪晚上是黑灯瞎火的，而上海的任何一盏路灯就可以站出来灭掉星星的威风。我问他，你前两次来上海的时候没有看到云彩和星星吗？他说，前两次心里慌慌张张的，脚底下都忙不过来，哪里顾得上头顶呀。

　　我刚到上海的那几年不也一样吗？除了对月亮产生过浓厚的兴趣，都没有认真地留意过冬天的温度、花的品种和树的颜色。以至于几年之后，我发现自己一直思念的在塔尔坪司空见惯的松树、红叶和杜鹃花，在上海同样是存在的，而且离自己并不遥远。有一天我去上班，当什么东西把我砸伤的时候，忽然发现报社楼下的花坛里，竟然种着几棵四季长青的松树——我是被掉下来的松果给砸中的；有一天送小青回家，我再次抱怨说，没有小蜜蜂的春天算什么春天？小青指着几十米长的花道说，你看看前面是什么？我才发现，桃花正在盛开，花蕊之中不但有成群的小蜜蜂嗡嗡地叫着，还有三五只蝴蝶在上边飞舞。

那些松树与桃花并不是临时栽种的，我每天与它们擦身而过却又视而不见的原因，一是为了生计，根本没有心情留意身边，何况在如此光怪陆离的地方，花草树木已经被淹没了；二是一直抱着上海的自然景色不如塔尔坪的那种偏见，像上海人一直以为外地人不如上海人优雅是一样的。真正让我在乎上海打量上海的，一是自己生活慢慢安稳了下来，二是报社的情况在慢慢地转变，三是与小青开始恋爱了。最为关键的，还是你哆几次来上海，尤其最后一次来上海住院，当我以主人的姿态接待他的时候，我的目光朝着上海的这个角度开始弯曲。

直到前两天，随着几阵大风吹过，旷日持久的雾霾就结束了，上海玻璃一样的天空又回来了。

我顺着沪青平高速，进入延安路高架之后，上海的夜晚彻底来了，无处不在的灯都开着，释放出了各种奇异的光芒。天空似乎越来越蓝，中午比早晨蓝，比早晨轻，比早晨薄；晚上又比中午蓝，比中午轻，比中午薄。天空有云的时候，不干净的时候，不够蓝的时候，灯光照在什么地方都有反光，但是现在任何颜色的灯光照射在天上就失踪了。所以天空瓦蓝瓦蓝，蓝得有几分虚无，似乎不需要转化，直接就可以进入天堂。

我回过头说，爹，你看看，好蓝啊。他似乎累了，似乎睡着了，似乎……我几个月前读到一首诗，是诗人雷平阳的《蓝》，有所预感地把它背了下来。我看着上海少有的天空静静地念：

> 过牛栏江时，天空
> 比两个月前蓝了一点。车过昭通城
> 又蓝了一点。跟着一朵白云

跑向欧家营的那半个小时

它蓝到了极限……

坐在院坝里，和母亲说起天空的蓝

被她厉声打断。父亲死去才两月

她说：它应该堆满了天空的纸钱

它应该打开天国的喷泉

它还应该，在黑色大幕的边上

指定一群星斗，充任泪眼和灯盏

天啊，不能再蓝了，再这么蓝下去

我的母亲，一个悲观主义者

她怎么承受得了你的蓝

上海的天空你不能再蓝了，再这么蓝下去让人怎么承受得了啊。

从延安路高架转向内环高架，因为是下班高峰时间所以就堵车了。往日低处的杂乱与石库门不见了，能看到的都是浮在半空中的浪漫的优雅的干净的不食人间烟火的生活。我在缓慢的车流之中，一边回头一边自言自语：经过上海体操中心的时候，我说，爹呀，有人在里边说相声，每次一高兴的时候，大家一起喊叫"耐伊做特"，你猜猜"耐伊做特"是什么意思？不明白对吧，那我告诉你，意思就是把他杀掉；经过万人体育馆的时候，我说，爹呀，可以坐八万人，我们塔尔坪祖祖辈辈，无论是活着的还是死了的，恐怕也没有十分之一，如果加上大肥猪、小麻雀与小蚂蚁，勉强才能把这里的位子坐满。

我真后悔，他前两次来，我为什么没有发现那么多，为什么没有介绍那么多。如今，我恨不得把每一盏明亮的灯，每一栋房子每一扇窗户每一条马路，甚至每一个匆匆而过的陌生人都一一指给你哆。

我在上海生活这么多年，头发是在这里白的，门牙是在这里落的。因为迷过太多的路，受过太多的诱惑，经历过太多的煎熬和打击，由开始的抗拒到慢慢地熟悉，由原来的偏见到慢慢地欣赏，与其说是服软了、顺从了和融入了，不如说是倒有几分热爱了。碰到自己曾经扶起过的一棵树，经过自己曾经避让过一只蚂蚁一条蚯蚓的地方，穿越自己曾经拾起过几块垃圾的街道，我都有那么一点点欣慰。南京路不是我随意可以去的，但是那里的部分繁华是自己创造的；东方明珠不是我家的，但是上边偶尔也有自己的一点反光。

在最后的时刻——应该是最后的时刻，我没有理由不告诉你哆——没有他就没有如今的我，没有我上海恐怕会暗淡一些，起码要少一两束光线，就像没有上游塔尔坪的涓涓溪流，哪里会有下游的滚滚长江与滔滔东海呢？

我不禁有些失控，眼泪不经意间又刷刷地流了下来。

原本应该从瑞金南路出口离开内环高架，但是我不小心开上了卢浦大桥。我干脆又给你哆介绍说，桥下是世博园区，后妈去世的那年夏天，在这里开过一次世博会——我也不晓得什么叫世博会，反正沙特馆是一个月亮船，中国馆像一顶帽子，为了参观要排七八个小时。

刚下卢浦大桥，有一个年轻人站在桥头，他穿着一件军大衣，左手捂着头，右手焦急地挥舞着。他冲到滚滚的车流中间，有人骂他你找死啊，有人朝他吐着唾沫。我对自己说，他好像受伤了。我回答自己，最好别管闲事。我对自己说，也许他会死的。想到死，我犹豫了一下，还是把车子停了下来。他摆着手说，你是黑车吧？我不打黑车。他最终还是回来了，先拉开后门，又拉开前门，坐在了副驾驶的位置。

军大衣说，去东方医院吧。军大衣果然受伤了，鲜血像一条条蚯蚓一样向下流。他似乎并不痛苦，轻轻松松地一抹，就把半边脸抹花了，像表演川剧中的变脸。军大衣说，你别误会了，我不是被人打伤的，我在旁边一个工地干活，晚上喜欢站在卢浦大桥上边数一数从桥上通过的车子，有时候我一口气能数到四千多，刚才我数到两千一百二十九的时候，从天上突然掉下一个什么把我的头给砸破了。卢浦大桥那么高，你说会不会是流星？听说流星和钻石一样，都非常值钱对吗？

车子很快停在东方医院的门口，救护车拉着警报不停地开来，有打架斗殴的，有喝醉酒的，有心脏病复发的，有不小心掉到河里的，有鱼刺卡了喉咙的……只有来到医院的人，才会明白这个世界并不安宁，有病的人是那么多，生命是那么不堪一击，有时候脆弱得只要一分钟一条命就消失了。

军大衣下车的时候，把手伸进怀里摸了摸，问多少钱？我说，我们顺路的。军大衣说，我晓得你们拼车，所以应该少收一点。我说，我们顺路的，所以不收你的钱。军大衣有些意外地说，为什么呀？我说，看在我爹的面子上。军大衣问，你爹是谁呀？你爹我认识吗？

他经历的一切似乎超出了想象，于是并不急着去包扎伤口，静静地站在马路旁边和我们挥手告别。

车子返回的时候，刚刚开上卢浦大桥，有一栋圆柱型的大楼突然亮了，玻璃幕墙被装饰成了海洋的样子，远远地看上去像一个海洋立起来了，那蓝色的海水自下向上汹涌着，成群的鱼儿游来游去像游上了天空。我回头对你哆说，爹呀，你赶紧看吧。但是他双目紧闭，怎么能看得到呢？此时此刻，他那双眼睛如果能看到什么的话，也许只能看到自己的内心和自己的世界。而那个世界，根本没有办法与他以前的世界、与我们如今的世界重叠在一起。

麦子啊，这就是真正的死亡吧？

VIII 最后的欣慰

陈元是哭着写完这封信的，当他写完这封信的时候，透过报社的玻璃窗向外一看，有一群鸽子在咕嘟咕嘟地叫着，他欣慰地笑了。

这就是父亲的最后一天，也是父亲的弥留之际，陈元之所以写信告诉麦子这些，是想让她体会一下什么叫做死亡。虽然死亡看似离他们还非常遥远，但是无时无刻不在靠近着他们，而且总有一天会来到他们的身边。

玖回

立碑

二〇一五年,清明前夕,塔尔坪,陈氏。

I 认碑

二○一五年清明前夕，陈元独自回了一趟塔尔坪。

陈元从石门镇下了车，在步行回塔尔坪的路上，有几辆摩托车主动停下来问，你是谁呀？我怎么不认识你？你是去塔尔坪吗？要不要捎你一段？也有人认出陈元，说你不是陈元吗？什么时候回来的？赶紧上车吧。陈元看人家摩托车后边，要么拉着药材，要么坐着人，便摇摇头说，谢谢你，不用了。

当天天气不错，阳光亮堂堂地照着，而且又是春暖花开的季节，满山遍野都是花，有粉红的桃花，有白色的杏花，当然都是野生的；向阳一些的地方还有杜鹃花，大红色粉红色乳白色都有；山上山下最多的是连成一片的连翘花，没有其他颜色，全是金黄色的，飘出来的气味全是香的，而且花比叶子先开，所以显得十分灿烂。

无论这些花多漂亮，大家轻易不会采摘，因为桃花与杏花可以长桃子与杏子吃，杜鹃花多数长在悬崖上是采不下来的。连翘花手边上到处都是的，采不采已经无所谓了，但是据大人们说，连翘花捣成泥，敷在伤口上，可以消肿，可以止痛，可以擦痔疮瘌痢，可以祛毒排脓；泡水喝，可以利尿，可以治感冒，可以治耳鸣；尤其是女人，直接吃下去，可以治肚子痛——她们总是不明不白地肚子痛，如果正是连翘花开的时候，随手采一把吃下去，就药到病除了。

从石门镇到塔尔坪那十里路，勾起了陈元无边无际的回忆。他走走停停，每次看到什么想到什么，就拍一下自己身上挎着的包袱，似乎在拍一拍某个人的肩膀。

陈元在一片连翘花中间停下来说，爹呀，你年年都来这里摘连翘对吧？难怪了，这里的连翘花比其他山上稠多了。到了秋末冬初摘连翘的时候，连翘就没有连翘花那么显眼了，夹杂在树林子中间是很难分别出来的，但是父亲在春天开花的时候，哪些山上稠哪些山上疏已经记得清清楚楚的了。

陈元远远地望着一簇火红的杜鹃花说，爹呀，你还记得吗？我们把杜鹃花拌在面粉里边，摊出来的大饼简直太香了。陈元说着说着，口水就流出来了。

陈元在一座悬崖下边停下来说，爹呀，那里还有五灵脂吗？你很久没有上去采过五灵脂了吧？陈元坐在路边，抬头看着那个悬崖。小时候，他就是坐在这里，看着父亲爬到山顶上，把一根绳子绑在一棵松树上，抓住绳子一步步溜到悬崖中间，从石洞里把五灵脂采下来。有一次，父亲递了几粒五灵脂给陈元，说你尝尝是什么味道吧。陈元以为是什么野果子，放进嘴里咬了咬，说是甜丝丝的。父亲说，还有呢？陈元说，还有一点腥味。父亲说，感觉像什么？陈元说，样子像老鼠屎。父亲说，它就是一种老鼠屎，不过与我们家里的老鼠屎不一样。五灵脂是一种很贵的药材，可以治心痛，可以治吐血，可以治偏风，如果被毒蛇咬了，与雄黄放在一起研成粉末，用白酒调一调喝下去，就可以解毒了，但是那么贵那么稀少的东西，万不得已谁舍得喝呀。陈元见过那种飞鼠，它拖着长尾巴，全身都是黄色的，直到多年之后，陈元才明白它就是小学课本上学到的，在冬天被冻得哆哕哕的寒号鸟。

陈元在一个小瀑布旁边停了下来。小瀑布冲出来的水潭子并不深，但是处在草丛之中就有几分阴森。陈元说，爹呀，有一天晚上我从这里经过把魂都吓掉了。当时，陈元去镇上卖小料子，不巧木材厂的人出门喝酒去了，等陈元处理完小料子回家的时候，天已经黑透了，背后总响起沙沙的脚步声，但是停下来回头一看，又什么都没有了，当他继续朝前走的时候，脚步声又响起来了，似乎有人在不远不近地跟着他。当他走到小瀑布旁边的时候，从水潭子中间突然传来一声尖叫，他以为是鬼，其实是被惊醒的水鸟，把他吓得头发直竖，赶紧使劲地逃命去了。

陈元走到九龙山的外边，死活没有找到那眼泉水。遇到一个药材贩子，陈元上前问，泉水怎么不见了？药材贩子告诉他，前边修路的时候，把泉眼给炸掉了，水就断流了。在塔尔坪，这眼泉水的故事最多——因为雨过天晴或者起雾的时候，被阳光一照总是紫气腾腾的，经常还有一道彩虹，所以大家都说那是老先人显灵了；因为夏天泉水凉得刺骨，可以止渴解暑，所以大家夏天喝的，都是从这里接回家的；因为冬天冒着热气，手伸进水里十分暖和，于是小媳妇大丫头就在下边拦了一个池子，一边洗衣服一边拉家常；据说，那眼泉水还救过不少人的性命，有一年闹灾荒，大部分人家都断粮了，突然从泉眼里流出鱼儿，整整流了半个月，稠巴巴的，有一拃多长。陈元想，是不是大家被饿晕了，集体出现了幻觉，何况塔尔坪人基本不吃鱼儿，小河里也长不出那么大的鱼儿。陈元不止一次地问过父亲，到底是真的假的？父亲说，怎么会是假的？我都捞回来几篮子。陈元说，我怎么不记得了？父亲说，当时你们几个还没有出生。

顺着九龙山朝里走，在九龙山的里边，就是塔尔坪的坟地。陈元拐进坟地，坟头一片连着一片，远远望过去十分壮观。因为修墓的价格比较高，不仅要请泥瓦匠，还需要青砖和水泥，原来大多数是坟，只有少数是墓，而且大部分坟是没有立碑的，有时候连自己的子孙们都搞错了。近十几年，年轻人都进城了，随着老人们一个个去世，自己的家实质上就空了，从某种程度上说，能代表家的就是那些坟墓了。所以无论在天南海北，如今塔尔坪人十分重视修墓，有一部分坟被改成了墓，起码在坟头上重新立起一块碑。有些碑是水泥的，有些碑是大理石的，也有一些碑是木板的，不管什么样子的碑上边，要么写着父亲母亲某某某，要么写着祖父祖母某某某，以及出生时间、去世时间和后辈们的姓名。

陈元第一次认认真真地看了一遍那些碑，心里不免生出许多疑问，甚至有一些别扭和悲凉。第一，在塔尔坪是没有父亲母亲祖父祖母那些称呼的，如今写在墓碑上，感觉是那么的生疏，为什么不能直接写成哆或者爹、奶或者妈呢？有两块墓碑上，写得更加文雅，叫什么显考显妣，显祖考显祖妣，别说父亲不明白什么意思，陈元也不明白什么意思；第二，所有的碑上，没有任何身份职务，也没有任何其他废话。陈元对这一点是理解的，因为埋在那里的都是农民，哪怕教过书的也是农民，农民在任何时候，庄稼种得再好，畜生养得再多，儿女本事再大，也算不上功名，更上不了台面。

陈元发现了塔尔坪小学牛校长的坟，坟头上插着一块木板，上边没有注明他是校长，没有写清楚是谁给他立的碑，连出生时间也是一片空白，仅仅只有"牛根生之墓"和死亡时间。

像牛校长那样的碑在塔尔坪并不少见，在旁边不远的地方，陈元就看到一座奇怪的坟，是用石头垒起来的，中间有一个小小的土包，如果不是上边竖着一块木板，根本发现不了那是一座坟。木板是一块松木的，上边歪歪扭扭地写着"大哥之墓"，模糊的落款是"弟弟陈先土"。

陈元判断，父亲叫陈先土，那么父亲的大哥应该就是陈元的大伯，陈元晓得自己有一个大伯是没有名字的，也是没有坟的，如今突然冒出来的这座坟，恐怕是父亲最近两年才给他新修的。

大伯的坟上除了几棵核桃树之外，其实比牛校长的还要简单，因为木板上连出生岁月与死亡时间都没有。陈元想，如果真是那个大伯的坟，里边应该是空的，根本没有任何尸体，埋着的衣服或者鞋子，更不是他自己穿戴过的。

因为父亲的大哥，也就是陈元的大伯，他好像从没有来过，好像从没有死过，又好像悠悠飘过的一朵白云，确确实实地在陈元他们的头顶停留过。

II 大伯之死

大伯其实就是一个谜。第一，大伯没有名字，不明白是根本没有起名字，还是被大家忘记掉了，反正他是"先"字辈，应该叫陈先什么的，因为二伯叫陈先木，父亲叫陈先土，大佬叫陈先有，小佬叫陈先火，大家按照五行推断，认为他最有可能叫陈先金；第二，大伯生于什么时候，同样没有人记得了，既然他是兄弟五个中的老大，与一九三八年出生的父亲之间，还夹着一个二伯和三个姑姑，照着这样推算下去，大伯应该是在二十年代出生的，还属于民国时期；第三，大伯没有留下任何血脉，但是生不见人死不见尸，如今依然活着，而且儿女成群，也是有可能的。

父亲告诉陈元，在大伯十七八岁的那年六月，他在清风明月前边的麦地里收麦子。大片的麦子已经黄了，布谷鸟不停地叫着，突然有一群人端着枪，一边瞄着麦地里的麻雀，不时地放上一枪，一边冲进麦地里把大伯给揪走了。大伯当时光着膀子，想回家带件衣服，顺便再给家里人打个招呼，但是那群人以为他要逃跑，干脆把他的裤子也脱掉了，光着屁股五花大绑地带走了。

陈元问，他们为什么要绑他？父亲说，那就是国民党拉壮丁。陈元问，什么是拉壮丁？父亲说，也就是让他们去打仗。陈元问，打仗多好呀，是打日本鬼子吗？父亲说，打仗有什么好的？子弹都不长眼睛，最后都被别人打死了。

大伯被拉壮丁之后，随着国民党部队一直南下，因为民国时期的塔尔坪，不属于陕西的地盘，而是归河南管辖的。方圆被拉走的几个壮丁，逃回来的时候捎了一串口信，要么说大伯到武关了，要么说大伯到西峡了，要么说大伯到南阳了，最后的消息是从南阳传回来的，说南阳在下连阴雨，部队里患了传染病，个个肚子拉得稀里哗啦的，上前线打仗连枪杆子都端不稳。再往后就没有任何消息了，因为方圆的壮丁要么生病死了，要么被枪打死了，要么失踪了，连捎口信的人也不剩了。

关于大伯，陈元有几件事儿总也想不明白。第一，民国时期他们家是地主，作为地主儿子的大伯，为什么要亲自下地收麦子呢？难道地主没有雇长工吗？第二，父亲私下悄悄告诉陈元，他们二房之所以成了大地主，其他几房成了贫农，钱不是剥削来的，土地不是霸占来的，媳妇不是抢来的，他们二房的土地，一部分是上边留下来的，一部分是自己修的，一部分是用白花花的银子买来的。但是那么喜欢土地的人，一直好好种庄稼的人，怎么就变成剥削阶级了呢？第三，在民国时期，他们大地主是受害者，解放以后，他们照样成了受害者，难道都是家里富裕惹的祸吗？

大伯失去音信之后，大伯的爹妈，还有几个弟弟妹妹，很长时间没有人公开找过他。陈元想，第一，那时候人命不值钱，甚至不如一只鸡一条牛，鸡可以下蛋，牛可以犁地，死后都可以吃肉，人死活都是不能吃肉的，如果家里的牛丢掉了，是要连夜把它给找回来的。陈元有几次挖药迷路了，是没有人去找他的，待遇比畜生差远了；第二，对于大伯的几个弟弟而言，没有大伯他们就能多分一份家产，果然在分家的时候，为了多分一个碗，多分一把椅子，尤其为了几间房子，还是打得头破血流；第三，仅仅地主儿子的身份，父亲他们经常被拉出去批斗，砖瓦烧不蓝要被批斗，天不下雨也要被批斗，大伯如果还活着，就是国民党的兵，国民党的兵就是敌人，就是反革命，把反革命给找回来，大家又要受到牵连了。

直到地主帽子被摘掉之后，社会来了一个大转弯，大家开始想着怎么勤劳致富，慢慢地就都想着早上醒来眼睛一睁就成了有钱人，起码是有钱人的后代。陈元他们当然也不例外，也就是从那时候开始，才晓得他们还有一个大伯。大伯激起了那些年轻后辈们无穷的想象力，陈元曾经把他想成了《上海滩》里的许文强，二堂兄陈元北把他想成了邱少云或者黄继光，大堂兄陈元东把他想成了周扒皮或者刘文彩。他们年轻的时候见识少，就晓得那么几个人，不管是正面的反面的，都眉毛胡子一把抓。

大伯模模糊糊的那种形象，让大家觉得格外的神秘，似乎大伯上天入地，刀枪不入，干什么都可以，所以对大伯佩服得五体投地，而且充满了联想和敬意，像对待神仙一样，似乎大伯已经化成了神仙。

在整个塔尔坪，当时除了大伯之外，在他们的长辈中间，没有一个在外当官的，也没有几个发大财的，更没有一个是当过兵的，即使是地主，照样是可怜巴巴的农民，所以，大伯已经不是他们的大伯，而是埋在地下的一笔宝藏，不仅仅是二房，包括其他几房，后辈们也在悄悄地打听大伯的下落——似乎谁先找到大伯，就等于找到了那笔宝藏。

陈元当放牛娃的时候，他把牛放到山坡上，望着白茫茫的大山，一遍遍地呼唤着大伯啊大伯，像他们那里给人叫魂一样。每次当他站在山顶上大声呼唤的时候，总会把一些动物给吓得四处乱跑，有一次有一只锦鸡——当时他只晓得锦鸡，还不晓得凤凰，随着他的呼唤慢慢地落在面前的一棵大树上，它嘎嘎的叫声反而把他吓了一跳。他感觉那不是别的，正是大伯转世了，或者是大伯派来的。大伯好像在问，你叫我干什么？他说，不干什么呀。大伯好像说，不干什么你那么大声干什么呀？他说，我想你了呀。大伯好像说，骗人的吧？你是我侄子，有事情你就说吧。他说，你真是我大伯的话，就保佑我家的老黄牛生一只小牛吧。当时锦鸡确实是出现了，陈元也和它说话了，不过是自言自语而已。陈元说完话，锦鸡就飞走了，不久他家老黄牛果然就怀上了小牛。另外还有挖天麻，天麻比较值钱，每到夏天大家都会拥上山，能不能挖到天麻完全是运气，运气好的话会遇到一大片天麻林，运气不好的话恐怕连个天麻苗子也看不到。陈元运气总是好得出奇，从不空手回来，大家都说他有发财的命，所以他往哪座山里钻，好多人就跟着往哪座山里钻。其实不是陈元命好，而是他有一个秘密，他从进山开始，就在心里念叨着大伯，希望大伯给他引路。

当陈元稍微长大了，尤其是上中学之后，他每到一个地方，比较喜欢逛的地方是烈士陵园。他陆续去过商洛烈士陵园，也不止一次去过丹凤烈士陵园，在石门镇旁边的山头上，有一座革命英雄纪念亭，他去过不下十次。陈元还以《烈士陵园》为题写过一首诗：

> 流完所有的血和最后一滴泪
> 我也无法埋在里边
> 我常常借着祭拜英雄的名义
> 到那里欣赏易逝的桃花
> 看看四季长青的柏树
> 顺便找找走失的亲人
> 他是否早早地伏在地上
> 用头颅和热爱
> 为我铺好了台阶
> 只等我从石碑上认出他的名字
> 我觉得希望一片渺茫，这就是
> 一根小草在和平年代的忧伤

陈元喜欢到烈士陵园找大伯，开始是这么想的，当年大伯被拉壮丁，进了国民党的部队，是有机会弃暗投明的，如果他投奔了共产党的部队，像二堂兄陈元北那么说的，大伯堵过敌人的枪眼，炸过敌人的碉堡，成了一个大英雄，那他们就是英雄的后代。英雄的后代除了可以戴上大红花，还可以享受不少待遇，受到许多照顾。陈元每次到烈士陵园，就一块块墓碑去认，看看有没有叫陈先什么的人。有一次，在丹凤县烈士陵园里，看到一块墓碑上有一位烈士姓陈，后边两个字有些模糊不清，他非常激动地找到了管理员。管理员搬出了花名册，说这里姓陈的烈士一大批，别说陈先什么的了，连陈后什么的都没有。让陈元郁闷的是，那一排排最壮观的，是无名烈士之墓，说不定大伯就埋在里边，但是没有名字有什么用处呢？

还有一次，陈元在石门镇一家小饭店里吃面条，等面条煮好了自己可以从后门走出去，采一把新鲜的挂着露水的叶子，有薄荷，也有山蒜，直接放入热气腾腾的碗里。那是让陈元回味无穷的一次，老板娘说，你别小看我这个店，你坐着的被磨得油光发亮的那把椅子，说不定也是革命前辈李先念坐过的。陈元吃完面条，赶紧去附近打听了一下，发现李先念确实在石门镇一家中药铺开过会，商量在商洛建立革命根据地。

陈元想，大伯名字中应该有个"先"，而李先念也有个"先"，会不会他就是大伯呢？在那个年代很多人都改名字，毛主席改过名字，周总理也改过名字，大伯改个名字是很有可能的，在战争年代改名字是为了躲避敌人，在和平年代改名字也许怕人找麻烦，所以继续隐姓埋名，最后留下一个辈分，以"先"作为纪"念"。陈元给有关部门写过信，想核实一下自己的身份，那封信自然是石沉大海的；他还去过一次丹凤县志办，看大门的老人说，你这不是胡说吗？我姓李，李先念也姓李，起码三百年前还是一家，我都不敢和他攀扯，你就不要做梦了。

陈元的二堂兄陈元北也找过大伯。据他说，有一次看新闻，发现有一位革命前辈的名字叫陈云，开始听到陈云的名字，他并没有联想到大伯，因为之间的差距实在太远，让他想一下的胆量都没有，但是偏偏发现陈云有一个儿子叫陈元。当时陈元北在石家庄当兵，他打电话给陈元说，你认识陈云吗？陈元说，陈云是谁呀？陈元北说，陈云是国家领导人。陈元说，这和我有什么关系吗？陈元北说，他有个儿子叫陈元，你也叫陈元，如果他那个陈元和你这个陈元，都是"元"字辈的话，你想想有没有关系？

陈元也有一些浮想联翩。他泡图书馆的时候，顺便查阅了一下中共的党史资料，尤其是有关陈云的资料。他很快从资料中找到了两个疑点：第一，陈云生于一九〇五年，起码比大伯要大二十岁；第二，陈云的老家是江苏青浦，后划为上海青浦，与陕西根本不沾边。多年之后，陈元在上海打工的时候，他还趁机去青浦那边参观了一下陈云故居，仔细琢磨了一番陈云的革命足迹，还是无法改变陈云不是大伯的事实。从那以后，他的幻想基本就破灭了，不过，当有人问他叫什么名字的时候，他常常半开玩笑半认真地说，陈云之子陈元。

陈元的大堂兄陈元东非常聪明，小学中学都念得非常好，可惜是地主的后代，时运不济，不允许上高中，也不允许入团入党，为了有一个翻身的机会，他在进入寺庙之前，也迷上了大伯，希望大伯改变他的出身。在大家对国民党不再那么敏感的时候，他对两岸关系十分关心，经常盯着陈元父亲的收音机，要收听两岸新闻和两岸寻亲热线。陈元东给陈元分析，大伯被拉了壮丁，参加了国民党部队，先去了河南，从河南往前走就是安徽，再往前走就是江苏南京。南京是国民党的首都，好多国民党官兵都是从南京逃到台湾去的，大伯如果大难不死，在枪林弹雨中一路跑到了南京，然后随着某某人逃到了台湾，在台湾成家，在台湾当官，或者在台湾经商成了大老板，当然也有可能成了要饭的。陈水扁上台的时候，陈元东怀疑陈水扁就是大伯，陈水扁似乎不承认自己是中国人，同样也可以不承认自己是塔尔坪人，因为塔尔坪对他来说，除了是在那里出生的，是从那里被光着屁股绑走的，其他什么都没有！好不容易有一座寺庙，好多年前也被拆掉了，剩下的几个弟弟妹妹，都是面朝黄土背朝天的农民，让他更加没有面子，自然没有回来的动力。

陈元受到陈元北的感染，看到台湾某某某主席回到大陆寻根问祖，某某某亿万富豪临死之前留下一大笔财产委托律师转交给大陆的亲人，陈元就想，说不定哪一天他们也会收到一封信，是来自台湾的关于财产继承的遗书。陈元刚刚当记者那一年，无意中认识了一个老板。老板开了一家名字叫龙的婚纱摄影店，请陈元帮忙炒作一下他的企业。他们约在徐家汇那边一起吃饭，陈元接到名片之后，发现老板也姓陈，是从台湾那边来的。那顿饭本来由陈老板请客，最后陈元糊里糊涂地买了单。

陈元给陈老板策划了一个活动，从八旬老人中间选十对金婚夫妻，免费给他们补拍一套婚纱照，那项公益活动引起了轰动，让龙摄影的知名度一下子超过了巴黎婚纱。陈老板包了一个大红包感谢陈元，被陈元拒绝了。陈老板三十来岁，在全国各地生意做得很大，从认识陈老板那天开始，陈元就幻想把他和大伯扯上关系。陈元对陈老板说，我求你一件事儿。陈老板说，你尽管吩咐吧。陈元说，在台湾帮我找找大伯。当陈老板让陈元提供大伯的姓名信息，陈元只能告诉人家，大伯姓陈，可能叫陈先金，出生在塔尔坪。陈老板很用心，在台湾好几家报纸上都打了寻人启事，结果是可想而知的，什么也没有找到。

　　对于大伯的兴趣，不仅仅是陈元他们年幼无知时候的幻想，其实还有几份农民后代的无奈。直到最近几年，当父辈们一个个去世，陈元最希望的，不是大伯能给他们带来什么意外的荣耀和财产，而是以一个亲人的名义仍然活着。

　　陈元推算了一下，大伯如果没有死在乱世之中，没有死在无边的苦难之中，依然健康地活在人世的话，不过八十多岁而已。

Ⅲ 大佬之死

　　其实，死亡和年龄是毫不相干的。

　　在父亲的兄弟之中，最先离开的是陈元的大佬陈先有。大佬是一九四几年出生的，出生之后没有几年全国就解放了，算是在新旧交替的夹缝中长大的。大佬和长辈们长相差不多，天庭饱满，地阁方圆，惟一不一样的是他的耳垂，又长又厚又大，头稍微一偏，耳朵就拖到了肩膀上。陈元的表叔麻花子给他看过相，说他凭着那一对大耳朵，尽管晒晒太阳睡睡懒觉，保证一辈子有吃有喝。有一次，大佬家里断粮了，两天都没有饭吃，正好碰到了麻花子，他就骂麻花子，你看相都是哄人的，说我有吃有喝的，我的吃喝在哪里？麻花子说，你看看你两只大耳朵，长在脸上也是样子货，你把它们割下来，肯定能炒一碗好菜。

　　按说大佬的条件并不差，不明白什么原因，竟然打了光棍。陈元分析：第一，恐怕是受了麻花子看相的影响，大佬干什么事儿都懒洋洋的，太阳还没有落山就钻进了被窝，第二天太阳晒屁股了还不起床，直接躺在床上晒太阳。陈元的小佬学大佬的样子，后来变成了塔尔坪的几个懒汉之一，把脖子都给睡歪了。大家埋怨大佬那个当哥的，没有给小佬那个弟弟带好头。但是大佬说，我光棍一条，不让我睡觉，在梦里娶媳妇，你们心太狠了吧？第二，他虽然没有被划为地主，起码是地主儿子，那样的成分谁还敢嫁呢？父亲的解释是，人的命再好也抗不过国家的命，在当时能保住一条命就不错了，哪里还有心思去想媳妇呀？陈元问父亲，他和你们兄弟几个不是一样吗？你们的媳妇是从哪里来的？

所以大佬一辈子没有成家，是有其他原因的。前几年，陈元嫁到河南灵宝的小姨娘得了癌症——在陈元的印象中小姨娘自嫁出去之后，从来没有回过一次塔尔坪，直到去世之前念念叨叨地回来一次，在陈元她妈的坟上坐了半天，顺便又去大佬的坟上烧了烧纸。陈元问，小姨娘和大佬有什么关系吗？父亲说，小姨娘险些成了大佬的媳妇，门都上了，亲都订了，婚都结好了。

小姨娘是在和大佬结婚的当天晚上逃掉的。她背着包袱，低头看着自己的脚尖，顺着一条羊肠小道，一边要饭一边朝外跑，断断续续地跑了几天几夜，最后实在跑不动了，停在河南省灵宝县境内。有一天中午，被饿得头晕眼花的时候，突然遇见几间茅草房，她推门而入，直冲厨房，掀开锅盖，也不打招呼，把人家焖在锅里的洋芋一扫而光。她也许是吃饱了，也许是昏过去了，倒在炕上一觉睡到第二天下午。那户人家有个儿子得了白癜风，正愁着找不到媳妇呢，小姨娘经不住馒头大饼洋芋红薯的引诱，半个月的饱饭吃下来，就把自己给嫁掉了。

陈元没有去过小姨娘家，但是余家村的表姐去过，在那边住了三个月。据表姐说，塔尔坪虽然山大沟深，人是住在山下边的，但是她小姑家，也就是陈元的小姨娘家，是住在黄土高坡上边的，茫茫一片没有一棵树，没有树就没有老鸹与喜鹊。小姨娘家有二三十亩荒塬，经常遇到干旱天气，多数是颗粒无收的，但是最要命的不是粮食，而是没有一条河，也打不了井，所以缺水，春夏秋三个季节，如果不太干旱，早上天不亮，就要下山背水。水是从泥巴里一滴滴渗出来的，太阳升起来的时候就断流了，半天勉强能接到半桶水，背回家先用来洗菜，然后用洗菜水来洗脸，最后用洗脸水来喂畜生。表姐在小姨娘家的三个月，三天两头才洗一次脸。陈元问，为什么不住在山下呢？表姐说，那里是黄土高坡，根本不存在山上山下。陈元问，为什么不吃雨水呢？表姐说，那里一年四季很少下雨，一旦下雨了，就要把雨水收集起来，存放在水窖里留着过冬，因为冬天是彻底没有水的。按照表姐的说法，小姨娘的胃癌，是半辈子没有水喝造成的。

当年得胃病去世的人非常多。大家猜测，陈元他妈那么年轻，就是得胃病去世的，陈元的大佬也是得胃病去世的。因为没有粮食，大家整天吃树皮草根，甚至吃石头粉，他们的胃已经不是胃，而像一个水泥搅拌机。陈元见过大佬吃包谷秆，他把颗粒无收的包谷秆，用刀子一根根剁碎，然后放在磨子上磨成粉——清风明月的中间有一扇大磨子，也许整天磨那些粗糙的东西，一拃厚的大磨盘最后剩下烧饼那么厚了。大佬用包谷秆蒸馒头，那天早上馒头出锅的时候，他神秘地朝陈元招招手说，你饿了吧？大佬得意地掀起热气腾腾的蒸笼，把一个馒头扔在陈元的手心。陈元拿着黄里透青的馒头狠狠地咬了一口——怎么比喻呢？它真像牛粪疙瘩，如果放过牛的人，肯定捡过牛粪疙瘩，刚刚从牛肚子里拉出来的冒着热气的牛粪就是那个样子，被太阳晒干之后硬邦邦的牛粪也是那个样子，惟一不同的是，牛粪有青草和尿臊的味道，而包谷秆蒸出来的馒头没有任何味道，放在嘴里和老牛吃草一样。

在去世之前的十几年间，大佬不停地打嗝，喉咙里好像有一只青蛙，而且胃里不断地返着酸水，尤其是去世之前两天，他躺在床上像一眼泉水，嘴里咕咕嘟嘟地冒着血水，偶尔还会吐出黑色的血块。大佬去世具体是哪一年不清楚，但肯定是一九八几年，比陈元他妈晚一点点，当时塔尔坪只有一个赤脚医生，还兼着给畜生看病，其实就是劁猪骟牛。大家无论生多大的病，从来不检查不打针，会吃一些自采的草药。塔尔坪到处都是草药，山上除了天麻、五灵脂、灵芝、茯苓之外，比较普遍的是柴胡、苍术和五味子。五味子据说就是治胃病的，至少是开胃用的。

大佬一辈子没有吃过草药，他至死都不吃草药，不是因为不相信草药，而是草药采回来之后，宁愿拿到小卖部卖钱。大家判断一个人是否去世，惟一的办法是把手指头放在鼻子上，看看还在不在出气，所以在塔尔坪把死也叫断气。当时大佬的嘴一张一合，吐了一天一夜的血水，被大家装在棺材里埋掉了，和陈元他妈的死法一模一样。多年之后，陈元怀疑他们根本没有死，只不过闭着眼睛，如果去医院好好看看，也许还能维持一段时间。

　　陈元的大佬一辈子没有成家，但是有一个儿子——父亲兄弟五个，除大伯生死不明之外，其他活着的兄弟四个，不管什么情况，最后都有一个儿子。大佬可能一辈子都没有睡过一个女人，哪怕在梦里找媳妇也是假的，所以大佬的儿子不是自己的，而是从陈元他们几个人中间过继的。

　　过继儿子的事情是在大佬去世之前提出来的。当时二伯陈先木和小佬陈先火都有一个儿子，只有父亲陈先土是两个儿子，一个是陈元，一个是陈元他哥陈元西，这样一来，过继的合适人选自然就是陈元和他哥了。按照大佬的意思，他比较喜欢陈元，原因是陈元十分勤快，喂猪挖药种庄稼，砍柴做饭洗衣服，样样都干得很漂亮，关键陈元在十岁左右，就开始想办法挣钱。但是在真正过继的时候，突然变成了他哥陈元西。对此，陈元很不在乎，因为过继之后就变成了别人的儿子。果然，他哥很快就搬到了大佬家，与大佬一起睡觉一起吃饭，在一个没有女人的家里，不管怎么看都怪怪的，倒像一个孤儿一样。

　　过继手续办完不到两年大佬就死掉了，又过不久陈元他哥在去河南灵宝淘金的路上也死掉了。陈元他哥一死，大佬名下的几间房子、一座自留山和几块自留地，并没有糊里糊涂地变成他陈元的，而是被父亲兄弟几个吵来吵去重新给分掉了。只是陈元他哥刚刚订的一门亲事，按照父亲的意思，陈元必须把还没有过门的嫂子给娶回来，如果不娶回来的话，以前送出去的彩礼就白花了。父亲查好黄道吉日，让媒人下了聘书。嫂子本来还挺伤心的，接到聘书高兴得不得了，立即请木匠开始准备嫁妆，但是被陈元给拒绝了。陈元说，娶媳妇干什么？父亲说，娶媳妇生孩子。陈元说，生孩子干什么？父亲说，养大了再抱孙子。陈元说，我还要念书。父亲说，念书最终还不是为了生孩子？而且你生完孩子再去念书也是一样的。

陈元没有听从父亲的安排，早早地跑到学校躲起来了。

有人说，大佬的面相包括大耳朵，远远看上去像个和尚，这辈子命中注定是无后的。如果把陈元过继给大佬，他哥就不会出意外，出意外的恐怕就是陈元。这让陈元又想起了失去音信的大伯，如果大伯依然在一个神秘的地方活着，上天会不会安排人来继承他的香火呢？如果大伯已经不在人世了，陈元他哥是不是奔他而去了呢？陈元想，一切都有可能，物质是不灭的，精神也是不灭的，无论是肉体还是灵魂，从一个地方消失了，也许会在另一个地方出现。

谁也没有料到，如今陈元他们不管是谁的儿子，不管是延续了谁的香火，却统统地流落在了异地他乡。谁拥有那些房子有什么用呢？再过多少年清风明月又会是谁的呢？他们繁衍下来的血脉还会不会姓陈呢？在大佬去世的时候，塔尔坪还是人丁兴旺的，村子里一年四季都有酒席，也有喜鹊喳喳地叫，有的在那里拜堂成亲，有的在那里出生，有的在那里死去，生与死、喜与悲，都在一圈圈地轮回着，不晓得从什么时候起，像一条珍珠项链一样，中间那根绳子被抽走了，那种轮回就被打破了。

陈元在坟地的最里边找到了大佬的坟。大佬的坟上没有碑，却竖着一块天然的石头，上边写着大佬的名字和其他一些信息，可惜不是雕刻出来的，所以经过风吹雨淋，字迹已经模糊了。按说大佬的坟应该由他哥陈元西来祭扫，他哥去世之后应该由陈元代替，但是实际上是由父亲代替的。

大佬的坟上放着一个瓶子，是过年过节的时候点灯用的。陈元拍了拍身上的包袱说，爹呀，这盏灯要熄灭了。

陈元一下子泪流满面，在大佬的坟前跪了下去。

Ⅳ 族长之死

陈氏的最后一个族长陈先甫是在西安死的。

陈先甫是大房的，住在高山流水里边，留着一把白生生的山羊胡子，头上戴着一顶黑色的瓜皮帽子，上边有个红色的结子，走路的时候总是背着双手挺着胸脯，似乎有一根绳子反绑着他。陈先甫在塔尔坪论年龄不大，论辈分又不高，之所以能够成为族长，不是大家选出来的，而是自然形成的。第一，他可能读过一点书，不仅是长辈们中间晓得武大郎和潘金莲、林黛玉和贾宝玉的人，而且熟悉各种礼仪风俗，婚丧嫁娶都要请他当知宾，也就是主持和总指挥。第二，他会写一手不算漂亮又无法替代的毛笔字，陈元就是从他那里学写毛笔字的，毛主席万岁、要想富先修路、少生孩子多栽树，基本是他用石灰刷在墙上的；天地君亲师位、春满乾坤富满门、天增岁月人增寿，塔尔坪的香堂和过年过节的对联，多数也是他写的。第三，无论谁家女儿找婆家，谁家儿子找媳妇，媒人都喜欢把双方带过去让他过目，如果他一点头这门婚事十有八九就成了，他一声不吭那门亲事基本就泡汤了。杀猪的陈先株有个女儿叫陈元芹，当年有个小伙子来提亲，族长坐在一把太师椅上，一边抽着水烟袋一边眯着眼睛盯着。看小伙子眉清目秀，族长点头一笑，当听说小伙子家住小南沟，族长胡子一甩，脸一板，只顾着低头抽烟，不再吱声了。原因是小南沟在塔尔坪对面的山沟里，地方十分偏僻狭窄，门前顶着山，门后也顶着山，不仅没有半分平地，而且属于阴坡，太阳刚从头顶上升起来，一转身又落到山后边去了，即使是风调雨顺，粮食也填不饱肚子，而且那里不长麦子，只长包谷，往往包谷还没有灌浆就已经立秋——小伙子长得眉清目秀，也许与那里晒不到太阳有关系。看族长的态度，肯定是不同意那门亲事的，但是陈元芹图小伙子长得好看，这边还没有点头呢，那边就眉来眼去地好上了，最后万般无奈草草地嫁过去了——嫁过去之后，日子过得十分艰苦，生了两个儿子都找不到媳妇，全部跑到外边不回来了。陈元芹每次遇到族长，都哭哭啼啼地说，肠子都悔青了。

在陈元他们家，也有一件大事儿是族长帮着料理的。当年他哥陈元西死在去河南灵宝的路上。父亲心想，离那么远，死就死了，拉回来埋掉就算了。但是族长说，十八九的一条命啊，怎么可以让他白白地死了！族长连夜起身赶到河南，找到搞运输的老板家，不打不闹也不讲理，静静地坐在人家门前唱孝歌：

奈何桥上骨肉分，
黄泉路上无老少。
为人在世多行善，
何必逼人泪滔滔。
化份钱纸灵前烧，
好送亡者到阴曹。
亡者过了奈河桥，
忘记阳间路一条。

老板听不懂塔尔坪的话，也不明白那是孝歌，但是感觉唱得苦巴巴的，就问他，你是要饭的吗？族长说，我是来叫魂的。老板说，谁的魂丢了？族长说，我侄子的魂。老板说，你侄子是谁？族长说，我侄子叫陈元西。老板说，我明白了，你是来找茬的，不过我告诉你，因为他是被淹死的，他的魂如果丢掉了，应该丢在那条河里了，你要叫就去河边叫。族长说，他不坐你的车怎么可能淹死呢？那孩子刚刚订了一门亲，还没有进洞房，就死在你手上了，所以他的魂肯定还在你家里。老板说，你简直是胡扯。于是关门闭户置之不理，但是族长东拉一句西拉一句，在人家门前唱了一天一夜，唱得人家阴森森的，后背心凉丝丝的，最后实在受不了了，才答应赔偿八百块钱。

陈先甫成为族长还与他坐过一次牢有关系。他坐牢，不是杀人，不是抢劫，也不是偷东西，而是贩卖粮票。当年贩卖粮票，还有做生意，都是要坐牢的。族长是塔尔坪最有商业头脑的人，而且是第一个出门做生意的人。他把粮票不仅仅贩卖到了西安，还顺着西峡、南阳，一直贩卖到了南京。那条路线，就是大伯失去音信的路线，有人说，族长到南阳，到南京，不是贩卖粮票去了，只是借着贩卖粮票，去寻找陈元他大伯去了。族长在法院被审判的时候，他也是那么说的。他说自己之所以贩卖粮票，就为了挣一点路费，好寻找自己的大哥——论辈分，他确实可以把陈元他大伯叫大哥。他把陈元他大伯的真实身份隐瞒掉了，没有说是国民党的兵，而说是共产党的兵。他告诉法院说，我大哥如果活着，应该是一个老革命；如果死了，应该是一个烈士。我在寻找革命兄弟，或者是烈士兄弟。我有罪，但是情有可原，你们应该宽大处理。法院听了，死活是不相信的，不相信也有不相信的理由，因为从他身上搜出了很多粮票和许多钱。

如果赶上好时代，族长早就成了富翁，即使他彻底收手了，在他去世之后，依然发现他有十几万的存款。那个数目在城市里恐怕不算什么，但是在塔尔坪可以盖一个清风明月一样的院子。

与族长一起贩卖粮票的，还有县城一个姓马的，两个人在西安火车站交易的时候，被公安人员给抓住了。姓马的被判了三年，族长被判了两年半，都被关在商洛监狱。商洛当时是行署所在地，如今是市政府所在地。大家开始并不晓得他被关在那里，因为塔尔坪还没有一个人去过商洛。所以族长被关在监狱的那两年多，没有人去看望他，也就没有人给他送过防寒的衣服。

中国后来不仅仅可以经商，而且粮票也全部作废了，这让大家觉得族长实在太冤枉。加上他贩卖粮票的时候，走南闯北逛过的地方多，是塔尔坪走得最远的人。甚至大多数人认为，他在商洛不是坐牢，而是工作去了。他从监狱回来的时候，带了几袋子水果糖，如果前去看望他，无论大人孩子都有一颗水果糖。那是陈元人生中吃到的第一颗水果糖，也是塔尔坪很多人吃到的第一颗水果糖。所以族长回来的时候是十分风光的，感觉像是一个英雄。

各种原因积累在一起，塔尔坪人对族长的态度，不但没有一点看不起，反而佩服得五体投地。

陈元上学的时候，老师常常问他们，长大想干什么？他和同学们的回答是，他们想去坐牢。老师十分意外，老师想要的回答是，当兵，作家，最好是科学家。如果想当科学家与作家的话，离那个理想并不遥远，比如陈元，如今当了一名记者，偶尔还写几首小诗。如果想坐牢，真不是一件容易的事儿，好多人暗暗地发誓，不管用什么办法，哪怕是犯法，也要走出塔尔坪，起码得像族长一样走到商洛。陈元的愿望长大之后就实现了，果然考上了陕西下边的职业学校，而且他们学校正好就在商洛监狱的隔壁，在操场上跑步的时候，铁丝网里的一举一动看得十分清楚，除了几名持枪的警察之外，商洛监狱不过就是一个砖瓦场——坐牢就是烧砖瓦的。

族长坐牢让人非常羡慕还有一个原因，他坐牢之前，除了懂礼仪、读过一点书和写毛笔字之外，其他什么都不会，连种庄稼也是马马虎虎的。但是在监狱里，他学会了一门手艺，也就是用砖头砌墙。他的那门手艺十分厉害，不仅仅能用砖头砌墙，而且能在砖头上雕刻龙凤图案。不晓得他在监狱的时候，是不是用这门手艺给人盖房子，自从回到塔尔坪之后，他就开始给人修墓。而且不盖房子，只修墓。原来修墓的人不多，后来开始热衷修墓了。不但给活着的人修墓，给刚刚去世的人修墓，还把埋在土里的人从坟里挖出来，重新埋到墓里边去。陈元他哆他妈他哥，原来都埋在坟里边，后来由族长修了墓，还看了墓地的风水。陈元他们二房，大堂兄陈元东进了寺庙，二堂兄陈元北跑到了北京，陈元自己跑到了上海，大家认为"元"字辈出了几个人物，都是族长修墓的时候，顺便给看的风水起了作用。所以家里一旦有人死了，就带着礼水请族长修墓，再让族长给看看风水。

为了风水，有的把树给砍掉了，有的把小山给炸了。说来十分奇怪，经过族长修过墓看过风水的，似乎什么都顺了，想念书的果然就念上书了，想抱孙子的春去秋来就抱了孙子。最后塔尔坪的死人，几乎都是族长给埋掉的，埋在九龙山下什么位置，朝向什么方向，依着哪条小河，墓上雕刻龙凤还是狮子，就凭着族长一句话。似乎每个人的命运就掌握在族长手中。

所以他当上族长也就是自然而然的了。

族长坐牢之后，也有变得不好的两个地方：第一，他的脾气异常地暴躁起来，隔三差五地就把媳妇按在地上打一顿，而且多数时候打得没有理由。比如媳妇给他剪脚指甲，不小心把脚指头给剪破了，他把媳妇一脚踢下床不算，还要拿起鞋底子抽媳妇的屁股；比如媳妇会唱花鼓戏，坐在院子里洗衣服，或者是纳鞋底子，喜欢哼上一段两段。每当媳妇唱得高兴的时候，族长不仅会生气地打媳妇，还会把一群麻雀赶得叽叽喳喳地乱飞。他打媳妇不是因为媳妇唱得不好，而是因为媳妇的唱词里有"哥呀妹呀"。第二，他的身体异常地糟糕起来，据父亲说，族长年轻的时候生龙活虎，有一次捉住了一头野猪，野猪五十来斤，力气比两头牛还大；有一次在贩卖粮票的时候，遇到一群人拦路抢劫，他提着一根棍子，把人家五个人打得屁滚尿流。但是在监狱里待了两年多时间，出来后一下子又干又瘦，像是在窑里被烘烤过似的。他整天喊着腿酸，浑身没有力气。男人有没有力气，女人心里最清楚。他媳妇说，原来可以捉住一头野猪，如今晚上睡觉的时候，连跳蚤也捉不住了。

陈元最后一次见到族长，他坐在高山流水里边，歪着头，在晒太阳。陈元扔给他两包好烟，他本来已经戒了，还是稀奇地抽出一根，说是几块钱一根呢，我抽一根尝尝吧。他抽了几口就开始咳嗽，感觉一口气随时都会断掉。陈元不停地回头，希望多看他几眼，果然那是陈元最后看到的族长。陈元离开塔尔坪不久，父亲打电话说，族长生病了，被儿子陈元春接去西安，检查结果是得了肺癌。父亲叮嘱陈元，你有机会经过西安的话就去看看他，好多人等着他修墓，还指望他回塔尔坪修族谱呢。

据说，族长下葬的时候，送葬的人依然不多，但是沿着小河摆了不少花圈，在塔尔坪是绝无仅有的。陈元的父亲眼里含着泪水，整天整夜地守在灵前——不管怎么说，虽然不是一奶同胞，毕竟是血肉相连的。在那些花圈之中，多数上边都写了落款，是后辈们从四面八方送来的。但是有一个花圈大得出奇，直径有两米多，扎得也十分好看，上边的花都不是纸的，而是真正的菊花。大花圈上边除了一个"奠"字，竟然没有族长的名字，也没有送葬者的名字。大花圈是谁送来的，是什么时候送来的，没有一个人清楚。

大家猜来猜去都是没有结果的。族长下葬之后好长时间，塔尔坪人还在纷纷地议论着。有一天，父亲突然想起什么似的，问陈元，你跑的地方大，结识的人多，大花圈是不是你派人送的？或者是你的什么朋友送的？陈元说，我当时都不晓得他死了，如果晓得他死了，我一定回去送他最后一程。

父亲嘟哝着说，难道是他？

陈元说，他是谁呀？

父亲说，还能有谁呀！

自从族长不在了，父亲的几个亲兄弟也不在了，他每天清早都要穿戴好衣服，坐在那个被磨得油光发亮的门枕上，一边抽烟一边望着白茫茫的山头。如果有老鸹呱呱大叫的时候，他会冒出一句，喜鹊呢？喜鹊去哪里了？为什么还不回来呀？有人经常安慰他，老鸹会飞走的，喜鹊会回来的。他笑笑说，我怕是等不到那个时候了。

陈元相信父亲能活一百岁，但是终究避免不了一死，不管以什么方式消失，塔尔坪就再也不是塔尔坪了，它将随着最后一位亲人的离开，慢慢地被人从记忆中根除，因为经受百年孤独的陈氏家族，不会有第二次机会在大地上出现。但是塔尔坪毕竟还是塔尔坪，因为还有那些散落在四面八方的血脉。

像那个神秘的花圈一样，说不定什么时候就有人突然出现在那棵核桃树下，然后推开一扇大门，轻轻呼唤一声，我回来了！

V 归位

陈元在坟地采了一把连翘花，放在了族长的墓前。

塔尔坪少有地热闹起来，远远地就能听见喧哗声，还有噼里啪啦的鞭炮声。陈元觉得奇怪，虽然清明节临近，并没有放鞭炮的习惯，只有挂清明吊子的习惯，除非结婚、抓周和过寿，但是随着年轻人的绝迹，这些场面已经绝迹了，即使过年也少有这样的气氛了。

陈先水家的小卖部虚掩着，有人坐在阴暗的柜台里边，迷迷瞪瞪地在打瞌睡。陈元仔细一看，原来不是陈先水，而是他的媳妇，按辈分陈元要叫小婶。小婶朝着陈元咳嗽了一声，说这不是喜娃子吗？陈元说，是小婶呀，今天这么热闹，有谁家过喜事吗？小婶说，塔尔坪有什么喜事？！是牛登辉把寺庙给盖起来了。

陈元说，大家不是希望他盖学校吗？小婶说，没有学生盖什么都是白废力气。陈元说，我先水小佬呢？小婶说，他呀，走几个月了。陈元说，上西安还是下广州了？陈先水有两个儿子，据陈元了解的情况，一个在西安做生意，一个在广州打工。小婶说，见阎王去了，去年腊月初八那天走的。陈元忽然想到几个月前，他还往上海打过电话，如今说走就走了。

陈元每次回来，要在小卖部买火纸香裱，如果给父亲买烟的时候，也会顺手给陈先水扔一包过去。陈元没有改变习惯，称了三斤火纸，买了一刀黄裱和三炷香，还买了一条子猴王，向柜台里边扔了一包。小婶说，我又不抽烟。陈元说，给我先水小佬上坟吧。

陈元从小卖部出来，发现旁边一户人家的房子倒掉了，房基上去年被人种上了包谷，包谷秆子并没有拔掉，夹杂在齐腰深的杂草之中。紧跟着的一户人家虽然还在，但是门上挂着一把生锈的大锁，门槛外边也长上了荒草，房子里有哗哗啦啦的流水声。小婶跟了出来，说这房子人家卖掉了。陈元说，这么破，谁买它干什么？小婶说，是嫁到小南沟的陈元芹买的，毕竟是塔尔坪，再破也有人想搬过来。

陈元循着吵闹声而去，发现小学的那个废墟不见了，在原地盖起了一个大院子，院墙被刷成了黄色，门里建了一个照壁，用石灰刷成了白色，照壁前边放了一口大缸，也许是想充当莲花池，但是塔尔坪历来没有莲花，所以缸里填着泥巴，种着几棵洋芋，开出几朵白花。在院子中间，新盖了三间正房和两间偏房，与人住的没有太大差别，差别是房檐翘翘的，每一片滴水瓦上都雕刻着图案，有龙，有狮子，有佛像。正房有几根柱子，有一个回廊，有一个香堂。香堂里边有一个十分宽大的香案，是核桃木的，前边放着一个功德箱，再前边摆着三个蒲团。蒲团是红色的，上边绣着莲花，无论从布料与颜色，都像塔尔坪早些年用过的灯草绒枕套。

牛登辉穿着西装打着领带，正在指挥人清理院子里的闲砖碎瓦。牛登辉看见陈元，高兴地上前拉住陈元的手说，哎呀，你回来得正好，你是塔尔坪的名人，给我们写一块牌匾吧，我总觉得不像一个寺庙，其实就缺一块牌匾，我去过慈恩寺也去过青龙寺，人家门头上都挂着牌匾。

陈元说，又不是家里贴的对联，你这个牌匾，有的要和尚写，有的要皇帝写，起码是族长写，不是什么人都能写的。牛登辉说，我们这里，哪有和尚？哪有皇帝？族长吧已经过世了，论钱你肯定没有我多，论文化我几辈子也比不上你，如今在塔尔坪除了你，谁还有这个资格？

马铁匠几个老头子老太太也在，纷纷跑过来说，让你写你就写，也算是积德。

陈元不好再推了，说有墨水与毛笔吗？小卖部的小婶说，我得回去翻翻。过了一会儿工夫，她提着两瓶墨水与三支毛笔出来说，货进回来好多年了，原来是供大家写对联的，如今过年要么不贴对联，要么贴一些现成的，墨水也许都干了。马铁匠说，干了不怕。他拧开墨水瓶子，向里边灌了一些温水，再倒了一大碗温水，泡着三只毛笔。

陈元用自己刚刚买的火纸，蘸着水，先练了几张。陈元写了观音庙、关帝庙、玉佛寺、金山寺、塔尔寺……牛登辉在旁边看着说，不愧是文化人，这字写得好，名字取得也好。陈元说，这些名字不是我取的，人家原来就有的。牛登辉说，塔尔寺也有吗？陈元说，当然有了，不过人家在外地，你这座寺庙叫什么？牛登辉说，还没有想好，你刚刚不是写过金山寺吗？叫金山寺怎么样？陈元说，什么都要有个来头吧？牛登辉说，我是靠开金矿发财的，我不开金矿就不可能买这块地，不买这块地就不可能建这座寺庙，而且金山寺金山寺，明明白白是保佑大家发财的。

陈元说，你准备请一个什么佛像？牛登辉说，也没有想好，有人让塑一尊观音，有人让塑一个弥勒，有人让塑一个关公，还有一个老板朋友，也是开金矿的，他信天主教，胸口上挂着一个十字架，老是阿门阿门地念叨着。陈元说，你晓得天主长什么样子吗？牛登辉说，我哪晓得呀，不过朋友说，这个最简单了，弄一个十字架插在里边就行了。

陈元转身问马铁匠，我记得塔尔坪原来叫大庙，倒掉的寺庙原来叫什么名字？马铁匠说，我们家姓马，是后边从外地迁来的，不是你们陈氏宗族的，哪里晓得这么早这么多，好像是没有名字的。陈元心想，没有名字是正常的，在塔尔坪除了人是有名字的，树呀山呀水呀，多数都是没有名字的，即使有名字也是自己随意取的，走出塔尔坪人家就听不懂了。

陈元说，那里边敬着什么？小婶说，敬的好像是求子娘娘。马铁匠一边嗑着瓜子一边笑着说，什么求子娘娘，你家陈先水如今都不在了，你一个老太太还想生呀？我不记得叫什么名字，但是听说里边供着的是土地爷，塔尔坪全是种地的，不供土地爷供别的有什么用呢？

牛登辉说，马铁匠你这是随口说说的吧？马铁匠说，我怎么随口说说的？如果这座寺庙原来叫土地庙，如今重新盖起来了，我感觉还是继续叫土地庙比较好。

牛登辉说，马铁匠你是一个外姓人，哪里晓得塔尔坪的事情？而且如今什么年代了，种地有什么意思？所以，我觉得应该叫金山寺。马铁匠说，你不也是外姓人吗？这和外姓人有什么关系！小婶说，马铁匠说得对，在塔尔坪不管姓什么，也不管先来后到，其实都是陈家的亲戚，你现在叫金山寺，因为你挖了一些金子，金子总有挖完的时候。

马铁匠说，就是的，人活在世上不能老是想着钱，依我看，要那么多钱有什么用呢？我们塔尔坪如今缺少的，不是钱，是庄稼，是种庄稼的人，是保佑风调雨顺的土地爷。

陈元说，你们几个人争争吵吵的，写牌匾的木板在哪里？牛登辉说，万事俱备，只欠东风，马铁匠你不也是木匠吗，赶紧给我们弄块木板过来。牛登辉看到马铁匠有点犹豫，说这寺庙啊，和烟酒一样，是不分家的。马铁匠说，不是我不想出力，这块木板不能对付，但是如今到哪里去找那么宽那么厚的木板？

陈元说，我家大门的几块门板怎么样？有上百年的历史了。马铁匠说，你家的门板早就成仙了，要是能拿来做牌匾，保证这座寺庙有求必应，只是你爹会答应吗？陈元说，有什么不答应的？这是修寺庙，又不是拿来修猪圈，何况清风明月已经没有人了，留着大门干什么？

马铁匠忽然想起什么，把陈元拉到一边悄悄地说，你爹呢？陈元说，我把他带回来了。马铁匠说，在哪里？陈元拍了拍自己一直挎在身上的包袱说，在包袱里呀。马铁匠说，到底还是被火化了，我看火化也没有什么不好的。陈元说，反正迟早都会化成土的。

马铁匠说，我以为你把他埋在上海了。

陈元说，叶落归根嘛，这次清明节就是为了落葬回来的。

陈元一下子觉得包袱有些沉，便从肩膀上取了下来。但是把包袱放在哪里都不合适，最后发现香堂里的香案空着，干脆端端正正地放在了香案上。

按照陈元的吩咐，马铁匠卸掉了陈元家的门板门框。门板门框上，有一些字是隐隐约约的，是陈元他们小时候留下的，有一串数字是比较清晰的，可能是父亲新近留下的，也不明白代表着什么。马铁匠回家拿来木匠家伙，把门板门框架起来，用刨子认认真真地推了推，然后用陈年的桐油刷了两遍，放在太阳下边很快就晒干了。

在太阳落山之前，陈元在小卖部吃完饭，两瓶墨水彻底化开了，三支毛笔彻底泡软了。他又要了一只大碗，把墨水倒入碗中，把三支毛笔绑在一起，蘸上浓浓的墨水，在碗口抺了抺。他首先拿出一对门框，在上边写了一副对联：

　　土可生白玉
　　地内出黄金

牛登辉看到对联里有"黄金"二字，显得十分高兴，掏出两百块钱交给小卖部的小婶，让她赶紧再准备一挂鞭炮。当拿出门板的时候，陈元没有任何犹豫，也没有大笔一挥，而是严肃认真地写下了三个大字。每当他写下一个字，围在前边的人就一齐念出这个字。大家齐声念出了第一个字——后，大家屏声静气地等了一会儿，又齐声念出了第二个字——土，最后大家念出了第三个字——寺。

陈元写完三个大字，然后取出其中一支毛笔，在旁边落下了一行小字"壬辰清明　塔尔坪"。

牛登辉说，完了？

陈元说，是啊。

牛登辉说，"后土"是什么意思？陈元说，它是神仙的名字。牛登辉说，我们从来没有听说过，神仙和菩萨是一样的吗？陈元说，说一样也不一样，各种各样的神仙有几百种，就数这个最厉害了，比玉皇大帝都厉害。牛登辉说，还有比玉皇大帝都厉害的？马铁匠说，当然有了，比如如来佛，孙悟空都逃不出它的手心。小卖部的小婶说，还有王母娘娘，王母娘娘是管玉皇大帝的。牛登辉说，这个后土是管什么的？陈元说，什么都管。

　　牛登辉说，管发财吗？陈元说，当然管了，他不管的话，你活都活不下去。

　　马铁匠疑惑地说，你是不是写错了？你爹叫陈先土，你是不是想写你爹的名字？

　　陈元说，当然没有写错，我爹叫先土，人家叫后土，一个先一个后，怎么是一样的呢？反正大家放心好了，以后你们不管想抱孙子，想发大财，想祈求平安，都可以来这里烧香，塔尔坪这么多年都没有一个烧香的地方，大家有什么就给死人下跪磕头，也不管那些死人有没有保佑大家的能力。

　　大家不再吱声了。牛登辉和马铁匠先把对联挂在大门两边，然后把"后土寺"的牌匾高高地挂在大门头上。挂完了牌匾，有人噼里啪啦地把鞭炮放了。陈元正好有三炷香，给每个人发了三支，分头跪在香堂里的那三个蒲团上。有人说，还没有神像呢，有什么好拜的？

　　陈元没有吱声，看了看那个摆在香案上的黑色的包袱，又抬头看了看被夕阳镀成了金黄色的那块牌匾。

　　陈元朝着地面全身心地伏了下去。

二〇一四年五月十九日初稿

二〇一六年六月十六日二稿

二〇一七年五月二十七日三稿

生日

愿上帝你全中国大陆保佑生民
2017.7.7. 马家骏

二〇一七年，农历五月初二，公历五月二十七日，适逢父亲八十岁大寿。这真是一个非常神奇的日子，我不是有意要赶在这一天为《后土寺》画上句号。当我写好最后一句话的时候几乎是泪流满面的，我真想像最后一句话那样，朝着一座全新的寺庙全身心地跪下去。

又是一个通宵。我拉开窗帘，已经是早晨八九点钟，上海的天非常非常蓝，云不白不红地如有如无地挂着，尤其是风不轻不重地不冷不热地吹着，中间夹带着万物生长的气息。楼下边传来两个孩子的议论，大意是在楼顶上起起落落的，到底是一群什么鸟儿，为什么会飞得那么快，为什么不停地飞出去又飞回来？我朝着楼下告诉他们，那是一群鸽子，但是他们并没有听见我的话。

我笔下的父亲陈先土在生命的最后一天，在儿子陈元的单位也看到过这样的场景。他们当时的对话还在耳边：陈先土指着下边说，那边飞的是什么？野鸡不像野鸡，老鸹不像老鸹。陈元说，那是鸽子。陈先土说，鸽子有什么用吗？陈元说，可以送信。陈先土说，难怪飞得那么快。陈元说，古代人养鸽子用来送信，如今养鸽子大部分是为了吃肉。我看了看《后土寺》的编号，已经达到二百二十六稿，这意味着什么呢？意味着我打开了二百二十六次，从头开始了二百二十六次。

对于自己的人生，我喜欢拿猫来比喻，说自己就是一只猫。猫有九条命，我也有九条命，不过，经过了重重磨难和人生悲欢，其中六条命不晓得死在什么时候，也许在上一个轮回，也许在这一个轮回，如今仅仅剩下三条命了。我用第一条命真诚地爱着我的每一个亲人，也爱着这个世界与世界上的每一个生灵，包括那些卑微的人、弱小的蚂蚁、胆小的麻雀和麻木而又生机勃勃的一草一木。我用第二条命在尽心尽力地工作，我的本职工作是在传统媒体，在日益物化的没有底线的浮躁不堪的随时都会爆裂的时代，想胜任这份工作有时候更需要良心、责任心和全身心的投入，我之所以一直没有放弃工作，完全靠着写作来生活，原因是在它的平台上不仅仅有自己的一个社会角色，也不仅仅是为了那份少得可怜的收入和少得可怜的虚荣心，在某种程度上来说，新闻比起文学有着更直接更快速的普世功能，这么多年我有意无意中运用它的功能惠及了许许多多的人，多数是需要力量化解风雨的小草，也不乏一些需要掌声肯定的大树，这让我感觉到了自己存在的价值，也让一个漂泊者得以安宁和踏实。我用第三条命虔诚地写作，可惜这条命没有白天，只有疲惫的夜晚——猫为捕鼠在夜晚出没，我为写作也在夜晚出没，而且为了不影响别人休息，我关掉灯，仅凭着电脑上磷火一样的荧光输入我所需要的文字，所以阳光很少照射得到我的文字，灯光有时候也照射不到我的文字，我的文字大部分是在漆黑的状态下进行的，它们像怀胎腹中的甚至是连夜赶路的人，带着无穷的喜悦、紧张、恐惧和想象。

据说，猫之所以有九条命，与它们善于爬高的本领有关。它们可以轻而易举地爬上楼顶，又可以从高于自己几十倍的地方掉下来依然毫发无损，相对于人和其他动物而言它们的命就轻盈得多。那么我呢？我之所以是猫，同样取决于高于自己本身的东西——那就是文学。一直以来，我把文学看得比自己的命还重要，尤其是在创作《后土寺》的时候，我始终在告诫自己，作为一个作家，命不仅仅是用肉体做的，还应该是用一个个文字做的。再长寿的人，肉体都是会衰老的，都是会腐败的，灵魂都是会游离而去的，但是优秀的文字不一样，它们不像一把粮食，而像一把种子，你需要掌握好播种的季节，认真地把它们埋下去，埋在土里，然后为它们浇水施肥，再在另一个季节把它们收回来——它们就可以经受住时间的考验，在一代代读者的呼唤中，重新醒过来，达到永生。我不晓得我的文字是不是能够到达永生，但是并不影响我一直向高处攀爬，正如猫一样，它们都有恐高症，但是并不影响它们凭借着自己与生俱来的功夫向楼顶上蹿。

所以，整整三年，除非是凌晨下班和在外出差，每当大地由明转暗，在草草地吃完饭之后，我就痛苦地把自己切成三份，把第一条命和第二条命进行转换、交接和放下，让第三条命开始上场。每次在凌晨两三点，甚至是早晨，准备关上电脑的时候，眼睛模糊得已经看不清键盘，连关闭显示屏的力气都不够了，站起来的那一刻大脑往往一片空白，我明白那是昏迷，或者叫瞬间的死亡。每当死亡短暂来临的时候，我就使劲地捶自己的胸脯，揪自己的耳朵，掐自己的鼻子，用疼痛来刺激自己，告诉自己不能倒下去，一旦倒下去也许就醒不过来了。我醒不过来是无所谓的，我心中的一群人怎么办呢？有好几次，我以感冒发烧为借口，说服自己可以慢慢来，早点上床休息，但是躺在床上，无论闭上眼睛还是进入梦里，陈先土、陈元和麦子这些活在我一个人的世界里的父亲或者孩子，他们不睡觉，也不离开，总有无穷无尽的话要和我说，总有无休无止的能量来和我纠缠，有时候在呼喊我，有时候在望着我，有时候在埋怨我，有时候在指引我，使我不敢有丝毫的马虎，不敢有一刻的安宁。他们像陈元接待的一群亲人，总怕没有安顿好他们，亏待了他们，委屈了他们，误解了他们，或者是误解了这个世界。

好在自己坚持下来了，他们每个人都有了自己的归宿——好好活着是一种归宿，安然逝去也是一种不错的归宿。他们终于可以离开我，独立地活着或者死亡，我们不妨把这一天叫做生日，让我们记住它们的生日——农历五月初二，中国传统节日端午节小长假的第一天。

清明、端午、中秋、春节、元宵，每一个节日都是盛大的，都是值得我们击鼓相庆的好日子。但是我最喜欢的是端午，你要问为什么，我可以说出三条理由：第一，除了端午之外，所有的节日其实都是伤感的，都要给死去的亲人上坟烧纸，每次跪在他们坟前都有一股无名的悲伤，而且随着年龄越大时间越长，那些悲伤更加沉重，因为开始是怀念亲人和故乡，慢慢地，是怀念一去不返的时光，还有离死亡越来越近的自己。第二，端午，有一种说法是为了纪念屈原，虽然屈原也是需要纪念的，但是不需要像对待亲人那样凄切，纪念方式是挂艾草，吃粽子，赛龙舟，吟诗作对，还是非常浪漫的，甚至是积极向上的。说实话吧，这么多年，作为一个文人，我都是非常开心地度过端午节的，我愿意用任何一天来缅怀屈原，都不愿意在端午节去纪念屈原，原因是生命高于一切，无论你多么爱国，多么不得志，为什么不可以好好活着呢？只要活着，你就可以继续写诗，就还有希望，但是你偏偏自杀了，哪怕投进清凌凌的汨罗江还是悬梁自缢或者剖腹自刎，都是绝对不值得赞成的。每当我碰到那些文人自杀，包括老舍走进太平湖，海子卧轨山海关，还有许多无名文人跳楼，我怀疑那是屈原留下的后遗症或者是遗传下来的基因。第三，端午临近也就意味着另一个日子的到来，那就是我父亲的生日，这让我拥有了一个不同寻常的节日，给这个沿袭了两千年的风俗注入了新内涵。

父亲的生日是农历五月初二，而现在又是《后土寺》诞生的时间，这会不会是一种巧合呢？

在端午节前一个月，突然有人打电话问我陈先发是谁？我说是我父亲。对方说，那就对了，他说你是他儿子。打电话给我的是医生，他说父亲目前正在医院，根据检查的结果是患上了心肌梗塞，一生气，一激动，随时都有生命危险。医生在电话中告诉我，无非两种治疗方法，一种是做心脏搭桥手术，一种是药物治疗，但是父亲已经年龄太大，做心脏搭桥手术存在巨大风险，所以他们建议进行药物控制。接到电话之后，我可以说是泪流满面，立即推掉了所有的事务，订了一张回家的火车票，在整个回家路上我一直是失眠的，一是担心父亲，二是担心我即将进入尾声的小说还能不能继续。当我回到丹凤县城，在医院见到父亲之后，我再一次吃惊地发现，是父亲冥冥之中在指引着我。父亲从来是不愿意进医院的，顶多是让村医开点药或者打点吊针，但是有一天早晨他感觉身体不舒服，于是糊里糊涂地锁上门，搭了一辆摩托车跑到了县医院——很少进城的他在没有任何人的陪同下竟然找到了县医院。接到父亲生病的消息，姐姐也再三劝说我，父亲应该没有事情，大老远的如果工作忙，还是不用回去了。我打电话给父亲，征求他的意见的时候，他没有说自己的病情，而是告诉我他想我了。果然，当我突然出现在医院，他一下子扯掉了氧气管，拔掉了针头，从床上坐了起来，似乎我就是他的药，如今药到病除了，照着两位姐姐的说法，病情突然好转了，脸色变得红润了，每顿能吃一大碗饭了，状态非常不错。到第二天的时候，他就吵着要回家，理由并不出人意料，无非是几亩地等着下种。

我陪着父亲又住了几天，企图向父亲求证一些关于塔尔坪陈氏家族的故事，也许在我继续修改《后土寺》的时候用得着。可惜的是父亲听力严重障碍，表达能力急速下降，根本无法交流。正在这个时候，我二十多年没有见面的大堂兄，听到父亲生病住院的消息后，立即从武关那边的寺庙赶过来了。他告诉我一件事情，是关于我们老太哆的：由于我们的成分不好，老是受人欺负，当时的队长以改河修地为名，要求我们把老太哆的坟从平地迁走，而且必须埋在山上。我们只好听从安排，把老太哆的坟起出来，重新安葬在九龙山上。大堂兄说，哪里晓得一下子埋到了龙眼里，大冬天挖泥巴的时候，泥巴不仅没有上冻，而且从下边冒着热气。我说，假的吧？大堂兄说，怎么会是假的，老太哆是我亲自背上去的，而且是我亲自挖坑埋下去的，所以你看看，我们这一房出了多少人才？你们一个个发展得多好？剩下我一个没有出息，还是土农民，但是我儿子已经当领导了。我说，老太哆埋的那个地方，上边有一棵大树，下边有一眼泉水，确实是一块风水宝地。大堂兄说，再好的风水有什么用？还要有德性！没有德性的人你把他们的老祖先埋在那里试试！肯定就不灵了。我们陈家另外一房，他们的老太哆死了，请风水先生选坟地，据说选在了龙头上，但是埋人的那天，有一条黑狗跑到厨房找东西吃，有一个后人拿起菜刀，砍了黑狗一刀，黑狗不偏不倚，竟然跑到那块坟地，朝着坟地流了一摊子血，他们的老太哆埋在龙头上有什么用？后人照样全部败掉了。我说，这个是假的吧？大堂兄笑了笑，说真的假的不晓得，反正狗血是辟邪的，也是辟神的，如果后人有德性，给黑狗喂一根猪骨头，风水就不会被破掉了。

德性，多好的词啊！这恐怕是点化众生的最好的法术吧？

在《后土寺》里，陈先土在弥留之际，一会儿在地上抓了抓，一会儿在空中抓了抓，一会儿在陈元的腿上敲了敲，问他干什么的时候，他要么说在拔草，要么说在摘扁豆，要么说在破柴火。我想告诉大家的是，这些不可想象的细节，在这次住院中，在病床上，在睡梦中，都真实地发生在父亲的身上。我认为，无论时代怎么发展，哪怕我们已经生活在虚拟世界中，还是永远离不开土地，又如陈先土的一句话，我不种地，那些地就荒掉了，不管你是干什么的，你吃的东西总应该是有人种出来的，总是从土地里长出来的，而且无论是钢筋水泥还是机器武器，制造它们的材料一直追踪到底，不都是从土地里来的吗？

于是我写了一首诗：

阳光和雨水

电闪和雷鸣

大树和小草

都在向下

爱人和孩子

肉体和影子

还有魔鬼和天使

都在向下再向下

没有谁能留在空中

留在白云间

留在树梢上

甚至是留在地面

最后，万物都在返回

光返回是一把泥土

水返回是一把泥土

清风和明月返回

还是一把泥土

最后，都会和诸神一起

留在地下三尺的地方

所以《后土寺》的用意，就是提醒人们一切都来自于土地又归于土地，不要忘记在世界上的某个角落总有一块土地是属于你的，是值得你尊重的。不要忘本，尊重土地，尊重耕种土地的人，这难道不是最大的德性吗？

听到不是道士胜似道士的大堂兄的一番话，我的头皮发麻，似乎有灵魂一下子附在那几个人物身上。于是在我返回上海之后，立即对那些即将成型的文字，再次做了一次系统的修订，这一次修订完成，我完全满意了，起码是安宁了。我不晓得这些被灵魂附体的人物能走多远，但是我感觉到他们的意识恢复了，慢慢地苏醒过来了，可以靠自己行走天下了。

我又问了大堂兄一个问题，我们给爷爷都不叫爷爷，而是叫哆，哆字到底是怎么写的？大堂兄说，我们一代代都这么叫，但是确实不晓得怎么写。最后我与大堂兄聊起了我们的院子，大堂兄担忧地说，那几间房子椽子烂了，瓦也碎掉了，一下雨就漏水。父亲一辈子都很在乎房子，明白我们聊的是房子，于是插话说，恐怕要倒了。我说，我给你重新盖几间新房子吧。父亲说，你能给我盖几间新房子我死也甘心了。大姐与大堂兄都说，盖新房子要花几十万，他马上八十岁了，我们也不可能回去了，已经没有必要了，还是给他修修吧。修房子的事情就这么定了下来，我出钱，由大姐具体请村上的人帮忙。

农历五月初一中午，大姐从塔尔坪打电话来说，全部买的新瓦，换的新椽子，在大家的帮忙下，房顶铺了瓦，地面铺了水泥，而且趁机用石灰把墙刷了一遍。父亲看到房子被修得那么好，第二天又是自己的生日，于是让大姐预备了烟酒，准备在院子里摆两桌子。父亲说，好几十年了，过生日都没有好好热闹热闹了。

农历五月初二清早，是端午小长假的第一天，当我为《后土寺》画上句号，关上电脑，关上窗子，用耳塞子塞住耳朵，窗外的世界立即消失了，那几个人也上路了，留下了几个冗长的背影。我面对着升起来的太阳，朝着一千多公里之外，对父亲说了一句"生日快乐"。当我欣慰地准备上床休息的时候，我的爱人带着儿子从外边回来了，他们从市场上买回来一把艾草，正在用一根红色的绳子朝大门上挂。艾草上还有根，还在滴水，那么新鲜，在上海是不可能生长的。这让我怀疑，这些艾草来自塔尔坪，而且是我当年亲手采摘的——当年端午节的前三天，也就是父亲生日当天，我会把牛放得远远的，把最肥美的艾草采摘回家，挂在我们家的大门上。一切都宛如眼前，一切似乎都刚刚过去，我还没有从童年走到中年，父亲没有从中年走向老年，陈氏家族也没有经历百年，似乎都在一瞬间就发生了。

我像一个分娩过后的母亲，身体的疼痛并没有过去，内心的喜悦也刚刚开始，那个躺在我身边的新生命从此自由了，它不需要再靠着胎盘生活了。我对它所具有的，只有牵挂，只有担忧，只有祝福。我想好好地睡一觉，然后起来前往玉佛寺，或者是干脆前往后土寺，几年前我许过一愿，如今大愿悉成，到了应该还愿的时候了。

愿上天保佑文学，愿大地保佑生灵。

二〇一七年五月三十日

农历二〇一七年五月初五，端午节

于上海

图书在版编目（CIP）数据

后土寺／陈仓著. —— 北京：作家出版社，2018.4

ISBN 978-7-5212-0013-3

Ⅰ . ①后… Ⅱ . ①陈… Ⅲ . ①长篇小说－中国－当代

Ⅳ . ① I247.5

中国版本图书馆 CIP 数据核字 (2018) 第 074606 号

后土寺

作　　者：	陈　仓
策　　划：	杨海蒂
责任编辑：	兴　安
装帧设计：	意匠文化 · 丁奔亮
书名翻译：	张延佺
插　　图：	马　叙
出版发行：	作家出版社

社　　址：北京农展馆南里 10 号　邮　　编：100125

电话传真：86-10-65930756（出版发行部）

　　　　　86-10-65004079（总编室）

　　　　　86-10-65015116（邮购部）

E-mail:zuojia@zuojia.net.cn

http://www.haozuojia.com（作家在线）

印　　刷：河北画中画印刷科技有限公司

成品尺寸：152×230

字　　数：420 千字

印　　张：28

版　　次：2018 年 8 月第 1 版

印　　次：2018 年 8 月第 1 次印刷

ISBN 978-7-5212-0013-3

定　　价：69.00 元（精）

上架建议：长篇小说

ISBN 978-7-5212-0013-3

官方微信

图书主页

定价：69.00 元